KB193913

이상문학상 작품집

1991년도 이상문학상 작품집
제15회 대상 수상작 조성기 〈우리 시대의 소설가〉 외 7편

ⓒ 문학사상사, 1991

1991년도 제15회 이상문학상 작품집

우리 시대의 소설가 외

문학사상사

제15회 이상문학상 대상 수상작 선정 이유서

〈우리 시대의 소설가〉는 전환기적 현실 속에서 야기되고 있는 가치의 혼란을 풍자적인 언어로 묘파해 낸 작품이다. 말의 자유와 그 진실된 가치를 위해 고뇌하는 인간의 모습을 신화적인 세계와 현실의 삶 속에서 함께 끌어내고 있는 이 작품에는 말의 행방을 헤아리기조차 어려운 오늘의 현실이 우화적으로 투영되고 있다.

〈우리 시대의 소설가〉는 연작소설의 형식이 갖는 구조적인 이완성을 최대한 활용함으로써 분절성과 연작성의 특징을 동시에 포괄하고 있다. 이 작품과 함께 연작의 대열에 서 있는 다른 작품들에서도 작가는 우리 시대의 사회 병리적 현상들을 비판적인 언어로 그려낸 바 있다. 이 작품에서 무엇보다도 소중하게 생각되는 것은 인간의 삶에 대한 신뢰와 사랑이다. 비판의 언어 뒤에 믿음의 뜻이 담겨 있고, 풍자의 어조 속에 인간에 대한 애정이 스며 있다. 이러한 특징은 작가 조성기의 소설적 미덕이라고 할 만하다.

1991년도 이상문학상 심사위원들은 조성기의 〈우리 시대의 소설가〉에 담겨 있는 인간에 대한 믿음과 사랑이 기교의 언어와 변화 있는 문체 속에서 새로운 소설 미학으로 발전하고 있는 것을 주목하면서, 이 작품에 제15회 이상문학상의 영예를 드리는 바이다.

1991년 8월

이상문학상 심사위원회

김윤식 · 최일남 · 이재선 · 이문열 · 권영민

차 례

우리 시대의 소설가

조 성 기

1951년 경남 고성 출생.
서울대 법대 졸업.
1971년 동아일보 신춘문예로 등단.
작품집 《라하트 하혜렙》《왕과 개》《굴원의 노래》《통도사 가는 길》《안티고네의 밤》,
장편소설 《야훼의 밤》《바바의 나라》《천년 동안의 고독》
《아니마, 혹은 여자에 관한 기이한 고백들》《에덴의 불칼》《난세지략》 등이 있음.
오늘의 작가상 수상.

우리 시대의 소설가

1

이곳은 소설가가 살 만한 동네가 아니다. 그렇다고 소설가 강만우姜萬祐 씨는 다른 곳으로 옮기는 문제를 진지하게 생각해 본 적도 없다. 다른 동네로 옮겨봐도 결국 비슷한 상황이 전개되고 말 것이 아닌가 우려되기만 할 뿐이다.

언젠가 만우 씨는 충무로 대한극장에서 영화 한 편을 보고, 남산에 올라가서 벤치 같은 데 앉아 쉬었다 갈까 하고, 남산으로 오르는 길을 찾아 동국대 정문 앞으로 해서 필동이라는 동네로 들어서 보았는데, 이전에는 고즈넉하기 이를 데 없던 그 동리가, 만우 씨가 소설가로서 본격적으로 활동하게 될 때 와서 살고 싶었던 그 동리가, 갖가지 중소기업 공장들·수공업 공장들로 잠식당해 있는 몰골을 보고 얼마나 우울해졌던지. 그야말로 잠식蠶食, 누에가 뽕잎을 갉아먹어 들어가는 형국이었다. 근데 그 누에는 뽕잎을 가장자리부터 차근차근 갉아먹어 들어가는 것도 아니었다. 미친 누에처럼 여기 조금 저기 조금 기분 내키는 대로 꿈틀꿈틀 건너뛰면서 갉아먹고 있었다. 그러니까 전통적인 가옥이 두어 채 이어지다가 무슨 제품 공장, 또 한 집 건너 무슨 인쇄 공장, 이런 식이었다. 남산의 시원한 바람이 고여 있어야 마땅한 좁은 골목길은 공장 봉고차들이 왔다 갔다 하느라고 사람 지나다닐 틈도 없을 지경이고, 공장들에서 풍겨 나온 냄새들이 합성된 이상한 악취가 콧구멍을 쿡쿡 쥐어박아 만우 씨는 미간을 찌푸리지 않을 수 없었다. 남산으로 올라가는 고전적인 삽상한 길 같은 것은 이미 존재하지 않았다. 그때 만우 씨는 생각했다. 이제 한국 어느 구석에도 전통적인 주택가를 찾아보기는 힘들겠다고. 그리고 정부에서 남산을 보존하려면, 외관상의 문제만 다룰 것이 아니라 남산 밑에 보이지 않게 뻗어 있는 골목길들부터 정화하여 원래의 주택가 골목으로 복원하는 것이 급선무라고.

사태가 이쯤 되고 보면 가내공장들이 잠식해 들어올 염려가 없는 아파트촌으로 들어가는 것이 상책이긴 하지만, 아파트 높이만큼이나 치솟아 있는 아파트 가격을 감당할 재력이 만우 씨에게 있을 리 없고, 무엇보다 시멘트 개미집 내지는 벌집에 불과하다고 여겨지는 그곳에서 살다가는 소설가로서 갖추어야 할 정서니 감수성이니 하는 것들이 형편없이 손상될 것이 확실하므로, 아파트 입주 역시 꺼려지기는 마찬가지였다. 아직은 공기가 그래도 맑고 소음도 적은 시골로 내려가는 것도 생각해 볼 만하지만, 시골이 오히려 변덕스럽기 그지없는 정부의 개발 정책에 희생될 가능성이 더욱 많다 할 것이다. 어느 소설가가 물색하고 물색한 끝에 조용한 시골 땅을 사서 거기 집을 짓고 집필실을 마련하여 좀 편안한 마음으로 글을 써볼까 했더니, 병풍처럼 둘러쳐져 있는 뒷산 마루들이 무지막지한 포크레인·불도저·굴삭기들에 의해 깎여나가고 비행장이 떡하니 들어서게 되었다고 하지 않는가.

어차피 만우 씨는 여기서 버티어나가는 수밖에 없다고 생각했다. 한 번 피해 다니다 보면 계속해서 피해 다니는 처지에 놓이기 마련이었다. 70년대 초까지만 해도 이곳은 조용하기로 이름난 주택가였다. 긴 골목을 구불구불 빠져나오면 의대 벽돌담을 만질 수 있게 되고, 제법 넓은 길을 건너면 문리대니 법대니 하는 고색창연한 대학 건물들 정문으로도 들어설 수 있게 되었다. 그래서 소위 대학가 주변의 학구적인 분위기가 동네 전체를 감싸고 있었고, 하숙집도 많아 대학생들 스스로가 그런 분위기를 깨뜨리지 않으려고 노력하는 편이었다. 그런데 대학들이 관악산 기슭으로 옮겨가고, 정부 당국에서 이곳을 대학로라는 이름으로 바꾸어, 도로 확장 공사를 하느니 개천 복개 공사를 하느니 시민공원을 조성하느니 문화시설들을 유치하느니 하고부터 이전의 모습들을 잃어버리고 어수선해지기 시작했다.

대학가와 대학로의 차이는 엄청난 것이었다. 대학로를 소리 나는 대로 적으면 대항노, 아니면 대항로가 될 것인데, 그 때문인지 그 거리는 그야말로 대항의 신작로로 변하여 시국 규탄대회가 열려 최루탄이 난무하기 일쑤이고, 기성세대에 대항하는 젊은이들이 무리져 와서 마음껏 북 두드리고 꽹과리 치고 기타 치고 춤추고 악을 쓰다가 술에 취해 쓰러져 자기 일쑤였다. 새벽 두세 시에도 젊은이들이 집단적으로 고래고래 고함치며 부르는 노랫소리가 만우 씨의 고막을 얼얼하게 하는 것은 다반사로 있는 일이었다. 그래서 만우 씨는 그 거리에 빽빽하게 들어선 무슨 무슨 레스토랑의 간판을 무슨 무슨 레지스탕스로 읽곤 할 정도였다. 레스토랑이든 레지스탕스이든 저런 것들이 한 거리에 저렇게 많이 있을 필요가 있는 건지 만우 씨로서는 알다가도 모를 일이었다.

그러나 한편, 연극이니 영화 같은 것을 구경하고 싶을 때는 편리한 점도 있긴 했다. 그 거리에 꽤 많은 연극 공연 극장들이 모여 있고, 제법 쓸 만한 영화관도 자리 잡고 있기 때문이었다. 유명한 재즈 카페도 있고, 심지어 낭만적인 시절에나 있을 법한 고전음악 감상실까지 들어서 있었다. 그리고 만우 씨는 이 동네에서 십 년도 더 넘게 살아오고 있고 지금도 이 동리를 떠날 엄두를 내지 못하고 있는 자로서, 이 동리에 머무름으로써 얻게 되는 그럴 듯한 이익들을 어떡해서든지 찾아내 보려는 버릇이 있기도 했다. 젊은이들이 모여드는 거리의 활달함 같은 것도 창작 생활에 보탬이 될 거라는 식으로 말이다. 무엇보다 만우 씨가 술을 마실 만한 적당한 공간이 지천으로 널려 있다는 사실이 가장 유리한 점으로 작용한다고도 할 수 있었다.

레스토랑 같은 것은 주택가 깊숙이 파고들어 바로 만우 씨 집 코앞까지 들어차 있는 형국이었다. 만우 씨가 집을 개조하지 않고 좀더 버틴다면 바로 옆집과 뒷집이 레스토랑이나 카페로 변신하고 말 것이었다. 어쩌면 여관으로 바뀔지도 모를 일이었다. 주민들은 동리 전체가 상가 지역으로 형성되는 데 대하여 흐뭇한 표정들을 지으며, 집을 허물고 새로운 용도에 맞게 새 건물들을 짓느라, 온통 땅을 파헤치고 쿵쾅쿵쾅 땅땅땅 뚝딱뚝딱 난리법석을 피웠지만 어찌 소설가로서 상가 건물을 짓겠는가 하고, 만우 씨는 좀 싼값으로 구입한 옛집 그대로 지켜내고 있는 것이었다.

2

간밤에 비가 추적추적 내렸다. 만우 씨가 새벽에 마당으로 나가니 비는 그쳐 있었는데, 조간신문이 떨어진 자리에 물이 조금 고여 있었다. 신문은, 광고들이 주로 실려 있는 하단부가 물에 젖어버렸고, 상단부도 물기가 배어들어 흐늘거렸다. 만우 씨는 신문이 물러 터지지 않게 그것을 조심스럽게 들고 현관 안으로 들어와, 일단 마루에 한 장씩 펼쳐놓았다. 한 장에 4면, 20면이면 다섯 장이었다. 신문 다섯 장도 나란히 펼쳐놓으니 마루 전체를 다 차지할 만큼 꽤 길게 늘어졌다. 이런 식으로 신문이 마르기를 기다리다가는 습기찬 날씨를 감안할 때 한나절은 족히 걸릴 듯싶었다.

만우 씨는 먼저 물에 푹 젖은 신문의 하단부를 손으로 뜯어내었다. 아니, 여기서는 뜯어내었다는 표현보다 들어내었다고 하는 편이 더 나을 것 같다. 신문 하단부는 정말 맥없이 들어내졌다. 찢어지는 소리 하나 들리지 않아, 만우 씨는 묽수그레한 밀가루 반죽을 한줌 떼어내는 듯한 느낌을 받을 정도였다. 하단부를 들어내니 광고가 없는 신문이 되었다. 이제야 신문다운 신문이 된 것도 같았다. 만우 씨는 들어낸 하단부들을 한 덩어리로 둘둘 뭉쳐 개수통으로 들고 가 두 손으로 꾹 눌렀다. 한 종지는 넘을 듯한 물이 흘러내렸다. 온갖 신문 광고들이 엉키고 짓눌려 녹아 흐르는 구정물이었다. 물을 눌러 짠 광고 뭉치를 쓰레기통에 버리고, 만우 씨는 화장실에 들어가 아내가 쓰는 헤어드라이기를 들고 나왔다.

광고가 없이 상단부만 남아 죽 펼쳐져 있는 신문을 향해 만우 씨는 헤어드라이기의 열기를 뿜어대었다. 물기가 배어 있던 신문이, 불기만 약간 남은 연탄 위의 오징어처럼 조금씩 오그라들며 말라갔다. 어떤 부분은 열기가 세게 쐬어져 슬그머니 누룽지 빛깔로 변하기도 했다. 신문이 건조되면서 풍기는 냄새가 언뜻언뜻 코끝에 느껴졌다.

만우 씨는 드라이기로 신문을 말리면서 기사들을 대강 훑어보았다. 〈생각하는 사람〉 서울에 오다. 이런 제목 하에 로댕의 〈생각하는 사람〉 청동 조각 사진이 컬러판으로 큼직하게 인쇄되어 있기도 하고, 이규태 코너는 아예 로댕이라는 제목을 달고 로댕론을 펼치고 있었다. 로댕은

명성을 얻기 전에 고독했다. 명성을 얻은 다음에는 그 더욱 고독했다. 명성이란 바로 그의 주변에 밀어닥친 오해의 총계에 불과했기 때문이다 — 라이너 마리아 릴케. 이규태 코너는 이렇게 릴케의 말을 인용하면서 시작되고 있었다. 이규태란 사람은 어떻게 이런 코너를 매일 매일 시사에 맞추어 순발력 있게 써낼 수 있는지, 만우 씨는 새삼 희한하게 여겨졌다. 그가 지니고 있을 그 무수한 스크랩북들, 도서관처럼 체계적으로 정리되어 있을 인용구 모음 · 도서목록 · 도서들. 적어도 이 시대의 소설가라면 이규태 선생 정도로 자료들을 적시적소에 써먹을 수 있도록 방대하고 깔끔하게 정리해 두어야 하지 않을까. 그러려면 얼마나 넓은 공간이 요구되는 것일까. 만우 씨는 좁아터진 마루와 방들을 둘러보며 가만히 한숨을 쉬었다.

로댕 기사와 붙어 있는 옆 지면에는 영국 옥스퍼드 대학을 13세에 수석으로 졸업한 천재 소녀 루스 로렌스에 관한 기사를 크게 싣고 있었다. 그런데 소제목으로, '문학은 마음 혼란' 학과만 시켜, 라는 구절이 적혀 있었는데, 만우 씨가 좀더 읽어보니 그것은 로렌스의 아버지 해리 씨가 딸을 교육시킨 내용과 관련된 것이었다. 해리 씨는 로렌스를 일체 학교에 보내지 않았을 뿐만 아니라, 문학은 딸의 마음을 어지럽힌다고 생각하여 소설 한 권 읽지 못하도록 했다는 것이었다. 이런 아버지의 교육 방법에 대하여 논란이 일고 있다고도 했다. 원래 신문으로 따지면 로댕의 〈생각하는 사람〉과 로렌스 관련 기사는 4면이나 떨어져 있어야 하는 것이지만, 신문을 펼쳐놓는 바람에 바로 옆 기사가 되어 묘한 대조를 이루고 있는 셈이었다. 소설 한 권 읽지 않은 천재 수석 졸업자와 〈생각하는 사람〉. 이 세상에 천재가 많지 않은 사실이 소설가인 만우 씨로서는 여간 다행이 아니었다. 그렇잖아도 영상매체의 위력에 눌려 위기론이 나올 정도로 맥을 못 쓰고 있는 소설인데 말이다.

만우 씨는 신문을 다 말린 후, 구운 내가 살짝 나는 신문의 상단부들을 챙겨 들고 서재로 들어갔다. 우선 컬러판 로댕 조각 사진들이 눈에 들어와 그것부터 봐나갔다. 저주받은 여인, 입맞춤, 팔 없는 사람의 명상, 청동시대, 발자크의 두상 등의 조각 사진들이 간단한 작품 소개와 함께 두 면에 걸쳐 가득 실려 있었다. 아마 신문사에서 로댕 전시회를 후원 내지는 주최하는 모양이었다. 그렇지 않고서야 이렇게 로댕에 대하여 대대적으로 지면을 할애할 리 만무했다.

그때 전화벨이 울렸다. 아직 아침이라 하기에는 이른 시각이어서, 만우 씨는 고개를 갸우뚱하며 송수화기를 들었다.

"여보세요."

"거기가 강만우 씨 댁입니까?"

"그런데요."

"지금 전화 받는 사람이 강만우 씨입니까?"

"예. 그렇습니다만."

"《염소의 노래》라는 소설을 쓴 강만우 씨 맞습니까?"

"네. 맞습니다. 그런데 무슨 일로?"

"그 소설을 내가 사서 읽었습니다."

"아, 감사합니다. 내 소설을 읽어주셔서."

"감사할 것까지는 없소. 내가 전화를 건 건 환불해 달라고 걸었으니까."

"네? 뭐라 하셨습니까?"

"환불요. 물건을 잘못 사면 물건 값을 도로 돌려주잖습니까."

"무슨 말씀이신지? 혹시 파본된 책을 구입하셨습니까? 그러면 나한테 연락하지 말고 책을 산 서점이나 출판사로 연락해서……."

"이보시오. 나도 그런 것쯤은 알고 있습니다. 내가 환불 받기를 원하는 사람은 바로 강만우 씨 당신이란 말이오."

"어, 그러니까 내가 당신에게 환불을 해달라 이 말씀입니까?"

"이 사람이, 소설을 쓰면서 말귀는 못 알아듣네. 당신 소설 읽느라 괜히 시간만 낭비했으니, 소설을 쓴 당신이 환불을 해주어야 된다 이 말이오. 내 말 이제 알아듣겠소?"

"어, 그건. 어."

"이 사람이, 말을 더듬거리긴. 불량 상품을 만들어 팔아 소비자에게 손해를 끼쳤으면 상품을 만든 회사가 책임을 져야 하듯이, 소설가 당신이 내 손해를 물어줘야 된다, 이거요."

"어, 그건 경우가 좀 다른 것 같은데요."

"다르긴 뭐가 달라요? 그럼, 당신이 쓴 소설에 대하여 책임을 안 지겠다 이겁니까? 소설책 내놓고 돈을 받아요, 안 받아요?"

"돈은 받지요. 출판사에 출판권 설정을 해줬으니."

"책 팔리는 수만큼 돈을 계속 받을 거 아니오? 그렇다면, 당신 책을 읽느라 쓸데없이 시간만 허비하고 손해 본 나 같은 독자에게 환불할 책임이 분명히 있는 거요."

"그럼 좋습니다. 소설을 쓴 나에게 그 부분에 대하여 환불할 책임이 있다 합시다. 도대체 당신에게 얼마를 환불해 달라는 말입니까?"

"내가 뭐 괜히 협박 공갈해서 돈이나 뜯어내는 그런 사람이라고 생각하면 안 됩니다. 내가 환불해 달라는 액수는 그리 많은 게 아닙니다."

"한번 말해 보시오. 당신이 요구하는 금액이 얼맙니까?"

"3천5백 원입니다. 내가 책을 산 값만 환불해 주면 된다 이겁니다."

"그렇다면, 그런 책을 골라 산 당신 책임은 없습니까? 책을 고르는 당신의 분별력에 문제가 있는 점은 어떻게 생각합니까?"

"그것까지 다 감안하여 책 한 권 값을 요구하는 겁니다."

"내가 환불해 주지 않겠다면 어떡할 겁니까?"

"끝까지 요구해서 받아낼 것입니다."

"마음대로 하십시오. 나는 환불하지 않겠습니다."

"당신 소설을 읽고 실망한 독자에 대해 전혀 책임을 못 느낀단 말입니까?"

"아까도 이야기했지만, 그건 환불하는 문제와는 상관이 없다고 생각합니다. 작가 양심의 문제일 뿐입니다."

"양심상 책임이 있을 뿐, 금전상 책임은 없다 이건데, 책임이란 건 뭔가 가시적인 형태를 띠어야 하는 것 아니오?"

"앞으로 더 좋은 작품을 내어놓는 것도 책임의 가시적인 형태라고 할 수 있고, 또 다르게 책임을 질 수도 있겠죠."

"더 좋은 작품을 내놓는다구요? 당신이 써내는 소설들이 갈수록 나빠지고 있는데, 당신이 그런 형태로 책임을 질 거라고는 기대할 수 없소. 지금까지 당신이 써낸 소설들에 대하여 모두 환불을 요구한다면 액수가 2만 원은 넘을 테지만, 이번에 출간된 《염소의 노래》라는 책에 대해서만 환불을 요구하는 것이니, 내가 잘 봐준 줄 아시오. 내가 이번에 환불을 요구하는 것은, 당신이 쓰는 소설들을 더 이상 못 참겠다는 뜻도 되는 거요."

"그렇게까지 내 소설에 실망했다면 양심상 큰 가책을 느낄 수밖에 없군요. 하지만 환불은 지금껏 한 번도 해본 적이 없고, 환불을 꼭 받고 싶으면 내 소설같이 실망스러운 책을 출간한 출판사에나 요구해 보시오. 책 한 권 팔게 되면, 작가 쪽보다 출판사 쪽에서 아무래도 더 큰 이윤을 가져가게 되니 말이오."

"책 내용에 대해서는 어디까지나 작가 자신이 책임을 져야 되는 거 아니오? 이건, 어디서 이윤을 더 많이 취하느냐의 문제가 아니란 말이오. 나는 당신에게 환불을 요구하고 싶을 뿐이오."

　"내가 백보 양보해서 만약 환불을 하게 된다 하더라도, 책 한 권이 팔릴 때 나에게 돌아오는 이윤의 한도 내에서밖에는 환불해 줄 수 없소."

　"도대체 책 한 권이 팔리면 당신에게 돌아오는 이윤이 얼마큼 되는 거요?"

　"책 한 권 값의 10퍼센트가 보통이지요. 그러니까 3천5백 원짜리 책한 권 팔리면 3백5십 원이 들어오는 셈이죠. 어떤 출판사는 광고를 많이 해주겠다는 감언이설로 5퍼센트 이상은 주지 않는 경우도 있지요. 또 출판사들이 인세를 지급하는 것이 주먹구구식이라서 언제 들어올지 모르는 경우가 허다하지요. 그리고 기껏 초판 3천 부 정도 찍으면 그만인 경우가 대부분인데, 다 계산해 봐도 백만 원 가량밖에 되지 않소. 수개월, 아니 수년씩 작품을 써가지고 들어오는 수입이 고작 그거란 말이오. 몇몇 인기 있는 작가들을 제외하고는, 이 시대 소설가들이야말로 최하 수준의 임금을 받는 근로자라 할 수 있소. 십 년 전의 원고료 액수를 지금도 그대로 받고 있는 형편이오."

　"그러니까 요는, 환불해 주더라도 3백5십 원 그 이상은 못 주겠다 이거군요."

　"말을 하자면 그렇다는 거지, 환불해 주겠다는 뜻은 아니오."

　"나도 환불 액수를 따지면 3천5백 원이 문제겠소? 상징적으로 책 한 권 값을 받아내겠다 이거지, 내가 《염소의 노래》라는 책 한 권을 삼으로써 당신에게 돌아간 이윤을 되돌려 달라는 것은 아니오. 내가 불량 면도기 한 대를 산 것은 아니지 않소. 이건 어디까지나 정신적인 손해에 대한 배상이란 말이오."

　"어떤 정신적인 손해를 봤는지 구체적으로 이야기할 수도 없으면서 어떻게 배상을 요구하는 거요?"

"이 사람 보게. 내가 언제 구체적으로 이야기할 수 없다 그랬소?"

"막연히 시간을 낭비한 것 같다는 것만으로 배상을 요구하는 근거가 될까요?"

"그건 환불을 요구하는 이유 중 하나에 불과하오. 구체적으로 말해보라면 다 말할 수도 있소. 그럼, 해봅시다. 우선 당신, 《염소의 노래》라는 책을 가지고 와서 펴놓으시오. 페이지를 짚어가면서 이야기해 봅시다."

"아, 지금 나는 이러고 있을 시간이 없습니다. 오늘 원고를 써서 넘겨야 할 데가 있습니다."

"어디 지방 신문에도 연재하시더만. 나, 그 신문, 정기구독하지는 않지만 지방 내려가면 가끔 보는데, 신문 연재 같은 거 안 할 수 없소? 그리 이야기를 지지부진 늘어놓아서 뭘 하겠다는 거요?"

"아무튼 오늘은 바쁘니 이만 끊었으면 합니다."

"내가 요구한 것에 대해 당신은 아무것도 확답을 해주지 않았소."

"뭘 더 확답을 하라는 거요? 환불 같은 것은 하지 않겠다고 분명히 말했소."

"방금은, 내가 어떤 정신적인 손해를 보았는가 구체적으로 밝히면 환불을 해줄 것처럼 말하지 않았소?"

"그건, 당신이 제시하는 이유가 하도 막연해서 그래봤던 것이지, 그 구체적인 이유라는 것을 들어보려고 그런 것은 아니오."

"왜 말을 돌리고 그러오? 꼭 당신 소설 같구려. 나도 한가한 놈은 아니고, 출근도 해야 하니, 오늘은 이만 끊겠소. 다음에 또 전화를 걸어 매듭을 짓든지 하겠소."

"아, 제발 이러지 마시오. 이런 식으로 나를 방해하지 마시오."

만우 씨는 송화기에다 대고 엉겁결에 소리를 쳤지만, 이미 전화는 끊어져 있었다. 만우 씨는 책상 의자에 털썩 주저앉으며 자기도 모르게 오른 손등으로 턱을 받쳤다. 그건 전화가 오기 전에 신문에서 본 〈생각하는 사람〉 모습을 닮아 있었다. 만우 씨는, 한 이십여 분 동안 통화를 한 상대방의 목소리를 떠올리며, 그 사람의 성격과 정신 상태 등을 유추해 보았다. 일단은 정신이상자는 아니라는 생각이 들었다. 이쪽의 말을 대거리하는 투로 보아 정신이상자이기는커녕 아주 명료한 의식을 가진 자라고 여겨지기도 했다. 출근도 해야 된다는 말을 하기도 했으니, 정상적으로 직장에 다니는 사람일 가능성도 많았다. 그리고 만우 씨가 그동안 쓴 소설들은 빼놓지 않고 다 읽었음에 거의 틀림없었다. 그러고 보면 만우 씨에 대한 관심이 많은 사람이라고 할 수 있는데, 관심이 많은 그만큼 실망도 컸던 모양이었다. 그런데 왜 하필이면 실망의 표현을 책값 환불 요구로 하는 것일까. 방금 전화한 태도로 보아, 한번 해본 소리가 아니라 끈질기게 자기주장을 관철시키려고 대어들 것만 같았다. 시도 때도 없이 전화를 걸어 귀찮게 하고 집에까지 찾아와서 논쟁을 벌이고 하면, 여간 골치 아픈 일이 아니었다. 차라리 그가 요구하는 대로 3천5백 원을 줘버리는 것이 훨씬 속편하지 않은가. 하지만 그의 요구에 굴복하게 되면 소설가로서의 자존심은 진구렁에 던져지고 마는 셈이었다. 독자에게 책값을 환불하고 나서 다시 붓을 들 수 있는 소설가가 몇이나 있을 것인가. 비록 정신병자에게 봉변을 당한 셈 치더라도 심적인 타격이 클 것이 뻔하였다. 결국 만우 씨는 자신의 소설 창작을 위해서도, 좀 심한 말로 자신의 유일한 생계수단을 이어가기 위해서도, 어떡해서든지 그에게 환불을 해주는 수치만은 모면해야 할 것이라고 마음먹으면서, 〈생각하는 사람〉의 자세를 풀었다.

하지만 그 다음부터는 신문의 활자들도 만우 씨의 눈에 잘 들어오지 않고, 원고를 쓸 의욕도 영 나지 않았다. 그 작자는 그 전화 한 통화로써 만우 씨의 내면을 흩트려놓기에 충분한 충격을 준 셈이었다. 만우 씨는 날씨가 더욱 후덥지근하게 느껴져 창문을 있는 대로 다 열어놓았다. 그러나 시원한 바람 한줌 들어오지 않고 차도를 질주하는 차 소리만 우렁우렁 들려올 뿐이었다. 거기다가 근처의 신축공사장에서 하루 작업을 준비하는 인부들이 떠들어대는 소리와 판자를 던지는 소리 같은 것들이 쿵쿵 들려왔다. 좀 있다 레미콘 차들이 와서 시멘트를 붓고 하면 그 요란한 소음을 견디기가 보통 힘든 일이 아니었다. 오늘 하루도 얼만큼한 소음과 싸워야 될지. 그런데 이미 그의 전화로 인하여 만우 씨 마음속에 일어난 소음이, 바깥의 소음들을 훨씬 능가하고 있는 편이었다.

만우 씨는 오늘 써야 할, 아니 오늘 쓰기로 계획한 원고량을 다시 계산해 보았다. 신문 연재 원고는 어제 일주일 치를 우송하였으므로 며칠 동안 문제될 것이 없는데, 몇 달 전부터 원고 독촉이 있는 문예지에 중편 하나를 넘기는 일이 목에 가시처럼 걸려 있었다. 이제는 더 이상 연기할 수도 없는 형편이라 다음 달 초까지는 꼭 넘겨야만 하였다. 그래도 원고가 150매 가량 진척되어 있어, 오늘분의 원고를 하루 미루고 내일 좀더 힘을 쓰기만 하면 별 지장은 없을 것 같았다. 내일 오후에 압구정동에 갈 일이 하나 있긴 하지만, 오전 중에 몰아서 원고를 쓰면 될 것이었다. 내일은 새벽부터 전화기 코드를 뽑아놓든지 해야지.

만우 씨는 방을 나와 현관문을 열고 바깥으로 나왔다. 아내가 좁은 마당에서 빨래를 정리하다 말고, 만우 씨가 어디로 가는가 하고 의아한 얼굴로 쳐다보았다.

"명륜당 들렀다 올게."

명륜당을 한바퀴 둘러보고 오는 것이 만우 씨의 아침 산보인 셈이었다. 아침 산보라고 해야 규칙적으로 하는 것은 아니고, 한 달에 너덧 번

나가보는 것이 고작이었다.

명륜당은 성균관 대학이 방학이라서 그런지 텅 비어 있었다. 만우 씨는 서너 아름은 됨직한 은행나무 아래에 앉아 고풍스런 명륜당 기와지붕을 하염없이 바라보았다. 고등학교 시절 전국 고교 백일장이 해마다 열리던 명륜당 뜰이었다. 만우 씨는 김천 지역 고등학교 대표로 여기까지 올라와 백일장에 참가하곤 했다. 1, 2학년 때는 입선에도 들지 못하고 계속 떨어지다가 3학년 때 입상을 하기도 했다. 차상이라는 이상한 이름의 상을 사모관대를 쓴 유생차림으로 받았는데, 그때 산문부 백일장 제목이 〈손〉이었다. 만우 씨는 그 제목을 받고 처음에는 어떻게 써야 할지 몰라 당황해하였다. 그러다가 저기 숲 그늘에 앉아서 원고지를 메우고 있는 한 여학생의 손을 보고는 영감이 떠올라 글을 써나가기 시작했다. 그 여학생의 섬섬옥수를 보고, 만우 씨는 희한하게도 김천 근방 황악산 자락에 있는 직지사 부처들의 손을 떠올렸다. 직지直指라는 절 이름도 손과 관련이 있었다. 신라에 처음으로 불교를 전한 묵호자가 세웠다는 절인데, 그 후 능여대사가 중건하면서 절의 터를 잴 때 일체 자를 사용하지 않고 손으로 측량을 했다 하여 직지사라는 이름이 생겼다고 하였다. 직지사 대웅전에 있는 자그마한 천 개의 부처들과 보물로 지정되어 있는 삼존불 탱화 속의 무수한 부처들 손 모양을 떠올리며, 그 손들이 이루는 웅장한 화엄세계를 나름대로 글로 옮겨보았다. 쉽게 이야기하면, 손에 손 잡고 새 세상을 이루어보자는 좀 순진한 내용이었다. 황악산 직지사는 만우 씨가 중고등학교 시절 심심하면 놀러갔던 절이었다. 대웅전으로 들어서자마자 천불들 중에서 유일하게 서 있는 아기 부처를 발견하면 아들을 낳는다 하여, 아들 못 낳은 여자들이 가슴 두근거리며 드나들던 절이었다. 천 개의 앉은 부처들 중에서 혼자만 오뚝 서 있는 그 아기불은 아마도 천상천하유아독존을 외쳤던 탄생불일 것이다. 섰다가 앉았다가 모로 누웠다가 똑바로 눕는 부처. 탄생불, 가부좌불, 열반불, 와불. 부처도 생로병사의 원리를 그 몸의 자세로 보여주고 있는 셈이었다.

만우 씨는 무릎 위에 놓인 두 손을 내려다보며, 지금 은행나무 아래 앉은 자신의 자세가 아직은 가부좌불을 닮았다고 여겨졌다. 말하자면 한창 일할 나이, 열심히 소설을 쓸 나이가 아닌가 싶었다. 그런데 오늘은 소설 쓰는 일을 일찌감치 접어두고 도망치듯 명륜당으로 들어와 있는 형편이었다. 독자로부터 환불을 요구당하는 처지에 이르고 말았다니. 만우 씨는 생각할수록 맥이 빠지지 않을 수 없었다. 아침때가 지나가는데도 밥 먹을 생각조차 나지 않았다.

아내가 아침 밥상을 차려놓고 기다리고 있다는 것을 알면서도, 만우 씨는 집으로 향하지 않고 덕수궁으로 향했다. 덕수궁 관람표를 한 장 사서 대한문을 지나 궁 안으로 들어섰다. 덕수궁은 경복궁이나 창덕궁에 비해 규모가 작아 조금만 빨리 걸으면 궁궐 담이 곧 끝나버릴 것 같아, 만우 씨는 될 수 있는 한 천천히 걸어서 현대 미술관 쪽으로 다가갔다. 내일부터 열릴 로댕 전시회를 준비하기 위해 아침부터 전시회 관계자들이 인부들을 지휘해 가며 부산하게 움직이고 있었다. 수십억, 아니 수백 수천억 원에 달할 로댕의 청동 조각품들이 전시될 장소를 배정받기 위해 여기저기 복도에서 기다리고 있는 모습은 또 하나의 진귀한 전시회라 할 수 있었다. 만우 씨는 로댕 전시회 관계자 중의 한 사람인 것처럼 뒷짐을 지고 음음, 헛기침도 몇 번 해가며 홀 안으로 쑥 들어가, 이리저리 돌아다니며 로댕 조각품들을 공짜로 구경하였다. 번호가 매겨진 것을 보니 모두 46점이 전시될 모양이었다. 진열 번호 1번이 〈코가 깨진 남자의 얼굴〉이었고, 46번이 〈장례의 수호신〉이었다. 만우 씨는 아침 신문에서 얼핏 본 〈팔 없는 사람의 명상〉이라는 여인상 작품

앞에 오래 서 있었다. 그 작품은 양팔이 없을 뿐만 아니라, 왼쪽 무릎도 정과 망치로 깨버린 듯 달아나고 없었다. 다리를 움직이려고만 하면, 무릎도 없이 허벅지에 덜렁거리며 간신히 붙어 있는 장딴지 부분이 그 대로 떨어져나갈 것만 같았다. 신문에서도, 그 작품은 명상과 행동 사이의 모순을 표현하고 있다고 설명하였는데, 과연 직접 보니 그 모순의 처절함이 피부로 느껴지는 듯했다. 양팔과 무릎이 없는 행동. 행동하기만 하면 무너지게 되어 있는 몸의 구조. 그 여인은 〈생각하는 사람〉처럼 턱을 받칠 만한 손 하나 없는 셈이었다.

아무튼 청동으로 기운차게 혹은 부드럽게 빚어진 그 조각품들의 세계는 인간사의 모든 것을 거의 다 담고 있다 해도 과언이 아니었다. 만우 씨는 미술관을 슬그머니 빠져나오며 오른손으로 무릎을 쳤다. 그것은 자기 무릎이 있는가 확인해 보는 동작이기도 하면서, 무언가 깨달음을 나타내는 몸짓이기도 했다.

"그렇다. 청동의 문체여야 한다."

만우 씨는 입으로 중얼거리기까지 했다. 내면과 현실을 청동의 문체로 표현해낼 때, 얼마나 강인하고 장중한 세계가 펼쳐질 것인가. 만우 씨는 지금껏 자신의 문체가 물렁한 목질의 문체이거나 방정맞은 양철의 문체였다는 사실을 부끄러워했다. 그런데 어떤 소설가가 청동의 문체로 이 세계를 장엄하게 그려내었는가. 동서고금을 둘러보아도 언뜻 짚이는 작가가 없었다. 한때 만우 씨가 흠뻑 빠졌던 도스토예프스키나 카뮈도 청동의 문체는 아니었다. 무언지 모르지만 청동보다는 약한 그런 문체였다. 헤밍웨이도 돌이나 바위의 문체 정도밖에 안 되고, 존 스타인벡도 어딘지 부족한 구석이 있고, 고리키도 거친 철의 문체는 될지언정 청동의 문체는 아니었다. 포스트모더니즘 어쩌고 하는 현대 작가들일수록 기교는 발달된 반면 문체의 힘은 약해져, 고무판을 조각칼로 요리조리 재미있게 파고 있는 격이었다. 한국의 소설가들 중에는 청동의 문체를 구사하는 작가가 있는가. 아직은 없다는 사실이 만우 씨를 서운하게 하면서도 한편 안도하게 하였다. 그러다가 만우 씨는 연암 박지원은 청동의 문체를 구사한 작가가 아닐까 하는 생각을 해보았다. 그 《열하일기》의 웅려함과 통달함, 그리고 깐깐함. 가히 청동의 문체라 이를 만하지 않은가. 하지만 《열하일기》는 아깝게도 한문으로 씌어진 작품이었다.

"청동의 문체를 구사하려면 청동의 눈, 청동의 심장을 가져야 한다. 환불을 요구하는 독자 하나쯤 한방에 때려눕히는 청동의 팔을 지녀야 한다."

어느새 만우 씨는 생각의 방향을, 아침에 전화를 건 그 독자에게로 돌리고 있었다. 아무래도 오늘 하루는 그 독자가 만우 씨의 머릿속에 또아리를 틀고 들어앉을 모양이었다.

만우 씨는 그날 하루 동안 어디를 쏘다녔는지, 소주에 고주망태가 되어 한밤중에 집으로 돌아왔다. 한밤중이라지만 여름날 대학로 거리는 그냥 대낮이라 해도 될 성싶었다. 웃통을 벗어젖힌 젊은 남녀들이 집으로 돌아갈 줄은 모르고 밤새도록 신작로에서 노래하고 춤추고 낄낄거리며 뒹굴었다. 거리의 상점들도 네온사인 끄는 법을 잊은 듯했다.

"야, 이 시대의 절망하는 청년들아, 내일, 아니 오늘부터 로댕 전시회가 덕수궁에서 열린다. 거기 가서 절망하는 청년을 보라!"

만우 씨는 청춘 남녀들 못지않게 고함을 질러대며 신작로를 건너갔지만, 아무도 〈절망하는 청년〉이 로댕의 조각품 이름임을 알지 못했다.

3

만우 씨는 오랏줄에 꽁꽁 묶인 채 언덕으로 끌려 올라가고 있었다.

석가모니가 열반에 들었다는 쿠시나가라 숲 언덕 같기도 하고, 예수가 십자가에 못 박혔다는 갈보리 언덕 같기도 했다. 언덕에 다 올라가니 굵은 통나무 말뚝이 세워져 있었는데, 로마 병정 같은 사람들이 우르르 달려들어 만우 씨를 말뚝에 매달았다. 그리고는 말뚝 아래에 섶을 잔뜩 쌓기 시작했다. 만우 씨는 무언가 사태가 심상찮게 돌아간다는 것을 눈치 채고, 몸을 묶고 있는 오랏줄을 풀려고 버둥거려보았다. 그런데 오랏줄은 어느새 책다발들로 변해 있었다. 만우 씨가 지금까지 쓴 열 권 가량의 소설책들이, 출판사로 반품되어 온 것들이라면서, 만우 씨의 온몸을 칭칭 감고 있었다. 《염소의 노래》 책들은 아예 만우 씨의 목을 휘감고 조르기 시작했다. 만우 씨는 팔과 다리를 놀려 그 책다발 오랏줄을 끊어보려고 용을 쓰다가, 문득 자신의 양 어깨에서 이미 팔들이 떨어져 나가고 두 무릎이 으깨어져 있음을 발견했다. 이제 영락없이 사람들의 처분만 기다리는 수밖에 없었다. 누가 횃불을 들고 앞으로 나와서 섶에다 불을 붙이려 했다. 만우 씨가 그 사람을 내려다보니 전혀 낯선 얼굴이었다. 그 낯선 얼굴이 만우 씨를 올려다보고 외쳤다.

"이래도 환불을 해주지 않겠느냐?"

그제서야 만우 씨는 그 사람이 누군지 알 수 있었다. 만우 씨는 극심한 공포로 전신이 떨려왔지만, 눈을 질끈 감고 말을 뱉어내었다.

"환불해 주지 않겠다."

마침내 그 사람이 섶에다 횃불을 갖다대었다. 곧 불길이 만우 씨가 쓴 책들을 태우고 만우 씨의 몸을 집어삼켰다. 만우 씨는 몸이 불길에 녹아내린다고 생각하며, 자기가 이 시대에 작가의 자존심을 위해 분신도 불사한 최초의 사람이 되었다는 자부심을 느끼고 있었다. 하지만 불김이 목구멍으로 넘어오자 목이 타는 듯하여 물을 찾았다. 물, 물, 물. 소리는 내지 못하고 속으로 물을 부르짖다가, 만우 씨는 말뚝에서가 아니라 방바닥 위에서 눈을 떴다.

정말 온몸에 불기운이 지나갔는지 사지가 땀으로 흠뻑 젖어 있었다. 만우 씨는 머리맡 텔레비전 앞에 놓인 컵의 물을 벌컥벌컥 들이켜고 나서 무거운 머리를 흔들며 간신히 일어나, 서재의 전화기 코드를 뽑아버렸다. 그리고 부엌에 나와 있는 아내를 불러 안방의 전화기 코드도 뽑도록 하였다.

만우 씨는 아침밥을 명탯국에 말아 조금 먹은 후, 문예지에 넘길 중편 원고를 다듬기 위해 책상 앞에 앉았다. 중편 제목은 〈말의 섶〉이었다. 이제 후반부로 접어들고 있었다. 만우 씨는 제목을 정할 때 섶이라는 단어를 새삼 사전에서 찾아보았는데, 만우 씨가 애용하는 사전에는 섶이 다섯 가지 의미로 나와 있었다.

섶1: 줄기가 가냘파 넘어지기 쉬운 식물을 버티기 위하여 길들여 꽂아둔 막대기. 섶2: 두루마기나 저고리 깃 아래에 달린 긴 조각. 섶3: 섶나무(준말). 섶4: 누에가 올라가 고치를 짓도록 마련한 짚이나 잎나무. 섶5: 물고기가 모이도록 물속에 마련한 나무. 만우 씨가 제목에서 의미하는 바는 섶3이라 할 수 있으므로, 섶나무도 찾아보았음은 말할 필요가 없었다. 섶나무: 잎나무 · 풋나무 · 물거리 따위의 총칭.

만우 씨는 원고를 계속 이어나가기 위해, 일단 앞에 써놓은 부분을 되풀이해서 여러 번 읽어보았다. 칼뱅과 세르베투스의 논쟁과 갈등이 점층적으로 심화되어 가도록 구성을 한다고 했는데, 16세기의 사건을 다루는 것이라 그 시대 풍속과 배경에 관한 지식이 약하여 거친 감이 없잖아 있었다. 하지만 삼위일체를 둘러싸고 벌이는 논쟁은 만우 씨가 읽어볼 때도 그럴 듯하여 박진감이 있는 편이었다.

이제 세르베투스를 재판하는 장면으로 넘어갈 차례였다. 자신의 말 한마디를 끝까지 지켜내는 세르베투스의 신념과 고집, 거기에 당황하는 칼뱅의 모습을 대조적으로 그로테스크하게 그려나가야만 하였다. 만우 씨는 한숨을 푸우 한번 크게 내쉬고, 끝도 없이 빈 공간으로 이어져 있는 원고지 칸을 메우기 시작했다.

심문관이 세르베투스에게 엄숙한 어조로 물었다.

"그대는 우리 교회가 고백하고 있는 신성한 삼위일체 교리에 대해 어떻게 생각하는가?"

"삼가 제 의견을 말씀드리면, 삼위일체 교리는 대가리 셋을 가진 지옥의 개라고 생각합니다."

"뭣이라구!"

화가 머리끝까지 난 심문관이 재판석을 주먹으로 내리쳤다.

똑똑똑.

문 두드리는 소리가 났다.

"여보, 손님이 찾아왔는데요."

조심스런 아내의 목소리였다. 만우 씨는 이런 식으로 아내가 방해를 하는 경우는 거의 없던 일이라, 이맛살을 찌푸리며 책상 의자에서 일어나 문께로 다가갔다. 문을 조금 열어 아내의 작은 얼굴을 내다보며 언짢은 투로 내뱉었다.

"누가 찾아왔다는 거야? 찾아올 사람이 없는데. 웬만하면 없다 그러고 돌려보내요."

"출판사에서 나온 것 같아요. 긴히 상의할 일이 있다면서."

아내가 현관 쪽을 흘끔 바라보았다. 결국 만우 씨는 방을 나와 현관께로 나가보았다.

"아, 강만우 선생님이십니까?"

현관에 서서 이렇게 운을 뗄 때는 남자의 목소리를 듣는 순간, 만우 씨는 온몸에 소름이 돋는 기분이었다.

"어제 전화했던 사람입니다. 오늘도 몇 번 전화를 했지만, 통화가 되지 않아 이렇게 직접 찾아왔습니다."

그 남자는 어제 전화 통화에서와는 달리 정중한 어투로 말하려 노력하고 있었다.

"나 지금 중요한 원고를 쓰고 있소. 그러니 당신과 이야기할 여유가 조금도 없소. 돌아가시오."

만우 씨는 무의식적으로 오른손을 움직여 글 쓰는 흉내를 내보였다.

"원고를 쓰는 일보다 이게 더 중요한 일입니다."

"거, 환불해 달라는 거 말이오?"

옆에서 아내가 어리둥절한 표정이 되어 두 사람을 번갈아 쳐다보았다.

"그렇습니다. 꼭 환불을 받아야 되겠습니다. 3천5백 원 말입니다. 여기까지 오는 데 쓰인 교통비는 계산에 넣지 않겠습니다."

만우 씨는 다시 한 번, 그 남자가 정상인인가 하고 훑어보았다. 옅은 자주색 여름 남방을 입고 있는 그는 만우 씨보다 서너 살 가량 어려 보였는데, 머리도 단정히 빗고 전체적인 용모도 흐트러진 구석이 없었다. 정상인으로 여겨질 수밖에 없는 그러한 분위기가 만우 씨를 더욱 초조하게 하였다. 만우 씨는 이 사람을 쉽게 돌려보낼 수 없다는 것을 직감하고, 함께 바깥으로 나갈 채비를 차렸다.

"여보, 내 이 사람하고 이야기 좀 하고 올 테니, 이제 당신 방 전화기 코드는 꽂아놔요."

"환불이 무슨 말이에요? 당신, 이 사람에게 돈 받은 거 있어요?"

"당신은 몰라도 돼."

만우 씨는 아내를 따돌리고 그 남자를 바깥으로 데리고 나왔다.

"당신, 나를 이렇게 귀찮게 할 거야?"

만우 씨는 앞서 걸어 나가며 제법 위협조로 말을 던졌다.

"내가 뭘 귀찮게 했다고 그러십니까? 내가 오히려 여기까지 오고 하니 더욱 귀찮습니다. 3천5백 원 환불만 하면 깨끗이 끝날 일이 아닙니까."

그 남자는 만우 씨와 한 걸음 정도 떨어져서 따라오며 차분하게 대꾸하였다.

"환불해 줄 수 없다는데! 이 사람이."

만우 씨가 언성을 높이며 홱 뒤돌아섰다. 하지만 그 사람은 조금도 위협을 느끼거나 움츠러드는 기색이 아니었다. 몸피는 서로 어슷비슷하여 만우 씨가 덩치로써 그 사람을 제압할 수는 없는 형편이었다. 결국 언성을 높이는 수밖에 없는데, 그것마저 제대로 먹혀들지 않은 셈이었다.

"환불해 줘야 할 이유를 좀더 구체적으로 말씀드리겠습니다. 어디 이야기를 나눌 만한 레스토랑으로 가시죠."

이번에는 그 남자가 만우 씨를 앞질러 걸어 나가기 시작했다.

"아침부터 레스토랑은. 나는 당신 이야기를 더 들을 필요가 없으니 그만 돌아가시오. 내가 이만큼 배웅을 해줬으면 됐지 않소."

만우 씨는 그 남자가 앞으로 걸어 나가도록 내버려두고, 그냥 뒤돌아서서 집으로 발걸음을 옮겼다. 대문으로 들어서면서 뒤돌아보니, 그 남자가 골목길에 그대로 선 채 이쪽을 망연히 바라보고 있다가, 왼팔을 한번 들어 보이고는 골목을 다시 걸어 나가기 시작했다. 그 여유 있는 작별 인사는 불원간 재차 방문을 하겠다는 의사표시인 것 같기도 했다.

"미친놈."

만우 씨는 그가 어렴풋이 들을 수 있도록 약간 소리를 높여 혼잣말인 양 내뱉고는 대문 안으로 들어섰다. 자초지종을 자꾸만 캐어물으려는 아내의 입을 막고 다시금 책상 앞에 앉았으나, 이미 글을 쓸 수 없는 마음 상태가 되어 있었다.

"씨펄 놈."

만우 씨는 자기도 모르게 입에서 튀어나오는 욕설로 인하여 잠시 당황했다. 이렇게 그 작자에게 매일 방해를 받다가는 마감기간 안에 중편이 완성되기는 어려울지도 몰랐다. 그냥 3천5백 원이든 3만5천 원이든 환불을 해버리고, 그 작자가 전화를 걸거나 집으로 찾아오는 일이 없도록 하는 것이 좋지 않은가. 이런 생각이 또 들기도 했으나, 만우 씨는 힘차게 머리를 저었다.

오후에 압구정동 쪽에 나가볼 일이 있어 어제 치까지 합해서 오전 중에 원고를 적어도 20매 이상은 써두어야 하는데, 아직 한 장도 채 쓰지 못하고 마음이 흩트러지고 만 것이었다. 잠시 후, 아내가 꿀물 잔을 받쳐 들고 염려스런 얼굴로 방으로 들어왔다. 만우 씨는 아내를 보자, 저 여자가 그 작자를 따돌리는 지혜를 발휘하지 못했기 때문에 일이 망쳐지고 말았다고 여겨져 더욱 부아가 났다. 그런 때는 아내가 자식을 낳지 못하는 석녀라는 사실이, 다시 말해 아내와 성교를 아무리 해도 자식을 만드는 일에서는 항상 실패가 예정되어 있다는 사실이 새삼스럽게 마음을 건드리기도 했다.

"앞으로 누가 찾아와도 없다고 그래요. 전화가 와서 나를 바꿔달라 그래도 확실한 데 아니면 없다 그러고."

"알았어요. 그런 손님인 줄은 몰랐어요. 워낙 정중하게 이야기해서."

아내는 고개를 숙인 채 얼굴을 붉히며 미안한 기색을 떠올렸다. 만우 씨는 작품을 써나가려고 펼쳐둔 칼뱅과 세르베투스 관련 자료들을 한 켠으로 밀어놓으며 꿀물을 들이켰다. 아내가 조용히 물러나갔다.

만우 씨는 푸슈킨이 〈모차르트와 살리에리〉라는 작품을 쓴 것처럼, 서로 대립되는 인물을 소재로 하여 몇 작품 쓸 계획을 가지고 있었다.

칼뱅과 세르베투스, 프로이트와 융, 헤겔과 셸린, 더 나아가 마르크스와 베버도 다루고 싶었다. 세계 지성사에 획을 그은 대조적인 인물들을 먼저 다룬 후, 한국적인 상황으로 옮겨와 김시습과 정인지 같이 동시대를 살면서 전혀 다른 길을 걸은 인물들도 다룰 예정으로 있었다. 한국 현대 정치사로 넘어와도, 그런 소재의 틀 속에 담길 만한 인물들은 얼마든지 찾아볼 수 있을 것이었다.

만우 씨는 의자에서 일어나 방 안을 왔다 갔다 하다가 구석에 놓인 선풍기를 켜고는 방바닥에 털썩 주저앉았다. 이렇게 많은 구상들을 가지고 앞으로 더욱 더 열심히 잘 써나가려고 하는데, 어처구니없게도 벌써부터 환불을 요구하는 독자가 생기다니. 그러다가 만우 씨는 생각을 다른 방향으로 돌려보았다. 어쩌면 그 작자는 상습적으로 소설가들에게 그런 식의 협박을 하여 교묘하게 돈을 뜯어내고 있는지도 몰랐다. 책을 사서 보지도 않고 신문 같은 데 기자가 요약해 놓은 내용들을 슬쩍 훑어보고는, 사서 읽은 것처럼 행세하며 환불 어쩌고 하는 소리를 하고 다닐 수도 있지 않은가. 다른 소설가들도 그 작자에게 당하였는데 창피스러워 입을 다물고 있는지도 모른다. 그렇다고 아는 소설가들에게 전화를 걸어, 혹시 소설책값 환불해 달라는 독자가 귀찮게 군 적이 있느냐고 물어볼 수도 없었다. 만우 씨는 자기가 직접 그 작자에게 책 내용을 꼬치꼬치 캐물어, 그의 사기성 여부를 들추어봐야겠다고 마음을 다잡아먹었다. 생각이 여기에까지 미치자, 이틀 동안 그 작자의 말에 정신이 산란해지고 소설을 쓰고 싶은 의욕뿐만 아니라 살고 싶은 의욕조차 시들시들해지려 했던 자신이 무척 못나 보였다. 이제 이 작자가 전화를 걸거나 찾아오기만 해봐라. 단단히 혼을 내어 오히려 싹싹 빌고 가도록 해주겠다.

"여보, 여보!"

만우 씨는 서재의 방문을 열면서 아내를 큰 소리로 불렀다.

"아니, 왜요?"

"거, 있잖소. 방금 왔다 간 친구 말이오. 전화를 걸거나 찾아오면 나한테 바꿔주시오."

지금 만우 씨는 문법적으로 약간 틀린 말을 하고 있었지만, 평소의 그답지 않게 그것을 의식하지 못하고 있었다.

"조금 전에는 바꿔주지 말라고 했잖아요."

"바꿔주라면 바꿔줘."

만우 씨는 아내에 대해서는 기분에 따라 끝어미 '요'가 붙었다가 떨어졌다가 했다. 마음을 그렇게 정하자, 비로소 만우 씨는 안정이 되어 다시 책상 의자에 앉을 수 있게 되었다.

심문관이 다소 마음을 진정시켜 세르베투스에게 질문을 해나갔다.

"《삼위일체론의 오류》라는 책은 그대가 지은 것이 확실한가?"

"네. 내가 지은 책이 분명합니다. 이십이 년 전, 내가 이십 세 때 지은 책입니다."

"삼위일체론이 오류라는 근거는 어디에 있는가?"

"그 근거는 바로 성서에 있습니다."

"그대도 성서를 존귀히 여기는가?"

"내가 성서보다 더 높이 숭앙하는 책은 이 세상에 없습니다. 그런데 325년 니케아 종교회의는 성서에도 없는 삼위일체 교리를 교회의 이름으로 정함으로써 큰 과오를 저질렀습니다."

"그대는 예수가 영원 전부터 하느님의 아들이라고 믿지 않는가?"

"그렇게 믿지 않습니다. 예수는 원래부터 사람이었는데, 하느님의 신성을 덧입었을 뿐입니다. 그러니까 예수는 하느님의 영원하신 아들이 아니라, 영원하신 하느님의, 아들에 불과합니다."

말하자면 세르베투스는 영원하신이라는 형용사를 하느님에게만 붙이려고 했다. 심문관은 고개를 설레설레 저었다.

"그대는 빌레뉴바라는 가명으로 도피 생활을 해왔는가?"

"그렇습니다.《삼위일체론의 오류》라는 책 때문에 로마 교회에서 나를 체포하려 하여, 비엔나를 탈출하면서 그 가명을 사용하기 시작했습니다."

"그대는 비엔나를 탈출하기 전에 또, 삼위일체론을 반대하는 책 한 권을 비밀리에 출판하지 않았는가? 그 책 제목이《기독교의 재건》이라고 했던가?"

"맞습니다.《기독교의 재건》입니다."

"기독교의 재건이라구? 기독교를 파괴하려고 쓴 책 제목에다 재건이라는 말을 사용하다니."

심문관이 코웃음을 치자 세르베투스는 얼핏 냉소를 떠올렸다.

"교회의 이익을 떠나 순전한 마음으로 성서로 돌아가는 길만이 기독교를 재건할 수 있다고 믿었기 때문에 그런 책 제목을 붙였습니다."

"그대는 저작물로 인하여 비엔나의 로마 교회가 궐석 재판에서 그대에게 화형을 언도한 것을 알고 있는가?"

"알고 있습니다. 내 책들까지 나와 함께 화형 언도를 받은 것을 알고 있습니다. 내 책들은 이미 나를 본따 만든 인형과 함께 불태워졌다고 들었습니다."

"이제 그대는, 로마 교회뿐만 아니라 로마 교회의 적인 종교개혁파도 그대에게 화형을 선고하려 하고 있음을 아는가?"

"그것도 잘 알고 있습니다."

"그런데도 왜 그대는 칼뱅이 교회를 맡고 있는 이 제네바로 와서, 그것도 칼뱅이 설교하는 그 시간에 교회에 들어왔다가 체포되었는가?"

"나는 칼뱅이 어떻게 사이비 교리와 거짓말로 사람들을 후리는가 내 눈으로 직접 확인하러 갔을 뿐입니다. 칼뱅이야말로 하느님의 이름을 빙자하여 중대한 과오를 저지르고 있는 자입니다. 칼뱅이 주장하는 교리가 얼마나 거짓된 것인가 밝혀 보이겠으니, 칼뱅을 이 법정에 불러내어 나와 논쟁하게 할 것을 요구합니다."

세르베투스의 두 눈은 이미 화염에 휩싸인 듯 이글거리고 있었다.

짜릉 짜르릉.

안방에서 울리는 전화벨 소리가 희미하게 귓전에 와 닿았다. 만우 씨는 어디서 온 전화인가 하고, 잠깐 만년필을 원고지 위에 내려놓고 긴장된 자세로 기다렸다.

"여보, 신문사에서 전화예요. 장거리 전화."

만우 씨는 서재의 전화기 코드를 다시 꽂고 송수화기를 들었다.

"전화 바꿨습니다."

"아, 강 선생인가? 나 황 부장이오."

신문사 문화부 기자가 전화를 하지 않고 문화부장이 전화를 하는 경우는 뭔가 연재소설과 관련하여 주문 사항이 있을 때였다.

"이 여름에 글 쓰느락고 수고가 많죠? 건데 말이오, 요즘 우리 신문사 내에서 강 선생 소설이 재미가 없닥고 야단이여. 재미가 없다는 말은 작품이 좋지 않다는 뜻은 아니고 말이제, 거, 있잖아, 남녀 상봉지사가 없다 이거제. 한 달이 넘도록 여자 한 사람 등장 안 하니, 이거 원, 날씨도 더분데, 강 선생, 지방 독자를 위해서 좀 시원하게 한번 써보소. 《염소의 노래》라는 작품에서는 남녀 상봉지사를 기가 막히게 그려났더만. 그런 식으로 말이제, 좀 해주소. 그럼, 나악중에 만나 술이라도 한잔합시더, 수고하이소."

"아, 네."

만우 씨가 미처 말을 꺼내기도 전에 황 부장은 자기 말만 하고 벌써 전화를 끊어버렸다. 남녀 간의 정사를 황 부장은 상열지사라고 하지 않고, 상봉지사라는 좀 어색한 문구로 표현하는 습관이 있었다. 자기 딴에는 점잖은 문자를 쓴다고 그랬을 것이었다.

"상봉지사 좋아하네."

일단 그렇게 중얼거리기는 했지만, 만우 씨의 마음은 또 흔들리고 있었다. 화염에 휩싸인 듯 이글거리는 세르베투스의 두 눈을 잃어버리고, 만우 씨는 멍하게 앉아 있기만 했다. 이제 이것으로 오늘 작업은 끝내야 할 것 같았다. 압구정동에 1시까지 가야 했다. 만우 씨는 벽에 걸린 전자시계를 흘끗 올려다보고 외출 채비를 차렸다. 며칠 전에 준비해 둔 봉투를 챙겨드는 것을 잊지 않았다.

4

오늘 함께 검토해 볼 작품은 최희명 여사의 단편에 해당하는 작품이었다. 만우 씨는 자기 앞에 놓인 자개상 위에 봉투에서 꺼낸 단편 원고 복사본을 놓은 후, 널찍한 방 안에 빙 둘러 앉아 있는 여섯 명의 여자들과 청년 한 사람을 슬쩍 훑어보았다. 실내 공기는 에어컨 바람으로 여름을 전혀 느낄 수 없을 정도로 시원하였다.

"자, 그럼 최희명 씨의 작품 〈먼 슬픔〉에 대하여 각자 느낀 바를 말해 보십시오. 그저 막연히 이야기하지 말고, 좋은 점과 나쁜 점들을 구체적으로 지적해 보도록 하십시오."

만우 씨 왼쪽 바로 옆에 앉은 최희명 여사는 긴장된 표정을 짓고 있었다. 이 60평 넓이의 1002호 아파트는 최희명 여사네 집이었다. 남편은 경제기획원에서 제법 높은 지위를 차지하고 있는 고위 공무원인데 프랑스로 출장을 나가고 없었다. 이번 달은 최희명 여사의 작품이 검토 대상이 되고 또 남편도 외국으로 떴으므로, 최희명 여사가 자기 집으로 회원들을 초대하겠다고 적극 나선 것이었다.

"이거, 희명 씨한테 점심을 얻어먹었으니 작품을 꼬집을 수도 없고."

늘 농담기가 온몸에 흐르는 김수옥 여사가 앞에 놓인 예쁜 크리스털 주스 잔으로 손을 뻗으며 한마디 운을 떼자, 청년을 제외한 나머지 사람들이 웃음을 터뜨렸다. 잘 웃지 않고 표정이 진지하다 못해 심각하기까지 한 그 청년은, 같은 회원인 지표숙 여사의 조카뻘 된다고 했다. 처음에는 이 모임에 참여하지 않았다가 지표숙 여사의 특별 추천으로 나중에 합류한 청년이었다.

"〈먼 슬픔〉은 제목부터 어느 여류 기성 작가를 흉내 내고 있을 뿐만 아니라, 그 내용도 닮아 있어 신선감이 전혀 없습니다. 주인공 도연이가 남자를 포기하고 떠나는 대목도 설득력이 없고, 전체적으로 필연적인 동기 같은 것이 결여되어 있습니다."

청년이 굳은 표정을 풀지 않은 채 작품의 결점부터 날카롭게 지적하고 나섰다. 만우 씨가 최희명 여사의 얼굴을 훔쳐보니 벌써 발갛게 상기되어 있었다.

"지금 단계에서 기성 작가의 흉내를 내었다고 꼬집는 것은 무리라고 생각합니다. 우리는 어디까지나 작가 수업을 받는 예비 문인들로서 기성 작가를 배우는 의미에서도 좀 흉내를 내어보면 어떻습니까. 그리고 하고많은 소재들이 갖가지 형식으로 이미 작품화되어 있기 때문에, 흉내를 낸다고 한 것도 아닌데, 우연히 결과적으로 흉내를 낸 셈이 되는 경우가 많다 이겁니다. 우리가 어떻게 지금까지 발표된 작품들을 다 읽어볼 수 있습니까."

청년이 흉내를 내었다고 지적한 부분에 대하여, 권미선 여사가 은근히 최희명 여사의 입장을 변호해 주었다.

"주인공 도연이가 남자를 떠나는 대목이 설득력이 없다고 했는데, 내가 읽을 때는 그 부분이 감동적이었어요. 아마 수홍 씨가 남자라서 여자의 심리를 잘 몰라 그렇게 생각했나 봐요. 수홍 씨도 연애를 해보고 여자 심리를 알아보도록 해요."

두 귓불이 늘어질 정도로 큼직한 다이아몬드형 귀고리를 달고 있는 조난이 여사가 청년을 애교스럽게 흘겨보자, 청년은 쓸쓸한 표정을 짓고 다른 사람들은 윤기가 흐르는 허연 얼굴에 벙긋이 미소들을 담았다.

"도연이를 끈질기게 찾아오는 또 다른 젊은 남자 있잖아요. 송구진이라고. 그 남자와의 관계를 좀더 진득하게 그렸으면 작품이 더욱 재미있게 되지 않았나 생각해요. 이거 원, 포옹하는 장면 하나 없으니."

김수옥 여사가 어깨를 으쓱거리며 가볍게 혀를 찼다. 만우 씨가 볼 때, 그 동작은 누구에게 안기고 싶어하는 여자의 몸짓 같기도 했다. 여섯 여자들 중에서 김수옥 여사가 그래도 얼굴과 몸매가 옹기종기한 게, 가장 매력적으로 생겨 있었다. 김수옥 여사의 남편은 민항 여객기 조종사라고 했다. 남편이 집으로 들어와 자고 가는 날은 한 달에 열흘도 채 되지 않았다. 그래서 김수옥 여사는 누구보다 귀가 시간에 구애됨이 없이 자유분방하게 지내는 편이었다.

"이전 작품보다는 문장이 많이 안정된 것 같아요. 맞춤법도 틀린 데가 별로 없고, 그런데 문장 어미를 쓸 때 신경을 좀 써야 할 것 같아요. 있었다, 있었다, 있었다, 이런 식으로 같은 어미가 세 번 연달아 반복되기도 하고, 것이었다로 끝나는 문장이 너무 자주 나와요."

문장을 다듬는 데 유달리 마음을 쓰는 이신주 여사도 한마디했다. 이렇게 최희명 여사를 제외한 여섯 명이 원고 복사본들 페이지를 넘겨가며 자기들 나름대로 〈먼 슬픔〉에 대한 작품평들을 주고받았다. 최희명 여사는 사람들의 말을 듣고 있다가, 원고지 한 모퉁이에다 볼펜으로 꼼꼼하게 메모를 해두기도 했다.

이 모임은 여고 문학반 동창들끼리 이십여 년 만에 새로 만나기 시작하면서 이루어지게 된 것이었다. 지표숙 여사가 어느 신문사 문화센터에서 만우 씨로부터 소설 창작 강좌를 들은 적이 있는데, 그것이 인연이 되어 이런 그룹 과외 형태로 발전하였다. 대개 그럴 듯한 아파트에 살고 있는 주부들로 과외비도 한 학기 당 25만 원씩을 내어놓았다. 한 달에 한 번 모임을 가져, 회원 중 한 사람이 쓴 작품에 대하여 서로 의견을 주고받고, 만우 씨가 최종적으로 정리를 해주며 지도하는 형식으로 진행되는데, 육 개월에 육 일만 나와서 몇 마디 하면 자그마치 150만 원이 굴러들어오는 셈이었다. 문화센터 나가서 강의를 하는 것도 어쩐지 쑥스럽기만 하던 만우 씨가 지표숙 여사로부터 그룹 지도를 해달라는 요청을 받았을 때 사실은 어디로 숨고 싶은 심정이었지만, 과외비로 내놓겠다는 금액을 듣고는 솔깃하지 않을 수 없었다. 그 무렵에는 신문 연재도 걸려들지 않아 생활비에 쪼들리고 있던 형편이어서, 마지못해 하는 척하며 수락을 하였다. 회원들이 돌아가면서 단편이든 중편이든 작품을 하나 써서 복사를 해가지고, 회원들에게 등기우편으로 우송하여 읽어보도록 한 연후에 모임을 가졌다. 고등학교 시절에는 한 가닥씩 하던 여자들이라 그런지, 만우 씨가 볼 때도 제법 소설 비슷하게 써내고들 있었다. 좀더 지도를 해주면 신춘문예 정도는 통과할 듯싶은 여자들도 한두 명 눈에 띄기도 했다.

이런 식의 과외가 한 학기로 끝난 것이 아니라, 이제 세 학기째로 접어들고 있었다. 그런데 아직은 회원들 중에 신춘문예니 무슨 신인상이니 해서 등단을 한 사람은 하나도 없었다. 지표숙 여사와 이신주 여사가 최종심에 올랐다가 떨어진 적이 있을 뿐이었다. 차츰 만우 씨는 이들을 지도하는 일이 지겨워지고, 또 신문 연재도 걸려들어 달마다 생활비 정도는 들어왔으므로 그룹 과외를 관둬버릴까 마음을 먹기도 했지만, 지표숙·김수옥 여사들의 열성으로 인하여 끌려가다시피 이어가고 있는 것이었다. 그러나 한편, 만우 씨는 이 상류층 내지는 중산층 주부들의 의식과 생활을 캐내어 그것을 소재로 작품을 쓸 수 있겠다는 생각으로 견디어내고 있었다.

"선생님, 희명 씨도 여기에 그렇게 썼는데, 가령 누가 부끄러운 표정을 지었다, 라고 할 때 그거 어떻게 되는 거예요?"

작품평을 하다 말고 지표숙 여사가 만우 씨에게로 말끝을 돌려 질문을 하였다. 처음에 만우 씨는 말귀를 못 알아듣고 속으로, 뭐가 어떻게 되긴 어떻게 돼요, 하고 중얼거렸다.

"부끄러운 표정을 지었다, 할 때 그게 문법적으로 맞는 표현이에요, 뭐예요?"

"뭐가 이상한 거 있어요?"

이신주 여사가 고개를 갸우뚱하며 관심을 나타내었다.

"내 말은 부끄러워하는 표정이라고 해야지, 부끄러운 표정은 틀린 게 아니냐는 거예요. 부끄러운 일이다, 할 때는 부끄러운이지만 말이에요."

듣고 보니 만우 씨도 별생각 없이 습관적으로 쓰는, 부끄러운 표정이라는 말이 문제가 있다고 생각되었다. 엄밀히 따져, 부끄러운 표정이라고 하면 표정이 부끄럽게 여겨진다는 뜻이 아닌가. 그렇게 되면, 두려운 표정이라고 할 때도 문제가 제기될 수 있었다. 그 표정이 두렵게 느껴진다는 뜻인지, 무엇을 두려워하는 표정이라는 뜻인지. 그러나 보통은 무엇 보고 놀라고 무서워할 때, 두려운 표정을 지었다, 라는 식으로 표현하지 않는가. 슬픈 표정이라고 할 때도, 표정을 짓는 주체가 슬퍼하는 것인지, 그 표정을 보는 자가 슬프게 느낀다는 뜻인지 애매해지지 않을 수 없었다. 그렇다고 슬픈 표정이라는 말 대신에 슬퍼하는 표정이라고 하면 문장의 맛이 한풀 사그라들고 말았다. 의아한 표정이라고 할 때도 사정은 마찬가지였다. 문법적으로 의아해하는 표정이라고 해야 하지만, 모두들 약속이나 한 듯이, 의아한 표정을 지었다, 라고 쓰고 있지 않은가. 만우 씨는 문득 우리말에는 형용사도 아니고 동사도 아닌, 다시 말해 형용사도 되고 동사도 되는 중간 형태의 단어들이 있지 않은가 하는 생각이 들었다. 부끄럽다, 두렵다, 슬프다, 의아하다 따위는 문맥에 따라 형용사도 되고 동사도 되는 것으로 보면 안 될까. 하지만 이것은 잠시 스쳐 지나가는 생각에 불과했다.

"글쎄요. 하도 습관적으로 쓰고들 있어서. 그래도 정확한 표현은 부끄러워하는 표정이라야 되겠네요."

말은 그렇게 했지만, 만우 씨는 어디까지나 부끄러운 표정이라는 표현이 마음에 드는 것을 어찌할 수 없었다.

"표정과 관련될 때는 문법적으로 좀 융통성이 있어야 되지 않을까요? 부끄러운 표정이라고 하는 경우, 부끄러워하는 표정이라고 이해를 해주면 되는 거 아니에요? 두려운 표정, 하면 두려워하는 표정으로 이해하면 되고 말이에요."

수홍 청년이 이맛살까지 찌푸리며, 골똘한 사유 끝에 나온 말인 양 진지하게 자기 의견을 개진했다. 그것은 만우 씨의 생각과 비슷한 것이기도 했다. 수홍은 공과 계통의 대학을 나왔는데, 무슨 바람이 불었는지 얼마든지 들어갈 수 있는 직장을 포기하고 소설을 쓴답시고 식구들의 속을 썩이고 있다고 했다. 하지만 만우 씨가 볼 때는, 수홍이 지금이라도 차라리 무슨 제철 공장인가 하는 그 직장으로 들어가는 게 훨씬 나을 것 같았다. 문장 구사나 이야기 얼개를 엮어가는 것을 보면, 워낙 순발력이 없어 그의 표정만큼 갑갑하기 이를 데 없었다. 그러나 그런 말을 단도직입적으로 해줄 수가 없어 속이 탈 뿐이었다.

"무서운 표정이라고 할 때도 무서워하는 표정으로 이해하란 말이에 요?"

여학교 교장처럼 생긴 지표숙 여사가 짐짓 무서운 표정을 지어 보이며 따졌다.

"그렇게 무서운 표정 짓지 말아요. 내가 무서워하는 표정을 짓잖아요."

역시 김수옥 여사답게 재치를 발휘하였다. 아닌게아니라 무서운 표정은 무서워하는 표정과 완연히 구별되는 표현이었다.

"어, 그건 좀 다르네요. 아무튼 표정을 묘사하는 시점이 작중인물의 내부에 있느냐, 전지적인 관점으로 바깥에 있느냐 하는 것을 구분해야 되겠지요."

수홍은 우물우물하면서 슬그머니 꺾여 들어갔다. 만우 씨가 어수선 해지는 분위기를 정리해 주어야만 했다 .

"좋아요. 그렇게 한 단어를 사용할 때도 밑바닥까지 따져보는 자세가 중요해요. 토씨 하나도 함부로 사용해서는 안 되는 것이 작가들의 의무이지요. 중세 시대 세르베투스라는 사람은 형용사의 위치를 조금만 옮기면 살 수도 있었는데, 끝까지 자기 신념대로 형용사의 위치를 옮기지 않아 화형당해 죽었지요."

"무슨 형용사였는데요?"

권미선 여사가 맑은 머룻빛 눈동자를 만우 씨의 시선에 맞추며 호기심을 나타내었다. 만우 씨는 무슨 정형외과 의사 부인이라는 권미선 여사의 눈망울을 볼 적마다, 저 나이가 되도록 어떻게 저리 소녀처럼 맑은 눈빛을 유지할 수 있을까 싶어, 백치스럽게 여겨질 정도였다.

"영원한이라는 형용사였습니다. 하느님의 영원하신 아들이라고 했으면 살았는데, 영원하신 하느님의 아들이라고 끝까지 고집하는 바람에 죽었지요."

"그게 그거 아니에요? 우리말로는 똑같은 뜻인 것 같은데요. 우리말로서는 영원한이라는 형용사가 하느님도 꾸미고 아들도 꾸민다고 할 수 있잖아요?"

최희명 여사가 비로소 긴장이 풀린 푼더분한 얼굴을 들고 끼어들었다.

"라틴어에서는 형용사가, 꾸미려는 단어 바로 앞에 있어야 되는 모양이에요. 셈피테르누스라는 그 형용사가 하느님 앞에 붙느냐, 아들 앞에 붙느냐에 따라 생명이 오락가락했으니깐요. 우리 작가도 세르베투스처럼 생명을 걸고 한 단어의 위치를 지킬 줄 알아야겠지요."

만우 씨는 자기가 마치 그런 작가 정신을 지닌 소설가인 것처럼, 제법 근엄한 표정을 지으며 사람들을 둘러보았다. 회원들은 만우 씨를 정말 존경하는 눈길로 바라보고 있었다.

5

그는 하루가 멀다 하고 만우 씨에게 전화를 걸었다. 그것도 작업을 시작하려는 아침 9시 무렵에 꼭꼭 전화벨이 울리도록 했다. 만우 씨가 오히려 그에게 일단 한번 만나자고 사정해도, 그는 책값을 환불해 주겠다는 약속을 분명히 하지 않으면 만나지 않겠으니 그것부터 확답을 하라고 압박을 가했다. 그러나 작전상 약속을 해주는 것조차 만우 씨로서는 할 수 없는 일이었다. 빈말이나마 환불을 해주겠다는 말을 입 밖에 내는 순간, 소설가로서의 생명이 끝날 것만 같은 이상한 두려움이 마음 한구석에 도사리고 있었다.

하루는 만우 씨가 머릿속에 담고 있던 말을 결국 끄집어내어 수화기 속에다 밀어 넣었다.

"당신이 환불, 환불 하는데 당신이 내 책을 사서 보았다는 증거가 어디 있소?"

그러자 뜻밖의 반격을 당했다고 생각하는지 저쪽에서 잠시 침묵이 흘렀다.

"지금까지 《염소의 노래》에 대한 내 느낌을 말하면서, 작품 줄거리를 몇 번이나 이야기했습니까? 어떻게 책을 읽지 않고 그 정도로 이야기할 수 있겠습니까."

"그 정도는 책을 읽지 않고도 얼마든지 이야기할 수 있는 거요. 신문이고 어디고 하도 책들의 내용을 요약해서 써놓은 기사들이 많아서 말이오. 《염소의 노래》도 여기저기 내용 요약과 함께 책 소개가 된 걸로 아는데, 누구나 그것만 보고도 당신만큼은 이야기할 수 있을 거요."

"하, 기가 막혀서 말이 안 나오는군요. 그럼, 내가 책 한 권 값 뜯어내기 위해 사기를 친다 이겁니까?"

"내가 하고 싶은 말을 바로 당신이 했소. 당신이 책 한 권 값이라 했는데, 나한테 하듯이 열 작가에게 해봐요. 자그마치 3만5천 원이 돼요. 백 명의 작가에게 이런 짓을 하면 35만 원이 된다 이 말이요. 천 명의 작가, 아니 수천 명의 저술가들에게 이런 식으로 귀찮게 하여 돈을 뜯어내면 5백만 원, 천만 원은 거뜬히 된다 이 말이오."

만우 씨는 유리한 고지를 점해 나가고 있다고 느끼면서 몰아붙였다. 그와 동시에 세르베투스의 이글거리는 눈동자와 사자후도 떠올렸다.

"말이 지나치십니다. 내가 3천5백 원을 받아내기 위해 지금껏 몇 번이나 전화를 했는지 아십니까? 집으로 찾아가기도 했고요. 이런 식으로 돈을 뜯어내다가는 언제 3천5백 원이라도 모으겠습니까. 사기를 치려면 치사하게 소설가들을 상대로 치겠습니까. 그것도 한 사람당 3천5백 원을 뜯어내려고 말입니다. 이러고 있을 시간에 자동차나 한 대 더 파는 것이 훨씬 이윤이 많이 남을 것입니다."

그는 무심결에 자기 직업을 드러내고 만 셈이었다. 만우 씨는 자동차 회사 영업사원이 자기의 소설에 대해 시비를 걸고 있다고 생각하니, 더욱 자존심이 상했다.

"그럼 내가 당신을 직접 만나 당신이 내 소설을 과연 읽었는지 몇 가지 시험을 해보겠으니, 어디서든지 만납시다."

"내가 읽었다는 것이 판명되면 책값을 환불해 주겠습니까?"

"당신이 돈을 내고 서점에서 책을 샀는지도 확인해 봐야지."

"그야 간단하지요. 내가 가지고 있는 책에 서점 도장이 찍혀 있고, 서점에서 발행한 영수증도 갖고 있으니깐요. 그렇지만 그건 중요하지 않아요. 설사 내가 도서관에서 책을 빌려 읽었다 하더라고 환불을 요구할 권리가 있다고 생각해요. 전에도 말했지만, 이건 책값이 문제가 아니라 그 책으로 인한 정신적·시간적 손실이 문제니깐요. 하여튼 이 모든 것이 판명되면 환불하겠다고 약속하는 겁니까?"

"그렇다고 환불을 약속하는 것은 아니오. 당신이 사기를 치고 있는가 아닌가만 확인을 하려는 것이니까. 일단 만나서 따져봅시다."

"환불을 약속하지 않으면 만날 이유가 없는데요."

"전에는 환불을 요구하는 근거를 좀더 구체적으로 말해 주겠다고 하지 않았소? 당신한테 말할 기회를 주겠다는데, 왜 만나지 않으려고 고집을 부리는 거요? 전화 통화를 길게 할 수 없으니 만나서 이야기하자는 거요."

"그동안 전화 통화로도 그 근거에 대하여 제법 많이 이야기했다고 생각하는데요. 더 듣고 싶다면 그렇게 해줄 수도 있지요. 하지만 내가 말하는 근거를 들어보고, 타당하다고 생각되면 환불을 하는 겁니다."

그는 정말 끈질기게 환불에 대한 약속을 받아내려 했다.

"먼저 들어나 봅시다."

만우 씨도 끝내 환불에 대한 약속의 가능성은 내비치지 않았다.

"좋습니다. 내가 사기를 치고 있다는 혐의라도 우선 벗어야겠군요."

만우 씨가 사기 운운한 것이 주효했던지, 그가 의외로 수그러들었다. 그리하여 두 사람은 다음 날 명륜당에서 오후 5시에 만나기로 했다.

다음 날은 문예지에 중편 원고를 넘기는 날이기도 해서, 만우 씨는 밤을 새우면서 초고 뭉치와 씨름을 하였다. 특히 이틀 전에 쓴 뒷부분에 신경을 쓰고 추고해 나갔다. 밀 것인가, 두드릴 것인가, 두드리는 것이 과장되고 어색하게 느껴지는 대목은 미는 방향으로 고치고, 밀기만 하여 밋밋하다고 여겨지는 부분은 두드리는 방향으로 바꾸어보기도 하였다.

마침내 1553년 10월 26일 제네바 소의회는 세르베투스에게 화형을 언도했다. 칼뱅은 속으로 은근히 기뻤지만, 자신이 얼마나 자비로운 인물인가를 제네바 시민들에게 보이기 위해, 세르베투스에게 관용을 베풀어주기를 소의회에 간청했다. 그 간청의 내용은, 세르베투스를 끔찍하고 고통스러운 화형에 처하지 말고 단번에 목을 치는 참수형에 처해 달라는 것이었다. 그러나 소의회는 칼뱅의 요구를 거부하였다.

화형 언도를 받은 세르베투스는 처음에는 멍한 표정으로 있다가, 다음 순간 미친 듯이 신음하며 날뛰었다. 그 모습은 칼뱅을 향하여, 거짓말쟁이요 살인자라고 규탄하며 사자후를 발하던 투사의 위용이 아니었다. 세르베투스는 점점 소리를 내어 울부짖으며 웃옷을 두 손으로 찢고 가슴을 쳐댔다. 그리고 고향인 스페인 아라곤 빌나노바 사투리로 부르짖기 시작했다.

"미세리코르디아! 미세리코르디아!"

자비를 호소하는 내용이었다. 그러나 칼뱅이나 소의회에 자비를 호소하는 것 같지는 않았다.

　다음 날 아침, 칼뱅이 세르베투스를 면회하러 가, 다시금 그의 주장을 철회할 것을 요구했으나, 세르베투스는 고개를 가로젓기만 했다. 칼뱅의 측근인 파렐도 면회를 와서 세르베투스에게 회개를 간곡히 권했지만, 세르베투스는 회개할 자는 칼뱅이라는 식으로 말할 뿐이었다.

　정오경, 세르베투스는 제네바 시청 광장으로 끌려나왔다. 하늘은 맑게 개어 그 어느 때보다 높아 보이고 태양은 중천에서 이글거렸다. 집행관이 세르베투스에게 사형집행문을 낭독하자 세르베투스는 졸도하여 쓰러져버렸다. 군중 속에 있던 파렐이 달려 나가 세르베투스를 부축하여 일으켜주며 그의 귀에다 대고 다급하게 외쳤다.

　"지금이라도 늦지 않으니, 그대는 예수가 하느님의 영원하신 아들임을 시인하라!"

　세르베투스는 입을 악다물고 있다가 문득 소리를 높였다.

　"칼뱅에게 저주가 있을지어다!"

　세르베투스는 샹펠 언덕으로 끌려가 거기에 세워진 십자가에 달렸다. 그의 온몸에는 그가 저술한 책들이 묶여져 있었다. 그는 책으로 옷을 입고 있는 것 같았고, 책 속에 파묻힌 것 같았다. 그는 가끔 자신의 책 냄새를 맡아보는지 고개를 숙였다가 하늘로 시선을 향하곤 했다. 그리고 저 아래 계곡을 따라 흐르는 아름답고 푸른 알베 강으로 눈길을 돌리기도 했다. 십자가 밑에는 화목과 섶이 쌓여 있었는데, 그 나무들은 일부러 그랬는지 물에 젖어 있었다. 집행관의 명령에 따라 간수가 섶에 불을 붙이자, 나무들은 연기를 심하게 뿜어대면서 조금씩 타들어 갔다. 불에 타서 죽기 전에 먼저 연기에 질식하여 기절하게 되는 것은, 화형수에게 있어 마지막 남은 자비인 셈이었다.

　파렐이 십자가 밑으로 바싹 다가와 세르베투스를 향하여 안타깝게 부르짖었다.

"하느님의 영원하신 아들에게 기도하라!"

그러나 세르베투스는 연기 속에서 묵묵히 입을 다물고 있다가 마침내 기침을 토하기 시작했다. 그 기침이 멎음과 동시에 질식하게 될 것이었다. 세르베투스는 기침을 꾹 누르고 온힘을 다하여 마지막 한 마디 말을 뱉어내었다.

"예수, 영원하신 하느님의, 아들……."

불길이 먼저 세르베투스의 책들로 옮겨 붙었다. 책들이 타면서 세르베투스의 몸도 타들어갔다. 검은 연기와 불길이 알베 강 위를 가로지르며 천천히 태양을 가렸다.

만우 씨는 그 가려진 태양을 응시하는 듯 고개를 들며 만년필을 놓았다. 이제 오늘은 더 이상 원고를 보지 않을 작정이었다. 이대로 잡지사에 원고를 넘겼다가 필자 교정을 볼 때, 추고를 한 번 더 할 수 있는 법이었다. 어떤 때는 초교부터 보게 되기도 하는데, 그런 경우는 원고를 잡지사에 넘기고도 두서너 번은 더 추고할 기회가 주어진다고 할 수 있었다. 필자교정을 철저히 보기로 방침을 정하고 있는 만우 씨로서는, 작품을 무책임하게 조산해내는 일이란 있을 수 없다는 자부심이 대단했다. 그런데 책값을 환불해 달라는 놈이 다 있으니. 만우 씨는 오늘 오후에 그 작자를 만나 따져볼 일들로 생각의 방향이 돌아갔다. 무엇보다 그 작자의 사기성을 폭로하기 위해서는 만우 씨 자신이 《염소의 노래》를 다시 한 번 훑어볼 필요가 있었다.

만우 씨는 책상 의자에서 일어나 벽을 따라 세워져 있는 책장에서 《염소의 노래》를 찾았다. 그러나 도대체 그 책이 어디에 꽂혀 있는지 눈에 띄지 않았다. 그러다가 만우 씨는 방 복판에 우뚝 서버렸다. 《염소의 노래》가 출판되었을 때 출판사로부터 작가 증정용 도서 열 권을 얻어와서 여기 저기 인사치레를 해야 할 사람들에게 부쳤는데, 마지막 남은 책까지 어느 평론가에게 보내고 정작 작가인 자신에게는 한 권도 없는 것이었다.

오늘 아침 잡지사에 원고를 넘기고 오면서 서점에서 《염소의 노래》를 한 권 사야겠다고 마음을 먹은 순간, 만우 씨는 결국 그 친구 때문에 3천5백 원을 투자하게 된다는 것을 인식하게 되었다. 책 살 돈으로 그냥 그 친구에게 환불해 주고 이 지루한 싸움을 끝내버릴까 하는 생각이 스치고 지나갔지만, 만우 씨는 세르베투스의 고집을 글로 쓰고 난 직후인 것이었다.

아침나절, 만우 씨가 직접 마포에 있는 잡지사를 방문하여 원고를 전달하고 나오면서 근처 책방에 들러 《염소의 노래》를 한 권 달라고 했다.

"염소의 노래? 그런 책 없는데요. 언제 그런 책이 나왔습니까? 《염소의 배꼽》이라는 책은 있는데요."

서점 주인이 코끝으로 《염소의 배꼽》이 꽂혀 있는 지점을 가리켰다.

"허허, 염소의 배꼽요? 그건 무슨 책이오?"

만우 씨가 기가 찬 표정으로 물어보았다.

"일종의 유머를 통한 명상집이라 그럴까, 거, 모르세요? 구라하쉬라고, 인도에서 도 닦다가 미국으로 건너가 갑부 된 친구 말이오. 내가 볼 땐 완전 사이비 교주인데, 글쎄 어떻게 된 판인지 한국 사람들은 그 작자 책을 많이들 사본단 말이오. 미국의 산업폐기물이 한국으로 넘어오듯이, 문화나 종교 폐기물도 이 땅으로 넘어와서 판을 친다 이 말씀이오."

서점 주인은 어디서 의식화 교육이라도 받았는지, 책 팔아먹을 생각은 하지 않고 이 땅의 독서 풍조에 대해 성토하기 시작했다.

"사람들이 우리 서점에 와서 하도 많이 찾길래, 나도 그 책 한번 읽어 보았는데 재미는 있습디다. 골치 아프지 않고. 하지만 다 읽고 나서는 그 구라하쉬란 사람 욕이 저절로 나옵디다. 한국에 그 사이비 교주가 있으면 책값 환불해 달라고 하고 싶을 정도예요."

"환불요?"

만우 씨는 숨이 컥 막히는 것을 느끼며 서둘러 서점을 나왔다. 오후에 만날 그 친구는 얼마나 욕을 해대다가 환불을 요구하기로 결심한 것일까. 만우 씨는 몇 군데 서점을 들러서야 간신히 《염소의 노래》를 한 권 살 수 있었다. 만우 씨는, 자기 자신이 꼭 염소처럼 표지에 실려 있는 그 책을 서점 주인이 챙겨줄 때, 얼른 얼굴을 모로 돌렸다.

만우 씨는 아직 그 친구를 만나려면 적어도 다섯 시간은 남았다는 것을 알고, 《염소의 노래》를 한번 훑어볼 시간을 감안한다 하더라도 그동안 어떻게 시간을 보내나 막막한 심정이 되었다. 그때, 이거 원 포옹하는 장면 하나 없으니, 하며 어깨를 으쓱거리던 김수옥 여사의 옹기종기한 모습이 떠올랐다. 지금쯤이면 남편은 물론 아이들도 집에 없을 시간이었다. 만우 씨는 공중전화 부스로 들어가 수첩을 꺼내 김수옥 여사집 전화번호를 찾아내어, 전화 번호판을 여자 젖꼭지 누르듯이 조심스럽게 꼭꼭 눌렀다.

"여보세요."

다행히도 김수옥 여사가 직접 전화를 받았다. 만우 씨는 가슴이 두근거리기 시작했다.

"나, 강만웁니다."

강만웁니다, 오늘따라 자기 이름이 이상하게 시적으로 느껴졌다.

"어머, 선생님이세요? 어쩐 일이에요? 전화를 다 해주시고."

김수옥 여사는 오랫동안 전화를 기다린 사람처럼 호들갑스럽게 반가

위하였다.

"저어, 시내 나왔다가 문득 생각이 나서 걸어봤어요. 사실 지금 중편 원고 하나 넘기고 오는 길인데, 마음이 허전하고 해서 누구랑 차 한 잔 이라도 했으면 하고……."

"어머, 그래요? 영광스럽게도 내가 간택되었네요. 지금 거기 어디세 요?"

만우 씨는, 김수옥 여사가 간택이라는 뜻을 알고 쓰는지 모르고 쓰는 지 어안이 벙벙하였다. 하긴 간택에도 두 가지 뜻이 있긴 하지만.

"마포 쪽이에요. 집이 머서서, 좀 그렇죠?"

"아니에요. 제가 직접 차를 몰고 나갈게요. 여기서 얼마 안 걸려요. 그럼, 선생님은, 거기 가든 호텔이라고 있죠? 그 호텔 커피숍에서 조금 만 기다리세요."

만우 씨는 가든 호텔을 찾아 커피숍으로 들어가 김수옥 여사를 기다 렸다. 기다리는 동안 《염소의 노래》를 훑어볼까 하다가, 분위기가 어수 선하고 주위 사람들이 책 표지 사진을 보게 될까봐 그만두고는, 종업원 이 갖다 준 생수만 들이켰다. 김수옥 여사는 이촌동에서 강변로를 따라 이십 분 만에 달려왔다.

만우 씨와 김수옥 여사는 커피숍에서 커피를 한 잔 마시고, 캐피탈 승용차에 동승하여 한강변으로 나와 고수부지를 거닐며 이 이야기 저 이야기 나누다가, 다시 차를 타고 여의도 광장을 지나 문화방송국 근처 고급 레스토랑에 들어가 점심 식사를 하면서 맥주 두어 병을 시켜 마셨 다. 냉장되었던 맥주를 마시자 만우 씨는 한나절의 더위와 갈증이 가시 는 기분이었다. 김수옥 여사도 맥주를 사양하지 않으며 두 잔을 연거푸 들이켰는데 흐뭇한 기색이 역력했다. 김수옥 여사는 이번에 만우 씨가 잡지사에 넘긴 원고에 대하여 물었고, 만우 씨는 칼뱅과 세르베투스의 관계를 설명하며, 그 작품을 집필하게 된 경위에 관해, 지금 학원안정법 문제로 시끄러운 한국의 정치적인 상황과 관련하여, 제법 그럴듯한 장광설을 늘어놓았다. 정치란 결국 말의 싸움이며 정치적인 성향을 가진 인간들이란 결국 말의 섶을 두 어깨에 지고 불 속으로 들어가는 운명에 처해 있다는 식으로, 원래의 창작의도와는 사뭇 다른 방향으로 이야기를 전개시키기도 했다.

"작가들도 말의 섶을 지고 불 속으로 들어가는 운명에 처한 자들이 아닐까요?"

김수옥 여사가 영리하게 만우 씨의 의표를 찔렀다.

"그렇지요. 말을 다루는 인간치고 정치적이 아닌 인간은 없는 법이지요."

만우 씨는 김수옥 여사의 견해를 인정해 주며, 민중이니 순수니 해가며 정치판처럼 말싸움이 벌어져 있는 문학판을 떠올렸다.

"선생님, 이번 달은 제가 작품을 써야 하는 달이잖아요. 적어도 모임 가지기 일주일 전에는 완성하여 복사본을 부쳐줘야 할 텐데 걱정이에요."

"전에부터 구상하고 있는 게 있을 거 아닙니까?"

"있긴 있죠. 그리고 중간까지는 써놓기도 했어요. 그런데 후반부로 넘어가려고 하니까, 그때서야 처음부터 어떻게 썼어야 했다는 것이 깨달아지는 거 있죠? 근데 지금 와서 다시 쓸 수도 없고."

정말 그 문제가 고민이 되는지, 김수옥 여사는 잠깐 동안이긴 하지만 이맛살을 모았다. 그 이맛살이 하도 귀엽게 모아져, 만우 씨는 손을 뻗어 엄지나 검지로 이맛살을 살짝 펴주고 싶은 충동을 느꼈다.

"루시앙 골드만이라는 학자도 《숨은 신神》이라는 책에서 그와 비슷한 이야기를 했죠. 하나의 작품을 쓸 때 최후에 발견되는 것은 최초에 무엇을 놓았어야 했는가이다. 그런데 말이죠. 최초에 무엇을 놓았어야 했는가를 알고 다시 처음부터 작품을 쓰기 시작하더라도, 또다시 맨 끝에 가서, 최초에 무엇을 놓았어야 했는가를 새로 발견할 뿐이라는 거예요."

"그러니까 끊임없이 시행착오가 반복된다 이 말이군요. 꼭 시시포스 신화 이야기 같네요."

"어쩌면 작가들은 새로 이야기를 시작하기 위해, 다시 말해서 예정된 실패를 위해 수백 매니 수천 매니 하는 원고지를 메우는지도 모르죠. 그러고 보면 이 세상에 완성된 작품은 하나도 없는 셈이죠. 아무리 완결미가 있는 작품도, 작가 스스로는 다시 처음부터 써야 한다는 강박관념 같은 것을 느끼게 되지요. 하지만 작가들은 그런 것을 슬쩍 감추고 완성된 작품인 것처럼 세상에 내어놓지요. 영리한 평론가들은 그것을 눈치 채고 마음껏 작품을 물어뜯는 거죠."

김수옥 여사는 만우 씨의 이야기를, 묵묵히 고개를 끄덕이며 들으면서 맥주잔으로 오른손을 가져갔다. 그 오른손에는 고급스런 빛깔의 비취반지가 끼여져 있고 손등의 피부가 하도 고와서, 손 전체가 마치 보얀 살빛 보석처럼 보였다. 말하자면, 만우 씨는 그 손을 만지고 싶은 것이었다.

"선생님, 그렇더라도 어차피 작품은 써나가야 할 테니까 조금만 미리 지도해 주세요. 대강 구성을 잡아놓고 쓰는데, 뭔가 막혀가지고 풀리지 않는단 말이에요. 처음부터 새로 쓰는 문제는 다음에 생각하기로 하고, 우선 쓰고 있는 걸 마무리해야 하잖아요. 그러니까, 주인공 주변에 이런 인물들을 배치해 놓았거든요."

김수옥 여사는 핸드백에서 필기구를 꺼내다 말고,

"아니, 제가 선생님 옆으로 가서 설명 드려야겠네."

하며, 이미 식탁에 내려놓은 냅킨으로 입가를 다시 한 번 훔치고 나서 슬그머니 맞은편 만우 씨 옆자리로 와 앉았다. 소파 형식의 의자였으므로 김수옥 여사의 체취와 체온이, 불땀 좋은 장작불처럼 만우 씨에게로 후끈 건너왔다. 김수옥 여사는 레스토랑 계산서를 뒤집어 플러스펜으로 주인공 어쩌고 하면서 도표 비슷한 것을 그려나가며, 쓰고 있는 작품 줄거리를 들려주기 시작했다. 작품 내용은 최희명 여사의 〈먼 슬픔〉과 비슷한 범주에 속하는 것이었지만, 유한부인과 대학생 간의 사랑을 다룬 것이라 훨씬 더 흥미로운 구석이 있었다.

　김수옥 여사는 자기가 속한 계층답지 않게 작품에 나오는 대학생을 소위 운동권 학생으로 설정하고 있었다. 하지만 골수분자는 아니고 약간 변두리서 갈등하는 학생으로, 어느 날 시위현장에서 쫓기다가 막다른 골목으로 뛰어들었는데, 그 골목 끝에는 여관 건물이 우뚝 서 있을 뿐 피할 데라곤 한 군데도 없었다. 학생은 무조건 여관으로 뛰어들어, 종업원의 안내도 받지 않고 마침 열려 있는 어느 이층 객실로 성큼 들어가서 문을 잠갔다. 그러나 그 객실은 비어 있는 방이 아니었다. 어떤 여인이 옷을 챙겨 입고 막 나서려는 순간, 학생이 방으로 들어선 것이었다. 학생은 여인에게 데모하다 쫓기는 정황을 이야기하고 숨겨달라고 부탁하였다. 여인은, 지금 나가야 된다면서 곤란해하다가, 학생이 워낙 간절히 사정을 하자 생각을 바꾸어 학생으로 하여금 침대에 누워 있도록 했다. 조금 있으니 문을 두드리는 소리가 났다. 어떤 남자가, 왜 나오지 않느냐고 다그쳤다. 여자는, 좀 생각할 일이 있으니 먼저 가라, 나중에 연락하겠다, 어쩌고 하며 토라진 듯 언성을 높여 말했다. 남자는 뭐라 중얼거리다가 멀어져갔다. 잠시 후 종업원과 경찰이 와서 문을 두드렸으나 여인은 그들도 능숙하게 따돌렸다. 그리하여 외간 남자와 바람을 피우던 그 유한부인은 대학생과 친하게 되어 학비까지 대어주고, 어떤 때는 시위 자금까지 대어주며 종종 관계를 맺었다. 학생은 자기의 신념과 유한부인의 끈끈한 정 사이에서 방황을 하였다. 대략 이런 식으로 이어지는 이야기였다.

"그런데 말이죠. 문호라는 학생이 갈등을 이기지 못하고 또 운동권에 속죄하는 뜻에서 분신자살을 기도하도록 하려고 하는데, 그 과정을 그럴 듯하게 써나가는 게 어렵단 말이에요. 분신자살이라는 극한 상황으로 몰아가지 않고 대강 헤어지는 것으로 끝내면 나도 편한데. 선생님 생각에 어떻게 하는 것이 좋겠어요?"

어느새 김수옥 여사의 무릎이 만우 씨의 허벅지 근방에 닿고, 여사의 손등이 만우 씨의 팔뚝을 슬쩍슬쩍 건드렸다.

"너무 시대 상황을 염두에 두고 무리를 하는 것 아닐까요. 아무튼 김 여사의 내적인 리듬을 따라 이어나가라는 말밖에 할 수 없네요. 그 내적인 리듬은 자기 스스로 느끼고 조절할 수 있는 성질의 것이지, 누가 이렇게 하라 저렇게 하라 간섭을 할 수 없는 것이지요. 여기에 소설 창작의 철저한 개인성이 있는 것이죠. 그 개인성은 개성이라는 말로 바꿀 수도 있죠. 마르셀 프루스트는《잃어버린 시간을 찾아서》를 쓰는 십삼 년 동안, 모든 창문과 문을 코르크로 막고 세상의 소음이 일체 들리지 않는 밀폐된 방 안에 틀어박혀 오로지 창작에만 몰두하였지요. 그에게는 자기 작품에 대한 바깥 사람들의 칭찬이나 비난들이 한갓 소음으로 여겨졌을 뿐이지요. 그는 자기 창작 작업에 아무도 초대하지 않으려는 듯한 자세로 철저히 개인성을 유지하였지요."

"그럼, 소설을 지도하고 하는 것도 있을 수 없는 일 아니에요?"

"사실, 소설 창작을 지도하고 지도받고 하는 것보다 더 웃기는 일도 없죠. 그것은 성교의 기술과 체위를 지도하는 것만큼이나 어처구니없는 일이죠."

만우 씨는 약간 술기운을 빌리고 있는 중이었다. 만우 씨의 무례한 말에 김수옥 여사는 당황하기는커녕 더욱 재미있어 하였다.

"호호호. 선생님도 큰소리를 칠 때가 다 있네요. 사실 나도 그렇게 생각하고 있어요. 회원들도, 뭐, 소설을 지도받기 위해 달마다 모이는 건 아닐 거예요. 일종의 정신적인 달거리죠."

김수옥 여사는 이제 완전히 머리를 만우 씨의 어깨에 기대고 있었다.

"선생님은 소설을 지도하는 웃기는 일을 하고 있으니, 나한테 그것도 지도해 줘요."

"그것이라니요?"

"방금 말했잖아요. 어처구니없는 일 말이에요."

만우 씨는 정말 어처구니가 없었지만, 오른팔을 뻗어 김수옥 여사의 아담한 어깨와 새근거리는 가슴을 감싸 안고 있었다.

6

만우 씨는 김수옥 여사에게 "그것"까지 지도해 주느라고, 약속시간보다 30분이나 늦게 명륜당으로 왔다. 그 사람은 지난번 차림 그대로 명륜당 뜰 구석을 거닐며 한쪽에 걸린 북을 두드려보기도 하다가, 만우 씨가 나타나자 뜰 복판으로 여유 있게 걸어 나왔다.

"내가 좀 늦었군요."

만우 씨는 일단 사과를 하고 은행나무 그늘 아래 자리를 잡고 앉았다. 그 사람도 만우 씨 옆에 와서 앉았다. 어디선가 쓰르라미 소리가 요란하게 들려왔다. 그 사람의 손에는 《염소의 노래》가 들려 있고, 만우 씨가 겨드랑이에 끼고 있는 작은 손가방에도 그 책이 들어 있었다. 그런데 만우 씨는 김수옥 여사와의 일 때문에 그 책을 한번 훑어보지도 못하고 달려온 것이었다.

"자, 보십시오. 여기 서점 도장이 찍혀 있고 영수증도 있습니다. 그리고 내 이름도 적혀 있습니다."

그 사람은 책의 표지를 열어 민준규라는 이름 세 글자를 보여주었다.

"민준규가 당신 이름입니까?"

만우 씨의 말이 떨어지기가 무섭게 그 사람은 자기 사진이 붙은 주민등록증까지 보여주었다.

"좋소. 당신이 다른 사람 책을 가지고 와서 당신 이름을 써놓았을 수도 있지만, 이게 당신 책이라는 건 인정하기로 하겠소. 이제부터 당신이 이 책을 읽었는지 확인을 해보기로 하겠소."

만우 씨는 자세를 잡고 민준규를 돌아보았다. 민준규는 얼마든지 물어보라는 식으로 조금도 당황하거나 긴장하는 빛을 드러내지 않았다. 오히려, 만우 씨가 초조해지기 시작했다. 무엇보다 《염소의 노래》에 나오는 주인공 이름이 기억나지 않는 것이었다. 만우 씨는 김수옥 여사가 너무 진하게 감겨드는 바람에 색상할 정도로 몸을 놀려 지금 주인공 이름도 기억나지 않는 걸 거라고 생각하며, 머리를 두어 번 흔들고는 엉거주춤 손가방에서 책을 끄집어내었다.

그런데 이게 어떻게 된 일인가. 놀랍게도 그 책은 《염소의 노래》가 아니라 《염소의 배꼽》이었다. 아니, 이럴 수가. 만우 씨는 자기가 《염소의 배꼽》이라는 책도 한 권 더 사서 넣고 왔나 하고, 손가방 지퍼를 활짝 열어 가방 안을 살펴보았다. 그러나 손가방은 텅 비어 있을 뿐이었다.

만우 씨는 민준규가 볼세라 책을 얼른 다시 손가방 안으로 집어넣고, 기억을 정리해 보았다. 분명히 마포극장 근방까지 걸어와서 세 번쨌가 네 번째로 서점에 들러 주인에게 《염소의 노래》를 달라고 하지 않았던가. 그리고 그 주인이 책을 챙겨줄 때, 책 표지에 실린 염소 같은 자신의 얼굴 사진을 외면하기까지 하지 않았던가. 하지만 이제 생각하니,

외면하기에만 급했던 그 사진이 자신의 얼굴 사진이었는지 확실하지가 않았다. 방금 꺼내본《염소의 배꼽》표지에도 그 책의 저자인 구라하쉬의 사진이 실려 있었는데, 그 사진을 자기 사진으로 착각하고 얼른 고개를 돌렸는지도 몰랐다. 그러고 보니, 만우 씨는 서점 주인에게《염소의 노래》를 달라고 했는지,《염소의 배꼽》을 달라고 했는지에 대해서도 혼돈이 일어났다. 만우 씨 자신은《염소의 노래》를 달라고 했는데, 서점 주인이 "염소"라는 말만 듣고《염소의 배꼽》이겠거니 하고 건네주었는지도 몰랐다.

만우 씨는 난감하지 않을 수 없었다. 주인공 이름이 기억나지 않을 뿐 아니라, 책의 내용도 구체적으로는 떠오르지 않았다. 기껏 떠오른다는 것이, 문화부 기자가 책을 읽어보지도 않고 출판사의 홍보물을 요약하여 신문 기사로 써놓는 그런 내용 정도에 불과하였다. 그것도 지금 지방 신문에 자기가 연재하고 있는 소설 줄거리와 혼선이 되기도 했다. 이래 가지고는 민준규의 사기성 여부를 밝혀내기는커녕, 도리어 만우 씨가 작가로서의 정체성이 의심당할 판이었다. 만우 씨는 한숨을 내쉬려다가 얼른 삼키며, 짐짓 관용을 베푼다는 듯이 입을 열었다.

"좋소. 당신이 내 책을 읽었는가 하는 것도 더 이상 따지지 않겠소. 당신이 읽은 것으로 하겠으니, 이제 당신이 환불을 요구하는 근거를 좀 더 구체적으로 말해 보시오."

민준규는 의외라는 듯이 만우 씨를 빤히 쳐다보고는, 차분하게 자신의 생각을 풀어놓기 시작했다.

"전에도 전화를 통하여 한두 번 말한 바 있지만, 이제는 책에 대한 관념을 바꿀 때가 되었다는 것입니다. 우리나라는 오랜 유교 전통과 사농공상의 문화적 질서 속에서 일단 책이라 하면 대부분 존경하는 풍토가 있어왔습니다. 어느 정도 수준 있는 책을 저술하고 소설을 쓰고 시를 쓴다고 하면, 고상한 선비축에 속하는 것으로 여겨왔단 말입니다. 책의 소비자인 독자가 책을 읽고 마음에 들지 않는 구석이 있어도 책을 잘못 선택한 자신의 책임으로만 돌리고, 저자에게 따져보거나 하지 않았단 말입니다. 물론 이해관계가 첨예하게 얽힌 경우는 따져보는 경우도 있지만, 그런 경우에도 경제적으로 배상받고 하는 것은, 명예훼손 사건이 아닌 한 극히 드물었습니다. 그러나 이제 책도 엄연히 하나의 상품으로 경제구조 속에서 유통되고 있는 점을 감안할 때, 소비자의 권리가 강화되어야 한다고 보는 것입니다."

"그 비슷한 이야기는 전에도 당신이 나에게 한 것 같소. 요는, 내 작품이 불량 상품이라서 환불해 달라는 거 아니오? 하지만 예를 들어봅시다. 어떤 사람이 영화 한 편을 보러 극장으로 가서 표를 사가지고 영화를 보다가 불량 영화라고 느껴져 보지 않고 나왔다고 할 때, 당신의 논리대로라면 그런 경우도 환불을 해주어야겠군요."

"물론이지요."

"그 영화가 불량 영화인지 아닌지 미리 알아보지도 않고 극장에 들어간 책임이 더 크지 않을까요?"

"꼭 그렇다고는 볼 수 없지요. 현대 자본주의 문화 구조 속에서는 어떤 영화든지 굉장한 영화로 선전될 수 있지요. 신문 광고를 한번 보세요. 얼마나 현란한 문구들로 영화를 선전하고 있습니까. 영화사로부터 촌지를 받은 영화평론가들까지 엉터리 평을 신문이나 잡지에 그럴 듯하게 써놓는단 말입니다. 이런 대대적인 선전 광고 속에서 그 영화가 불량 영화인가를 미리 알아본다는 것은 불가능하지요."

"먼저 본 사람에게 물어보고 판단할 수도 있고, 제작진 · 감독 · 배우들을 보고 판단할 수도 있는 거 아니오?"

"물론 대개 사람들이 그런 경로를 통하여 영화를 선택하지요. 하지만 그런 것을 기준으로 하다가는 진짜 훌륭한 영화를 놓치기 십상이고, 화려한 제작진·감독·배우라는 그 자체가 이미 속임수의 일종이란 말이오."

"근데 영화니 소설이니 하는 것은 전자제품과 달라서 어떤 기준을 가지고 불량 상품이라고 판정한단 말이오? 그건 아주 주관적인 사항 아니오?"

"그러니까 이런 복잡한 과정을 거치는 것 아닙니까? 소설인 경우는 이렇게 저자와 직접 따져보아, 저자로 하여금 자신의 작품이 불량 상품임을 인정하도록 하면서, 환불을 받아내는 거죠."

민준규도 이런 과정이 지겨운지 숨을 한번 몰아쉬었다. 만우 씨는, 민준규가 완전히 돈 것은 아니고 사고는 정상적으로 하는 편집증 환자가 아닐까, 얼핏 그렇게 생각해 보았다. 하지만 오늘은 어디까지나 상대방을 정상인으로 여기고 공격과 방어를 해야만 하였다.

"저자로 하여금 자기 작품이 불량품임을 인정하도록 설득할 만큼, 그렇게 자신이 있는 거요?"

"그럼 자신도 없이 이렇게 나왔겠습니까?"

"그럼, 한번 나를 굴복시켜 보시오."

만우 씨는 얼마든지 버티어내겠다는 자세로 은행나무 둥치에 등을 기대었다. 그러나 온몸이 매미 허물처럼 흐늘흐늘 내려앉는 것 같아, 빨리 집으로 들어가 잠이나 자면서 쉬고 싶은 마음밖에 없었다. 이 친구가 왜 나같이 좋은 소설을 쓰려고 부단히 노력하는 작가를 물고 늘어지는 것일까. 통속 소설이나 쓰면서 대중적 인기를 교묘하게 누리고 있는 작가들, 문장도 제대로 되지 않는 감상적인 수필을 베스트셀러에 올리고 있는 저자들한테나 이 친구가 찾아가서 설득을 하든지 굴복을 시키든지 해야 할 것이 아닌가. 민준규는 잠시 로댕의 〈생각하는 사람〉과 닮은 자세를 취하고 있다가 입을 열었다.

"우선《염소의 노래》는 제목부터가 동화적이라서, 원래의 중후한 의미를 퇴색시키고 있습니다. 작가의 말에 보니, 희랍 전통 비극 작가인 아이스킬로스·소포클레스·에우리피데스 들을 소개하면서 그들의 작가 정신을 본받아 이 시대의 비극적인 상황을 총체적으로 드러내기 위해 그런 제목을 붙였다고 하는데, 그러려면 그대로 〈비극〉이라는 제목으로 붙였어야 하지 않습니까. 비극, 즉 트라고디아의 어원이 염소를 의미하는 트라고스와 노래를 의미하는 아오이도스의 합성이라고는 하지만, 염소를 희생 제물로 바치는 희랍 제사의식을 알지 못하는 한국 독자들에게는 그 의미가 전혀 다르게 느껴질 거란 말입니다."

"물론 다르게 느껴질 거라는 것은 알고 있었소. 하지만 제목을 〈비극〉이라고 했을 때 누가 그 책을 사서 보려고 하겠소.《염소의 노래》라고 해야 부담 없이 접근할 수 있는 거 아니오?"

만우 씨는 대꾸하기도 귀찮았지만, 처음부터 지나치게 몰리지 않기 위해 일단 나름대로 방어를 해보았다.

"바로 그 점이 문제란 말입니다. 제목에서부터 독자들 눈치나 보고 잘 팔릴 제목을 고르는 거 말이오. 그래, 제목을 그런 식으로 붙여 많이 팔리기라도 했습니까?"

만우 씨는 서점을 서너 군데 들러도《염소의 노래》가 눈에 띄지 않던 민망스런 정경을 떠올렸다.《염소의 노래》라고 사온 것조차《염소의 배꼽》이지 않은가.

"제목을 정하는 데서부터 시작된 그런 비겁한 자세가 작품 전체에 흐르고 있다 이겁니다. 정말 작가의 말에서 밝힌 대로 이 시대의 비극적인 상황을 그리려고 했다면, 소신껏 그렇게 밀고 나가야지 온갖 계층의 독자들 눈치를 보느라고 우왕좌왕하고 있단 말입니다."

"작품 주인공이 그렇게 우유부단한 성격이라서 이야기가 그런 식으로 진행된 것뿐이지, 작가인 내가 눈치를 본 것은 아니오."

"그럼, 애초에 왜 그런 성격의 나승식을 주인공으로 세웠습니까? 정말 비극적인 상황을 총체적으로 그려 보이려면, 이 시대의 전형적인 인물을 주인공으로 삼았어야 하지 않습니까?"

만우 씨는 그때서야 아, 《염소의 노래》 주인공 이름이 나승식이었지, 하고 기억이 되살아났다.

"총체적으로 그린다는 말은, 다른 말로 하면 객관적으로 그린다는 말인데, 오히려 이쪽도 아니고 저쪽도 아닌 나승식 같은 성격의 소유자가 객관적인 위치를 유지할 수 있는 거 아니오?"

"그것은 객관적인 것과는 상관없는, 우유부단한 나승식 그 사람 자신의 위치일 뿐입니다. 그런 고립된 위치에서는 아무것도 잡히지 않기 때문에, 그의 눈에는 모든 것이 그저 파편처럼 흘러만 가는 겁니다. 80년대 최대의 비극인 광주사태조차도 나승식의 눈에는 그런 식으로밖에 보이지 않는 것입니다. 총체적으로 그린다고 했지만, 결국 떠내려가는 세태의 파편들만 보여주었을 뿐입니다. 파편들을 많이 모아두었다고 해서 그것이 그대로 총체가 되는 것은 아닙니다. 작품을 관통하는 작가의 확고한 인생관·세계관, 다시 말해 절묘한 세계 해석이 있어야 총체성을 획득할 수 있는 것입니다."

만우 씨는, 그때서야 민준규가 루카치의 《소설의 이론》 같은 책을 읽고 저리 큰소리를 친다는 것을 눈치 챌 수 있었다. 만우 씨는 침을 한번 꿀꺽 삼키고 나서 약간 떨리는 목소리로 말했다.

"총체성 운운하는 루카치의 이론은 시대착오적인 교리라는 판정이 난 지 오래요."

"이건 또 무슨 말입니까? 당신도 작가의 말에서 이 시대의 비극적인 상황을 총체적으로 그리겠다는 둥 운운하지 않았습니까?"

만우 씨는 속으로 뜨끔함을 느끼며, 입을 다물었다가 맥없이 중얼거렸다.

"내가 말하는 총체적이라는 말과 루카치가 말한 총체성하고는 다른 말이오."

"아직도 당신의 작품이 여지없이 허물어져 실패했다는 사실을 인정하지 않는 거요? 물에 젖은 신문처럼 흐늘흐늘해져, 건져낼 건더기가 하나도 없단 말이오. 또 다른 이유들을 대어볼까요?"

민준규의 목소리는 재판석에서 언도를 내리듯 준엄한 어조로 바뀌어 있었다. 민우 씨는 정말 물에 젖은 신문처럼 피로감이 엄습해 왔다.

"난 말이오. 이 논쟁의 늪에서 빨리 벗어나고 싶은 마음뿐이오. 당신 말대로 나의 작품이 실패했다고 해두고 이만 일어납시다."

만우 씨가 손가방을 챙기며 엉거주춤 일어나려고 했다.

"그럼, 환불을 해주시오."

"환불을 해주지 않겠소."

"방금 당신 작품이 실패했다고 인정하지 않았소?"

"내가 인정한 것은 아니오. 그렇다고 해두자는 거지."

어느새 명륜당 뜰에는 저녁 어스름이 내리고 있었다.

7

만우 씨는 자기를 붙잡아 앉히려는 민준규를 뿌리치고 혼자 명륜당을 빠져나와 집으로 돌아왔는데, 오다가 뒤돌아보니, 민준규가 입을 꾹 다문 채 대학로의 인파를 헤치며 무수한 레스토랑 앞을 지나, 한 사람의 레지스탕스처럼 또박또박 따라오고 있었다. 만우 씨는 집으로 들어서자마자 대문을 잠그고 현관으로 급히 들어가 아내를 찾았다. 아내는 부엌에서 저녁밥 준비를 하다 말고, 물 묻은 손을 비비며 나와 만우 씨를 맞았다.

"누가 대문 초인종을 눌러도 나가보지 말어. 지금부터 집에 아무도 없는 것으로 하는 거야."

"왜 그러세요? 누구한테 쫓기고 있는 거예요?"

"그놈이야, 전에 찾아왔던 그 미친놈 말이야."

"정, 괴롭히면 경찰에 신고해요."

"그렇게 일을 크게 벌일 필요는 없어. 문만 열어주지 않으면 돼."

"알겠어요. 세수하고 밥 먹을 준비나 하세요."

아내가 다시 부엌 싱크대 앞으로 걸어가다가 돌아서서, 턱으로 서재 쪽을 가리켰다.

"신문사에서 신문 소포 왔어요. 서재 방문께 놓아뒀어요."

만우 씨는 서재로 들어가면서 신문 소포를 집어 들었다. 신문 소포라는 것은 만우 씨가 소설을 연재하고 있는 지방 신문사에서 일주일분의 신문을 모아 보내주는 우편물을 가리켰다. 사실은 소포가 아니라 그냥 등기우편물인데, 봉투가 두툼하다 보니 소포로 불리었다. 만우 씨는 봉투를 찢어 일주일분의 신문을 꺼내어, 연재소설이 실려 있는 지면들을 슬쩍 펼쳐보고는, 신문들을 방바닥에 두고 화장실로 들어가 세수를 하였다.

그렇게 만우 씨가 세수를 하고 저녁밥을 먹고 하는 삼사십 분 사이에, 대문 초인종이 거의 10분 간격으로 서너 번이나 울렸다.

만우 씨는 식사를 마친 후, 서재로 들어가 신문들을 펼쳐놓고 연재소설 부분을 가위로 잘라 스크랩하기 시작했다. 때 지난 다른 기사들은 건성으로 한번 훑어보는 것으로 그쳤지만, 연재소설은 다시 꼼꼼히 읽어보며 교정할 부분은 고치고 하면서 화가가 그린 삽화도 살펴보았다.

만우 씨는 스크랩을 하다 말고, 지난달 간밤에 비가 왔던 날 아침이 생각났다. 그때 신문이 물에 젖어 광고 부분을 손으로 뜯어내고, 상단부만 모아서 헤어드라이기로 말렸던 것이었다. 지금 신문들도, 만우 씨가 연재소설 부분을 잘라냄으로써 상단부와 하단부가 갈라지고 있었다. 그러니까 연재소설은 신문의 배꼽 부위에 가로 걸려 있는 셈이었다. 형이상학이 형이하학으로 되는 그 지점에.

만우 씨는 문득, 그 사이비 교주가 썼다는 《염소의 배꼽》이 읽고 싶어졌다. 그 책은 만우 씨 바로 옆 손가방 안에 들어 있는 것이었다.

삐이삐이 삐.

또 초인종 벨이 울렸다.

존재하려는 경향에 대하여

조 성 기

방 안이 캄캄해지자 수혜의 몸뚱어리는
정말 허연 영상처럼 가로누워 있다.
그 영상도 금방 지워질 것만 같다.
저것을 가리켜 프리초프카프라는 존재하려는
경향에 불과한 것이라고 했던가.
존재가 아니라 존재하려는 경향에 불과한
양자물리학의 소립자들, 인생들.
존재하려는 경향에 불과한 것들의 욕정은
또 얼마나 허무한 것인가.
—본문 중에서

존재하려는 경향에 대하여

수혜가 자기를 여관으로 데려가 달라고 하면서 음란 비디오도 보고 싶다고 말했을 때, 처음에는 내 귀를 의심하기까지 하며 놀랐지만 다음 순간 나는 오히려 신선한 감동을 느꼈다. 일반적으로 추하게 여겨져야 마땅한 그 말들이 왜 나에게 신선한 감동으로 다가왔을까. 그것은 무엇보다도 수혜가 남자와 함께 여관에 들어가 본 적이 없을 것이라는 생각이 퍼뜩 들었기 때문이었다. 그렇다면 수혜가 쓴 글들의 진실성은 어떻게 되는가. 모두 허구라고 말할 수 없지만, 적어도 남자와의 성관계에 대한 부분은 수혜가 일부러 지어내었다고 보는 것이 좋지 않은가.

수혜는 나에게 자기가 몹시 타락한 듯이 보이려고 음란 비디오 운운하였지만, 여관에 간다고 해서 무조건 음란 비디오를 볼 수 있는 것은 아니라는 사실을 잘 아는 나로서는 수혜의 그 말이 도리어 자신의 순진성을 드러내고 있는 것처럼 여겨지기만 하였다.

이제 나는 수혜를 어떻게 처리해야 할 것인가. 좀더 정확하게 표현하면 수혜의 말을 어떻게 처리해야 할 것인가 하는 문제에 봉착하게 되었다. 자기를 여관으로 데려가 달라는 여자의 말에 남자로서 어떤 반응을 보이는 것이 합당한가. 나는 이런 경우를 처음 당하는 셈이었으므로 과거의 경험을 되살릴 여유 같은 것은 없었다. 물론 여자가 직접적으로 표현은 하지 않고 자기를 여관으로 데려가 주었으면 하고 암시를 하는 경우는 겪어본 적이 있지만 말이다.

"어떻게 나를 믿고……?"

나는 내가 생각해도 좀 어리석은 대꾸를 하고 있었다.

"여자가 여관으로 데려가 달라고 한 판국에, 믿고 안 믿고의 문제를 따지게 되었어요?"

수혜는 여지없이 나의 멍청한 부분을 지적하였다.

"예상 밖이군. 수혜가 이렇게 나오리라고는."

"그래서 실망했다는 뜻이에요, 감격했다는 뜻이에요?"

수혜가 완전히 주도권을 잡고 내 표정을 뜯어보았다. 수혜는 내 주름살의 미동까지 놓치지 않으려는 듯 눈씨를 돋우고 있었다. 나는 십 년도 넘는 수혜와 나의 나이 차이를 떠올리며 은근히 불쾌해지는 자신을 느꼈다. 내 자존심을 세우기 위해서라도 수혜가 요구한 대로 해주어야 한다고 생각하기에 이르렀다. 그런데 잠시 후 수혜가 눈씨를 풀면서,

"아이, 표정이 심각해지네요. 그냥 장난으로 그래 본 거에요."

장난기 어린 얼굴로 돌아갔다.

"장난이라구?"

나도 모르게 언성이 높아져 흘끗 주위를 돌아보았다. 담배 연기로 부예진 생맥주 집 공기 전체가 혼곤히 취해 있는 듯했다. 나는 일단 담

뱃불을 재떨이에 비벼 껐다. 수혜는 이미 담배를 재떨이에 내려놓고 있었다.

"나에 대해 관심이 어떤가 한번 시험을 해본 거예요. 괘념하지 마세요."

수혜가 변명처럼 말하고 있었지만 단호한 구석이 배어 있기도 하였다. 수혜의 그런 어조가 나를 더욱 불쾌하게 했다. 여자에게, 그것도 열 살도 더 어린 여자에게 시험의 대상이 되다니. 아까 수혜의 말로부터 받은 신선함 감동 같은 것은 이제 사라지고 없었다.

"그래, 시험을 해본 결과가 어떻지?"

"괘념하지 말래두요. 꼭 알고 싶으시다면 말씀드릴게요. 그러니까 나에 대한 관심이 별로 없다 이거예요."

"어떤 종류의 관심? 성적인 관심?"

"말하자면 그렇죠. 적어도 선생님한테는 내가 성적인 매력이 있는 여자로 보이지 않는다는 걸 전에부터 알고 있었어요."

나는 수혜가 사용하는 '적어도'라는 부사구에 신경이 쓰였다. 지금 수혜는 그 부사구를 잘못 사용하고 있는 것이 아닌가. '적어도'가 바르게 쓰이려면, 적어도 선생님한테는 내가 성적인 매력이 있는 여자로 보이리라 생각했는데, 하는 식이 되어야 할 것이었다. 이러한 문법상의 착오도 프로이트의 착오론으로 분석하면 감추어진 무의식의 부분들을 제법 들추어낼지 몰랐다.

"선생님은 영미에게만 관심이 있었잖아요."

톡 쏘는 듯한 수혜의 말에 나는 머리를 가볍게 한 대 얻어맞는 기분이었다. 수혜와 영미, 옥림 사이에서도 나를 두고 보이지 않는 질투들이 오고 갔단 말인가.

"그야, 영미가 셋 중에서 제일 복잡한 문제를 안고 있는 것 같아서 좀 그랬지."

"거짓말 마세요. 영미가 제일 매력적으로 보이니까 영미가 제일 복잡한 문제를 지니고 있다고 부러 생각하고는 관심을 기울였던 것 아니에요? 아니, 내가 왜 이러지. 됐어요, 이 정도로 하죠."

수혜가 얼굴에 묻어 있던 장난기를 거두고 핸드백을 챙겨들며 발딱 일어섰다. 나는 여자들이 이야기를 빨리 끝내고 싶거나 뭔가 화가 났을 때 자리에서 발딱 일어나는 모습들 사이에는 이상하게도 공통점이 있다는 것을 느꼈다. 그런 모습이야말로 남자들의 성적인 충동을 자극하는 것이 아니고 무엇인가. 물론 이번에 수혜가 일어선 것은 화가 잔뜩 난 가운데 일어선 그런 행동은 아니었지만, 나를 무안하게 하기에 충분하였다. 무안하게 하기에 충분하였다는 말은 성적인 자극을 주기에 충분하였다는 말이기도 했다. 여자들의 사소한 행동 하나가 성적인 사건이 일어나게 하는 시발점이 되기도 하는 법이었다. 나도 수혜를 따라 일어서면서, 수혜를 여관으로 반드시 데려가야겠다는 결심을 다시금 다졌다. 과연 수혜가 자기가 쓴 글에서처럼 오르가슴을 희구하는 여자인지 알아보고 싶었다. 물론 수혜의 글에서 궁금증만 유발한 부분들에 대해서도 들어볼 작정이었다. 그런데 이미 수혜가 자기가 한 말들을 철회한 마당에 어떻게 그녀를 여관에까지 데려갈 수 있을 것인가.

"아까 수혜가 한 말을 그냥 장난 정도로 여길 수는 없어."

생맥주 집을 나와 얼마간 길을 걸어 내려가다가, 내가 암중모색을 하는 가운데 조립한 말을 내어놓았다.

"아까 한 말이라니요?"

나는 아무 대답도 하지 않고, 왼손을 뻗어 말라버린 가로수의 보굿을 한 조각 벗겨내었다.

"여관으로 데려가 달라는 말 말인가요? 오늘따라 여관이라는 말을 본의 아니게 많이 하게 되네요."

　나는 여전히 입을 다문 채 손에 쥐고 있는 보굿을 바스러뜨려 공중에 흩뿌렸다. 나무의 각질화한 피부. 수혜의 부드러운 몸. 군대에서 장병들은 여자를 가리켜 보드라운 짐승이라고 말하면서 몸을 뒤틀기가 일쑤였다. 좀더 정확히 옮기면, 보도라분 짐생이 될 것이었다. 바스러지는 보굿의 감촉에서 반대로 여자의 몸을 떠올리고 군대의 일들까지 생각하게 되는 연상 작용의 빛과 같은 속도. 어쩌면 빛보다 더 빠른 속도인지 모른다. 그렇게 빠른 생각의 흐름을 표현하는 것은 불가능한 일인데도 소설이니 희곡이니 하는 것들은 염치도 없이 그런 것들을 표현해내는 척한다. 이제 내가 생각의 최소단위, 생각의 소립자 운운하며 양자물리학에 관한 책에서 주워들은 이론을 예술론에 적용하려고까지 한다. 말라죽은 보굿 조각 하나에서 예술론이 나올 판이다. 연상의 세계에서는 필연성이니 인과관계니 하는 것들은 정말 말라죽은 보굿 조각 같은 헛소리에 불과하다. 예술의 본질은 연상의 세계, 다시 다듬어서 말하면 상상력의 세계에 있다고 해도 과언이 아닌데 그런 예술을 필연성이니 인과관계니 해가며 말라비틀어진 잣대로 재려는 자들의 우둔함이여. 나는 어느새, 내 희곡과 연극의 난해성을 두고 혹평을 해대는 연극평론가들에 대해 분을 내고 있었다. 여자를 꼬셔서 여관으로 잘 데리고 가는 문제로 고심해야 할 시점에, 난데없이 연극평론가들에 대한 부아가 치밀어 오르다니. 이거야말로 연상 작용의 불예측성이요, 불가해성이 아니고 무엇인가. 양자물리학의 신묘한 소립자들의 운동처럼.

　"좋아요. 장난이 아니었다고 하겠어요."

　수혜는 이상한 문법으로 일단 나를 안심시켰다. 수혜의 입에서 이 말이 나오기까지 수혜의 머릿속에서 생각의 단위들이 어떠한 소립자운동을 한 것일까. 이제는 수혜를 품위 있게 목적지로 데려가는 일만 남았다. 나는 수혜가 눈치 채지 않게 얼른 주위를 두리번거려 까만 밤의 대기 속에 떠 있는 네온사인들을 훔쳐보았다. 개똥도 약에 쓰려고 하면 보이지 않는다는 말이 있듯이, 다른 지역에는 개똥처럼 널려 있는 여관이 이 지역에서는 좀체 눈에 띄지 않았다. 나는 수혜의 마음이 바뀌기 전에 여관을 찾아야 한다는 생각에 쫓기며 오른편 샛길로 접어들었다. 종로 근방에서는 샛길 안쪽 같은 데 여관이, 여관 아닌 것처럼 다른 건물들 사이에 슬쩍 끼어 있는 것을 종종 보았기 때문이었다. 아니나 다를까 저 안쪽, 길이 다시 굽어지는 모퉁이에 여관 간판이 자그마하게 불을 밝히고 있었다. 그 길에는 통행하는 사람들도 거의 없어 좀 편해진 마음으로 여관으로 다가갔다. 그러나 수혜는 여관으로 다가갈수록 긴장되는 모양이었다. 굳어지는 수혜의 모습을 곁눈질해 보면서, 나는 수혜가 자기의 글에서 말한 것과는 달리 동정을 잃지 않은 처녀이면 어쩌나 엉뚱한 염려를 하기도 하였다.

그때 나는, 이런 경우 왜 항상 남자가 여자를 인도해야 하는 건지, 너무나 당연한 사실에 대하여 속으로 의문을 제기해 보았다. 그런데 이것은 에로티즘의 원칙으로 일종의 자연법칙과도 같은 것이 아닌가. 왜 별들이 같은 방향으로 서서히 원운동을 하며 밤하늘에 반짝이는지, 그 이유를 물을 수 있을지언정 그런 현상에 대하여 이의를 제기할 수는 없지 않은가. 그러나 다음 순간, 홀연히 나의 뇌리에 군인 한 사람을 여관으로 인도해 가는 소녀의 영상이 떠올라 아른거렸다. 그 열두세 살 난 소녀는, 휴가기간이 끝나 부대로 복귀하기 위해 저녁 무렵 의정부 역에서 내린 신참 일등병을 앳된 목소리로 유혹하여 여관으로 데려가고 있었다. 그 소녀는 여관에서 심부름을 하는 아이가 아니었다. 그렇게 자연법칙과 어긋나는 경우는 진정한 의미의 에로티즘이 아니라고 했던가.

수혜는 성소聖所의 제단에 바쳐질 제물인 양 여관 입구에서 머뭇거렸다. 나는 거룩한 제사장처럼 느릿한 걸음으로 정결한 제물을 이끌고 성소의 뜰을 지나 지성소로 들어갔다. 여기저기서, 이미 끌려온 제물들이 제단에 바쳐지면서 비명들을 지르고 있었다. 지성소로 들어가기 전에 나는 헌금을 드렸다. 오늘은 특별한 제사일이라 평소보다 3천원이 많은 만원을 헌물함에 넣었다. 성소에서 제사를 돕는 나비넥타이의 레위인들은 제사 도구들을 정성스럽게 알루미늄 쟁반에 받쳐 들고 왔다. 지성소는 지극히 거룩한 장소답게 말끔히 정돈되어 있었다. 제단에는 하얀 천이 덮여 제물의 피를 기다리고 있었다. 제사장과 제물은 우선 물두멍에서 몸을 깨끗이 씻어야만 하였다.

"제가 먼저 씻고 올게요."

수혜가 조용히 말하며 탁자 위에 놓인 알루미늄 쟁반에서 수건과 칫솔들을 집어 들고 화장실로 들어갔다. 수혜의 그러한 동작에서 수혜가 처녀가 아닐 가능성이 많다는 것을 감지하고 나는 다소 안심을 하였다. 제사 행위에 길들어진 제물. 제단에 바쳐지고 나서 곧바로 부활하는 제물. 나는 심호흡을 한번 하고 창가로 다가가 우윳빛 창을 슬며시 열어보았다. 이중창으로 되어 있는 그 3층 창문에서 아래를 내려다보다가 나는 헉, 하고 잠깐 숨을 멈추었다. 여관 뒤쪽으로 작은 공터가 보이고, 거기 전등불빛들이 어른거리는 중에 검은 천막 하나가 쳐져 있었다. 그 천막 앞에 걸려 있는 누런 종이들은 근조등임에 틀림없었다. 근방의 주택가에 초상이 났고, 초상집 마당이 좁아 조문객들을 다 모실 수 없어 바로 옆 공터에 천막을 쳤던 것이었다. 여관 뒤쪽에 바짝 붙어서 웅크리고 있는 상가喪家의 검은 천막, 흔들리는 근조등, 조문객들의 수군거림, 그리고 여관에서의 교합과 비명소리들. 참으로 묘한 대비라 아니할 수 없었다. 나는 그동안 제법 많은 희곡을 써왔고 연극들을 연출해 왔지만, 여관 바로 뒤쪽에 쳐져 있는 초상집 천막 같은 기막힌 구도는 일찍이 떠올려본 적이 없었다. 갑자기 주변 상황과 사물들이 묘하게 연극적인 분위기를 띠는 것을 느끼며 나는 가만히 흥분하기 시작했다. 물론 여관으로 들어설 때부터 종교제의적인 연상을 하면서 나 자신을 달래었지만, 이제 초상집 천막까지 내려다보게 되니 완벽한 연극 무대가 설정된 기분이었다. 종교제의적 연극 무대. 검은 천막에서는 제단에 바쳐졌던 제물의 고기를 나누어 먹기 위해 사람들이 웅성거리고.

다시 창문을 닫으니 바깥의 수런거리는 소리들이 차단되고 화장실에서 수돗물 쏟아지는 소리가 쏴쏴아 들려왔다. 우스운 추측이지만 물소리의 강도로 보아 수혜는 나에게 몸을 주기로 작정한 듯싶었다. 그런데 내가 수혜의 몸을 받을 준비가 되어 있는지 사실 자신이 없었다. 발기부전 같은 그런 증세를 염려하는 것이 아니라, 수혜가 자신의 글에서 밝히고 있는 그런 점들을 내가 염려하고 있다고 할 수 있었다. 임신의 가능성. 수혜가 주도면밀하게 피임 준비를 해온 것 같지는 않았다.

나는 한때 임신의 부담 같은 것을 염두에 두지도 않고 마음껏 성적인 쾌락에 젖은 적이 있었다. 연포 해수욕장에서였다. 우연히 해수욕장에서 만난 남자 세 사람과 여자 세 사람, 다 20대 안팎의 고만고만한 나이들이었다. 여자 세 사람은 곧 자기들이 숙박하고 있는 여관방을 아예 나와서 남자들 셋이 기거하고 있는 여관방으로 옮겼다. 말하자면 여섯 명이 방 한 칸을 빌려 혼숙으로 들어간 셈이었다. 그러나 혼음으로 들어간 것은 아니었다. 혼음이란 상대를 바꾸어가면서 난잡하게 성행위를 하는 것을 말하는데, 우리는 그 며칠 동안 각자 짝을 지어 성교를 하면서 남의 짝은 건드리지 않았다. 한 짝이 방 안에서 성교를 하는 동안, 나머지 짝들은 바닷가로 나가 수영을 하기도 하고 모래사장에 드러누워 있기도 하였다. 그렇게 시간제로 방을 돌아가면서 사용하며 절도 있게 실컷 성교를 하였다. 그런데 밤에 여섯 명이 짝을 지어 자리에 누워 있게 될 때는 그 절도가 흐트러지곤 하였다. 한꺼번에 세 쌍이 한 방에서 성교를 하는 경우도 있게 되었다. 그것도 대개 한 쌍이 먼저 불을 지핌으로써 다른 쌍들을 흥분케 하여 그런 일이 벌어지는 것이었다. 우리는 그때 마리화나나 대마초를 피운 것도 아닌데, 그리고 여자들이 직업적인 창녀들도 아니었는데, 집단 발작과도 같은 성행위를 밤낮으로 되풀이하였다. 마치 이 해수욕 기간이 끝나면 영원히 성교를 하지 못할 것처럼, 숨 돌릴 사이도 없이 그렇게 서로 엉겨 붙었다. 코피를 쏟으면서도 광란에 가까운 그 짓은 멈출 줄을 몰랐다. 남자 셋은 여러 가지 이유로 모두 대학 휴학 중이었고, 여자들은 직장 여성이거나 재수생들이었다. 내 짝이 된 여자는 서울의 어느 화장품 회사에 다닌다는 직장 여성이었는데, 놀랍게도 나와 관계를 맺을 때 동정을 그대로 지니고 있는 처녀였다. 나는 분명히 그녀의 하체에서 흐르는 붉은 피를 보았고 아픔을 참는 그녀의 이맛살을 보았다. 그 이후의 잦은 성교 때마다 그녀는, 아파 아파 하며 아픔을 호소하면서도 그 아픔을 압도하는 쾌감에 몸을 떨었다. 이름도 제대로 잘 모르는 관계인데도 그녀는 나에게 동정을 바쳤고, 나는 화대를 한 푼도 지불하지 않으면서 그녀의 몸을 수시로 소유할 수 있었다. 그녀는 대나무 속청 같은 얇은 처녀막 하나를 벗어버리자 연포 앞바다 같은 쾌락의 세계가 환히 열리는 것을 체험한 모양이었다. 그녀는 나보다 더 열심히 욕정의 돛단배를 타고 바다를 저어나가려 했다. 히히히, 여자의 공알 같애. 우리는 연포 앞바다에 오뚝하게 솟아 있는 솔섬을 바라보며 희희덕거리곤 하였다. 여비들이 다 떨어져 해수욕장에서 철수하지 않으면 안 되었을 때, 우리들은 심신이 거의 탈진한 상태에 있었다. 남자들은, 여자들과 같이 서울로 올라갈 것이 아니라 대전 근방에서 헤어지는 것이 좋겠다고 작전을 짰다. 실컷 단물을 빨아먹은 여자들을 현실 세계로 돌아와서도 감당해야 한다는 것은 견딜 수 없는 일이었기 때문이었다. 여자들도 남자들에게 더 이상 관심이 없는 듯한 태도를 취하면서 해수욕 기간에 있었던 일들은 비밀로 묻어두자는 식으로 나왔다. 그런데 나의 짝이었던 여자만은 자꾸만 내 주소를 알려고 하고 진짜 성과 이름을 물어보곤 하였다. 물론 나는 이름과 주소를 정확하게 알려주지 않았다. 연포에서 대전으로 나오는 버스간에서 우리 여섯 명은 허탈감에 젖어, 되는 대로 지껄이며 큰소리로 고래고래 노래를 부르기도 하면서 다른 승객들의 눈살을 찌푸리게 하였다. 그러는 중에 내 의식에는 희한한 변화가 일어났다. 배호가 부른 노래인 〈안개 속에 가버린 사랑〉을 잘 맞지도 않는 화음으로 합창하고 있을 때였다. 사랑이라면 하지 말 것을, 처음 그 순간 만났던 날부터, 괴로운 시련 그칠 줄 몰라, 가슴 깊은 곳에…… 저 깊은 곳에서 검은 덩어리 같은 것이 올라오는 것을 느꼈다. 수평선에서 떠오르는 검은 해라고도 할 수 있고, 무리져 달리는 검은 양 떼들이라고도 할 수 있었다. 아니면 지층을 비집고 올라오는 검은 마그마. 나는 내 의식의 표면이 들끓는 것 같기도 하고 흔들리는 것 같기도 하고 갈라지는 것 같기도 하여 심한 현기증과 함께 공포감을 느꼈다. 나는 이것이 미치는 현상이구나 하는 것을 직감하였지만, 그 다음 순간 이미 자신이 미쳤다는 것도 모를 만큼 정신이상이 되어버렸다. 나는 그 검은 세력이 간첩이라고 결론지었다. 대전 버스 정류장에서 여자들과 헤어지게 되었을 때, 나는 내 짝이었던 여자를 무조건 끌고 근처의 파출소로 들어갔다. 작별인사를 나누려던 나머지 친구들도, 왜 그래 왜 그래, 를 연발하며 파출소로 따라왔다. 이 여자가 간첩이에요! 북괴가 미인계를 써서 나를 포섭하려 했어요! 나는 파출소 안에서 다급하게 고함을 질렀다. 순경들과 친구들이 기가 찬 표정을 지으며 나를 바깥으로 끌어내었다. 여자들은 완전히 기분이 잡쳐 투덜대며 서울로 향하는 버스에 오르고, 우리는 대전 시내를 돌아다녔다. 아니, 왜 그랬어? 친구들이 나에게 물었고 나는, 그 계집애 정말 간첩이야 여 간첩이야, 하며 연신 중얼거렸다. 그 이후로 나는 한 일 년 정도 정신병원을 드나들며 상담을 받고 치료를 받았다. 의사는, 내가 처녀를 따먹은 부담감과 아이가 생겨 떠맡게 되지나 않을까 하는 염려 따위로 여자에게 간첩혐의를 뒤집어씌웠다고 분석해 주기도 하였지만 나로서는 잘 납득이 되지 않았다. 그보다는 나를 파멸 시키려는 무의식의 세력을 느끼면서 그것을 간첩·북괴로 연결시켰다고 보는 것이 좋을 것 같았다. 말하자면 그 여자는 나를 파멸시키려는 세력의 상징인 셈이었다. 나는 그러한 극단적인 성적인 방종과 정신이상을 그 이전에도 그 이후에도 겪어본 적이 없었다. 그때의 희한한 경험을 좀더 상세하게 묘사하여 장편 정도로 써야겠다는 생각을 늘 하고는 있지만, 과연 천박한 섹스물로 떨어지지 않고 예술로 승화될 수 있을지 자신이 서지 않아 머뭇거리고만 있다. 간혹, 그 세 여자들이 지금은 어엿한 주부가 되어 가정을 꾸려가고 있을 것이라고 생각하면 온몸에 옻이 오른 기분이 되곤 한다.

나는 방 안을 서성이다가 침대 가에 엉덩이를 붙이고 앉았다. 물소리는 계속 들려오고 있었다. 나는 맞은편 벽 쪽에 세워져 있는 텔레비전을 켜려다가 그만두었다. 그 대신 옆방에서 건너오는 숨소리와 비명소리에 귀를 기울였다. 지금 이 순간 여관의 모든 벽들을 허물어버린다면 어떤 광경이 펼쳐질 것인가 엉뚱한 상상을 해보았다. 연포 해수욕장에서의 그런 장면보다 더 그로테스크한 풍경이 드러나고 말 것이었다. 이 시대의 여관. 이 시대 여관의 사회학적인 의미. 금기禁忌에 대한 위반의 극대화가 이루어지는 곳. 행음의 제사가 드려지던 고대의 신전이 현대식으로 복원된 성소.

물소리가 멎고 수혜가 화장실에서 나왔다. 화장실을 들어갈 때와 똑같이 감색 원피스를 온전히 차려 입고 있었다. 나는 조금 전까지 들렸던 물소리의 의미에 대해 잠시 혼돈이 일어났다.

"머리도 좀 감았어요."

나는, 머리만 좀 감았어요, 라는 말로 들리는 듯했다. 수혜가 물기를 듬뿍 머금고 있는 단발머리를 두 손으로 쓸어 넘기며 물방울을 살짝 튀겼다. 유행어로 말하면 스트레이트 파마머리라 불리는 수혜의 머리채는 물기로 인하여 더욱 까맣게 보였다. 그리고 까만 수혜의 두 눈동자. 나는 가만히 일어서서 수혜의 머리채를 만질 듯이 하며 수혜를 가볍게 안아주었다. 디스코 무대에서 음악이 블루스 계통으로 바뀔 때 몇 번 안아보았던 수혜의 몸이었지만, 이제 그 느낌은 완연히 달랐다. 밀폐된 공간에서의 포옹. 숨 가쁨. 뒤주 속의 사도세자.

"됐어."

나는 나도 모르게 소리를 높였다.

"뭐가요? 뭐가 됐다는 거예요?"

수혜가 내 품속에서 빤히 올려다보았다.

"막이 열리면 무대 전체는 뒤주 속이 되는 거야. 무대에 뒤주가 놓이는 것이 아니라, 무대 자체가 뒤주가 되는 거야. 아니, 관객석도 다 뒤주 속이 되는 거야."

"구상하고 있는 그 연극 말이군요. 여기까지 와서도 그걸 생각하고 있었어요?"

수혜는 표정이 샐쭉해졌다.

"생각을 하고 있었던 것이 아니라, 수혜를 껴안는 순간, 생각이 나버린 거지. 마치 득도의 순간처럼 연극의 첫 장면이 열려버린 거지. 아, 이제 됐어."

"정말 됐군요. 그럼 이제 나가요."

수혜는 단단히 화가 난 얼굴로 내 품에서 빠져나와 핸드백을 챙기는 등 방을 나갈 채비를 차렸다.

"아니, 왜 이러는 거야, 갑자기."

"나를 안으면서 연극 구상이나 하는 남자랑 어떻게 같이 있어요?"

"그게 아니래두 구상을 하고 있었던 게 아니라 구상이 떠올랐다니까."

"그러니까 더 기막힌 구상들이 떠오르기 전에 나는 여기를 나가겠다 이거예요. 이 뒤주 속에서 말이에요."

수혜가 뒤주 속처럼 밀폐된 여관방을 한번 재빠르게 흘겨보았다. 욕망의 뒤주. 한평생을 욕망의 뒤주 속에서 살다가 숨이 막혀 죽어간 사도세자. 뒤주 속에서 찌직거리는 저 암수의 쥐새끼들. 아흐아흐, 아악, 아흐.

수혜를 그대로 놔두면 정말이지 방을 나가버릴 것만 같아, 거울 앞에서 급하게 빗질을 하고 있는 수혜를 등 뒤로 와락 껴안으며 팔에 힘을 주었다. 그러나 할 말은 얼른 생각나지 않았다. 그때였다.

"아이고, 아이고, 에구."

창문 바깥에서 곡소리가 옆방의 소리보다 더 크게 들려왔다. 아마 아주 가까운 친척이 부음을 듣고 먼 데서 늦게 달려온 모양이었다. 수혜가 빗을 떨어뜨리다시피 하며 몸을 돌려 놀란 기색으로 나를 바라보았다.

"여관 뒤쪽에 초상집 천막이 쳐져 있어. 근방에 상_喪이 났나 봐."

이 한마디에 수혜는 다시 내 품으로 녹아들고 말았다. 죽음의 위대한 힘이여.

이제 순서가 바뀌어 수혜가 방의 침대에 앉아 있거나 누워 있고, 내가 화장실로 들어와 벗은 몸이 되어 있다. 수혜가 뒤에 들어올 나를 생각해서인지 욕조에 물을 받아두었다. 욕조의 물이 맑은 것으로 보아 수혜가 그 물 속으로 들어가지는 않았을 것이다. 수혜가 들어갔다가 나온 물이면 어떠랴. 나는 오른손으로 물을 휘저어 온도를 재어보며 욕조 안으로 들어가 온몸을 편안하게 뻗어보았다. 물의 온도는 약간 뜨거웠지만 견딜 만하였다. 뒤통수를 욕조의 테두리에 대고는 수증기가 올라가고 있는 천장 쪽을 바라보며 문득 아내와 연애하던 시절을 떠올렸다.

아내, 그러니까 기숙의 몸을 처음 접수한 것도 여관에서였다. '접수'라는 표현은 내가 지어낸 것이 아니라 기숙이가 무의식중에 뱉은 말이었다. 접수하세요, 접수하세요. 그녀는 나의 애무가 진해지자 그렇게 중얼거리고 있었다. 나는 처음에는 그녀가 그저 신음소리처럼 내뱉는 말인 줄 알았다. 그러다가 그 중얼거림이 얼마 반복된 후에야 비로소 분명한 단어의 형태로 내 귓가에 들려왔다. 나는 속으로 이렇게 대꾸하고 있었다. 접수? 안 그래도 접수하려고 해. 접수하세요. 글쎄, 접수한다니까.

그 이후로 〈접수〉라는 단어는 기숙과 나 사이에 일종의 은어 내지는 암호로 사용되었다. 내가 기숙의 몸을 원할 때 기숙의 귀에다, 접수하고 싶어, 라고 속삭이면, 기숙은 눈을 흘기거나 내 팔뚝을 꼬집으면서 동의를 표하곤 했다. 왜 기숙이 그 결정적인 순간에 접수라는 단어를 사용한 것일까. 혁명군이 수도 서울을 접수하고, 할 때의 혁명적인 의미 때문에 그랬던 것일까. 아무튼 나는 이미 접수한 바 있는 기숙의 몸을 다시 접수하러 여관으로 향할 때 무엇보다 욕조 속의 뜨거운 물을 떠올리기가 일쑤였다. 기숙의 몸을 여는 노동보다도 욕조 물속에 몸을 담그고 있는 휴식이 나한테는 더욱 필요했는지도 몰랐다. 결국 접수하고 싶다는 나의 말은 물과 접하고 싶다는 의미로 바뀌고 말았다. 그리고 물과 접하고 싶다는 말은 기숙의 은밀한 부분에서 흘러나오는 물과 접하고 싶다는 의미를 띠기도 하였다.

지금 물의 입자들이, 뜨거워진 온도로 인하여 맹렬히 움직이면서 나의 세포 하나하나를 두드리며 안마를 해주고 있다. 어머니 자궁의 양수 속에 들어가 있던 편안함. 남자가 틈만 나면 여자의 몸속으로 들어가려고 하는 것도 어느 면에서는 그 양수 체험과 관련이 있지 않을까. 나는 여자의 몸속으로 들어갈 준비를 하고 있는 나의 육체를 내려다보았다. 물의 두께로 인한 빛의 굴절로 몸 전체가 떠오른 것처럼 보이고 약간 부풀은 듯이 보였다. 한 다발의 다복솔 같은 검은 털 뒤에 노곤하게 엄폐하고 있는 나의 자지는 고온다습한 주변 상황으로 인하여 노곤하게 늘어져 있었다. 그동안 무수한 성병의 지뢰밭을 용하게 헤쳐 온 무명의 용사가 거기 휴식을 취하고 있었다. 어떤 때는 그 지뢰밭을 잘못 밟아 발모가지가 달아날 뻔한 적도 있지 않았던가. 연포 해수욕장의 일이 있은 후, 나는 정신병원 신세를 지는 한편 비뇨기과 신세도 져야만 했다. 비뇨기과 의사들은 성기라든지 생식기라든지 고상한 한자어를 사용하지 않고, 우리말 쓰기 운동이라도 하는 듯, 김용옥 교수의《여자란 무엇인가》라는 책의 주장을 받아들인 듯, 자지라는 말을 자연스럽게 사용하였다. 자지를 꺼내봐요, 자지를 까보세요, 자지를 꽉 눌러 짜서 액이 나오면 이 유리판에 묻혀갖고 오시오. 나는 의사가 무심코 사용하는 자지라는 말에 나의 인격이 모욕당하는 기분이었으나, 자지를 병들게 한 주제에 고상한 한자어를 써달라고 요구할 수도 없었다. 요도염입니다, 만성이 되지 않도록 치료를 잘 해야 합니다. 의사가 오줌 검사 결과를 무뚝뚝한 어조로 말해 주었다. 저어기, 처녀랑 관계를 했는데도 요도염에 걸릴 수 있습니까? 처녀요? 히히. 정말 처녀였습니다. 요 근래 그 처녀 이외에는 관계한 여자가 없습니다. 요도염은 말이지, 여자의 질염에서 감염되는 수가 많은데 대개 여자들은 질염에 걸려 있어도 자각증세가 없다 이거야. 어느새 의사는 반말투로 말하고 있었다. 질염 같은 것에 걸리지 않도록 처녀막이 있는 거 아니에요? 내가 좀 아는 체를 하자 의사는 코웃음을 쳤다. 질염 같은 소리하고 있네, 그래 처녀막만 딱 터뜨리고 그걸로 끝났어? 나는 머쓱한 표정으로 의사의 진단에 승복하지 않을 수 없었다.

그러고 보니 수혜가 처녀이든 아니든 수혜에게서 성병을 옮겨 받을 위험성은 항시 존재한다고 할 수 있었다. 임신과 성병으로부터 스스로를 보호하기 위해 인류가 발명한 최고의 걸작품. 정자들을 질식사시키는 고무 뒤주. 나는 수혜의 은밀한 부분이 어떤 상태에 있는지, 그리고 수혜가 어떤 준비를 해왔는지 알 수 없었으므로, 귀찮은 일이지만 일단은 그 고무 제품을 사러 나가야겠다고 마음먹었다. 성병은 무질서한 성을 금기로 만드는 데 일조를 하였지만, 고무의 발명과 발달은 성병의 막강한 권위를 떨어뜨림으로 금기에 대한 위반을 가속화시켜오지 않았는가. 고무 산업 위에 우후죽순처럼 자리 잡아가는 여관들. 고무는 저 인도네시아의 신성한 원시림에서 흘러나와 욕망의 꼭대기에 얹힌다.

길거리의 어둠, 약국 안의 형광등 불빛. 무수한 종류의 약품들을 배경으로 서 있는 하얀 가운의 약사. 될 수 있으면 남자 약사가 서 있는 약국으로 들어서야 한다. 그런데 여 약사가 서 있거나 안쪽 의자에 앉아 있는 약국이 계속해서 이어진다. 여 약사에게 고무 제품, 그러니까 텍스를 달라고 하긴 아무래도 쑥스러운 일이다. 물론 여 약사는 하도 많은 텍스를 팔아왔기 때문에 나 한 사람 한 갑 더 사간다고 해서 특별히 신경을 쓰거나 하지는 않을 것이다. 그러나 그 짧은 순간이나마 내

인격이 경멸당할 위험에 처해서는 안 된다. 남자 약사보다 여 약사로부터 경멸당할 가능성이 많다는 것은 어디에 근거를 둔 계산일까.

벌써 서너 개의 약국을 그냥 지나치고 있다. 이러다가는 종로2가 쪽까지 나아갈 판이다. 여자와 몸을 합하기 위한 통과의례가 이렇게 번거로워서야. 드디어 남자 약사가 근무하는 약국을 발견하였다. 하지만 건강 상담을 하는지 여자 손님들이 두서너 명 모여 서서 약사와 이야기를 주고받고 있었다. 저런 경우는 여 약사 쪽보다 더욱 곤란하다. 내가 약국으로 들어가 남자 약사에게, 텍스 한 갑 주세요, 라고 밀수품 거래하듯이 속삭이면 약사는 걸걸한 목소리로, 텍스 한 갑요? 어떤 텍스로 드릴까요, 특수형으로 드릴까요, 어쩌고 하면서 떠들 것이 틀림없다. 그러면 여자들이 일제히 나를 훔쳐보며 속으로 경멸할 것이다.

여자 손님이 있는 약국, 여 약사가 있는 약국 등을 빼고 나니 들어갈 만한 약국이 좀체 나타나지 않았다. 차츰, 이러고 있는 나 자신에 대하여 부아가 나기 시작했다. 그때 여 약사가 혼자 지키고 있는 약국이 또하나 눈에 들어왔다. 첫인상으로 보아 그 여 약사는 무척 매력 있게 생겼다. 갑자기 이상한 충동이 몸 전체로 퍼져나갔다.

나는 슬그머니 약국으로 들어가 그 여자의 예쁜 두 눈을 똑바로 쳐다보며 좀 큰소리로 말했다.

"텍스 한 갑 주세요."

나는 그 여자의 두 눈에서 시선을 떼지 않음으로 그녀를 모독하는 쾌감을 은밀히 맛보고 있었다. 그녀는 방자한 나의 시선을 얼른 피하며 선반에서 큼직한 텍스 한 통을 집어 내려서 내 앞에 두었다. 나는 그 통에 열두 갑이 들어 있다는 것을 알고 있었다.

"한 통이 아니라 한 갑 말입니다."

나도 모르게 언성이 높아졌다.

"아예 한 통을 사두시죠. 수시로 약국에 와서 사야 하는 불편을 덜게 말입니다."

이제 보니 여 약사가 자신이 받은 모독을 나에게 갚으려 하고 있었다.

"나는 독신이오."

제법 근엄한 대답이 내 입에서 새어나왔다. 후, 하며 여 약사가 묘한 미소를 흘렸다.

"독신이든 기혼이든 우리 약국에서는 통으로만 팔지, 갑으로는 팔지 않아요."

약사가 통을 다시 선반에 얹어놓을 듯이 그 가장자리를 만지작거리며 나의 반응을 기다렸다.

"다른 약국에서는 갑으로 팔잖아요."

"그럼, 다른 약국으로 가보세요."

여 약사가 냉큼 통을 집어 올려 선반에 얹어버렸다. 선반에 얹기 위해 돌아서는 그녀의 등에서 찬바람이 일었다. 다시 그녀가 내 쪽으로 돌아섰을 때 그녀의 시선은 나 같은 것은 안중에도 없다는 듯 창 너머 거리로 향해 있었다. 나는 갑자기 쓰다버린 텍스 꼴이 되어버렸다. 잠시 멍한 가운데 약국 공간에 그대로 머물러 있었다.

"왜 안 가세요?"

그녀가 나를 쳐다보지도 않고 물었다.

"텍스를 줘야 가죠."

나도 오기가 발동하기 시작했다.

"갑으로는 팔지 않는다고 했잖아요."

"좋아요. 통으로 주세요. 서른여섯 번 할 수 있도록."

한 갑에 세 개의 텍스가 들어 있으므로 서른여섯은 정확한 계산이었다. 여 약사의 얼굴이 잠깐 동안 발그레해지다가 다시 제 빛깔을 찾았다.

"잘 끼워야 서른여섯 번 할 수 있을 거예요. 거꾸로 끼워 하지도 못하고 버리든지 하면 스무 번도 제대로 할 수 없을걸요."

대단한 계집이다 싶었다.

"잘 끼울 테니 염려마세요."

나도 지지 않으려고 안간힘을 쓰며 4천5백 원을 내던지다시피 하고 여 약사가 건네주는 텍스 통을 빼앗듯이 들고 나왔다. 나는 통에서 한 갑을 꺼내 점퍼 호주머니에 집어넣고 나머지 열한 갑은 그냥 길거리에 쏟아버렸다. 조금 걸어가다가 가게에서 오란씨를 사면서 뒤돌아보니 행인들이 땅에 떨어진 것이 무언가 하고 텍스 갑을 집어 들고는 킬킬거리고 있었다.

어딜 갔다 온 거예요?

가게 다녀온다 그랬잖아. 여기 오란씨 사왔어.

오란씨를 사가지고 오는데 이렇게 시간이 많이 걸려요? 난, 날 그대로 버려두고 간 줄 알았네.

가게 근방에서 말이야, 글쎄 고등학교 동창을 만났지 뭐야. 그 친구 따돌리고 오느라고 좀 늦어졌지.

어떻게 따돌렸어요?

아, 글쎄 그 친구가 나보고 밤중에 여기 웬일이냐고 묻더군. 그래, 난 엉겁결에 요 근방에 극단 사무실이 있는데 거기서 합숙 훈련을 한다고 그랬지. 공연이 임박한 연극이 있어서 말이야. 그랬더니 이 친구가 배우들이 연극 연습하는 거 한번 구경할 수 없느냐면서 날 따라오려고 그러잖아.

그래서요?

따라오라 그럴 수가 있어. 지금 배우들 휴식 시간이라서 뿔뿔이 흩어져 한두 시간 후에 다시 모인다 그랬지. 그런데도 이 친구, 극단 사무실이라도 한번 구경하고 가겠다는 거야. 그래 내가, 임시로 빌린 사무실이라 형편없다, 다음에 정식으로 사무실을 구하면 초대를 하겠다, 오랜만에 만났으니 어디 다방에라도 들어가서 차라도 마시자, 했지. 그러자 겨우 그 친구가 마음을 바꿔 다방으로 따라오더군. 다방에서 잠시 이야기를 주고받다가 온 거지.

그 친구 뭐하는 사람인데요?

이 사업 저 사업 손을 대고 하더니 요즈음은 좀 우스운 걸 하고 있어.

우스운 거라니요?

뭐, 그런 거 있어.

말해 보세요. 괜히 호기심만 당기게 하지 말고.

거, 있잖아. 보건소 가족계획실에서 나눠주고 하는 거 말이야. 약국에서도 팔고. 그 친구, 자기 딴에는 국민건강과 인구정책을 위해서 그 사업을 한다나. 내 원참.

그러니까, 저, 콘돔 말이군요. 그 사업도 꽤 유망한 사업일걸요.

그렇다나봐. 경기를 타는 법이 없으니까. 오히려 세계정세가 어수선하고 나라가 시끄럽고 정부 요인이 암살당하고 다른 사업들은 곤두박질하고 어쩌고 하면 그건 더 잘 팔리나봐. 요즈음은 에이즈다 뭐다 해서 수요가 더 급증하고 있대. 아마 그 친구 사업은 성윤리의 바로미터라고 해도 과언이 아닐 거야. 그런데 말이야, 그 친구가 자기 회사 제품이라면서 한번 써보라고 호주머니에서 한 갑 꺼내주는 게 아니겠어.

그래, 받아왔어요?

마다할 수 있나. 받아왔지.

오늘 써볼 거예요?

거야, 뭐, 사용하면 하는 거고.

됐네요. 난 아무 준비가 없었는데. 그거 사느라고 이 약국 저 약국 눈치 보다가 이리 늦게 왔군요.

이쯤 되면 아무래도 수혜는 콘돔을 사용한 경험, 다시 말해 남자와의 성경험이 있는 여자로 볼 수밖에 없다. 수혜가 아직도 동정을 지닌 처녀일 가능성에 대해서는 더 이상 염려하지 않아도 되겠다. 왜 나는 자꾸만 수혜가 처녀인가 아닌가에 신경을 쓰는 것일까. 연포 해수욕장 사건의 후유증이 지금껏 남아 있는 걸까. 사실 나는 아내와의 첫경험에서 아내가 처녀가 아니라는 것을 직감하고 오히려 편안함을 느낀 사람이다. 아내가 처녀성을 나에게 바친 대가를 일생 동안 요구하면 어쩌나 걱정하지 않아도 되었으니까. 아내와 이혼을 하게 되었을 때 아내의 인생에 대한 죄책감 같은 것이 별로 없었던 것도 그러한 사정과 관련이 있을 것이다.

수혜가 켜놓은 텔레비전에서는 미국 샌프란시스코의 지진 소식이 생생한 화면과 함께 방영되고 있었다. 강도 6.9의 강진, 화염에 휩싸인 번화가 마리나 지역의 아파트들, 무너진 이중 고가도로, 위쪽의 고가도로가 아래쪽 고가도로로 내려앉는 바람에 그 사이에 납작하게 깔려버린 자동차들, 출근길 러시아워의 참변, 3백여 명 사망. 현대의 첨단 문명을 덮쳐버린 원시.

"어머, 엄청난 참변이네요."

수혜가 침대에 걸터앉은 채 놀란 눈을 하고 바로 옆에 앉은 나를 돌아보았다. 지금 서울에 지진이 나서 이런 여관들이 무너진다면 어떻게 될까, 나는 속으로 수혜에게 물으며 그런 상황을 상상해 보았다. 붙어버린 이중 고가도로처럼 침대마다 포개져 있는 남녀의 알몸들. 폼페이 최후의 날. 폼페이 유적에 가보면 길바닥에 남자 성기를 크게 그려놓아

창녀촌으로 가는 방향을 가리키고 있다던가. 환락의 순간에 용암과 화산재에 덮여 그 자세 그대로 굳어버린 폼페이 시민들.

"하필 우리나라 대통령이 워싱턴에 가서 미국 대통령을 만날 때 지진이 날 게 뭐람."

아닌게아니라 텔레비전 화면은 한·미 정상회담 소식으로 바뀌어 있었다. 방위비분담, 통상 현안 같은 용어들이 여자 아나운서의 예쁘게 생긴 입에서 새어나왔다. 그 여자 아나운서의 입술은 아까 그 여 약사의 입술과 닮은 듯이 보였다. 잘 끼워야 서른여섯 번을 할 수 있을 거예요.

"젠장."

"아니, 왜 그래요?"

"뉴스 시간에는 여자 아나운서가 어울리지 않는단 말이야. 뉴스 시간만큼은 냉정한 이성으로 돌아가야 되지 않겠어?"

"누가 냉정한 이성으로 돌아가지 말라고 했어요? 그게 여자 아나운서와 무슨 상관이 있는 거죠?"

"여자 아나운서가 예쁘니까 뉴스를 들으면서도 엉뚱한 연상을 하게 되잖아. 색스러운 연상을 말이야."

"그건 남자 쪽에서 하는 소리죠. 여자들 편에서는 오히려 여자 아나운서가 뉴스를 전해 주는 것이 냉정한 이성을……."

"하긴 그렇군. 근데 따지고 보면 뉴스라는 것도 그 본질은 색스러운 거 아닐까. 색스러운 것이 아니면 뉴스감이 되지도 않을 테니까."

"비약이 심한 거 아니에요? 방금 지진으로 인한 참변 소식과 한·미 정상회담 소식을 들었는데, 그런 것도 색스러운 거예요?"

나는 대답을 보류하기로 했다. 죽음이라는 것, 특히 집단 참사나 전쟁 같은 것이 얼마나 무의식적으로 성욕을 자극하는지에 대하여 나름대로 이론을 펼 수도 있었지만 말이다. 그리고 자본주의 사회의 본질이 에로티즘이요, 그 사회를 꾸려나가려는 정치도 색스럽기 그지없는 광대놀음이라는 것.

대답을 보류하는 대신, 수혜의 오른편 어깨에 내 오른손을 얹어 수혜의 상반신을 뒤로 젖히면서 입술을 찾았다. 수혜의 입술은 이미 준비되어 있었다. 내 입술에 온전히 들어오는 입술, 나는 바로 이런 입술이 좋다. 내 입술로써 다 감당하기 힘든 큼직한 입술은 나에게 당혹감을 준다. 처음 접하게 되는 수혜의 입술은 내가 이전에 경험한 그 어떤 여자의 것과도 다르다. 수혜의 입술만이 지니고 있는 독특한 질감과 부피와 맛이 있다. 수혜의 입술이 가늘게 떨리는 것까지 내 입술에 감촉된다. 분명 수혜는 입맞춤에 그리 익숙하지는 못하다. 내가 가만히 혀를 내밀자 수혜는 잠시 머뭇거리다가 수줍어하며 받아들인다. 수혜의 입술 사이로 높은 숨소리가 새어나오고 나는 그 소리마저 받아먹는다.

그 다음은 수혜의 성감대를 확인하는 절차로 들어간다. 나는 입술을 수혜의 입술에서 조금 아래로 옮겨 턱 근방을 가볍게 빨아본다. 숨소리가 여전한 것으로 보아 턱에도 제법 성감대가 깔려 있는 모양이다. 턱을 지나 목덜미 쪽으로 내려가자 숨소리는 더 높아진다. 이제 턱뼈를 따라 귓불 쪽으로 올라간다. 도톰한 귓밥이 느껴지는 귓불을 아예 입술로 물어본다. 수혜는 신음에 가까운 소리를 내면서 목운동을 하듯이 머리를 천천히 움직이며 어깨를 뒤튼다. 귓불에 굉장한 성감대가 퍼져 있는 것이 틀림없다. 이번에는 혀를 내밀어 수혜의 귓바퀴 앞쪽과 뒤쪽을 번갈아가며 핥아본다. 앞쪽을 핥을 때가 뒤쪽을 핥을 때보다 더욱 센 반응을 얻어낸다. 대개의 여자들은 귓바퀴 앞쪽보다는 뒤쪽에 더 많은 성감대가 있는 법인데 수혜의 경우는 그 반대이다. 나는 마침내 수혜의 귀 전체를 상추쌈 먹듯이 입속에다 넣어본다. 임금님 귀는 당나귀 귀,

임금님 귀는 당나귀 귀. 우리나라 대통령은 귀가 커서 마음이 넓단다.

"아이."

수혜가 간지러움과 성적인 흥분을 견디지 못하고 머리를 흔들어 내 입에서 귀를 건져낸다. 이렇게 하여 얼굴 부위의 성감대는 대강 파악한 셈이다. 이제 수혜가 입고 있는 옷들을 벗겨나가야 한다. 감색 원피스의 지퍼는 등 뒤에 있을 것이다.

"불."

수혜가 천장의 형광등 쪽으로 고갯짓을 한다.

"조명을 끌까?"

수혜가 고개를 끄덕임과 동시에 내가 침대 머리맡에 장치된 스위치 아래 부분을 누른다. 불이 꺼진다. 벽등 스위치는 고장이 난 듯 말을 잘 듣지 않는다.

"동독 정권 사십 년 사상 단일 시위로는 최대 규모인 약 12만 명의 시민들이 16일 밤 남부 도시 라이프치히 번화가에서 정치개혁과 자유 신장을 요구하는 반정부 데모를 벌였습니다. 시내 5개 교회에서 예배를 마친 시민들은 일시에 거리로 쏟아져 나와⋯⋯."

돌아보니 아직껏 여자 아나운서가 뉴스를 전하고 있다. 결국 수혜와 나는 여자 아나운서가 뉴스를 전하는 데스크 앞에서 그녀가 쏟아내는 말의 세례를 받으며 애무를 나눈 꼴이 되고 말았다. 나는 텔레비전 쪽으로 손을 뻗어 아예 꺼버릴까 하다가 소리만 완전히 줄인다. 텔레비전을 꺼버리면 방 안이 너무 어두워 수혜의 옷을 벗기는 데 지장이 있을 뿐만 아니라, 욕정에 젖은 수혜의 축축한 모습도 훔쳐볼 수가 없다. 소리는 내지 않고 입술만 달싹거리는 여자 아나운서 앞에서 정사를 벌이는 기분도 과히 나쁘지는 않을 것이다. 아마 이제 후로 저 여자 아나운서가 화면에 비치면 나는 수혜와의 정사 장면을 떠올리게 될 것이다.

아무리 그녀가 처참하고 긴박한 뉴스를 전한다 하더라도. 그럼으로써 나는 여자 아나운서를 모독하는 쾌감을 맛볼 것이고. 지금도 빤히 두 눈을 뜨고 있는 저 여자 앞에서 정사를 벌임으로 그녀를 모독하려는 것이 아닌가.

어두운 방에 켜져 있는 텔레비전은 일종의 보조 형광등 역할을 해준다. 화면 밝기의 정도에 따라 방 안 전체가 밝아졌다가 어두워졌다가 한다. 그 명암의 변화가 하도 급속하게 이루어져 변덕스럽게 느껴지기도 한다. 간혹 훔쳐보는 수혜의 얼굴에도 명암이 수시로 엇갈린다. 수혜는 그대로 눈을 감고 나의 손길에 몸을 맡기고 있다. 그러나 텔레비전의 화면처럼 수혜의 생각들도 명멸을 거듭하고 있을 것이다. 나는 수혜의 전신을 침대에 눕히고 거대한 허물 같은 원피스를 벗겨 내리는 데 드디어 성공하였다. 정말 수혜는 또 한 차례 허물을 벗고 새로운 변신을 꾀할지도 모른다. 수혜의 부드러운 아래위 내의들이 손바닥에 감촉된다. 내의들이 감촉되자, 조금 전 원피스를 거대한 허물로 여겼던 생각을 수정한다. 원피스는 거대한 번데기의 껍질이라 해야 마땅하고, 내의들을 허물로 보아야 한다. 나는 수혜의 상반신을 덮고 있는 허물 밑으로 오른손을 밀어 넣어 매끄러운 등을 쓸어보며 브래지어 끈을 더듬어 찾는다. 브래지어 호크가 엄지와 검지 사이로 잡힌다. 두 쌍의 연결 고리로 되어 있는 호크이다. 엄지와 검지로 호크를 지그시 누르자 연결 고리들이 풀어져 브래지어는 해체된다. 수혜는 브래지어를 해체시키는 나의 기민한 손놀림에 다소 놀란 듯, 아, 탄성 비슷한 소리를 내면서 상반신을 약간 웅크린다. 그 은밀한 몸짓은 나의 손을 거부하는 것 같기도 하면서 나의 손이 펼쳐줄 새로운 쾌감의 세계에 대해 기대를 나타내는 듯도 하다. 나는 탄력을 잃어버린 브래지어 끈을 앞쪽으로 쓸어 모으면서 젖무덤으로 접근한다. 그때 나의 오른손은 나의 전 존재를 대표한다. 내 손이 가는 곳을 내가 가고 있고, 내 손이 접촉하는 것을 내가 접촉하고 있고, 내 손이 만지는 것을 내가 만지고 있다. 수혜의 젖무덤은 갓 따낸 멍게의 아랫배처럼 팽팽하게 부풀어 있다. 왜 수혜의 젖무덤의 감촉에서 멍게의 아랫배 부분을 연상한 것일까. 그 부분의 싱싱한 살색빛으로 인한 연상인가. 그러면 젖꼭지는 멍게의 입이거나 항문이 될 것이다. 어릴 적 멍게의 살은 아버지 차지가 되고, 멍게의 입인지 항문인지 알 수 없는 그 돌출 부위는 잘려 나와 동생들과 나의 차지가 되곤 하였다. 그것을 오도독오도독 깨물면서 빨아대면 갯벌 같기도 하고 바닷물 같기도 한 비릿하고 짭짜름한 맛이 입 안을 가득 채웠다. 브래지어 호크를 땄던 엄지와 검지로 수혜의 왼편 젖꼭지를 살그머니 쥐자, 수혜가 저 깊은 데서 올라오는 신음소리를 내며 엉겹결에 두 손으로 내 머리카락을 움켜쥔다. 가라앉아 있던 수혜의 젖꼭지는 내 엄지와 검지 사이에서 서서히 발기하여 정말 멍게의 돌출 부위처럼 딱딱해진다. 그 젖꼭지를 빨면 비릿하고 짭짜름한 맛이 입 안에 고일지도 모른다. 나는 젖꼭지를 빨고 싶은 충동을 느끼며 수혜의 상의를 벗겨 올리려 한다. 수혜는 내가 옷을 벗기지 못하도록 허수아비처럼 두 팔을 양옆으로 벌려 버티다가 마침내 두 팔을 위로 올려 항복의 표시를 한다. 상의를 계속 벗겨 올리자 수혜의 머리가 뒤집힌 옷에 가려졌다가 잠시 후에 구멍에서 좀 우스꽝스럽게 빠져나오고 두 팔도 소매를 벗어난다. 가슴에 엉성하게 얹혀 있는 브래지어를 들어내고, 맨살이 된 수혜의 상체를 가만히 내려다본다. 텔레비전 화면의 변덕스런 조명 때문에 수혜의 상체는 보얀 살결을 드러내었다가 어둠 속에 잠기곤 한다. 나는 두 젖무덤 사이에 코를 묻고 어느 쪽 젖꼭지를 먼저 빨 것인가 생각한다. 이런 생각을 할 여유가 있다는 것은 아직 내가 욕정에 사로잡히지는 않았다는 증거이다. 그런데 이 순간에 나의 행위에 대한 자의식을 여전히 지니고 있는 것은 그야말로 희극적이다. 나는 나를 기준으로 하여 오른편 젖꼭지를 먼저 빨기로 한다. 그러다가 두 젖꼭지를 한꺼번에 빨려고 젖꼭지들을 모아본다. 하지만 워낙 젖무덤이 팽팽하여 한입에 넣을 만큼 모아지지 않는다. 결국 따로 빨기로 하고 오른편으로 고개를 돌린다. 나는 지금 여자의 젖을 물고 있다. 어머니의 젖을 물고 있던 시절을 떠올린다는 것은 너무나 상식적인 연상이다. 나는 여자의 젖을 묾으로써 모계 씨족사회, 그러니까 원시시대로 돌아간다. 수혜는, 아흐아흐, 젖을 물린 모성적 행복에 젖는다. 이제 수혜의 아래 내의를 벗기는 것은 시간 문제라는 생각이 든다. 나의 왼손이 아래쪽으로 내려가 바깥에서 수혜의 엉덩이를 더듬다가 내의 속으로 파고든다. 엉덩이의 살이 손바닥에 감촉된다. 길쭉한 백자 매병의 곡면. 나는 박물관이나 전시회 같은 데서 청자·백자 매병들을 볼 적마다 여자의 엉덩이를 떠올리곤 한다. 국보 68호 청자상감운학문 매병, 고려 12세기 중엽, 간송 미술관 소장, 보물 286호 청자상감포도동자문 매병, 고려 12세기 말. 그야말로 나는 깊이 감추어져 있던 보물을 쓰다듬고 있다. 나의 손은 어느새 보물의 앞면으로 돌아가려 한다. 역상감으로 볼록 솟아 있는 그 부분을 향해 조심스럽게 손이 미끌어져 간다. 그러면서 넌지시 아래 내의와 팬티를 손등으로 벗겨 내린다.

"안 돼요."

수혜가 급히 내 손을 걷어 올리며 뿌리친다. 뭐가 안 된다는 거지, 나는 속으로 중얼거리며 아예 손가락들을 갈고리 모양으로 만들어 내의와 팬티의 고무줄 부분에 밀어 넣고 훑어 내리려 한다.

"아, 안 돼요."

수혜가 굉장한 악력으로 내 손목을 움켜쥔다. 나는 일단 수혜의 그 악력을 존중해 주어야 한다는 생각과 동시에 그것을 모독해 버리고 싶

은 충동을 느낀다. 나는 힘을 다해 수혜의 악력을 뿌리치면서 하의를
와락 벗겨버린다. 수혜는 상반신을 일으켜 두 손으로 하의를 잡으려 했
지만 이미 하의의 고무줄 부분은 발목을 통과하고 말았다. 수혜는 하의
를 잡으려 했던 손으로 이불을 끌어당겨 몸을 덮으려 했으나, 한쪽에
단정하게 개켜져 있던 이불이 침대에서 방바닥으로 굴러 떨어진 지는
오래이다. 수혜는 침대에 깔린 하얀 시트로 몸을 가리려 해보다가 그것
도 잘 되지 않자 몸을 저쪽으로 돌려버린다. 아무튼 수혜는 내 눈 앞에
서 벌거숭이가 되고 말았다. 나는 옷들을 대부분 그대로 입고 있는데
말이다. 나는 수혜가 옷을 다시 주워 입지 못하도록 침대 가에 걸려 있
는 옷가지들을 멀리 던져버린다. 그런데 교차되는 방 안의 명암이 이상
해서 돌아보니 수혜의 브래지어가 텔레비전 상단에 걸쳐 있는 것이 아
닌가. 여자 아나운서는 브래지어로 복면을 한 채 빨간 입술만 내밀고
열심히 오물거리고 있었다. 소리가 없는 여자 아나운서의 입술 운동.
오럴섹스. 여자들은 에로티즘을 그저 입술에 달고 다닌다. 나는 수혜가
그 자세로 굳어 있도록 해놓고는 방바닥에 발을 대서 옷을 하나씩 벗기
시작했다. 마치 강간을 시도하려는 자처럼, 성폭행을 자행하려는 강도
처럼. 이제 나도 완전히 벗었다. 내 엉덩이 뒤에도 여자가 있고 앞에도
여자가 있다.

"텔레비도 *끄세요*."

앞쪽의 여자가 뒤쪽의 여자를 지워달라고 한다. 나는 약간 아쉬워하
며 뒤쪽의 여자를 추방한다. 아니, 죽여버린다. 인간이 죽는다는 것은
텔레비전 화면에서 영상이 사라지는 것과 조금도 다르지 않다. 어차피
나에게 있어 다른 인간들은 하나의 영상에 지나지 않으니까. 그 영상
이 남긴 잔상 같은 것을 추억이라 부른다. 방 안이 캄캄해지자 수혜의
몸뚱어리는 정말 허연 영상처럼 가로누워 있다. 그 영상도 금방 지워

질 것만 같다. 저것을 가리켜 프리초프카프라는 존재하려는 경향에 불과한 것이라고 했던가. 존재가 아니라 존재하려는 경향에 불과한 양자물리학의 소립자들, 인생들. 존재하려는 경향에 불과한 것들의 욕정은 또 얼마나 허무한 것인가. 그러나 나는 그 허무의 심연으로 빠져들려 한다.

똑똑, 똑.

문을 두드리는 소리가 난 것 같다.

"방문을 노크하는 소리 아니에요?"

수혜가 어둠 속에서 황급히 일어나 침대에서 내려오며 옷을 찾는다.

"누, 누구세요?"

나는 여전히 벌거벗고 선 채로 자못 긴장하며 고개를 문 쪽으로 돌린다.

"임검 나왔습니다."

그 순간 참으로 수많은 생각들이 동시에 떠올라와 엇갈린다. 임검을 빙자한 떼강도, 금품 강탈과 성폭행, 손에 들고 있는 칼·가스총, 살인. 정식 임검. 주민등록증 요구, 여자의 매음 여부 확인, 정중한 인사.

"임검요?"

나는 일단 스위치를 올려 불을 켜고 옷을 찾아 입기 시작한다.

"네, 임검입니다. 잠깐만 실례하겠습니다."

도통 나이를 짐작할 수 없는 목소리다.

"잠시 기다려주십시오."

그 다음, 옷을 좀 입고요, 라는 말을 하려는데 그만,

"진짜 임검인지 확인을 해보고요."

라는 말이 튀어나온다.

"아저씨, 진짜 임검이에요. 내가 이 여관 종업원인 걸요."

임검 나온 형사들을 종업원이 안내하고 있는 모양이다. 그렇다면 안심하고 문을 열어도 되지 않겠는가.

"그냥 문을 열어주면 안 돼요. 전화로 확인을 해봐요"

대강 옷을 챙겨 입은 수혜가 침대에 걸터앉으며 문 쪽으로 가려는 나를 제지한다. 나는 수혜를 돌아보다 말고 뒤편 창문 쪽으로 시선을 옮긴다. 3층 높이다. 뛰어내려도 죽지는 않을 것이다. 초상집 검은 천막 위에 떨어지면 그 천막이 그물 역할을 해줄지도 모른다.

"잠시만 기다려주십시오. 옷을 좀 입고."

옷을 핑계 대며 전화기를 든다.

"여보세요."

남자 종업원의 목소리가 수화기에서 들린다.

"임검을 나왔다고 하는데 정말이에요? 요즘 하도 여관털이 강도들이 많아서."

"그래요. 진짜 임검을 나왔어요. 안심하고 문을 열어주세요."

나는 수화기에서 들리는 음성이 위협을 받은 목소리이거나 강도가 직접 말하는 목소리가 아닌지 그 억양까지도 주의 깊게 여겨듣는다. 그런데 뭔가 잡음이 끼어드는 것만 같다. 옆에서 강도가 칼을 들이밀며 여관 종업원을 위협하고 있는 상황이 눈앞에 전개된다.

"옷은 대강 입고 문을 여세요. 우리도 시간이 많은 사람들이 아니오."

이번에는 임검 나온 듯한 형사의 목소리가 문 밖에서 들린다.

"어디 파출소에서 나왔습니까?"

나는 수혜의 표정을 훔쳐보며 조심스럽게 묻는다.

"아니, 이 사람이. 해도 너무 하네."

"세상이 험해서 그러는 것 아니오? 임검 나왔다 해놓고는 강도짓을 하는 불량배들이 판을 치고 있으니. 얼마 전에는 순경 복장까지 갖춰 입고 강도짓을 했다던데."

"내가 경찰 신분증을 보여주면 될 것 아니오. 문을 여시오."

"문을 먼저 열면 신분증 같은 것도 보기 전에 당할 거 아니오. 만약 당신이 강도라면 말이오."

"내 원참. 그래, 내가 어떻게 해야 문을 열겠소?"

"먼저 신분증을 문 밑으로 밀어 넣으시오."

"젠장, 누가 임검 당하는지 모르겠구먼. 야, 비상키 있지? 문 열어."

순간, 내가 심했다 싶었지만 이미 때는 늦고 말았다. 종업원이 비상 키로 문을 따자 사복형사로 보이는 사람 둘이 문 안으로 불쑥 들어섰 다. 임검이 아니라 가택수색을 벌이는 듯 방 구석구석을 훑어보았다. 내가 보아도 방 안의 풍경은 이상야릇했다. 이불은 개켜진 모양 그대로 방바닥에 떨어져 있고, 여자는 원피스를 반쯤 입은 채 침대 모서리에 웅크리고 있고, 브래지어는 여전히 텔레비전 상단에 달리의 시계처럼 축 늘어져 있고, 남자는 내복차림으로 엉거주춤 서 있고. 정사를 끝낸 광경도 아니고 정사를 시작하려는 광경도 아니다.

"주민등록증 내보시오."

나는, 당신 신분증부터 먼저 봅시다, 하는 소리를 차마 하지 못하고 방바닥에 널브러져 있는 바지를 집어 올려 호주머니에서 지갑을 꺼내 주민등록증을 뽑아 보여주었다. 키가 큰 쪽의 형사가 주민등록증을 한 손에 들고 내 얼굴과 대조하며 살펴보면서,

"둘은 어떤 관계요?"

하고 내뱉듯이 물었다. 나는 이런 질문에 대한 대답은 전혀 준비하지 못하고 있었으므로 오히려 내가 형사에게 답변을 구하듯 멍청히 그의 얼굴을 쳐다보았다. 사랑하는 애인 사이라고 할 것인가, 장래를 약속한

관계라고 할 것인가, 아직 성교는 하지 않은, 다시 말해 이제 곧 성교를 하게 될 사이라고 할 것인가. 도대체 왜 이런 자들로부터 이런 질문을 받아야 하는가.

"좋소. 그쪽도 주민등록증을 내보시오."

형사는 나의 대답은 기다리지 않고 수혜에게 주민증 제시를 요구하였다.

"저, 주민증은 집에다 두고 안 가지고 다니는데, 하도 잘 잊어먹어서."

수혜가 완연히 당황한 기색으로 더듬거리며 말했다.

"신분을 증명할 다른 증명서는 없소?"

"없는데요."

수혜는 학생증 같은 것이 있다 해도 내어놓고 싶지 않을 것이었다.

"부부 사이도 아니고 애인 사이도 아닌 것 같고. 그런 여자 아니야?"

다른 형사가 텔레비전 상단에 걸려 있는 브래지어를 흘끗 쳐다보면서 넘겨짚었다.

"그런 여자라니요? 아니에요. 저는……."

수혜는 브래지어를 얼른 집어 가슴에 싸안으면서 떨리는 목소리로 대답했다.

"그럼 뭐야? 강제로 끌려온 거야?"

형사 둘은 재빠르게 서로 눈짓을 하더니,

"아무래도 파출소까지 따라와야겠소. 조사할 게 있으니까."

임의동행을 강요하였다. 일이 점점 복잡해지는 데 대해 난감한 생각이 들어 나는 말투를 사정하는 어조로 바꾸었다.

"아까 문을 빨리 열어주지 않아서 그럽니까? 그 점도 사과드릴 테니 파출소 가는 것은 제발 그만……."

"이 사람이. 조사할 게 있다지 않소. 혐의가 없으면 풀려날 테니 파출소까지 갑시다. 바로 요 앞에 파출소가 있으니까. 이번에도 말을 듣지 않고 빼면 정말 국물 없는 줄 아시오."

"뭘 조사하려고 그러는데요? 전 신분이 확실한 사람이고 이 여자도……."

"뭘 조사하는지는 파출소 가서 이야기하고. 글쎄, 신분이 확실하면 뭐 꺼릴 게 있소. 컴퓨터 조회만 한번 할 테니 따라오시오."

형사들의 태도로 보아 파출소까지 동행하지 않으면 쉽사리 놓여날 것 같지가 않았다.

"정 그러겠다면 따라가겠소만 옷과 소지품을 챙길 수 있도록 좀 나가 있어 주시오."

형사들은 어디 다른 탈출구는 없나 하고 창문 쪽을 한번 바라보고는 방을 나가 바깥에서 대기하였다 수혜는 돌아앉아 브래지어부터 차려고 했다. 그러나 뒤쪽 호크가 잘 채워지지 않는 모양이었다.

"이것 좀 채워주실래요."

내가 다가가 위쪽 내의를 한껏 올려 등이 드러나도록 한 후에, 수혜가 손을 돌려 잡고 있는 브래지어 끈 양끝을 잡아당겨 호크를 채워주었다. 호크를 채우면서 보니 수혜의 두 손이 가볍게 떨리고 있었다.

"지퍼도 올려주세요."

수혜가 내의를 정리하기를 기다려 원피스 지퍼도 올려주었다. 그 다음, 수혜가 핸드백과 다른 소지품을 챙기는 동안 나는 나머지 옷들을 주워 입었다. 바지 한쪽 가랑이에 다리를 끼워 넣으려다가 그만 중심을 잃고 침대에 머리를 박으며 쓰러졌다.

"킬킬킬."

내가 자빠지는 꼴을 보고 수혜가 상황에 어울리지 않게 웃음을 터뜨렸다.

"이게 무슨 꼴이죠? 꼭 코미디 같아요."

"코미디에서 배역이 먼저 웃어버리면 저질 코미디가 되는 거지."

"그러니까 이건, 저질 코미디군요."

"하긴 관객이 없을 때는 배역끼리 웃어줄 수도 있지."

"지금 관객들은 문 밖에 있고요."

파출소는 형사 말마따나 그리 멀지 않은 곳에 있었다. 시위대들의 화염병 공격을 의식해서인지 파출소 정문은 쇠창살과 쇠그물로 중무장을 하고 있었다. 이 시대의 금기의 상징으로 서 있는 파출소와 경찰서 건물들, 그중에서도 파출소의 몰골은 동네에서 자주 얻어터지는 가난한 집 아이처럼 애옥스럽기 그지없었다. 차라리 놀림 받는 금기의 상징. 시위대들이 일궈놓은 정치 문화적 분위기에 힘입어 나는 별로 두려워하는 마음이 없이 파출소 안으로 들어섰다.

자정이 가까운 그 시각에 파출소에 있는 사람들은 당직 근무자 두 명과 술에 취해 책상에 엎어져 있는 중년 신사 한 사람이 고작이었다.

"일단 소지품들을 여기에 다 꺼내보시오."

형사가 안쪽 책상에 앉으며 손가락으로 책상 위를 가리켰다.

"우리에게 무슨 혐의라도 있는 겁니까?"

나보다 두어 살은 어릴 것처럼 보이는 형사의 얼굴을 똑바로 응시하며 약간 불쾌한 표정을 지어보였다.

"요 며칠 전에 이 근방에 이상한 사건이 생겨서 그런단 말이오. 지저분한 사건이지."

"도대체 어떤 사건이 생겼는데 이상하고 지저분하다 그러는 거요?"

"꼭 이야기를 해줘야 소지품을 꺼내놓겠소? 이 사람, 까다로운 사람이구먼. 어이, 최 형사, 자네가 좀 이야기해 줘. 난 그런 지저분한 이야기 하기도 싫으니까."

"나도 싫습니다."

하급자로 여겨지는 최 형사는 같이 임검을 나왔던 사람인데, 매사가 귀찮다는 표정으로 저쪽 의자에 앉아서 담배 연기만 내뿜고 있었다.

"저 친구, 오늘 소장한테 찜바를 먹고 의욕상실증에 걸렸어. 할 수 없지. 내가 이야기해야지. 어디까지나 시민의 권리를 존중해 줘야 하니까. 그러니까 말이오, 닷새 전에 아까 그 여관 뒷동네에서 강도 사건이 났단 말이오."

나는 속으로, 그게 무슨 이상하고 지저분한 사건이오, 라고 반문하고 있었다. 옆에 서 있는 수혜도 뭔가 기대하는 듯한 표정을 지었다가 시들해지고 말았다.

"강도가 들어왔는데 남녀 이인조가 들어왔단 말이오."

다시금 이야기에 대한 기대감이 일었다. 형사는 슬금슬금 수혜와 나의 표정을 훔쳐보며 말을 이었다.

"마침 아이들은 다른 친척 집에 놀러가 없었고 부부만 둘 있다가 강도를 만난 거지."

부부만 둘 있었다면 강도짓에 이어 소위 성폭행이 자행되었을 가능성이 많지 않은가. 형사의 말에 비추어보아, 그것도 지저분한 형태로 저질러진 모양이다. 순간적으로 두 쌍의 남녀간에서 이루어질 수 있는 성관계의 순열 조합이 머릿속에서 떠올라와 어른거렸다.

"강도들이 부부를 안방에 따로 묶어놓고 금품을 빼앗은 후, 글쎄 자기들 둘이서 그 짓을 하고 돌아갔다니까. 조금 전까지 부부가 누워 있던 이불 위에서 말이야. 그러면서 그 부부로 하여금 자기들이 하는 짓을 똑바로 눈을 뜨고 구경하도록 했단 말이야. 검은 스타킹 복면은 벗지 않은 채 나머지는 다 내어놓고 그 짓을 하더라나. 내 형사 생활 이십

년에 이런 경우는 처음 보게 돼. 내 원참, 이걸 성폭행이라 해야 되는
건지."

잠자리 모독죄가 되겠군요, 나는 나도 모르게 웅얼거리며 신선한 충
격 같은 것을 느꼈다. 이걸 지저분한 사건이라고 표현하다니.

"그 년놈들, 변태 아냐? 남의 침실에서, 그것도 남이 보는 데서 그 짓
을 해야 기분을 느끼는 신종 변태."

남의 침실이라는 문구가 불쑥 귀에 들어왔다. 남의 침실, 여관의 객
실들, 무수한 남들의 침대. 한 쌍의 남녀가 성교를 끝낸 지 일 분도 채
지나지 않아 다른 쌍이 들어와 바로 그 침대에서 성교를 치르고. 관객
들은 문 밖에 있고. 보이지 않으면서도 훤히 보이는 무대. 여관성 노출
증 환자들.

"그래, 우리가 그 강도 이인조를 닮은 점이라도 있다는 말입니까?"

"꼭 그렇다는 것이 아니라…… 범인은 항상 범죄 현장 주변을 배회
한다는 말이 있지 않소. 근데 더 큰 문제는 그런 사건이 있은 지 삼 일
만에 그 집 마누라가 현관 문틀에 목을 매 자살했다는 거요."

"아, 여관 뒤 공터에 쳐진 초상집 천막이……."

"그렇소, 그 집 천막이요."

"왜 자살을 했을까요?"

"남편 말로는 그 사건이 있은 다음 날부터 아내가 신경 쇠약증세를
보이며 헛소리를 늘어놓더라는군요."

"정신이상을 일으키고 자살을 할 정도로 그만큼 충격이 컸을까요?
평소에도 신경 쇠약증세 같은 것이 있다가 그 일을 당한 것은 아닐까
요?"

"평소에는 아무 이상이 없었다고 해요. 그래, 내 생각에는 남편이 말
을 하고 있지는 않지만 강도들이 그 부인에게 또 다른 짓을 하지 않았

을까 싶어요. 아내가 죽은 마당에 숨길 필요가 없는데도 남편은 더 이상 이야기를 하지 않는단 말이오. 그걸 보면 남편하고 관련된 다른 무엇이 개입되어 있지 않나 하는 의심도 들고. 아무튼 보통 말하는 성폭행 종류는 아닌 것 같은데, 범인들을 잡으면 사건의 윤곽이 좀더 드러나겠지. 자, 이쯤 이야기했으니 소지품을 꺼내놓아 보시오. 직접 검색을 하기 전에."

나는 그 사건에 쏠리는 흥미를 쟁여두고 상의 점퍼 안쪽 호주머니 안에 있는 물건들과 바지에 들어 있는 지갑들을 꺼내어 책상 위에 놓기 시작했다. 수혜는 핸드백만 달랑 책상 위에 얹어놓았다.

"저건 뭐요?"

형사가 수혜가 근처 의자에 비스듬히 세워둔 비닐봉지를 가리켰다. 그것은 수혜가 써서 나에게 보여준 그 글이었다.

"내가 쓴 글이에요. 그것까지 볼 거예요?"

수혜가 이맛살을 잔뜩 찌푸렸다.

"그것도 올려놓아요. 글에서도 단서를 잡을 수 있는 법이니까."

"지금 뭐라 하셨어요? 우리를 범인으로 모는 거예요?"

수혜가 발끈 언성을 높였다.

"말을 하자면 그렇다는 것뿐이지. 당신네들이 범인이 아니라는 걸 내가 증명해 주겠다는데 왜 인상을 쓰고 그래."

형사도 떨떠름한 표정을 지었다. 결국 수혜는 그 비닐봉지도 책상 위에 올려놓았다. 그때, 나는 점퍼 왼쪽 바깥 호주머니 안에서 집히는 물건으로 인하여 당황해 하고 있었다. 텍스 갑이었다. 내가 머뭇거리고 있는 것을 눈치 챈 형사가 내 왼손의 움직임을 여겨보는 듯싶었다. 할수 없이 그것도 책상 위에 올려놓았다. 간단한 불심검문 한번 받는데도 이렇게 우리 인생의 수치들이 다 드러나다니. 그러므로 불심검문은 모독이다. 무수한 불심검문을 길거리서 자행하고 있는 전경, 순경, 형사, 안기부·보안사 요원들은 모독의 쾌락을 즐기는 자들이다. 특히 여성들에 대한 불심검문은 일종의 교묘한 성폭행이다.

파출소 책상 위에 놓여져 있는 텍스 한 갑. 형사는 묘한 미소를 띠며 갑을 열어 세 개가 연달아 붙어 있는 콘돔을 꺼내보고 갑을 털어보기도 했다.

"콘돔이 그대로 있구먼."

"김 형사요, 그 강도들은 그 짓 할 때 콘돔 안 끼었다 하던가요? 히히히."

최 형사가 다가와서 관심을 나타내었다. 그때야 비로소 나는 그 강도들의 행위가 지저분한 것으로 여겨지기 시작했다.

"콘돔 같은 소리 하고 있네. 성폭행하는 치들이 콘돔 끼고 하겠나."

"그건 성폭행이 아니잖소. 그리고 성폭행하는 자들 중에는 콘돔 끼고 하는 치들이 있는지 어떻게 아오. 제 딴에도 성병이 무섭고 에이즈가 무섭고 해서 말이지."

"그놈들이 그래 주면 얼마나 좋겠나. 당하는 편에서도 성병 걱정, 임신 걱정은 일단 덜 수 있으니 말이야."

여보세요, 살려주세요, 강간을 해도 좋으니 콘돔을 끼고 해주세요. 참으로 우리는 지저분한 시대에 살고 있다. 정화조 밑바닥 같은. 나는 수혜를 여관으로 데려간 행위와 말싸움을 해가면서 여 약사에게서 콘돔을 구입한 나의 행위에 대하여 갑자기 메스꺼움을 느꼈다.

"어이, 최 형사, 본서에 연락하여 이거 신원조회를 해달라고 해."

김 형사가 최 형사에게 내 주민등록증을 건네주었다.

"아가씨도 이름하고 주민등록 번호를 여기에 써봐."

김 형사는 수혜가 책상 위 메모지에 이름과 주민증 번호를 적자 그것도 최 형사에게 건네주었다. 최 형사는 본서로 전화를 걸어 담당직원에게 나와 수혜의 이름·번호들을 큰소리로 불러주면서 신원조회를 부탁하였다. 나는 그 전화소리를 들으면서 이상하게도 나에게 전과 경력이 있을지도 모른다는 생각이 퍼뜩 들었다. 지금껏 한 번도 해보지 않은 그런 생각이 왜 갑자기 났을까. 사실 정신이상 증세를 보였던 이십 대의 그 일 년 동안 내가 어떤 짓을 저질렀는지 잘 알 수 없었다. 얼마 동안 감옥에 들어갔을지도 모르고, 비록 감옥에는 들어가지 않았다 하더라도 전과 기록에 오를 만큼 죄를 지었는지도 몰랐다. 나중에 주위 사람들이 그런 사실에 대하여 언급을 한 적은 없지만 나의 정신 건강을 염려해서 입을 다물었을 수도 있지 않은가. 내 기억 속에는 없는 전과 경력. 그리고 컴퓨터 조작 실수로 내가 저지르지 않은 범죄 기록이 나의 신상명세서에 들어갈 수도 있고, 다른 사람이 내 이름을 도용하여 범죄를 저질렀을 수도 있고.

본서에서 연락이 오기를 기다리는 동안 형사들은 소지품을 계속 검사하였다. 특히 수혜의 노트에 관심을 나타내며 들추어보았는데 수혜는 민망스럽기 그지없는 표정이었다. 나는 그 글의 첫머리를 기억하고 있었다.

"요즘 들어 내가 소위 육체적인 관계를 맺고 싶은 남자들은 대략 세 사람 정도로 정리될 수 있겠다."

"이거 소설이요, 뭐요? 수기 같기도 하고."

김 형사가 비씩 미소를 흘리며 수혜를 올려다보았다. 희한한 검열이 이루어지고 있었다.

"희곡을 쓰기 위한 기초 자료입니다."

내가 곤란한 지경에 처한 수혜를 대신하여 대답해 주었다.

"당신 희곡 작가요? 아니면 연극배우?"

"아냐, 난 아무것도 아니란 말이야. 난 아냐!"

저쪽 책상에 엎어져 있던 취객이 그 자세 그대로 갑자기 고함을 질렀다. 그러고는 다시 잠잠해졌다.

"저 사람, 왜 안 데려가는 거야? 마누라가 곧 데리러 온다 했는데."

당직 순경이 마침 파출소로 들어선 방범대원에게 뭔가 지시를 내리다 말고 투덜거렸다.

"나는 희곡을 쓰기도 하지만 연극 연출가라고 하는 편이 낫겠지요."

"연출가라? 당신이 연출한 연극 중에 나 같은 사람도 알 만한 유명한 연극 있소?"

김 형사가 내 말의 진위를 확인하려는 듯 나를 아래위로 훑어보았다.

"아마 없을 겁니다."

내가 생각해도 모호하기 짝이 없는 대답이었다. 연출가이면서도 자신이 연출한 연극으로 신분을 증명할 수 없는 형편이라니.

"그러니까 당신은 연출가고 이 아가씨는 희곡 대본 자료를 제공해 주는 사람이고. 그래 어울렸다 이거요?"

"그런 것까지 여기서 밝힐 필요는 없다고 생각되는데요."

"하긴 그렇지. 남이야 간통을 하든 간음을 하든 상관할 바가 아니지. 매음을 하지 않는 이상 말이오."

최 형사가 옆에서 빈정거렸다. 나는 수혜와 나의 관계가 무심한 제삼자들에 의해 이렇게까지 모독당하는 것을 참기가 어려웠다. 수혜는 벌개진 얼굴로 고개를 푹 숙이고 왼손으로 오른 손가락들을 비틀며 어찌할 바를 몰랐다. 문득 수혜에 대한 연민이 일었다.

"말이 심하십니다. 우리는 당신네들이 추측하는 그런 관계가 아니라, 서로 사랑하는 사이란 말입니다. 우린 결혼을 약속한 약혼자들입니다."

수혜가 놀란 얼굴로 나를 돌아보았다. 아니, 내가 나의 말에 먼저 놀라 수혜를 바라보았다. 수혜를 상대로 하여 사랑한다는 말을 하리라고는 일찍이 상상도 하지 못했다. 그러나 사랑이라는 단어가 내 입에서 일단 새어나오자, 그 단어가 언어중추신경에서 발성기관을 거쳐 파출소 공간으로 날아간 그 궤적을 따라, 사랑이라는 감정의 포말이 기포상자 속에서 소립자가 날아간 흔적처럼 하얗게 꼬리를 잇는 것을 보았다. 며칠간 무수한 성관계를 가졌던 여자를 파출소로 끌고 가 간첩이라고 신고했던 내가, 이제 성관계를 맺어보지도 않은 여자를 사랑하는 약혼자라고 신고하고 있다. 파출소에 맨 처음 신고한 사랑의 고백.

　"약혼한 사이? 그렇다면 왜 여관에서 그 이야기를 진작 하지 않았소? 우릴 뭐 눈먼 봉사로 아시오? 약혼한 사이가 그렇게 어색할 수가 있는 거요?"

　"우린 중매로 만나서 교제를 갖다가 약혼을 한 지 얼마 되지 않아요. 여관에 들어간 것도 이번이 처음이고."

　내 마음속에 싹튼 사랑의 감정에 힘입어 나는 거짓말을 늘어놓기 시작했다.

　"약혼한 지 얼마 되지도 않았는데 여자가 약혼자에게 이런 섹시한 글을 보여준다 이거죠? 결국 한번 하고 싶다는 내용 아니오?"

　"그건 어디까지나 희곡 대본 자료라고 하지 않았소!"

　내가 참다못해 버럭 고함을 질렀다.

　"좋소. 거기에 대해서는 더 이상 따지지 않겠소. 근데 이것은 뭐요?"

　김 형사가 수혜의 핸드백에서 나온 작은 손지갑에서 학생증을 꺼내 들었다. 처음에 손지갑을 뒤적일 때는 발견하지 못했다가 다시 뒤적여 보고 안쪽에 끼여 숨어 있던 것을 뽑아든 모양이었다. 수혜와 나는 입을 다물고 있었다.

"이거 학생증이잖아. 그런데 아까 여관에서 신분을 증명할 거 없느냐고 물으니 아무것도 없다고 했잖아. 3학년이라? 이거 가짜 학생증 아냐? 그러니 없다고 했지."

김 형사는 연신 중얼거리며 수혜를 다시금 훑어보았다.

"진짜 학생증이라면 대학 3학년이 벌써부터 약혼을 하고 여관 출입을 한다? 중년에 가까운 남자랑 말이지."

최 형사가 고개를 갸우뚱하며 약혼 관계 운운한 나의 말과 수혜의 학생증을 다 못 믿겠다는 표정을 지었다. 그때였다. 수혜가 지금까지와는 다른 자세로 고개를 들고 형사들을 똑바로 쳐다보며 또렷한 음성을 발하였다. 그것은 수혜에게 있어 평소의 태도인 셈이었다.

"왜들 이러세요? 나는 몇 년 늦게 대학에 들어갔기 때문에 나이로 따지면 벌써 대학 졸업하고 결혼해서 아이를 낳았을 나이예요. 그리고 대학 3학년이 약혼하고 여관 출입한다고 빈정거렸는데, 대학생은 약혼하지 말고 여관 출입하지 말라는 법률이 있어요? 여관들이 도시나 시골할 것 없이 동네 동네마다 마구잡이로 들어서는 이유가 뭘까요. 주택사정이 안 좋아 사람들이 기거할 곳이 마땅찮아서 여관들이 생기는 걸까요. 그리고 여관을 지을 때 누가 허락을 해주나요. 정부 당국이 해주는 것 아니에요? 주택도 부족해서 야단들인데 왜 여관 짓는 것은 그리 쉽게 허락을 해줄까요. 여관이 어떤 용도로 쓰이는지 몰라서 당국이 허락을 해주는 걸까요. 다 알면서 자꾸만 건축 허가를 내주는 거 아니에요? 너희 어리석은 백성들은 정치에는 관심을 두지 말고 간통이나 하고 간음이나 하고 강간이나 하다가 에이즈나 걸려라 하고 여관 허가들을 이리 많이 내주는 게 아니면 무엇이겠어요. 다른 이유가 하나도 없잖아요. 전 국민의 비정치화, 전 국민의 음란화 정책으로 정권을 유지하기 위해서 그러는 거지요. 그러한 정부의 시책을 대학생이라고 해서 따르지 않으면 안 되지요. 일부 과격한 운동권 학생들이나 정부의 시책을 따르지 않지, 우리같이 다수 선량한 학생들은 적극 정부의 정책을 지지하고 따르지요."

수혜의 독설과 야유는 수혜가 가짜 대학생이 아님을 여실히 증명해주고 있었다. 물론 똑똑한 가짜 대학생인 경우는 학교를 들락거리며 이 정도 할 수 있는 실력은 키울 수도 있겠지만 말이다.

"여관 가는 것까지 정부 탓으로 돌리네. 내 원참. 그리고 보니 이 아가씨 운동권 학생 아냐? 운동권 여학생들 성적으로 문란한 거 우리 다 알고 있다구. 모든 걸 운동으로 합리화시키지."

김 형사가 수혜의 말에 다소 질린 얼굴로 어색하게 대꾸하자, 최 형사도 꺼벙하게 선 채로 거들었다.

"성적으로 문란한 생활을 하다가 홱가닥 해가지고 운동합네 하고 돌아다니는 여학생들도 있지. 그런데 개버릇 남 주나. 결국 운동합네 하고 남자들이나 꼬시는 거지. 엠틴지 이틴지 하는 현장을 덮치면 말이야, 이건 완전 혼숙이야. 남학생 여학생들이 마구 뒤섞여 자빠져 자고 있는 꼴이라니."

"말이 지나칩니다. 내가 이런 데서 심문을 받고 있을 이유가 하나도 없어요. 나, 나가겠으니 소지품 돌려주세요."

수혜는 정말 화가 난 표정으로 책상 위에 놓인 핸드백과 물품들을 챙기려 했다.

"이거 왜 이래? 이건 공무방해죄야, 공무집행방해죄. 뭐가 구린 데가 있으니까 이러는 거 아냐?"

김 형사는 수혜의 손을 거칠게 뿌리치며 최 형사에게 신경질적으로 지시를 내렸다.

"최 형사, 신원조회 어떻게 되었나 다시 한 번 확인해 봐. 이 친구들,

빨리 처리해 줘야 일을 해먹지. 컴퓨터는 뭣하러 들여다 놓은 거야."

최 형사가 전화기로 다가가는 동안 마침 전화벨이 울렸다. 수혜와 나, 김 형사는 숨을 죽이고 긴장된 자세로 최 형사가 상대방과 주고받은 통화 내용에 귀를 기울였다. 아주 짧은 시간이었지만, 내가 간첩 전과 기록을 가지고 있는지도 모른다는 생각이 스치고 지나갔다. 그리고 연포 해수욕장의 푸른 바닷물과 솔섬이 눈앞에 어른거렸다.

"별거 없다구? 그래, 그래. 알았어."

최 형사가 풀이 죽은 기색으로 송수화기를 내려놓고 이쪽으로 다가왔다. 김 형사도 씁쓸하게 입맛을 다셨다.

"일단 가보시오. 전과는 없다고 하니."

일단 가보라니. 앞으로도 부르고 싶으면 언제든지 다시 부르겠다는 것인가. 그리고 조그만 전과라도 하나 있었으면 오늘 풀려나지 못했을 것이 아닌가. 전과자들이 어떤 서러움을 당하고 있는지 막연하게나마 짐작이 되었다.

수혜와 내가 소지품을 챙겨 파출소를 나오려 하자, 취객의 아내인 듯한 여자가 머리도 제대로 빗지 않은 모습으로 황급히 파출소로 들어서고 있었다.

"아이구, 내 팔자야."

바깥 거리는 공습경보가 울린 것처럼 몹시 캄캄하였다. 기온도 떨어져 한기가 옷 속을 파고들었다. 파출소에서 내내 서 있었으므로 다리마저 뻐근했다. 이 시대의 임의동행. 어디 손해 보상을 하소연할 데도 없다. 이 땅의 민주화 또는 공산화를 위하여 신념껏 일하다가 임의동행을 당해 고문까지 받은 무수한 사람들에 비하면 이런 손해쯤은 아무것도 아니다. 나는 이 땅의 음란화를 위해 여관에서 여자를 벗기고 있다가 임의동행을 당했다. 어찌 민주화와 음란화를 비교할 수 있겠는가.

그런데 바로 그 임의동행 덕분에 나는 수혜에게 사랑을 고백한 셈이 되었다. 두 형사는 수혜와 나의 욕정을 모독하고 희한한 방법으로 사랑을 창조하였다. 그들은 자기들이 얼마나 위대한 일을 이루었는지 상상도 하지 못할 것이다. 나는 잔뜩 움츠린 수혜의 어깨를 한 팔로 감싸 안았다. 우리는 서로를 모독하려다가 제삼자 앞에서 다같이 모독을 당함으로써 예기치도 않게 사랑이란 것을 느끼게 되었다. 이것은 영미 같은 여자에게로 향하던 막연한 감정하고는 차원이 다른 것이었다. 사랑이라는 범주 안에 넣어도 됨직한 감정. 이런 감정을 하도 오랜만에 맛보게 되므로 마치 생전 처음 내 심장 속에 주입되는 신선한 이물질처럼 여겨지기도 했다. 방금 나는 나도 모르게 〈수혜와 나〉라는 표현 대신에 〈우리〉라는 표현을 썼다.

우리는 넓은 길의 바람을 피해 골목으로 들어섰다. 시야는 더욱 어두워 캄캄하기 그지없었다. 우리는 파고다 공원 돌담을 끼고 돌고 있었다. 쓰레기 썩는 냄새가 어둠 속에서 풍겨왔다. 파고다 공원 바로 뒤편에 쓰레기 수거차들이 항상 모여 있다는 것은 이 시대를 그대로 상징하는 것이 아니고 무엇인가. 파고다 공원 뒤로 모여든 일본 식민의 쓰레기들, 해방 이후의 분단사. 그 쓰레기 냄새에 유관순 누나를 비롯한 파고다 원혼들은 코를 막은 채 시커먼 원각사 십삼층 석탑 꼭대기로 올라가고.

우리는 쓰레기 냄새를 벗어나기 위해 걸음을 좀더 빨리 하여 파고다 극장 쪽으로 나왔다. 극장은 불을 끈 채 심야 영업을 하지 않고 있었다.

"저 극장에서 어떤 시인이 심야 상영을 보다가 죽었다면서요?"

"그 시인 이름이 뭐더라. 기, 기형, 기형도라 했지. 시집이 베스트에 오르고 해서 뭔가 하고 지난여름에 사보기도 했지. 제목부터가 죽음을 연상시키는 것이더군.《입속의 검은 잎》"

"나도 사볼까 했는데 제목이 너무 섬뜩해서 사지는 않고 서점에서 《입속의 검은 잎》이라는 시만 몰래 훔쳐보았죠. 6·10 항쟁 전후한 장례식, 그러니까 이한열 장례식 같은 것을 묘사한 시이던데 다른 구절들은 기억이 안 나고 마지막 구절은 지금도 기억나요. 내 입속에 악착같이 매달린 검은 잎이 나는 두렵다."

수혜가 읊조리는 그 구절에 대한 기억이 나의 뇌리에서도 새삼 떠올라왔다.

"그래, 그 구절 나도 생각나. 그 시를 읽으면서 입속에 매달린 검은 잎이 무얼까 생각해 보았지."

"나도 생각해 보았는데요, 입속에 잎처럼 매달려 있는 것이라곤 혀밖에 없잖아요. 그래 나는 혀라고 생각했죠. 검은 혀니까 타버린 혀, 불의 앞에서도 침묵할 수밖에 없는 혀가 되는 거죠. 그런 이한열 같은 투사들의 혀와 대조되는 것이죠. 어때요, 내 해석?"

"침묵의 혀, 타버린 혀로 해석하는 걸로 보니 수혜도 꽤 시를 볼 줄 아는 것 같은데. 그 시에서도, 침묵은 하인에게 어울린다 운운한 구절이 나오지. 그러니까 침묵의 혀는 하인의 혀라고도 할 수 있지. 그리고 그 시에서 검은 잎이라는 말이 세 번 나오고 있는데, 한 번은 책과 연결되어 있고 또 한 번은 백색의 장례 차량과 연결되어 있고 마지막 한 번은 입과 연결되어 있지. 첫 번째는 그것이 무엇을 지시하는지 파악하기가 힘들지만 아마도 광주사태와 같은 구조적인 폭력 앞에서 휴지처럼 무기력한 책갈피들을 의미하고 있는지도 모르지. 이렇게 보면 여기서도 침묵의 이미지와 연관이 있지. 두 번째는 백색의 차량 가득 검은 잎들은 나부꼈다고 했으니 검은 만장輓章들을 가리키는 것으로 볼 수 있지. 여기서는 침묵의 이미지와 함께 죽음의 이미지까지 포함하고 있는 거지. 마지막 구절에 나오는 입속에 검은 잎 역시 침묵의 혀인 동시에 죽음의 혀라고 할 수 있지. 입속에 검은 만장처럼 쳐져 있는 혀. 그 상태를, 악착같이 매달린 것으로 표현했으니 검은 잎은 일종의 거머리 같은 세력으로 볼 수 있지. 삶 속으로 악착같이 파고드는 죽음의 세력. 우리가 불의한 폭력 앞에서 침묵하는 이유도 그 죽음의 세력 때문이지. 우리가 두려운 것은 죽음 자체라기보다 죽음으로 인하여 비굴하게 살아갈 수밖에 없는 우리 삶의 온갖 양태인 거지. 그것을 시인도 두려워하고 있는 거지. 내 입속에 악착같이 매달린 검은 잎이 나는 두렵다."

"참으로 어두운 이야기군요."

"그 시인의 시들은 결국 입속의 검은 잎으로 부른 검은 노래들이라고 할 수 있지. 대부분 어둡고 절망적이지."

거대한 절망의 덩어리처럼 어둠 속에 서 있는 파고다 극장을 지나, 차들이 거의 다니지 않는 도로를 건넜다. 이미 하룻밤 숙박비를 지불한 그 여관을 다시 찾아가기 위해 굽어 도는 골목골목에는 검은 만장들이 가득 깔려 있었다. 하늘에도 검은 만장들이 차일처럼 펼쳐져 펄럭거렸다. 우리는 그 길과 하늘을, 방금 밝혀진 조그만 사랑의 등불 하나로 비추며 걸어 나갔다.

"어릴 때 뽕나무 오디 먹어본 적 있어?"

"아뇨. 뽕밭 구경도 제대로 못한 걸요."

"오디를 따서 한입 먹고 나면 혓바닥이 까매지지."

우리는 여관으로 들어가기 전에 여관 뒤편으로 통하는 골목길로 해서 초상집을 찾아갔다. 여전히 검은 천막 밑에서는 사람들이 전등을 밝힌 채 웅성거리고 있었다. 술과 음식을 먹고 있는 사람, 화투판을 벌인 사람, 쓰러져 잠이 든 사람, 연신 손등으로 눈물을 훔치고 있는 사람 등등 여느 상가에서나 볼 수 있는 광경들이었다. 우리는 천막에서 좀 떨어진 상갓집으로 들어가 빈소에 향을 피우고 나란히 절을 올렸다. 죽은 여자의 아이들로 보이는 열두어 살 안팎의 남자애 둘이서 벌개진 눈으로 상주 노릇을 하고 있었는데, 그 여자의 남편은 어디로 갔는지 보이지 않았다.

나는 부드럽게 웃고 있는 가는 눈매의 얼굴 영정 앞에서 절을 하면서 잠시 이 여자의 죽음과 내 삶의 관계에 대하여 생각했다. 이 여자는 강도를 만난 충격으로 죽었다. 경찰은 그 여자의 죽음으로 이 동네 순찰을 강화하고 숙박업소 임검을 강화하였다. 임검에 걸려들어 나는 파출소로 끌려갔고 형사 앞에서 수혜에 대한 사랑을 고백했다. 이 사랑의 고백은 내 삶을 어떤 모양으로든지 바꾸고 말 것이다. 그러므로 이 여자의 죽음은 나의 삶과 깊은 연관이 있다. 여자의 죽음이 있게 한 여러 원인들도 마찬가지이다. 내가 모르는 무수한 원인의 소립자들. 나의 삶은 내가 기억하고 알고 있는 것들을 훨씬 초월한다. 아니, 까마득히 초월한다.

우리는 빈소에서 물러나와 천막으로 가보았다. 어떤 아주머니가 우리를 인도하여 자리에 앉히고 작은 소반에다 소주와 안주용 음식들을 들고 왔다. 아무도 우리의 신분에 대하여 묻지 않았다. 조금 전에 파출소에서 온갖 심문을 다 받고 온 터라 무조건 받아주는 초상집 분위기가 무척 푸근하게 느껴졌다. 한 사람의 죽음은 문상 기간만이라도 집 전체를 열어놓은 셈이었다. 그리고 한 사람에게 있어 죽음은 자신의 존재를 모든 사람들에게로 열어놓는 마지막 통과의례라고도 할 수 있었다. 누가 나에게 죽은 여자와 어떤 관계냐고 물으면, 내 인생에 큰 영향을 끼친 분이라고 대답할지도 몰랐다.

"글쎄, 다 큰 아들 둘을 두고 목숨을 끊다니. 이만큼 성공적인 가정도 없었는데 말이야."

"강도를 당했다고 하던데 무슨 일이 있었나."

"그래도 그렇지. 하나밖에 없는 목숨인데. 쯔쯔, 아들 둘이 걱정이구면."

사건의 진상을 잘 모르는 사람들이 피상적인 대화를 나누고 있는 가운데 웬 남자가 곤드레만드레가 되어 천막 안으로 들어오더니 또 술을 찾았다. 그러다가 내 앞에 놓여 있는 소반을 발견하고는 이쪽으로 다가와 털썩 주저앉았다.

"이 사람아, 마누라 죽었다고 그리 정신없이 퍼마시기만 하면 되나. 상주 노릇하고 있는 아들놈들도 생각해야지."

주위 사람들의 만류에도 불구하고 그는 소반 위의 소주병을 기울여 마시기 시작했다. 여자의 남편임에 틀림없는 사십대 중반의 그는 우리에게는 관심도 없는 듯했다.

"장롱이랑 이불 다 태워버릴 거야. 집을 몽땅 태워버릴 거야."

"이 사람이, 집은 왜 태워? 정 살기 싫으면 이사를 가면 되지."

"모두 태워버릴 거야."

그는 정말 집을 태워버리기라도 할 듯 소주병을 화염병처럼 집어 들고 벌떡 일어섰다.

"저 사람, 저러다가 일 저지르겠네. 말려요, 말려."

사람들이 우르르 모여들어 그를 눌러 앉혔다. 다시 주저앉은 그는 그제야 바로 옆에 앉은 내 모습이 눈에 들어오는지 몇 번을 눈을 끔벅거리고는,

"당신은 누구요?"

하고 혀 꼬부라진 소리로 물었다. 초상집에 와서 처음으로 심문을 받는 셈이었다.

"평소에 아는 분입니다."

"나는 모르는데."

"돌아가신 사모님하고 안다는 말씀입니다."

"내가 모르는데 뭘 안다는 거야?"

그의 말은 이미 문법을 떠나 있었다. 나는 짐짓 여유를 부리며 주위에 둘러앉은 사람들을 둘러보면서 미소를 지었다.

"야, 내가 모르는데 뭘 안다는 거야? 알다니? 이름을 안다는 거야, 몸을 안다는 거야?"

"이 사람아, 문상 온 손님에게 거 무슨 실례의 말인가."

"이 사람 환장해서 술이 많이 취해 그러니 이해해 주십시오."

오히려 사람들이 안절부절못하였다.

"괜찮습니다. 저도 이해합니다."

"니까짓 게 뭘 이해한단 말이야? 옆에 계집이나 차고 다니는 놈이. 에이, 더럽다 더러워, 퉤에."

얼굴을 돌릴 사이도 없이 그가 뱉은 침이 내 인중에 날아와 붙었다. 파출소에서도 침 뱉음을 받는 모욕은 당하지 않았다. 수혜가 손수건을 꺼내어 인중을 타고 흘러내리는 침을 닦아주며 내 팔을 붙잡아 일으켰다.

"얼른 일어나 나가요."

"어딜 도망가? 너거 년놈들이 우리 집에 들어온 강도지?"

사람들이 놀란 얼굴로 우리를 바라보았다. 나는 이럴 때일수록 미소를 잃지 않아야 한다고 생각하며,

"문상 오는 강도가 어디 있겠습니까, 허허허."

헛웃음까지 웃어보였다.

"저, 실례인지 모르지만 확실하게 하기 위해서 몇 가지만 묻겠습니

다."

꼬장꼬장한 목소리가 등 뒤에서 나길래 돌아보니 50대 초반의 신사가 나를 충혈된 눈으로 뚫어지게 쳐다보고 있었다.

"뭘 말입니까? 무엇을 물어보겠다는 것입니까?"

나는 자못 긴장하여 그 사람의 질문을 기다렸다.

"죽은 내 동생을 안다고 했는데 어떻게 아는 사이요? 여동생의 이름을 대보시오."

"박, 박, 박씨라는 것만 알고 이름은 잘 모릅니다."

나도 모르게 말을 더듬거렸다.

"박씨라는 것은 대문에 붙은 근조문 구절만 보아도 누구나 알 수 있는 거고. 이름을 모른다니 정말 수상하구면."

"이름까지는 알 필요가 없는 일로……."

"처남, 이 사람들 강도하고 닮은 점이 있어, 없어? 괜히 술김에 하는 소리 아냐?"

"맞어. 이 년놈들이 맞어. 목소리가 똑같애."

따지고 자시고 할 필요도 없다는 식으로 여자 남편이 손을 휘저으며 소리를 질렀다.

"이보세요? 그렇게 함부로 누명을 씌워도 되는 거예요?"

보다 못해 수혜가 나서서 여자 남편의 게슴츠레해진 눈앞에다 자기 얼굴을 들이밀며 항의하였다.

"하여튼 파출소까지 가서 확인을 합시다."

여자의 오빠 되는 그 신사가 제법 정중한 태도로 우리를 파출소로 데려가려 했다. 방금 파출소에 다녀왔어요, 왜들 이래요, 나는 이렇게 고함을 치고만 싶었으나 여기서 잘못 반항하다가는 사람들에 의해 강제로 끌려갈 것만 같았다. 그래서 우리는 여자 오빠를 중심으로 한 몇몇 사람들과 함께 파출소로 다시 갔다. 물론 여자 남편도 건강한 한 청년의 부축을 받으며 비틀비틀 따라왔다.

파출소에서 또 심문을 받는 장면은 여기서 더 이상 말하지 않아도 되겠다. 워낙 여자 남편이 횡설수설하였으므로 우리는 곧바로 풀려나올 수는 있었지만 기분은 참담하기 그지없었다. 형사들은 우리가 그 집에 문상을 간 사실에 대하여 혀를 끌끌 찼으나 나는 어떻게 설명을 할 길이 없었다. 다만, 이 세상 모든 사람들의 죽음은 나와 관계없는 것이 없다고 생각한다, 이런 식으로 좀 형이상학적으로 둘러대었다. 형사들에게 인드라 운운하며 우주적인 인연의 그물망에 대하여 설명한들 알아들을 수 있겠는가.

다시 캄캄한 길을 걸어 여관으로 돌아오니 숙박비까지 지불한 우리의 방은 이미 다른 사람들의 방으로 변해 있었다. 주말이나 휴일이 아닌데도 여관은 빈 방 하나 없이 꽉 차 버린 것이었다. 종업원 말로는 근방에 디스코텍이 있어 이 시간이면 손님들이 쌍쌍이 몰려온다고 했다. 우리는 숙박비도 돌려받지 못하고 다른 여관을 찾아 나서야만 했다.

"잘 됐어요. 초상집 옆에서 잠을 잘 뻔했잖아요."

수혜가 내 기분을 달랠 겸해서 이렇게 속삭이며 내 오른팔을 두 팔로 힘껏 껴안았다.

우리가 찾아들어간 여관방은 역시 3층이었는데, 창 너머로 얼핏 바라보니 바로 아래 종묘가 내려다보였다. 거기 어두컴컴한 정전 뜨락과 영녕전 뜨락에는 태·정·태·세·문·단·세……, 이씨 조선 왕들의 망령이 왕비들과 함께 천천히 거닐고 있는 듯했다.

"더 큰 초상집 옆으로 왔군요."

수혜가 창가에 서서 내 어깨에 머리를 기대며 맥없이 중얼거렸다.

"어차피 우리 산 자들도 죽음의 그늘을 멀리 벗어날 수는 없으니까.

입속에 악착같이 매달린 검은 잎을 떼어낼 수는 없지."

　나는 수혜의 입속에 악착같이 매달린 검은 잎을 찾아 물려는 듯 수혜의 입술을 내 입술로 덮으며 혀를 밀어 넣었다. 이제 여관방은 새로운 공간으로 열리고 있었다.

물이 물속으로 흐르듯

김지원

1943년 서울 출생.
이화여대 영문과 졸업.
1975년 《현대문학》으로 등단.
작품집 《폭설》《겨울나무 사이》《알마텐》《잠과 꿈》 등.
장편소설 《모래시계》《꽃을 든 남자》《낭만의 집》 등.

물이 물속으로 흐르듯

일몰

오늘은 꼭 해지는 것을 보자. 일기예보에서 오늘은 날씨가 하루 종일 좋을 거라고 그랬어. 아침을 먹으며 김윤수는 말하였었다. 어제도 그는 그렇게 말하였었다. 지는 해에다가 건배를 하자고 하여 어제 저녁때는 아이 네 명과 어른 다섯 명은 샴페인 잔과 콜라 잔 같은 것을 골라서 들고 집 앞 마당에 서서 김윤수가 나타나기를 기다렸었다. 직장에서 돌아온 김윤수는 샤워를 하고 하얀 바지로 갈아입었다. 그들은 옆으로 나란히들 서서 구름에 가린 해를 향해 건배하였다. 김윤수는 구름 때문에 해를 볼 수 없는 것을 서운히 여겼었다.

김윤수의 집은 바다를 늠름히 마주보며 미국 버지니아 해변에 버티어 서 있었다. 지하 1층 지상 2층의 3층으로 된 집은 기능적이면서도 서늘한 그늘이 곳곳에 있고 기대하지 않던 곳에 단단하고 아늑하게 생긴 계단들이 나 있었다. 계단은 사람들의 발걸음을 집의 구석구석까지 끌어갔다. 어느 구석을 가보아도 깨끗이 잘 꾸며져 있었다. 나무의 결이 나타내는 단정함이 풍요로운 생활의 질서와 잘 어울려 들었다. 유리창이 많아 집안 어디에서나 바다를 볼 수가 있었다. 날씨 속에 웅크리는 도시의 집과 달라 날씨를 한껏 안으로 끌어들이는 집이었다. 김윤수의 아내는 오이, 호박, 토마토, 상추 등을 뜰 한쪽에 심고 식탁에는 매일 생화를 갈아놓았다.

일기예보대로 날씨가 좋아 오늘의 일몰은 장관이었다. 오늘도 김윤수는 샤워를 하고 하얀 바지로 갈아입었다. 김윤수의 아내가 오늘은 삼각형으로 생긴 유리잔에다가 샴페인을 따랐다. 식구들, 어른 다섯 명과 아이들 네 명은 지는 해에 잔을 높이 들어 건배하였다. 김윤수는 멋진 일몰을 볼 수 있어서 만족스러웠다. 볼 때마다 새로운 기쁨을 주는 것은 자연이었다. 더구나 오늘은 보는 사람의 가슴속 깊이까지 물들이며 아름답게 지는 해였다.

2층의 끝, 바다와 하늘이 한눈에 들이밀리는 전망이 좋은 방에는 김윤수의 팔십 된 노모가 침대에 누워 있었다. 하늘 밑을 활보하던 그 육체는 이제 낯선 땅에 실려 와서 몸 하나 넓이의 침상에서 하루하루 시들며 줄어들어 갔다. 지는 해를 향해 술잔을 쳐드는 아래층의 소란과는 무관하게 오줌과 똥이 큰 일이 된 좁다란 침상 하나의 영역에서 노모는 죽음의 영역으로까지 밀려가는 깊은 잠을 자고 있었다.

만조가 되어 파도는 집 밑까지 뒤척이며 밀려왔다. 연분홍과 오렌지 빛깔, 남빛, 보랏빛의 구름이 광대한 하늘에 늘씬하게 펼쳐져 있었다. 넓게 열려 있는 수평선은 하늘과 섞여 들었다. 풀들과 나무와 꽃들이 해변으로부터 집 언덕으로 기어오르고 있었다.

"여자들은 저어 파도의 운동에다가 파장을 깊숙이 맞추고 있다는

군."

바다를 보며 김윤수가 말하였다.

"그럼 남자의 인생은 뭡니까?"

샴페인은 들이키며 민연기가 물었다. 그는 김윤수의 아내의 동생 남편이었다. 그들 일가족은 김윤수의 집으로부터 차로 삼십 분쯤 걸리는 곳에 살고 있었다.

"남자의 시간은 뭐어 그냥 잇달아 지저분하게 흘러가고 한결같고 그렇지 뭐. 여자들처럼 월경을 하나 애를 낳기를 하나, 여자는 분명히 남자와 달러."

"암 다르죠, 독하죠."

샴페인을 꿀꺼덕 목으로 넘기며 민연기가 크게 동의하였다. 기포가 가볍게 팽그르르 끓어 오르는 샴페인이 아니라 그는 가래침같이 미끄덩하고 주먹덩이만 한 그 무엇을 꾸역꾸역 목젖 밑으로 밀어내려 보내는 듯하였다. 한국의 남아가 미국에 이민을 와서 사는 고통과 슬픔과 억울함을 그는 그의 손바닥만 한 얼굴에다가 이민 대표자처럼 다 싣고 있었다.

"여자는 스펀지와 같다. 아무것도 남지 않을 때까지 짜내고 말이야. 생명의 물 한 방울까지 다 짜낸 뒤에 스펀지로 돌려보내도 스펀지는 즉시 도로 살아난다. 여자는 잘도 견뎌낸다."

김윤수는 누나의 힘없는 어깨에다가 손을 얹으며 말하였다. 김윤수의 누나는 의자에 앉아 있었다. 그녀는 김윤수보다 두 살 위로 마흔두 살이었다. 두 번째 결혼이 실패로 돌아가자 김윤수의 집에 와서 마음을 달래고 있었다.

"그건 또 왜 그렇죠?"

집 앞 포치의 식탁에다가 저녁을 차리던 김윤수의 아내가 남편에게 물었다.

"여자들이 이 땅의 힘을 잘 이해하기 때문이다. 그래서 땅을 여자라고 하잖나. 땅은 온갖 동식물을 기르고."

"건 또 난 처음 듣는 소리네요."

김윤수의 아내는 웃었다. 여자를 땅이라고 말해서 그녀는 남편이 마음에 들었다.

저녁식탁에 둘러앉은 사람은 김윤수의 누나 윤하와 김윤수의 처제 일가족이었다. 김윤수의 누나는 이 년 만에 온 것이지만 김윤수의 처제 일가족은 한국으로부터 이민을 와서는 김윤수의 집에다가 이민 보따리를 풀었다. 그들은 김윤수의 집에서 거의 일 년을 살다가 따로 기념품 상점을 차리고는 상점 이층으로 아파트를 얻어나간 지 이 년쯤 되었다.

"옥수수 삶은 것 먹어보세요. 어제 것은 달지가 않았지요. 이건 오늘 막 딴 거라는데요."

말하며 김윤수의 아내가 어른과 아이들 앞의 접시에다가 옥수수를 하나씩 놓아주었다.

그때 김윤수의 아내의 여동생이니까 김윤수의 처제가 되며 민연기에게는 아내가 되는 여자가 음식쟁반을 들고 이층으로부터 내려왔다. 김윤수의 노모에게 음식을 떠먹이고 온 것이었다. 그녀는 처음 미국에 와서 이 집에 살 때부터 김윤수 노모의 시중을 들었었다. 바쁜 언니의 일을 덜어주려고 도맡아 하였으나 경제적인 기반이 약한 자기의 처지 때문인지 그녀와 그녀의 일가족은 언니집의 종살이를 하는 것 같은 열등감이 종종 들었다. 그녀는 임신 팔 개월로 제법 무거운 몸이었다.

"너도 어서 이리와 앉아."

김윤수의 아내가 동생에게 말하였다.

"어서 오세요. 이거 오실 때마다 수고가 크십니다."

김윤수가 말하였다.

"할머니가 아주 맛있게 잡숫던데요. 입맛을 다시시면서. 내가 만들면 커피까지도 다 맛있대."

김윤수의 처제가 소홀한 노인에게 좋은 일을 하였다는 만족감을 표시하였다. 김윤수의 아내는 궂은일을 맡아 해준 동생이 고마우면서도 어쩐지 자기 영역을 침범당한 것 같은 느낌을 가졌다.

"나는 매일 한다. 너는 어쩌다 와서 한 번씩이지만."

김윤수의 아내는 비틀어지는 소리를 하였다. 시어머니를 두 어깨에 지고 힘들어하는 것은 자기인데 자기는 시어머니의 노여움만 떠맡아 메고 다른 사람들은 어쩌다 한 번 하는 일에도 빛이 났다.

"옥수수가 오늘 건 다네. 너희들 더 주랴?"

아이들 쪽을 보며 김윤수가 말하였다. 거기에는 사내아이만 네 명이 앉아 있었다. 국민학교에 다니는 두 아이는 민연기네 아이이고 중학교와 고등학교는 김윤수의 아이들이었다.

잔디가 깔린 뜰은 어둠으로 가라앉아 갔다. 여러 형태의 그림자들이 커다랗고 조용히 잔디밭을 가로질렀다.

"송이는 요새도 발레를 해?"

김윤수가 윤하에게 말을 시키고 싶어 윤하의 딸에 대해서 물었다.

"그만둔 지가 언젠 걸요."

"걔가 올해 몇 살이에요? 지난번에 보니 자색이 짤짤 끓던 걸요."

민연기의 아내가 말했다.

"열일곱 살이요."

"송이는 노래도 잘 하구 무용도 잘 했잖아요?"

"어렸을 때 재롱이었지요."

"누나도 춤을 잘 췄지. 학교 다닐 때 학예회에 나가서 무용을 했잖아.

송이가 걸음마 뗄 때부터 집에 가보면 누나가 데리고 춤을 추던걸."

김윤수는 윤하가 대화에 낀 것이 기뻤다. 옛날에 서울에서 결혼한 누이의 집에 가보면 누이는 어린 딸을 데리고 적어도 하루에 한 번은 춤을 추는 것 같았다. 계집아이가 엄마를 쳐다보며 "우리 춤추자" 그러면 "우리 그러자" 하고 윤하는 음악을 틀어놓고 춤을 추었다. 윤하와 송이는 돌다가 웃으면서 마루에 자빠질 때까지 춤을 추었었다.

"집안 내림인가봐. 시어머니도 여학교 다니실 때 무용, 음악, 운동 못하는 게 없으셨다지. 얼굴이 뽀얗다고 해서 쌀가루 미인이라구들 남학생들이 놀렸다는데요."

"형부도 못하는 게 없으셨다죠. 연극에, 기타에, 운동에……."

"연극? 저이가 연극을 한다기에 가봤잖겠어요? 갔더니 천국의 문을 찾는 장면인데 천국의 문이 뭐예요. 꼭 변소를 찾는 사람처럼 헤매드라니깐요."

김윤수의 아내가 말하였다.

"문제는 형님께서 너무 여러 가지를 하신다 이겁니다. 일류가 되기에는 형님이 너무나 여러 분야를 섭렵하고 계시다 이겁니다. 형님의 재능은 전부 조각나서 이것도 집쩍 저것도 집쩍, 그러다 보니 형님은 능력의 한계를 스스로 느끼고선 초조해하고 안정을 못 하신다 이겁니다."

정중하게 민연기가 말하였다. 그는 턱없이 정중하든가 턱없이 노엽든가 그 두 가지 방법으로밖에는 말할 줄 모르는 것 같았다.

"아이참 뭐가 초조하고 안정을 못해요? 형부는 성공하셨어요. 그러길래 자랑스런 한국인이라는 잡지 화보에 나가고 잡지사에서 전화를 걸었겠지요."

"언제?"

무엇이 그렇게도 큰 충격인지 의자에서 엉덩이를 한 번 들썩하며 민연기가 물었다.

"아아 뭐 이민 소식인가 하는 잡지에서예요. 나는 그런 데 절대로 안 나갈 거예요."

"정말이지?"

김윤수의 아내가 다짐을 받아내려는 듯 남편에게 물었다.

"왜 언니?"

"그런 데 나가면 공연히 구설이나 듣지, 실속도 없어가지고 떼돈이나 번 것 같잖아."

김윤수의 아내는 자기들이 집만 크고 차만 좋지 보기보다 어렵게 산다는 것을 틈틈이 강조하고 있는 중이었다. 특히 요즈음은 결혼에 실패하여 거의 실성 지경에 이른 시누이 윤하를 남편이 집에 데리고 있었으면 해하는 것 같기에 경계심을 늦출 수가 없었다.

민연기의 아내는 언니가 경제상의 어려움을 말하는 것이 꼭 저를 들으라고 하는 것만 같았다. 민연기네는 상점을 차릴 때 언니네로부터 돈을 꿨는데 갚을 돈이 아직도 만 불 이상이 남아 있었다.

"예 형님, 시시하게 잡지 같은 데 나가지 마세요. 나중에 한국 가서 국회의원이나 한자리 하려는 사람들이나 그런 걸 좋다구 하지. 이민을 왔으면 여기서 발을 붙이고 살아야지. 여기까지 와서는 뭐하러들 한국을 넘봐 넘보길. 문제는 자리는 몇 안 되는데 그 자리 중의 한자리를 해보겠다는 사람은 너무도 많다아 이겁니다."

"참, 인제 이모님이 오시면 정말 오랜만에 대식구들이 모이는 거야."

대식구들이 모이면 그 치다꺼리 할 일이 겁이 나는 아내의 심정을 모르고 김윤수는 가슴을 내밀었다.

"언제 오신댔죠?"

민연기가 물었다.

"25일이니까 뭐야 아직 한 닷새 남았나."

김윤수의 아내는 제 동생 일가족을 이 집에 데리고 살 때 남편과 시어머니에게 미안해했었다. 그런데 이제 보니 그럴 것 없었다. 동생은 살면서 집안일을 많이 했었다. 그런데 윤하나 시어머니는 내가 죄다 시중을 들어야 되는 입장이다. 또 이모도 오신단다. 내 처지는 하나도 살피지 않고 남편은 잘도 불러들인다. 미국이 어디 한국 같은가, 뭐든지 다 내 손을 거쳐야 한다. 세 끼 밥부터 쇼핑, 관광까지.

"참 뉴욕 오챠드 스트리트에 있는 벽이 입이 있어 말을 할 수 있다면 이 코리아의 김윤수를 빼놓을 수 없을 거야."

미국에 유학생으로 와서 가발장사 햄버거장사로부터 오늘날 사업가로서의 성공을 얻은 자신감을 김윤수는 서슴없이 나타내었다.

"난 그때 거기 룸 305호, 아직까지 호수도 잊지를 않아. 좁다란 방에 살았드랬어. 방이 어찌나 좁았던지 두 사람이 있으면 한 사람은 앉고 한 사람은 야단맞는 사람처럼 서 있어야 했었다니깐. 한 달치 집세를 한꺼번에 낼 수가 없어서 일주일에 삼십 불씩 내가면서 거기 살았드랬지."

"방이 아주 새까맸었대며?"

김윤수의 아내가 거들었다. 김윤수의 아내는 남편의 고생은 요새 새로 이민을 온 동생네 가족의 고생에 비할 바가 아니었다는 것을 말하고 싶었다.

"그랬지, 그 방에 앉았으면 밤낮의 구분이 통 안 되는 거야. 참 미국에 그런 건물이 있는 줄 그 누구가 알까. 방에 창문이 하나 있긴 하였는데, 열면 시커먼 환기통이야. 위층에서는 맥주 보드카 같은 술병들을 아래로 집어던지고 욕질들을 해댔었지. 어떤 때는 나도 소리 지르고 싶더라구. 그래 이쪽 사람 말이 옳다. 당신은 저 사람한테 어서 그 돈을 내놔라 하고 의견이 생기더라구. 자려고 누워서는 병들이 땅에 떨어져서 깨지는 소리에다가 욕질소리를 듣는 거야. 그것두 하두 들으니까 자장가더라구. 듣구 있으면 어느새 잠이 들어. 워낙 고단했거든. 불난다고 방에서 음식을 못해 먹게 해서 전기 곤로를 사다가 감춰놓고 라면만 끓어먹었더랬어. 어찌나 피곤했던지 그나마 먹을 때는 내 왼손으로다가 내 머리를 받치고 앉아 먹었다니깐. 내 대가리 무게가 그렇게도 무겁더라구. 나 같은 사람이 거기 다른 사람들하구 변소와 샤워를 같이 써야 했었다면 지금 상상이나 할 수가 있겠어? 그런데 인간이란 게 말이야. 닥치면 또 견디게 되더라구."

"그러니까 형님은 지금 미국을 정복하신 게 아니라 아주 그냥 삼키셨군요. 자랑스런 한국인으로 잡지사에서 찾으니. 난 몰라요, 그 잡지사에서 형님 사진을 내주고는 형님한테 돈을 기부하라고 하고 싶어 그러는지 아닌지는. 그러나 하여간에 성공은 성공 아뇨."

소금기 머금은 바닷바람이 천천히 그들에게로 불어오고 있었다. 어느덧 달이 떠서 검푸른 바다 위에 은빛 광택을 힘껏 뿌렸다. 달빛 어린 수평선은 둥근 지구를 연상시켰다. 지구는 달을 향해 노래하고 바다는 하모니를 넣고 있었다.

달의 얼굴 위를 가끔씩 지나가는 구름같이 그 무엇인지 여러 가지 얽힌 생각들이 윤하의 마음을 통과하고 있었다. 그때마다 윤하의 눈동자 속에 빛이 꺼지고 표정은 어두워졌다. 윤하는 가끔씩 시계를 보았다. 잘 시간은 아직 아니었다. 윤하는 지금이 잘 시간이었으면 하고 생각하였다.

"그래, 너희들은 지금 잘들 먹고 있셔?"

민연기가 아이들에게로 눈길을 돌렸다. 아이들은 음식이 맛있다고 한마디씩 하였다.

"굿이라니 구웃이 뭐야. 너희들은 한국인이면서도 한국말을 못하고 그것부터 글러먹었셔."

민연기가 자기 아이들에게다가 말뚝 같은 시선을 꽂았다. 민연기의 아이들은 긴장 상태가 되어 아버지를 살폈다. 아버지에게 위험신호가 보이는가 — 아버지의 네모진 턱이 자물통같이 물리고 이빨을 갈고 어깨 근육이 굳어지면 그 다음은 대개 폭발이었다. 폭발 직전에 위험신호를 발견하는 것은 중요하였다. 그것은 가족들만이 아는 부끄러운 공포였다.

"우리 아이들이나 한국말을 못하지 집의 아이들은 잘 하잖아요. 말들도 잘 듣고, 우리 애들은 제 아빠를 친군 줄 안다니깐요."

"아뇨, 우리 집 저놈들 정신상태가 아주 글렀습니다. 이민 삼 년도 채 못 됐는데 벌써 툭하면 영어로 대답들이에요. 가정교육은 에미가 잘 해야 되는 건데, 이건 뭐……."

민연기는 아이들에게 꽂았던 시선을 거두어 이번에는 아내에게다가 꽂았다. 부른 배를 하고 앉은 민연기의 아내는 피곤하고 헤벌어져 보였다.

민연기는 아내에게로 꽂았던 시선을 빼어 다시 아이들에게로 향했다.

"그래 말해 봐 너희들 나중에 뭐가 되고 싶어? 봐, 한 놈도 말을 못하잖나. 젊은 날에 자기 인생 전체의 지도를 그려놓아야 해. 청사진을 뜨는 거지. 그래서 그 지도를 가슴에 따악 품고는 인생항로의 길을 짜악 떠나는 거야. 그런데 젊은 놈들의 정신상태가 썩었셔, 글러먹었셔, 눈동자에 빛이 하나도 없고오, 아 이건 다 제 집 놈들한테 하는 말입니다. 처형께서는 마음을 놓으십쇼. 참 나로 말할 것 같으면 젊은 나이에 삼국지·무협지로부터 동서고금의 철학서적을 통독하고 삶의 의의가 어디에 있나 밤을 새워가며 고민했셨어요."

이층에서 부저소리가 길게 울렸다. 노모가 그 누구이든지를 부르는 소리였다.

"어머니야."

김윤수는 아내에게 말했다.

"내가 가보고 올게요, 언니는 있어."

민연기의 아내가 일어섰다.

"아니 애들보고 가보라고 하세요. 자 어느 놈이 갈 테냐."

김윤수가 자기 아이에게 말했다. 큰아이가 작은아이를 식탁 밑에서 툭툭 발길로 찼다. 가보라는 뜻이었다. 작은아이는 식탁 밑에서 그러는 형에게 한번 세게 발길질을 하고 있어났다.

"내가 갈게."

승이가 제일 착하구나. 어른들은 한마디씩 하였다.

승이는 식탁이 있는 포치로부터 부엌에만 전등을 켠 어둑시그레한 집안으로 들어갔다. 먹고 있는 식구들의 소리를 등 뒤로 하고 아이는 호젓한 층계를 밟아서 할머니가 있는 방으로 갔다. 할머니는 늙어서 뺨에 있는 피부가 광대뼈보다도 훨씬 더 들어갔다. 그것이 전등불 그림자로 움푹 꺼져 음산해 보였다. 아이는 자기가 자칫 잘못 움직이면 할머니를 죽일 것만 같았다.

아이가 온 것이 반가워 할머니는 춥다 하고 즉시 불평을 하였다. 할머니는 자기가 편안하고 잘 있다고 사람들이 생각하면 사람들이 정말 잘 있는 줄 알고 안 돌볼 것 같아서 사람의 그림자만 보면 불편을 호소하였다.

식구들은 할머니의 말을 잘 들으려고 하지 않았다. 귀를 대고 들어보았자 그녀가 하는 말들은 쓸데없는 걱정이 아니면 상처를 입히는 말들이었다. 그녀는 자식들이 그녀의 것을 훔친다고 생각했으며 자기를 잘 안 돌본다고 하였다. 자식들이 노모의 것을 훔치지는 않았으나 잘 안 돌본다는 것은 맞는 말이었다. 노모가 불평을 하면 뜻은 대강 알면서도 가족들은 그녀의 말을 못 알아듣는 척하였다. 그녀는 점점 당황했다. 방문하는 사람을 만나면 고적한 자신의 심정을 호소하고 이 집에서 자기를 구출하여 양로원으로 보내달라고 졸랐다.

인생이 비디오로 볼 수 있는 영화 필름이라서 어느 순간이든지 스톱시키고 다시 볼 수 있다면 그녀는 스무 살 가을에다가 정지시키고 싶을 것이었다. 일제시대, 나라를 잃은 민족적 차원의 슬픔을 빼면 그녀는 한 개인이 가지고 싶은 것은 다 가졌다고 할 수가 있었다. 미모, 건강, 춤과 노래, 그리고 부잣집 아들과 결혼하여 사랑과 돈도 얻었다. 부잣집 아들은 재주 있고 미모인 그의 아내를 가지고 영화를 만든다고 하다가 돈을 많이 잃었다.

할머니가 춥다고 하므로 아이는 옷장을 열고 담요를 꺼내어 할머니가 덮고 있는 이불 위에다가 덮어주었다.

"무겁다."

할머니가 말하였다. 아이는 할머니의 이불 위에 덮었던 담요를 다시 쳐들어 들고 어찌할 바를 모르는 듯 서 있었다. 할머니는 아이가 방을 훌쩍 나가버릴까 봐 걱정스러웠다. 할머니는 입술을 달싹달싹 움직이며 뭐라고 말하였다. 아이는 할머니가 무슨 말을 하는지 알 수 없었다.

"뭐어?

"무……울, 무울……."

아이는 물병으로부터 컵에다가 물을 따라 할머니의 입에 대어주었다. 할머니는 얼른 마시지 않고 컵 속에다가 혓바닥을 넣어 날름날름댔다.

아이는 점점 지루해졌다. 빨대가 꽂힌 컵을 들고 있는 팔은 뻣뻣해지고 아팠다. 할머니에게 잡히면 이렇게도 끝이 없었다.

아이가 어렸을 때 할머니는 아이에게 음식을 떠먹였었다. 숟가락을 어린 손자의 입에 바싹대고는 야 빨리 먹어라 할미 팔 떨어진다 하였다.

할머니는 이 밤이 다 가도록 컵에서 입을 뗄 것 같지가 않았다. 아이는 몸을 꼬았다. 그러자 마루가 삐걱이었다.

누가 뭘 훔쳤게요. 어머니 말씀해 보세요. 제가 뭘 훔쳤어요? 화낭때는 벗어도 도둑때는 못 벗는다죠. 아까 낮에도 여기 누워 있는 할머니에게 아이의 어머니는 울면서 달려들었었다.

유리창으로는 바다가 보였다. 인생이란 이와 같다. 해안으로 밀려왔다가 뒤로 밀려가서는 커다란 바다 속, 어둠 속으로 흔적 없이 사라진다고 파도는 아이에게 말하는 것 같았다. 그러자 파도는 다시 고조되어 더 커다란 힘으로 다가왔다.

"이 좋은 공기, 이 좋은 바다, 이 좋은 나무들, 이런 것들이 죽으면 다 소용이 없어지는 거야. 살아 있는 동안 퍼쓰고 또 퍼써도 다 쓸 수가 없는 거란 말이야, 사람들은 무진장 풍부하고 아름다운 세상에 태어나서는 실컷 쓰다가 죽을 때는 또 두고 가야지."

김윤수가 물었다.

"그러게 유한한 인생이라잖아요. 그런데 참 앞으로 나는 어떻게 늙는지 걱정이에요. 지난 일요일인가 텔레비전 특별 프로를 보셨어요? 지구상에 발굴된 연료가 다 떨어지기도 전에 인구의 99퍼센트는 예순다섯 살 이상이래요. 노인네만 산다는 뜻이지요. 그런데 보니까 아들보다도 딸들이 부모를 모시던데요. 그게 또 문제더라구. 부모 모시느라구 남편하고 아이들한테 절로 등한하게 되는데 그걸 어떤 남자가 좋다구 하겠어요. 아니면 결혼을 숫제 안 하고 집 전체를 양로원같이 만들고는 시중꾼같이 사는 여자 얘기도 그 프로에 있던데요. 그 여자보고 왜 그러고 사느냐니까 그게 옳은 일 같아서 그렇다고 하더군요. 그런데 우린 참 아들만 둘이니 늙은 담에 큰일 났어."

"왜, 형부 같은 아들도 있잖아."

"부모 모시는 동기는 재산이 탐나서다. 그래서 부잣집 자식들은 여기서 살다가 부모가 임종했다 하면 그냥 비행기들을 타고 유산 찾으러들 간다 그러지만 우리가 부모를 돌보는 건 죄의식이라던가, 다른 사람이 숭보는 거라던가, 도덕관 그리고 또 사랑이라는 게 있지요. 어떻게 보면 그중에서도 사랑이란 말이 제일 편리하고 받아들일 만한 표현이지만 그렇게 신용할 만한 말이 못돼요. 우리가 부모한테 사랑만 느끼느냐 하면 그렇지 않거든요. 화두 나구 실망두 하구 증오도 느낀단 말이지요. 참 저 스스로한테도 창피한 감정이지요. 그래서 덮어놓고 사랑하려고 애쓴다기보다 나는 이제 그냥 우리 어머니가 오래 사셨다는 것만으로도 존경을 받아야 할 것 같은 생각이 드는군요."

김윤수는 아내를 건너다보았다. 그는 아무리 노력해도 시어머니를 사랑할 수가 없더라는 아내에게 말하였다.

"어머니도 늙어가지만 나는 가만있나요, 나도 늙어요."

"그런데 노망은 유전되는 건가요. 아니면 거기에 대해서 내 힘으로 미리 방지할 수가 있는 건가요?"

민연기의 아내가 물었다.

"정말 늙어죽는 순간까지 마음 곱게 쓰게 해달라고 지금부터 원을 해야겠어. 미국 할머니들 봐, 여든아홉에도 예쁘게 옷 입고 화장하고 밝은 웃음을 지으며 혼자 사는 사람들이 좀 많아?"

김윤수의 아내가 말했다.

"그런데 보니까 늙어서도 사람은 늘 해오던 그 식입디다. 그 식이 징그럽도록 더 진하게 그 식으로 됩디다. 그러니까 될 나무는 떡잎부터 알아보는 거요."

민연기가 말하였다.

"고대에 야누스라는 신이 있었다지. 두 개의 얼굴을 가지고 하나는 미래를 보고 하나는 과거를 봤대. 우리한테도 두 개의 얼굴이 있어요. 미래를 본다 할 때는 늙어가는 부모를 보는 것이겠고 과거를 본다 할 때는 애들을 보는 게 아니겠어요. 아 우리도 한때는 아이들이었구나, 그러다가 늙겠구나. 인생의 가는 길이 얼굴을 요쪽으로 돌려보고 또 저쪽으로 돌려보고 그러면 빤히 보이는 거죠."

김윤수가 말하였다.

"그걸 뭐 고대 야누스까지 들먹거려요. 우리 때가 참 어려운 거 같애요. 우리는 바쁘고 할 일도 많고요. 지금 하고 있는 일도 많은데 찾아서 해야 할 일도 또 있어요. 길러야 될 아이들두 딸려 있고 거기에다가 우리 부모한테는 자식노릇도 해야 되지요."

김윤수의 아내가 말하였다.

"짐승들은 세상에 나자마자 곧 독립된 짐승인데 사람은 누워서 보채기나 할 뿐 아무짝에도 쓸모없는 애기로 태어나죠. 두 발로 서려면 장장 일 년의 세월이 걸립니다. 여자들이 더 오래 뱃속에서 사람을 만들어야 되는 건데."

민연기의 말에 모두 웃었다. 민연기의 아내가 임신 중이어서 그의 말은 실감이 났다.

"그런데 참 부모와 자식간은 탯줄을 끊어도 보이지 않는 끈이 남아 있는 모양이야. 어렸을 때 부모님을 무서워하는 거야 거 당연하지. 그

런데 그게 중년 이후까지 계속이라면 뭐가 좀 잘못된 게 아닐까. 오히
려 어머니가 성가시게 구는 게 나을 때가 있다니깐. 그럴 땐 나도 에이
하고 화를 내면 되는데 어머니가 춥겠다, 덥겠다, 고단하냐 걱정해 주
면 참 어쩔 줄을 모르겠는 거야. 우리 어머니는 정말 미인이었는데 말
이야. 춤도 잘 추고 노래도 잘 하고 동양극장에서 승무를 출 땐 정말 선
년지 나빈지 모르겠더라구."

　김윤수의 어머니는 동양극장에서 춤추는 것으로 무대생활을 마감하
였다. 김윤수의 아버지는 흥행사업을 하느라고 돈을 다 없앴다. 김윤수
의 어머니는 무대 위에서 그녀의 아이들인 김윤수와 김윤하 남매에게
어여쁘게 웃어보였다. 열 명 남짓한 관객이 극장 안에 여기저기 흩어져
앉아 있었다. 그날 어머니는 공연을 중지하고 말하고 싶었다고 하였다.
우리가 그쪽만 보고 연기할 수 있도록 여러분 좀 한군데로 모여앉아 주
세요. 공연이 그날 이후로는 계속되지 못할 것을 알았으므로 어머니는
아이들에게 구경시키고 싶어 아이들을 극장으로 데리고 갔었다고 하였
다. 김윤수는 세 살이고 윤하는 다섯 살이었다. 마지막 막이 내려졌을
때 어머니는 하늘하늘한 치맛자락을 손에 모아 쥐고 자기 아이들을 향
하여 깊숙이 절을 하였다.

　"어머니는 응석부리고 불평이 많고 그런 것 같다가도 이상하게 힘이
있지. 나하고는 달러. 큰일을 당하면 의외로 조용히 헤쳐나갔어. 그 힘
이 무엇일까?"

　생각에 잠겼다가 윤하가 말하였다.

　"누나. 어머니는 착하지. 까다롭고 힘든 사람인 건 확실하지만 아주
착하지."

　저녁을 먹고 나서 윤하는 김윤수가 이끄는 대로 물가로 내려가고 김

윤수의 아내와 민연기의 아내는 상을 치웠다.

"언니, 우리는 가게에 전등을 전부 갈았어. 그것도 돈이 들어. 좀 모일 만하면 물건값 갚아야지. 그런데 자꾸 수리할 일이 있잖아. 차의 유리를 누가 깨고 라디오를 집어가는 바람에 유리창을 해넣느라고 또 돈이 들었지."

민연기의 아내가 말하였다.

"우리도 그래. 암만 애껴가며 살림을 해야 생각지도 않은 돈이 막 들어가지. 얼마 전에 승이 말이야. 걔 안경을 맞춰줬거던. 그런데 안경한 지 하루도 못 되어서 이놈들이 형제간에 싸우느라고 백 불이나 주고 한 안경을 깼어. 어디 나갔다가 오니 둘이 싸우느라고 코피가 나서 둘 다 피투성이더라구."

김윤수의 아내가 말하였다.

"언니가 절약하느라고 애쓰고 사는 거 잘 알아. 그런데 우리두 뭐 돈 두고 언니 돈 안 갚는 게 아니야."

"언제 내가 뭐라디?"

"아까두 언니가 저녁 먹으면서 형부랑 애들 있는 데서 돈 없다는 소리를 했잖아. 언니 돈부터 정말 먼저 갚고 봐야겠어. 서러워서."

이층 할머니 방으로 올라간 아이는 아직 내려오지 않고 있었다. 파도소리는 밤바람과 섞였다. 벗은 발을 적시는 바닷물은 처음에는 소스라치게 차가웠으나 나중에는 육감적인 무게와 온도로 김윤수와 윤하의 종아리를 감돌아들었다. 그곳에서 집을 올려다보면 그들 남매의 늙은 어머니 방 천장 쪽이 환히 보였다. 노모와 아이의 모습은 그들이 있는 곳에서는 보이지 않았다.

김윤수는 부드럽게 노래를 불렀다. 노랫소리는 파도소리를 뚫고 들어가더니 한데 섞여서는 없어졌다가 살아났다가 하였다.

윤하의 생각은 마음을 씻어내는 파도 속에 가로질러 곧바로 침묵의 공간 속으로 들어갔다. 그곳에서 윤하는 그, 한진석을 만났다. 우리 관계의 성격을 설명하기는 힘들다. 나 자신부터도 모르고 있다. 무엇 때문에 나는 그를 중요하게 여기고 이렇게 괴로워하는지, 불행을 느끼며 결혼생활을 하고 있는 윤하에게 어느 날 그는 홀연히 나타났다. 십칠 년 전 서울과 인천 사이를 달리는 시외버스에서 윤하를 만난 이래 그는 하루 한시도 윤하를 잊은 일이 없다고 하였다. 윤하 생각만 하면서 살다보니 윤하의 피 한 방울도 섞이지 않은 자기의 아이가 윤하를 닮았더라고 하였다. 그는 아이 이름도 윤하의 윤 자를 따서 지었다고 하였다. 십칠 년간의 세월 속에서도 죽지 않는 사람을 한진석이 정열적으로 표현할 때 윤하는 감사와 감격을 느꼈다. 연정의 표적이 되어 우쭐해진 윤하는 한진석을 믿었다. 윤하는 그와 결혼하였다. 어느 감정이든지, 사나이의 감정이 이렇게도 강하다면 표면에 나타난 감정 이상의 다른 면은 없으리라고 생각하였다. 아마도 자기는 사랑을 받을 만한 가치가 있는가 보다고 윤하는 믿었다. 윤하는 자신의 말이나 행동에 대해서는 회의적이었으나 다른 사람들은 진실하고 그들이 느끼는 대로만 말하는 것 같았다. 처음에는 이상적으로 시작하였다. 그러나 거기에는 윤하가 진작 알아차렸어야 할 신호들이 있었다. 그의 과거에 있었던 용감무쌍하고 터부를 무시한 사건들, 가끔 가다가 아니고 언제나 탐닉하는 포르노 영화, 언제나 남으로부터 해롭힘을 당하고 배반을 당하고 이용당하고 돈을 사기당하기만 하였다는 그의 과거, 윤하의 이상적인 남자는 많은 것이 이상적이 아니었다. 그러나 그는 윤하에게 허물어지는 지붕에 깔려 사는 것 같던 첫 결혼생활을 떠날 용기를 주었으며 가슴을 열어놓고 애정을 주고받는 것이 무엇인가를 잠시나마 알려주었다. 그것은 어쩌면 자기가 영원히 고마워해야 할 일인지도 몰랐다.

한진석에게 생각이 미치니까 윤하의 심장은 다시 고통으로 조여들었다. 윤하는 바다로부터 걸음을 옮겨 모래 묻은 발로 집으로 향하는 돌계단을 디뎠다.

바다를 향하고 서서 노래하던 김윤수는 윤하가 집으로 올라간 것도 모르고 있었다. 음악은 특별한 방법으로 김윤수에게 얘기를 걸었다. 다른 무엇으로는 말할 수 없는 생의 그 무엇을 김윤수는 노래로 표현할 수가 있었다.

자랄 때 시골길을 가다가는 전선주를 껴안고 그는 전선의 끊임없는 울림을 듣고는 하였다. 처녀 적에 그의 방에 와본 그의 아내는 방이 울리고 있는 것 같다고 말하였었다. 그 표현은 그를 기쁘게 하였으며 그녀와 물이 물속으로 흐르듯 평화롭고 남달리 행복한 결혼생활을 할 수 있을 것 같은 예감을 느꼈다.

윤하가 집으로 돌아간 후에도 김윤수는 한참 동안 바깥에 있었다. 하늘 위에서 아스라이 떨며 빛나는 별들을 바라보며 그는 우주에 속해 있는 감정을 느꼈다. 그는 우주의 중심에 자리 잡고 있었다. 모든 것이 그의 주변에서 돌고 그의 중심이었다. 공간이 거대한 질같이 입을 벌리고 그는 자궁 같은 공간 속으로 들어갔다. 그는 자궁 속에서 철썩이는 바다음을 음악으로 표현해 보고 싶었다. 태아가 들을 듯한 음악.

자연에 대해 한없는 감사와 이해심이 김윤수에게 있었다. 그는 깊게 숨을 들이쉬고 여름밤의 나무껍질 냄새를 맡고 자기가 만든 돌절구 속에 들어 있는 달을 들여다보았다. 풀밭 가운데 나타나 달빛에 함빡 젖고 있는 저 하얀 꽃은 어떻게 해서 갑자기 피어나기 시작했는지 김윤수는 곰곰이 생각해 보고 신기해서 들여다보았다. 겨울밤에는 벽난로의 굴뚝으로부터 올라오는 연기가 오존냄새를 품은 바닷바람과 섞이는 냄새를 그는 좋아하였다.

　그는 집 주위를 돌며 집안의 모습을 만족감과 그 집이 남의 소유인 듯 그리움을 품고 들여다보았다. 아내는 고즈넉한 부엌에서 무엇인가를 하고 있었다. 아내는 늘 일을 하고 있었다. 윤하나 아이들은 보이지 않았다. 그는 아내를 불러내어 갑자기 나타난 흰 꽃을 보라고 하고 싶었다. 그러나 부르지 않았다. 아내는 늘 시간이 없다고 말하였다. 아내는 큰 집의 안팎을 돌보고 수리하고 정원을 가꾸고 김윤수 노모의 시중을 들고 음식을 만들고 빨래를 하고 집안사람들이 무엇을 입는지, 무엇을 먹는지, 시간을 맞춰 직장이나 학교 또는 다른 약속 장소들로 가는지 돌보았다. 김윤수의 아내는 이혼이 밥 먹듯 흔한 이 세상에 부모로서 아이들에게 좋은 유전인자와 좋은 교육과 좋은 집과 좋은 삶의 본보기를 보여주고 있다고 자기의 삶을 자랑스럽고 기쁘게 여겼다.

집으로 가는 길

　김윤수가 자기 집의 주변을 돌며 그에게 부여된 복된 삶과 자연을 음미하고 있을 때 민연기 일가족을 태운 현대자동차는 숲 사이로 뚫린 하이웨이를 달려가고 있었다.

　차의 운전석에는 민연기, 그 옆에는 아내가 앉고 뒤에는 그들의 두 아이들이 앉아 있었다. 소형차 안에 빼곡히 네 식구가 앉았건만 무시무시한 공간이 식구들 사이를 가르고 있었다.

　"언제나 가봐도 그 집 꼴은 뻐언해. 다신 가고 싶지가 않아. 애들은 한국말을 못하고 그래놓고 뭐가 성공했다고. 돈 벌면 성공이야? 돈도 그게 어디 큰 돈이야."

　"……."

　"그 집에 가면 언제나 그 집 들러리나 서다 와. 그 집 장단에 춤이나 추다 오는 거지. 인생의 고뇌를 알기나 하나. 무식한 놈들."

"……."

민연기가 말하고 그의 아내는 아무 말도 안 하였다. 아이들도 아무 말 안 하였다. 그러나 그의 아내는 남편을 관찰하였다. 미워서 자세히 보았다. 지금은 민연기만 얘기하고 있지만 어떤 때는 민연기의 아내도 무슨 말을 하였다. 아내가 말을 하면 민연기는 차갑게 입을 꼭 다물었다. 침묵과 말, 이 두 개의 멜로디가 그들 부부 사이에서는 계속 연주되고 있었다. 남편의 의견과 아내의 의견, 하모니가 안 되는 이 두 멜로디는 결혼생활의 이력과 더불어 이럭저럭 미움의 균형을 잡아갔다.

"그래도 나는 언니 집에 가야 돼요. 그럼 나만 애들 데리고 갈게요."

"……."

"내일은 김치 담가주기로 했어. 언니 시이모가 오신다잖아. 지금은 또 시누이가 와 있고, 그 집은 손님이 끊이지를 않아."

"……."

엄마가 의견을 말했기 때문에 차 뒤에 앉은 아이들은 마음이 조마조마하였다. 엄마의 의견이라는 것은 아이들에게 위험스러웠다.

아이들은 아버지 뒷모습을 살폈다. 어깨 근육은 어떠한가. 핸들 위에 얹힌 손은 아버지의 어깨 근육이 굳어지고 주먹이 부르쥐어지면 그 다음은 폭풍이거나 아니면 다치면 오그라드는 벌레처럼 아버지는 움츠러들었다. 축축하고 음침하게…… 이번에는 움츠러들었다. 다행히 엄마도 더 이상 말이 없었다. 침묵하는 그들을 실은 차는 길 주변의 검은 나무를 뒤로 밀어내며 외로이 뻗은 길을 달려갔다.

잠

정원은 꽃이 활짝 피었다. 장미꽃과 데이지꽃 위로는 나뭇가지가 드리워져 그늘을 지었다. 너무 섬세하여 어떤 꽃잎은 아침에 피었건만 벌써 이파리 가장자리가 시들어가고 있었다. 농약과 공해가 없는 토마토와 오이, 호박, 상추, 깻잎, 고추, 파 등이 채마밭에 있었다. 집에서는 언제나 집안일을 하는 소리가 났다. 청소기 소리라든가, 음식 만드는 소리, 일꾼이 집의 어디인가를 고치든가 건설하든가, 잔디를 깎든가 하였다.

윤하는 이층 방 침대에 누워 있었다. 윤하는 다시 잠들고 싶었으므로 눈을 감았다. 윤하는 침대에서 나가면 무엇을 해야 될지를 몰랐다. 그녀는 육체적인 폭행을 당하여 만신창이가 된 것만 같았다. 한진석이 아이를 낳아보지 않은 윤하의 친구에게는 윤하는 아이를 낳은 몸이라 재미가 적다고 그리고 아이를 낳은 여자에게는 윤하가 찬 여자라 재미가 적다고 그리고 또 어떤 경우에는 윤하를 세상에 둘도 없는 색정광으로 말하였다. 윤하의 몸뚱이를 발가벗겨 때와 경우에 알맞게 내두르는 것으로 그는 여자들과 그가 제일 좋아하는 얘기를 한 것 같았다. 그동안에도 그는 윤하에 대한 '사랑'을 열렬히 윤하에게 읊었으므로 윤하는 그가 그러고 다닌 것을 몰랐다. 주위 사람들은 그의 말을 비밀인 양 쉬쉬하면서 퍼뜨려 나갔다. 그것을 모르는 사람은 오직 윤하뿐인 듯하였다. 알았을 때 윤하는 자기의 몸이 공공장소에서 여러 사람들이 보는 가운데 폭행을 당한 것만 같았다. 신문에서는 센트럴파크 공원에서 조깅을 하던 백인 여자가 흑인 청소년들에게 집단윤간을 당한 일이 톱 뉴스였다. 그 여자의 온몸과 얼굴은 바스러지고 두뇌는 파손되고 몸의 4분의 3 이상의 피를 잃고 그 여자는 식물인간이 되었다. 그 여자의 개인적인 비극을 넘어서 그 여자는 백인이고 공격한 소년들은 흑인이었기에 인종분규가 개입되고 거기에다가 거리의 범죄가 증가하는 데 대한 관심으로 이 사건은 일대 물의를 일으켰다. 윤하는 자기가 그 여자와 별로 다를 바 없는 것 같았다. 그리고 강간이 나쁜 범죄라고 생각하게 되었다. 강간은 다른 범죄와 달리 여자의 깊은 그 무엇인가를 뿌리째 손상시키는 것이었다. 육체적인 강간보다도 자기의 경우는 더 나쁜 것 같았다. 생각이 거기에 미치면 윤하는 울었다. 울음은 시원히 나오지 않고 무거운 가슴을 뚫고 올라와 목멘 목구멍을 아프게 조이며 힘들게 껵껵껵 흘러나왔다.

복도의 끝방에서는 그녀의 어머니가 이승과 저승 사이를 오락가락하며 생명의 기운을 연소시키고 있건만 윤하는 그런 어머니도 자기를 보호하고 염려하는 너그럽고 힘 있는 어머니로 여겨졌다. 언제까지나는 아닐지라도 적어도 이 고통이 지나가고 새로운 생이 자리 잡을 때까지 주위의 사람들이 자기를 지켜주고 보호해 주리라고 생각하였다. 왜냐하면 자기는 두 번씩이나 나쁜 남자를 만나 혼이 되게 난 좋은 사람이었기 때문이다. 윤하는 희생자인 자신의 입장이 괴로우면서도 은근히 좋아지기 시작하였다. 처음부터 그런 것은 아니었다. 견디기 어렵다고 생각했던 결혼생활로부터 한번 크게 뛰어본 한진석과의 결혼을 계속할 힘이 없어서 돌아왔을 때 윤하는 아파트에만 있었다. 밖에 나가는 것은 너무 괴로웠다. 화상을 입은 피부 위에 옷을 입어야 하는 것처럼 쓰라렸다. 어디를 가든지 자기를 알아보는 사람들뿐일 것 같았으며 사람들은 저런 불쌍한 여자로부터 그래 싸다까지 있을 것 같았다. 잠은 좋았다. 하루 종일 침대에 누워 윤하는 많이 울다가 잠이 들었다. 설핏 들었던 잠이 깨면 윤하는 다시 잠들려고 하였었다.

바다에서 떠올랐던 아침 해는 천천히 하늘을 가로질러 움직이고 있었다. 두 쪽으로 갈라진 유리창의 하얀 커튼은 푸르스름한 빛깔을 띠었다. 윤하는 등이 아팠으므로 못 배기고 침대에서 그만 일어나 앉았다. 새들이 밖에서 지저귀고 파도소리와 바람소리 사이로 집안이 기능적으로 움직이는 리듬들이 있었다. 커다란 유리창은 윤하의 시선이 가 닿는 수평선 끝까지를 받아들였다. 햇살이 닿지 않는 벽은 어느덧 오후의 색깔 같은 부드러운 보라 빛깔로 물들었다. 몇 시일까. 윤하는 침대로부터 두 다리를 먼저 내려놓았다. 그러다가보니 누가 노란 꽃과 하얀 꽃 묶음을 베개 옆에다가 갖다 놓았다. 꽃들은 시들어 있었다.

김윤수의 아내가 윤하의 방문을 조금 밀었다. 문은 소리 없이 틈이 벌어지고 그 틈 사이에 김윤수의 아내가 우뚝 섰다.

"어머니 방에 좀 들어가 보세요. 어머니가 아까부터 언니 일어났냐고 찾으시던데."

김윤수의 아내는 고무장갑 낀 손으로 똥이 묻은 이불과 옷을 들쳐 말아가지고 어머니의 방으로부터 나오는 길이었다.

"누가 꽃을 내 방에 갖다 놓았어. 올케야?"

"오빠 게죠."

"어머니가 또 이불을 어지르셨어?"

"하루에도 어디 한두 번인가요. 이 일은 누군가 해야지요."

김윤수의 아내가 아래층으로 내려간 뒤 윤하는 거울 앞에 서서 초라하고 거친 거울 속의 자기 모습을 들여다보았다. 누가 이렇게 괴로워하나, 누가 이렇게 괴로워하나 하고 거울 속의 사람에게 물어보았다. 윤하는 자기의 가슴이 고통이란 물질로 만들어졌으며 가슴 외에 다른 부분은 사라져버린 것만 같았다. 저게 나라고 아는 나는 누구일까. 영혼? 영혼은 어디 있나? 내 영혼은 없나 아니면 너무 작아서 내 몸에 장소를 차지하지 못했나…… 지금 정확히 누가 괴로워하고 있는지 모른다고 윤하는 생각하였다. 그러고 나니 아무도 괴로워하는 것 같지가 않아졌다.

윤하의 어머니는 발가벗은 몸을 부끄러운 듯 엉거주춤 웅크리고 요 위에 누워 있었다. 부끄럽기도 하였겠으나 뼈와 근육이 펴지지가 않아서 웅크리기도 하였다.

"정선인 언제나 온대?"

자기의 동생이 언제나 오느냐고 조금 전에도 물었던 질문을 어머니는 또 하였다. 자기의 동생이 이틀 후에 온다는 것을 알면서도 어머니는 무인도에서 배를 기다리는 사람처럼 같은 질문을 자꾸 하였다. 너희들은 아무리 있어야 소용이 없고 정선이 와야 기쁘겠다는 듯했다.

어머니는 감정 나게 굴었다. 이 사람에게는 저 사람이 고맙게 해준다고 말하고 저 사람에게는 이 사람이 고맙다고 말하였다. 가족들은 어머니가 꿋꿋하고 명랑하고 기분 좋은 사람으로 살아가기를 바랐으나 몸은 움직이지 못하고 누워 있어야만 하는 어머니에게 그것은 바랄 여지도 없는 것일지 몰랐다.

김윤수의 아내는 장롱을 열고 시어머니에게 갈아입힐 옷을 꺼내고 있었다.

"모레라고 말씀드렸는데요."

말하며 그녀는 시원시원히 어머니의 옷을 갈아입히고 나서는 어머니의 몸을 자기의 두 무르팍 사이에다가 받치고 앉아서 머리를 빗기기 시작하였다. 좀 난폭한 손길이었다. 명주 실타래 같은 하얀 머리카락을 성긴 빗으로 빗어서 양쪽으로 갈라땋아 끝에다가 빨간 헝겊으로 리본을 매어주었다.

"어머니는 본향으로 가시는 준비를 하느라고 머리가 하얗게 되셨어요. 우리 모두 깨끗한 영혼의 세계로 가느라고 늙으면 머리가 하얗게 된다는데요. 어머니 피부를 보세요. 지금도 이렇게 부드러우니 젊은 날에는 얼마나 고우셨을까."

말하면서 김윤수의 아내는 다른 사람 같으면 한나절은 걸려야 할 일을 십 분 내에 시원히 마치고 시원히 일어서서 시원히 방을 나갔다.

어머니는 목욕을 하고 새 옷을 갈아입자 기분이 풀리며 피로하였다. 어머니는 혼곤한 잠 속으로 잠겨 들어갔다. 어머니의 육체 속에서 노쇠한 육신을 지키느라고 힘겹게 애쓰던 생명 에너지는 어머니의 몸으로부터 안개가 풀리듯 풀려져 나왔다. 몸에서 빠져나온 에너지는 그녀의 고달픈 몸을 휘감돌며 정히 씻어내었다. 그러자 그녀의 손과 얼굴과 피부는 진주 같은 젖빛을 띠우기 시작하였다. 육체를 떠난 그녀는 찬란한 빛의 동굴을 재빠르게 날아가 이 세상에 몸을 입고 태어나기 이전의 가볍고 광대무변한 존재가 되었다. 밤공기 속에 흐르는 꽃향기같이 여러 가지 추억들이 그녀의 밑에서 떠가는 것을 그녀는 볼 수 있었다. 그녀는 바닷가 오막살이에서 갓 태어난 갓난아기가 되었다. 머리카락은 하나도 없고 눈썹도 없었다. 작은 손에 여린 손톱이 달렸고 피부는 골격에 비하여 넉넉해서 쭈글쭈글하였다. 피부는 넉 달 후에나 골격에 알맞게 되었다. 갓난아기는 방에 있는 가난한 어부 부부를 엄마, 아빠하고 알아보았다. 아기는 환상적인 공간에서 혼자 놀고 있었다. 그러다가 가끔씩 고개를 돌려 엄마라는 사람이 어디 멀리 가지 않았나 하고 살펴보았다. 그 기억은 거기서 끝이 났다. 한 뭉치의 기억이 지나갈 때마다 그녀는 현실세계로 떨어지는 것 같았다. 그녀는 아래로 떨어지지 않고 다음에 떠오르는 기억의 구름을 잡아 그 위에 머무르려고 애썼다. 그녀는 한참 동안 우영선이라는 자기의 존재 이전, 시간 이전, 인생 이전에 있던 곳에 머무르는 것 같았다. 그러다가 그녀는 그녀의 어머니를 만났다. 삼십 년도 전에 저 세상으로 간 어머니를 본 것이 그녀는 기뻤다. 그녀의 어머니는 생시와 비슷이 건실한 몸에 무명적삼과 치마를 입고 한옥에서 웬 심부름하는 여자를 데리고 일을 하고 있었다. 여기저기 짐

꾸러미들이 놓여 있었다. 그녀의 어머니는 쉬지 않고 일을 하며 네가 오기 전에 집을 정리하고 있다고 말하였다. 그때 잠이 깨었다.

그녀는 반짝 눈을 떴다. 햇볕은 벽을 채우고 언제나처럼 철썩이는 파도소리가 들렸다. 따뜻한 바람이 불어 들어왔다. 비옥한 땅과 너른 바다. 여름 꽃의 향기를 실은 공기가 떠올라왔다.

그녀의 요 위 손닿는 곳에 놓여 있는 부저를 눌렀다. 이층 욕실을 청소하던 며느리가 고무장갑 낀 손을 한 채 대충 얼굴을 디밀고,

"뭐예요, 어머니."

"내 집을 가서 보고 왔다. 아주 예쁘게 지어났더라. 우리 어머니가 거기 계시더라."

"거기 제 집도 있었어요?"

"그건 모르겠더라."

그녀는 말하고 호믈딱한 입으로 아기같이 빵긋 웃었다.

여로

습도가 높아 실내에서 비가 오는 것 같은 오후였다. 김윤수는 기차역 앞에 차를 세워놓고 차 안에 앉아 있었다. 에어컨을 틀어 차 안은 견딜 만하였다.

—이 사람은 쉴 새 없이 말을 하고요. 진실치가 못하군요. 이 사람은 자유분방하고 엄청난 상상력을 동원하여 다른 사람을 속일 뿐 아니라 자기 자신도 속이는군요. 잔인하고 이기적이고 비겁하지요. 이 사람은 당신에게 온당치 못한 일을 했군요. 칼을 들었던가요?

—아니요.

—그래요? 그런데 내가 왜 그 사람이 당신에게 온당치 못한 일을 했다는 인상을 받을까요? 또 당신은 그를 두려워하고 있군요. 그래요?

—…….

김윤수는 윤하의 가방 밑에서 3월 9일이라고 쓴 카세트테이프를 발견하였다. 김윤수는 윤하에게 3월 9일이 무슨 의미가 있는 걸까 하고 테이프를 가지고 나와 차에서 틀어보는 중이었다. 점치는 것이 녹음된 테이프임을 알 수 있었다. 점치는 여자는 고답적으로 들리는 영국식 영어발음으로 얘기하고 있었다.

—이 사람은 대단히 논쟁적이지요? 그런데 재능이 있군요.

—네.

—이 사람은 육체적인 정열이 없으면서도 자기 상상을 만족시키기 위하여 끊임없이 호색적인 연애의 즐거움을 찾습니다. 누가 그를 기분 나쁘게 하면 아무에게나 모욕을 가합니다. 위선적이고요. 천성이 인색하고 바람둥이입니다. 그런데 그는 광적으로 집착되어 있군요.

—어디에요?

—당신과의 관계에요. 그는 이 관계에 미쳐 있어요. 아 또 이 사람은 자연과 새와 꽃과 같은 그의 감각을 높이고 상상력을 돋우는 것을 좋아하는군요. 이 사람은 파도의 속삭임과 대폭우가 몰고 오는 번개와 우레소리를 좋아하고 물을 좋아하지요.

—네.

—당신은 이 사람과의 관계를 평화롭게 끝내고 싶어하는군요.

—…….

—이 사람은 편집광입니다. 이 사람은 아프군요. 우울증인가요?

—아니요. 정반대요.

—이 사람은 당신에게 집착되어 있어요. 이 사람은 계속 무슨 일인가 도모하고 있어요. 그것이 얼마나 성공할는지는 몰라도 아주 열심이군요. 앞으로 육 개월간은 더 그러고 있겠어요. 이 사람은 당신 집 근처에

오나요?

—전화를 계속해서 했어요. 그러다가 한 달쯤 전부터 전화가 그쳤어요.

—아직 이 사람은 떠나지 않았어요. 사라진 게 아니에요. 어떤 방법으로인지 지금으로서는 모르겠으나 얼마 동안 다시 활성화되었다가 그 다음에 아주 사라지겠어요. 돌아다니며 이야기를 만들어 퍼뜨리겠어요. 이 사람은 이 일에 에너지를 다 쏟아넣고 자기 생활은 소홀히 하고 있어요. 지금 이 사람은 그 인생을 내동댕이치고 있어요. 그런데 아무도 이 사람의 말을 믿지 않지요?

—…….

—아무도 이 사람의 말을 중히 여기지 않아요. 적어도 당신 주변에서는 그렇지 않나요?

—…….

—이 사람은 지금 돈 문제가 있군요. 명확한 사실은 당신은 그를 피해야 합니다. 아직 당신 주변으로부터 아주 사라진 게 아니니까요. 이 사람은 한 가지 생각을 오래하지 못하고 그의 의견을 자꾸 바꿉니다. 수시로 변화하는 의견이지만 언제나 그 관점을 극렬하고 폭력적인 결심도 서슴지 않고 편의에 따라 이론을 바꿉니다. 바꿔도 언제나 같은 열성을 부립니다. 조화로움을 추구하는 사람이라면 그를 피합니다. 이 사람의 변덕스런 마음과 논쟁하는 성격이 배합되어 사람들은 이 사람이 다음에 어떻게 나올까 종잡지를 못합니다.

—이 사람은 저를 해칠까요?

—위험하지는 않겠어요. 나는 극심한 공격이라고 표현하겠어요. 지속적이지는 않고요. 하다가 말다가 하지요. 그럼 이제 세상 사람들이 당신을 어떻게 보는지 알아봅시다.

—…….

—아, 이 카드를 보세요. 당신은 깨끗이 당신의 권리로 서겠어요. 아무 영향도 안 입겠어요. 명예도 깨끗이 지킵니다.

그때 역 입구에 이모 부부의 모습이 나타났기에 김윤수는 테이프를 끄고 황급히 차에서 내려 그들을 맞으러 갔다.

"야, 다신 비행기는 못 탈 노릇일레라. 젊은 사람은 몰라두 육십 넘은 늙은이는 못할 짓일레라. 열일곱 시간을 꼬박, 그것도 3등칸에 앉아서 말이야. 먹고서는 자는 게 일인데 어디 잠이 그렇게 쉽게 오디?"

"그렇지만두 긴긴 하루를 가졌지 않았는감. 야 윤수야 내가 8월 17일날 비행기를 김포에서 탔잖간니? 그런데 시간 차이루다가 열일곱 시간 비행기를 타구두 같은 날 여기 도착하더라. 하루를 벌었지. 비행기 의자에다가 안전벨트로 몸뚱아리를 묶고 앉았으니 시간이 까꾸로 책장 넘어가듯 넘어가드라. 그거 하난 좋더라."

"그게 뭘 좋아. 우리가 집으로 갈 땐 또 다 뱉어내야 되는 시간인걸."

"지은 죄두 없는데 왜 공항에서 입국수속을 하는데 그렇게 겁이 나니? 내가 공항직원한테다가 여권을 내놓으며 절을 넙죽했다. 그 누구든 미국에 들어오는 것을 극력 막으려는 놈들로 보이더구만. 너두 그러냐."

"네. 그래요"

김윤수는 이모 내외의 짐을 실으러 차의 트렁크를 열었다. 이모 부부는 쉬지 않고 얘기하며 백발 머리에 편안해 보이는 옷차림으로 오래 같이 산 의좋은 부부의 친밀함을 이국의 풍경 속에다가 서슴없이 나타내었다.

"제가 여기 와서 있다가 칠 년 만인가에 영주권이 나와서 한국을 처음 가는데 참 긴장됐었어요. 우리나라 땅이 비행기 아래로 나타나니까 눈물이 솟구치면서 우리나라가 꼭 물 밑으로 가라앉아버릴 것 같았어요. 어디서나 한국말이 들리니까 꿈꾸는 것 같았구요. 집에 가서는 너무 기뻐서 할 말이 별로 없던걸요."

김윤수는 차에 무거운 네 덩이의 여행가방을 씨름하며 다 실었다.

"어머니는 좀 어뗘시냐?"

"누워계신 분이 좋으면 얼마나 좋겠습니까. 단지 몸에 고통이 없으시니 그게 어머니의 복이지요."

"네 처가 고생이 많겠다."

"사람이 무던해요. 어머니가 이모님을 얼마나 기다리셨게요."

김윤수의 어머니는 아침 일찍부터 며느리로부터 머리를 감겨 받고 목욕을 하고 온몸에 베이비파우더를 뽀얗게 뿌리고 며느리가 입혀준 연분홍빛 블라우스를 입고는 69세의 자기 동생을 기다리고 있었다.

"윤하도 와 있다지? 윤하는 좀 어때?"

"누나도 이모님을 기다리고 있어요. 지금은 애들하고 학교에 갔어요. 우리 작은놈이 수영선수예요."

김윤수는 윤하에 대해 그렇게만 대답하였다. 김윤수는 누나가 점을 쳤다는 사실이 가엾었다.

"잘 헤어졌어야. 그놈이 네 처한테다가두 연애편지를 해댔대며? 미친놈."

이모는 듣기 좋게 위로하는 말을 하였다. 집안에 두 번씩이나 이혼한 여자가 있었다.

"그자가 누이한테는 또 같이 살자구 그런대요."

김윤수는 한진석이 윤하와 재결합을 원하는 것이 큰 명예회복이나 되는 듯이 말하고는

"미은이는 잘 있어요?"

"응, 걘 그리 잘 지낸다. 그 남편이 그리도 잘 해주고 켄야 사람인데 한국 것을 어쩌나 좋아하는지 걔들 사는 걸 보면 유엔총회다 뭐다 다 관두고 세계평화는 그저 국제결혼으로 이루는 게 제일이다 싶더구먼."

"처음에는 결혼을 반대하셨었죠. 자 어서들 차에 타세요."

"어디 나야 반대를 했간? 저이가 자못 서운해했었지."

이모 내외는 차에 올랐다. 차문을 닫아주고 운전석에 오른 김윤수는 바닥에 있는 상자로부터 카세트를 골라서 테이프덱에 넣었다. 윤하가 점을 친 테이프는 빼어서 자기 주머니에 넣었다. 윤하 몰래 도로 갔다가 놓을 것이었다.

파도소리 같기도 하고 바람소리 같기도 한 이상스런 음악이 흘러나왔다. 김윤수는 안전벨트를 매고 차를 시동시켰다. 차는 드라이브 웨이를 빠져나가 교통 속으로 섞여갔다.

"가는 날이 장날이라고 모처럼 오셨는데 날씨가 나쁘죠. 오늘 같은 날을 불쾌지수가 높다고 말하나요?"

"그 음악은 그거 네가 지은 게냐?"

"왜요? 안 좋으세요?"

"좋다, 잠이 온다."

"고단하신데 쉬시라고 틀었어요. 제가 지은 건 아니구요. 이런 걸 지었으면 얼마나 좋겠어요."

차는 언덕으로부터 평지로 내려서서 타운의 중심으로 갔다. 예쁘장하게 생긴 작은 상점들이 모여 있고 은행건물도 보였다.

"저기가 공원이에요. 이쪽 편은 허술하지만 저 안으로 들어가면 물오리들이 노는 연못도 있구요."

김윤수는 창밖으로 지나가는 거리의 풍경을 자기 것인 듯 자랑스럽게 설명하였다. 그러나 이모 내외는 미국이 생각하던 미국이 아니어서 조금씩 실망을 맛보는 중이었다. 그들은 영화에서 보던 미끈미끈한 건물이 아스라이 하늘을 뚫고 서고 전광판이 휘황히 돌아가고 뚜껑 없는 자동차들이 달리는 세상을 만나리라고 상상하였다. 그런데 그런 광경은 아직 한 번도 접하지 못하였다.

그것을 모르고 김윤수는 직접 집으로 가지 않고 갈대가 우거진 늪지 쪽으로 차를 몰아갔다. 거친 들판에 새들이 날았다. 그는 늪지 가까이에 차를 세웠다.

"이모님, 해가 질 때 여기 풍경이 참 멋있습니다."

"여기서 너희 집은 머냐?"

"아뇨, 차로 한 이십 분쯤."

김윤수는 이곳을 혼자 많이 왔었다. 차를 여기에다가 세우고서는 한참을 걸어 다녔었다. 걸을 때면 맑은 마음으로 멀리 있는 사람들과 모든 것에 대해 상상의 대화를 하였다. 혼자 걸어 다니는 동안 심심할 때도 있었다. 김윤수는 그런 심심한 느낌도 또한 좋았다.

키 큰 갈대들이 바람에 거칠게 흔들리는 벌판 끝에는 바다가 아슴푸레 있었다. 바다 오른쪽으로 숲 사이에는 집들의 모습이 띄엄띄엄 엿보였다. 사람의 모습은 늘 없었다.

"이후문 씨가 와서 봤으면 사뭇 좋아했겠구만. 그인 마당에다가도 죄 잡초만 길르니껜."

이모부가 말하였다.

"이후문 씨요? 요새도 연구 활동을 계속 하시나요? 연세가 꽤 되셨을 텐데."

"팔십이래. 그래두 팔팔해. 머리는 새까맣게 물들이구. 올해 팔순이된다구 제자들이 돈을 모아 책을 내드린다데. 성질이 까다로워두 그이만 한 인물두 없어. 자기 인제 원수도 없다구 그러데. 친구들은 왔다가 못 견디면 가구 어떤 원수는 죽어서 없어졌다구 그러데."

김윤수와 이모부는 그들 모두의 은사였던 이후문 씨에 대해서 얘기를 나누었다.

"이젠 집으로 직행입니다."

김윤수는 시동을 걸려고 차의 키를 틀었다. 음악이 다시 들렸다.

김윤수는 이모 내외가 자기가 보여주는 풍경에 대해서 별로 관심을 보이지 않아서 서운하였다. 그는 몇 번이나 카메라를 가지고 와서 이곳의 풍경을 필름에다가 담아보려 하였다. 그리고 결과에 실망하였다. 광풍이 휘몰아치는 날 지랄치는 갈대벌판을 찍었는데 사진에는 바람이 없었다.

김윤수는 이 땅 위에 전쟁과 기아와 폭력과 불의가 존재한다는 것을 모르지 않았다. 지구상의 인구증가 문제를 척결한다는 듯이 사람들이 억울하게 집단으로 죽는 것도 그는 알고 있었다. 그도 그중의 한 사람일 수가 있었다. 그러나 다행히 아직까지는 무슨 일이 일어나도 그는 신문을 보던가 라디오나 TV를 통해서 알 뿐 그와 그의 이웃의 삶은 평온히 계속되었다. 정치는 겨우 따라갔다. 세상에 무슨 일이 있는지는 크게 윤곽만 잡았다. 어디에 전쟁이 있고 어디에 인종폭동이 있고 전두환 대통령은 인기가 없고 필리핀의 이멜다 여사는 구두가 육천 켤레라는 것을 그는 이럭저럭 알았다.

그의 회사에 있는 이라크여자는 조그만 라디오를 가지고 다니며 뉴스를 들었다. 저희 나라에서 차라리 석유가 나지 말았으면 좋겠다는 말도 하였다. 이란이나 이라크나 쿠웨이트나 팔레스타인이나 이집트나 모두 메소포타미아 문명의 후예들인데 나라로 갈려져 싸우고 있다고 하였다. 그녀는 영어를 김윤수보다도 훨씬 잘함에도 불구하고 영어공부를 열심히 하고 있었다. 이 지구에서는 영어를 쓰는 사람들이 많으므로 자기는 영어를 쓰는 저널리스트가 되어 세상의 개혁에 참여하겠다고 하였다. 아랍말로는 사전 한번 안 보고 글을 쓸 수가 있으나 영어로 쓰려면 사전을 들쳐봐야 된다고 하였다. 그녀는 김윤수에게 너희 나라가 남북통일이 될 것 같으냐고 물었다. 독일 같은 기적이 자기 나라에도 너희 나라에도 왔으면 좋겠다고 하였다. 자기 나라의 어떤 거리는 남자들만 있다고 하였다. 카페가 줄지어 있는데 카페마다 남자들만 모여 앉아서 술 마시고 떠들다가 어쩌다 여자가 하나 지나가면 구경하느라고 목을 분지른다고 하였다. 그 거리에 여자가 못 가는 것은 남자들이 자기 부인이나 누이들을 못 가게 하기 때문이라 하였다.

김윤수는 어렸을 때 육이오 동란을 겪었다. 김윤수가 살던 동네는 폭격으로 거의 폐허가 되었다. 비행기는 폭탄을 떨어뜨릴 데가 없으면 김윤수네 동네에다가 떨어뜨리고 가는 것 같았다. 동네 사람들은 아침이면 땅에서부터 나오고 방공호로부터 기어 나왔다.

전쟁을 겪었으면서도 김윤수는 전쟁이 무엇인지 잘 몰랐다. 김윤수에게 있어서 전쟁은 현실이 아니었다. 햇볕, 나무 그런 것들이 현실이었다. 전쟁은 멀리에 있고 신문에나 있었다. 젊어서 그는 외국을 동경하였다. 이북의 침략은 위협이었다. 그러다가 베트남 전쟁이 났다. 김윤수의 친구들은 운명을 안고 전쟁을 만나러 베트남으로 갔다. 이 지구상의 공산주의는 어디에서도 합심해서 막아야 한다고, 단순한 마음이었다. 김윤수는 군대에 가서 판문점 부근에서 근무하였다. 지금 그의 아내가 된 애인을 젊은 남자의 끓는 정열로 사모하였으므로 그는 시간만 있으면 편지를 썼다. 여대생 애인에게 전할 수 있도록 그는 보고 있는 모든 것을 머릿속에다 말로 만들었다.

집에 도착하자 이모는 누워 있는 언니와 눈물을 쏟는 상봉을 십 분쯤 하고는 여행짐 풀기에 골몰하였다. 여행가방 중의 하나는 열 수가 없었다. 이모는 이층 방 마루에 앉아서 전 인생이 그것을 여는 데 달려 있다는 듯이 열쇠를 잡아당기고 두드렸다. 새 가방이 이렇네.

김윤수를 비롯한 다른 사람들은 그럴 것 없이 트렁크의 열쇠를 아주 떼어버리는 것이 낫겠다고 생각하였다. 여행을 다녀보아도 가방이 송두리째 없어지면 없어졌지 누가 가방을 열고 그중에서 무엇을 빼어가는 것 같지는 않았다.

이모의 끈기에 사람들은 진력이 나건만 이모부만은 도와주려 애쓰다가 이모가 당신은 저리 물러나 앉아라 내가 다시 해보겠다 하면 손을 놓고 옆에 앉아 있었다.

"참을성도 많으셔라. 우리집 이 같으면 어림도 없어요. 저이는 장 보러 슈퍼마켓도 같이 못 가요. 뭐 사는 데 그렇게 오래 걸리느냐는 거예요. 옷 사러 가서도 사이즈를 아는데 그냥 집어오면 되지 뭐가 그렇게 오래 걸리느냐고 그래요. 한번 사면 오래 입을 건데 그래도 입어보고 사야 되지 않아요."

김윤수의 아내가 말했다.

"응, 하긴 너희 이모부가 괜찮은 남자지. 그래두 남자는 남자다. 너 저이가 남자라는 걸 잊어버리지 마라."

"왜요?"

"물건을 하나 바로 사길 하나, 길을 잘 찾기를 하나, 여기 올 때두 죄내가 물었어. 저이는 원서를 읽고 강의를 하던 대학교수가 아니냐. 나는 약병에 쓰인 영어나 겨우 읽구서 이건 발라라, 이건 먹어라 하고 짐작하는 정도인데 여기 올 때는 내가 나서서 물어보구 여기 가서 줄서야 된다 저기로 나가야 된다 다 챙겼다구. 저인 물어보지두 않구 자꾸 가면서 자기가 옳다구 우기는 게야. 나는 장에 가서도 눈으로 자세히 들여다보구 값을 물어보구 그러구 필요한 만큼만 산다. 저이는 그냥 덥썩

집어와. 필요 없는 것두 들구와."

"인생살이는 다 환영인 게여, 뭘 그렇게 안달복달을 하고 살어."

"저이는 글쎄 저런다, 옳소, 내가 당신한테 환영이구 당신두 나한테 는 환영이오."

"그럼 이모부님은 무엇이 현실이세요."

이모부의 대답을 이모가 하였다.

"배고픈 거엇, 추운 거엇, 고단한 거엇, 자는 거엇."

"데칼트가 말하지 않았남. 내가 보는 것들은 미치꽹이들이 환상에 사 로잡히는 것과 같을 수도 있다. 나는 지금 내가 환상 속에 있는 건지 아 닌지 확신할 수가 없다. 내가 이 몸과 이 마음을 가졌다는 확신이나 더 나아가서는 내 존재도 내버릴 수가 있다. 나는 생각하므로 의심한다. 그러니까 나는 의심한다. 그래서 내가 의심하는 것을 의심한다면 그러 면 나는 아직도 의심에 차여 있는 것이다. 다시 말하면 의심은 생각하 는 것이고, 생각은 생각하는 사람의 존재를 내포하는 것이며, 그러므로 나는 생각하는 한 존재한다 이런 게여."

일 도와주러 와 있던 김윤수 아내의 여동생은 그들의 실랑이를 아래 층에서 부러워서 들었다. 그녀에게 있어서 좋은 남자란 출세하고 돈 잘 버는 사람도 아니고 장에 가서 물건을 잘 사는 사람도 아니었다. 그녀 의 좋은 남자는 사람의 꼴을 보아내고 한마디 말일지언정 주어와 서술 어를 갖추어 하는 사람이었다. 그녀의 남편 민연기는 물, 밥, 뭘, 뭘?, 단마디로 대개 의사를 표시하였으며 그녀 또한 할 말만 재게 하였다. 그 짧은 말도 민연기는 들을 참을성이 없어 금방 외면을 하였다. 그녀 는 한국여자가 한국남편 앞에서 말을 시원히 하고 사는 것을 언니내외 를 비롯하여 몇 부부 빼놓고는 별로 보지 못하였다. 그러므로 그녀의 한국남자에 대한 견해는 낮을 대로 낮았다. 한국남자치고는…… 그런 표현을 그녀는 곧잘 썼다.

 그녀가 이층의 말소리에 귀를 기울이며 지짐개를 부치고 있는데 지하실에 선반 매다는 일을 하러 와 있던 사십대의 한국남자가 작은 화장거울을 들고 씩씩거리며 올라왔다.

 "아주머니 이런 거 버릴 때는 조심하세요."

 "그걸 왜 버려요?"

 "저 말이요, 한국에서 모두들 가지고 오는 어린애 옷도 안 들어가게 생긴 장롱같이 생긴 거 있잖우. 자개도 붙여 놓고 그런 거, 조그만 문짝도 붙었지, 그거 오는 사람마다 가지고 오지, 쓸모도 없는 걸. 몇 년 가지고 있으면 낡고 거추장스러워서 그걸 버리는데, 그거 미국 사람들이 보면 마귀상잔 줄 알고 무서워한대요. 오늘 한국서 오신 손님들도 그런 거 가지고 오셨을지 모르니까 빨리 가서 말해 주세요. 조심하라구."

 "그럴라구요."

 "정말이요, 이종훈 목사가 그러더라구. 그거 버릴 때는 발로 밟아 형체도 없이 부셔버리라구, 미국이 이래 뵈도 옛날엔 100퍼센트 기독교 국가였대. 그래서 각 나라에서 마귀단지 갖고 들어오는 걸 무서워한대. 여기 미국에서는 쓰레기도 잘 못 버려요. 우리 집에 덩굴풀 화분이 있었는데 풀쪼가리도 거 오래 기르니까 못 쓰겠습디다. 마귀야, 마귀. 부엌문에 걸었는데 우리 어머니가 노인네 아뉴, 우리 어머니가 밤에 음식 들고 부엌에 들어가면 덩굴이 목을 휘이익 감아요, 아주 기분 나쁘다구요."

 "그걸 왜 부엌문에 거세요?"

 "그거 걸어놓는 것 아뉴? 행잉 푸랜트 hanging plant, 지금 사는 데로 이사가 보니까 부엌 문 위에 못이 있던. 그거 화분 걸어놓으라는 것 아뉴. 화분은 내 동생이 병원 근무할 때 산 건데 십 년 되었지. 뿌리가 자랄 데가 없으니까 막 뭉치다가는 화분 밑에 있는 구멍으로 엉겨 나오고 꼭 마귀새끼 같아요. 동생이 지랄지랄해서 동생 몰래 내가 밤에 나가서 죽일라고 꺼내보니까 화분에 흙은 다 주저앉아서 없어. 흙도 없는데 뿌리가 마귀새끼같이 징그럽게 엉겨 있더라구. 내가 지하실로 가지고 가서 가위로 짤랐어. 질겨서 잘 짤라지지 않는 것을 겨우겨우 힘들게 썰었어. 그걸 버렸는데 그게 끝까지 말썽이더라구. 쓰레기 직원이 저만큼 집어 들고 가더니 도로 왔어. 이걸 버리면 어떡하느냐구."

"그럼 어떻게 버려요?"

"흙 버리면 안 된대요 그걸 안 보이게 잘 내버렸으면 감쪽같았을 걸 들켜가지고 벌금 십 불 냈다구."

김윤수의 어머니는 요 위에 홀로 누워 있었다. 오줌을 싸서 그녀의 아랫도리는 척척하였다. 동생 내외가 도착하기를 고대하던 그녀였다. 언니와 동생이 방성통곡하며 재회하였던 극적인 장면은 반 시간도 지속을 못 하고 그녀는 잊혀진 사람같이 그녀의 방에 누워 있었다.

"어머니가 많이 늙으셨구나. 보기가 영 안쓰럽더구나."

붙잡고 씨름하던 가방을 일단 밀쳐놓고서 이모가 말했다. 그녀는 죽음의 냄새와 맛을 언니의 주변에서 느꼈다.

"내 친구 이 박사가 말이여, 히말라야 마야족이 장사 지내는 거 보고 왔는데 참 못 보겠드래. 열두어 살 된 계집애가 이 박사 심부름도 들어주고 그러더니 어느 날 밤새 갑자기 죽었대. 시체를 크으다란 바구니 속에다가 앉혀가지고 마을사람들이 등에 지고 산에 간다는군. 마을 사람들이 북을 치고 뼈로 만든 트럼펫을 불면서 따라가드래. 거기 칼하고 도끼를 든 남자가 있드라누만."

이모부가 말하였다.

"식구들은 없구요?"

김윤수가 물었다.

"식구들은 울면서 서로 부축하고 개들은 짖어대고 쫓아오다가 말다가 하고 닭들은 뒤뚱거리고 날갯짓을 하면서 길을 비켜주더래."

"당신은 사뭇 본 듯이 얘기하누만."

"산에 가서는 모두 땅에 둘러앉아서 떡을 노나 먹더래. 그러다가 한 남자가 시체를 가렸던 천을 베끼니까 시체가 벌거숭이더래여. 계집아이는 눈이 열려가지고 위를 보고 있더라누만. 며칠 전에 이 박사가 심부름 들어주는 게 고마워서 죽은 계집아이한테 귀고리를 줬다누만. 그애가 그걸 그냥 달고 있더래. 가슴이 자못 찡하드라데. 나중에 들으니까 시체에 있던 장신구는 짤르는 사람들이 가진대."

"뭘 잘라요?"

"시체를 짤르지. 먼저 시체에서 귀를 짤르더래. 그 다음은 계집애 아저씨가 계집아이 몸에서 머리를 짤라내드라는군. 햇볕에 도끼가 번쩍하드래. 그 다음엔 단도직입적인 태도로 뭐냐 닭을 토막 내듯이 팔하고 다리를 짤르니, 한 사람은 내장을 열고 다른 사람은 다리를 작은 토막으로 내어서는 바위 위에다가 조심스럽게 늘어놓더래여. 피하고 선지덩이로 물들어서 시뻘겋게 된 남자 둘이서 번갈아가며 짤르는 거지. 시체의 어깨하구 가슴을 잘게 잘라서는 편편한 돌 위에다가 놓드래. 그러고 나서는 새들을 부르는 노래를 하더라는구면. 그러니까 정말 새들이 몰려오더래. 그런데 이놈의 새들이 와서는 그냥 조용히 앉았더래. 그러다가 왕새가 와서 먹으니까 그 다음에 다른 새들도 먹더라는데. 그걸 보고서 사람들은 계집아이가 죽어서 좋은 데 갔다고 그러더래."

"말하기 뭣하다만 어머니 수의랑은 준비했냐?"

이모가 물었다.

"아니요."

"왜 해놓지. 일 당하고 나면 좋은 걸로 못하구, 또 수의는 해놓으면 오래 산다는 말두 있지. 가만있거라, 내가 서울 가서 좋은 명주로 해 보낼게. 그런데 어머니는 한국으로 모실 거냐? 아무래도 그래야겠지?"

다음 날 회사에 출근한 김윤수는 점심시간에 차를 공원으로 몰고 갔다. 하나의 선율이 그 마음속에 끓어올랐기 때문이었다.

집안 가득히 식구들이 모여 있는 모습이 그는 뿌듯하였다. 옛날 여름철 이모의 집에 가면은 나무그늘이 뜨락에 서늘히 잠겨 있고 맛있는 음식이 풍성하고 웃음소리가 가득하였다. 사촌들은 우울을 모르는 애들 같았다. 그 당시 이모의 집을 김윤수는 자기가 지금 재현한 것만 같았다.

그는 공원을 생각에 잠겨 거닐다가 떠오르는 선율에 실을 말들을 수첩에 적어보았다. 제목은 〈행복〉이라 붙이고 싶었다.

햇볕은 무게 없이 온 누리를 덮고
나무 그림자는 무게 없이 잔디 위에 얹히고
나뭇잎들은 무게 없이 가지 위에 달렸다
물오리들은 무게 없이 물 위를 떠가고
그대는 무게 없이 내 눈 안에 든다.

연

열 살쯤 된 소년이 바닷가에서 연을 날리고 있었다. 튼튼하게 생긴 연은 바다 위로 떴다. 소년의 아버지로 보이는 중년남자가 지켜보고 있었다. 부드럽고 농염한 햇볕이 광활한 풍경 위에 고요히 어리어 있었다.

윤하의 시선은 유리창틀로부터 나무와 바다로 건너갔다. 한참 침대에 앉아 있었더니 풍경들은 개개의 것으로 보이지 않고 모시 천을 접은 것같이 되어 햇볕과 함께 윤하의 시선 안에서 엉겨 뒹굴었다. 윤하가 앉아 있는 곳으로부터 바다까지의 거리는 사라지고 그 안에 있는 여러 가지 빛깔의 꽃잎과 나무줄기와 나뭇가지들과 연은 윤곽을 잃고 덩어리가 되어 윤하에게 다가들었다.

―내가 지금 여기 안 있다면 나같이 평범한 사람이 다른 세상에서 무엇을 하고 있을까. 혼자 있으면 한 손으로 손뼉을 치는 것 같은 소리이다. 무언지 결여되어 있다. 고리 같은 것이 없다. 이 세상의 다른 사람들 집단과 나 사이를 연결시켜주는 고리, 그 누구, 그 어느 한 사람, 나는 방금 목욕을 마쳤다. 나는 비누질을 했는지 안 했는지 모르겠다. 들어가서 다시 한 번 비누질을 하고 와야겠다. 목욕하는 데 시간이 많이 걸린다. 피곤하다. 어젯밤 숨죽인 목소리가 그늘진 구석으로부터 속삭속삭 들렸는데 내가 가까이 가니까 조용해졌다. 이모와 올케와…… 사람들은 내가 안 듣는 데서 내 얘기를 한다. 무슨 얘기를 할까? 성경에 돌아온 탕자의 얘기가 있었다. 나는 그 얘기를 여러 군데서 들었다. 아들은 아버지의 집을 떠나 방황하다가 집에 돌아오니까 형이 따뜻이 맞아주었다. 형은 한 번도 아버지의 집을 떠난 일이 없는 사람이므로 집 외의 세상에 대해서는 잘 몰랐을 것이다. 한진석 이전의 나처럼. 나는 너무 오랫동안 내 머릿속에서만 살아왔던 것 같다. 돌아온 탕자는 떠날 때와 똑같은 사람으로 집에 돌아올 수는 없었을 것이다. 무엇인가 아주 특별한 일들이 도중에서 일어났다. 집을 떠나 멀리 돌아다닐 때 그는 오직 변화밖에 할 것이 없었을 것이다. 그런데 바깥세상의 눈보라치는 두려움과 태양의 기쁨을 경험하지 못한 형이 어떻게 멀리 갔다가 온 자

를 도와줄 수가 있을까. 나는 '양파껍질 이론' 을 들은 일이 있다. 사람은 양파와 같아서 겉껍질은 잘 모르는 사람들이 보는 것이고 속으로 가면 밖으로 보여주는 것보다 다른 면이 있다고 한다. 나의 제일 속에는 무어가 있는지. 거기 단단한 고갱이가 있는지, 아니면 그냥 살면서 아무거나 집어 가져서 여러 가지 영향이 뒤섞여 막 있는지. 나는 아주 단순히 생각했던 것 같다. 누구를 해치지 않으면 모든 것이 괜찮다고 생각하였다. 나는 내가 생각했던 것처럼 좋은 사람이 아닌지 모르겠다. 나는 하늘에다가 연을 많이 띄워보았고 그 연이 바람에 찢어지는 것을 많이 보았다. 나는 이상적인 사랑을 꿈꿔 왔으며 그것은 세월이 지나가도 없어지지 않았다. 그러나 그 일이 억지로 일어나게 하지는 않았다. 그런 것은 하늘의 뜻에 따라야 할 것 같았다. 부부의 사랑이 가정의 중심이 되었을 때 아이들은 행복하였다. 어머니와 아버지가 서로 좋아하였으므로 우리 형제들은 아침에 경이로운 눈을 떠서 하루를 시작하여 밤에는 자야 되는 것이 아쉬워 생이별 하는 사람들처럼 서로 몇 번씩 잘 자라고 인사하면서 잠들었었다. 주먹을 푹 집어넣고 싶어지는 구름에 전기가 있다. 전기는 꼭 발전소에서 만들어서 전깃줄을 통해 우리 집에 와서 램프를 켜는 게 아니다. 전기는 어디든지 있다. 책상에도 있고 종이에도 있고 나한테도 있고 엄마한테도 있다. 그 어느 해 송이의 여름캠프에 면회일이 되어 갔었다. 집 떠난 지 불과 두 주일 만에 송이는 숙성한 표정을 띠고 있었다. 캠프 주변의 숲길을 걷는데 아홉 살 아이는 이야기가 꽤 복잡하게 전개되는 영화 얘기를 내게 해주었다. 긴 이야기를 아이가 하는 것이 신기해서 나는 얘기의 줄거리를 따라가지 않고 아이의 목소리만 따라갔다. 나뭇잎은 소리 없이 물 위에 떨어져 움직이지 않았다. 아이와 나는 구름이 반사된 물가에 무릎을 꿇고 앉았었다. 물에 우리가 보인다. 하늘 거울이야, 하늘은 어디서나 엄마하고 나를 알아보고 보호해 줄 거야. 아이는 말하며 내 눈물을 닦아주었다. 한진석, 당신은 정말 멋지고 요란스럽게 나타났다. 당신은 희랍의 이카루스처럼 태양을 향해 날 것이며 모세처럼 약속된 땅으로 사람을 이끌고 갈 것이라고 말하였다. 당신의 풍경은 영광에 빛나는 모험의 꿈들로 점철되어 있었다. 그것을 세상에다가 실현시키기 위하여 당신에게는 세계를 뒤흔들 로맨스 스토리가 될 사랑이 있어야 하고, 챔피언이 되기 위해서는 올라가야 될 험준한 산이 있어야 하였다. 당신은 방이 많은 커다란 저택과 같았다. 각 방은 그 특성대로 다 아름답고 질서가 있었다. 그런데 그 방들 사이에는 통로도 없고 문도 없었다. 한 방에서 다른 방으로 가려면 당신은 창문으로 기어 올라가서 사다리를 타고 내려왔다가 다시 다른 사다리를 타고 다른 방으로 들어가야만 한다. 대단히 힘들 것이다. 아니 당신은 조금도 힘들어하는 것 같지 않았다. 당신은 벽돌 벽이 꿈의 베일이기나 한 듯 쉽게 금방 이 방에 있다가 불쑥 저 방에 있다가 하였다. 당신의 말들은 구구절절이 돌에 새겨 넣어도 될 명언이지만 또한 일관된 진실이 없는 거짓말들이었다. 당신은 말의 중간 아무 때나 침을 꼴깍꼴깍 삼켜가며 거짓말을 열심히도 하였다. 진실을 찾는다는 구실 하에 당신의 자기변호는 거친 들의 잡풀보다 강하다. 당신은 당신의 잘못이나 불안이나 초조한 감정을 부인할 뿐 아니라 그것을 상대방에게다가 오히려 집어 던진다. 당신은 맑고 곧고 악의가 없고 복수심에 불타지 않고 질투심이 없는데 오직 다른 이들이 그래서 당신은 희생자인 것으로 자처하였다. 참, 당신은 희생자 중에도 희생자였다. 당신은 희생전문가라고 할 수 있었다. 당신의 삶은 변덕스런 애인들, 돈 떼어 먹는 친구, 돈 떼어 먹는 여자, 돈 떼어 먹은 가족, 출세에 눈 먼 친구, 음모에 가득 찬 정치가, 의사, 신문기자, 변호사, 상인, 성직자, 교수들이 줄지어 늘어서 있다. 당신의 얘기를 듣고 당신을 정당

화시켜줄 사람, 당신의 의심은 점점 자라나서 당신의 이치에 맞는 증거들을 찾아다닌다. 당신을 생각하니 나는 점점 노여워서 또 목이 멘다. 노여움을 꿀꺽 삼켰더니 노여움은 내 심장을 찔렀다. 노여움이 심장을 쳐서 나는 가슴이 아프다. 지난 밤 꿈에 나는 당신을 보았다. 당신은 어린 소년의 모습으로 나는 막 못 가게 막았다. 가야 된다, 여기 있으면 안 된다 하고 마음을 굳게 먹고 가려다가 나를 이렇게도 잡는구나 하고 나는 웃고 말았다. 이건 내가 꾼 꿈이니까 내 현실이지, 이렇게 되었으면 하는 나의 희망일 수도 있고, 보시오 나는 당신처럼 아무렇게나 편한 대로 상상을 해서 거기서 살고 그러지를 않는다. 나는 세상을 여러 측면에서 보고 다른 사람에 대해 이해심을 가지려고 노력한다. 무슨 일이 있을 때 공정하려 하고 참아내려고 노력한다. 실질적인 방법으로 일을 처리하려고 노력한다. 결과는 어떻든 하여튼 그러려고 노력한다. 나는 구겨진 침대 시트를 휘감고 웅크리고 침대에서 운다. 나의 울음은 방 안을 맴돌다가 내게로 돌아온다. 당신은 나를 세상 꼭대기에 올려놓더니 그 다음은 희망과 노여움과 억울함과 수치스러움을 알려주었다. 우리가 함께 지낸 겨울, 어느 늦은 오후에 환기창을 통해 특별한 방식으로 햇볕이 들어와서 우리의 검소한 방 안에 한동안 멈추었다. 설명할 수 없는 어떤 이유로 나는 일생 동안 그 순간을 기억할 것을 알았다. 당신은 열렬한 사랑을 호소하며 거기 있었고 라디오에서는 실내악이 흐르고 나는 행복하였다. 나는 정말이지 당신이 긴 세월을 나만 생각했다고 하였을 때 세상의 다른 사람들은 물론이고 나 자신까지도 모르고 있었던 나의 그 무엇을 당신만이 특별히 보는 줄로만 알았다. 당신은 내 안에 어떠어떠한 감정들이 있으며 그런 감정들을 내가 극도로 느낄 수 있다는 것을 나한테다가 알려주었다. 나는 아직도 당신의 말발과 당신의 약속과 우리의 10개월간 지속되었던 결혼과 그 결혼으로 품어보았던 꿈에 내 팔과 다리가 함께 엉켜 있다. 나는 당신과 헤어지지 않았다. 나는 당신으로부터 있는 힘들 다하여 나의 몸을 찢어내었다. 얼마 전에도 당신은 찾아와 죽을 때까지 나를 아마도 못 잊을 거라고 하였다. 내가 이제 믿을 것 같애? 천만에. 나도 생각해 봤다. 지금의 이 날들을 내가 죽을 때쯤에는 어떻게 되돌아볼까 하고. 그날에 나는 무엇을 생각할까?

윤하가 생각에 빠져 있는 동안 옆방에서는 김윤수의 이모 내외와 김윤수의 아이들이 비디오로 영화를 보고 있었다.

"포도 좀 주게."

"여기 있어요."

아이들은 영화를 빌려다 보다가 한국말이 나오는 대목에서 이모할머니와 할아버지를 불렀었다. 화면에는 중국옷 비슷한 옷을 입은 동양남자가 왕좌같이 생긴 의자에 앉아 둘러서 있는 졸개들에게 한국말로 포도 좀 주게 하였다. 그러니까 시립하고 섰던 중국옷 비슷한 것을 입은 동양여자가 여기 있어요 하고 포도가 담긴 접시를 들어 바쳤다. 그런 후에 왕좌에 앉은 동양남자는 한국말을 시작하였다. "한국말로 무조건 말하라니 한심하군. 우리 한국 사람들이 들으면 정신 나갔다고 말할 게 아니야. 아무튼 하라니 할 수밖엔. 결과는 어떻든 간에 말이야. 이런, 미국에서 영화생활을 하려니 한심하군 그래, 한심한 처지가 한두 번이 아니야. 아무튼 한국 팬들에겐 실례가 되겠습니다. 한국말로 무조건 말하려니 한심하군. 결과는 어떻든 간에 하라니 할 수밖엔" 하고서는 영어로 말이 이어졌다.

"저런, 저 장면에 대본이 부족했던 게여."

이모부가 말하였다.

"그런 게구만. 그래서 감독이 저 사람 보고 한국말로 뭐든지 하라고 한 게구먼."

이모가 말하였다.

"한국말도 미리 써가지고 한 것 같지가 않아. 그럴 시간도 없었나배. 감독이 그냥 저 배우보고 아무 말이나 해달라 부탁한 게여. 그렇다구, 말이란 게 벨루 필요가 없다구. 당신은 말루 살지만 꼭 해야 할 말이란 게 그닥 있는 게 아니야. 내가 필리핀에 갔을 때 각 나라 사람들이 모여서 파티를 하는데 마지막에 모두 자기 나라 시나 뭐 그런 것들을 하나씩 나와서 읊으는데 모르는 말이 듣기가 좋더구만. 미국이나 영국 사람이 영어로 하는 시는 단어의 뜻이 들리니까 왠지 천하게 들리더군. 정신은 말 속에 사는 게 아니라 침묵 속에 사는 거여. 우리가 언제 나무하고 사랑한다고 말로 대화 하나, 침묵 속에 신성함이 있다니깐."

"하긴 말이란 것두 어떤 땐 고역이더라. 김 사장 댁 칵테일파티에 갔을 때 말이야. 모두들 일어서 가지고는 얘기를 하는데 외국 사람들도 있었지. 나는 의자에 얌전하게 앉아 있는데 그야말로 꿔다 논 보릿자루지. 건너다보니까 솔표 양말집 마누라도 혼자 어쩔 줄을 모르고 있는 거 같기에 가서 아무 말이나 한마디 좀 하세요, 하니까 그이도 반가와하면서 내가 한마디하면 댁에서도 한마디하고 그러세요. 우리 순서대로 합시다 그러더라."

"저 배우가 누군가. 우리나라 사람인가 본데 통 못 보던 얼굴인데, 얘들아 저이가 저 장면에만 나오니?"

이모가 아이들에게 물었다.

"많이 나와요."

"거 참 괜찮은 놈일세."

그들은 그 배우 때문에 자막도 없는 미국 무술 코미디 영화를 앉아서 보았다. 얼마 지나니까 이번에는 그 배우가 졸개들을 이름 부르는 장면이 있었다. 그 장면에서도 대본이 부족한 듯하였다. 그 배우는 졸개들을 거침없이 호명하였다. 자장면, 라면, 김치, 깍두기…… 이모 내외는 아이들과 웃으면서 재미나게 끝까지 영화를 구경하였다.

물이 물속으로 흐르듯

센트럴파크 공원에서 흑인 청소년들에게 집단폭행을 당한 후 혼수상태에 있던 여자가 일 년 반 만에 기적같이 회복을 하여 시각을 많이 잃고 몸을 못 가누면서도 법정에 증인으로 설 수 있다는 소식이 그날의 톱뉴스였다. 그 여자는 기억상실을 하여 공원에서 폭행을 당한 것을 전혀 기억하지 못한다고 하였다. 그 여자가 살아났다. 그 뉴스는 윤하에게 힘을 주었다.

윤하는 어머니 입에 밥을 떠 넣고 있었다. 요 위에 납작하게 누운 어머니는 음식을 삼키고는 음식을 흘리지 않으려고 입술을 봉긋하게 모아서 벌렸다. 그 입에다 음식을 넣어주면 어머니는 맛있게 짭짭짭 씹어 삼키고 또 입을 벌렸다.

이모 내외는 일주일을 머물다가 시카고로 떠났다. 그들은 시카고, 샌프란시스코를 거쳐 로스앤젤레스, 하와이를 경유하여 귀국할 것이라고 하였다. 그들이 떠나고 나니 집은 한적하였다.

마침 집에는 윤하와 어머니뿐이었다. 윤하의 어머니는 음식을 씹으면서 초롱한 눈으로 윤하를 올려다보았다. 아기가 젖을 빨다가 엄마의 얼굴을 보고 방긋 웃는 것 같았다. 어머니의 그런 얼굴은 윤하를 뿌리째 흔들어놓았다. 윤하는 직면해서 대할 수 없을 만큼 거세게 끓어오르는 어머니에 대한 연민과 애정을 느꼈다. 윤하는 이제까지 자기의 고통에만 골몰하여서 어머니에게 별로 마음을 쓰지 않았었다. 침대 시트를 휘감고 침대 위에 누워 있노라면 이모와 어머니, 늙은 형제가 한방에 앉아 얘기하는 소리가 윤하에게도 들렸다. 어머니의 말소리는 잘 들리지 않았으나 이모는 목소리가 커서 확실하게 들렸다. 그냥 애들한테 맡기구 언니는 마음 편히 먹구 있어. 늙은이는 말이야 그냥 집에 있기만 해두 젊은 애들한테는 무거운 거야. 그럼, 섭섭한 거야 많을 테지, 좀 많겠어? 그래두 그 섭섭한 걸 다 어떻게 나타내구 살아. 나두 며느리 앞에서 조심하면서 살아. 언니, 마음이 울적할 때는 노래를 해. 그거 생각나는 대루 여기다 가사를 적어보는데 아이야 참 이상하지, 다 아는 노랜데두 정작 써보니까 다 써지는 게 몇 개가 안 돼. 늙은이는 머리를 자꾸 써야 된대. 안 그러면 노망이 든대. 눈이 나쁘니 요샌 책도 못 보고 테레비도 못 봐. 솔표 양말집 마누라는 머리를 쓰기 위해서 영어공부를 시작했다데. 언니, 이 노래를 따라해 봐, 하고 이모는 소녀적 부르던 노래를 불렀다.

이모는 떠나는 날 짐 트렁크에 팔을 얹고 식구들에게 "너희들, 엄마한테 잘 해드려라. 인제 사시면 얼마나 사시겠냐" 하면서 눈물지었다. "너희 엄마가 말이다. 시골에서 올라와서 전문학교를 다니는데 노래도 잘하구 유희두 잘하구 운동두 못 하는 게 없었어. 너희 엄마가 학교행사 때 노래를 부르면서 유희를 하면 하얀 막이 쳐진 뒤에서는 요훈 선생이 배 젓는 뱃사공으로 어기여차 어기여차 했지. 막에 요훈 선생 그림자가 비쳤어. 그러면 사람들이 일어나서 막 박수를 치고 발을 구르고 야단을 했지. 나는 너희 엄마가 배워줘서 유희랑 노래랑 많이 알았어. 가엾은 카나리아야 왜 울고 있느냐 이 노래에 맞춰서는 이렇게 손을 위로 올렸다가 울고 있느냐 하고 내리면서는 반드시 손을 떨어야 해. 얼굴은 하늘을 보고…… 표정유희라고 그러는 거야. 한 동작 한 동작이 대단히 느리지."

육십구 세의 이모는 일어나서 유희를 해보이기도 하였었다.

유희랑 노래랑 잘 하던 그런 날들이 정말 어머니에게 있었을 것이다. 그러나 이제 와서 어머니의 젊음은 간밤에 생생하게 꾸었던 꿈을 아침에 일어나서 더듬어보는 것과 같이 헛되었다. 여기 누워 있는 늙은 여자가 바로 그 소녀였을까? 윤하는 지금 다른 사람의 손을 잡고 있는 것만 같았다. 옛날에 살았던 그 누구, 그 누구가 현재 여기 있는 사람과 연결된다는 것을 받아들이기가 어려웠다.

윤하가 밥과 장조림을 숟가락에 얹어서 어머니의 입에 넣어주니까 어머니는 또 입맛을 다시면서 맛있게 먹었다. 어머니는 손으로 윤하의 무릎을 토닥토닥 어루만졌다. 어머니는 윤하가 밥그릇을 챙겨 들고 일어나서 훌쩍 방을 나갈까 봐 두려워하는 것 같았다. 사람들은 잠시만 있다가는 혼자 내동댕이쳐 두고 훌쩍훌쩍들 종적을 감추었다.

키 큰 나무가 땅으로부터 솟아올라 창문을 통과해 지붕보다도 높이 하늘을 뚫고 있었다. 나뭇잎들은 색깔이 변하기 시작하였다. 대부분의 잎들은 아직도 푸른 빛깔인데 일부분의 잎들이 여기저기서 성숙하기를 멈추고 성급히 가을 잎으로 변하였다. 파도는 바람을 싣고 철썩이었다. 하늘과 바다의 경계는 뚜렷하지 않고, 아득한 회색과 그보다는 좀더 분명한 회색의 바다가 잇닿아 있었다. 가까이에는 사람 없는 빈 배들이 파도 위에서 흔들리고 먼 곳에는 돛단배가 유유히 떠갔다. 방의 마루는 햇볕으로 따뜻해져 있었다.

"맛있다."

어머니는 음식을 삼키고 나서 이번에는 입술을 열지 않았다. 입을 꼭 다물고서 윤하를 빠안히 올려다보았다. 젖을 빨다가 엄마에게 장난을 거는 짓궂은 아기 같았다. 윤하는 밥숟가락을 어머니 입술에 대었다가 떼었다가 하며 어머니가 입을 열기를 기다렸다. 어머니는 윤하가 밥을 먹여주어서 기쁜 것 같았다. 윤하는 울고 싶었다. 어떻게 사람이 다르게 사는 길은 없나. 인간이면 누구나 다 아이로 태어나서는 기어 다니다가 두 발로 다니다가 몸을 누구에게 의탁해야 되게 노쇠해서 죽어야 하나. 그 어디에 바람이나 들말이나 알 듯한 자유를 아는 사람이 있을까. 태고에 원숭이가 진화하여 직립인간으로 되었다고 하였다. 그 이래로 지구상에는 수많은 인간이 살았을 것이다. 지금도 이 땅이 좁다하게 많은 사람들이 살고 있다. 그중에 어느 한 사람, 과거 현재 통틀어 어느 한 사람도 다른 형태로 살다간 사람이 없었나. 인간은 다른 무엇을 알았나. 인간은 소우주이다. 신은 인간 안에 내재해 있다. 그런 말도 들었다. 무한한 가능성이 내재되어 있다는 인간 중에 다른 진화의 길로 걸어간 사람이 하나도 없었나. 그 어느 날, 인간이 원숭이처럼 거친 산야를 네 발로 어슬렁거리고 돌아다니던 시절, 그중의 어느 한 마리 원숭이가 두 발로 우뚝 섰을 것이다. 아닐까? 네 발로 어슬렁거리던 원숭이들이 어느 날 한꺼번에 일제히 일어나 두 다리로 섰을까. 그날 못 선 원숭이는 그냥 원숭이로 영원히 남고 두 발로 선 원숭이만이 지금 이 인간의 길로 진화하여 왔을까. 정신이 고귀하다고 하여도 인간은 참으로 깊숙이도 육체적이었다. 지금 가지고 있는 이 육체가 있기까지에는 기다란 진화의 역사가 있었다.

　요 위에 누워 자기를 쳐다보고 있는 것과 같은 어머니의 얼굴을 윤하는 꿈에서 본 일이 있었다. 십이 년 전에 꾼 꿈인데 지금에도 어젯밤 꿈처럼 생생하였다. 윤하의 뉴욕 아파트 이웃에 사는 이태리 노인이 성게 다리로 만든 풍경을 주었다. 그 사람은 손에 그런 것을 많이 들고 층계를 내려오다가 마침 만난 윤하에게 하나를 주었다. 초가지붕 같은 반쪽 코코넛 열매에다가 성게의 다리들을 매달아 놓았는데 흔들면 부딪치는 소리가 낭랑하였다. 그것을 현관에다가 달아놓았더니 문이 열리고 닫힐 때마다 듣기 좋은 소리가 났다.

그날 밤 윤하는 꿈을 꾸었다. 꿈에 성게 발로 된 팔찌를 윤하는 자기의 손목에다가 차고 있었다. 그 팔찌는 무슨 질문이든지 대답을 해준다고 하였다. 답을 모르는 것이 없는 팔찌라고 하였다. 어디 볼까? 하고 꿈속에서 윤하는 의심하는 마음을 품었다. 윤하는 자기의 손목을 들어 팔찌에게 홧 이즈 랭귀지 What is language? 하고 영어로 물어보았다. (언어란 무엇입니까?) 영어를 거의 못 쓰고 필요할 때나 겨우 몇 마디로 의사소통이나 하고 지내는 처지에 꿈속에서는 영어로 말하였다. 그랬더니 놀랍게도 대답이 들렸다. 랭귀지 이 Language is Knowledge. 언어를 말이라고 하지 않고 지식이라고 하니 이 팔찌는 꽤 들을 만한 대답을 하는구나. 나는 이제부터 무슨 의문에든지 해답을 얻을 수 있겠구나 하고 윤하가 기뻐하는데 섬광 속에 윤하의 몸이 활짝 열리는 기분이 들더니 거대한 힘이 발을 끌어 윤하는 바다 깊숙이 쑥 끌려져 내려갔다. 무슨 일이 일어나는지 윤하는 의문을 품지 않았다.

무어라 형언할 수 없이 벅차도록 눈부시고 아름다운 빛의 동굴이었다. 아침 바다 동틀 때 같기도 하고, 밝은 기쁜 곳이었다. 빛의 동굴의 아래 반쪽은 바다였다. 밝고 기쁜 빛이 어리어 있는 유리 같은 물 위, 그 가운데에 예수가 앉아 있고 앞 양쪽으로 예수의 제자가 여섯 명씩 나누어 앉아 있었다. 예수의 제자들은 부드럽고 순응하는 태도로 묵묵하였다. 어인 일인지 윤하의 몸이 동굴 안에서 사까닥질을 하며 돌고 있었다. 윤하의 몸이 밑으로 고꾸라지며 내려올 때마다 예수는 상체와 손바닥을 내밀어 행여 떨어질까 받쳐주는 몸짓을 하였다. 윤하의 몸은 예수의 손바닥에 미처 닿을 새 없이 원을 그리며 회전하고 있었다. 윤하의 얼굴과 윤하의 심장은 환희의 웃음으로 산산조각 파열되어 나가는 것 같았다. 윤하는 무게가 없이 그냥 기쁘기만 한 그 무엇이었다. 이렇게 열렸던 가슴이 다시 닫히는 일은 영원히 없을 듯하였다. 동굴의 바닷물 아래에는 윤하 어머니의 얼굴이 있었다. 어머니 얼굴은 보름달 같았다. 부드럽게 화안하고 지극히 인내심이 있었다.

얼굴이 터져나가고 가슴이 터져나갈 것 같던 환희의 느낌은 꿈을 깨고 나서도 생생하였다. 윤하는 책방으로 가서 꿈 해석 책에서 《예수》를 찾아보았다. 지저스 크라이스트 : 완전한 남자라고 쓰여 있었다. 아이의 아버지와 불행해했던 나날이었기에 내가 완전한 남자를 그리고 있다는 무의식이 나타난 꿈이었나 보다고 윤하는 생각하였다. 기독교인이 아닌 자기가 꿈에 예수를 본 것은 아마도 미션스쿨을 다니며 받은 기독교 교육 때문이었을 것이다. 그런데 제일 밑에 있던 어머니의 얼굴은? 참을성 있고 조용하고 보름달 같던 그 얼굴은?

그 꿈은 어쩌면 태어나기 전의 장면이었는지 모르겠다는 생각이 윤하에게 들었다. 어머니는 거기 유리바다, 빛의 동굴 아래에서 인내심을 가지고 기다리다가 윤하를 받아서 세상에 내보내준 것만 같았다. 자기가 어려서 왜 그토록 행복해했었는지도 윤하는 알 수 있을 것 같아졌다. 그렇게 빛의 동굴에서 얼굴이야 몸이야 터져나가라 하고 웃다가 이 세상에 태어났기 때문이었다. 웃으며 공중에서 사까닥질을 하는 나를 여기 요 위에 누워 있는 이 여자가 참을성 있게 기다려 받아가지고 세상에 내놓은 것만 같았다.

"너는 죽을 때 참 잘 죽을 것 같다."

어머니가 윤하를 초롱한 눈으로 올려다보다가 말했다. 다시는 이 이부자리를 박차고 일어나는 일이 없이 이러고 있다가 죽어야만 되는 그 죽음까지의 매일 매일이 지겹다는 뜻일까? 뭉클어지듯 다정한 마음으로 윤하는 밥이 담긴 숟가락을 어머니의 입에 대었다. 어머니는 모이를 받아먹는 아기 새처럼 입을 벌리고 윤하는 그 입속에 밥을 넣어주었다.

어머니는 짭짭짭 맛있게 씹었다. 인생이란 우리들보다 확실히 크다고 윤하는 어머니를 끌어안고 말하고 싶었다.

김윤수는 바닷가를 산보하고 있었다. 밤이면 기온이 내려가서 두툼한 코트를 입어야만 되었다. 윤하는 오늘 뉴욕으로 돌아가고 집에는 이제 그의 식구만이 남아 있게 되었다. 김윤수는 그것도 또한 좋았다.

별이 밤하늘에 여기저기 돋아났다. 지구도 절묘하게 빛나는 하나의 별이라고 하였다. 다른 많은 별과 달리 지구에는 생물이 살고 있었다. 김윤수를 포함한 사람과 동물과 식물과 광물과 집과 길을 싣고 지구는 우주의 침묵 속에 떠 있었다.

김윤수는 양말을 벗고 맨발로 모래 위에 섰다. 그의 발밑에서 부서지는 모래는 차가웠다. 그는 찬 모래를 발끝으로 차듯하며 걸었다.

미국에 와서 삼 년쯤 되었을 때 잘 먹지 않고 힘든 생활을 하였음인지 김윤수는 몸이 쇠약해지면서 몹시 앓았다. 머리는 쪼개지는 듯이 아프고 소화는 되지 않고 관절은 저렸다. 나중 그는 그 투병생활의 경험을 이렇게 묻는 것으로 대신하였다. 아팠을 때 당신은 의사를 볼 수 있었습니까? 먹을 음식이 있었습니까? 간호하는 사람이 있었습니까? 따뜻한 방에서 아팠습니까? 그는 집세를 낼 수가 없어 여러 친구의 집을 돌아다니며 외로이 아팠다. 어느 날 그는 기진맥진하여 생각하였다. 죽으면 죽지, 과거는 그에게 속해 있지도 않았던 것처럼 사라지기 시작하였다. 다른 사람의 이야기를 들은 것처럼, 꿈을 꾸었던 것처럼 모든 것의 경계는 사라지고 특별한 것도 없어지기 시작하였다. 마음이 수만 리 밖으로 사라졌다. 재빨리 멀어져가는 그것들을 잡으려면 힘이 들었다. 그는 그것을 붙잡을 마음도 없었다. 정신이 줄어들고 기운이 탕진되자 그의 육체는 정신도 기운도 없이 저 혼자 내동댕이쳐졌다. 그때 모든 것은 새로 시작되었다. 몸의 기운과 몸에 붙이고 있던 습관들을 모두 비워냈을 때 그의 세포들은 새로운 것을 받아들이면서 깨어났다. 조금씩 서서히 깨어났다. 살아가려면 이 길밖에 없다 하고 그의 육체는 단단히 깨달은 것 같았다.

　김윤수는 바닷가의 산책을 끝내고 집으로 향했다. 오는 길에 그는 죽은 나뭇가지들을 한 아름 가져다가 집의 벽난로에 불을 피웠다. 그는 아내를 불렀다. 아내는 손에 로션을 문지르며 그에게로 왔다. 불꽃은 탁탁 튀며 잘 타올랐다. 그는 아내에게 말하였다. 좋지 않아?

　김윤수와 그의 아내는 오랜만에 생각나는 모든 것에 대해서 밤늦도록 얘기하였다. 아이들 얘기로부터 정원을 가꾸는 일, 집, 자동차, 아는 사람들, 들어가야 될 돈, 과거, 현재, 미래…… 그러나 그들은 이층에 누워 있는 어머니에 대해서는 얘기하지 않았다. 김윤수도 그것을 알았고 김윤수의 아내도 그것을 알았다. 그날 밤 그들은 너무 분명한 일에 대해서는 얘기하지 않았다.

기차와 별

윤정선

1970년 서울대 국문과 졸업 후
사범대 불어과에서 수학하고 프랑스 몽펠리에 대학에서 문학 수업.
1986년 《문학사상》 신인 발굴에 장막희곡 《호동》 발표 후
문예회관 대극장에서 《호동》《자유혼》 공연.
시집 《우리들의 숲》, 장편소설 《당신께》《누나의 방》,
희곡집 《윤정선 희곡집》 등.

기차와 별

　　기차는 부드럽게 덜컹거리며 달리고 있다. 조잡한 건물들이 밀집한 소도시를 벗어나와 금빛 비취빛 물결을 일으키는 논과 야산의 바람을 헤쳐 나아간다. 깨끗한 햇살 속으론 마른 풀의 냄새가 날 것이다. 갓 구운 빵 만큼이나 신선하면서도 따끈한……. 그러나 닫힌 객실 안에는 기차, 그중에도 완행열차 특유의 소독약품과 갖가지 유기물 찌꺼기들이 뒤섞여 빚어지는 묘한 냄새가 사람들의 머리칼 사이사이 콧구멍 귓구멍 눈알과 입술 그리고 다분히 지쳐 있는 얼굴피부 위에 사물거리고 있다. 다행히 우리들 칸은 금연실이어서 매캐한 니코틴의 숨결은 떠돌지 않는다.

　　살그락살그락, 무언가 내 손등을 긁는다. 그가 손가락으로 내게 어떤 것, 또는 자기 존재 자체를 상기시키려 하는 것이다. 그 손을 잡아본다. 거친 맛이라곤 없는 보드라운 남자의 손등이 이상한 연민을 자극한다.

손바닥이 조금 축축하다. 이 손바닥을 눅눅하게 만드는 땀기와 친숙해지기 위해 얼마나 많은 낮과 밤이 소용되었던가. 차라리 혐오감을 일으키기 쉬운 그 같은 생명체 특유의 징표들로부터 도망치지 않을 수 있기 위해 나는 얼마나 많은 감정의 굴절을 연습해야 했던가……. 다시 한 번 그 손을 매만지며 느껴본다.

"정말이지 신경질 나서 못 살아."

뒷좌석에 앉은 여자들의 이야기 소리가 의자를 넘어온다.

"아니 또 왜?"

내 손에 잡힌 애완동물의 녹녹한 촉감 밑으로 다섯 개의 뼈마디가 겹쳐져 느껴온다. 나는 그 손마디들을 조금 비틀어보다 말고 손톱들을 들여다보고 있다. 그는 날씬한 자기 손톱에 매우 만족하고 있는 것 같지만 나는 그것들이 그렇게 뾰족하기보단 조금 더 둥그레 뭉실했으면 좋겠다고 생각한다.

"글쎄, 일요일만 되면 온종일 누워 뭉개면서, 야구중계 틀어 놓구 이불도 못 개게 한다구."

"누구 말이야?"

"얜, 우리 애 아빠 말고 그럴 사람이 또 어딨겠니."

"애 아빠"

……그 여자로 하여금 아이를 낳도록 만든 남자. 다시 말해 그녀와 성관계를 가진 남자……. 그 말은 우리 둘이 처음 만날 무렵 나누었던 대화를 내 의식의 수면으로 떠올려 준다.

"우리말은 참 은근하다 못해 복잡하기 이를 데 없거든요. 상대에 대한 호칭이 특히 힘들죠. 애인 사이도 그렇고, 배우자에 대한 지칭만 해도, '집사람', '안사람', '처', '내자', '마누라'……, '바깥양반', '아빠', '그이', '영감'…… 그중에 어디 하나나 자기 여자, 자기 남자를 순 우리말로, 직접적으로 가리키는 게 있는가 보세요."

그때 그는 손가락 하나하나를 접어 짚으며 어문학을 전공한 사람의 티를 냈었고, 나는 조금 시큰둥 대꾸했었다.

"요샌 아내나 남편이란 말을 자주 쓰던데요 뭐……."

"아직은 문어체에 한정되고 있죠. 일상 대화에서 그토록 빈번히 등장해야 할 필요가 있는 사람을 두고 왠지 무언지 쑥스러워 한단 말예요. 와이프니, 허즈니, 미시즈 누구니, 외래어까지 동원하여 당황하는 사람들이 많은데, 들여다보면 그 말이 가리키는 인간관계가 결국 생식, 그러니까 성의 결합을 드러내고 있기 때문일 겁니다."

"안방과 사랑채가 떨어져 있던 사실하고 무관하진 않을 거예요."

"남녀의 수평적 내지 직접적 관계를 애써 외면하려 들었던 한국 유교 문화의 고집이지요."

그리고 그는 설핏 웃음을 머금으며 덧붙였다.

"자기 남편을 '애 아빠'라고 표현하는 것 말인데요. 혼외정사를 가리키는 것이 아닐진댄, —그는 가끔 강의에나 알맞을 문어투를 구사한다—자기 부부 사이에 있었던 성관계를 오히려 희한하게 강조하는, 기묘한 완곡어법을 쓰고 있는 셈이거든요."

그 음색에는 남자의 조금쯤 잘난 척하고 싶은 마음에 수줍은 긴장감이 살짝 비껴 있던 것도 같다.

"애, 애, 그 정도면 양반인 줄 알아."

다시 뒷좌석의 음성이 넘어오고 있다.

"우리 집 웬수는 스트레스를 푼다나 어쩐다나, 토요일 저녁에 낚시 간다고 나서가지고, 일요일 밤 이슥하게 한잔 걸치고 들어와서는, 말도 마, 씻지도 않고 곯아떨어져. 월요일 아침엔 두드려 깨우는 데 일주일치 진이 다 빠진다구."

"그래 넌 가만 보고만 있는 거야?"

"그때마다 속 터져서 정말이지 다 뚜드려 부수면서 싸움이라도 시원하게 하고 싶은데, 숫제 내 말엔 대꾸도 안 하려는 거 있지! 얼마나 약오르는지 아니?"

"그러지 말구 너도 앗새 따라나서지 그래?"

"애들은 다 어떡하구? 내 팔자가 어디 그렇게 편한 팔자나 된다니? 정말이지 게으른 남자 데리고 사는 건, 돌덩어리 하나 지고 사는 거나 같다니까."

"어릴 때부터 엄마가 해다 바치는 거나 알았으니 그렇지 뭐. 애 아빠 버릇, 알고 보면 모두가 시어머니 솜씨라구."

나는 힐끗 옆에 앉은 나의 남자의 얼굴을 쳐다본다. 내게 한 손을 내맡긴 채 그는 양순한 강아지의 표정을 짓고 있다. 나는 안도하며 속으로 뇌어본다. '나의' 남자…… 그것은 확실히 감격스러운 무엇이다. 그의 얼굴을 한 번 더 바라본다. 더욱 착한 모습이다. 그러나 나는 그가 화를 낼 때의 얼굴을 또한 알고 있다. 처음으로 그가 내게 벌컥 골을 냈던 때가 언제였던가? 아마 질투를 표출하던 순간이었을 것이다. 이즘 그는 질투 따위는 하지 않는다. 나는 그 까닭을 잘 이해하지 못한다. 사랑과 질투의 함수관계는 매우 복잡한 것이니까.

나는 다시 시선을 창밖 쪽으로 돌리고 있다. 낮은 언덕 위로 바람에 빛나는 억새풀들이 곱다. 그가 잠시 내 얼굴을 바라본다. 내 주의를 끌고 싶은 것이리라. 나는 그의 입술 위에 시선을 보낸다. 그의 표정이 피어나는 꽃처럼 생기를 머금는다. 그것이 나를 간질인다. 나는 갑자기 끼득이고 싶다. 그래서 과장된 시선을 그의 어깨 쪽으로부터 미끄러뜨린다. 그것을 허리께에 머물게 하다가 배꼽 쪽까지 밀어 내린다. 그리고 심각한 표정을 짓는다.

"무슨 생각해?"

그는 물으며 내 손가락 하나를 그의 입술로 가져간다.

나는 간질임을 탈 때처럼 소리 없이 웃으며 어깨를 옴츠린다. 그리고 무슨 자랑거리라도 숨긴 듯 의기양양하게, 가볍고 동시에 묵직한 어투로 말한다.

"알아맞혀 봐요."

하지만, 그는 알 수 없을 것이다. 가냘프지만 수많은 신경조직과 뼈와 살과 피부로 덮여 있는 나의 어마어마한 몸을 그는 투시할 수 없다. 사실 한 인간의 생각이 과연 그의 몸속에 들어 있는지 어쩐지, 그것을 알 수 있기나 하단 말인가? 해파리의 투명한 몸조차 그의 움직임을 결정짓는 동기들을 보여주지 못하는데…….

"몸에 관한 거……"

나는 친절히 힌트를 준다.

"뭔가, 나 흉볼 거리를 생각해낸 거지?"

장난기를 눈치 챈 그가 약간 눈을 비껴 뜨고 말한다.

그것이 무엇이든, 사람은 타인의 판단 앞에 소심해질 밖에 없다. 뾰루지 하나라도 남이 흉을 보면 우리는 부끄러워야 하는 것이다. 나는 고개를 흔든다.

"옷에 관한 것이기도……."

"모르겠는데."

그는 포기하고 싶은 모양이다.

"스무고개로 해줄까?"

그는 머리를 좌우로 흔든다. 그리고 내 대답을 바라는 청유형의 침묵으로 나를 바라본다. 그 바람의 표정이 나는 고맙다. 적당히 뜸을 들이다가 점잖게, 조용히 말한다.

"고 녀석 지금 바지가랑이 어느 쪽으로 들어가 있을까 하는 생각."

"뭐야?"

그리고 틀림없는 웃음.

여자가 그런 말을 할 때 웃음을 내지 않을 남자는 없을 것이다. 정말 우스워서가 아니더라도 사람들은 성에 관련된 이야기가 나오면 반사적으로 웃는다.

"알아맞혀 봐."

재미있어 하며 그가 응수한다.

"음…… 왼쪽?"

"아니."

"그럼…… 오른쪽?"

나는 부러 큰소리로 말한다.

맞은편에 앉은 아주머니는 아까부터 내내 고개를 끄덕이며 졸고 있다. 곁에서 그녀의 머리가 자기 어깨에 닿는 것을 이리저리 피해 가며 신문을 보고 있던 아저씨가 나를 힐끗 쳐다보았지만, 이내 무심한 시선을 지면으로 철수한다.

"사실은 남자가 치마를 입어야 하는 건데."

그 말은 앞사람이 알아들을 수 있는지 없는지 아리송할 정도로 적당히 크게 발음한다. 그의 손가락이 내 허벅지를 꼬집는다.

"아야!"

분명 눈 흘기고 있는 그를 나는 짐짓 쳐다보지 않는다.

차창 밖으로 너무 맑은 햇살이 미루나무의 가로수를 통과하고 있다. 문득 그 풍경이 꿈속 같이 느껴진다. 비현실적인 것은, 그것은 언제이고 감격스럽다. 나는 잠시 나를 이탈한 것 같다.

"어제 저녁부터 짓궂어."

그가 말한다.

"어제"라는 말이 나를 자극한다. 갑자기 가슴속에 원망이 인다. 우두
두두두…… 검은 말 떼들이 흙구름을 일으키며 몰려오고 있다. 가슴이
온통 시커매진다. 연기가 나는 것 같다. 속이 뜨겁다고도 느낀다.

어제…….

자리에 들기 전 우리는 피난민 같은 저녁 식사를 마치고 잠시 거실에
서 뭉기적거릴 수 있었다. 나는 망사의 커튼 뒤에 몸을 반쯤 숨긴 채 그
를 바라보았다. 올 가을 처음으로 내놓은 작은 난로에서는 보글보글 수
증기가 오르고 있었다. 사과를 깎아놓은 쟁반 옆으로 그 불빛의 맑은
주홍색이 상당히 위로가 되었다. 내 시선을 의식하며 그는 소년처럼 기
타를 집어 들었다. 그가 기타를 별로 잘 치지 못하는 것은 정말 유감이
다. 클래식 기타를 잘 치는 남자를 보면 나는 무조건 사랑에 빠지는
데……. 한참 줄을 고른 다음 나오는 몇 개의 단순한 곡들은 일정한 순
서를 따르게 되어 있다. 그는 마치 새로운 곡을 처음으로 쳐보는 사람
처럼 안간힘을 쓰며 힘겹게 악기를 만진다. 어색하게 기타를 치고 있는
남편을 바라보며 나는 조금 쓰리고 조금 감미한 우울을 즐겼다. 예절
바르게도 나는 그가 잠시 기타에서 손을 떼었을 때 박수를 쳤다. 침팬
지의 박수 같은 것. 그가 나를 쳐다보았다. 나는 웃으려는 것처럼 입술
을 조금 움직였다. 그는 미소하고 있었다.

그의 눈에는 아마도 내게 대한 사랑이 살고 있으리라. 얼마나 어마어
마한 행복인가. 사랑에 빠진 눈의 아름다움, 아는 사람은 알 것이
다…….

그러나 기타 줄을 고르고 있던 그의 손가락은 뜻밖에도 나로 하여금
그가 다른 상황, 다른 여인들 앞에서 그것을 치기 위해 취했었을 포즈

를 상상하게 만들었다. 불쾌감과 더불어 머릿속을 난타하는 전화벨 소리. 분노가 온몸의 신경줄을 잘근잘근 씹어놓았다. 가슴속으로 흘러들었던 달콤한 음악의 잔상은 광란의 불협화음에 부딪쳐 산산조각 나고 말았다.

신혼의 첫 여름, 집안 청소를 하던 나는 그의 대학시절 노트에서, 기타를 치며 노래 부르던 그 여름날 어쩌구, 하며 누군가를 그리는 것 같은 낙서를 발견한 적이 있다. 나 말고 다른 여자를 좋아할 수도 있다는 것인가, 그 생각이 나를 혼절시켰다. 놀라움이나 실망 따위의 감정으로 설명되어질 수 없는 추락이 일어났고, 나는 일종의 죽음을 겪었다. 그는 그것은 다 지난 옛날 고릿적, 기억도 나지 않는 일이라고 변명했었다. 물론 거짓말은 아니었을 것이다. 그러나 나는 그가 그것을 바라보며 몽상에 잠기는 것 같은 눈을 했다고 믿었다.

이후 내 머릿속에는 조그만 벌레들이 생겨나기 시작했다. 한동안 벌레들은 지치지도 않고 곰질곰질 뇌수 속을 탐색하며 돌아다녔다. 그리고는 졸리운 듯 우둔해진 몸으로 귀퉁이의 주름 사이사이에 얌전히 옹크리고 들어앉아 무엇인가 참을성 있게 기다리는 머리통을 천천히 흔들어대고 있었다.

내가 그것들의 존재를 거의 무시할 수 있게 되었을 무렵, 한 그림자 또는 한 목소리의 등장과 더불어 그 빈사의 벌레들은 되살아났다. …… 바로 어제 오후, 그러니까 그가 집에 돌아오기 직전에 나는 한 여자의 전화를 받았다. 기분 나쁜 전화, 아니 조금 귀찮은, 아니 그저 그런 전화……. 하지만 유감스럽게도 나는 내 남편이 그녀를 만났었던 사실을 너무나 또렷이 기억하고 있었다.

나는 그녀의 목소리밖에 몰랐다. 그럼에도 나는 그 여자가 그를 좋아하고 있고, 그를 유혹하고 싶어한다는 것을 감지했다. 그녀는 나의 남자가 관여하고 있는 잡지의 편집장이다. 미혼이고 당연히 뭔가 좀 아는 척하는 여자. 대학 시절에 그의 강의를 들은 적이 있단다. 기분 나쁘게. 그런 게 아니라, 온몸에 맥이 쭉 빠지는 일이었다.

벌레, 그리고 벌레…… 이미 내 마음을 요리조리 파먹기 시작한 조그만 벌레…… 거대한 벌레…… 벌레들은 털까지 달고 수물거리며 다시 내 머릿속을 이리저리 기어 다니기 시작했다. 종국에 나는 견디어내지 못할 것이었다. 하는 수 없이 나는 벌레에 대해 열심히 생각하기 시작했다. 매우 싫증난 채로 그러나 동시에 심각하게.

알파로 돌아가 보자. 그는 나를 사랑하는가? 그러나, 나의 남자의 머릿속으로 들어가 그의 뇌수를 파먹을 수 있는 얼마나 많은 생각들이 있을 수 있는 것일까. 전화의 주인공뿐만 아니라 그가 눈을 돌렸거나 편지를 썼거나 그리워했을 숱한 여자들…… 남자들까지도! 아내감으로 나 아닌 다른 여자를 권했었다는 그의 부모 형제가 전혀 새로운 두려움을 느끼게 만들었다. 그처럼 벌레들이 기어 다니는 머리로는 더 이상 그와 그에게 소중한 사람들을 사랑할 수 없을 것이다. 적어도 전처럼 순수하게는…… 그 사랑의 종말감이 나에게 극도의 공포심을 주었다. 우리들의 관계는 모든 원초적인 아름다움을 잃은 것처럼 보였다.

낙원 추방! 나는 까아만 낭떠러지로 추락해 내리고 있었다.

애초에 우리는 얼마나 엄숙한 선서 속에 사랑의 학교를 세웠던가. 그는 내가 다른 남자와 이야기하는 것을 견디지 못했고 내가 다른 곳에 시선을 두는 것조차 불행해했었다. 노심초사, 결국 옆에다 끌어다 놓고 데리고 살면서 그는 어찌나 마음을 푹 놓았던지 심지어는 나와 얽힌 모든 자신의 과거를 잊어버리기까지 하는 모양이다.

결혼이라는 끈으로 묶어버리고 나면 여자는 영원히 다른 남자를 생각할 수 없는 것처럼 믿어버리는, 그 단순성이 남자들의 장기인지도 모른다. 동시에 비로소 안타까운 한숨에서 벗어나 사방을 둘러보고, 그리고 새로이 그리워할 여자를 찾아내려 하고 만들어내려 하고, 아니라면 유령이라도 불러내려 한다. 어이없는 그러나 이유 있는 백치성이다.

"남자들은 자길 사랑하는 여자가 옆에 있으면 귀찮아하고 멀리 있으면 그리워하지."

언젠가 나의 어머니가 한 말이었다.

"그럼 옆에 있어 주는 여자처럼 바보도 없게."

나는 그때 그렇게 대꾸했었지만 실제로 많은 사람들이 마음 한 구석에 실체로 잡을 수 없는 어떤 이성의 그림자를 두고 산다. 다만 그림자에 불과한 것일지라도, 행복이 지겨울 때, 불행이 서러울 때, 현재가 소중할 때, 현재가 괴로울 때, 언제고 그 그림자를 지갑 속의 비상금처럼 간직하고 싶어하는 것이다.

흔히 그것은 허영이다. 그러나 또한 삭막한, 어쩌면 스스로 그렇게 멋없이 만들어버린 일상 속에 오아시스처럼 남은 순수의 향수다. 그것은 아마도 나름의 생을 순정하게, 적어도 감정적으로 진실하게 살지 못하는 것에 대한 하나의 변명일 것이다. 그러나 옛 친구들끼리 만난 술자리에 등장하는 그 옛 사랑, '가슴만 태우다 만', '그 가을에 헤어져 지금은 종적을 알 수 없는', '비 오는 날 가로등 밑에서 마지막 키스를 나눈', '얼마 전 뜻밖에 이웃 아파트에 산다는 걸 알게 된' 여자들의 단상, 촛불의 그림자보다도 희미한 그 환상들은 흉악한 타락과 실추의 삶 속에 순간순간의 그레첸이 되어주는 것이다. 아무려나, '그런데 알고 보니, 그 여자도 날 속으로 생각하고 있다는 거야……' 그리고 꼴깍 한 모금 마시는 맥주의 맛. 그것이 남은 최후의 서정이 되어주는 날, 아이

둘 달리고 배 불뚝 나온 그 남자의 진정한 생은 이미 볼 장을 다 본 것일지도 모른다.

하지만 제3의 그림자, 그것이 남자의 전유물은 아닌 바에. 꼭 같은 경험을 여자들도 한다는데. 때로는 더욱 강렬하게…… 더욱 무서운 폭풍의 씨앗으로.

"바보같이……"

나는 누구에랄 것도 없는 말을 중얼거렸다.

"미워!"

그리고 나는 정말로 남편을 마구 미워하기 시작했다. 벌레의 발작이 일어난 것이다. 나 아닌 다른 이성을 사랑할 수도 있는 사람으로 비치던 순간, 그는 갑자기 모든 매력을 상실하며 그와 함께하는 모든 것들이 의미를 상실하며…… 세상은 완전히 다른 빛깔을 하고 나를 바라보았다. 죽음이 거기 보였다. 그는 나의 아름다운 사랑을 징그러운 벌레들에게 내주었으니까. 내 가여운 사랑은 벌써 죽어버린 것이 아닐까. 더 이상 순백의 아름다운 마음으로 그를 사랑할 수 없을…… 사랑할 수 없…… 아악! 나는 외마디 소리를 내질렀다. 갑자기 남자가 벌레로 변하는 것이 보였다.

그런 지극히 '이기적'인 나의 태도는 그가 주장하는 바대로 사랑이 아닐지도 모른다. 다만 그것은 사랑보다 더한 무엇일 수 있다. 내가 내세계의 심장으로 삼은 그는 바로 나를 사랑하는, 나라는 한 여자에 빠진 남자였으니까. 나를 사랑하는 그와 '다른 그'를 나는 모른다. 나를 오로지함으로, 그 사랑 하나로 그 남자는 길거리에 숱하게 우물거리는 인간 수컷들로부터 떨어져 나와, 또 그만큼 수많은 인간 암컷들로부터 떨어져 나온 한 여자의 남자가 될 수 있었으니까. 내가 사랑하기 시작한 대상은 바로 나를 사랑하는 한 정결한 영혼이었고, 그것이 '우리'의 시작이었으니까.

어린 시절 어느 날 나는 내 방에 놀러 왔다가 잠들어버린 사촌 여동생의 얼굴에 물감과 숯으로 앵괭이를 그려놓고 낄낄거리다가 숙모에게 꾸지람을 들은 적이 있다. 잠자고 있는 사람의 얼굴에 환칠을 해놓으면, 밖에 나갔던 혼이 돌아 들어오려다 자기 껍질이 아닌 줄 알고 놀라 도망가는 바람에 그 사람이 죽어버릴 수도 있다는 것이었다. 그처럼 나의 사랑이 내가 아는 순정한 영혼과 다른 모습에 놀라고, 그래서 도망치고, 마음의 문이 닫히고, 그리하여 내가 더 이상 사랑할 힘을 잃는다고 해서 나더러 사랑할 줄 모르는 사람이라고 말한다면 그건 옳지 않을 것 같다.

아무럼! 절실하지 않은 사랑이 어떻게 아름다울 수 있담. 사랑은 겁 많은 작은 새와도 같은 거야…… 중얼거리며 나는 어깨를 으쓱한다. 진정 큰 사랑은 바다와도 같고 하늘과도 같은 것이다. 어떤 목소리가 내 귀에 그렇게 속삭였기 때문에. 그것은 모든 것을 받아 품나니, 나를 먼저 생각함이 아니요, 나를 먼저 위함이 아니요…… 어디선가 읽은 것 같고, 들은 것 같은 소리. 하지만 그것은 애욕이 거세된, 아무런 수식이 불가능한, 다만 "사랑"에 대한 설명일 뿐이지…… 나는 입술을 꼭 꼭 깨물고 있다.

혹은 나는 그의 존재 속에 비친 나를 사랑한 것인지도 모른다. 하나의 자기도취가 그곳에 있는지도 알 수 없다. 내가 발현시키지 못한 잠재된 남성, 그 속에 숨어 있는 것들을 일깨우고…… 그러므로 나는 그의 안에서 남성화된 나를 생각하며 나의 여성에 만족함과 동시에 때로 여성이 되어주는 그의 곁에서 남성이 되어주기도 한다. 사랑은 어떤 의미에서 하나의 자아실현일 수 있다. 나타나지 않은 자아에 대한 동경…… 나는 다시 한 번 어깨를 으쓱한다. 그것은 또는 하나의 콤플렉스. 남자는 여자가 되지 못한, 여자는 남자가 되지 못한, 하나의 원풀이……

나의 남자, 꽃처럼 내 옆에 피어 있는 한 존재. 나는 그러나 꽃을 심어놓고 살 수는 없으므로 나 자신 꽃이 되어 자꾸 목말라한다. 그가 물주기를 게을리 하면…… 꺄악! 소리를 지르고 싶다. 나의 집은 하나의 화분이다.

나는 두 개밖에 없는 나의 화분에 물을 주기 위해서 창으로 다가갔다. 그 하나에는 살구나무가 심어져 있다. 봄엔 정말 예쁜 꽃이 피어서 한 주일 내내 나로 하여 새처럼 노래하게 만들었었다. 그리고 또 한 화분엔 고구마가 들어 있다. 아주 조그만 새끼 고구마.

고구마는 엄지손가락 두 개 정도의 굵기밖엔 안 된다. 한두 달 전에 고구마를 쪄먹게 되었는데 그중 먹기에 너무 앙증스러운 놈을 흙에 묻어둔 것이다. 고구마에서는 싹이 나고 조그만 잎들도 올라와 있다. 고구마는 자랄 것이다. 화분 속의 흙은 서서히 고구마로 바뀌는 것이다. 고구마는 흙을 먹고 흙은 고구마 속으로 사라진다. 조용히 조용히 무기물은 유기물이 되어간다. 생명과 비생명의 경계가 지어지는 그리고 허물어지는 고구마의 껍질 위에는 숨 가쁜 호흡이 일어나고 있을 것이다. 흙은 고구마가 되고 고구마는 보다 복잡한 과정을 거쳐 흙이 될 것이다.

나는 혼자 중얼거렸다.

"요놈이 살이 뽀동뽀동 찌면 잡아먹어야지."

그러자, 고구마는 조그만 잎들을 살랑살랑하며 물었다.

"잡아먹는 게 뭔데?"

"네가 내가 되는 거."

"어떻게?"

그만 귀찮아져서, 나는 말했다.

"안 잡아먹을게."

창을 열어보았다. 이웃집 다용도실의 부우연 창문이 보였다. 그 속에서 그 집 주부가 무슨 가요대회에 나가고 싶은 것인지 한 일주일 전부터 먹따는 가련한 소리로 트로트의 유행가를 연습하고 있었다.

"당신이 그럴 줄은 정말로 몰랐어요.

정들지 않겠노라, 절대로 않겠노라, 맹세했던 나를

이렇게 사랑 줄에 꽁꽁 묶어놓고

매정히 당신은 떠나십니까……."

그녀는 비음을 일부러 쓰고 있는 것 같았다. 그 노래를 억지로 들으며 나는 낮에 먹고 남은 된장국에 밥을 말아 한술 떴다. 남편은 외식을 한다고 전화를 했었다. 나누어 먹기에 너무 적은 밥이었고, 새로 하기도 어중간 했으니 오히려 잘 된 건가. 밥맛이 없었다. 이웃집 여자의 노래는 계속 되풀이 되다가 드디어 조용해졌다. 카악! 그녀의 남편이 집으로 돌아오면서 문 앞에서 가래침을 뱉는 소리가 났다. 나는 숟갈을 놓아버렸다. 이번엔 윗층에 살고 있는 집주인 여자의 발소리가 불쾌하게 쿵쿵거린다. 도로로로로…… 변기를 쓰는 소리가 들리고 나서 아마 마늘을 찧는 소리가 들린다. 두 아이를 다 학교에 보낸 그녀의 할 일은 하루 종일 집안을 돌아다니며 살림 사는 소리를 과장하는 일이다. 창밖으로 쓰레받기를 툭툭 털거나 주룩주룩 물을 부어가며 창문, 대문을 닦는다. 하루에도 걸레질을 한 댓 번 할까. 그래도 행주와 걸레를 따로 빨지 않을지도 몰라. 셋집 주인답게 옆집 아낙과 집안 대소사를 소리 질러 의논하는데. 이즘은 반장까지 맡아서 이집 저집 돌아다니며 참견하는 것을 낙으로 삼고 있다. 우리 부부를 찾는 손님마다 말을 걸어 무엇 때문에 왔는가 물어보지 않으면 못 배기는 왕성한 호기심을 충족시키기 위해, 들며 나며 우리 문간을 기웃거린다. 그런 것을 두고 매스컴에서는 한민족 특유의 미풍양속, 따뜻한 인정이요 이웃사랑이라 부른다. 목소리라도 조용조용 조신한 이였다면 얼마나 도움이 될까. 한참 후 위층도 조용해졌다. 머리털 밑의 신경선들을 곤두세울 뿐, 조금도 우리를 외로움에서 구해 주지 못하는 그런 소리들이 잠잠해진 후에야 나는 더운 물 샤워를 하기 위해 욕실로 들어갔다.

껍질을 벗고 물칠을 하고 비누칠을 하고. 앙상한 나무처럼 드러난 육신 위로 작은 새들이 날아들었다. 나는 한참 팔을 벌리고 서 있었다. 새들은 작은 소리로 재재대며 날개를 푸득였다.

날갯소리를 별로 크지 못한 타월로 닦아내며 — 큰 타월은 정말 기분이 좋다. 그렇지만 큰 것을 쓰면 그만큼 빨래가 어려워지니까 — 나는 안방으로 들어갔다. 화장대 대신 거울과 몇 뼘 안 되는 작은 탁자를 놓은 장식 없는 방. 나는 정말이지 우리의 방을 예쁘게 꾸미고 싶었다. 기분 좋게 부드러운 색깔의 벽지에 창틀은 연한 상아색을 칠하고 그리고 보들보들한 꽃무늬의 커튼과…….

나는 마음의 이루 다 말할 수 없는 허전함을 아이라인을 써서 한 쪽 뺨에 푸른 장미를 그리는 것으로 메웠다. 장미는 내 창백한 뺨에서 신비한 푸른 날개를 폈다. 가시를 강조해 그렸다. 눈가에는 평소보다 훨씬 진한 아이라인을 그리고…… 황금빛 섀도가 있었다면 그것도 칠하고 싶었다. 다만 입가에 점 하나를 찍었다. 비단 스카프가 있었다면…… 금실과 은실, 하늘빛과 보라와 분홍이 곱게 엇갈린 엷은 옷. 어느 먼 나라의 전설이나 동화 속에서 공주들이 입었을 그런 옷들…… 치장을 할 수 없었으므로 나는 이불을 잡아 당겼다. 그가 오는 소리가 났다.

메리야스 속옷 바람의 여자지만 그에게 나의 괴이한 얼굴은 신기하게 비치는 모양이었다. 그는 내 뺨에 피어난 장미를 보았고, 탄성을 내질렀다. 그러나 그는 그 가시 달린 꽃이 가리고 있는 나의 공허감을 알아보지 못했다. 그 가시에라도 걸려 있지 않는다면 먼 우주의 공간으로 날아가 버릴 것 같은, 내 온 정신과 마음을 둥둥 떠 있게 하는 허무를 알지 못했다.

"웬일이지?"

그가 물었다.

"낯설어서……."

"뭐가?"

"내 남편이……."

"무슨 엉뚱한 대답이야."

"그래서, 내가 낯설게 느껴져서……."

그러자 그는 내 입술에 자기 입술을 대며 말했다.

"난 하나도 낯설지 않은데……."

"난 낯설어."

전화…… 그 전화…… 나는 다시 허공에 떠 있는 몸을 주체하지 못했다.

"씻어요."

나는 어쩐지 냉담하게 울리는 내 소리에 스스로 정이 떨어졌다. 그러나 그는 순순히 욕실로 들어갔다.

"원숭이 중에는 무어든 씻어 먹는 종류가 있대요."

"아하, 알았다. 누구누구는 그 원숭이로부터 진화했구나."

"깨끔 떤다구?"

"그래서 나도 꼭 씻어 먹으려고 하잖아."

얼마 전에 우리는 그런 대화를 나누면서 끼득거렸었다.

"나 씻었어. 먹을 테야?"

욕실에서 그가 웃으며 묻고 있었다.

나는 대답하지 않았다. 그 전화······ 전화······.

욕실에서 나온 그는 내 표정이 좋지 않다고 닦달을 했다. 그리고 거의 화를 내려고 했다. 그러나 나는 두려워하고 있었다. 벌레들에 대해 말하기는 싫었다. 내가 말하지 않아도 그가 그것들을 볼 수 있다면······ 머릿속에서 꿈틀거리던 벌레들이 뇌수를 다 파먹고 이제는 내 몸뚱이로 기어 다니기 시작하는데, 그는 그것을 보지 못하는 것이다.

"······전화가 왔었어요."

결국 나는 말을 뱉어냈다.

"누구한테서?"

당연한 물음인데도 열이 날 정도로 화끈 울화가 치미는 것을 느꼈다. 벌레들은 수수수 몸을 털어내고, 나는 입을 다물고 있었다.

"도대체 무슨 전환데?"

그가 다시 다그쳤다.

"출판사에서······."

그리고 나는 그를 빤히 쳐다보았다. 아무래도 그는 어쩔 줄 몰라 하는 것만 같았다.

"뭐랍디까?"

"원고 매수 넘친다고 적당한 데서 끊어야 한다구······."

"아, 그럼 내가 전화해 주면 되겠지 뭐."

짐짓 무심한 척하는 말이었을까?

처음으로 그녀의 전화를 받던 날 나는 그 여자가 원하는 무엇을 느꼈음에 틀림없다. 그러고 나서 약 한 달 전, 나의 남편이 밖에서 그녀를 만났다는 사실을 알았다.

"편집장님이 아까 선생님 댁에 가서 원고를 받아온다고 나가셨거든요. 그래서…… 혹시 거기 계신가 하고…… 좀 급한 일이 생겨서……."

목소리만 들어도 마음이 약한 것을 알 수 있는 출판사의 아가씨는 내게 공연히 미안해했었다. 그런데 그 밤 평소보다 늦게 들어온 남편은 아무 말도 하지 않았던 것이다. 그는 어느 때고 자기가 어디 있었는지를 알리고 무엇을 했는지를 말하는 사람이다. 그런 그의 궤적에 난 구멍. 그것은 무엇을 의미하는 것일까? 거짓? 아니면 무심? 생각해 보니 원고를 들고 나가면서 그는 이리저리 양말을 골라 신고 넥타이를 매며 거울 앞에서 한참 서성댔었다. 그러는 그의 모습을 나는 실눈을 뜨고 바라보았다. 우편으로 부칠 수도 있었을 텐데, 그런데 그는 그것을 들고 나갔다……. 어떤 여자일까? 그녀가 그의 강의를 들은 적이 있다면 그들이 서로 안 것은 벌써…….

결국 나는 묻고 말았다. 그들이 만나지 않았느냐고. 그는 부인했다. 나는 오만 강짜를 다 부렸고, 그는 고개를 떨구며 미안하다고 말했다. 그녀를 만났노라고. 밖에서 만나자고 해서 저녁을 사주었노라고.

"어디서?"

"영동의 한 카페에서……."

카페…… 갑자기 속이 느글거렸다. 외국의 유행가 아니면 무슨무슨 인기 가수의 노래가 흘러나오고 조명은 침침하고 그 아래 몇 마리의 바퀴벌레가 서식하고 있는 찌들은 식탁보 위에는 낭만을 흉내 내는 양초가 켜 있고, 그리고 맥주잔 너머로 '모르는' 여자의 얼굴은 무턱대고 고와 보이고.

나는 그들의 대화를 상상해 보았다.

"마침 저 나갈 일이 있거든요……."

"그야, 좋겠지. 내가 저녁을 살까?"

"어머나, 정말? 아이 신나!"

"아니, 내가 영광이지……."

으악! 우리는 폭풍의 밤을 보냈다. 노려보고 화내고 다투고…… 그리고 애원을 듣고.

그 앙금이 가라앉기도 전에 다시 걸려온 어제의 전화. 그것은 다른 설명이 없어도 부부 사이에 냉기를 부어놓기 충분한 일이었다.

여자는 틀림없이 내 남편의 직장으로 전화를 걸었을 것이다. 학교란 직장은 통화를 하기에 몹시 나쁜 곳이다. 수업에 들어갔다가 잠시 방에 들르는 사람을 붙들기란 정말 어려운 일이니까……. 나는 그녀가 노심초사하며 전화를 거는 모습을 상상해 보았다. 하도 안 되니까 집으로 했을 것이다. 그런데 하필 내가 전화를 받고, 그러니까 어색하지 않으려고 부러 당당히 말했겠지만, 그 목소리는 어쩐지 자연스럽지 못했다.

"염려 마."

그는 말했다.

"난 끄덕 없다니까. 안 흔들려."

끄덕 없다고? 흔들린다는 말은 불안하게 하는 말이다. 그러나 흔들리지 않는다는 말은 또한 불안하게 하는 말이다. 흔드는 무엇이 있음을 의식하게 되는 말이니까. 흔드는 힘. 그리고 그것에 저항하는 힘. 저항하는 힘을 가져야 할 필요가 있다는 것일까? 그것은 차라리 강력하게 흔드는 힘의 실재를 인정하는 말이다. 흔들린다는 것보다 안 흔들린다는 것은 얼마나 친절한 말인가. 하지만 그런 변명을 들어야 하는 내 처지는 얼마나 모욕!적인가! 그는 자기 여자인 내게 '질투하는 여자'의 불명예스러운 배역을 맡기고, 그리고 그 역을 연기하는 나를 여유작작,

경멸하는 것이다.

그 불안, 그것은 내가 사랑하는 사람에만 관여될 뿐이라고 치부해 버릴 성질의 것이 아니다. 그것은…… 그렇다. 그것은 존재의 불안이다. 사랑하는 사람의 변심을 상정할 수 있을 때 그 사랑은 지극한 존재의 허망감을 불러일으킨다. 허공을 닫는 느낌. 허공을…… 허공을…… 둥둥, 달나라에 간 사람들처럼. 나는 허공으로 풍선처럼 떠오르는 내 손을 본다. 내 머리칼, 내 다리들. 그것들은 녹아내리는 엿가락처럼 힘없이 늘어난다. 살바도르 달리의 그림에서와 같이 늘어나 해체되려 한다. 유령의 유체처럼 내 연기 같은 육신은 흩어진다.

식욕 없이 사과 한 조각을 베어 먹고 사과의 껍질을 손등에 문질렀다. 순간의 상쾌함 속에 나는 죽음이 이미 거장의 솜씨를 내비치고 있는 내 몸뚱이를 머릿속에서 더듬었다. 그것은 수십 겹의 부패와 발아와 폭발에 폭발을 거듭한 세포분열의 역사를 보여주고 있었다. 나는 내 해골을 바라보고 나 자신의 배아의 모습을 바라보았다. 죽어가고 발버둥치고 그리고 헐떡이며 살아가는 세포들의 함성이 들려왔다. 나는 기분 좋은 살갗을 잠시나마 가지기 위하여, 손등에서 새큼하고 달콤한 냄새를 맡기 위하여, 사과껍질을 문질렀다. 그것은 어린 날 언니들과 어머니, 그러니까 내 거울이었던 여인들의 몸 가꾸기 행위를 되살리는 하나의 의식이었을 수도 있다. 추운 겨울날 빨갛고 향긋한 사과를 흰 눈 속에 묻어놓았다 꺼내면 사과의 속살에선 눈 냄새가 나곤 했다. 그것은 또는 고운 금모래의 냄새였다. 어느 열대의 사막에서 온 바람의 냄새.

나는 사과를 남겼다. 금모래의 냄새도 눈의 냄새도 꽃밭의 냄새도 나지 않는, 그저 토막 쳐진 사과의 몸뚱이가 거기 있었다.

"이거……."

나는 과일의 남은 조각들을 그에게 내밀었다. 그는 도마뱀처럼 그것들을 삼켜버렸다. 아니면 악어…… 이미 불가에서 따뜻해지기 시작한 사과. 나는 그가 삼켜버린 사과를 머릿속에서 굽고…… 구운 사과를 식히면 달콤한 파이…… 파이가 먹고 싶었다. 너무 달지 않게 너무 기름지지 않게 알맞게 구운 파이. 언젠가 무슨 생각으로 별다른 날도 아닌데 엄마가 내게 만들어 주었었던…….

문득 허기를 느꼈다. 돈에 쪼들리고, 일에 치이고, 지쳐 허우적거리면서 만드는 식사. 별로 잘 먹지 못하는 저녁식사에는 언제나 알 수 없는 욕구불만이 따라다녔다. 푸짐한 식사, 그것을 나는 평생 몇 번이나 할 수 있었던가. 로마인들은 식도락의 쾌감을 위하여 공작 깃털로 목구멍을 간질여 방금 먹은 음식을 토해내고 새로운 음식에 달려들었다고 한다. 그들의 거대한 문명을 쓰러뜨린 그 극도의 향락. 사실, 향락이란 허무의 껍질 같은 것이다. 향락에는 실체가 없다. 그것은 극진한 소모일 뿐이다.

그런데 나는 향락을 아는가? 대답은 "아니"다. 나의 어머니는 나를 극도의 금욕주의자로 키워냈다. 모든 고통스러운 것을 숭배하게 만들었고, 모든 안이한 쾌락을 경멸하게 만들었다. 성욕은 말할 것도 없다. 나라는 미래의 여인으로 하여금 내심 성을 하나의 추악 아니면 일종의 병으로 알게 하여, 결코 스러지지 않는 거부감의 항체를 만들어놓은, 그런 교육이었으니까. 이 추악한 남권 사회에서 꽃다운 딸이 살아남게 하는 하나의 수단으로 부과한, 순결이란 이름의 그 억압, 나는 거기 지나치게 순응했었으니까. 내 머리가 아무리 거기에 모반을 시도하더라도 소용이 없다. 내 영리한 의식의 힘을 총동원하여 밀어내려 해도 그 '반자연'은 너무나 거대하고 튼튼한 뿌리로 당당히 버티고 있는 것이다.

나는 때로 그것이 불행하다. 하지만 금욕의 맛 또한 실은 색다른 하나의 향락이 아니던가. 입맛을 돋우는 쓴 나물의 맛, 신 과일의 맛처럼.

결론적으로 향락이 그리웠던 적은 없다. 모든 다른 향락도 매한가지 겠지만, 먹는 향락에는 또 다른 요소가 있다. 그것은 슬픔! 존재의 슬픔, 생명의 슬픔이다. 무언가 부족하게 먹었을 때에도, 또 포만감을 느낄 때에도 삶은 슬프게 다가온다.

그 배고픔, 그러니깐 무언가 흡족하게 먹지 못한 사람의 불만감으로 나는 자리에 들어 그의 살을 먹기로 작정했다. 그것은 어떤 격앙의 표출이었다. 쾌감이 스치는 한 사내의 살갗 위로 삶의 허망과 전율이 스치는 것을 보며 실은 나는 배고픈 사람의 허무를 움켜잡고 있었다. 허기…… 허기…… 그리고 분노, 그러나 이빨자국 몇 개를 내기도 전에 그는 자지러지게 비명을 질렀다. 나는 내 이빨이 다시 경험하는 불만을 다시 그의 눈 속에 쏟아 부었다.

……허공을 딛고 나는 절벽에 선다. 아래에는 까아만 낭떠러지가 있다. 나는 현기를 느낀다. 나는 가볍다. 너무 가볍다.

날고 싶은 욕망과 떨어지고 싶은 욕망. 부서지고 싶은 충동과 추스르고 싶은 욕망…… 나는 현기증 나는 욕망들의 그 고도, 그 깊이에서 길을 잃는다. 내가 만든 미로에서 벗어나고 싶다. 소리 지르고 싶다.

소리 지르는 대신 다시 그의 살을 깨물었다. 그를 할퀴지 못하여 안타까웠다. 왜 그는 그런 것을 두려워할까? 내가 정말 자기를 먹어버리는 일이 생길까 봐 걱정하는 것일까? 살갗에 피라도 맺힐까 봐 두려운 것인가? 결코 그런 일은 일어나지 않을 것이다. 나는 피를 무서워하니까. 결국 새로운 불만족감을 경험하기 위해 다시 한 번 몸부림을 치는 것에 불과하다.

식인종의 욕망을 제지당한 나는 그를 노려본다. 그리고 그가 정성스레 빨고 말려 모양을 내서 빗어 넘긴 머리칼을 공격의 표적으로 삼는다. 다섯 개, 아니 열 개의 손가락을 총동원하여 그의 머리를 모두 헝클어놓는다. 까치집 같은 머리가 눈에 흐뭇하다. 그런데 그는 또 비명을 지른다.

"난 몰라. 내일 아침 어떡하라고!"

괘씸막심! 그 머리칼을 나에게 잘 보이려고 정돈한 것은 아니니까. 순악질 나는 다시 한 번 머리칼을 흩뜨린다. 나는 해변에 앉는다. 푸른 파도가 밀려온다. 나는 옷을 벗는다. 그리고 인어가 된다. 물은 내가 숨쉬는 것을 방해하지 않는다. 해초들은 푸르고 싱싱하다. 그리고 바다 밑으로 한없는 꽃밭이 펼쳐진다. 나는 향내를 맡고 싶다. 물에서 나와 숲으로 간다. 나는 해체되어 공기의 요정이 되어버린다. 숲 냄새가 좋다.

그가 몸을 뒤챘다. 그리고 심하지는 않지만 벌써 코를 골며 잠에 든 신호를 보냈다. 잠들다니! 나보다 먼저 잠에 들다니…… 나는 배신감 때문에 다시 그를 괴롭히고 싶었다. 그를 한 대 쥐어박았다. 하지만 그는 잠결에 팔을 뻗어 나를 안으려 했고, 나는 그 팔을 빠져나와 다시 바다로 갔다.

이튿날 아침, ―그러니까 그것은 오늘 아침이다―나는 그에게 여행을 제의했다. 그가 대학에 나가는 것은 참으로 다행스런 일이다. 그는 내 변덕에 답해 줄 수 있었다. 그렇게 우리는 떠났다.

아니, 실은 그 떠남은 매우 소란스럽게 이루어졌다. 처음에 그는 내 제의에 동의했지만, 이내 마저 끝내야 할 일거리를 떠올리고 난색을 표했던 것이다. 역시 넘겨야 하는 원고가 이유였다. 오늘 출판사에 들러야 한다는, 그 말이 나를 자극했다. 나의 질투를, 나의 증오를 그보다 나의 실존의 허무를 자극했다.

허무를 자극하다니, 말도 되지 않는 소리다. 그것은 자극되어지는 것이 아니다. 허무는 거기, 그렇게, 있는 것이다. 그게 아니라 다만 허무일 뿐이다. 나는 공연스레 과장된 정신의 유희를 한 것인가. 천만에. 그 증거로 나는 다시 낭떠러지 앞에 서 있었다.

나의 얼굴색이 편안하지 못한 것을 보고 그는 겁을 냈다. 내가 여행하고 싶은 생각이 없어졌다고 말하자 조금 더 겁을 냈고, 절대로 안 가겠다고, 그를 방해하고 싶지 않다고, 토라진 가슴을 억누르며 말하자 더욱 겁을 냈다. 나는 그가 나를 겁낼 때면 안도한다. 나를 사랑한다는 표현같이 느껴지기 때문에.

그는 이것저것 변명을 했다. 그 변명은 퉁퉁 불어 있는 내 감정을 자극해 터뜨렸다. 나는 땡삐보다 매섭게 달려들었다. 도대체, 어떤 여자랑 레스토랑에 갈 시간은 있어도 나하고 여행할 시간은 없구, 밖에 나갈 때 모양 낼 줄은 알아도 내 앞에선, 아이 더러워라, 발가락 하나 지저분한 이빨 하나 제대로 닦지 못하고…… 앙앙앙…… 그것은 아주 유치하고 한심하고 저속하기 짝이 없는 저질적 부부싸움을 유발했던 것이다. 발광하는 여자를 보고 화를 내던 남자는 드디어 양보심을 내어 너그러움을 발휘하고 그리고 사랑의 감언이설을 시작했다.

"이 한 여자 말고 누가 내 사랑일 수 있겠어? 염려 마!"

전반부까지는 그런 대로 괜찮았다. 그러나 염려 말라고? 나는 다시 한 번 남편의 사랑을 못 미더워 전전긍긍하는 한심한 여자로 전락하고만 것이다. 그 모욕감을 주는 위로의 말을 듣자 나는 극성한 벌레들을 그의 앞에 털어보이기 위하여 발작적으로 온몸을 흔들었다. 한 마리의 벌레는 내 앞에 떨어져 그의 발로 기어올랐다. 또 한 마리 벌레는 후다닥 그의 소매 속으로 들어가더니 목줄기를 타고 올라 무성한 검은 머리털 속에서 길을 잃었고 또 한 마리는…… 나는 그 벌레들을 보느라 정신이 없어서 결국 내가 할 말을 잊어버리고 말았다. 결국에 그가 수물거리는 무골충들의 근질거리는 감각을 체득할 때까지 나는 발광을 계속했다. 그리고 탈진하여 내가 무작정 쏟아버린 벌레들을 그가 비로 쓸어내는 것을 보고서야 잠잠해졌다.

팅팅 부어 있는 나를 달래고 얼러서 그는 여장을 챙겼다. 잠시의 감미로움이 지쳐 있는 내 마음속으로 흘러 들어왔다. 그것은 그의 눈 속에 어른거리던 어떤 순수의 빛이었다. 사랑일까? 그 희망으로 나는 여행을 떠났다.

나는 모년 모월 모일 모시에 나의 집이 있는 모처로부터 지구상의 어떤 다른 지점을 향하여 출발했다. 멀리서 보면 제자리에 불과할 짧은 거리. 그러나 개미들에게라면 평생을 가도 갈 수 없이 어마어마하게 먼 거리를 갉아대고 있다. 박테리아 한 마리가 평생을 움직여 가는 거리는 우리의 눈에는 다만 한 점일 밖에 없듯, 우리 평생의 궤적도 그 어떤 눈으로 보면 또 다만 한 점일 것……

내 옆에는 모년 모월 모일 모시 이 지상의 대한민국이라는 국가가 들어서 있는 자리에 태어난 한 호모 사피엔스 수컷이 그의 탄생으로부터 몇 년 몇 개월 며칠이 지난 오늘 그의 집이 있는 지점을 떠나 지구상의 어떤 다른 지점을 향하여 여행을 떠났다. 멀리서 보면 제자리에 불과할 짧은 거리. 그러나 하루살이에게라면 평생을 날아도 갈 수 없이 어마어마하게 먼 거리.

결국 우리는 '함께' 여행을 떠난 것이다.

이것은 우연인가. 또는 필연? 신의 섭리? 무의도적 물질 운동의 누적?

내 곁에 나의 남편으로 앉아 있는 한 남자. 그리고 그의 선택된 암컷인 나. 우리는 아직도 손을 잡고 있다.

그가 처음으로 내 손을 잡던 날, 내 감정은 어리어리했었다. 그러나 그의 사랑을 확인하고 그에게 손을 주었을 무렵의 행복감은 온 세상을 덮고도 남았다. 나는 그 행복감으로 그에게 길이 들었다.

나는 길든 여자다. 그에게서 먹이를 구하려 하고 무작정 그를 쳐다보고 그를 기쁘게 하여 사랑받고 싶어한다. 가끔씩 도지는 야생의 꿈이 날개에 뭉쳐 올라올 때가 있지만 그것은 순간의 변덕과 같은 것일 뿐이다. 그럴 때마다 다만 나는 날개를 퍼덕여본다.

"왜 그래?"

그가 내 얼굴을 들여다보며 묻고 있다.

"뭘?"

"시퍼런 서릿발이 날려."

그는 불안한 듯 말한다.

"금방까지 세 살 아기 얼굴이더니만……."

대답이 하기 싫어 나는 잠시 끙끙거린다. 그런 침묵은 스스로도 버겁다.

"……어제……."

"미안해. 잊기로 했잖아. 다 끝난 얘긴데……."

나는 아직도 분해서 입을 잠시 오물거린다.

"사랑해!"

그러면서 그가 내 손을 잡는다. 그 어조가 매우 부드럽고 풋풋하므로 나는 마음을 풀기로 한다.

"정말이야?"

볼멘소리를 낸다.

"그럼!"

배 안에서 무언가가 꿈틀거린다.

나의 육신이 또 하나의 육신을 품고 있다는 사실은 믿기지 않을 만큼 신기하다. 남자는 결코 맛볼 수 없을 이 커다란 감격! 모성애가 부성애보다 일반적으로 더 깊은 것은 아마도 이 육체의 교신에 원초적 요인이 있지 않을까. 의사로부터 임신이라는 확답을 들었을 때, 그 말을 곱씹으며 돌아올 때, 나는 전에는 한 번도 경험할 수 없었던, 환희라 불러서 좋은 어떤 눈부신 빛이 가슴속 동굴을 가득 채우는 것을 보았다.

나는 그러나 남편에게 아기를 가졌다는 사실을 아직 이야기하지 않았다. 임신이 아닐까 싶었을 때, 섣부른 말을 하기 싫어 그저 몸이 좀 불편하다고 하면서도 나는 그가 병원에 같이 가주기를 바랐다. 그러나 나의 남자, 그러니까 나로 하여금 아기를 가지게 한 남자는 그 무렵 무척 바빴으므로 별 수 없이 나 혼자 병원을 찾아야 했다. 하필이면 그날 그는 늦게, 그것도 술이 취해 들어왔다. 그리고 나는 술집으로부터 돌아온, 취한, 그러므로 약간 미친? 남자에게 그 굉장한 사실을 알리고 싶지 않았던 것이다. 게다가 무슨 이야기를 나눌 사이도 없이 그는 곯아떨어졌고, 이튿날은 경황없이 출근을 했다. 나도 나대로 시간제의 일을 하랴 집안일을 하랴 계속 바빴다. 남편에게 아기의 도래를 알리는 일은 점점 더 무게를 더하여 갔고, 모름지기 커다란 의식을 치러마땅할 것으로 느껴졌다.

비밀을 즐기기 시작하면서 동시에 그 비밀로부터 해방되고 싶어 좀이 쑤셨다. 차라리 영화 같은 데서 언제나 써먹는 그 입덧이라는 것이 일어서, 남편이 "아니, 왜 그러지? 혹시 임신 아냐?" 물어오는 광경도 상상을 해봤지만 어쩐 셈인가 나는 입덧을 하지 않는다. 그리고 중요한 이야기를 미루어오는 동안 남편에 대하여 무언가 비장의 무기를 가지고 있는 듯 기이한 우월감 비슷한 것도 생겨났다. 내가 한 생명을 뱃속에 키우고 있으며, 그것은 그와 나의 조그마한 복합물이라는 사실……
아무튼 행복했다. 나는 보다 멋진 순간을 포착하기 위하여 벌써 셔터
위에 손가락을 걸치고 기다리는 사진사와도 같았다.

그런데, 얼마 전부터 오호라, 나는 다른 이유가 아니라, 바로 꿈틀거
리는 징그러운 벌레들 때문에 입을 다물어야 했던 것이다. 무서운 나머
지 소중한 우리 아기의 새끼발톱 하나라도 그놈들 앞에 내밀어 줄 수
없었다.

그와 나, 우리 두 사람의 아기…… 우리는 아무 때고 소유격을 사용
하려 들지만, 좀더 정확히 말하여 우리 두 사람은 태어날 아기에게 선
택당한 것일 뿐이다. 그와 나는 무력하게 자신의 유전자들을 제공한—
또는 도난당한—자들로서, 아기가 우리를 부모로 선택한 부담스러운
사실 앞에 영광스러워 해야 할지 죄송스러워 해야 할지 모른 채 자연의
터널 속으로 더욱 세차게 빨려 들어가고 있다. 그리고 실은 우리 둘의
나이를 합친 것보다 더 나이가 많은지도 알 수 없는 조그만 녀석을 사
랑하고 또 사랑하여야 할 것이다.

임신의 상태를 확인하기 위하여 나는 산부인과 의사와, 더더욱 나를
신경 쓰이게 만들던 간호사 앞에서 흡사 개구리처럼 다리를 벌려야 했
었다. 상체를 가린 진료대 위에 짤막한 커튼이 수치감의 엉성한 차단막
이었다. 나는 눈을 떴었던가, 감았었던가? 거슬러 올라가 보면 그런 진
료에 앞서 아기를 만들기 위하여, 보다 정직하게 말하면 아기가 생길
수 있는 강력한 가능성을 동반하는 어떤 행위를……? 어쨌든, 나는 그
의 앞에 개구리처럼 다리를 벌렸었다.

나는 실은 개구리보다 더 의미 있는 존재가 아닐 수 있다. 마치 하나
의 모욕인 양 개구리를 연상했지만 그것은 인간 특유의 교만일지도
모를 일이다. 틀림없는 교만이다. 순진무구한 개구리 다리와는 전혀 다

른 불순한 원죄의식이 거기에 끼어들어 있다.

"무슨 생각을 그렇게 골똘히 하고 있지?"

그가 묻고 있다.

"내…… 배 생각……."

"배?"

"응."

"배가 어떤데?"

"배가…… 고파."

"우리 뭐 마실까?"

"응."

"콜라?"

"싫어."

"그럼 우유?"

"아니."

"그럼 맥주?"

"아니."

"그럼 주스?"

"물 마시고 싶어. 맹물."

"뚱딴지 부리지 말구."

결국 나는 오렌지주스를 마시고 그는 맥주를 마셨다. 그리고 군것질 거리를 조금 더 샀다. 동글동글한 땅콩 알과자를 입에 넣어주며 그는 계속 나를 길들이기 시작했다.

"맛있다."

"그래?"

우리의 좌석과 앞좌석이 마주보고 있는 것이 아무래도 좀 거슬린다.

우리는 출입구로부터 다음다음 자리에 앉았는데, 화장실을 직통으로 접하는 것이 싫은 앞좌석 사람들이 의자를 돌리고 앉았기 때문이다. 자신의 분뇨 냄새를 기피하고 더럽게 느끼는 족속은 아마 이 세상에 번성한 온갖 동물들 가운데 오로지 인간이 있을 뿐이리라. 다른 많은 동물들은 소극적으로는 그것에 무심하고, 보다 적극적으로는 자신들의 영역을 확인하는 영토권 주장의 수단을 삼아, 그 냄새 속에 안도하며, 만족감을 넘어 으스대기까지 한다.

비스듬이 마주 앉은 아저씨는 담배가 피우고 싶은지 자리를 비웠다. 바로 앞자리의 아주머니는 비로소 잠에서 깨어 피로한 앞발을 내 의자 귀퉁이에 끼워놓고 싶은 모양이다. 스타킹이 반투명으로 드러내주고 있는 그녀의 새끼발가락은 찌그러져 있고, 거의 발톱이 없다. 모르는 사람의 발이란 별로 기분 좋은 것이 못된다. 그래서 나는 열심히 내 자리를 수호한다. 그런데도 그녀 발의 뜨뜻한 기운이 내 무릎을 살짝살짝 건드린다.

"잠시 후에 기차는 몽환역에 도착하여 삼십 초간 정차하겠습니다. 몽환역에서 내리실 손님들은 미리 미리 여장을 준비하셨다가 잊으신 물건이 없으신가 다시 한 번 살펴보신 후……."

약속대로 기차는 덜컹거리며 선다. 사람들이 우르르 내린다.

앞좌석의 아저씨가 내리고 그 자리에 매우 잘생긴 젊은 남자가 와 앉는다. 내 향기롭고 깨끗한 머릿속에 흉악한 벌레들을 풀어놓은 남편에게 복수할 기회다. 마주 앉은 남자는 무심한 얼굴이지만 아무래도 내게 관심을 가지는 것 같다. 나는 다리를 조금 오므린다. 하나의 예절이다. 아니 본능이다. 남자는 그의 앞에 앉은 옷 입은 암컷에게 매료당하고 있다? 흥! 모를 일이지. 그렇다고 치자. 나를 흘금흘금 쳐다보고 있으니. 그런데도 나의 남자는 아무것도 눈치 채지 못한다. 숫제 눈을 감고 다시 잠들기 직전 상태에 있다.

싫증을 느끼며 나는 무료히 창밖을 내다본다. 그러나 나는 암컷의 말 없는 성의 파장이 나로부터 발산되는 것을 알고 있다. 나의 남자를 용서하기 위하여 모르는 남자를 '유혹'해 보기로 한다? 이 권태! 아니, 그저 가만있으면 된다. 잠시 동안. 내가 내보내지도 않은 추파를 남자가 받을지도 모른다. 칫! 사실이든, 아니든 달라지는 것은 없다.

마침 옆 줄 좌석의 한 남자가 주간지의 도색 화면을 들추고 있다. 벌거벗은 여자가 "나 어때요?"라는 글씨 밑에 이상한 포즈를 취하고 있다. 두 다리는 어깨가 잘록해 보일 수 있도록 아래위로 포개고 다 비치는 짧은 가운을 풀어헤쳐 두 개의 유두와 음부만을 살짝 가리고 있는데 아마도 소위 '섹시'해 보이고 싶은지, 묘하게 치켜든 시선으로 어색하게 천한 웃음을 웃고 있다. 벗은 남자들의 사진도 나란히 있었으면 좋겠다던 친구의 말이 떠오르면서 괜스레 우스워진다. 왜들 모두 겹겹 옷을 껴입고 앉아서 도색잡지 속의 벗은 여인들을 훔쳐보는 것일까. 얼마나 재미있는 현상인가. 여인이 아니라 그들의 사진. 그보다 종이를 바라보며 흥분하고 있다니. 손바닥으로 가릴 만큼밖에 되지 않는 종이조각을 보고 열심히 간음을 하다니…….

그러나 어차피 성적 흥분 나아가 모든 감정이란 허무맹랑한 것이니 한 개의 돌이라 할지라도 인간을 도발할 수 있는 것이다. 옛날 어느 아름다운 처자를 보고 사랑에 빠져 너무도 괴로운 한 젊은 스님이 관세음보살께 그녀와 결합될 수 있기를 갈구했다고 한다. 관세음은 미구에 그녀가 죽어 구더기 득실거리는 썩은 살이 된 모습을 보여줌으로써—오오! 잔인하게도…….—남성을 자각했던 승려의 불타는 욕망을 껐다. 구더기에 대한 욕정. 썩은 살에 대한 욕정…… 하하하. 마치 그런 헛된 사랑의 정열이 아닌 나머지 것들에 무언가 헛되지 않은 것이 있기라도 한 듯. 그러나 구더기를 보고 징그러워하는 마음은 또 무엇인가. 그런 차별마저 넘어서야 할 것이라면 다음 단계는 다시 여인의 살을 보고 새로이 욕망을 느끼는 단계일지도 모른다.

……구도자의 득도마저도 실은 그렇게 허망한 것이 아닐까. 득도한 순간 얻는 것은 혹은 득도의 허망함이 아닐까.

생각에 잠긴 채 다시 앞에 앉은 미남을 바라본다. 미남은 동시에 미남이며 또한 하나의 해골이며 썩은 살로서 얼마 동안 내 앞에 앉아 있다. 모년 모월 모일 모시에 지상의 한 생명체로 태어나 미묘한 사랑의 괴로움을 겪고 난 한 여인 앞에 그 남자는 그러므로 수컷이며 동시에 아무것도 아닌 하나의 돌처럼, 사진 속의 벗은 여자처럼, 그렇게 앉아 있다.

나는 피로한 눈을 감는다. 옆에서 고른 숨결을 내며 나의 남자는 잠들었음을 알리고 있다. 참 잘도 자지…… 어젯밤에도 나보다 먼저 쿨쿨거리더니…… 나는 왠지 분한 느낌을 몸을 뒤채는 것으로 표출한다. 그가 놀라 깨어 나를 바라본다. 그리고 빙긋, 소년처럼 맑게 웃는다. 조금 못생겨 보이는 얼굴이 그 때문에 정답다.

그가 깨어나 준 것이 고맙다. 눈물이 날 정도다. 다시 그의 손을 잡아 본다. 눅눅해진 손이 행복감 같은 것을 전한다. 아침의 싸움이 그에게 낸 효과는 뜻밖에도 긍정적인 것 같다. 놀라운 일이다. 그는 강짜라는 걸 정말이지 싫어하는데…….

"앞에 앉은 남자 말이야……."

내가 귓속말을 한다.

"응."

"미남이지?"

그가 피이! 하는 얼굴을 짓는다. 그것이 나는 우습다. 그는 자기만이 내 마음에 들 수 있다고 믿으려 한다. 그리고 나만이 자기 마음에 들 수 있다고 내가 믿는다고 생각한다. 피장파장이다.

"그렇다고 내 마음에 든다는 말은 아니었어."

나는 친절히 덧붙인다.

그는 뚱하니 아무 대답도 하지 않는다.

나는 또한 말없이 내 목걸이를 만지작거린다. 좀 투박하지만 그런 대로 정이 가는 물건이다. 그것은 우리가 서로 함께 살고 싶다, 저녁에 헤어지기 너무 싫다고 생각하게 된 무렵 남대문 시장에서 산 것이다. 그는 그때까지 내게 아무것도 선물한 것이 없었다. 아니, 더 잘 생각해 보니 처음에 그는 몇 개의 책과 음반을 선물했다. 그런 정신의 양식이 되는 것 말고 여자의 '사치와 허영' 아니면 세속의 삶에 보탬이 되는 류의 선물을 한 적이 없었다. 돈이 없어서이기도 하겠지만 한마디로 그는 그런 것에 소질이 없는 것 같았다.

어느 날, 그러니까 그와 첫 입맞춤을 나누고 몇몇 달이 지나도록 그가 흔한 은반지 하나 선물하는 것이 없자 나는 왠지 섭섭해졌었다. 칫, 나한테 뭐 하나 사주지도 않고…… 나를 꽁꽁 묶어갈 목걸이 귀걸이 발찌 코찌…… 요컨대 그는 나를 그에게 묶어두고자 하는 마음이 없단 말인가? 나는 불안했다. 나는 그와 함께 시장을 지나면서 공연히 여자들 물건을 파는 가게 앞에서 머뭇거렸다. 그런데도 그는 전혀 무심한 얼굴로 대견한 참을성을 발휘하며 여자의 호기심을 관망하고 서 있었다. 보석상을 지날 때 본능적으로 빙그르르 돌아가는 여인이 목에는 아랑곳 않고 지나가더니, 싸구려 액세서리들을 늘어놓고 파는 손수레 앞에서 내가 또 멈추어 섰을 때, 그때서야, "하나 사줄까?" 멋없이 물었던 것이다.

나는 그 목걸이가 단순하면서도 어딘가 개목걸이를 닮은 것에 호기심이 갔다. 내가 그것을 자꾸 만지작거리고 있자 그는 드디어 그것을 사주었다. 그것도 매우 감격적인 표정으로. 그러니까 자기가 무언가 여성스러운 물건을 여자에게 사주고 있다는 데 대한 자기도취감을 나타내는 것이었다.

"하나 더 주세요."

내가 장사에게 그렇게 말하자 그는 놀라는 눈으로 나를 바라보았다. 나는 지갑을 꺼냈다. 그가 지불하려고 했지만 나는 우겨서 내 돈을 치러서 꼭 같은 것을 하나 더 샀다. 그리고 그가 내게 목걸이를 걸어주었을 때 나 또한 가지고 있던 것을 그의 목에 걸어주려 했다.

"뭐야? 날더러 하라고?"

"응. 그래서 산 거예요. 내 선물."

그는 너무 어이가 없는지 아무 말을 하지 못했다.

나는 기어이 그의 목에 그것을 걸어주었다. 그리고 그 목걸이를 산 것은 그것이 꼭 개목걸이같이 생겨서였노라, 낄낄거렸다. 그는 정색을 하고는 그것이 청혼이냐고 물었다.

결국 우리는 결혼을 했다. 그러나 사실은 '결혼식'도 치르지 않았다. 그도, 나도, 그런 일에 필요한 돈이 없었던 데다, 그의 집에서는 우리의 결합에 결사반대였으므로—이유가 꽤 많았는데, 그중 하나는 그의 어머니가 점 찍어둔 아가씨가 따로 있었다는 것이었고, 나머지는 기억하기 귀찮다—큰 식을 치를 필요가 없었던 것이다. 게다가 가난한 아버지는 내 결혼에 돈이 들지 않는 것에 안심하는 눈치였다. 아름답지 못한 혼수 시비는 그래서 더불어 생략되었다.

우리는 그때도 기차를 타고 산을 찾아 떠났다. 손 붙들고 사람 없는 계곡으로 가서, 몇 가지 동물들로 들러리를 세웠다. 산에 사는 귀여운 새들아, 예쁜 짐승들아, 우리는 혼인한다. 랄랄! 그렇게 치른 식이었다. 그날을 위하여 은종이 금종이를 오려서 만든 새들은 산벚나무 가지에 걸어놓았고 풀밭에 분홍 다람쥐와 파랑 사슴, 하얀 코끼리까지도 세워놓았다. 그리고 들꽃들을 꺾어서 치장을 했다. 그 일을 생각하면 지금도 기분이 좋다. 그리고 우리는 그의 자취방에서 살기 시작했는데 그런지 꽤 한참 후에 친구들을 몇 불러 혼인공포식 같은 피로연을 했던 것이다.

밥하고 설거지하고 걸레질하고⋯⋯ 그리고 또 밥하고 설거지하고 걸레질하고, 배추 사고 무 사고 호박 사고 벽지 바르고 못 박고 물건 들여놓고 하수구 뚫고⋯⋯ 나의 남자에게 그토록 소중한, 그러나 나와의 결혼이 못마땅하다는 시댁 식구들의 소리 없는 핍박에 몇 차례 싸움도 하며, 그래도 틈틈이 껴안고.

결국 사는 것이 무엇인가에 대해 다시 한 번 생각해 보지 않을 수 없게 하는, 그 결혼이라는 것을 하고 난 후, 우리 부부는 아기 가지는 일을 인위적으로 조절하는 대불경죄에 가담했었다. 손쉬운 피임약은 내 핏속에 이상 콜레스테롤 현상을 초래했으므로 끊어버리지 않을 수 없었고, 그 뒤에 사용한 것이 바로 임신가능주기 피하기였다. 그러니 나의 아기는 말하자면 우리 부부의 방어벽에 뚫린 틈을 교묘히 비집고 들어온 막대한 자연의 위력이다. 우연한, 동시에 하나의 필연인 그 우주의 생성은 자신의 탄생을 위해 우리 부부를 맺어지게 만들었던, 좀더 거슬러 올라가면, 남녀 양성을 갈라놓고 서로 간에 성욕 내지는 결합욕을 느끼도록 유도한 원초적 막강한 의지?의 혁혁한 성공이었다. 아기, 그 눈물겨운 성취. 숱한 실패와 좌절을 '극복'하고 태어난 하나의 세계. 아! 세계!

그 우주는 내 뱃속에서 쿵쾅거리며 성장하고 있다. 쿵쾅! 쿵쾅!⋯⋯ 그러나 나의 남자는, 그러니까 아기의 아버지는 그 소리에 대해 아무것도 알지 못한다. 생명체로 생겨나기 위해, 이 지상의 삶을 알기 위해, 가을 철로변의 들꽃과 쿰쿰한 완행열차의 내부, 이런저런 상황에서 먹어보는 맛없고 맛있는 음식과 포근한 엄마의 품…… 그런 모든 것을 알기 위해 그의 유전자를 이용하는 데 성공한, 한 엄청난 존재의 소리를 전혀 듣지 못하는 것이다.

그가 윗도리에서 쑤석쑤석 무엇인가를 꺼낸다. 소형 트랜지스터. 음악을 들으려는 거겠지. 나는 조금 외로워진다. 내 마음을 눈치 채기라도 한 듯 그가 내 귀에 잠깐 동안 리시버를 대준다. 자기가 무엇을 들으려는가 보고한다는 태도다. 팬 플루트의 애절한 음조가 가슴을 쑤신다. 문득 내가 이 여행을 즐기고 있다는 행복한 생각이 든다. 기분이 좋아져서 다리를 쭉 뻗어본다.

"우리, 이사해야겠어요."

"아니 왜?"

"집이 비좁은데."

"엉덩이 부비고 살 만한데 뭘. 아직은 하는 수 없지."

"찾아보면 될 건데. 안 된다는 소리부터……"

울컥! 속으로 짜증이 나려고 한다. 그렇지만 가여운 나의 남자는 그것이 의미하는 바를 잘 모른다. 짜증은 생활의 싱싱한 잎새들의 진을 빨아먹는 진디라니깐…… 자기 여자가 되어버린 사람의 말은 기차 속에서 듣는 기차 소리처럼 들리지도 않는 모양이지…… 그렇지만 그는 진디가 얼마나 무서운지 모르는 것이 틀림없다. 처녀 적 우리 집 베란다에는 어머니가 키우시던 고추와 가지와 장미 따위가 있었다. 어머니가 병원에 입원하신 늦은 봄, 나는 그 화분들에 진디 몇 마리가 붙어 있는 것을 보았다. 그것들은 몰래 아주 아주 얌전히 생겨나더니 조심스레 새순에 촘촘 매달려 있었다. 그리고 지루한 장마와 함께 드디어 엄청난 초록 군단의 무서운 모습을 드러냈다. 힘없는 물주머니 같은 조그만 생물들은 그들의 엉덩이를 빠는 개미 떼의 곰살맞은 시중을 받아가며 자기들을 먹여 살리던 고마운 생명을 처참히 짓이겨 놓았던 것이다. 식물의 상태는 끔찍했다. 그 여름이 다했을 때 어머니도 영영 눈을 감았다. 그녀는 수술을 받기 전전 날 침대 위에서 가느스럼 눈을 뜨고 물었었다.

"너 화분에 물 잘 주니?"

어머니는 자신이 돌아와 그 화분을 다시 볼 수 있는 줄로만 알았던 것이다.

나는 입을 다문 채로 있다. 내가 만일 집 이야기를 계속한다면 나는 행복을 위한 대장정인 이 여행의 기분을 완전히 망치고야 말 것이다. "그렇지만 집을 늘여야겠어." "왜? 무슨 딴 이유라도 있어?" "식구가 늘 거니까." "그럼…… 아니, 그럼 우리한테 아기가?……" 따위로 이어질 수 있는 대화의 도식을 나는 포기한다. 그러나 우울하다. 머릿속에 짜증스런 생각이 계속 번지고 있기 때문에.

피곤하고 힘든 궁리는 다 나한테 떠맡기구…… 자긴 공부밖에 모르는 남자라고 자랑 아닌 자랑…… 아기 얘길 하면 좀 나아질까? 나는 그로부터 픽 고개를 돌려버린다. 나의 이 신체 언어에 대해 그는 무심한 채로 남아 있다. 아마 음악이 감미로운 거겠지…….

뿌웅! 기차는 굴을 통과하고 있다. 차창에 내 얼굴이 비친다. 그리고 나를 바라보지 않고 있는 그의 옆모습이 비친다. 나는 토라져서 더욱 확실히 돌아앉고 싶다. 그러나 더 이상 돌아앉을 수 없다. 할 수 없이 나는 나의 실제 모습보다 예뻐 보이는 내 얼굴을 들여다보며 잠시 미소를 지어본다. 사람이 죽으면 영혼의 모습이 그렇게 보일지도 모른다.

문득, 내 얼굴이라고 믿은 그 입가에 어머니의 미소가 보인다. 엄마가 웃을 때 저랬어! 나는 놀란다. 그리고 그 엄마의 얼굴에 또 다른 무수한 어머니들의 얼굴…… 거울 속의 거울 속의 거울 속의 거울 속의…… 무한한 세계가 자꾸 무한대로 비쳐지고 있는 것을 본다. 나는 그 무한의 상에 압도당한다. 저 존재가 무엇이란 말인가. 나의 존재는 이 무한한 영상들의 거울, 이 세계와 저 세계 사이의 하나의 블랙홀일지도 모른다.

이 불확정의 세계 속에 흔들리는 또 하나의 문턱인 나를 넘어서 내 아기가 이 세상으로 들어서려 하고 있다. 그 터널은 끝나지 않는 나선의 미로 같은 터널, 거울 속의 거울 속의 거울……처럼, 어머니의 어머니의 어머니……로 계속되는 끝없는 터널이다.

뿌웅! 기차는 굴을 빠져나왔다.

문득 기차가 굴을 다 빠져나올 때까지 그가 차창에 비친 자기 아내의 '예쁜' 모습을 한 번도 쳐다보지 않았다는데 생각이 미친다. 아쉽다. 그리고 다시 속상해진다. 뭐야. 뭐. 아기가 생겼는데 그것도 모르구…… 그것도 모르구…… 씩씩…….

나는 눈을 흘긴다. 그는 그래도 모른다. 나는 그를 갑자기 꼬집는다. 그가 놀라는 얼굴을 내게로 돌린다. 공격을 받을 때의 기계적인 불쾌감까지 서려 있다. 어쩔 수 없다. 나는 벌써 돌을 던졌다.

"치!"

"왜 그래?"

"남이 하는 말 무시하고, 뭐!"

"언제?"

"내가 뭐라고 하는데도 가만 있잖아요."

"자기가 말을 끊었지 언제 내가?"

사실이다. 그러나 그는 당연히 관심을 표했어야 한다. 내가 말을 중단한 까닭을 알려고 했어야 한다.

그는 그에게 발신된 신호를 포착하지 못했다. 또는 자기 여자와 자신 사이에 얽히는 수많은 기호들에 대해 무심했다. 부부간에 그런 중대한 범죄는 아내보다 남편들이 더 자주 짓는 모양이다. 남자들의 감성이 그만큼 무디다는 얘기일까?

"왜 여자란 생물은 작은 일에 그렇게 신경을 쓰지? 난 정말 영문을 모르겠어."

아귀가 맞지 않는 문틀을 고쳐주겠다고 약속하고 나서 몇 달을 미룬 남편에게 드디어 심하게 화를 냈던 날, 그가 한 말이다.

"도대체 그게 뭐가 중요해. 정말 중요한 건 우리가 서로 사랑한다는, 그 사실 아냐?"

옳은 말이다. 마음에 드는 말이기도 하다. 그래도 그는 알아야 한다. 평화롭고 아름다운—이 말은 너무 거창하다—적어도 안심되는 공간을 가지지 못하는 것이 얼마나 그의 아내의 영혼을 불안하게 하는가를. 아기는 지금은 엄마의 뱃속에 쪼그리고 들어앉아 깊은 '우주적' 사색에 잠겨 있을 테지만, 길고 긴 터널을 통과하여 우주복을 빼앗긴 우주인처럼 이 세상에 떨어져 내렸을 때 얼마나 가지가지 복잡한 요구를 할 것인가를.

그러나 '착한' 아내는 가엾게도 응석을 부린다.

"그럼 집에 대한 신경 써줄 거지?"

"그래. 그래. 알았어."

'현명한' 아내는 이야기를 그쯤에서 타협 짓기로 한다. 그러나 역시 둥지가 구멍 나지 않았나 의심하는 새처럼 엄청나게 불안해진다. 엄청나게 무서워진다.

그러나 오늘 밤 우리는 집이 아닌 어느 다른 곳에서 잘 것이다. 그곳은 어쩌면 냄새나는 여관일 테지. 그는 나의 육신을 요구할지도 모른다. 나는 거절할 것이다. 그렇지만 부드럽게 굴어야지. 그가 새로운 환경에서 새로운 자극을 느낀다 해도, 그래서 내가 그에게 맞추어 줄 것을 열망할지라도, 나는 여관이나 호텔에서의 정사가 싫다. 불결의 불쾌감을 극복하게 해줄 것은 아무것도 없기 때문이다. 결혼 무렵 그가 날 이끌고 들어간 여관의 벽과 숱한 남녀의 살덩어리들이 썩고 있는 이부자리에 내 살을 대는 것마저도 구역질을 참기 어려웠는데…… 우리는 그날 밤 알 수 없는 상처를 주고받았었지…….

　파리 한 마리가 아까부터 우리의 좌석과 연접한 몇 개의 좌석 사이를 날아 돌아다니고 있다. 녀석이 무임승차를 한 사실에 아무도 주의하지 않았을 것이다. 그것이 기생충들의 특권이다. 서울 파리일까? 아니면 두엄 냄새를 경멸하게 된 어느 시골 파리가 승무원처럼 계속 기차를 따라 왕복여행을 하는 것일까? 놈이 어느 기차역에서 내릴지 안 내릴지, 알 수 없다. 하긴 평생을 기차의 실내에 살아서 안 될 것도 없으리라. 적당히 풍족한 먹이와 알맞은 온도가 유지될 테고, 어쩌다 비슷한 운명을 지닌 이성 파리를 만나면 한 번쯤 생식을 시도할 수도 있을 것이다. 강한 희귀성을 보이는 파리는 몇 지점을 골라 반복하여 앉는다. 앞좌석 미남의 머리카락에 잠시 앉았다가 다시 도색잡지를 보던 남자의 콧등을 스치며 그의 손짓을 비껴난 후 이번에는 내 머리 위에서 윙윙거린다. 나는 마치 폭격기가 날아오는 것처럼 몸을 피한다. 놈은 드디어 내 바로 앞 쪽의 의자 등받이 커버에 편안히 앉아 손을 부비고 있다. 머리를 감는 남자처럼 둥글고 커다란 마치 방독면 유리 같은 두 눈이 달린 대가리를 한 번 쓸어내리고 앞발을 비비고 또 뒷발을 비비고…… 시커먼 몸뚱이에는 막시류의 당당한 날개가 달려 있다. 곁에서 아주머니의 머리가 움직이자 파리가 다시 한 번 비상을 시도한다. 막강한 빨판이 달린 발로 지상의 엄청난 중력을 무시하면서 반들반들한 유리창 위를 자유자재 걸어 다니더니, 다시 의자 밑으로 하강하여 아주머니가 조금 전에 마시고 난 콜라의 병 주둥이를 열심히 뽀뽀하고 있다. 나는 파리에게도 꿀을 빠는 꿀벌이나 나비에게와 마찬가지로 빨주둥이와 날개가 달려 있는 것에 몹시 불만을 느낀다. 파리를 보면 마치 불결한 세상사에 능란한 사람들을 보는 것만 같다. 곤충들은 거의 같은 변신 과정을 거친 후, 각자 자신의 날개를 단다. 그러나 무엇에서 번식하고 무엇을 먹고 어디서 돌아다니는 습성을 지녔는가가 그들의 날개에 본질적으로 엄청난 차이를 부여하는 것이다.

　방금 기차는 또 하나의 역을 통과했다. 다시 말해 또 하나의 소도시를 지나쳤다. 앞에 앉았던 아주머니와 은근히 나를 피곤하게 하던 미남이 내렸다. 우르르 새로운 사람들이 몰려들어 자리를 확인하고, 그리고 여행의 그 길고도 짧은 기간 옆 사람보다 더 편안한 앉음새를 확보하려고 보다 넓은 엉덩이 면적을 의자에 비벼 문지르며 꿈틀거리고 있다. 영토권 싸움이다. 빈 앞자리에는 대학생인 모양의 10대들이 자리를 잡고 앉아 떠들기 시작한다.

　"야, 근데, 근영이, 그 '밥맛' 하고 잘돼 간대?"

　"넌 왜 그렇게 유감이 많냐? 걔가 그래 봬도 지네 과에선 킹카래더라. 몸매도 미끈하게 잘 빠지구. 얼마 전에 보니깐 둘이서 고상하게 연극구경 가던데."

　"뭘?"

　"〈왔다 인생〉"

　"그거 되게 웃긴대더라……"

"걔가 요새 인긴가 보지?"

"수목드라마 〈야생마의 분노〉에서 열연 중이잖아."

텔레비전과 황색물의 위력은 어디를 가나 우리를 놓아주지 않을 모양이다. 그것이 바로 오늘의 '문화'다. 나는 눈을 감는다. 소리를 차단할 수가 없다. 손을 내민다. 남편이 그 손을 잡아준다. 아마 내가 자기의 손을 원한다고 믿는 모양이다. 나는 잠시 그대로 있다. 내가 뜻한 것이 그의 손이 아니라 트랜지스터라는 것을 구태여 알릴 필요는 없을 것이다. 본질적으로 내가 그의 손을 원하지 않는 것도 아니지 않는가. 잠시 후 나는 그에게서 말없이 라디오를 뺏고 귀에 리시버를 꽂는다. 브람스가 흐른다. 창을 바라본다.

창밖에 노을이 지기 시작한다. 하늘이 곱다. 무진장 곱다. 놀랍게 타오르는 붉은 빛이 엷은 구름 너울로 스며들고 있다. 부끄럼을 타는 분홍의 저 뺨은 곧 식을 것이다. 철길을 따라 핀 코스모스들이 저녁 한기 속에 더욱 애잔하게 목을 흔들어댄다. 빨강 하양 분홍의 꽃잎들이 남은 태양의 빛살을 더욱 많이 기억하려고 발돋움하고 있다. 모든 빛은 하루의 연소 뒤에 어둠의 숯으로 사위고 있다. 그것이 공연히 슬프게 느껴진다.

"꽃들 좀 봐."

나는 팔꿈치로 그를 건드린다. 내 눈에 아름다워 보이는 것, 지금, 바로 여기, 가 아니면 다시 만날 수 없을 것들을 그와 공유하고 싶어하는 것이다. 그는 나의 초대에 응하여 창밖으로 눈을 준다.

"이쁘지?"

"그러네."

밍밍한 어조로 대꾸하고 그는 곧 자세를 바로 한다. 꽃길도 끝나 있다. 나도 자세를 고친다. 삽시에 창밖은 어두워지고 있다. 이 기차 안에서 내가 열심히 생각하는 것은 무엇인가. 나의 아기를 깨끗하고 보드라운 그물에 받아내고 싶다는 하나의 소박한 염원…… 사랑, 행복, 순수, 그것들은 너무 어렵거나 너무 엄청난 말이며, 이슬방울보다도 여린 저 '순간'의 세계에 속할 따름인가? 현대는 그런 말들을 '유치'와 동의어로 파악하도록 끊임없이 강제하여 왔다. 그렇지만…… 난…… 타협하지 않을 거야. 마음속으로 고집을 피운다. 문득 내가 아기의 소식을 담보로 남편에게 너무 으스대고 있다는 생각이 든다. 이 감질 나는 유예, 마치 보물을 꺼내놓기 전에 한참 뜸을 들이는 사람 같은 내 심정…… 조금 우습고, 조금 서글퍼진다. 아무려나, 이 여행에는 끝이 있다. 끝나기 전에 아기의 소식을 말할 수 있을까?

"배 많이 고파?"

고맙게도 나의 남자가 그의 여자에게 관심을 표시한다.

"괜찮아."

하지만 사실은 배가 고프다. 아기가 내 살과 피를 조금씩 조금씩 가져가고 있기에 더 그럴 것이다.

"난 많이 고픈데."

그러면 그렇지. 그는 언제나 나보다 빨리 배고파하니까.

"조금만 더 가면 돼. 내려서 맛있는 거 사 먹자."

나는 고개를 끄덕인다.

"조금 우울해 뵈는데?"

"아냐……"

나는 양순하게 대답한다.

"벌써 어두워졌어."

그가 말한다.

"밤 여행도 낭만적이지?"

나는 고개를 끄덕인다. 모든 낭만적인 영혼은 밤에 깨어나는 법이니까.

"저것 봐요. 벌써 샛별이 돋았어."

그가 아주 상냥하게—나는 그의 상냥한 음성을 너무나 좋아한다—말한다.

"느직 출발한 것도 좋았던 것 같애. 오늘 밤 별 잔치, 대단할 거야."

그는 나와 보냈던 그 산속의 밤을 기억하는가 보다. 별들은 하늘에서 와르르 쏟아져 내릴 듯 은하의 장관을 보여주었었다. 칸트가 그랬다던가. 언제나 나의 가슴에 한없는 숭경을 불러일으키는 것은 밤하늘 가득 빛나는 별들과 빛나는 도덕률이라고. 그 누가 맑은 밤하늘을 쳐다보며 숭경감을 가지지 않을 수 있을까. 모든 경계가 의미를 잃는 그 우주의 찬란한 발현 앞에서.

어느 시간의 0시 지점. 대폭발에서 출발한 우주는 은하계와 은하계 사이의 거리를 늘여가다가 결국은…… 그 시간의 끝에서는 무슨 일을 기대할 수 있을까.

창밖에 별들이, 우주의 과거가 빛나고 있다. 그리고 나와 나의 남편과 내 뱃속의 아기는 기차를 타고 또 어느 시간의 터널을 지나고 있다. 엄연한 '현재'인 우리들과, 현재이며 '미래'인 우리의 아기와, 창밖에 빛나는 '과거'가 그렇게 함께 공존하고 있는 것이다. 아! 우리의 아기는 어쩌면 은하보다도 더 먼 우리의 과거인지도 모른다. 그것이 시공의 현상이다.

별들이 반짝이고 있다. 그 엄청난 것, 거대한 우주의 진실이 매일 밤 내 머리맡에 빛나고 있건만 나는 여전히 어이없이 사소한 것들에 흔들리는 일상의 호리병 속에 갇혀 있다.

구태여 오늘 아침 같은 희극적인 소란이 아니더라도 언제나 비틀거리는 삶. 끊임없이 배고파하고 졸려 하고 화내고 슬퍼하고…… 거창한 예를 들 것도 없이 남편이 두세 시간만 늦게 들어오면 바가지를 긁고 벽이 새는 것을 고쳐주지 않는다고 짜증을 낼 것이다. 아니지, 지금 당장 아기가 생긴 것을 선선히 말하지 못하며 온 신경을 곤두세우고 바스락거리고 있다. 그뿐 아니라 당장에 우리가 내려야 할 시골 간이역을 놓치지 않으려고 차내 방송과 창밖의 표지판 따위의 정보들을 포착하기 위해 눈과 귀를 내내 열어두고 있지 않으면 안 되는 것이다.

'나의' 남자의 표정에 민감히 반응하며, 그의 그물 속에 모든 것을 이리 저리 배열해 놓고는 제 풀에 감격하고 실망하고 기뻐하는 나. 그물이 튼튼할수록 만족하고, 조금이라도 틈이 보이면 깊이깊이 마음 상하는 허약한 존재. 나는 눈을 감는다.

그물 기워요. 열심히 기워요…… 모든 것은 하도 미끄럽고 하도 날쌔어 도무지 잡아두기 힘든데, 그러나 도리어 그 속에 붙잡히기란 또 얼마나 쉬운가. 내가 소유한다고 믿는 모든 것에 어리석게 잡혀 있는 나. 창밖에 빛나는 별들, 어느 영원과도 같이 먼 과거 속에 여행을 떠난 존재의 빛, 그 시간의 허상에도 불구하고 이 몸뚱이 속에 잡혀 있는, 나는 지금 또 어느 과거를 살아가고 있는 것일까? 그와 나 그리고 우리의 아기는?

기차는 부드럽게 덜컹거리며 달리고 있다. 밤의 살 속을 헤집고 들어가는 하나의 화살.

"졸지 마. 바로 다음에 내려야 돼."

그가 말하고 있다.

난 졸지 않아…… 피곤하긴 해도, 이런 순간에마저 졸아버리기엔 우리 삶은 너무 아린 걸…….

세상 밖으로

이승우

1959년 전남 장흥 출생.
서울신학대학 졸업.
1981년 《한국문학》 신인상으로 등단.
작품집 《구평목 씨의 바퀴벌레》《그의 수렁》《가시나무 그늘》 등.

세상 밖으로

지난봄에 나는 이 세속 도시에서의 아등바등을 더 이상 견딜 수 없는 심정이 되어 있었고, 마침내 세속의 번잡함으로부터 몸을 피하기로 작정하고 말았다. 그 작정은 불쑥 치밀어 올랐고, 나는 거역할 수 없었다. 나는 거역하고 싶지 않았다. 나는 아무런 계획도 세우지 않고 혼자서 여행길에 올랐다.

여행을 떠나는 사람이 품게 되는 가장 은밀하고 원초적인 욕망은 무엇일까를 나는 생각했다. 그것은 자신의 가장 은밀하고 원초적인 욕망까지를 포함하여 모든 욕망을 지우는 것이 아닐까. 모든 욕망과, 그 욕망들의 근거인 모든 관계들을 지우고, 이런저런 관계들이 만들어내는 모든 종류의 구질구질한 일상의 규칙과 관습으로부터 자유로워지려는…… 따라서 모든 여행에는 목적이 없다. 목적은, 그것이 무엇이든 간에 언제나 사태를 심각하고 무겁게 만드는 경향이 있다. 내가 이해하는 한, 심각하고 무거운 것은 순수를 모른다. 목적이 무엇인가. 그것은 개별적인 욕망의 공식화에 다름 아니지 않는가. 그것들이 우리를 억압하려 하는 것은 당연하다. 목적은, 즉 욕망은 자유를 신뢰하지 않는 법이다. 자유가 한없이 부드럽고 더할 수 없이 가벼운 것은, 그것이 다른 목적, 즉 욕망을 가지고 있지 않기 때문이다. 자유는 자유이기 때문이다. 자유를 가지고 무엇을 하려는 자들에 의해서 자유는 종종 훼손당한다. 자유는 그것을 가지고 무엇을 할 수 있는 것이 아니다. 우리는 그 점을 명심해야 한다. 여행에 대해서도 마찬가지 말을 할 수 있다. 공식화된 욕망에 불과할 따름인 특정한 목적에 따라 이루어지는 여행이라면, 그것은 바람직스럽지 못하다. 여행은 아무런 목적도 욕망도 허용하지 않아야 한다. 단지, 모든 욕망과 목적으로부터 자유로워지려는 욕망—목적만을 허용할 수 있을 뿐이다. 목적 없는 것의 순수함, 목적 없는 것의 부드러움, 목적 없는 것의 자유로움에 대한 그리움이 우리를 여행의 길로 이끄는 것이다.

그때, 나의 여행은 그저 떠남이었다. 저곳에 닿기 위해서 이곳을 떠남이 아니었다. 이곳을 떠나는 것으로 충분했다. 따라서 아무 곳도 저곳이 아니었고, 또 동시에 아무 곳이나 저곳일 수 있었다.

도시에서, 나는 이름을 대면 누구라도 금방 알 수 있는 한 기업가의 원고를 대필해 주면서 겨울을 다 써버렸다. 유난히 추웠고, 바람이 몹시 거칠게 창유리를 때리곤 했다. 이 도시의 한복판에 우뚝 솟은 그 기업가 소유의 빌딩 한 귀퉁이에 마련된 집필실에 갇혀서 나는 유난히 험악한 바깥 날씨만큼이나 정나미 떨어지는 원고들을 만져야 했다. 그것들은 대부분 '나는 이렇게 성공했다'는 식의 자기 자랑에다가 '당신도 부자가 될 수 있다. 진정으로 출세하기를 원한다면 이렇게 하라'는 훈계 투의 처세술에 불과했다. 예컨대 이런 식이었다.

'돈의 가치를 알 만한 나이가 되면 돈을 갖고 싶어하는 것이 사람의 본능이다. 그러한 욕망을 느끼지 않는 사람이 있다면 그 사람은 여자의 나체를 보고도 성욕을 느끼지 못하는 고자나 마찬가지다. 그러나 돈을 가지고 싶다는 욕망, 그것만으로는 부자가 될 수 없다. 돈에의 욕망이 집념으로 변해야 하고, 집요하리만큼 돈에 집착하지 않으면 안 된다. 권컨대, 돈을 사랑하라. 돈은 너의 인생을 바꾼다. 이 세상에서는 돈이 말을 한다. 가장 확실하게 말한다……'

처음부터 끝까지 천편일률적으로 돈타령이고, 돈타령이 아니면 출세타령이었다. 억울하면 출세를 하고, 출세를 해서 큰소리치며 살라는 투였다. 참 쓸쓸하고 무시무시한 내용들이었다. 그처럼 황당한 벌거숭이의 원고에 그럴듯하게 포장을 덮어씌우는 작업을 하면서 나는 줄곧 쓸쓸하고 무시무시한 기분에서 벗어나지 못했다. 자꾸만 내 몸이 조그맣게 오그라져 붙는 것 같았다. 말을 하기가 싫었고, 사람을 만나는 것은 더 싫었다. 무엇보다도 심각한 것은 글자를 만지기가 끔찍스러워진 것이었다. 글자들은 무슨 더러운 벌레들처럼 내 원고지 위를 기어 다니곤 했다.

나에게 있어 글자들은 오래전부터 아름다움이었고, 행복함이었고, 따뜻함이었다. 아주 어렸을 때부터 글자들을 만지면 가슴속이 환하게 밝아오곤 했다. 나는 기꺼이 글자들이 만들어 보여주는 아름다움과 따뜻함의 세계에서 살게 되기를 꿈꿔왔다. 그런데, 벌레들이라니…… 어처구니가 없었다. 벌레들은 내게 불결함과 역겨움의 상징이었다. 나는 한 번도 벌레를 내 손으로 죽여본 적이 없었다. 벌레들은 내가 꾸는 악몽 속에서 언제나 악역을 맡아 했다. 놈들은 괴물처럼 커져서 나를 집어삼키기도 했고, 내 몸 속으로 스멀스멀 기어들어오기도 했다. 나는 자주 벌레들에게 쫓겨 다녔고, 마지막에는 놈들에게 물려서 비명을 지르곤 했다. 그런데 벌레라니…… 사정이 그러하고 보면, 늘 글자들을 만지지 않으면 안 되는 사람에게—나는 한때 종합 월간지의 취재 기자였다. 배운 도둑질이라고 요새도 남의 글이나 대필해 주면서 살아가고 있다. 사람들은 더러 나를 자유기고가라고 부르는 것 같다. 그야 아무려나 상관할 바 아니다—글자들이 벌레로 보인다는 건 그대로 재앙이나 한가지였다.

그와 같은 재앙을 피해 보려는 무의식적인 기도였던가. 봄이 피어나려 할 무렵에 나는 이 도시를 그대로 팽개치고 내빼버렸다. 도시의 한복판, 임시로 내게 배정된 집필실에 쓰다 만 원고지들을 어지럽게 늘어놓은 채 나는 떠났고, 목적 없이 쏘다녔다.

여러 종류의 차를 탔고, 배도 탔다. 허허벌판을 발바닥이 부르트도록 걷기도 했고, 험준한 산을 기를 쓰고 오르기도 했다. 어떤 날은 시골 장터에서 떠돌이 약장사와 어울려 밤이 새도록 술을 마셨고, 또 어떤 날은 강바닥에 드러누워 하루 종일 하늘을 올려다보기도 했다. 그 이야기들을 어떻게 다 늘어놓을 수 있으랴. 또 그 여행지에서 겪은 일들을 일일이 주절거려서 무슨 유익을 얻을 수 있으랴. 어디를 가나 사람들은 살고 있었고, 사람들마다 제 나름의 내력들을 지니고 각각의 방식으로 삶을 꾸려가고 있었노라고만 해두자.

하지만 내가 신선을 만났다고 말하면 당신은 어쩔 텐가. 믿지 않을 테지. 대명천지에 무슨 뜬딴지 같은 신선 타령이냐고 코웃음부터 치고 나설 테지…… 그렇다면, 벌써 십 년도 전에 실종되어 이제는 죽은 것으로 알려진 어떤 위인을 만났다고 한다면? ……당신은 둘 가운데 어느 쪽에 귀를 기울이겠는가. 아무래도 신선보다는 과거 언젠가 이 땅에 살았던 사람 쪽을 택할 테지. 하지만, 가령 내가 만난 그 사람이 한때 이 나라의 정보를 주무르고 여론을 조작하면서 엄청난 권력을 휘두르다가 치열한 권력 싸움에서 밀려났고, 그 이후 실종되어 이제까지 모습을 나타내지 않고 있는 위형식이라면 어떨지……. 위형식이라는 이름을 들으니까 이제 귀가 솔깃해지는가. 대부분의 사람들에게 그는 죽은 것으로 되어 있다. 파워 게임에서 밀려난 그가 서툴게도 외국 국회의 인권위원회에 나가 이 나라 권력층의 치부를 폭로했고, 거기다가 한술 더 떠서 이른바 자서전이란 것을 집필함으로써 권력의 핵심부에 있는 사람들의 비위를 건드렸는데, 그런 행위를 용납할 만큼 이 나라의 권력이 참을성이 있지 않다고 사람들은 생각하는 것이다.

그 사람을 만났다는 나의 말을 사람들은 좀처럼 믿으려 하지 않는다. 내가 거짓말을 하고 있거나 농담을 지어내고 있다고 단정해 버린다. 당신도 예외는 아닐 것이다. 더구나 아닌 밤중에 홍두깨식으로 뜬금없이 신선까지 들먹이니, 내 정신이 어떻게 되었거나, 그렇지 않으면 내가 무슨 상상력 실험이라도 하고 있는 줄 아는 모양이다.

내가 뒤집어쓴 불명예스런 누명을 벗어버리기 위해서라도 나는 비교적 자세하게 말해야겠다. 주저할 이유가 없다. 나는 이제부터 아무런 욕망 없이 떠났던 지난 여행길에서 아무런 목적 없이 마주친 한 만남을 기억해 보겠다.

그때 내가 내 고향 근처의 길흥까지 떠밀려간 것은 물론 전혀 우연만은 아니었다. 떠돌이 생활에 조금 지쳐갈 무렵, 나는 오랫동안 잊고 살아왔던 고향을 떠올렸었다. 고향에는 친지라고 할 만한 사람이 없었다. 우리 가족은 내가 중학교 교복을 입자마자 조상들의 뼈가 묻혀 있는 고향을 떠났다. 도시에서 가방공장을 제법 크게 한다는 친척 어른이 희망 없이 땅만 들여다보고 사는 일가 사람들을 불렀던 것이다. 친척이 많지 않았던 우리 집안은 다투어 도시로 올라갔고, 고향에는 죽은 조상들을 돌볼 사람도 한 명 남기지 않았다. 한동안은 명절이면 고향을 다녀가곤 했다. 마을은 언제 와봐도 우리가 떠날 때와 똑같았다. 몇 년에 한 번씩 마을회관 건물에 새로 페인트칠이 되어 있거나, 마을로 들어서는 나무 다리가 시멘트 다리로 바뀌어 있는 정도가 고작이었다. 마을은 늘 고여 있었다. 고여서 슬프게 늙어가고 있었다. 그러나 그 마을도 가본 지가 까마득했다. 조상들을 서울 근교의 공동묘지로 이전해 버린 뒤로는 정말이지 발걸음할 기회가 영 생기지 않았다.

그런데 내가 길흥을 찾아간 것이다. 길흥은 내가 태어난 고향에서 20리쯤 떨어진 이웃 마을이었고, 우리 마을이 속해 있는 면소재지이기도 했다. 그곳으로 발길을 잡도록 유인한 힘이 무엇이었는지 말할 수 있다. 그것은 몇 개월 전에 읽은 어떤 소설에 대한 기억이었다. 정처를 정하지 않은 나의 여행길의 어느 순간에 문득 얼마 전에 읽은 소설 하나가 떠올라주었다. 나는 매우 우연하게 한 문학 잡지에 실린 그 소설을 읽었었다. 제목은 〈일식에 대하여〉였고, 그 소설을 쓴 사람은 이승우였다. 나는, 지금도 마찬가지이지만, 이승우라는 소설가에 대해 전혀 아는 바가 없었다. 요즘은 문예지를 넘기다보면 낯선 이름들이 많이 눈에 띄었다. 그것이 독자인 나의 게으름 탓인지, 소설가의 대량 양산과 관계된 것인지에 대해서는 뭐라고 말할 입장이 아니다. 그야 어쨌든 대부분의 경우 낯선 작가의 소설에 눈이 잘 가지 않는 것은 어쩔 수 없는 형편이었다. 더구나 그놈의 〈일식에 대하여〉는 300장이 넘는 중편이었다. 쉽게 읽혀질 까닭이 없었다. 나는 그저 건성으로 페이지를 넘겼다. 그런 식으로라도 이 낯선 작가에 대한 인상을 남겨두려는 속셈으로였을 것이다.

그런데, 그런 나의 불성실한 눈길을 끌어당기는 글자가 있었다. '길흥'이라는 지명이었다. 그것만이 아니었다. 군데군데 '청관산'이라는 산 이름도 나왔다. 길흥면 전체를 둥글게 휘어 싸고 있는 산 이름이 평관산이었다. 나는 이 소설에 나오는 길홍이 내가 알고 있는 고향의 그 길홍이라면, 소설 속의 청관산도 평관산의 오기이거나 의도적인 변형일 것이라고 쉽게 추측해 버렸다. 이 낯선 작가가 어쩌면 나와 동향일지도 모르겠다고 생각하면서 약력을 찾아보았지만, 그 소설가의 신상에 대한 언급은 어디에도 없었다. 나는 순전히 그 길홍과 청관산이라는 지명이 불러일으키는 유인력 때문에 그 소설을 끝까지 읽었다. 소설의 내용은 어렴풋하지만, 거기 묘사된 길홍의 지리와 풍물은 내 기억과 거의 대부분 겹쳤다. 이 소설가가 어떤 식으로든 길홍을 알고 있음에 틀림없었다. 나는 반가움과 신기함으로 가슴이 뛰었다.

무엇보다도 나의 호기심을 자극한 것은 그가 묘사하고 있는 '청관산'이었다. 평관산을 올라가본 적이 있었다. 국민학교 6학년 때던가, 우리는 그곳에 소풍을 갔었다. 내 기억 속의 평관산은 굵은 나무들과 큰 바위들이 많고 물이 맑으며 봄에는 철쭉이, 가을에는 단풍이 아름다운 곳이었다. 내 유년의 기억에 의하면 그 산은 또한 많은 전설과 신비한 이야기들을 거느리고 있는 길홍의 영산이기도 했다.

그런데, 바로 그 평관산 안쪽으로 시멘트길이 뚫리고, 그 깊숙한 곳에 별장 한 채가 음침하게 들어서 있다는 것으로부터 그 소설은 시작하고 있었다. 그 별장에는, 이름을 대면 누구라도 금방 알 수 있는 한 출세한 정치인의 아버지가 갇혀 있다고 했다. 그 정치인의 이름은, 소설 속에서는 위하식이었다. 이 소설가가 실제 이름에서 글자 하나를 비틀어 소설 속에 써먹는 버릇이 있다는 점을 감안할 때, 그 위하식은 아마도 위형식의 변형일 터였다. 공교롭게도 위형식은 길홍 출신이기도 했다. 그렇지만, 이미 말한 대로, 그는 이미 정치인도 아니고, 이 땅 어딘가에 살고 있다는 확실한 증거도 없었다. 그는 권력의 핵심에서 밀려나면서 실종되었다. 벌써 십 년도 전에……. 그런데, 소설은 바로 그 자가 권력의 한복판에 있을 때의 이야기를 하고 있었다. 그 자가 자신의 노망한 아버지를 고향 마을의 산속에 별장을 지어 유기했고, 한 젊은 여자가 그 몸과 정신이 한꺼번에 상한 노인—그러니까 위하식의 아버지를 돌보는데, 노인은 새벽마다 짐승처럼 괴성을 질러댄다고 했다. 그의 묘사와 설명이 너무도 그럴듯해서 도저히 꾸며낸 이야기로는 생각되지 않을 정도였다.

그 소설을 읽은 후로 나는 이승우라는 소설가를 기억해 두었고, 가끔씩 길흥과 평관산을 그리워하기 시작했다. 그러나 그 소설가를 만날 수 있는 기회가 없었고, 소설 속에 그려진 사실에 대해서도 달리 확인해볼 길이 없었다. 나는 자연스럽게 이승우도, 평관산도 잊어갔다. 그런 소설을 읽었다는 사실조차 기억나지 않을 지경이 되었다.

그런데 그 여행길에서 문득 그 소설이 떠올라준 것은 무엇 때문이었을까. 나는 〈일식에 대하여〉를 떠올렸고, 길흥을 떠올렸고, 평관산을 떠올렸다. 그때 나는 한반도의 땅끝이라는 해남 근처의 토말 어딘가를 떠돌고 있었는데, 길흥은 그곳으로부터 그리 멀지 않은 거리에 있었다. 나는 망설이지 않고 길흥을 향했다.

길흥에 도착했을 때는 밤이 늦어 있었다. 나는 우선 하룻밤을 묵어야 했다. 이튿날 일찍 평관산을 올라가볼 참이었다. 여관 간판을 눈으로 뒤지며 버스 정류장을 막 벗어나는데 불쑥 내 앞으로 무엇인가를 내미는 사람이 있었다. 허름한 옷차림의 노인이었다. 노인은 아무 말도 하지 않았다. 허공에서 그의 손가락들만이 자유롭게 의사를 표현하고 있었다. 그는 입 대신 손으로 말을 하고 있었다. 그 손짓들이 어떤 절박감 같은 걸 거느리고 있긴 했지만, 나는 아무것도 읽어낼 수가 없었다. 벙어리일지도 모르겠다고 생각하면서, 나는 노인이 건네주는 종이를 받아들고 여관을 찾아 걷기 시작했다. 종이는 빳빳하고, 표면이 반질반질

했다. 아마도 무슨 광고 전단일 터였다. 내게 특별한 관심이 생겨날 까 닭이 없었다. 여관으로 들어서는 길가에 쓰레기통이 있었다. 나는 여관 문을 열고 들어가기 전에 그 종이를 손으로 구겨서 쓰레기통 속에 집어 넣어버렸다.

　평관산에는 새로 난 시멘트길 같은 것은 보이지 않았다. 혹시나 하고 이곳저곳 진입로를 뒤져보았지만, 그런 길은 아무 데서도 발견되지 않 았다. 그곳에서 만난 사람들에게 물어보아도 모르겠다고 했다. 어떤 노 인인가는 무슨 엉뚱한 소리를 지껄이느냐고 핀잔을 던지기까지 했다. 평관산이 어떤 산인데…… 시멘트를 처발라? ……노인의 말은 그랬 다. 우리 고장의 정기를 끊어버리겠다는 수작이여? ……노인은 마치 내가 지금 당장 산에 시멘트 길을 내겠다고 말하기라도 한 것처럼 인상 이 험악해졌다. 평관산의 길들은 옛날과 변함없이 꾸불꾸불하고 좁고 가팔랐다. 군데군데 흠집이 생기고 무너져 앉은 모양 그대로 방치되어 있는 평관산의 어느 곳에서도 새로 손을 본 흔적을 발견할 수가 없었 다. 평관산은 평관산 그대로 있었다.
　나는 일단 그 〈일식에 대하여〉의 작가가 그럴듯하게 묘사한 시멘트 포장도로의 존재를 부정해 버렸다. 그 자가 자신의 필요에 의해 시멘트 길을 꾸며내었음에 틀림없었다. 어쨌거나 그건 소설이었으니까. 그렇 지만, 그 별장은? 그리고 그 노인은? ……왜 그런지 그것까지 꾸며냈 으리라고는 생각되지 않았다. 모르긴 해도 그는 이곳을 잘 알고 있는 사람일 것이다. 어쩌면 이곳에서 태어나 오랫동안 살았는지 모른다. 그 리고 그는 최근에 이곳에 들러 평관산에 올랐을 것이고, 그 등산에서 매우 특별한 경험을 했던 것이리라. 엉뚱하게도 깊은 산속에 별장이 한 채 세워져 있었을 것이다. 별장이 아니라면 최소한 허름한 집이라도…… 나는 그렇게 생각했다. 저 깊은 산속에 무언가 있을 것이다. 나는 이승우라는 소설가를 완벽하게 무시해 버릴 수가 없었다.

평관산 속으로 깊이 들어가 보기로 한 것은, 따라서 너무나 당연했다. 나는 비좁고 험하고 굴곡이 심한 산길을 걸어 올라갔다. 미리부터 나의 산행이 결코 순조롭지 못하리라는 무슨 예감이라도 있었던 것일까. 등 뒤에 들쳐 멘 배낭에는, 대합실 근처에서 산 카스테라 빵과 라면이 코펠, 버너 등과 함께 들어 있었다. 공기는 하염없이 푸르렀고, 하늘은 수목들 사이에 걸려 휘청거렸다. 길은 자꾸만 비틀거렸고, 사라졌다가는 어느샌가 다시 나타나곤 했다. 새들이 여기저기서 푸드덕거렸다. 꿩이며 다람쥐 같은 산짐승들이 자주 나를 앞질러 달려가기도 했다. 그러나 사람들은 전혀 보이지 않았다. 이승우의 소설에 의하면, 조금만 들어가면 약수터가 나오고, 그곳에 배드민턴 따위 운동을 할 수 있는 장소가 마련되어 있다고 했다. 아침이면 이곳 사람들은 그곳에서 아침 운동들을 한다고 했다. 그러나 제법 많이 걸어 들어왔음에도 불구하고 그런 장소는 발견되지 않았다. 사람의 흔적조차 잘 느껴지지 않을 정도로 적막하기만 했다. 세상의 소음이 아예 들리지 않을 정도였다. 애초부터 그렇게 생겨먹은 산이 있다. 산길을 타고 어느 만큼 올랐는가 싶으면, 높아지는 것이 아니라 오히려 깊어지는 산세를 하고 있는 평관산이 그랬다. 그 안에 들어선 사람을 푹신한 요람처럼 푹 싸안아버리는 형국이라고 할까. 평관산은 그 넓고 우묵한 품으로 모든 것을 완벽하게 품어버린다. 이런 산에서는 유달리 조심해야 한다. 자칫 잘못하다가는 그만 길을 잃어버리기 십상인 것이다. 이렇게 생긴 산의 심장부로 들어가는 것은 따라서 미궁 속으로 빠져들어가는 것과 같다.

실제로 내가 그랬다. 나는 평관산의 심장부를 향해 걸어 들어갔고, 산의 심장부는 미궁이었다. 산은 깊었고, 아늑했고, 적막했다. 눈앞을 가로막는 아름드리 수목들 말고는 아무것도 보이지 않았다. 어느만큼 들어가자 어설픈 대로 형체를 이루고 있던 부실한 길마저 사라져버렸다. 나는 바위들과 수목들과 잡초들을 헤치며 앞으로 나아가야 했다. 나뭇가지 사이를 흔들거리는 공기들은 무겁고 축축했다. 낯설긴 하지만 함부로 무시해 버릴 수 없는 신령한 기운 같은 것이 그곳으로부터 전해져 왔다. 나는 그 기운을 원시적인 공간에 잠재해 있기 마련인 신성한 영기의 일종으로 이해했다. 그러자 어렸을 때 들은 적이 있는 전설 하나가 어렴풋이 떠올랐다.

내가 어렸을 때, 어른들은 아이들을 모아놓고 평관산의 정기에 대하여 자주 이야기해 주곤 했다. 그들 역시 그들의 어른으로부터 전해 들었을 그 오래된 이야기 속에서 평관산은 언제나 신선들이 사는 신령한 산이었다. 신선들은 병들지 않았고, 늙지 않았으며, 하늘을 날아다녔고, 세상 이치를 환히 꿰뚫고 있는 사람들이었다. 아주 오래전부터 이 산의 신령함은 소문이 나 있었다. 그래서 많은 사람들이 신선이 되겠다고 찾아들었는데, 그중에는 멀리 중국에서 바다를 건너온 사람들도 많았다고 했다. 그러나 세상의 이치가 그러하듯이, 평관산에 들어간다고 해서 누구나 신선이 될 수 있는 것은 물론 아니었다. 많은 사람들이 신선에의 꿈을 가지고 산 속으로 들어갔지만, 신선들의 거처를 발견하고 그 꿈을 이룬 경우는 극히 드물었다. 그러한 행운은 선택된 소수에게만 허락되게 되어 있었다.

그 극히 드문 경우의 하나로 김찬설金餐薛 옹에 대한 이야기가 전해져 내려오고 있다고 했다. 김 옹은 고려 의종 때 사람으로 동북면 병마사를 지냈는데, 무인들이 정권을 장악하자 이에 저항하다 실패한 위인이라고 했다. 그 후 그는 평관산으로 들어가 버렸다는 것이다. 세상사에 염증을 느껴서 스스로 신선이 될 결심을 했다고도 하고, 또 다른 구전에 의하면 새로 들어선 정권에 의해 목숨이 위태롭던 터라 야반도주를 할 수밖에 없었다고도 한다. 그런가 하면, 그 정권이 그를 잡아들여 귀양살이를 보냈는데, 그곳이 마침 이곳 길흥이었다는 설도 있었다. 그가 평관산으로 들어가게 된 내력은 약간씩 다르지만, 그 시기는 한결같았다. 고려 무신 정권 시절에 그는 홀로 산속으로 들어갔고, 그리고는 다시는 밖으로 나오지 않았다고 한다. 그 산속에서 그는 사람들이 먹는 곡식은 전혀 먹지 않은 채 온 산에 널린 솔잎과 솔씨만을 먹고 살았다. 그리고 그를 알고 있는 사람들 가운데서는 아무도 그를 다시 본 사람이 없었다. 그로부터 엄청나게 긴 세월이 지나갔다. 왜구들에게 이 땅이 짓밟힌 임진년의 난리가 끝난 이듬해, 때는 조선 왕조 선조 임금 시절이었다. 한 나무꾼이 평관산 깊이 들어갔다가 다리를 다쳐 쉬고 있었는데, 긴 수염을 하얗게 늘어뜨린 웬 노인이 나타나 한 움큼의 솔씨를 주었다고 한다. 노인이 건네준 솔씨를 먹자 신기하게도 다친 다리가 멀쩡해지고, 그뿐만이 아니라 젊은이처럼 피부에 윤기가 돌고 기력이 샘솟더라는 것이었다. 나무꾼이 하도 신기하여 절을 하며 누구시냐고 물었다. 그러자 자신은 세상 돌아가는 것이 수상하여 산 속으로 피해 들어온 김찬설이라고 대답했다는 것이다. 그의 말이 사실이라면, 노인은 무려 사백 년이 넘는 세월을 살아왔다는 뜻이 된다. 도저히 믿어지지 않았지만, 사람들은 하루 만에 스무 살 젊은이처럼 변해서 돌아온 그 나무꾼의 말을 의심할 수가 없었다. 그의 변화는 너무도 확실한 증거였다. 사람들은 관청에다 이 기막힌 사실을 알렸다. 그리하여 기록을 조사하기에 이르렀고, 그 결과 고려 의종 때에 김찬설이라는 위인이 실제로 동북면의 병마사 노릇을 한 적이 있다는 역사적 사실을 확인했다. 마침내 많은 사람들이 동원되어 평관산을 샅샅이 뒤졌지만, 그 노인을 다시는 만날 수가 없었다……

"지금도 평관산에는 신선들이 살고 있단다. 하지만 아무나 신선들을 볼 수 있는 것은 아니지. 산삼 한 뿌리도 아무 눈에나 띄지 않는데 하물며 신선이겠느냐. 신령한 눈이 뜨인 사람만이 그들을 만날 수 있단다……."

할머니는 늘 그렇게 말씀을 맺곤 하셨다.

정말로 신선의 존재를 믿어야 하는 것인지, 그렇다 하더라도 사람이 신선이 된다는 게 가능한 일인지 깊이 생각해 본 적은 없었다. 신선의 존재를 믿어야 할지 어떨지 알 수 없어서가 아니라 너무나 자명하게 그 존재를 부정하고 있었기 때문이었다. 나는 어느 만큼 크고 나서는 신선이란 옛날 이야기책에나 나오는 허무맹랑한 신화적 존재로 치부해 버렸다.

대학에 들어가 우리 고전을 강독할 때, 《박씨전》이라는 소설을 읽은 적이 있는데, 그 소설에서 금강산이 신선의 땅으로 묘사되었던 기억이 난다. 박씨 부인의 아버지로 나오는 박 처사가 금강산에 나무를 얽어서 집을 짓고 나무의 열매를 먹으며 삼천삼백 년을 살았다는 구절이 나온다. 그는 장기를 두고 옥저 불기를 즐겨서 한번 옥저를 불면 청천에 날아가는 청학 백학이 춤을 추고 화원의 꽃이 가득 피어났다고 했다. 퉁소를 부는데 꽃이 피고…… 삼천삼백 년을 살아? ……한낱 옛날 이야기에 불과하다고 단정했고, 또 지금까지 그렇게 생각해 왔다.

그런데, 산속의 공기에 제압당한 때문일까. 어쩐지 그 모든 일들이 사실인 것처럼 여겨지는 건 무슨 조화일까. 금방이라도 어디선가 머리를 하얗게 기른 신선이 큰기침을 하며 나타날 것 같은 기분이 들었다. 나는 멈춰 서서 숨을 고르고 주변을 둘러보았다.

결이 고운 어둠이 그물처럼 산을 덮어 누르고 있었다. 어쩐 일일까. 아직 해가 지기에는 이른 시간인데도 산속은 벌써 어둠의 무게에 짓눌리고 있었다. 안개 같은 것이 뿌옇게 시야를 가려오고 있어서 몇 발짝 앞만 겨우 분간할 수 있을 정도였다. 하늘은 울창한 나뭇잎들 위에 철 썩 배를 깔고 누워 있었다. 나는 와락 두려움을 느꼈다. 별장 같은 것은 아무데서도 보이지 않았다. 나는 엉뚱한 방향을 잡아 들어왔음에 틀림 없었다. 아니면 애초부터 별장 따윈 있지도 않았는지 모른다. 나는 마 치 내가 조금 전에 회상한 전설을 따라 여기까지 들어온 듯한 기묘한 느낌에 빠져들었다. 나를 이끈 것은, 그렇다면 신선이었던가. 김찬설이 라는 이름의? ……두려움이 억센 손으로 목을 조르는 것 같았다. 나는 목이 메었다. 그래서 가만히 오른손을 들어 목덜미를 만져보기까지 했 다. 그러나 이제 어쩔 수 없었다. 나는 온종일 걸어서 이곳에 이르렀고, 아무것도 발견하지 못했다. 이승우라는 소설가에게 더 이상 미련을 가 질 이유가 없었다. 그는 그저 소설을 썼을 뿐인 것이다. 소설이란, 어쨌 든 지어낸 이야기가 아닌가. 소설가들은 자신의 소설 속에다 무엇이나 지어내고 아무것이나 꾸며낼 수 있는 자들이었다. 나는 한갓 소설가의 꾸며낸 이야기에 공연히 심각해져 가지고 날뛰었던 자신의 조급증을 향해 울화가 치밀었다. 하지만 울화나 내쏟고 있을 여유가 없었다. 머 지않아 곧 어둠이 덮칠 것이었다. 자칫 잘못하다가는 돌아가는 길에 어 둠을 만날 것이고, 그렇게 되면 나는 이 섬뜩한 기운이 감도는 산속에 서 길을 잃어버리고 말게 될 것이 뻔했다. 그렇게 되면……?

　내가 참으로 엉뚱하고 전혀 어울리지 않는 형태의 조그만 움막을 하 나 발견한 것은 바로 그 순간이었다. 처음에는 조금 큰 바위 덩어리가 하나 비탈에 덩그렇게 세워져 있는 것이려니 생각했다. 주변은 어둠이 그물처럼 덮여 있었고, 그 때문에 조금만 거리를 두어도 모든 형체들은 희뿌옇게 윤곽만 드러나 보일 뿐이었다. 나는 눈을 크게 떴고, 조금 더 가까이 다가갔다.

그것은 집—이라기보다는 움막이었다. 병풍처럼 납작하게 둘러선 암석을 벽으로 삼고 통나무들과 빳빳한 풀들을 얼기설기 묶어 지붕을 삼은 그 움막은 나로 하여금 마치 세월을 거꾸로 돌려 석기인들이나 청동기인들의 주거지에 떨어진 듯한 느낌을 갖게 했다. 나는 이승우라는 소설가가 보았던 별장이라는 것이 저 움막이 아니었을까 하고 제법 그럴듯하게 추리했다. 소설가란 작자들은 본시 말이나 이야기를 꾸며내는 데는 선수들이 아닌가. 심지어는 얼마나 잘 꾸며내느냐에 따라 그들의 능력이 평가되지 않던가. 그것을 상상력이니 통찰력이니 하고 둘러대는 모양이지만, 결국 그게 그것이 아니겠는가. 나는 그렇게 생각했다. 그러고 보면, 이승우라는 소설가도, 아직 그 이름이 낯선 것으로 보아 대단한 작가는 아니라고 하더라도 어쨌든 소설가이고, 그가 소설가인 한, 평관산 깊숙이 숨어 있는 이 이상한 형태의 움막을 보고서 그럴듯한 이야기를 한 편 지어내고 싶은 충동을 당연히 느꼈을 것이다. 그 충동이 깊은 산속의 별장, 그 별장에 감금되어 있는 한 고급 관리의 비밀에 싸인 아버지, 그 노인을 돌보는 젊은 여자…… 하는 식으로 별 대단치 않은 상상력을 발휘하게 했을 것이다. 나는 그렇게 단정했다.

하지만, 그렇더라도, 저 움막은 무엇이란 말인가. 마을로부터 한나절 이상을 줄곧 걸어 들어와야 하는 깊은 산속에 사람이 살고 있다고는 믿어지지 않았다. 더구나 이곳으로 오는 길은 없었다. 길은 벌써 끊어져 있었다. 나는 무엇에 홀린 것처럼, 사람의 흔적을 전혀 느낄 수 없는 이곳까지 무작정 쳐들어왔다. 거기다 이처럼 어둡고 기묘한 분위기의 공기라니…… 그렇다면…… 저곳에, 그 신선이 살고 있기라도 한단 말인가, 하고 나는 짧게 질문을 던지고 실소했다. 나는 신선이 어떤 곳에 살고 있는지 알지 못했다. 더구나 신선이 움막 같은 곳에서 기거한다는 소리는 아직 들어본 적이 없었다. 아니, 저 세속의 도시에서 아둥바둥

부대끼면서 나는 그 누구와도 신선에 대해서 대화를 나눠본 적이 없었다. 단 한 번도 없었다. 신선이라니? 신선이 끼어들 틈이 어디 있단 말인가.

'출세를 해서 회전의자에 앉아 있는 자신을 상상하라. 돈을 벌면 좋고, 못 벌어도 상관없다는 식의 사고방식을 버려라. 그런 자세로는 어림없다. 지금 너와 어깨를 나란히 하고 걷는 친구가 너의 경쟁자이다. 세상은 치열한 싸움판이라는 사실을 한시라도 잊어버리지 마라. 쓰러뜨리지 않으면 쓰러진다. 사느냐, 죽느냐 하는 필사의 정신으로 덤비지 않으면 너는 인생의 낙오자가 되고 말 것이다……'

운운하는 공격적인 처세술이 때와 장소를 가리지 않고 권면되는─나는 며칠 전까지만 해도 그 돈 잘 버는 기업가의, 알몸의 원고 뭉치를 윤색하고 있지 않았는가─파렴치한 도시의 어느 구석에서 누구와 신선을 이야기할 수 있단 말인가. 어불성설이었다.

나는 조심스럽게 움막을 향해 다가갔다. 그렇게 생각해서 그런지, 그곳에서는 매우 낯선 기운이 풍겨 나오고 있었다. 그것은 거의 신성함의 감각과 흡사했다. 신성함 속에는 늘 두려움이 도사리고 있기 마련이라는 사실을 우리는 알고 있다. 신성한 것들은 공포를 불러일으킨다. 그 공포가 신성에 대한 우리의 숭배의 진짜 이유이다. 신들을 향해 무릎을 꿇을 때, 대부분의 경우 사람들은 신앙 때문이 아니라 실은 두려움 때문에 그렇게 한다.

"누구…… 있습니까?"

두려움 때문이었을까. 나의 목소리는 떨려서 나왔다. 나는 숨을 죽이고 반응을 기다렸다. 문득 바람이 한 줄 나뭇가지를 스치고 지나갔다. 멀지 않은 곳에서 한 마리의 날짐승이 푸드덕 소리를 내며 날아올랐다. 사태를 예측할 수가 없기 때문에 나는 잔뜩 긴장하고 있었다. 그러나 안쪽에서는 아무런 기척도 새어나오지 않았다. 나는 낮은 소리로 두어 차례 헛기침을 했다. 그렇게 함으로써 스스로 긴장을 다스리려 하였던 것이다. 하지만 움막 안으로부터 여전히 아무 소리도 들려오지 않았다. 그 사이에 주변이 한층 어두워진 것 같아 신경이 쓰였다. 시간을 가늠하기가 힘들었다. 이대로 밤이 되어버리는 것이 아닐까……. 나는 나의 부질없는 호기심을 후회하기 시작했다. 그렇다고 이제 와서 아무 소득 없이 그냥 돌아가 버린다는 것은 너무 아쉬운 노릇이었다. 나는 그러고 싶지 않았다. 망설여지는 부분이 없진 않았지만, 나는 모험을 택하기로 했다. 모험? 그렇다. 그때 나는 모험을 감행하는 심정이 되어 있었다.

나는 한 번 더 헛기침을 한 뒤 길고 뻣뻣한 풀들을 가로 세로로 엮어 엉성하게 만들어놓은 문을 열고 들어갔다. 안은 한층 컴컴했다. 한 손으로 문을 잡은 채 밝아지기를 기다리는 동안 나는 어떤 냄새를 맡았다. 그 냄새는 약용 식물의 잎이나 뿌리를 말릴 때 나는 독특한 향취처럼 생각되었다. 언젠가 한약상 옆을 지날 때 이런 냄새를 맡은 적이 있었던 것 같다. 하지만 그것과도 어딘지 달랐다. 나는 코를 벌름거리며 냄새의 정체를 밝혀보려 하였다. 냄새는 너무도 자극적이어서 의식이 다 혼미해질 지경이었다. 그 순간 나는 문득, 단속의 손길이 미치지 않는 산속 깊은 곳에 숨어 양귀비를 몰래 재배하는 사람들이 있다는 말을 어디선가 주워들은 기억이 떠올랐다. 혹시 이 움막은 은밀하게 양귀비를 재배하는 사람들의 거처가 아닐까. 나는 또 그런 생각을 했다. 이 산속 어딘가에 사람의 의식을 몽롱하게 비틀어버린다는 그 비밀한 식물이 유혹적으로 피어 있지 말란 법이 없었다. 이것이 양귀비 냄새일까. 나는 한 번도 양귀비 냄새를 맡아본 적이 없었다. 냄새만이 아니라 도대체 그 양귀비라는 꽃을 본 적도 없었다. 어떻게 생겼는지를 알 까닭이 없었다. 그저 당나라의 현종을 사로잡았다는 절세미녀의 이름이 양귀비인 점으로 미루어 사람의 혼을 빼놓을 정도로 아름다운 꽃일 것이라고 막연하게 짐작하고 있을 뿐이었다. 따라서 그 움막 안이 어둡지 않고, 그곳에 실제로 양귀비들이 널려 있었다고 하더라도 나는 그것을 식별할 능력이 전혀 없었다.

어렴풋이나마 사물의 윤곽을 읽을 수 있을 정도로 어둠에 눈이 익었을 때, 나는 그 좁은 움막 안의 여기저기에 널려 있는 것들 가운데서 여러 가지 종류의 버섯들을 발견할 수 있었다. 양귀비라는 이름을 가진 버섯이 없는 한 그것들은 양귀비가 아닐 것이었다.

나는 버섯을 비롯한 여러 가지 종류의 마른 식물들 사이에 배낭을 내려놓고 엉덩이를 걸치기 전에 움막 안을 둘러보았다. 나무 바닥이었다. 사람은 없었다. 한쪽에 한 채의 이부자리가 가지런히 개켜져 있고, 그 옆에는 제법 큼지막한 보자기가 놓여 있었다. 그 한쪽에는 엉뚱하게도 다리가 짧은 책상이 하나 벽에 기대고 앉아 있었다. 나무들을 베어 거친 솜씨로 짜 맞춘 흔적이 역력해 보이는 그 책상 위에는, 제목을 확인할 수는 없지만, 표지가 낡아빠진 책도 몇 권 눈에 띄었다. 그것들은 살아 있는 사람의 체취였고, 나는 그 사실이 까닭 없이 반가웠다. 이곳에 사람이 살고 있다는 사실을 확인한 때문일까. 잔뜩 긴장하고 있던 마음이 조금 풀리는 기분이 들었고, 그러자 그동안 잊고 있었던 피곤기가 한꺼번에 몰려드는 걸 느낄 수 있었다. 벽에 등을 기대고 다리는 쭉 뻗었다. 아침 이후로 이제껏 뱃속에 아무것도 집어넣지 않았다는 사실이 상기되면서 참을 수 없을 정도로 배가 고파오기 시작했다. 나는 배낭 속에서 빵과 우유를 꺼내어 입속으로 집어넣었다. 라면도 가져오긴 했지만, 어쩐지 불을 피우는 일이 꺼려져서 참기로 했다.

요기를 하자 한결 기운이 나면서 엉뚱한 여유까지 생겨나는 것을 느낄 수 있었다. 그리하여 나는, 이 수상쩍은 움막이야말로 소설가 이승우가 형상화한 문제의 별장의 실체일 것이라고, 그는 이 집을 발견하고 여기 사는 사람과 몇 마디 대화를 나누고는, 거기다가 그 알량한 상상력을 동원하여 〈일식에 대하여〉라는 껄렁한 소설을 썼을 것이라는 식의 상상을 머릿속에서 굴리고 있었다. 이 움막에 누군가 사람이 살고 있다면, 그 수상한 사람을, 복잡한 사연을 지닌 한 출세한 권력가의 노망한 아버지로 꾸며내는 일쯤은 명색 소설가에게는 일도 아니었을 것이다. 작중인물에게 위하식이라는 이름을 붙인 것은 이 지역 출신의 정치가로서 아직까지 수수께끼와 풍문을 뒤집어쓰고 있는 위형식의 이름이 얼른 떠올랐기 때문이 아니었을까…… 말하자면 나는 이런 식의 공상들을 저작하며 누군가를 기다리고 있었다. 별장의 노인이 아니라 움막의 주인을……, 아마도 그 소설가를 만났을…….

나는 시계를 보았고, 이제는 해가 지기 전에 내려가기는 틀렸다고 판단을 내렸다. 주인이 오면 하는 수 없이 하룻밤 신세를 부탁해야 할 판이었다. 아주 잠깐, 버리고 온 도시의 일이 궁금하긴 했지만, 나는 곧 생각을 닫아버렸다. 내가 자리를 비웠다고 해서 도시에 무슨 일이 생긴단 말인가. 도시는 눈 하나 깜짝하지 않을 것이었다. 그 도시에서 나는 늘 흔적 없이 살아왔으므로, 나의 부재 역시 아무런 표시도 남기지 않았을 것이다. 혹시 나의 돌발적인 사라짐에 대하여 조금이나마 신경을 쓰고 있는 사람이 있다면, 나의 아내와 친구인 박상호 정도? 나의 친구는 나로 인해 자신의 신용이 땅에 떨어진 사실을 못내 아쉬워하고 있을지 모른다. 형편이 어려울 것 같아 일거리를 만들어주었더니, 시간만 잡아먹어 가며 겨울을 다 보내고, 그것도 모자라 이제는 아무 말도 없이 행방을 감춰버려? 네가 사기꾼이냐? 남의 일 해주고 먹고 사는 사람이 하늘처럼 모셔야 하는 신조가 신용인데, 그런 식으로 멋대로 도망가 버리면 누가 일을 시키겠냐? 너는 또 그렇다치고, 니 마누라는 뭐냐? 나는 어떻게 되고, 내 신용은 어떻게 하느냐고…… 녀석의 다그치는 소리가 아주 가까이에서 들리는 것만 같았다. 필시 녀석은 맺고 끊는 일이 분명치 못한 내게 그 일을 소개해 준 사실을 몹시 후회하고 있을 것이었다. 그에게 일거리를 제공해 준 대기업의 홍보부장으로부터 여러 차례 닦달을 받았을 테고, 워낙에 소심하고 꼼꼼한 편인 나의 친구는 그 앞에서 쩔쩔매고 있을 것이 뻔했다. 그 마음 착한 친구에게 무슨 죄가 있겠는가. 친구의 딱한 사정을 그냥 보아 넘기지 못하는 녀석의 고마운 마음씨를 어떻게 허물할 수 있겠는가……. 그에게마저 아무런 연락을 취하지 않고 떠나온 것이 나의 잘못인지 모른다. 하지만 나로서는 어쩔 수가 없었다. 그 친구에게 내가 무슨 말을 할 수 있었겠는가. 내가 무슨 말을 해서 그를 납득시킬 수 있었겠는가. 분명하게는 나 자신조차도 이해시키지 못하고 있는 터에…….

나도 모르게 깜빡 잠이 들어버렸던가. 나는 눈을 뜨고 일어나 앉았다. 어둠이 몸을 뒤척이는 소리가 가까운 곳에서 들려왔다. 눈이 닿는 곳마다 어둠이 웅크리고 있었다. 몇 시나 되었을까. 나는 팔목을 들어 시계의 숫자판을 들여다보았다. 숫자를 읽을 수가 없었다. 눈에서 눈물이 나오도록 힘을 주어 노려보았지만 끝내 나는 그곳에서 아무것도 읽어내지 못하였다. 도대체 얼마나 잠을 잔 것일까. 그동안에 아무 일도 발생하지 않았을까. 아무도 나타나지 않았단 말인가. 이 움막의 주인도? ……그렇다면 이 움막은 사람이 살지 않는다는 뜻인가. 불현듯 두려움이 다시 엄습하려 하였다. 나는 시간을 분별할 수가 없었다. 시간은 더 이상 아무데서도 발견되지 않았다. 시간은 어둠에 막혀버렸는가. 그 순간에 어둠과 시간은 전혀 구별되지 않았다. 갑작스런 시간의 실종

앞에서 나는 당황했다. 시간의 축을 잃은 나의 존재는 불안에 휩싸이고 있었다. 시간과 함께 존재를 가능하게 하는 또 다른 축―공간이 시간과 맞물리지 않을 때, 그 존재는 절름발이나 마찬가지였다. 나는 곧 나의 공간에 대해서도 자신이 없어지기 시작했다. 공간 역시, 시간이 그런 것처럼, 아무 데서도 발견되지 않았다. 공간 역시 어둠에 먹히고 만 것 같았다. 어딘지도 모르는 깊은 산속의, 주인도 없는, 음침하고 수상한 움막에서 태평하게 잠을 자고 있었다니, 믿어지지 않았다.

나는 내가 앉아 있는 주변을 손으로 더듬어보았다. 푸석푸석한 감촉이 전해져 왔다. 그것들은 아마도 버섯들을 비롯하여 여러 가지 식물들의 마른 뿌리와 줄기들일 것이다. 이 움막의 주인은 아마도 야생버섯을 재배하는 사람일 것이라고 생각되어졌다.

나는 벽에 등을 기대고 앉아 눈앞의 어둠만을 노려보고 있었다. 바람의 보이지 않는 손길이 휙휙 날렵한 소리를 내며 나뭇가지를 휘감고 지나갔다. 멀지 않은 곳에서 산짐승이 울부짖는 소리가 들려왔다. 그 소리는 기이하게도 사람의 목소리를 닮아 있었다. 그것이 더욱 끔찍했다. 짐승의 사람다움, 그것은 사람의 짐승스러움보다 훨씬 무시무시하고 혐오스럽다는 사실을 나는 문득 깨닫는다. 그러고 보니 나의 잠을 깨운 것이 바로 저 사람의 목소리를 흉내 내는 짐승의 울부짖음이 아니었던가 싶다. 나는 추위와 두려움에 떨며 몸을 웅크렸다. 나를 떨게 하는 추위와 두려움은 어둠으로부터 나온 것이다. 나는 어둠을 몰아낼 만한 도구가 없을까를 생각하다가 나의 배낭 속에 들어 있는 버너를 떠올렸다. 나는 지체하지 않고 가방을 열어 버너를 꺼내었다. 성냥은 호주머니 속에 있었다. 나는 버너에 불을 붙였다. 석유 버너의 불꽃은 파랗다. 파란 불꽃이 쉭쉭 소리를 내며 어둠의 중심을 향해 고개를 들이미는 모습을 나는 바라보았다. 불꽃은 끊임없이 상승을 모의하고, 그에 따라 주변의 공기가 조금씩 따뜻해졌다.

다시금 시계를 본다. 시간은 새벽 4시를 가리키고 있다. 머지않아 동쪽이 밝아올 것이다. 시간을 읽을 수 있다는 것, 그럼으로써 시간을 회복할 수 있다는 사실이 어떤 위안을 제공한 것일까. 나의 몸과 마음이 차츰차츰 가벼워지기 시작하는 것을 느꼈다. 나는 비로소 다시금 주변을 둘러보기 시작했다. 바닥에 어지럽게 널린 여러 가지 종류의 버섯들과 풀뿌리, 솔잎들에도 불구하고 이상하게도 나는 거기서 사람의 흔적을 느꼈다. 왜 그럴까. 아무래도 그냥 비어 있는 움막이라는 생각이 들지 않는다. 무엇보다도 한쪽에 다소곳이 자리하고 있는 책상과 그 위에 놓여 있는 오래 묵은 책들이 그런 생각을 갖게 했다. 나는 사람이 머물고 있는 장소라면 어떤 식으로든 그 흔적이 남아 있기 마련이라고 믿는 편이다. 말하자면 사람들끼리만 통하는 일종의 종족 감정 같은 것이 있지 않겠느냐고 생각하는 것이다. 내가 새삼스럽게 방 안의 이곳저곳을 주의 깊게 살펴보다가 이윽고 한쪽 벽에 기대앉은 키 작은 책상으로 다가간 것은 그러한 나의 믿음이 시킨 일이었다.

나는 버너를 조심스럽게 들어 책상 위로 옮겨놓았다. 반항이라도 하듯 버너의 불꽃이 잠깐 어지럽게 흔들리다 멈췄다. 책상 위에 있는 책들은 낡고 오래된 것이었다. 그중의 한 권은 《노자》였고, 다른 한 권은 《노자》에 대한 해설서였다. 그 밖에 《선약仙藥》이라는 제목의 한문 서적도 있었다. 그 책은 활자가 조잡했고, 그나마도 어디서 어렵게 구해 묶은 듯 끈으로 제본되어 있었다. 저자는 〈葛洪〉으로 되어 있었는데, 제목 밑에는 붓글씨로 《抱朴子 외 11권》이라고 부기되어 있었다. '갈홍'이란 이름은 처음 듣는 것이었고 《포박자》가 무슨 책인지도 전혀 알 수 없었다. 아니, 그 제목이 무엇을 뜻하는지조차도 감이 오지 않았다. 그렇지만, 선약이란 무엇인가. 글자의 뜻풀이 그대로라면 선계仙界의 약일 터였다. 선계의 약이라면, 신선들이 먹는 약이란 말인가, 그게 아니라면 먹으면 신선이 되는 약? 그런 게 있을 수 있을까. 아니, 그런 걸 기록해 놓은 책이 있다는 소리를 들어보지 못했다. 그런 걸 누가 기록할 수 있었겠는가, 신선이 아니라면. 그러나 또 만일에 신선이라면, 그런 걸 기록에 남길 필요가 어디 있었겠는가.

나는 호기심이 당기는 것을 느꼈다. 건성으로 넘겨보았다. 유난히 색이 바래 있었고, 군데군데 여백에다 글씨를 보태놓은 부분이 눈에 띄었다. 하지만 그 글자들조차도 해독하기가 쉽지 않았다. 금액구단金液九丹이니, 태을원군太乙元君이니 하는 단어들이 어렵게 한자의 뜻을 풀어보려는 나의 노력을 방해했다.

그렇긴 해도 나는 이제 이 움막이 비어 있지 않다는 기왕의 예감을 보다 튼튼하게 붙잡을 수 있게 된 셈이었다. 그 책들이야말로 가장 확실한 사람의 흔적이었다. 더구나 그 책들은 보통의 책이 아니었다. 아무나 읽을 수 있는 책이 아니었다는 뜻이다. 그 책의 내용을 해독하기 위해서는 상당한 정도의 교육을 필요로 한다는 의미에서만이 아니다. 그 책들은 어떤 분위기를 발산하고 있었다. 산중의 노자와 선약이라니…… 그것들은 나로 하여금 실제로 이곳이 신선의 거처인지도 모른다는 엉뚱한 생각을 다시 하게 했다. 저 김찬설 옹에 대한 이야기가 단순한 전설이 아닐지도 모르는 일이었다. 더구나 어렸을 때 들었던 또 다른 유명한 이야기, 그 중국의 방사方士들에 대한 이야기를 생각해 보라. 방사를 아는지. 불로장생을 추구하는 신선술이라는 그 독특한 기술을 연구했다는 사람들…….

세 명의 방사들이 신선들이 사는 성산聖山을 찾아 헤매 다녔다는 것으로 그 이야기는 시작한다. 그들은 태산泰山과 화산華山과 곽산霍山과 항산恒山과 숭산嵩山을 섭렵했지만 선인을 만나지 못했다. 마침내 그들은 바다 건너 동쪽에 신선들이 사는 성산이 있다는 소문만을 붙잡고 다시 길을 떠난다. 그들은 바다를 건너고 산을 넘어 마침내 이곳 평관산에까지 도착했다고 하지 않던가. 평관산으로 들어간 세 명의 중국인 방사들은 다시는 나오지 않았다고 하였다. 그들 역시 신선이 되었기 때문이었다. 그 전설에 의하면, 신선들은 성산에서 불로불사의 선약仙藥을 먹고 산다고 했다. 늙지도 않고 죽지도 않는다는 선계의 선약. 신선들의 비결이 바로 그 선약에 있다는 것이 아니던가. 그렇다면, 《선약》이라는 제목의 이 책은…… 나의 생각은 거기서 끊겼다. 부스럭거리는 소리를 내면서 누군가 들어왔기 때문이다.

"누구요?"

하고 질문을 던진 것은 어이없게도 내 쪽이었다. 흐릿한 불빛만으로 사태를 간파하기는 썩 용이하지가 못했다. 나는 몸을 일으켜 세웠다. 정확하게 보이지는 않지만, 수염을 길게 기른 웬 노인이 등에 바랑 같은 걸 걸머지고 서 있었다. 분위기가 그래서였을까. 노인은 어쩐지 보통 사람 같아 보이지가 않았다. 나는 꼭 무엇에 홀린 듯한 기분이었다. 처음부터 이곳의 모든 상황과 분위기가 신선이라는 이미지로부터 자유로울 수 있게 내버려두지 않았었다. 거기다가 나는 마침내 《노자》와 《선약》까지 만나지 않았는가. 그러한 특별한 분위기가 유도하는 방향을 향해 나의 생각이 길게 선을 긋고 있을 때 내 앞에 불쑥 모습을 드러낸, 저 긴 수염을 가진 노인…… 순간적으로 그가 신선일지도 모른다고 생각한 것은 어쩌면 당연한 일인지 모른다.

"그렇게 묻는 젊은이는 누구요?"

노인이 나의 질문을 되돌려주었다. 그 음성은 노인의 것이라기에는 너무 정정하고 튼튼했다. 어떤 위엄까지 느껴지는 목소리였다. 나는 그가 이 엉뚱한 움막의 주인이라는 사실을 이내 알아차렸다.

"나그넵니다. 산속으로 들어왔다가 날을 놓쳤습니다. 이곳의 주인이신 듯한데, 아무쪼록 저의 무례를 용서해 주시기 바랍니다."

"천지가 무주공산인데 주인이 어디 따로 있겠소. 어쨌거나 이곳에 사람이 찾아들다니 뜻밖이구려. 편히 쉬어가도록 하시오."

노인은 메고 있던 바랑을 내려놓고는 한쪽 벽에 등을 기대고 앉아 눈을 감아버렸다. 나는 무슨 말인가를 더 하려고 했으나 말을 붙일 수가 없었다. 그의 자세가 말을 거부하고 있다고 나는 느꼈다. 눈을 감았음에도 불구하고 그의 자세는 꼿꼿했다. 꼿꼿하게 상체를 세운 채로 그는 잠이 들어버린 것일까. 거의 숨을 쉬지 않는 것처럼 보였다. 그러나 자세히 보니 움직임이 감지되었다. 그는 아주 길게 숨을 들이마셨다가 아주 조금씩, 매우 천천히 들이쉰 숨을 뿜어내고 있었다. 그 모습이 어딘지 수행하는 수도승을 연상시켰다. 나는 갑자기 버너 불을 켜고 있는 것이 큰 잘못처럼 여겨져서 얼른 버너의 심지를 줄였다.

나는 잠을 이루지 못했다. 깜빡 잠에 떨어졌다가 눈을 떠보면 노인은 여전히 아까의 자세 그대로 벽에 기댄 채 눈을 감고 있었다. 나로서는 그가 잠을 자고 있는 것인지 어떤지조차 판단을 내릴 수가 없었다. 그는 그대로 석상 같았다. 노인의 그 석상을 나는 나의 잠과 잠 사이에서 꿈결에서인 듯 언뜻언뜻 접하곤 했다. 그런 어떤 순간에 깊은 잠의 수렁이 나의 발목을 잡아당겼던 것인지 기억나지 않는다.

정신을 차리고 몸을 일으켜 세웠을 때, 언제 어둡고 무시무시한 밤이 있었느냐는 듯 세상은 환하게 밝아져 있었고, 노인의 모습은 보이지 않았다. 밖으로 나와 보았지만 노인은 아무데서도 발견되지 않았다. 그래서 나는 간밤에 내가 본 것이 혹시 환영이나 꿈이 아니었는지를 잠시 의심해 보기까지 했다.

"일어나셨소? 잠자리는 편안했는지 모르겠소."

나의 의심에 항의라도 하듯 노인이 불쑥 모습을 드러내며 말을 걸어
왔다. 마치 늘 보고 지내는 친지에게 아침 인사를 건네는 것 같은 말투
였다. 그러나 그것으로 그만, 노인은 하늘 한복판으로 치닫고 있는 해
를 향해 시선을 옮겨버렸다. 노인은 이상한 형태로 손과 발과 목을 움
직이며 심호흡을 했다. 날개 치며 하늘로 비상하는 독수리 형상인 듯도
하고 그런가 하면 나무로 기어오르는 짐승의 형상도 같아 보였다. 그때
문득 나는 노인의 인상이 전혀 낯설지 않다는 생각을 했다. 그럴 리가
없는데도 어디선가 만난 적이 있는 것 같은 친숙한 감정이 생겨나는 것
이었다.
　햇빛 아래서 보는 노인의 수염은 훨씬 풍성하고 길었다. 거의 허리춤
에 닿을 정도였는데, 햇살을 받아 은빛으로 빛나고 있었다. 그것은 무
슨 상징처럼 나의 의식의 표면에 와서 박혔다. 나는 내가 영 다른 세계
로 유람이라도 와 있는 것 같은 생각에 사로잡혔다. 나는 손님이고, 이
노인이 이 세계의 주민일 터였다. 그런데도 낯설지 않다는, 이런 감정
은 웬 것일까.
　"보아하니 노인장께서는 이곳에 혼자 사시는 분 같은데, 어째서 이
낯선 사람에게 아무것도 묻지 않으십니까? 이 낯선 사람을 전혀 수상
하게 보시지 않는 것 같습니다. 길을 잘못 들지 않는 한 일부러 사람이
찾아들 만한 곳도 아닌 듯한데 말입니다."
　"낯설지 않은 생명이 어디 있겠소? 순간이 낯설고 찰나가 새로운 것
이 아니오. 저기 저 수목들도 어제의 수목이 아니고, 조금 전의 수목이
아니오. 순간순간 새롭게 변화해 감으로써 저들조차도 자신들의 생명
을 증거하는데, 낯선 사람이 어디 있으며 또 수상한 사람은 어디 있겠
소."
　노인의 말은, 그 인상과는 달리 참으로 낯설었다. 그것은 그대로 다

른 세계의 언어처럼 들렸다. 그가 하는 말의 내용만이 아니라 그 형식까지도 신비스럽기는 마찬가지였다. 말을 할 때의 그 초연한 듯한 눈빛은 또 어떠한가. 선교의 언어가 저럴지 모른다고 나는 언뜻 생각했다.

"저는 이렇게 깊은 산중에 이렇듯 아늑한 장소가 숨겨져 있으리라고는 생각을 하지 못했습니다. 더구나 이런 곳에 사람이 살고 있으리라고는…… 노인장께서는 어딘지 특별해 보이십니다. 말하자면 평범한 사람 같아 보이지 않는단 말입니다."

"어허, 또 그 소리. 만물이 특별한 것이오. 만물이 제각기 유일자요. 더 특별한 것도 덜 평범한 것도 없는 것이오."

나는 노인과 내가 전혀 다른 언어를 사용하고 있다는 사실을 분명하게 깨달았다. 그의 언어는 포괄적이었고, 은유적이었고, 초월적이었고, 무엇보다도 신비주의의 옷을 입고 있었다. 반면에 나의 언어는 제한적이고, 직접적이고, 현실적이고, 일상적이지 아니한가. 말이 통할 리 없었다. 나는 무슨 말을 해야 할지 알 수 없어서 망연히 서 있기만 했다. 노인은 그때까지도 그 기묘한 움직임을 계속하면서 해에게 시선을 고정하고 있었다. 마치 태양을 경배라도 하는 듯한 자세였다. 아니면 태양의 기를 흡입해 들이려는 것인가. 태양열을 에너지로 사용하는 시설물들이 그러한 것처럼 어쩌면 태양의 기가 저 노인이 섭취하는 음식일지도 모른다는 엉뚱한 생각이 들면서 나는 시장기를 느꼈다. 오랫동안 먹을 것을 제공받지 못한 나의 위장이 강렬하게 음식을 욕망하고 있었다. 그 욕망은 겉으로 표출되어 꼬르륵 소리를 만들었다. 그것을 눈치챘을까. 노인이 비로소 태양으로부터 고개를 돌렸다.

"뭐 요기할 걸 가지고 있소?"

내 가방 속에는 라면 부스러기가 좀 들어 있을 것이었다. 먹다 남은 빵 조각도 좀 있을지 모른다.

"예, 뭐, 그냥……."

나는 나 자신도 알아들을 수 없는 소리로 더듬거렸고, 노인은 나의 의사 따위는 상관하지 않은 채 움막 쪽으로 걸어 들어갔다. 따라오라고 말하지는 않았지만 나는 그를 따라 들어갈 수밖에 없었다.

"무어 요깃거릴 준비하지 못한 모양인데, 먹어보겠소?"

하고 노인이 무엇인가를 불쑥 내 앞으로 내밀었다. 그것들은 방 안에 널려 있던 마른 버섯과 인삼 뿌리였다.

"아니, 이건 버섯하고 인삼이 아닙니까?"

나는 순간적으로 움찔했고, 엉겁결에 받아들긴 했지만 어떻게 해야 할지 몰라 망설이고만 있었다.

"솔잎과 같이 먹으면 제법 맛이 고소할 거요. 천천히 오래 씹도록 하시오."

그는 내 앞으로 한 움큼의 솔잎을 내어놓았다.

마른 버섯과 솔잎, 그리고 인삼……. 그 순간에 나는 언젠가 들었던 이야기 한 토막을 다시금 어렴풋하게 떠올렸다. 선술仙術을 터득하고자 애쓰던 한 남자가 있었는데, 어느 날 선인이 나타나 그를 선계로 데리고 갔다고 했다. 당시 사람들은 선계의 음식을 먹으면 선인이 될 수 있다고 믿었던 모양이다. 선인이 그에게 음식을 건네주었는데, 언뜻 보니 그것은 어린아이를 통째로 익힌 것이었다. 신선들이 먹는 음식이 인육이라니. 그것도 어린아이의…… 선인이 되는 것도 좋지만 그는 그것을 먹을 수가 없었다. 그러자 선인이 안타깝다는 듯 말했다는 것이다.

"그대는 어째서 먹지 않는가. 선인이 되기를 원하면서 선계의 음식을 마다하다니…… 애석하지만 그대는 선인이 될 기회를 놓친 것이오."

그 소리에 깜짝 놀라 자세히 들여다보니 그 음식이 어린아이가 아니라 인삼이더라고 했다.

이 이야기를 어디서 주워들었던가. 내용이 희미한 것으로 미루어 보건대 비교적 오래 된 기억인 듯하다. 아마도 평관산의 신선에 대한 전설들을 실감나게 듣던 유년기의 일이 아니었을까. 실제로 그 시절에 평관산 깊숙이 들어가서 몇백 년 묵은 산삼을 캐온 동네 사람이 있었던 기억이 난다. 사람의 형상을 그대로 닮은 신기하고 희귀한 인삼을 신선들이 먹고 살았으리라는 연상은 그럴싸한 면이 있다. 하지만 나는 지금까지 인삼을 날것으로 먹어본 적이 없었다. 삼계탕을 먹더라도 인삼은 반드시 골라내 버리는 편이다. 그 냄새가 영 입에 맞지 않아서이다. 거기다가 인삼과는 아예 인연이 없는 것인지 폐결핵을 앓고 있던 이십대 초에 의사는 인삼을 먹지 못하게 했다. 몸에 열이 있으면 좋지 않다는 것이 그 이유였다. 인삼이 사람의 몸을 뜨겁게 만든다는 것이 사실일까. 아직까지도 나는 그것을 알지 못하고 있다.

"이걸, 이 인삼과 버섯을 생식하십니까?"

"먹을 게 달리 없으니까…… 그리고 여기는 비교적 이것들을 구하기가 용이하니까요…… 또 옛 기록에 보면, 지초(버섯)를 먹고 도인導人(선도의 체조법)을 하고, 행기行氣(호흡법)를 하면 장생한다고 했소. 갈홍선인이나 신농선인神農仙人 같은 선인들도 버섯은 복용하면 선인이 되는 상약이라고 했소."

갈홍선인? 신농선인? 신농선인은 몰라도 갈홍선인이라는 이름은 어디선가 들은 것 같았다. 나는 그 이름을 곰곰이 되새겨 보았다. 선인이라면 선계의 사람을 가리킬 것이고, 그것은 곧 신선을 뜻할 것이다. 그 순간 비로소 갈홍이라는 이름을 어디서 보았는지가 떠올랐다. 그 이름은 노인의 책상 위에 있는 낡고 빛이 바랜 복사본의 표지에 적혀 있었다. 《葛洪》,《仙藥—朴抱子 외 제11권》. 그렇다면 저 책은 짐작대로 신선이 되는, 또는 신선들이 취하는 신비스러운 음식물에 대한 기록이라는 말이 된다. 그렇다면 저 노인은?…….

"신선들이 이런 음식을 먹으며 살았다는 뜻입니까?"

나는 이미 노인이 뿜어내는 신비스러운 기운에 사로잡혀 있어서 거의 분별력을 상실하고 있었던 것 같다. 그렇기 때문에 내가 갈홍이라는 이름을 기억해낸 것은 퍽 다행한 일이랄 수 있었다. 나는 자연스럽게 화제를 그쪽으로 돌렸다. 책상 위에 놓여 있던 책들, 그 책들의 수준과 성격, 그리고 갈홍이라는 인물과 그의 저작으로 되어 있는 《선약》의 내용, 또 그것과 이 음식들과의 관계…… 하지만 노인은 아무 말도 하지 않았다. 그저 버섯과 인삼과 솔잎을 싸서 입에 넣고 있을 뿐이었다. 그는 그것들을 오랫동안 아주 조심스럽게 씹었다. 어찌나 조심스럽던지 차라리 경건해 보이기까지 했다. 나도 그것들을 입으로 가져갔지만 날 것으로는 좀체 먹을 수 있을 것 같지가 않았다. 그중에서 솔잎은 씹는 맛이 조금 나았다. 하지만 그것도 삼켜지지는 않았다. 입 안이 꺼끌꺼끌해서 영 거북했다. 나는 적당히 씹은 다음 뱉어낼 수밖에 없었다.

마침내 나는 노인은 누구냐고 물었다. 누구이길래 이 깊고 은밀하고 수수께끼 같은 산속에서 혼자 사는가. 여기서 당신은 무얼 하고 있는가. 단순히 버섯 따위를 재배하는 사람으로는 보이지 않는다. 혹시 신선이라도 꿈꾸고 있는 것이 아닌가……. 물론 그 의문에 대해서도 섭사리 대답을 들을 수 있으리라고는 생각하지 않았다. 뿐만 아니라 조금 당돌한 질문이기도 했다. 나의 짐작대로였다. 그는 아무 말도 더 하려 하지 않았다. 단지 한참 만에

"기다림이 삶의 내용인 법이오……."

하고 수수께끼 같은 소리를 중얼거렸을 뿐이었다. 그 말을 놓칠 내가 아니었다. 나는

"무엇을 말입니까? 무엇을 기다린단 말입니까?"

하고 물었다. 조마조마한 심정으로 나는 그의 반응을 기다렸다. 그 순간에 진실로 내가 기다린 것은 무엇이었을까. 혹시 신선이 아니었을까. 그가 신선을, 혹은 신선이 되기를 기다리고 있노라고 말해 오기를 은근히 기대하고 있지 않았을까. 그렇게 함으로써 이 환각과도 같아서 도무지 손에 잡히지 않는 일련의 상황에 대해 구체성을 확보해 보려는 욕심을 가지고 있지 않았을까. 부인할 수 없다. 나는 줄곧 손에 잡히지 않는 현실을 답답해하고 있었으니까.

"말해 주십시오. 노인장께서는 범상한 분이 아니라는 느낌을 벌써부터 가지고 있었습니다. 세상을 버리고 이런 데서 혼자 살아간다는 것만 해도 그렇고……."

나는, 그렇다, "세상을 버리고"라고 말했다. 기어이 그렇게 말하고 말았다. 노인은 세상을 버리고, 아니면 세상에 버림받고 세상 밖으로 뛰쳐나와 있는 것으로 내게는 보였다. 세상 밖으로 뛰쳐나가는 일, 그것은 내가 저 번잡한 세속의 도시에서 아등바등 살아내면서 하루에도 수없이 꿈꾸고 바라던 소망이었다. 밖은 안과 얼마나 다를 것인가. 새장의 안과 밖이 다른 것처럼 세상의 안과 밖도 그렇게, 그보다 훨씬 더 또렷하게 구별되지 않겠는가. 안을 버리고 밖을 얻을 수만 있다면, 아, 그럴 수만 있다면 나는 기꺼이 세상을 버리고 세상 밖으로 튕겨져 나갈 수 있을 것 같았다. 세상의 밖에 우뚝 서서 이 추악한 세상과 마주 대결하고 싶었다. 그러나 세상 밖에 대한 나의 동경은 늘 그리움과 꿈의 차원을 뛰어넘지 못했다. 나로 하여금 끝내 세상 밖으로 뛰쳐나가지 못하게 했던, 그 힘은 무엇이었을까. 그것은 물론 중력이었다. 지구는 지구 위의 모든 물체들이 밖으로 떨어져나가지 못하도록 끌어당긴다지 않던가. 그 중력의 법칙에 저항한다는 것은 불가능한 걸까. 세상 밖으로 나가려는 욕망은 한낱 꿈에 불과한 것일까. 많은 경우에, 나는 오히려 세상에서 떨어져 나갈까 봐 두려워했다. 남의 처세술 원고를 다듬어주면서까지, 어떻게 해서든 세상에다 뿌리를 내려보려고 필사적으로 매달리던, 도시에서의 그 이해할 수 없는 완강한 집착들을 떠올리며 나는 지금 실소한다.

그런데 이 노인은 어떤가. 노인은 이미 세상에 살고 있지 않은 것 같다. 노인에게는 이미 세상이 없었다. 노인은 내게 세상 밖으로 뛰쳐나온 것으로 보였다. 나는 그가 처음부터 세상을 가지고 있지 않은 것이 아니라, 가지고 있던 세상을 버리고 밖으로 뛰쳐나온 것이라고 판단한 셈인데, 그것은 노인의 탈세상의 흔적에도 불구하고 그에게서 전해져오는 또렷한 세상의 냄새 탓이었다. 이를테면 그 움막의 한쪽에 놓인 책들과 무엇 때문인지 낯이 설지 않은 그의 인상이 그랬다. 하지만, 나는 과거에 언젠가, 어디선지는 모르지만 그를 만난 기억이 있는 것 같다는 말을 하지는 않았다.

노인은 단지 침묵했다. 그것으로 나의 의문과 질문들을 묵살했다. 그저 지를 먹고 도인을 행하고 행기를 행하고 있을 뿐이었다. 아니, 그가 무슨 말인가를 하기는 했다. 그에게서 성의 있는 대답을 기다린다는 것이 부질없다는 판단을 내리고 있을 무렵쯤 하여 겨우 입을 열었는데, 그때에도 그는 자신 직접 드러내려 하지는 않았다. 그의 말들은 은유에 휩싸여 있었고, 그것은 또 완곡하게 나의 하산을 권유하는 말이기도 했다.

"갈홍이라는 사람이 있었소……."

노인은 서두를 그렇게 꺼내었다. 갈홍이라면, 저 《선약》이라는 책의 저자로 표시된 사람 말입니까? 하고 나는 물었다. 노인은 나의 참견을 무시했다. 그의 표정을 읽을 수가 없었다. 나는 할 수 없이 입을 다물어 버렸다.

"'포박자'라고도 불리었던 사람이오. 그가 살던 4세기의 중국은 사회가 극히 어지럽고 뒤숭숭하던 시절이었소. 그러니까 그때가 진조晉朝 말기가 아니었던가 싶은데, 정치는 힘을 잃고, 관리들은 타락하고, 곳곳에서 농민들의 봉기가 일어났소. 인심이 흉흉해지고, 사회가 극도로 불안하던 시절이었던 거요. 갈홍은 그 시대에 강소江蘇 지방의 명문가에서 태어난 선비였소. 가난해서 순수 농사를 지어가면서 독서에 전념하여 학문을 익힌 그였지만, 무장 봉기가 곳곳에서 일어나자 왕조를 위하여 병사를 모으고 직접 전투에 참여하기도 했소. 석빙石氷의 난을 평정한 것을 포함하여 많은 전공을 세운 대가로 그는 제법 높은 벼슬에까지 올랐다고 하오. 문과 무를 겸비한, 당시로서는 드물게 이상적인 관리였다 할 수 있을 것이오. 그러나 바로 그랬기 때문에 그는 벼슬의 자리에 오래 있을 수가 없었소. 부패와 술수가 난무하는 권력 주변의 생리를 그는 차마 눈뜨고 볼 수가 없었던 것이오. 거기다가 세상은 조금도 평온해지지가 않았소. 언제 세상이 어떻게 될지 모르는 위기의식이 팽팽하게 부풀어 올라 있었고 그것은 말 그대로 난세의 혼란에 다름 아니었던 것이오. 그는 세상의 끝이 가까웠음을 알아차렸소. 그래서 그는 자신의 관직을 내놓고 낙양洛陽으로 떠나갔소. 거기서 독서와 저술에 전념하는 한편, 신선술을 연수하면서 남은 생애를 보냈다고 전해지고 있소. 그가 세상으로부터 떨어져나가 신선이 되는 일에 몰입한 것은, 독서와 저술만으로는 세상으로부터 벗어나기가 충분하지 못했던 때문일 게요. 그는 이 터무니없는 탐욕과 혼란의 세상 밖으로 나가고 싶어 한 것이오. 그는 신선이 되고 싶어한 것이오. 황제나 노자처럼, 태을원군처럼……. 신선이 되어 아름다운 선계의 하늘을 자유롭게 날아다니고 싶어한 것이오. 그는 노자를 선인으로 이해했고, 그 자신 노자처럼 자유로운 정신으로 살기를 원했던 거요. 그는 현실을 초월하고 싶었고,

그가 알고 있는 초월의 방법은 신선이 되는 길밖에 없었던 거요……."

노인은 말을 마치고 나서 잠시 눈을 감고 앉아 있었다. 그 모습은 공연히 떠들었다고 자신의 행위를 나무라고 있는 것처럼 보였다. 나는 그의 말 속에 어떤 뜻이 감춰져 있다고 믿었다. 평관산이 그 뜻을 몸으로 증거하고 있는 것처럼 느껴졌다. 그렇다. 바로 그 순간에 나는 무신 정권의 압제를 피해 평관산으로 들어가 신선이 되었다는 김찬설 노인을 떠올렸다. 떠도는 이야기에 의하면, 김찬설 옹 이후 유독 세상이 어지럽고 뒤틀릴 때마다 많은 사람들이 평관산을 찾아 들어왔다고 하지 않던가. 그 사람들이 모두 신선이 되었는지 어떤지는 물론 알 수 없었다. 하지만, 세상에 희망을 걸 수 없다고 느껴질 때, 많은 선비들이 기꺼이 현실을 피해 산속으로 퇴각해 들어간 것은 틀림없는 사실이었다. 김찬설처럼, 또는 갈홍처럼…….

이 노인이 아닌 밤중에 홍두깨 격으로 갑자기 갈홍이라는 위인의 전기를 끄집어낸 데에는 그럴 만한 까닭이 있을 것이었다. 실상 내가 그에게서 알고 싶어한 것은 갈홍이라는 위인의 전기가 아니라 바로 그 노인의 전기였다. 자신의 정체를 묻는 나의 질문에 대해 그가 일부러 다른 사람의 전기를 대치시킨 것이라면, 만일에 그것이 노인의 대답이라면, 그건 무얼 뜻하는가……. 사실이 그렇다면, 나는 한 가지 더 반드시 물어보아야 할 것이 있었다. 한 가지 질문을 던짐으로써 나는, 충분치는 못하더라도, 노인의 정체를 이해하는 데 상당한 도움을 받을 수 있을 것 같았다. 노인이 몸을 일으켜 세우고 있었다. 바랑을 걸머메고 나가려 하였다. 나는 갑자기 다급해져서 생각의 가닥이 채 잡히지 않은 채로 그에게 물었다.

"그러면, 그러니까 그 갈홍이라는 위인이 신선이 되었나요?"

노인은 나의 질문에 대답하는 대신 자리에 우뚝 선 자세로 나의 눈을 가만히 들여다보았다. 무언지 많은 말을 담고 있는 눈이라고 나는 느꼈다. 저 눈을 통해 노인이 하려는 말들이 무엇일까. 나는 안타까웠다. 나의 아둔함이 측은했음인가. 노인은 무거운 입을 조용히 열었다.

"평관산에는 다툼도 없고, 미움도 없소. 사랑도 있을 리 없고 투쟁도 있을 리 없소. 도대체가 욕망이란 것이 없는 것이오. 성산은 지푸라기 같은 모든 욕망을 가져가 버림이오, 평관산이 곧 성산이기 때문이오. 세상의 질서와 인연들을 훌쩍 초월하게 만드는 힘이 산에게 있음이지요. 껍데기를 벗은 자의 자유로움, 그것이야말로 명산이 주는 커다란 축복인 게요. 초월을 통해서만 진정으로 자유로워지는 것이 아니던가요."

그것이 내가 들은 노인의 마지막 말이었다. 그러나 그것은 나의 질문에 대한 직접적인 대답은 아니었다. 나는 문제의 인물이 신선이 되었는지 물었던 것이다. 하지만 그것으로 그만이었다. 노인은 아무 말도 더 하지 않고 벌써 저만치 걸어가고 있었다. 그리고 아주 순식간에 울창한 수목들이 그의 모습을 감춰버렸다.

그렇게 훌쩍 떠나버린 노인은 한나절이 다 가도록 돌아오지 않았다. 나는 망연히 기다렸다. 나는 대답을 들어야 했다. 그것은 곧 진정한 의미에서 사람이 세상 밖으로 벗어날 수 있는가에 대한 대답이기도 할 터였다. 그 대답의 향방에 따라서 나의 진로가 결정될 수도 있는 일이었다. 나는 그렇게 생각했다. 어쩌면 나는 세상 밖으로 탈출하려는 나의 오래 되고 은밀한 꿈의 실현을 시도해 볼 용기를 이제 비로소 얻게 될지도 모를 일이었다. 사람의 운명은 그야말로 어떤 결정적인 순간이 의해 좌우되는 것이라고 나는 항상 믿어왔다. 그 결정적인 순간의 감동이 지금이 아닐 이유가 어디 있겠는가……. 그러나 노인은 돌아오지 않았다. 따라서 나는 아무런 대답을 들을 수가 없었고, 어떤 결정도 유보할 수밖에 없었다. 나는 몹시 배가 고팠다. 그러나 버섯 나부랭이나 솔잎 따위를 씹어 삼킬 수는 없었다. 나는 선인이 아니었다. 나는 할 수 없이 버너 불을 켜고 라면을 하나 삶아 먹었다. 해가 기울기 시작하면서부터 추위와 무서움이 다시 찾아들었다. 나는 움막 안으로 들어가 벽에 등을 기댄 채 꼼짝도 하지 않고 앉아 있었다.

그 산을 내려오는 것으로 나의 기약 없던 여행은 끝을 보게 되었다는 이야기를 해야 할 차례가 되었다. 나는 결국 내가 떠나온 도시로 돌아가고 만 것이다.

내가 그 산속의 움막을 떠난 것은 이튿날 오후도 다 기울어갈 무렵이었다. 긴 밤을 거의 뜬눈으로 새우며 노인을 기다렸지만, 노인은 끝내 나타나지 않았다. 그 밤에도 전날 밤과 마찬가지로 사람의 목소리를 닮은 웬 짐승의 울부짖음이 한동안 들렸는데, 나는 그 전날 밤과는 달리 그 소리를 짐승의 울부짖음을 닮은 웬 사람의 괴성으로 바꿔 들었다. 분명치는 않지만 나는 그 목소리가 노인의 것이라고 추측했다. 그 목소리에서는 어떤 절규 같은 것이 묻어나고 있었다. 용이 되어 승천하는 데 실패한 이무기의 한탄이 저럴까 싶었다. 깊은 슬픔의 용솟음이었고, 바닥 모를 절망과 회오의 소용돌이였다. 그것은 어쨌든 사람의 목소리였다. 그것은 신선에의 집착을 통해 세상을 벗어나보려는 시도의 절망감을 그대로 들려주고 있는 듯했다. 그 꿈에 기대는 것이 얼마나 힘들고 가파른 일인지를 시위하고 있는 듯했다. 나는 그렇게 단정할 수밖에 없었다. 그것이 나를 슬프게 했다. 나는 뜻도 알지 못한 채 나의 감정에 순응했다. 나는 무릎에 얼굴을 묻고 울었다.

그러고도 한나절을 기다렸다. 그러나 노인은 돌아오지 않았고, 나는 지쳐 있었다. 이 산속에서 또 하나의 밤을 맞이해야 한다는 사실이 끔찍하기도 했다. 노인은 그런 식으로 나를 쫓아내고 만 것이라는 생각이 얼핏 들었다. 나는 하는 수 없이 산을 내려오고 있었다.

길흥 읍내로 들어선 내가 적당히 요기를 하고 찾아든 여관방에서 나는 마침내 내가 떠나온 도시로 전화를 넣었다. 아내는 전화를 받자마자 울음부터 쏟아 내놓았다. 무슨 사람이 그래요? 도대체 무슨 일이에요? 지금 살아 있기나 한 거예요?…… 그것은 그대로 사람의 흔적이고 세상의 체취였다. 어떻게 해도 벗을 수 없는, 지울 수 없는…… 아내는 덧붙였다. 빨리 와요, 제발. 집 주인이 하루가 멀다고 찾아와 집을 비워 달라고 안달이에요. 당신이 안 계시니 어떻게 하지도 못하고…… 재식이도 아버지를 찾으며 울어요. 잡지사에 계시는 친구 분이 도와주긴 하지만 당신이 없으니 모든 게 엉망이에요…… 엉망이에요. 빨리 와요…… 나는 담배를 한 대 피우고 망설임 없이 여관을 나왔다. 내가 사라짐으로 해서 저 세속 도시의 어느 한 귀퉁이에 흠집이 생기기도 한다는 사실이 기묘한 기분에 젖게 했다. 그것은 반가움이라기보다는 어색함이었다. 그것은 또 역겨움이기도 했고 안타까움이기도 했다. 나는 결국 돌아가야 할 것이다. 그것은 오래전부터 나의 예감 속에 살아 있었다. 그 예감 때문에 나는 도시로 전화 한 통 넣는 것조차 망설여 왔다. 그러나 세상은 '거기'에 있는 것이 아니라 어디에나 있었다. 세상은 내 속에도 너무나 견고하고 튼튼하게 들어와 박혀 있었다.

도시로 가는 버스는 한 시간을 기다려야 한다고 했다. 나는 그동안 거리를 걸어 다니며 구경을 하기로 했다. 도로변으로 제법 깨끗한 이층 건물들이 들어서 있었다. 내가 이곳에서 살던 어린 시절에는 보지 못했던 건물들이었다. 그 시절에 비하면 도로도 넓어졌고, 비록 버스 정류장이 있는 중심가에 국한되어 있긴 하지만 도로에는 포장도 되어 있었다. 그렇긴 해도 거리의 윤곽은 그대로 유지하고 있었다. 정류장 맞은

편의 길흥약국 간판을 보고 나는 그 약국이 이십 년이 다 되도록 자기 자리를 지키고 있는 사실에 감탄했다. 간판이 아크릴로 바뀐 것 말고는 그대로였다. 그 약국을 끼고 안으로 들어가면 닷새에 한 번씩 서던 장터가 나온다. 장터도 그 자리에 그대로 있었다. 함지박에 산나물 같은 걸 내놓고 아낙네 몇이 그 늦은 시간까지 손님을 기다리고 있었다. 대부분의 상점들이 판자나 천막 대신 알루미늄과 유리로 바뀌어 있는 정도의 차이에서 세월을 느껴야 할지…… 조금 서글퍼졌다.

나는 이승우라는 소설가가 자신의 소설에 등장시켰던 청관산다방이라는 곳이 실제로 있는지 궁금해져서 다시 길가로 나와 간판들을 뒤지기 시작했다. 그 소설가의 설명대로 도로변의 매끈한 건물마다 다방 간판들을 하나씩 매달고 있었다. 청관산다방만은 유독 허름한 건물의 이층에 있다고 했다. 그랬다. 소설 속에 묘사된 대로 그 다방은 찬동시계점 건물의 이층에 있었다. 그리고 역시 나의 짐작대로 그 다방의 이름은 청관산이 아니라 평관산이었다. 나는 시계를 들여다보았다. 차를 타기까지는 십오 분 정도의 여유밖에 남지 않았다. 나는 조금 망설이다가 평관산다방 안으로 들어갔다.

다방 안은 어두웠고, 아무도 없었다. 내가 자리에 앉아 실내를 휙 둘러보며, 그 다방 안에 떠돌고 있는 습하고 역겨운 냄새를 한심해하고 있을 때에야 주방 안쪽의 문이 열리며 여자가 나왔다. 환갑을 눈앞에 두고 있음에 틀림없어 보이는 뚱뚱한 여자였다. 막연하게나마 소설 속의, 그 맹랑하고 발랄한 미스 지를 기대하고 있던 터라 그 여자의 출현은 어이가 없었다. 늙은 여자는 거의 표정이 없었고, 말도 없었다. 그저 엽찻잔만 테이블 위에 놓고는 돌아가 버렸다.

"저 미스 지는 어디 갔나요?"

나는 엉겁결에 그렇게 물었다. 여자의 폐쇄적이고 답답한 태도에 초조감을 느꼈던가. 나의 질문은 엉뚱맞고 파렴치한 면이 없지 않았다. 그것은, 커피나 홍차를 마실 수 있느냐는 질문과는 적어도 달랐다. 여자는 둔한 몸을 돌려 나를 쳐다보았고, 아주 재빠르게 수상하다는 표정을 지었다. 나는 공연히 민망해져서 씨익 웃어주었다.

"미스 지는, 없어요."

나는 그녀의 말을 어떻게 알아들어야 할지 감을 잡을 수가 없었다. 미스 지라는 여자는 이 다방에 있어본 적이 없다는 뜻인지, 아니면 전에 여기서 일을 했는데 다른 곳으로 떠났다는 뜻인지, 그것도 아니라면 이 다방에서 일하고 있지만 지금 가까운 데 어디 배달이라도 나갔다는 뜻인지…… 그러나 더 물을 수는 없었다. 여자는 육중한 몸을 돌려 세워버렸고, 그러고는 곧 주방 안쪽으로 모습을 감춰버렸기 때문이다. 나는 갑자기 등짝으로 땀이 주르륵 흐르는 걸 느꼈다. 기분이 묘했다. 사실 나는 다방에 들어와 미스 지라는 종업원을 만나면 그녀에게 산속의 노인에 대하여 물어볼 작정이었다. 이승우의 소설에 의하면, 작중화자의 산속 별장에 대한 의문을 풀어주는 사람이 미스 지였다. 내가 소설 속에서와 같은 다방의 간판을 발견했을 때, 그리고 다방의 내부가 소설 속에 묘사된 것과 흡사하다고 느꼈을 때, 나는 그런 기대를 걸었다. 미스 지가 있다면, 그녀는 틀림없이 산속의 노인에 대해 상세하게 설명해줄 수 있을 것이라고. 어쩌면 이승우라는 소설가에 대해서도 어떤 정보를 얻게 될 수 있으리라는 기대 또한 없지 않았다. 그러나 뚱뚱한 여주인은 도대체 입을 열 수 없을 정도로 폐쇄적인 분위기를 풍겼다. 낯선 사람에 대해 경계라도 하는 듯한 느낌이 들 정도였다.

나는 마침내 다방 안을 둘러보다가 일어서야겠다고 결정하고 말았다. 미스 지 따위가 내게 무슨 상관이란 말인가. 미스 지의 존재를 확인함으로써 이승우의 〈일식에 대하여〉가 실제 상황을 성실하게 복사한 작품이라는 사실을 발견해낸들 그것으로 무얼 하겠는가. 거기서 무슨 의미를 찾는단 말인가. 나는 이제 다시 도시로 돌아가는 길이 아닌가. 그곳에는 진부한 생활이 어지럽게 널린 채로 나를 기다리고 있을 것이었다. 그런 마당에 신선에 대한 호기심이 무엇인가. 청관산다방이 무엇이며, 미스 지가 무엇이며, 위하식이 무엇인가. 도대체 이승우니 〈일식에 대하여〉니 하는 것이 무슨 소용이란 말인가. 그 순간, 버스가 도착하고 떠나는 시간이 일정하지 않다고 주의를 주던 버스 회사 직원의 말이 떠올라준 것이 다행이라면 다행이었다. 나는 카운터 위에 적힌 차림표에서 커피가 600원이라는 걸 확인하고는 카운터 위에다 마시지도 않은 커피값을 올려놓고 서둘러 나와 버렸다.

　버스를 기다리고 서 있다가 나는 이곳에 도착하자마자 부딪쳤던 지난밤의 그 노인을 다시 만났다. 노인은 그때와 다름없이, 대합실에 앉거나 서서 이야기를 나누거나 눈을 감고 있는, 남자거나 여자이고 젊거나 늙은 승객들에게 무엇인가를 부지런히 나눠주고 있는 중이었다. 꼭 다문 입술, 그리고 보통 사람들보다 훨씬 풍부하고 다양한 손놀림이 그가 말을 못 하는 벙어리라는 사실을 분명하게 확인시켜 주었다. 나는 그때도 저 노인이 건네주는 종이를 받았었다. 그러나 읽어보지도 않고 구겨서 여관을 찾아가는 길가의 쓰레기통에다 집어넣어 버렸었다. 노인은 그 사실을 모를 것이다. 아니, 잘 알고 있을 것이다. 그렇기 때문에 몇 번이고 자꾸만 건네주려는 걸 게다. 나는 노인이 그 특유의 눈빛과 손짓으로 무언가를 애타게 전하려 한다는 사실을 눈치 챘다. 내용은 알아들을 수 없었지만, 그 간절함과 절실함만은 그대로 전달되어 왔다. 그 절실함과 간절함이 나를 숙연하게 했다. 그것은 거의 숭고하게까지 보였다. 한 번 쓰고 버리는, 우리들의 평범하고 일회적인 삶 속에서 저렇듯 간절하고 절실하게 다른 사람과 나누고 싶은 무언가를 가지고 있다는 것은, 그 무엇이 무엇이든 상관없이, 특별한 일이 아닐 수 없었다. 그 특별함이 내게는 귀하게 여겨졌다. 나는 노인에게 공손히 절하고 종이를 받아 들었다.

곧 버스가 왔다. 자리를 잡고 앉은 나는 노인이 건네준 종이를 펼쳐 들었다. 한 장의 그림이 나왔다. 한쪽에는 파란 바다가 수평선을 거느리고 펼쳐져 있는데, 그곳을 향해 엄청나게 많은 양 떼들이 무리지어 달려가는 그림이었다. 그림의 뒷면에 깨알 같은 글씨들이 박혀 있었다. 추측건대 그것은 어떤 종교의 포교용 전도지로 보였다. 그런 것은 아무래도 중요하지 않았다. 내게는 그 노인의 인상만이 선명하게 남아 있을 뿐이었다. 달리 할 일도 없었기 때문에, 노면 사정이 좋지 않은 도로를 달리느라 뒤뚱거리는 버스 안에서 덩달아 뒤뚱거리면서 나는 천천히 그 글씨들을 읽어 나갔다.

아프리카 남부의 칼라하리 사막에는 '스프링 팍'이라는 산양들이 살고 있다. 이들은 평상시에는 보통 이십여 마리씩 무리를 지어 살고 있는데, 어떤 때인가는 갑자기 몇만 마리나 되는 거대한 무리가 되어 한 장소로 몰려드는 경우가 있다.

실타래처럼 한데 엉켜서 이들 수만 마리의 양 떼들은 서로 몸을 맞대고 천천히 걷기 시작한다. 그렇다. 이 거대한 집단은 처음에는 '천천히' 전진하면서 자기들이 걷는 길가의 풀을 모조리 뜯어먹는다. 그러나 행렬의 뒤쪽에 있는 '스프링 팍'들은 자기 차지의 풀을 얻을 수가 없기 때문에 배가 고프게 되고, 배가 고파진 양들은 앞으로 비집고 들어가려고 동료 양들을 마구 떠다밀면서 나아가게 된다.

그러한 현상은 모든 양 떼들의 행렬 속으로 급격하게 파급되고, 마침내 앞쪽에서 걷던 양들은 뒤에서 밀어붙이는 양 떼들의 힘에 밀려 자연스레 급한 걸음을 하지 않을 수 없게 된다. 앞에서 뛰니까 뒤에서도 따라서 뛸 수밖에 없고, 그러면 앞에서는 더욱 필사적으로 달음박질을 해야 한다. 결국 모든 양 떼들은 전속력으로 돌진하게 되는 것이다.

물론, 이들 '스프링 팍'들의 행렬에는 애초에 분명한 목적이 있었을 것이다. 이를테면 뜯어먹을 풀이 많고, 살기도 좋은 새로운 정착지를 찾아간다든지 하는…… 그러나 이쯤 되면, 그런 목적이 그들의 행동을 제어하지 못할 것은 뻔하다. 그들은 이제 뛰는 것 외에는 아무것도 생각하지 않는다. 마치 달리는 것이 바로 자신들의 유일한 목적이기라도 됐던 것처럼, 마치 달음질 자체에 무슨 대단한 뜻이 있기라도 하는 것처럼.

그리하여, 질주하는 양 떼의 무리는, 끝없이 달리고 달려 초원을 지나고 사막을 건너고, 마침내 해안에 도달한다. 눈앞은 시퍼런 파도가 넘실거리는 바다이다. 그러나 가속도가 붙어버린 이 맹렬한 질주의 행렬은 멈출 수가 없다. 멈출 수가 없기 때문에, 앞에 선 양들부터 차례차례로 뒤에서 밀어붙이는 엄청난 힘에 떠밀려 꼼짝없이 바다 속으로 빠져든다. 길고 거대한 행렬이 순식간에 바다의 탐욕스런 아가리 속으로 빨려드는 순간이다.

그것으로 그뿐, 얼마 후 바닷가에는 이 무분별하고 불쌍한 양들의 시체로 가득 메워지게 되는 것이다.

'스프링 팍'의 이 수수께끼 같은 집단 죽음의 행진은, 우리들 인생살이에 대한 신랄한 비유로 들린다. 산양들의 그 엄청난 질주의 의미가 무엇이었을까, 생각해 보면 더욱 그러하다. 처음엔 다른 양이 차지하기 전에 자기 몫의 먹이를 확보하려고 속력을 내기 시작했을 것이다. 그러다가 나중에는 무작정이었을 것이다. 남들이 뛰니까 나도 뛰지 않을 수 없다, 뒤에서 밀어붙이고 앞에서 질주하니까, 모두들 앞만 보고 달려가니까…….

질주는, 처음에는, 수단이었다. 질주는 보다 훌륭하고 의미 있는 목적을 달성하기 위한 현명한 수단이었다. 그런데 그 수단인 질주가 유일한 목적의 자리를 차지해 버린 삶의 비참한 종국을 칼라하리 사막의 산양들은 우리에게 상징적으로 제시해 보여주는 것 같다.

달리는 것 자체에는 의미가 없다. 모든 질주에 의미를 부여하는 것, 그것은 그 질주의 속도가 아니라 그 질주를 통해 마침내 도달하려고 하는 바의 이름과 향방에 있다. 질주 자체에는 아무런 가치도 없는 것이다. 오직 우리들의 질주의 가치는 그 질주가 어디를 지향하느냐에 따라서만 결정되는 것이다…….

나의 친구 박상호는 화가 잔뜩 나 있었다. 그렇게 무책임해 가지고야 어떻게 일거리를 줄 수 있겠느냐고 하면서 목소리를 높이는 것으로 보아 일거리를 제공해 준 그 대기업의 홍보부장으로부터 꽤나 시달림을 받은 모양이었다. 당장이라도 필자를 바꾸라는 성화를 무마시켜 가며 고맙게도 녀석은 그 일감을 아직 내 몫으로 남겨놓고 있었다.

"어디를 쏘다니다 나타난 거야? 임마, 니 마누라한테라도 무슨 말을 해놓았어야 할 거 아니냐. 나이가 그만큼 들고 결혼까지 했으면 철이 좀 들어야지, 언제까지 기분 내키는 대로 행동할 거야. 그래도 돼? 나는 또 그렇다고 하자. 잘난 남편만 바라보고 사는 니 마누라는 뭐냐? 아이는 또 뭐고. 이런 나쁜 놈 같으니. 그래, 어딜 갔다 온 거야? 물어보고 싶은 생각도 없다만 그래도 들어나 보자. 무슨 대단한 업적이라도 이루고 온 건지 말이다…….”

나의 친구가 그렇게 야유삼아 윽박지를 때까지만 해도 나는 전혀 나의 여행담을 늘어놓을 생각이 없었다. 평관산의 일에 대해서도 마찬가지였다.

　그러나 결국 나는 말을 하고 말았는데, 내가 그 이야기를 꺼낸 것은 친구가 위형식이라는 인물의 미스터리를 그 달의 중요 기사로 다루고 있다는 사실을 알게 된 때문이었다. 보다 분명하게 말하는 것이 좋겠다. 친구는 위형식이라는 위인이 흔적도 없이 사라진 지가 십 년이 되고 있는데, 아직 그자의 생사조차 확인되지 않고 있다고 하면서 이번 호에 그 미스터리를 다시 추적해서 기사화하려 하고 있다는 것이다. 위형식을 누가 모를 수 있겠는가, 한때 이 나라의 권력의 핵심부에서 엄청난 세력을 떨치던 위인. 정치권의 파워 게임에서 밀려난 후로는 회고록에 권력 내부의 어둠과 악취들을 비교적 솔직하게 피력했던 위인. 그리고 실종…… 그의 실종은 대부분의 사람들에게 거의 사망으로 받아들여지고 있었다. 항간에는 외국 나들이 중이던 그를 일본의 야쿠자에게 청부해 죽였다는 소문과 청와대 지하실로 데려와 최고 실력자가 직접 총을 쏴 죽였다는 소문 등이 확인되지 않은 채로 퍼져 있는 상태였다. 그로부터 십 년. 그는 사람들의 기억에서 조금씩 잊혀져 갔지만 다시 문제를 삼으면 얼마든지 화제를 불러일으킬 수 있지 않겠냐는 것이었다.

　그러고 보면 나의 친구는 타고난 잡지쟁이이다. 사람들의 낡은 기억의 창고에서 위형식에 대한 관심을 불러일으켜 보겠다는 것이 아닌가. 하지만 그런 것은 아무래도 상관이 없다. 중요한 것은, 그가 모아둔 자료철에서 내가 확인한 위형식의 얼굴이었다.

　나는 그 사진을 보는 순간 곧바로 그 평관산의 노인을 떠올렸다. 얼굴 전체를 덮고 있는 수염만 빼고는 사진의 모습 그대로였다. 산에서 처음 노인을 보았을 때부터 그 인상이 어딘지 낯설지 않다고 생각되었던 것도, 이제 보니 그 때문인 모양이었다. 나는 나의 친구에게 그 이야기를 했다. 내가 위형식을 만났노라고. 그는 지금 평관산에 있다고. 반쯤은 신선이 되어 버섯과 솔잎과 인삼 뿌리를 씹으며 살고 있다고……

"너, 어떻게 된 거 아니니?"

나의 친구는 웃지도 않고 그렇게 말하며 내 얼굴을 빤히 쳐다보기만 했다. 내가 아무리 사실이라고 우겨도 전혀 믿으려 하지 않았다.

"틀림없다니까. 이놈이 나를 무슨 정신병자 취급하려고 그래."

나도 지지 않았다. 나는 몇 가지의 정황 증거를 대기 시작했다. 예컨대 그는 평범한 산골 농부가 아니었다. 그는 적어도 한자를 터득하고 있음에 틀림없다. 그리고 그의 정체를 궁금해하는 내게 그가 갈홍이라는 주나라 때의 한 인물의 전기를 들려준 것도 수상한 점이다. 그 전기에 의하면, 갈홍은 권력과 세상의 어지러움에 멀미를 느낀 나머지 관직을 박차고 나와 신선술에 빠져들지 않았던가. 노인은, 짐작컨대 갈홍이라는 위인에게 이입시켜 마치 남의 이야기인 것처럼 자신의 이야기를 간접적으로 하고 있었던 것이 아니겠느냐…… 나의 너무도 진지한 주장과 설명에 친구 녀석도 조금 마음이 기우는 모양이었다. 다소 신빙성이 없긴 하지만, 만일에 그것이 사실이라면 엄청난 특종을 잡게 된다는 계산을 재빨리 했던 것이리라. 그는 한번 속는 셈치겠다고 하면서, 길을 안내하라고 나서게 되었다. 그렇게 해서 나는 나의 친구를 데리고 평관산을 다시 찾아 나서게 되었다.

그러나, 결론부터 말하면, 그 산행에서 우리는—나와 나의 친구는 그 노인을 만날 수가 없었다. 어찌된 일일까. 하루해가 다 지나도록 온 산을 헤매고 다녔지만 내가 하룻밤을 묵었던 움막조차 찾아지지 않았다. 아니, 수목이 하늘을 가릴 듯이 치솟고 안개와 어둠이 교묘하게 살을 섞고 있는, 그 이상한 분위기의 장소마저 찾을 수가 없었다. 우리는 그 산속에서 텐트를 치고 하룻밤을 잤지만 어떤 수상한 기운도 감지할 수가 없었다. 지난번과 마찬가지로 어둠을 뚫고 먼 곳에서 괴성이 들려왔지만, 친구는 그것이 산짐승의 울부짖음이라고 간단히 일축해 버렸다. 어떻게 된 영문인지 이번에는 내 귀에도 의심 없이 산짐승의 울부짖음으로 들리는 것이었다.

친구는 나를 따라다니다가 지쳐서 말을 잃어버렸다. 그의 표정은 화가 났다기보다는 오히려 딱하다는 쪽에 가까웠다. 그는 이제 의심할 것 없이 나를 정신이 이상한 자로 단정하고 있을 터였다.

이튿날, 우리는 산을 내려오고 말았다. 아무 소득도 없는 여행이었다. 마감에 쫓기고 있는 나의 친구는 이만저만 낭패가 아니라는 표정을 굳이 감추려 하지 않았다.

산속의 노인은 만나지 못했지만, 버스 대합실의 노인은 다시 만날 수 있었다. 그날도 역시 말을 못 하는 노인은 그 풍부한 손의 표정으로 간절하고 절실하게 전도지를 돌리고 있었다. 스프링 박이라는, 아프리카 어느 사막 지대에 사는 양 떼들의 집단 자살의 미스터리를 담고 있는 그 전도지를 나의 친구는, 내가 맨 처음 그랬던 것처럼 받자마자 쓰레기통에 구겨 넣어버렸다. 하지만 나는 이제 그렇게 할 수가 없었다. 그 종이에 노인의 영혼이 담겨 있음을 이제 나는 알고 있는 것이다. 그 종이를 버리는 것은, 따라서 노인의 영혼을 버리는 셈이 된다는 사실도. 나는 쓰레기통 속에 손을 집어넣어 녀석이 버린 종이를 찾아내었다. 꼬깃꼬깃해진 종이를 반듯하게 펴서 나는 거기 적힌 내용들을 다시금 꼼꼼하게 읽어보았다……

그리하여 질주하는 양 떼의 무리는, 끝없이 달리고 달려 초원을 지나고, 사막을 건너고, 마침내 해안에 도달한다. 눈앞은 시퍼런 파도가 넘실거리는 바다이다. 그러나 가속도가 붙어버린 이 맹렬한 질주의 행렬은 멈출 수가 없다. 멈출 수가 없기 때문에, 앞에 선 양들은 뒤에서 밀어붙이는 엄청난 힘에 떠밀려 꼼짝없이 바다 속으로 빠져든다. 길고 거대한 행렬이 순식간에 바다의 탐욕스런 아가리 속으로 빨려드는 순간이다…… 달리는 것 자체에는 의미가 없다. 모든 질주에 의미를 부여하는 것, 그것은 질주의 속도가 아니라 그 질주를 통해 마침내 도달하려고 하는 바의 이름과 향방에 있다. 질주 자체에는 아무런 가치도 없는 것이다. 오직 우리들의 질주의 가치는 그 질주가 어디를 지향하느냐에 따라서만 결정되는 것이다…….

차에 올라타고서도 읽기에 열중해 있는 나를 나의 친구는 한없이 복잡한 감정을 눈에 담고 바라보는 것이었다. 도시로 돌아오는 줄곧 친구는 말을 하지 않았다. 가끔씩 곁눈질로 나의 얼굴을 훔쳐보는 폼이 영락없이 정신병자를 대하는 투였다.

나는 이제 되도록 이승우라는 소설가를 만나볼 생각이다. 나의 정신이 이상하다는 엉터리없는 오해를 벗어버리기 위해서라도 그 자를 만나 평관산(청관산)에 대해, 그리고 위형식(위하식)에 대해 이야기를 나누어볼 생각이다. 그자가 〈일식에 대하여〉라는 소설 속에 그 정도로 사실에 접근한 이야기를 쓸 수 있었다면, 적어도 그는 그 산속에서 내가 만났던 그 노인을 만났음에 틀림없겠기 때문이다. 그가 그 산속의 노인을 어떻게 이해하고 있을까가 궁금했다. 그를 만나 그 노인에 대해 이야기한다면 제법 말이 통할 것 같았다.

나는 지난 연말에 어떤 문학잡지의 부록으로 발행된 문인 주소록을 뒤져서 그의 전화번호를 확인했다. 그는 경기도 미금시의 평내라는 곳

에 살고 있었다. 동네 이름이 아름답다고 생각하면서 나는 전화번호를
돌렸다. 0346-591…….

마지막 연애의 상상

이 인 성

1953년 서울 출생.
1977년 서울대 불문과 졸업.
1980년 계간 《문학과 지성》으로 등단.
작품집 《낯선 시간 속으로》《한없이 낮은 숨결》 등.
한국일보 창작문학상 수상.

마지막 연애의 상상

어쩌다가, 그런 꼴의 마지막 연애를 상상하게 되었는지, 알 수가 없다. 공연히, 라고는 아무래도 말할 수가 없겠고, 필경 오랜 세월을 한없이 퍼 넣고 빨아들인 술과 담배 탓에, 자꾸 명치끝이 쓰려오는 서른아홉의 나이를 살고 있던, 어느 날 문득, 그래 문득, 나는, 그가 예순아홉 살에 겪게 될지도 모르는, 어떤 연애에 대한 상상의 실타래의, 한 올을 잘못 삼키기 시작했는데, 위장을 들여다보는 내시경처럼 역하게, 목구멍으로 기어들어가는 그 상상의 실줄기 때문에, 그는, 곁에서 거의 벌거벗은 채 길게 늘어져 담배를 피우고 있던 아내가 하얘지며, 왜 그래, 무슨 일이야, 다급히 물어올 정도로, 진저리를 치며 헛구역질을 했었다. 그때 그도 거의 벌거벗은 모습이었는지는, 확실치가 않다. 다만, 잠시 후, 입가로 길고 진득하게 꼬리를 내린 침 더미를 손등으로 문질러야만 했을 때, 그는 아내에게, 내 무의식 속에서는 내가 예순아홉까지 살고 싶은 모양이야, 하고 내가 생각해도 그가 말한 것 같지 않은 전혀 뜻밖의 소리로, 진정을 찾으려 했다는 점은 분명했다. 그리고 그 순간, 아내가 아까보다도 더욱 놀라 거의 소스라칠 듯한 전신 경련을 일으켰던 것도, 지금은 많이 나아졌지만, 그때까지만 해도 회복을 포기하다시피 했던, 거의 실어증 비슷한 증상 속에서 살아온 그가, 그런 식으로 마치 아무 일도 없었다는 듯, 또박또박한 말을 뱉어냈던 까닭에, 지극히 당연한 반응이었다고 볼 수 있다. 한참 나중에, 그의 상상의 이야기를 받아들은 아내는, 무심한 척, 그 반대겠지, 예순아홉까지는 죽어도 살고 싶지 않다는 뜻이겠지, 라고 그의 말을 바꿨다. 그 표현이 하도 희한해서, 혼자 속으로, 죽어도 살고 싶지 않다니, 죽어도 죽고 싶다니, 중얼거리다 보니, 앞의 죽어도는 사실, 실제 죽음의 현실과는 별 상관 없는, 죽음의 상상이 관용화된, 수사법에 불과한 듯싶었다.

……이제 막, 그는 이 상상의 이야기를 다시, 새로이, 글로 쓰기 시작했다. 벌써 몇 번째, 그는, 똑같은, 그러나 완전히 똑같지는 않고 조금씩 변형된, 이 이야기를 썼다가는 태우고 썼다가는 태우고 하는 짓을, 파란 수성 필기구와 파란 가스레인지 불로, 거듭해 왔다. 그가, 내가 어느 하나 남기지 않으리라 마음먹은 대로, 상상의 이야기들을 공책에 채워 재로 날려버리는 버릇은, 몇 년 전, 두뇌의 물리적 손상에 의한 실어증은 아니고 심리적인 실어증이라고나 할까, 일종의 자폐증 비슷한 대인침묵증이라고나 할까, 시름시름, 말을 잃어 병으로 깊어졌을 때, 아름아름, 글을 써보라는 의사의 권유에 막연한 유혹을 느끼고 나서였는데, 의사에게 보이지 않으려고 모두 없애버리기는 했으나, 그것은 그의 적성에 맞아, 한편으로 그런 방법이 너무 늦게 발견되었다 여겨질 정도로 보였다. 그는 혀를 놀리는 말은 거의 안 했는지 못 했는지 했지만, 그렇다고 그, 나의 희끄무레한 밖 또는 거무튀튀한 안으로, 언어 자체

가 날아가 버리거나 파묻혀버린 것은 아니었고, 오히려 그의 입으로 빠져나가지 못한 언어들은 내 머릿속 회로에 고스란히 남아 혼탁하게 들끓고 있었다. 그런데 그러다가 그것들이 자기들끼리 마구 맞부딪치며 부서져, 정말로 언어로 하는 생각조차 망가져, 그가 나로부터 영구히 사라져버릴지 모른다는 불안감이, 그로 하여금, 소리인 말과 분리된, 문자인 글을 쓰게 만들었다 추측된다. 경우가 그래서, 혼탁한 머리 어둠 속을 헤치며 힘겹게 더듬대는 듯한 그의 문장들이, 저 혼자의 호흡으로 끊기려나 하면 덧붙여지고, 그러다가 어디서는 툭 끊기며, 주절주절, 넋두리인 양 이어지면서도, 어떻게든 저 나름의 문법성을 지키려 무진 애, 용을 씀은 이해할 만하다. 이해할 수 없는 것은, 그러고 보니 훌쩍 건너뛰어지는 이야기 같은데, 왜 하필 그 상상의 계제에, 어떻게, 역겨움을 토해내기까지 했으면서, 그 순간, 그가 그의 긴 침묵에서 풀려나와, 그로부터 그 대신, 그걸 이리도 반복해서 쓰는 글쓰기에 묶이게 되었느냐, 하는 점이다. 오히려, 바로, 그런 역겨움을 토해낼 수 있었기에 그렇게 되었다고 적는 것은, 얼핏은 그럴 듯해도, 따져보면 아무 근거도 댈 수 없는, 밑 빠진 글자놀음에 불과하다.

어쨌든 이번엔 이런 것들이 이렇다는 것까지를 다 쓰기로 작정하고 쓰건대, 어쨌든 그렇게 돌연히, 상상 속에서, 나는 그 마지막 연애에 사로잡히게 되었다. 그리하여 미처 헤아리기조차 힘든 긴 시간의 공간이, 날마다, 그 상상의 연애로 반복되며 뭉개지기, 채워지며 덧씌워지기 시작했고, 끝없이, 이전의 상상들엔 그런 적이 없건만, 속 쓰림이 만성화된 마흔의 나이를 살고 있는 지금도, 그 상상만큼은 유독, 위장병만큼이나 마약적으로 상습화되어 있다. 그러므로 그 상상의 글쓰기의, 그 무한한 공간의 시간도 그러하다. 한없이 의식과 글의 입으로 삼켜지는 상상의 실줄기는, 작은창자 큰창자 막창자를 휘돌며 굵게 불어터져서는 다시, 독한 오물 냄새를 풍기며 고스란히 항문으로 빠져나와 점점, 내 주위로 퍼져 넘쳐, 둔탁한 실똥의 늪을 이루고, 그러면 하루에도 몇 번씩, 나, 그는 그 상상의 실, 똥, 물 위에 실려 멀미를 한다. 그러나 그 상상의 시작을 알리려치면 들려오는, 귓속 먼, 달팽이관을 돌아 되짚어 나오는 듯한, 그 종소리만은 언제라도, 은은하고 좋다. 지극히 짧은 사이, 뿐이지만. 두터운, 검은, 단면의, 철판을 아련히 여울지게 하며, 천천히 천천히, 물결로 바꾸어놓는, 아늑하게 가슴을 쓰다듬어주는, 청각에서 어느덧 시각으로 바뀌어가는, 그러다 환각으로 사라지고야 마는―아, 그렇게 덧없이 사라지고 말다니―, 그 보이지 않는 종의, 종소리. 환각으로나마, 그 종소리는, 그다지도 짧게나마, 적어도 이 세상에 행복의 감각이라는 것이, 존재함을, 느끼게 한다. 그것을 뒤따르는 상상이, 상상임에도 불구하고 몸의 실감으로 다가오는, 그다지도 긴, 몸의 서리치는, 암담함으로 이어져가더라도 말이다.

　실은, 지금은, 상상으로만 듣고 있으나, 언젠가는, 그 종소리를 엄연한 감각의 현실로 들은 적이 있었고, 언젠가는, 다시 실제 소리로 듣게 될지도 모른다. 쓰다 보니, 얼핏 상상은 사실이 아니라는 뜻을 풍긴 듯한데, 그런 의도는 없었고, 그냥 말이 그렇다는 거고, 또 얼핏 언젠가는 이란 표현이 과거와 미래에 함께 쓰이는 바람에 과거나 미래나 그렇고 그런 하나일 것이란 뜻도 풍긴 듯한데, 그런 의도는 없었지만, 이건 곰곰 씹어보니, 내 상상이 혹시 그렇게 움직였을 수 있다는 생각이 든다. 예순아홉 살에 그 소리를 그런 식으로 다시 듣게 된다면, 그게 그러니까, 꼭 서른 살 적이었으니까, 그 서른 살 적에 처음 그것을 듣던 상황과, 그로부터 삼십구 년 후가, 그까짓 것 삼십구 년이건 사십 년이건 또는 사십구 년이건 상관없지만, 달라지는 게 무엇인지 잘 모르겠기 때문이다. 삼십구 년이라면, 참으로 끔찍한 시간의 먼지, 두께가 쌓이리라.

먼지 자신의 빛깔을 제외하고는 빛깔이란 빛깔은 남김없이 지워갈, 그 뿌연 잿빛 두께에 눌려, 어느 날 그저 낡은 육체의 무심한 움직임으로 눈을 껌벅이는 사이에, 파삭, 행복의 감각이라는 것 자체가 사그라져버릴 수도 있다. 하지만 서른아홉에 작동된 상상력은, 아직 그 감각을 잃지 않아, 마치 삼십 년 후에도, 행복은 사라져도 행복의 감각만은 그대로 간직될 듯 상상하는 즉, 그래서 더 절망적인 상상일까, 행복은 전혀 없고, 행복의 가능성도 전혀 없고, 행복의 옛 감각만이 있다치면. 그래서 그 감각은 도대체 무엇으로부터, 어떻게 하여, 구해진 것일까, 예순아홉 살의, 상상 속의 그 내가, 때로 예순아홉 해를 송두리 원망할지라도, 그래도 행복의 감각이 남아 있다는 사실은, 만약 실제로도 그럴 것이라면, 아무리 고통스러운들 어쩔 도리가 없을 것이다.

어느 순간 아득히, 귀의 동굴 속에, 막다른 곳에서 얇고 넓게 퍼지는 한 소릿결이 채 돌틈 사이로 스미기 전에 다음 결이 거푸 덮쳐오는 양, 소리의 밀물, 파도를 그리다가, 그런데 실은 밀물이 아니라 썰물이었던 것이어서, 다시 어느 순간 아득히, 귀의 동굴 속에, 진공을 남기고 비워져나가는, 그런 짧은 공명의 순간이 그럼에도 그렇듯 행복감을 주는 것은 아마, 그 최초의 종소리가 그 또는 나를 악몽으로부터 깨워주곤 했던 이유에 기인할 것이다. 새벽녘의 그 첫 종소리 울림을 따라 잠깐, 잠깐 깃털에 애무되듯 잠깐 황홀하게 몸을 울던 그 무렵, 나는 그 어떤 곳에서, 뒤에 어렵사리 맞춰보니 그 무렵 전염성을 띠고 있던, 그와 비슷한 여러 사람들이 비슷하게 꾼, 어떤, 소심하게 침을 말릴 수밖에 없는, 악몽에 시달리고 있었다. 그 악몽은, 그가 그 무렵 며칠 동안, 기껏해야 보름쯤이었을 텐데, 주관적 체험의 길이로는 백오십 일은 족히 되었을 기간 동안, 따라서 주관적으로는 그렇더라도 객관적으로는, 아니, 객관적, 일반적으로도 아니고, 뭐랄까, 상식적으로는, 무엇이 상식적인지 잘 모르겠으나 보통 소통되는 말 느낌에 의하면, 상식적으로는 꽤 과장된 표현인 셈인 수용소, 하지만 그는 굳이 그렇게 말하길 고집하는 수용소, 생활을 하던 어떤 곳에 있는 사이 줄곧, 꿈이니까 현실적인 논리는 아니되, 꿈속에서는 아귀가 맞는 비현실의 논리로, 밤마다 흡사 연속극처럼, 이어져, 나를 잠 속에 눈떠 있도록 만들었었다. 그 악몽의 감옥의 철판을, 종소리는 적셔 허물어, 나 또는 그를 깨워주었다. 그러나 그 종소리의 행복한 시간이 그럼에도 그렇듯 짧았던 것, 그 행복감의 여운이 사라진 소리 뒤로 마음속에 연장되지 않았던 것은 아마, 깨어나 깨어난 의식으로 맞는 그곳 생활이 또한, 말인즉 현실이라도, 생생한 느낌으로는 악몽 옆에 나란히 늘어선, 악몽 밖의 악몽의 새 껍질인, 악몽의 밭인 거대한 악몽이었던 까닭일지 모르겠다. 날이 흐를수록 거기서는, 내 악몽과 그의 현실의 경계가 또한, 허물어져 갔었다.

그때, 그 종소리가 실재했다는 것은 하여간 명백한 사실이므로, 물론, 그 종소리를 울리는 종이 실재했었다. 이른 봄 새벽의 한기에 이를 덜그럭거리며, 그는, 공식적인 어휘로는 수용소가 아니라 연수원인 그곳의 거대한 운동장 저편 끝, 운동장을 병풍 친 사방 등성이를 타고 내리는 산안개에 휩싸인, 까마득한 종루를 바라보곤 했었다. 내가 좀더 자세히 정황을 묘사하고 싶어하는 바, 안개의 입자들이 그 입자들의 자욱한 장막 뒤로 막 뻗쳐오기 시작한 하루의 첫빛을 희미하게 머금고 있던, 장경 전체가 파르스름한 옅은 회색으로 펼쳐지던, 그 시간이면 어김없이, 그는, 행진곡 풍으로 개조된 국악 풍의 음악과 구령에 맞춰 탈춤체조라는 것을 추는지 운동하는지, 기괴한 몸놀림을 뻣뻣이 흉내 내면서, 먼 종루를 힐끔힐끔, 보아서는 안 될 것을 훔쳐보듯, 훔쳐보곤 했었다. 푸른 죄수복 같은 푸른 작업복을 나눠 입은, 한 무리의 정렬 속에서. 하나인가 하면 열이고, 열인가 하면 백·천인 밖의 처지들인지라,

자신의 충직한 자발성을 과시하는 부류를 포함해서 가지각색으로 편차를 지닌 진짜 속들은, 진짜 속이 무엇인지조차 모호한 나 같은 사람들을 포함해서 한결같이 드러내지 못한 채, 결국은 제 발길이 그리 닿았으니 모두가 비슷한 그 안의 처지임을, 역시 힐끔힐끔, 서로 흘겨보던 사람들과 한 무리를 이루며. 무수한 저들과 함께 있었으나 아무와도 함께 있지 않았기에, 사실은 무리가 아니면서 사실이 또한 무리인, 안개 무리의 하나가 되어. 분지 안에 담긴 푸른 하늘 아래, 한낮, 단청색이 알록달록 영롱할 때에도, 왠지 나는 그 종루로 가볼 엄두가 나지 않았다. 종루는 한없이 멀기만 해, 두 대의 담배를 태우면 철렁한 종소리— 이 종소리는 그 종소리가 아니고 스위치를 눌러 전기로 쇠막대기를 떨게 해 둥근 쇠뚜껑을 때리는 소리로, 아무튼 종소리는 종소리였는데— 가 날카롭게 울리는 휴식 시간의 길이로는, 도저히 거기까지의 왕복이 불가능해 보였고, 점심시간에는, 밥만 먹고 나면 늘 배가 아파 쭈그리고 앉아 있었던 것이다.

그때, 첫 나흘 동안 그곳에서, 그는 똥을 누지 못했다. 그는 그런데도 끝없이 배가 고팠고, 식사 때면 그래서, 군대 시절 냄새나는 똥간에서 한 입에 사제 삼립빵을 틀어 삼키던 아귀를 그 사이 나는 어디 숨겨 키우고 있었던가, 패인 뺨을 아귀로 씌워, 음식 그릇을 바닥까지 쓸어 핥았고, 그리곤 뒤틀리는 통증 때문에 아랫배를 움켜잡아야만 했다. 꿈틀꿈틀 팽팽한 순대인양, 긴 창자 속에 온갖 먹을거리가 똥으로 삭아 가득 차서는 돌처럼 굳어가는 것이 아닐까 싶을 정도였지만, 그때까지 알지 못하던 어떤 종단의 사제복 같은, 죄수복처럼 푸르지 않기 위해 누런 작업복 차림으로 지휘봉을 든 교관—이라 부르면 눈살을 찌푸리던, 그리고 자기들의 언어 체계로 교수라고 불려지길 강요하던—들이, 배운 자들이 더 엄살을 잘 피운다는 경고를 일찌감치 해놓고 있던 터라,

이대로 두다간 위장까지 똥으로 차버릴 것 같다고 자꾸 더 보태지는 느낌을, 그저 누렇게 뜬 똥색의 낯짝에 아무도 알아주지 않는 하소연으로 담고, 있을 수밖에 없었다. 다섯째 날 점심 식사 후, 그는 항문이 찢어지는 아픔과 함께 새끼손가락만 한, 바싹 타버린 딱딱한 똥덩이 하나를 겨우 뽑아냈는데, 휴지에는 피가 묻어났다. 식은땀을 흘리며 그 쪼끄마한 손가락 똥을 내려다보는 그, 속에서, 내가 점심 때 먹은 수많은 손가락들을 떠올리자마자, 점심의 콩나물국이 손가락 국이었음이 확실해졌다. 오전의 마지막 교육이 시작되기 직전, 그가 담배를 피우고 있을 때, 슬그머니 다가온, 도통, 보통 때는 서로 격리되어 있어 먼발치로만 피하며 가까이할 수 없던, 얼핏 농어촌지도자반, 삼 줄긋고 몇 번, 아무개, 라는 명찰이 눈에 들어오는 순간, 본의 아니게 엄청난 기밀을 엿보게 된 현장에서 본능적으로 시선을 외면하듯 고개를 돌리게 된, 그러면서 말을 걸어올까 조마조마한데 기어이 말을 걸어온, 그처럼 비쩍 말랐으나 강하고 단단한 근육질의 그 아무개의 왼손 마지막 두 손가락이 없었던 탓이다. 그 아무개가 재빨리, 낮고 끈끈하게, 사회지도자반이시믄, 서울에서 오셨나유, 처음 물었을 때, 그는 순식간에 까매지기는 했어도, 네, 대답하며 시선을 허공으로 띄울 수 있었는데, 서울 어디로 가면 의수를 만들 수 있대유, 하는 물음이 다시 다가서면서는, 눈동자를 수평으로 돌려 그 아무개만을 피해 둘레를 훑으며, 예전엔 서, 서대문쪽에 많았는데요, 글쎄, 요즘엔, 하고 목소리를 떨었고, 그런데도, 손가락 두 개만도 해 달 수 있겠지유, 라는 물음이 바싹 시선을 가로막자, 그, 글쎄요, 그렇겠지요, 하고 말하는 입놀림이 남에게 보이지 않도록 입놀림을 줄이면서, 시선을 완전히 그의 발등 위에 꽂고 말았다. 탈곡기를 어찌 잘못 다루다 잘려나갔다는, 그 아무개의 손가락은 국 속에서 단백질이 아니라 섬유질로 씹혔었다.

악몽과 현실의 경계가 갈수록 모호해져 가던 그곳에서, 그로부터 이틀에 한 번씩 콩나물국이 나올 때면 조그만 손가락 똥을 떨궈내던 항문이, 지퍼처럼 좌르르 열려, 꾸역꾸역 가슴께까지 쌓여가던 무뚝함을 변기에 수북한 악취의 고봉으로 채운 즉시, 이번엔 흡사 긴 장기 속에 차가운 한기를 가득 빨아들인 듯, 그를 고열에 들뜨도록 만들어놓은 것은 열하루 째 잠을 독한 방귀와 더불어 뒤치고 난 새벽이었다. 그의 이 육체적 상황의 급변이, 먼발치로만 힐끔대던 그 종루의 지붕 밑으로 들어가, 그 거대한 동종을 직접 두드린 것과 때를 같이했다는 것이 너무 공교로워, 내 느낌은 그 사태가 공교롭지 않았다. 전날 저녁의 분과 모임에서, 느닷없이, 그가 타종수로 차출되었던 것이다. 이 경우도 타의에 의해 자발적으로, 아무튼 그래서, 교관의 표현을 빌리면 하루를 의욕적으로 시작할 수 있다는 새벽 타종 일을 위해, 그는, 달팽이 껍질처럼 둥글게 계단을 휘돌아 내리는 지하실의 어떤 방으로 옮겨가, 다른 반에서 뽑혀온 타종수들과 함께, 타종의 요령을 배우고 팬터마임식 연습까지 한 하룻밤을 보냈었다. 하지만 일단 완전히 낯선 얼굴들의 집합 속에 놓이자, 그때부터 짧은 잠을 설치고 다른 날과는 달리 교관의 기상 구호 소리에 일어나 다른 날의 그를 깨우는 종소리를 직접 대면하기 위해 종루에 이르기까지, 그 나는 오히려, 야릇한 흥분 속에 휩싸여 있었다. 밤새 눈앞에 어른거린, 종소리가 그러리라만, 연꽃 위에 무릎을 꿇고 술잔을 받쳐 든 날씬한 보살이 운무 같은 보리수 문양을 이끌며 하늘로 승천하는, 종소리 그림이, 멈추지 않는 방귀에도 불구하고, 딱딱한 배를 쓰다듬으면서, 어둠 속의 발길을 다독일 수 있게 해주었던 듯싶다. 곧 깨어질 환상이었지만 말이다. 그의 눈이 아직도 별빛 뚜렷한 어둠을 열심히 헤치고 더듬어낸 거대한 청동종의 표면에는, 깃봉을 엇갈리며 나부끼는 태극기와 또 다른 깃발—잎사귀 세 개가 그려져 있었던가—

밑에, 쟁기 멘 농부와 배 위에서 그물을 드리우는 어부와 안전모를 쓴 노동자—그때 표현으로는 근로자였던가—와 교복 입은 학생과 또 각양의 사람들이, 믿기지 않는, 차라리 그것이야말로 환상적이라 할, 환하고 씩씩한 표정—그런 표정을 현실에서 본 적이 있던가—으로 부조되어 있었다. 슬쩍 쓰다듬어본 부조의 촉감은 날것의 오톨토톨함, 그 들쭉날쭉함이 청동 덩어리 자체인 것처럼 무미하고 차가웠다. 일단 그 촉감에 말려들자, 그때 무겁게 두들겨 울린, 소리로는 너무 가까운, 종소리마저 날 것으로, 청력을 파괴하려는 듯 그저 강력하기만 한 청동 소리로 뻣뻣하고 둔탁하게, 그의 몸을 두들겨 패는 것이었다. 온몸의 장기가 무자비하게 흔들렸고, 어느 순간, 그는 거의 의식을 잃을 지경이 되어, 대열을 이탈해 뒤뚱뒤뚱 화장실로 달려갔다. 그리고 화장실을 나올 때는 이미 온몸이 불덩이였다.

예순아홉 살의 상상 속에서는, 그때만 한 육체적 고통은 없어도, 과거의 기억의 영상이 미래의 상상의 얼룩일진저, 여전히 육체적으로 겪어야 할 것들이 있어, 육체적 수치심이 쌓인다. 더 이상 그의 몸이 그의 몸일 수 없어 당하는, 혼자 기억의 공개적 노출인, 수모가 거기 또 달리 있을 터, 벌써 일상이 죽음을 향해 가는 발길이 되어버린 육체, 그것의 현 위치를 하루에 한 번씩 점검당하는 미래의 그에게, 온몸이 불덩이가 되는 경우가 다시없을 것은, 미열의 기미에도 어떤 어떤 알약과 주사가 기다리고 있을 테니까이고, 그리고 며칠씩 똥을 못 누는 일도 결코 없을 것은, 하루만 똥이 막혀도, 다음 날엔 건장한 사내 간호사들이 깡마른 몸으로 바둥대는 그, 사지를 개구리처럼 엎어놓고 무슨 무슨 기구로 항문을 뚫어놓을 테니까이다. 그것을 견딜 수 없어 하는 상상 속의 나는 간혹, 종 속으로 들어가 줄을 매달고 목을 걸어, 마침내 거대한 목제 남성기가 그 빈 종을 후려칠 때, 파르스름한 새벽, 길쭉한 반구형의 청동 종 소리의 관 안에서 덜컹, 소리의 바닥이 빠지면 교수대의 육신처럼 대롱대롱, 내부에서 좌충우돌 부딪히며 번지는 엄청난 소리 부림에 대뜸 귀멀고 눈멀고, 그뿐이 아니라 기어이 허공에 뜬 온몸이 남김없이 갈가리 파열되어, 몸 자체가 허공으로 퍼지는 밀도가 되어, 마지막 육향을 풍기는 종의 소리가 되어, 은은한 파장이 되어, 그의 마지막 연애의 대상인 예순아홉 살―하나라는 숫자가 아홉 수를 채운다―의 여인의 귀 속으로 스미기를, 영원히, 그녀의 귀 속에 들기를, 상상 속에서 상상한다. 꿈꾼다, 잠깐씩. 그러나 그가 소리가 될 때, 그 소리가 허공에 부조할 그림이 어떤 것일지는 늘 상상할 수가 없어, 미래의 종의 표면은 그저 담백하고 매끄럽기만 하다.

  아니, 혹시 모든 것이 거꾸로는 아닐까, 갑자기 모든 것이 혼란스럽고, 아니 아니, 그래, 혹시 미래의 상상이 거꾸로 과거의 영상을 각별히 끌어내 흩뜨리고 일그러뜨리는 것은 아닐까, 혼란 속에서, 어쩌면 예순아홉 살을 의탁할 미래의 양로원의 상상이 거꾸로, 서른 살에 스친 그곳을 수용소로 변형시켰는지도 모른다는 의혹이 들고, 그렇다면 환상과 실제가 제멋대로 맞물려 있을 내 기억, 의 사실성, 을 보장해 줄 것, 이라곤 아무것도 없다는 생각이 치달린다. 솔직히, 다시 새 정신이고자, 아무리 내 기억력을 뇌세포의 미로 속에 기울여보아도, 불과 십 년 전이건만, 그때 그가 타종수로 뽑혔었는지, 애당초 타종수를 뽑는 제도가 있었는지조차도, 확실치가 않다. 나는 정말 그곳의 종 표면에 부조된 그림을 보았던가, 분명히 그곳에 종은 있었으나, 그는 그때 정말 그토록 아팠던가, 그때 그의 목에 불씨가 걸려 담배를 못 피우게 되었던 정도는 명백한 사실이나, 더 멀리 가자면, 생애 최초의 추억 속에서 그가 전쟁을 전쟁으로 겪었던 적이 있던가, 나는 그가 태어나던 해의 전쟁은 전혀 기억하지 못한다. 그런데도 성장의 세월 내내, 전쟁이, 전쟁의 상상이 그의 살갗 밑으로, 실감의 주사액처럼, 추억의 암세포처럼, 스며 퍼져, 내 의식과 무의식은 동시에, 전쟁의 영상을 만나는 곳이라면 어디서든, 그것을 이미 경험이 되어버린 낡은 필름에 이어 돌리며, 필름이 돌아가는 쇳소리와 함께, 흠칫, 무릎을 치면 다리가 튀듯 자동화된 반응으로, 그의 몸을 전율시킨다. 바로 얼마 전에도, 포격에 무너진 벽 옆에서 피투성이 아이를 부여안고 오열하는, 멀고 먼 사막의 여자의 사진 한 장에, 마흔 살의 몸을 부들대며 식욕을 빼앗겼듯, 병적인 그의 그런 반응이, 십 년 전 그때, 그곳에서의 시작을 그르쳤는지, 하필 북괴의 군사적 위협을 강의하는 첫날 둘째 교육 시간에, 그는 신경의 벌레들이 와글거리는 몸을 참다못해, 정말, 정말 또 전쟁이 일어날까요. 막힌 목소리를 뱉어냈었고, 즉각 와르르 웃음이 터지는데도, 정말 대답이 듣고 싶어서, 언제, 언제 전쟁이 일어날까요, 울상이 되어 덧붙였었다. 아니, 어쩌면 이 장면마저도 실은 악몽을 타고 기억 속에 끼워진 것일 수 있고, 따라서 여태껏, 나는 미래뿐만이 아니라 과거까지도 상상해 온 것일 수 있다. 달리는, 미래야말로 분명히 닥치고야 말 실제이고, 과거는 모두 시간의 허공에서 지워져버린 환상에 불과할 수도. 그러니, 악몽과 현실의 경계가 갈수록 희미해져 가는 그곳, 따위의 표현은 더 이상 쓰지 않는 것이 나을지 모르겠다. 어차피 모두가 상상이라면.

과거마저 상상이라면, 서른 살의 그곳은, 제어할 수 없던 나 자신의 불안을 노출시키는 상상의, 열린 틈새였나 싶다. 아무려나 그것도 이 시대의 한 삶인 것을, 하고 이해해 보려 해도 유별났기는 어쩔 수 없는, 아무래도 좀 지나치게 그의 예민한 반응이 가 닿았던, 그 망할 놈의 전쟁 삽화 탓에, 내 불안은 그의 행동으로 드러났던 셈이라서, 내 불안에 의한 그의 행동에 대한 내 자의식마저도 다시금 그를 통해 발설되는 곤혹스러움은, 가령 나인 그가 타종수로 차출되던 순간처럼, 더욱 깊은 불안의 회오리로, 내 자의식의 손아귀를 빠져나가 내 감정의 핏줄 속으로 틈입해 고동쳐댔다. 상상적인 것일 수도 있는 기억의 현실 속에서, 사실 그 차출은 그 수용소 생활이 끝난 뒤에도 두고두고 찜찜했는데, 왜 찜찜했냐 하면, 나중까지 그의 신상에 영향을 끼칠까 봐 은근히 두려웠기 때문인데, 덧붙여 왜 두려웠냐 하면, 자발성의 명분 아래서도 불명예스럽게 여겨질 수 있는 사태였기 때문인데, 또 덧붙여 왜 불명예스러웠냐 하면, 겉말로는 그렇지 않았지만 속말로는, 결국 교육과 분과 활동에 가장 소극적인 자가 뽑혀 나가는 것이었기 때문이다. 상상인 과거일지 모르지만, 그때, 설마 설마 하던 그에게 서서히 주위의 눈총이 모여져 왔고, 더 이상 그 눈길들을 피할 방향을 찾을 수 없게 된 순간, 그는 그를 뺀 남들의 합의의 궁지에, 낄낄대는 그들의 웃음 속에서 짐짓 농담처럼, 그러나 빠져나갈 틈 없이 몰려버렸었다. 상상인 과거일지 모르지만, 그래서 끝내는, 경험도 부족하고, 아는 것도 없어서, 그러다 보니, 에, 제가 그동안 너무 소극적으로만 어쩌구, 하는 자아비판까지 해야만 했던 것이다. 그것이 불가피하게 가면을 쓰고 하는 짓임을 남들에게 암시해야 한다는 자의식을 동시에 자의식하여, 가면 밑의 입술을 씹으며. 다음 날 새벽 설사를 억지로 마무리 짓고 원 내무반―실제는 물론 내무반은 아니지만, 어차피 상상이라면 상관없으리라―의 아침 점호에 돌아왔을 때도, 그는 교관에게 열띤 몸을 잠시 호소했건만, 가까운 침상의, 삼 년 뒤에 어처구니없게도 어떤 반체제 언론기관의 대변인 노릇을 한다는 신문 기사를 읽게 될 젊은 변호사와 누군지조차 기억되지 않는 무슨 골프장 상무와 뒷소식을 챙겨보려 해도 알 수 없을 안전기획부 서기관이, 들으라는 듯, 어휴, 저 고문관 저거, 저런 치는 아주 격리시켜야 우리가 편할 텐데, 하는 쑥덕거림에, 약 한 알 얻어먹을 생각도 못하고, 그냥 교육장으로 향하고 말았었다. 그러자, 내딛는 걸음 마디마디에서, 결혼한 지 채 일 년도 안 된, 미래의 딸내미를 품어 배가 둥근, 아내의 한숨이 환청으로 배어나왔고, 그래서 그것에 의식을 모으니, 이상했다. 그 소리에서는 아주 귀에 선 어떤 미지의 여인의 한숨 소리가 갈라져, 다른 한 줄로 들렸다.

정녕 과거마저 상상이라면, 그 상상의 사슬 위에서, 서른 살의 그곳은, 한편, 그런 불안의 구체적인 헛발길마다 발목을 발밑의 무엇에겐가 자꾸 잡아끌리는 상상의, 갈수록 깊이 패는 구멍이었나 싶다. 그날, 이건 처음엔 분명히 상상이 아니라 사실이었던즉, 그는, 첫 단추의 구멍을 잘못 끼워 줄줄이 틀어져 우그러진 웃옷을 불편하게 입은 채, 혼자 뒤처져 다시 화장실을 들렀다가, 허겁지겁 교육장을 찾아 헤맸고, 헤맨 끝에 아이구 여기다 싶어 들어가 자리를 잡고서는, 금방 어색한 분위기를 탔다. 무슨 비밀 종교 집단의 예식처럼, 마지막 광란의 순간을 위해 아직은 짓눌려져 있어도, 곧 넘쳐날 듯 고양된 감정의 파도가 들썩이고 있는 대형 강당의 연단에서는, 웬 꾸부정한 사내 하나가, 거의 눈물에 뒤덮인 얼굴로, 우리는 이 운동이 민족중흥의 지름길이며 생명운동이며 운명을 개선하는 참 길임을 확신해야 합니다. 아니 확신합니다, 라고 목메어 되뇌고 있었다. 사실이 번뜩 상상으로 건너뛴 것은 지금 생각하면 아마 이때였을 것으로, 그러고는 그 사내 손에 번뜩 시퍼렇게 빛나는 칼이 주어졌던 것이다. 사내의 칼은 가차 없이 제 손가락 위에 떨어졌고, 손가락이 허공으로 날아오르며 튀긴 핏방울이 섬뜩하니 그의 뺨에 점을 찍어, 고개를 돌리자, 옆자리로 줄줄이 앉은 사람들의 무릎 위에 가지런히 놓인 손들은 한결같이, 손가락이 하나나 둘씩 잘려 있는 게 보였다. 오매 무서운 거, 비명을 삼키려고 부풀어오는 뺨이 더욱 탱탱해져 가는 것을 옆사람이 눈치 챘는지, 힐끗 날카로운 시선이

와 닿았다. 그 시선이 천천히, 어느새 주먹 쥐어진 그의 손으로 내려갔다가 다시 명찰 쪽으로 떠오를 때쯤, 그가 슬그머니 자리에서 일어나 뒷걸음질치기 시작하면서, 그가 아닌 것만 분명한 누군가의 격한 고함이, 사회지도자 놈이 감히 우리 신성한 농어촌지도자반으로 들어왔다, 더러운 첩자 놈이다, 저 놈을 잡아 손가락을 모조리 쳐버려라, 터져 나왔고, 나는, 걸음아 그를 살려라, 마침내 둑을 터뜨린 분노의 함성 속에서 혼비백산한 그에게, 안간 달음질을 주었다. 뚫고 나갈 수 없는 벽 밖, 아득히 멀리로부터, 기어이 아내가 아지랑이처럼 환각으로 달려오고 있었지만, 거리는 조금도 좁혀지지 않아, 문득 달음질도 잊고, 그리로 온 의식을 모으니, 이상했다, 그 모습에는 아주 눈에 선 어떤 미지의 여인의 모습이 겹쳐져, 이중으로 헛갈려 보였다.

상상으로서의 그 기억의 자연스럽고 부드러운 종말은, 그리하여 부자연스럽고 거친, 그 끝없는 헛발질에 대한 끝없는 징벌의 상상의, 발작적인 악몽으로 빨갛게 피어나, 그리하여 그날, 그는 이미 넋을 잃고, 잘못 참석한 농촌지도자반의 체험 사례 교육장을 간신히 빠져나와, 한없이 긴 벽에 의지해 한없이 늘어지는 멀건 시간을 따라 의무실로 갔고, 쓰러졌고, 삼십구 년 후에도 멈추지 않을 종말의 잠에 빠졌는데, 몸의 수분이 남김없이 땀으로 질척거려, 감은 듯 젖은 수억만 개의 머리카락 뿌리 근처에 심겨진 악몽은, 벌써 이튿날 새벽을 뛰고 있었다. 구보 대열에서 뒤처져, 절뚝절뚝, 헉헉, 밖이 보이는 정문 앞의 연못가에 간신히 이른 그는, 구보 대열이 연못을 둥글게 돌아 돌아간 후, 몇몇 낙오자들과 함께 발가벗겨진 채 세워졌고, 그러고는 소름 돋친 살갗을 부비며 껍질을 잃은 달팽이처럼 진저리를 치면서 두 어깨를 감싸 쥐고 있는 사이, 갑작스런 구령과 동시에 첨벙, 물속으로 떠밀려 들어갔다. 허, 그런데 연못 물속은 뜻밖에도 적당히 따뜻했다. 그래서, 바보 같은 놈들, 이걸 벌이라 주다니, 몸이 나글나글하게 풀어진 그는 따뜻한 물속을 마음껏 유영하며 오랜만에 즐거움을 만끽할 수 있었다. 그러나 너무 방심하여, 물 표면 너머로 일그러진 얼굴들이 들여다보는 줄도 모르고, 그만 헤프게 흘려낸 웃음을 들킨 것이 그의 실수였다고나 할지, 갑자기 물고기 사람의 귀청을 거슬리는 기계 소음이 파문으로 퍼지며, 기다란 검은 쇠줄 하나가 물속으로 담겨져 들어왔다. 그 뒤론 위협을 느낄 틈도 없이, 온 세포가 하나하나 한꺼번에 소스라치며 뭉개지는, 온 신경이 동시에 날카롭게 끊겨나가는, 그러면서 뇌가 비명으로 가득 차는 경련만을 남기는, 강한 전류가 물을 마구 헤집어, 물바람 소리 이편, 뻣뻣이 마비된 그의 살덩이를 저절로 물 위로 떠오르게 만들었다. 둥둥 공포에 질린 내 의식은 그럼에도 이상하게 또렷해, 그물에 떠올려지는 그의 육신을 보매, 손가락이구나, 탄식하니, 그는 잘려나간 곪은 손가락이었던 것이다. 그제야 그 앞에 도달한, 산발하고 상복을 입은, 울음 짓는 아내의 부르튼 두 손이 손가락 그를 건져 올릴 때, 그녀는 동시에, 이미, 환각과 환청의 다른 미지의 여인이기도 했다.

다시, 그로부터 삼십구 년이 흐른 뒤, 이미 산 십 년을 뺀 나머지 이십구 년 동안 그 사이에 어떤 일들이 일어날는지는, 이미 산 십 년의 기억이 바투 바라보기로는 조목조목 생생한 몸놀림인데 멀찍이 바라보기로는 새삼 끄집어낼 모양새조차 없는 듯 여겨지는 것처럼, 세상이 꽉 차 달려가는가 싶어 허겁지겁 뒤쫓다가 발길을 멈추자 나라는 존재가 어디 있는지 내 눈에도 보이지 않아 눈감은 연민으로나 겨우 포착되는 공기 그림자인 듯 여겨지는 것처럼, 살아야 할 시간의 자리에 발 디딘 자국조차 남지 않으리라 지레 비관하고 있는가, 어떤 일들이 그 시간을 채울는지는 상상의 엄두조차 내지 못하고 있으나, 그래도 그 무엇 하나 다르지 않은 듯 그 무엇만은 달라져야 한다는 뜻인가, 그때 뒤늦게 알고 보니 뚜렷이 달라져 있게 될 한 가지 상상이 있다. 다만 상상 속의 관념적인 것일 뿐인지는 몰라도, 모든 두려움이 크고 작은 죽음의 엿봄에서 비롯된다면, 결코 정정한 백발로는 그려볼 수 없는, 그의 예순아홉의 나이가 그러그러하게 행동하리라 상상하는, 내 의식과 무의식의 모두어진 뿌리가 더 문제일 수 있음은 슬쩍 비껴놓고 볼 때, 툭 건드리기만 해도 마른 살이 먼지가 되어 풀풀 날리게 될 그 예순아홉의 나이엔, 서른 살 혹은 스물아홉 살 이래도 긴 종말의 절망만을 산 탓에 오히려 익숙해진, 육체적 죽음에 대한 공포는 잊게 되리라는 것이다. 여전히 겪어야 할 육체적 수모가, 짙은 그늘로 드리워져 있을 것임에도 불구하고, 말이니 말이다. 그날이 오면, 그는 기꺼이 마지막 열애의 불꽃을 육체적 죽음을 담보로 태울 수 있으리라, 나는 상상의 반복을 굳혀, 확신하고 있다. 그렇지만 확신을 다시 곱씹는 뒤통수가 있어, 그렇다고 육체적 죽음의 공포라는 것 자체가 도통한 듯 완전히 사라지리라 확신할 수는 없는 것이, 혹시나 다른 공포에 대한 강박관념이 죽음의 공포보다 더 커져서, 상대적으로 육체적 공포가 고무공처럼 납작하게 눌려져 있을 뿐일지도 모르기 때문이다. 미래의 상상 속에서, 그 나의 공포의 거죽은 육체적이기보다는 언어적이다. 그 공포는, 애당초 그 예순아홉의 사랑이란 것이, 생애의 막바지에 이른 늙은 사내가, 몇 살 젊었어도 이미 다 늙은 여자에게, 첫눈에 넋을 앗기는 것인지라, 소위 인생의 연륜이란 것이 가져다주는 살아 있음에의 담담함이 송두리째 무시됨으로써, 안에서 내다보면 죽음의 초읽기와 함께 찾아온 놀라운 신비여서 비극적인, 밖에서 들여다보면 노망인 양 비정상적이어서 희극적인, 안팎이 뒤섞여 희비극적인, 그런 상황 속에서 찢기는 의식을 의식하며, 그래도 어떻게든 그 마지막 사랑의 진실을 전하고 나누고 싶건만, 그것을 이루어줄 한마디 말을 영원히 찾지 못하고 긴 종말의 여행이 불현듯

종결될 수도 있다는, 불안이 터질 듯 극대화되는 순간에 찾아든다. 그때 아내는 어디로 어떻게 사라져 있는 것일까, 하는 의문은, 수천 번의 상상으로도, 도무지 풀리지 않는 숙제이다.

돌이켜보면, 그는 십일 년 전에 결혼을 해 십 년 전 그때는 아내가 있을 때였고, 그래서 그곳으로도 환각으로 찾아왔을 것인데, 그 후로 아내가 한 번도 바뀐 적이, 바뀐다는 게 무엇인지 몰라도, 없으니까, 그 아내가 지금의 아내임에 틀림없다. 하지만, 맨 처음 아내와 어떻게 첫 눈을 마주쳤는지는, 오랫동안 상상을 헤매느라 기억을 거의 놓쳐, 무엇으로 사랑을 고백하고, 어디를 찾아다니다가, 어느 순간 청혼을 했었는지는, 머릿속 서랍을 아무리 뒤져도, 적어둔 쪽지가 발견되지 않는다. 그 사이로 어렴풋이 뚜렷한 것은, 그가, 그곳에 가기 한 해 전, 일천구백팔십 년, 스물아홉 살 적에, 어느 날 갑자기, 남녘땅에서 전쟁이 터졌다는 소문과 함께, 너무도 예상을 뒤엎고, 전장으로 끌려가는 대신 오히려 격리되었으며, 그때부터 소문의 구름이 서울 하늘에 몰려와 추상적으로 흐리는 핏빛이 코끝에는 구체적으로 비릿한 냄새를 풍겨왔음에도 불구하고, 또 어느 날 갑자기, 한 여자를 만나자마자 미친 듯이 사랑을 시작해, 이건 아마도 그럼에도 불구하고라기보다는 바로 그것 때문에 피비린내에 미쳐 미친 듯한 사랑이 되었기 십상이나, 마침내 아무 넋도 없게 될 만큼 완전히 미쳐, 나도 모르게 어느 틈에 결혼해 버려, 결혼한 것이 되어 있었다는, 오묘한 돌발적 사실이다. 아직 그 나이의 그, 나는, 그 다음에 다가올 평범하고 지루한 사실로서, 후에 그가 그럴 것이듯이 정신의 병으로 옮겨가지만 않는다면, 그 속에선 그렇게 살아야 하는, 말하자면 제도랄까, 제도인 결혼이 머지않아 미친 넋을 훑어 내고, 사랑을 사회적인 것으로 만들어준다는 것을 미처 깨닫지 못하고 있었다. 기미는 느꼈다 하더라도, 예컨대 저녁의 핏빛 서녘 하늘이 으

스스해, 무서워, 동녘만을 바라보면 해뜨는 여명의 빛이 바로 해지는 황혼의 빛인 것을, 마치 그가 수업시대가 끝났는데도 사회로 나갈 발길이 내키지 않아, 무서워, 도저히 자신이 없어, 아직 수업시대가 안 끝났을 수도 있다며 관심도 없던 대학원을 엿보고 뭉긋뭉긋 학교에 주저앉아 있었더니 학교라는 곳이 어느새 밥과 집을 지어야 할 사회로 변해 갔듯, 사랑의 불길을 결혼의 병 속에 담으면, 미칠 것 같던 사랑이 육욕으로 녹아, 아내 뱃속에 새 살덩이가 들어서자마자 돈을 보채기 시작한다는 것을, 미리 깨닫지 않으려고 애썼었다 해야 옳을지 모른다. 이듬해 그가 그곳으로 간 것은, 그가 이른바 대학 교수라는 사회적 존재가 아니 그건 그저 일반적인 통칭이고, 정확히 하자면 전임강사도 아니고 전임강사 대우가 되어 돈벌이를 시작했기 때문으로, 더 거슬러 따지자면, 그건 순전히 남녘의 살육으로 권력을 잡은 자들이 대학 정원을 대폭 늘리는 제도를 만든 덕분이니, 그는 그들이 시키는 대로 이외엔, 뾰족한 도리가 없었던 것이다. 행정 직원은 느글느글한 웃음에 실어, 혜택에 대한 의무라고 생각하시고 새말 연수를 다녀오셔야겠는데요, 말했는데, 그가, 새마을 연수 말씀입니까, 되묻자, 새말 연수라니까요, 하고 짜증을 부렸다. 새마을 연수라는 것은 있었지만 새말 연수라는 것은 없었으므로, 이런 대화가 실제로 가능할 리 없다면, 그때 벌써부터 나, 그는 일상적 대화에서조차 착란을 일으키고 있었다 볼 수밖에 없다.

그런 일로 미루어보아, 그때는, 아직 젊은 육체로 살아 있음에 대한 애착이 더 커서 그랬겠지만, 이십구 년 뒤와는 반대로, 공포의 거죽은 언어적이기보다는 육체적이라 할망정, 이십구 년 뒤에는 육체적 공포가 그럴 것이듯이, 언어적인 공포가 그 배면에 짙게 드리워져 있었음을 부인하지 못하겠다. 이십구 년 후의 양로원, 상상은 노인복지원이란 이름을 붙인 그곳에서 아침마다 힘차게 나누도록 명령된 인사가 기막히게도, 밝게 살다 갑시다, 라는 것은, 십 년 전의 연수원, 의식 속에서는 수용소로 굳어진 그곳에서 강요되었던 인사가 지겹게도, 희망찹시다, 였다는 사실과 겹쳐진다. 푸른 죄수복을 입은 사람들은 아침이면 어김 없이 머쓱해진 서로의 얼굴을 비켜보며, 그렇지만 벽 속에 숨은 귀가 행여 듣고 있을까 신경을 곤두세우고, 희망찹시다, 희망찹시다, 복창 소리를 높였었다. 첫날밤의 분임 토의에서, 그의 반 담당 교관은 그 인사법을 제의하며, 그전에도 어디선가 비슷이 들었음직한, 상당히 상투적인, 상투적이지만 상투적인 것의 되풀이가 한여름에 자꾸 껴입은 옷처럼 무거워지는, 말에 대한 말을 덧붙였다. 중요한 것은 말입니다, 말에 그늘이 생기지 않는 것이 세상을 밝게 만드는 지름길입니다, 말에서 모든 부정적 사고를 제거해야 합니다. 절망이라는 말은 존재해서는 안 됩니다, 절망이라는 말이 없어져야 한다는 말도 없어져야 합니다, 안 됩니다라는 말이 없어지면 더 이상 없어진다는 말도 없게 될 것이고 오직 있습니다라는 말로 모든 게 성립될 수 있습니다, 있어야 할 것만이 있다면 세상이 환해질 것입니다, 입니다. 그때 옆방에서도, 옆의 옆방, 옆의 옆의 옆방에서도 똑같은 말이 복제되고 있었다, 이다. 그때, 갓 서른 살 나이에 이른 자신이 사회지도자라는 명칭으로 분류되어 있다는 것부터가, 그 무슨 위압적 말장난인가, 그 말의 체계부터가, 껄끄러워, 혼자 속으로 안절부절 못하고 있던, 나는 그의 심장이 찔린 듯 찔끔했는데, 그 다음부터 계속 불규칙하게 찔끔대는 그 심장의 박동이 거의 동시에 꽉 닫힌 항문과 무슨 함수관계가 있는지는 모르겠으되, 얼마 후 가족에게 편지를 쓰도록 허락 또는 강요되었을 때 말이 닫혀버린 것과는 밀접한 관계가 있어 보인다. 아내야? 나야. 잘 있어? 나도 그럭저럭 잘 있어. 딱 거기서, 결혼한 후 처음으로 써보려던 연애 감정의 편지에 말이 막혔다. 그곳 생활을 마감하던 날, 교관은, 그곳 생활을 잊고 해이해질 때쯤 보내주겠다며, 저 자신에게 쓰는 편지라는 것을 쓰게 했지만, 그는 백지를 봉투 속에 넣고 봉할 도리밖에 없었다, 밖에 없었다.

백지 속에서, 침묵 속에서, 이미 끝이라고 체념한 감정은 어서 스스로가 끝장나기를 희망하건만, 끝내고자 하는 희망도 희망이라는 것인지, 그 희망 아닌 희망에, 희망이라는 말 끈 한 줄에 매달리는 의식은 쉽게 끝나지 않아 끈질기게 절망한다. 끝나지 않는 절망의 시간 속에서, 과거의 현재, 어디로부터 어디를 향해, 그렇게 긴 의식의 터널이 계속되는지를, 왠지 나는, 이해할 수 없는 암시처럼, 그에게 의수를 어디서 해 끼울 수 있을지를 물었던, 손가락 잘린 그 아무개에게 묻고 싶어했다. 그가 그곳에 갔던 서른 살 지금, 과거의 현재에 모든 것이 마침표를 찍어, 지금의 현재도 그러하며, 미래의 현재도 그러할 참인가, 라는 그 아무개로서는 어리둥절한 물음을 묻고, 반대로 다음엔, 아마 나 자신이 이해할 수 없을, 그 아무개의 엉뚱한 대답을 듣고 싶어하는 이유는, 바로 그 엉뚱한, 제 안으로 닫힌 내 말의 체계와는 전혀 다른, 그 아무개의 말이 혹시나 느낌으로라도, 내 마침표를 쉼표로 바꿔, 다른 말로 이어줄 수 있지 않을까, 절망적으로 희망해서이다. 이상하기는 정말 이상했던 것이, 그가 입을 계속 닫아가는데도 그 아무개는 입을 더 길게 열었고, 그 아무개가 그는 사회지도자반에 속해 있으니 서울 사람일 것이라고 거의 단정하고 들어왔을 때, 그 아무개의 말은, 그 아무개의 말솜씨의 수준이나 자각 따위와는 상관없이, 뭔가 제 밖으로 열린 체계를 갖춰, 저 나름으로 세상을 재보는 눈치였다. 그 아무개와 비교해 보면, 그저, 전 진짜 사회지도자가 아닙니다, 제발 그 사실을 먼저 좀 알아주세요, 하소연할 생각이 우선인 내 말의 체계는, 고작, 수용소에는 사회지도자반 농어촌지도자반 여성지도자반만이 구분되어 있었는데, 농어촌지도자반이 따로 있으므로 사회지도자반은 도시 사람들일 것이

나, 서울만이 도시는 아닐 것인즉 다른 도시인들은 어디로 간 것인가, 그건 그렇다 쳐도, 그렇다면 그 분리는 애당초 농어촌이 사회가 아니라는 뜻인가, 여성들은 사회에도 농어촌에도 속하지 못하는 집단인가, 한편 농어촌지도자는 있는데 왜 노동자지도자나 사무원지도자는 없는가, 로 이어지는, 자기 말꼬리를 밟고 맴도는, 좁은 동그라미를 타며, 말 밑으로 밑으로, 내려가고 있었던 것이다.

……아, 지금 나는 짐짓, 그 정도인 척하려 한다. 그런데, 그렇지가 않다. 갑자기 문장의 호흡이 가빠지는 것을 보면, 헉. 그 당시의 그 언어적 공포라는 것도, 헉, 쉽게 얼버무릴, 수가 없다. 문장이 헉, 헉, 끊기려는 것 자체가, 헉, 무언가 숨기고 싶은 욕망과, 헉, 드러나는 통증의, 갈등 탓이리라. 헉, 그래서, 그걸 피하지 않으려, 나는, 처음부터, 헉, 내 침묵병을 고백, 했었다. 말을 하는 것이 아니라 상상의 글을 쓰는 한, 헉헉, 그럴 수 없음을, 안다, 나는. 말과 글이 분리되어 버린 한, 실은, 헉, 그러고 싶어도, 그런, 나, 헉, 그러지 못한다. 헉헉, 그때 이미, 언어의 공포는, 다름 아닌, 육체의 공포였, 헉, 다. 치명적. 숙명적. 그런 단어가, 헉, 떠오른다. 그, 공포는, 더구나, 헉, 헉, 현재적이기, 조차, 하다. 간혹 덧나는, 상처처럼. 헉, 헉, 헉. 왠지는 몰라도. 보통 사람에겐, 아무것도 아닐, 헉, 것이. 상상이리라 느끼면서도, 헉, 상상 속에 빠져, 헉헉, 상상의 고통을, 헉헉헉, 이겨내지 못하고. 치를 떤다, 헉헉, 말만 하면, 종을 치는, 그, 그, 헉, 몽둥이, 거대한 그게, 무자비, 그, 나, 그의 육체를, 휘몰아칠 것만, 헉헉헉, 같아. 군대 시절, 그때도, 헉, 으, 엉덩이 열 대쯤, 맞아본 게 고작인데, 으으, 그게 젤 아팠는데, 으으헉, 천 배 만 배, 상상만으로, 으으으, 온 조직, 신경 조직이, 헉헉, 불꽃 점화를, 일으켜, 으악, 비명을, 부, 른, 다. 으아악. 저릿, 팔짝팔짝. 깽깽, 똥강아지다. 꼼짝없이 두드려 맞는, 허헉, 처량한. 뼈가 바스러지

는, <u>으으으</u>, 통증이 온다, 실제로, 지옥의 불, 헉, 영원히 끝나지 않을 듯. 헉, <u>으으</u>, 으아악.

　……그래도 기적처럼 고요히, 고요가 온다. 곪은 손가락을 단칼에 잘라내듯. 그때 신경이 끊기는 아픔의 아득한 높이 저 끝에서, 신경이 잘려나간 무신경의 고요가 오듯. 한순간, 그러나 길고 긴 한순간. 멈추게 하고 싶은 적막의 팽창된 시간. 이 상상의 글쓰기마저도 중지하고 싶은, 정말 중지하고 한없이 얼을 놓기도 하는. 하지만 내 의지와 관계없이 움직이는 심장처럼, 상상은 저 혼자 살아 있고. 저 혼자 피돌이를 하는 상상을 따라, 글쓰기가 그의 손을 몽유처럼 이끌고. 그렇게 이끌려, 천천히, 다시, 글자가 꿈틀댄다. 백지 위를 기어가는, 아무리 빨라도 느리기만 한 개미의 흔적. 손가락으로 눌러 잡아도 자꾸 빠져나가는, 그 빠져나감의 이 흔적은 태워도 태워도 왜 지워지지 않는가, 헤아릴 수 없다. 헤아릴 수 없는 상상은 막막하다. 다음 순간을 모르는 삶과 같이, 상상은 헤맬 뿐. 거기, 이 글 밖, 누군가 대답해 다오, 무엇이 앞 모르는 상상을 따라 이런 글쓰기를 헤매게 하는지. 그것을 둘러싸고 있는 것은 아무것도 확실하지 않지만, 이제부터 다시 상상을 순간순간 펼쳐보아야겠지만, 다만 한 가지, 그와 나의 몽상에 둘러싸여 있는 것이 먼 미래의 연애임은 새삼 분명하다. 늙고 늙은 사람. 불모의 육체 속에서 피어나는 사람. 그런데 과연 그렇게 단언할 수 있을까, 그 불모의 육체를 전제로 하기에 육체적 공포는 그때 사라져버릴 것이라고. 과거의 공포가 육체적 공포로 표현된다고 언어적 공포가 아니었던 것은 아니듯, 미래의 공포가 언어적 공포로 드러난다고 해서 육체적 공포가 아닌 것은 아닐지도 모른다. 모를 일을 확인하고 싶은 마음이, 그래서 또, 상상 속으로 발을 디디게 하는 것인지도 모를 일이다. 늪의 중심에 빠지기 위하여.

아연 말이 막혀버리곤 하는 첫 증세들은, 지금은 사실감이 멀고 먼 그곳에서 그런데 사실로 편지를 못 쓰게 된 이후, 그곳을 나와서부터, 아직 말과 글이 분리되기 전의 상태 그대로, 곧 나타나기 시작했었다. 어느 날, 교실이 저속으로 돌아가는 화면이 되어, 학생들의 눈동자들이 일제히 커져오고, 머릿속에는, 내가 무엇을 가르치고 있는 것인가, 내가 무엇을 가르칠 수 있단 말인가,라는 의문문이 용암처럼 끓어 넘쳐, 흘러나오다 굳어, 입이 열린 모습 그대로 뻣뻣해진다 싶은 순간, 맨 앞줄 학생 하나가, 그가 쓰러질 듯한 모습을 보였음인지, 부축하려는 듯, 몸을 일으키는 장면이 연출된 이래로, 비슷한 증세들은 고속으로 늘어났다. 언제나, 그 증세들은, 허리가 시큰해지며, 한 호흡 늦게, 거대한 소리 뭉치에 얻어맞았음을 깨닫게 하는, 엉치등뼈에 금이 가는 것 같은 예리한 통증을 수반했기에, 그와 말을 나누던 사람들은 점차, 갑자기 일그러지는 그의 표정과 코끝에 맺히는 땀방울들과 초점이 흐려지는 눈동자 앞에서 감당해야 하는, 그의 뒤잇는 무한한 침묵을 피하고 싶어했다. 그것을 자각한 나도 사람들을 피하려고 애썼으나, 그는, 그가 직업적으로 피하지 못하는 교실에서, 드디어는, 첫마디도 꺼내지 못하고, 칠판에 기대어 서서, 그냥 돌아나가지도 못하고, 그를 둘러치는 웅성거림의 껍질 속에 갇혀, 하염없는 시간을 정지시켜버린, 또 다른 어느 날 속에 놓일 것이었다. 그리고 그 때문에, 냉정하게 그를 걱정해 주는 교무처장 앞에서, 또 침묵에 사로잡혀, 간신히 휴직원을 쓸 것이었고, 일 년 뒤에는 아무 호전이 없는 침묵의 대가를 사직원으로 치를 것이었다. 두려움에 씌워진 아내는, 그의 참담한 눈길을 피하지 않으려 무진 노력을 기울이며, 제 몸부림을 억제하며, 내 곁에서 내 몫의 말까지 주절댔지만, 아내의 그 말부림은 그를 더 밑 없는 침묵으로 잡아당겼다. 점점 더 단단하게 굳어가는 침묵의 벽, 이쪽에서, 그러나 그가 멀쩡히 눈을 껌벅이고 있었던 셈이라면, 저쪽에서, 벽을 두드리기에 피멍져, 정말 미쳐버리자고는 아내가 했으리라. 계절도 없이.

　상황은, 그의 방이 아내의 자궁인 것이거나, 아내의 자궁이 그의 방인 것이었다. 깊어지는 천장의 둥근 어둠 속으로, 나는 그 공간의 부드러운 벽과 어떤 간격도 없이, 유동의 고체처럼, 꽉 차들고 싶었다. 계절도 없이, 그리고 옥죄이며 차드는 느낌에 가는 희열의 떨림이 증폭되어 갈수록, 그의 말수는 줄어들었는데, 그것은 동시에 딸내미가 자라나며 옹알대며 즐기는 말 재미에 반비례했다. 누에처럼 둥글게 말린 내 마음의 품을 밀치고, 내가 담긴 아내 마음의 자궁을 벗어나, 딸내미가 그의 방 둘레를, 고추 먹고 맴맴, 맴돌 때, 아내는 어지러워하며, 그가 부재하는 이야기를 도닥댔다. 옛날 옛날에 아빠 없는 한 아가와 엄마가 살았단다, 어느 날 아가가, 엄마, 옛날이야기 해줘, 하니까, 엄마는 이런 이야기를 해줬단다 : 옛날 옛날에 아빠 없는 한 아가와 엄마가 살았단다, 어느 날 아가가, 엄마, 옛날이야기 해줘, 하니까, 엄마는 이런 이야기를 해줬단다 : 옛날 옛날에 아빠 없는 한 아가와 엄마가 살았단다, 어느 날 아가가, 엄마, 옛날이야기 해줘, 하니까, 엄마는 이런 이야기를 해줬단다 : 옛날 옛날에,,. 이번엔 딸내미가 어지러워, 비틀비틀, 쿵, 넘어졌다 일어서고, 또 일어서고, 그걸 따라, 시간이 돌고 돌다 일어서고 일어서기를 거듭했을 때, 어지러워 시간의 자리를 측정할 수 없던 어느 때, 그의 방으로 고개를 비쭉 들이민, 그건 신기한 발견에 환희로운 표정으로 들뜬 얼굴이었으니, 딸내미의 한 마디는 치명적이었다. 아빠, 아빠, 아빠도 그럴까, 나는 있지, 말을 하면은 있지, 생각도 똑같이 된다, 배고프다고 말하면 정말 배고프구, 빵 먹고 싶다고 말하면 정말 빵 먹고 싶단 말이야. 그즈음, 그에게 남은 소리 말은 얼마 되지 않아서, 밥, 물, 약, 돈 따위, 거의 홑음절 단어의 조각들을 가지고, 그는 가령, 돈, 하고 아내에게 손을 내밀어, 주는 대로 챙겨, 잘 나가지도 않는 집 밖을 음지로 꿈틀 걸어가, 가장 가까이서, 술이나 책을 사가지고는, 다시 손만 내밀어 계산을 하고, 돌아올 때쯤엔 저절로 게슴츠레해진 눈이 되어, 생활의 거의 전부가 된 행위, 술을 마시거나 책을 읽기 전에, 먼저 한 차례, 쓰러져 잠들곤 했다. 치우지 못하도록 표정으로 악—그 악씀에서 아내는 살의를 보았다 한다—을 내는, 책과 술병—이게 쓰러지지 않도록 하기 위해서는 병 바닥과 주둥이를 본드로 접착시켜야 했다—을 차곡차곡 쌓아, 실제로, 한 겹씩 두 겹씩, 그는 벽을 더 둘러쳐 나갔다. 그래서 끝없이 좁혀지는 벽 안에, 더 이상 몸 하나 눕힐 자리도 없게 되자, 그는, 생각해 보면 오히려 너무 뒤늦었다 싶게, 침묵으로 엉엉, 방바닥에 마구 머리를 찧는 발작을 일으켰고, 그래서 결국, 울며 잡아끄는 아내와 딸을 따라 병원으로 가는 결과가 났다.

　병원으로 간 것은, 그의 겉으로는 이끌려 갔었음이나, 말이 안 나와, 저도 한번 가봐야겠노라 초조해했었음에도, 말을 못 하고 있었음일 뿐이었기 때문에, 내 속으론 거의 자발적이었음이기조차 했다. 병원에서, 그는 가끔씩만 눈을 뜨는, 길고 긴, 반쯤은 죽음인, 악몽도 없는—그때가 유일한 악몽의 휴지기였다—, 편안한 잠을 잤다. 너무도 편안해, 그것이 온전한 죽음이기를 바랄 정도가 되었을 때, 그러나 뜻밖에, 그는 다시 아내의 손에 이끌려 집으로 돌아왔고, 그것도 그것대로, 다시 시작되는 악몽에도 불구하고, 뒷생각엔 다행스러웠다. 그의 증세가 정확히 무엇이었는지, 나는 알지 못했고, 알고 싶지도 않았고, 어떤 약을 한 주먹씩 먹고 어떤 치료를 받았는지에 대해, 나는 지금도 그렇고, 그때 별로 달라진 것도 없는데, 한 가지 그가 글을 써보라는 의사의 권유에 고개를 끄덕인 것을 제외하면 말이지만, 왜 그가 그렇게 빨리 퇴원하게 되었나 하는 의문에 관해서도, 나는 앞으로 마찬가지일 것이다. 집으로 돌아오는 차 안에서, 참으로 오랜만에 눈 내리는 풍경—아, 덧없이 흰 세상—을 뚜렷이 내다보며, 나는 잠시 잊었던 그의 방을 떠올렸고, 그러자 그 차 안에서까지는, 입이 다물리면서 아무 때고 그 멋대로 그러는 바람에, 한편으로는 그래서 아내의 자궁이 그만의 방이 되었노라 안심하면서, 아내에게 낙태를 시키고 불임수술까지 받게 만들었듯이, 집으로 돌아가자마자 우선, 그럼에도 진정 애틋한 심정으로, 무턱대로 아내를 그의 방으로 끌고 가 옷을 벗기고 살을 비비리라는 욕정에, 벌써부터 육체의 중심이 무거워지고 있었는데, 그러면서, 마치 요가의 도사인 양, 아내가 몸을 완전히 동그랗게 돌려, 그를 따라서 자신의 자궁인 그의 방으로 들어가는 것처럼, 얼굴을 제 사타구니에 휘몰아 집어넣는 모습을 떨쳐내지 못해, 침을 계속 삼켜대고 있었는데, 막상, 말끔하게 치워지고 도배된, 텅 빈 그의 방에서는, 딸내미가 소꿉장난처럼 열심히 걸레질을 하고 있었다. 뛰다시피 달려온, 멋모르는 딸이 부끄럽게 내민 손은, 한겨울에 색종이로 오려 붙인 꽃 한 송이여서, 그 손은 서툴게, 삐뚤삐뚤, 아빠를 하늘만큼 사랑해요, 글자들을 적고 있었다. 그로부터 그가, 자꾸 감각으로 넓어져갈, 그 텅 빈 방에서, 이리저리, 무한히 번져갈, 상상의 이야기들을 쓰게 되리라는 것을, 나는 알았다. 무얼 혼자 짐작한 듯, 아빠, 나는 있지, 요즘엔 참 이상하다, 말을 해도 있지, 생각하고 자꾸 달라진다, 말하는 딸을, 그는 으스러지게 껴안았지만, 미래의 상상 속에서, 아내나 마찬가지로, 딸이 어디로 증발해 버리는지는, 역시 수천 번의 상상으로도, 도무지 풀리지 않는 숙제이다.

그러다가 문득 보았다. 그는, 그 후로도 몇 년 후인즉, 시간적으로는 그렇게 몇 년을, 그리고 감각적으로는 겨울에서 여름으로, 건너뛸망정, 기억의 요술이 무릇 그렇다 할지, 나란히 놓인 사진처럼, 앞의 장면과 바싹 붙은, 또 하나 선연한 장면을. 후텁지근한 상상의 글쓰기에 지쳐,

목말라, 손등으로 땀을 뭉개며, 물을 마시려 제 방 문을 열고 나오다 마주친 그것은, 그를 대신해 직장 생활을 해온 아내가 아마, 저 혼자 문을 열고 나들이하니 그로서는 알 턱이 없건대, 한여름의 저녁 햇살, 기울기로 보자면, 퇴근하고 돌아온 것으로 여겨지는 시간에, 외출복을 입고 있는 그대로, 상상에는 지칠 틈도 없겠으나 지쳐, 기우뚱 식탁에 턱을 괴고 굳은 석고상이 되어 있고, 곁에 선 맨 팔뚝과 맨 종아리의 딸이, 그 석고상 뺨을 한 손으로 하염없이 쓸어내리는 모습이었다. 여름 광선이 석고상의 팔뚝에 끈끈한 습기를 아른아른 떠올려, 윤곽을 흩뜨리려 하건만, 얼굴의 음영은 분명해서, 그 대비에 의해서, 빛 쪽 반쪽 눈 밑을 따라, 처음 보는 주름의 골이 여러 줄 패 있었고, 그늘편 눈 골 아래로는, 굵은 땀방울이 눈물방울처럼인가, 굵은 눈물방울이 땀방울처럼인가, 반짝반짝 빛나고 있었다. 정지상태를 넘어 발견된 존재는 그였고, 발견한 존재는 딸이였는데, 그 여덟 살배기 딸이, 여전히 굳어 있는 아내를 가만히 벗어나, 어른도 넘어선 수심으로, 가만히 다가와, 말을 할 리 없는 나에게, 입술에 검지를 수직으로 세워, 쉿 모양을 만들고는, 나를 다시 방 안으로 밀어 넣는 것이었다. 석고상의 아내가 이미 그의 어머니였다면, 아내를 껴안는 작은 딸은 그의 어머니의 어머니, 할머니였다. 그 인상 탓에, 그의 미래의 연애의 상상 속에서, 아내와 딸이 지워지는 것이라고, 여태껏 단정 짓지 못하던 걸 이제 결정지으려는 의도로, 그런 설명을 붙인 것은 아니되, 돌아서 바라본 텅 빈 벽 위에, 전혀 낯선, 그런데 몹시 낯익은, 한 늙은 여자의 얼굴이, 늙었는데도 젊게만 느껴지며, 모르다가 알 듯, 어른거린 것이 필시 바로 그때였을 것임은, 명기해 두어야 하겠다. 모든 것이 모호한 김에, 그가 만난 적이 없는, 오래전부터 예순하나의 나이에 멈추어 있는, 무덤에서 뼈마저 삭혔을 할머니 같기도 하고, 딸의 딸로 태어날 아이가 백 년 후에, 다른 수심의 한평생을 거쳐 늙게 될 모습 같기도 하고, 늙어 드러날 그 자신의 여성적인 모습 같기도 하고, 따위의 육감들이 마구 날뛰었지만, 모든 인연 너머로 불쑥 찾아든, 생애에 한 번도 접해 본 적이 없는, 미지의 여성이기가, 더불어 단정은 못해도, 더 강한 육감에 얹혀, 더 쉬운 듯했다. 그러나 그쯤에서, 그녀가 미래의 상상으로 구체화되리라고는, 내가 아직, 감히 상상하지 못하고 있었음이, 물론이다.

그 후, 그 여자는, 그의 방의, 집의, 바깥이어야 하리라는 쪽으로, 상상의 초점이 모여져 간다. 그 나에게, 이 상상이, 다시금 스스로를 바깥으로 내던져보려는, 조심스런 탐색의 더듬이기도 하기 때문일 것인데, 그래서 안에서 밖을 보는 유리창이 간절해서인지, 그녀는 무엇보다 유리창 같은 눈으로, 눈물빛이 언뜻 번질 때조차, 너무도 맑고 투명한 눈빛에 의해, 액체성의 눈물방울은 맺혀도 보이는 법이 없을 것이라 여겨지는, 다시 생각하면 늙은 여자의 눈빛이라기엔 그럴듯하지 못하지만, 또다시 생각하면 혼자 상상이니까 얼마든지 누릴 수도 있다고 여겨지는, 그런 눈으로 떠오른다. 자의식이 그녀에게보다는 훨씬 그럼직한 상상력을 그 자신에게 적용하여, 일그러진 유리창인 돋보기를, 그녀를 향해 다가갈 그는, 그러나, 그것도 깨어질 것이나, 우선은 쓰고 있을 것이다. 아무튼 그렇게 처음 오랫동안을 눈과 눈 사이로만 오가므로, 그는, 그리고 그 예순아홉의 시점에서는, 침묵의 병은 벗어났어도, 어언 반평생 동안 말의 빛나감을 내밀히 두려워해 왔었을 것이므로, 나는, 그 시작의 순간 이전에 얽힌, 그녀의 삶의 사연들을 굳이, 말로 알려 하지, 적어도 마지막 사랑의 말을 발견하려 할 때까지는, 아니, 상상하려 하지, 않는다. 이미 흘러가버린 것, 언뜻언뜻 정에 그리워도 아내나 딸이 아득하듯이, 기억이 하얗듯이, 그것을, 미래의, 그를 그로 있게 하는 과거건만, 마치 그 나이에도 모든 것을 다시 시작하려는 욕망이 남아 있기라도 한 것처럼, 오히려 마저 흘리며, 그녀의 그것도 그녀 속에서 역류하지 않도록, 미래의 지금은 오직, 지금의 눈빛 길만을 닦는다. 다만, 그녀의 눈빛 맑음은 밝음과는 달라서, 무작정의, 무방비의 맑음 속에서는 차라리, 속에서 우러나오는 어둠을 투명하게 내비치는 맑음인바, 그가 그녀의 그 맑음을 처음 본 것은, 어느 날, 그림자라고는 실낱 한 줄기도 찾아볼 수 없이 빛 밝혀진, 노인복지원의 대형 휴게실에서, 좀처럼 있을 수 없는, 도대체 어디서 뿜어 나오는지조차 모르겠는, 조명의 일부가 꺼지면서, 홀 한쪽 모퉁이에 약간 흐릿한 그늘이 생겨나는 사건이 발생하여, 노인들이 모두 탄성을 지르며, 까마득한 아이 적 추억이라도 만나듯, 아이들처럼 그 그늘진 곳으로 몰려가 뒹굴어대는 난장판이 벌어졌을 때였다. 그저 먼발치에서 그리로 바라보는, 어둠이 투명하게 스민, 슬픔이 맑은 눈길을, 그때 그녀와 닮은꼴로 우두커니 떨어져서 있을, 원시의 시력을 가지고 있을, 그는, 천천히 뜨거워져서, 제 볼록렌즈의 안경을 벗겨내고, 비낀 각도로나마 깊이깊이, 그녀의 눈을 바라볼 것이다, 멀리서.

그런 난장판이 벌어질 수도 있을 것은, 어쩌다 보니, 감각의 이음새가 너무 벌어져 버린 탓에, 다소 멍멍하지만, 따져보니, 이십구 년이 지나면, 햇수로 이천이십 년이 되는 고로, 이천이십이라는 시간 단위의 추상성이 제공하는 상상이 때로 만화적 공상에 가까워, 상상의 모든 것이 그렇지는 않더라도, 더러 많이, 황당무계한 그림으로 번지는 중에, 가장 비현실적인 장면의 하나로 떠오르는, 빛만으로 가득 찬, 이건 추상적으로 그렇다는 게 아니라 물리적으로 그렇다는 뜻에서, 한없이 밝기만 한, 그 노인복지원의 환경에 연유한다. 깨어 있는 동안, 그곳에는 어둠 한 점 없다. 예컨대, 실외에는, 수많은 인공의 발광체들이, 시시각각, 하늘 위뿐만 아니라 땅 밑으로도 떠 흘러 다니며, 나뭇잎의 뒷면에

서마저 그늘을 지우고, 구름 아래서도 흐린 날이 없게 만드는가 하면, 실내에는, 정교하게 각도를 맞춘 조명들이, 어떤 사물 뒤에서도 그림자가 지지 않도록, 사방팔방, 기계 체계의 자율성을 따라 움직이게 되어 있는 것이다. 모든 시야가 그래서 평면 같아, 걸어도 걸어도 거리의 이동과 풍경의 깊이가 느껴지지 않는, 그의 존재 꼴도 백지 위의 그림 같은, 그곳에서, 그렇다면 어떻게 잠과 깸의 경계가 설정되는지는 상상이 미치지 않으나, 상상 속의 그는 갑자기 잠들어 있고, 갑자기 깨어 있곤 하는데, 너무 맑아 제 속의 깊이가 흘러나옴을 막지 못하는, 그녀의 눈을 발견하기 전, 내 욕망의 달음박질은, 잠 속의 꿈속으로, 거기에는 입체의 음영이 있으므로, 향해, 그 꿈이 깨어 있을 때도 지워지지 않도록 끝없이 되새길 터, 그것이 상상의 반복 속에서 어느덧 과거형의, 끝없이 되새겼었다가 된 정도다. 만화 같아도, 그 상상은 현재의 나를 사로잡아, 미래의 그는 그 상상 속을 뼈아프게 살 것이다. 어느 만큼이냐 하면, 기어이는 그 상상이, 단순히 물리적인 것이 아니라, 내 심리적 상처인 말의 차원으로 번져나감으로써, 이십구 년 후로부터 사십 년 전, 왜 자꾸 그리로 돌아가는지 짜증나는 그곳에서, 말의 그늘을 없애야 한다던 교육이 여기서는 실천으로 나타나, 실제로 억압하는 상황이 만들어지는 만큼.

지금 글로 미래를 상상하는 탓에, 미래의 그가 글로 음영진 꿈을 간직하지 않으리라곤 상상하지 못하여, 그러나 그곳은 모든 글을, 일기조차 검사받고, 가장 밝은 글은 모두가 모인 자리에서 낭송을 하고 상을 주고 하는 식으로, 글을 발가벗기리라는 다른 상상에 맞물려져, 그 사이에 끼인 상상은, 몰래, 껌 껍질이나 찢겨진 파지 모퉁이에, 깨알 같은 글씨로, 간밤의 꿈을 기록하거나 시를 적어, 침대 시트 틀어진 곳, 양말 속, 바지 밑둥의 접혀진 곳 등에 숨겨서는, 혼자 품고 쌓고 삭일, 그를 내민다. 그는 이제, 침묵증에서 벗어나, 말을 하는 데 다시 적응된 그일 것이다. 밝은 말과 글만이 허용되어 어두운 글은 숨길 수밖에 없으니까, 어두운 글 밖에서 어쩔 수 없이 쓰는 밝은 말이, 예순아홉 나이의 쓸쓸한 지혜로서, 얼굴을 은폐하는 가면처럼, 여전히 분리되어 있기는 있더라도. 그런데 그녀의 눈을 보고 나서부터, 그 눈우물 속으로 그의 언어들을 쏟아 넣고 싶노라, 놀랍구나, 첫사랑에 빠진 열아홉 살짜리처럼 애끓기 시작한 뒤, 그는, 어떻게든, 속 글로만 가라앉혔던 것들, 겉 말로 드러내야겠다는, 실로 사십 년 만의 열정에 걷잡을 수 없이 붙들리게 되고, 그러자, 그토록 명료하던, 그것도 필시 약이라든가 주사라든가 수면·기상 가스라든가를 사용한, 제도적인 혹은 기계적인 육체적 조작에 의한 것일, 잠과 깸의 칼자국 같던 단절의 경계선이, 열정의 열로 희미해져 간다. 잠과 깸이 서로 스며, 머릿속이 기이한 영상들의 아메바로 채워지는 시간을 자꾸, 조금씩 더 길게 늘여나가다가, 그는, 그 흐물거리는 시간을 서서히 교체하는, 어느 감각의 틈새론가 갑자기 의식하게 된, 아련한 종소리를 추억과 엇갈리며 다시 만나, 종소리로부터 암시받는 새로운 말의 방식을, 가느스름하게 뜨고 침침한 허공을 응시하는 시선으로 빚어보려, 입술을 깨문다. 마침내, 그는 기억의 저 먼 곳으로부터, 종소리 같은, 여운이 이어지는, 이십대의 일천구백칠십 년대나 삼십대의 일천구백팔십 년대에 흥얼대던, 가사는 잊어버린 지 오래, 다만 몇 소절 구슬픈 여운의 선율로 남아 있던, 노래들을 건져 올려, 거기에 그의 말을 붙여보는 방법을, 찾아낸다. 옛 노래를 함부로 부를 수 없게 되어 있을 것인 바, 그는, 그 선율을 죽일 수 있을 때까지 죽이면서, 아슬아슬하게 살려, 음치가 몇 음계만 가지고 노래하듯, 또한 굴곡을 간신히 느낄 수 있을 정도로만 음유하듯, 그의 사랑의 시라는 것을, 그리하여 어느 환한 저녁의 오락 시간에 낭송할 것이다. 밝게 살다 갑시다, 라는 인사마냥, 사랑하는 아무개 씨, 하고 호칭 앞에 반드시, 사랑하는, 이라는 관용어를 남녀 불문하고 모두에게 적용할 것, 그래서 사랑한다는 말이 무의미한 수식어가 되게 할 것, 그런 불문율의 상황을 상상은 어렵게 몰아놓아, 그 상황 속에서 어렵게, 그는, 일단 허락된 상투적인 어투로 밝게, 사랑을 건네네, 우리들 하늘 한편 지나, 저 밝은 한 태양의 음악처럼 들리도록, 이라고 써놓고는, 묘하게 음울한 단조의 선율, 가라앉은 목소리에 담아, 소리를 얼버무려서, 사랑을 건네네, 우리 둘, 하늘한 편지, 나, 저 맑음한테 양의 음악처럼 들리도록, 이라고도 들릴 수 있게, 모호하게 읊조릴 때, 떠오르는 그녀의 눈이 반짝, 깊게 빛나고, 그런 정서를 체험해 본 적이 없는 사람들은 야릇해 하면서도 아직은 아무것도 눈치 채지 못하는 장면에서, 마지막 연애의 상상의 한 매듭이 지어진다.

경험의 이쪽에서 멀리, 시야가 막힌 저쪽 켠 미래의 상상이란, 세밀한 정황이나 행위가 가로등에 혼뜻혼뜻 빛나는 빗방울과도 흡사해서, 구상적인 것은 상상이 걸어가는 길가로만 드러나고, 나머지는 추상으로 흩어지는지라, 묘사의 화폭은 구상과 추상의 범벅이기 흔한 일인데, 내 예순다섯의 상상 속에서 비교적 구상적으로 뚜렷한 공간의 하나가, 그 거대한 빛의 방, 대형 휴게실이다. 그것은, 그가 침묵의 병중에 읽은 어느 외국의 양로원 기사, 노인들을 집단 수용하여 관리하되 남자와 여자를 엄격히 구분하여, 노인들이 성에 관심을 갖는다는 것을 추문으로 만들며, 경우에 따라서는 성욕 감퇴 주사까지 맞힌다는 이야기, 위에서 오싹하니 펼쳐진 상상임에 분명할 것인, 퇴화된 늙은 어린애들의, 이른바 건전한 유희의 방으로서, 덜 떨어진 아이들처럼, 남성 노인들과 여성 노인들이 끼리끼리 몰려서, 자기들끼리 놀이를 즐기면서 서로를 힐끔거려 보기도 하고, 프로그램에 따라 마련된 특정한 시간엔, 쑥스럽게 손뼉을 치며 노래를 부르거나, 둔한 몸짓으로 어색하게 거리를 띄우고, 손을 잡고 맴도는 포크 댄스도 춰보며 깔깔 웃거나 안색을 붉히는, 거기서, 거기서밖에는 좀처럼 틈을 낼 수 없으므로, 이제, 또한, 그의 요상한 시 낭송도, 논리적 이유는 대지 못하면서도 뭔가 퇴폐적인 느낌을 자아낸다는 이유로, 사감들에 의해 금지된 후, 게다가, 그녀의 눈빛은 흔들렸어도, 그렇게 공개적으로는 그것이 그녀 자신을 향한 그의 개인적 감정임을 전달할 수는 더 이상 없다고 깨달은 후였으므로, 그는, 보다 직접적인 사랑의 고백의 시를 적어 접은 은박지 하나를, 손가락 사이에 끼우고 있다가, 끝없이 짝을 바꾸며 도는 우스꽝스런 춤의 윤무 속에서, 그럼에도 돌고 도는 어지럼증에 취하기를 바라, 결국 취해, 몇 번째인가 다시 그녀의 손을 잡는 순간, 그녀의 손을 강하게 누르며, 아, 하고 돌아보는 그녀의 눈길을 정면으로 받으며, 땀 맺힌 손가락을 밀어 넣어 그녀 손에 우겨넣는다. 빨갛게 일렁이는 그녀의 눈 이외에는 모든 것이 아뜩할 것이나, 몇 초 그 사이, 놀라움에 굳은 그녀는 은박지를 제대로 받지 못하고, 몇 초 그 사이, 사감들은 흐트러진 동작을 주시하여, 즉각 발밑에 떨어져 있는 은박지를 발견할 것이다. 주위가 술렁일 때, 사건은 명료해진다. 허공 속에서 그림자처럼 다가오다 눈 뜨면 어둠 뒤로 묻히는 그대를, 운운하며 이어지는 은박지의 내용을 읽는 사감의 얼굴 근육이 분노로 부들거리자마자, 그는, 어느새 다가선, 억센 두 손길에 겨드랑이를 번쩍 들려 끌려 나갈 것이다.

그 빛의 방을, 상상을 대각선으로 가로지른 건너편에, 어둠의 방이 있다. 한 점 빛의 입자도 스며들 수 없어, 수억 겹의 단면 같기도 하고 무한 광활의 고체로 느껴지기도 하는, 가벼운데 무거운, 천장 없는 어둠 밑에 깔려, 바닥 없는 어둠 위에 더, 무중력의 어둠에 염을 당한 채, 맨 정신으로 꼼짝없이 시체가 되어 있어야 하는, 징벌의 방. 오기에 이를 악물고 끌려가면서, 어림없다, 나는 어둠과는 친하다, 곱씹건만, 그가 그게 왜 징벌의 방인지 알게 되는 것은, 우선은, 처음 얼마 동안 버티던 의식의 생리적 한계에 부딪혀 풀어지자, 시간이라는 것이 어둠으로 함께 굳어가면서, 그녀에 대한 의식만 없었다면 그대로 파묻혀도 원없을 것을, 바로 그녀에 대한 의식 때문에, 필시 이대로 어둠의 입자로 증발해 버리리라, 그러면 그대로 아무 말도 못 전한 채, 영원히 그녀의 눈빛을 잃으리라, 하는 공포가 뇌의 파장을 엉망으로 헝클어뜨려, 몸을 움직이려는 덧없는, 안간 놀림에 뜨거운 땀 속에 진득진득 빠져버리는 육체적 고통을 겪으면서일 것이고, 그 다음엔, 그 몸부림 끝에 달리 도리가 없는 배설물들이 흘러나와도 그냥 뒹굴 수밖에 없어, 체념 끝에 오는 야릇한 쾌감마저 느낄 정도로, 똥오줌에 범벅이 되었을 때, 어둠 속 어디로부턴가, 여러 갈래, 여러 음색의 심문의 목소리가 헤집고 들어와, 아니, 목소리도 스며들 수 없는 어둠일 바엔, 그의 갇힌 몸 안 온갖 세포의 여기저기서, 밖에서 이입된 다른 목소리들이, 안에서 밖으로 빠져나가려는 듯, 그의 몸을 팽창시켜 터뜨리려는 듯, 들쑤셔대며, 짐승의 몸속 인간의 의식을, 그것도 그의 의식과는 애당초 전제가 다른 다그침에 시달려, 야금야금 탈진해 가는 제 의식을 바라보아야 하는, 정신적 고통을 겪으면서일 것이다. 야, 이 찌그렁방텅이 노인네야, 죽을 날 헤는 처지에 무슨 노망 주책이냐, 아직두 니 좆이 설 것 같아서, 그 노친네 말라비틀어진 보지가 열릴 것 같아서, 그 지랄이냐, 하는 욕은 참을 수 있다. 심문은 점차, 지워진 그의 기억을 향한다. 이 노인네, 수상한 점이 많구먼, 이거, 지난 이십 년 동안 네 식구들은 어떻게 했지, 목 졸라서 토막 만든 네 식구 시체들은 어디다 유기했냔 말이야. 그럴 리 없어, 그럴 리가, 하지만 모르겠어, 모르겠는 걸 어떡해. 그러면 그때, 그 어둠의 고통 속에서, 내가 기억하기를 회피해, 그가 이 상상 속에서도 여태껏 쓰지 않고 있던, 또 십 년 전 그곳에서 꾼 악몽, 그중에서도 가장 오욕스런, 이십구 년 후엔 해골로 기억의 무덤 밑에 누워 있을 악몽의 한 손아귀가, 흰 뼈를 유령처럼 놀려, 그의 발목을 움켜쥐리라.

그 옛날 악몽 속에, 숨겨진 비밀 하나가 있었다. 꿈의 영역에 속해 있어, 추상의 물감들이 마구 엉겨드는 기억을, 그래도 헤집자면, 종을 치고 의무실로 가 쓰러져버린 바로 그날, 그 쓰러짐 속에서 꾼 악몽 속에서, 악몽 속에서 악몽에서 깨어 꾸는 다른 악몽, 악몽의 양파 껍질의 또 다른 한 겹인 악몽 속에서, 아, 지옥으로 가는 계단은 왜 언제나 나선형인가, 왜 위로 오를 때조차 지옥을 향한 첫발인가, 그는 의무실에서 삼층 부원장실로 호출되어 힘겨운 호흡으로 올라갔다. 얼굴 없는, 형광 물질에 빛나는 날카로운 이빨이, 냉랭하게, 몸이 아주 안 좋으시다죠. 좀 어떠신가요, 그러고는 그의 진땀이 식을 만큼 싸늘하게 웃으며, 규칙 때문에 일단 들어오셨으니 미리 나가시게 할 수는 없고, 이건 다른 수용자들에겐 절대 비밀을 지켜주셔야겠습니다만, 이런 경우엔 특별히 부인을 모셔서 빨리 치유되도록 간호를 돕게 하고 있습니다. 말하자면 이십사 시간 동안의 특별 휴가라고나 할까요, 뒷산 숲길을 따라가시면 작은 별장이 나타날 겁니다. 거기서 메모지에 지시된 대로 간단한 치료를 받으신 뒤 부인을 만나보도록 하시지요. 가능한 한 빨리 치유되는 게 이곳 전체의 운영에도 차질이 없게 하는 일이니까, 말했고, 얼굴 없는, 새하얀 두툼한 손이 한쪽 커튼을 밀치고, 그 뒤로 나타난 문을 열었다. 그 문은 곧바로, 아직은 앙상한 나뭇가지 얽힌 숲을 향해 그를 내닫게 만들었는데, 무엇이 그리 초조했는지, 탈영병처럼 허겁지겁, 질긴 잡풀 넝쿨 사이의 좁은 산길을 헤치느라, 쓸리는 얼굴과 손의 살갗의 생채기를 자꾸 보태면서, 그 생채기의 출혈처럼 몸속 어딘가가 아려왔어도, 그것이 무엇 때문일까 하는 의문조차 떠오르지 않았거니와, 그 때, 숲 속 나뭇가지에 숨겨 걸린 스피커에서 인도의 음악 같은 야릇한 환각의 소리들이 공기 속에 널려 퍼지고 있었어도, 그것이 무슨 희귀조의 울음 노래 소리인지, 또 어느 구석구석으로부터 온갖 빛깔의 환청의 조명들이 허공을 헤집으며 교차하고 있었어도, 그것이 무슨 굴절된 빛 동굴의 만화경의 요술인지, 알려는 생각조차 없었고, 그저 자연의 풍경 뒤로 한없이 들어간다 싶은, 희미한 의식을 따라서였으나, 지금 머리를 흔들어보면, 숲의 길도 여전히 계속되는 나선형의 계단으로 밟혔었던 것으로 짐작컨대, 함정처럼 주어진 외길을 갔을 뿐인지라, 막다른 언덕배기에 이른 어질머리 앞엔, 결국, 그 아래로 분지처럼 팬 빈터와, 그 안에 상처 입은 짐승마냥 웅크리고 있는, 고색창연한 통나무집 하나가 나타났다.

숲길을 인도하던 그 환각의 소리와 환청의 빛이, 열린 문 안으로 따라 들어와, 울퉁불퉁, 어떤 연기에 그을린 듯한, 집 내부의 벽면에 불규칙하게 반사되고 확대되고, 엇갈려 부딪치며 마구 어지럽게 날뛰면서야, 비로소 그것들을 피부의 촉감으로 인지하기 시작한 그는, 하지만, 실내에 자욱한 어떤 향내에 후각적으로 취해 버려, 그 의식을, 미각적으로 혀끝에 놓아볼 겨를도 없이, 몽롱하게 잃어갔다. 독한 향내가 신경 끝까지 스며들자, 의식, 보다는 살이 먼저, 갈가리 해체되며, 허공으로 둥둥, 점점이 흩어져 떠다니려 했는데, 간신히 의식의 초점을 모아, 그는, 이 약을 마시오, 쪽지에, 이미 떨어져나간 팔의 근육을 뻗쳐, 마시고 보니 술인 약을 마시고, 이 문을 여시오, 쪽지에, 다시 팔로부터 분리된 손을 잡아당겨, 더 안쪽 문을 밀침과 동시에, 흡착기에 빨리듯 떠도는 살점들이 휘몰려 들어간 따사로운 공간, 작은 무대처럼 막이 열리니, 때 아닌 크리스마스트리의 작은 금종 은종들이 가득, 반짝반짝

찰랑대고, 모든 빛들이 모여 새하얗게, 악기들의 화음을 돋우는 그 안에, 앞서 보았던, 먼젓번 악몽 속에서 남편이 죽은 것으로 알고 울부짖었던, 아내의 소복이 너울거리고 있었다. 거기, 그의 살보다 먼저, 소복을 벗어나, 흩어져 허공의 춤을 추고 있던 살점들이, 조각조각, 따로따로, 그의 살점들을 맞아, 살을 섞는 반죽을 빚으며 온 공간을 꿈틀대게 만들었을 때, 거기, 시간이 사라진 그 자리에, 황홀 그 자체만으로 팽창된, 격렬한 정사가 있었다. 헌데, 무중력 상태로 떠돌며 몽롱몽롱, 몽롱하던 정신이, 천장의 어느 틈새론가 빠져나가 농도를 잃어가는 듯, 옅어지는 향내 아래, 다시 지상의 인력에 끌어내려져, 바닥에 눕혀져, 갈피를 맞추며 수습되어 갈 때, 빛무늬가 오그라드는 눈꺼풀 너머, 자음모음들이 제멋대로 틀어져 있던 말들도, 음절의 짝을 찾아, 차츰 현실의 무게로 내려와 앉더니, 그래도 여전히 떠지지 않는 눈꺼풀 너머, 촉촉이 젖은, 귀에 익은 적 없는 여인의 목소리, 경련하는 손길로 그의 몸을 쓸어보며 존재를 확인하는 양, 당신은, 당신은, 내 남편이 아닌데, 누구죠, 당신은, 아까는 분명히 당신이 내 남편이었는데, 그리고 틀림없이 남편을 만나라고, 이리로 가라고 했었는데, 저들이, 저들이 그랬었는데, 하고 와들와들, 떨어대는 것이었다.

그 목소리, 사십 년 후엔 혹, 종소리처럼 아득히 귀에 익어 들리려나, 닫힌 눈 위에 부딪쳐오던 목소리, 미래의 상상 속에서, 그러나 결정적인 순간에 이르기 전까지는 열려나오지 않아, 아직은 닫힌 입술 위로 부드럽게 뭉개져오는 눈빛뿐인데, 몇 날 몇 밤인가, 징벌의 방에서 풀려나오는 날, 긴 시간 시력의 조절을 거쳐, 눈알이 빠질 듯 쟁쟁한, 빛의 공간을 향해 다시, 기진한 몸을 부축받으며 복도를 끌려갈 때, 같은 모습으로 엇갈리면서 지나갈 그녀가, 그러면 그녀도 그 때문에 똑같이 당할 것이라는 상상인 모양으로, 하여간, 엇갈리면서 그때, 그 텅 빈 눈에 체념을 담고, 혹시나 이러면 있을지도 모르는 더 엄청난 징벌도 체념한 듯, 그를 마주 바라보기 시작해, 서로 등지고 멀어져 가는데도, 눈길이 끊기지 않도록, 필사적으로 고개를 젖혀 돌릴 것이다. 되돌려졌을 뿐이나 당혹스런 일상 속에서, 그리고도 그 눈길의 통로는, 사감들의 표독스런 눈총 아랑곳없이, 그 차단을 넘어, 이어져, 그리하여 넋 빠지게 서로를 묶는데도, 왜 말이 없으면 확신할 수 없는 것일까, 확신은 어떻게 확인되는 것일까, 말의 뜻 밖에서, 안타깝게 흔들린다. 그리하여 그는, 모두를 자동적으로 잠들게 하는, 사랑의 열정만으로도 녹이는 데는 한계가 있는, 저 잠의 어둠을 허물고 그녀를 찾아, 그녀를 직접 흔들어보리라 결심하고, 두꺼운 바늘을 하나 훔쳐, 그리고는 그날 처음으로, 빛과 어둠의 경계에서, 의지와 감정만으로는 종소리의 시간을 더 이상 늘일 수 없을 만치 되었다 싶은 순간, 이를 악물고, 바늘을 자신의 손바닥에 찔러, 통증으로 강제적인 어둠 속에서 깨어 있는 의식을 연장시킬 것인 바, 육신의 통증과 기계적으로 쏟아지는 잠의 씨름 속에서 버티기 위해, 점점 더 바늘을 살 깊이 쑤셔 넣을 수밖에 없어, 입술은 피터진다. 마침내 바늘이 손바닥을 관통해, 통증이 온몸의 신경을 뒤틀어놓아, 마침내 산등성이 뒤에 잠긴 채 어렴풋이 스며 나오는 빛 같은 것으로, 겨우 잠을 벗어나게 해주면, 그는 어둠을 밀고, 갓 장님이 된 미숙함에, 어둠의 여기저기에 부딪혀 나뒹굴며, 길고 긴 복도를 하염없이, 더듬어나간다.

　상상은, 그로 하여금, 그 어둠의 반복되는 헤침 끝에서, 그 어둠의 저쪽 건너편을 헤쳐오는 그녀와, 만나게 하고자 한다. 저 앞에서는, 그의 육체가 끊임없이 제도에 의해 점검당한다고 해놓고, 이제 와서, 밤마다 손바닥을 바늘로 뚫어 여러 구멍에서 피가 엉기고 고름이 나오는데도, 그의 광태가 어찌어찌 발각되지 않는다 하는 것은, 논리적으로는 모순이지만, 상상의 욕망은 자유롭게 모순을 뛰어넘어, 그는, 거듭되는 자해와 함께 밤마다 조금씩 더, 어둠의 긴 굴로 걸어 나갔다 돌아오곤 하는데, 통증을 감당하는 신경조직이 착란을 일으켜, 거의 몽유병 환자처럼 되어가나, 그래도 의식의 가는 더듬이가 남아, 이 또한 막연한, 어느 날 갑자기, 움찔거리는 어둠을 포착한다. 그가 본능적으로, 직감의 확신을 가지고, 바늘이 안 꽂힌 다른 손을 뻗어, 어둠 속의, 어둠의 농도가 다른 어둠 덩어리를 더듬자, 그 어둠의 손도 이 어둠에게로 건너온다. 아직도 아무 말 없이, 하지만 명백한 확신 속에서, 둘은 서로를 쓰다듬다가, 똑같이 상대의 다른 한 손에 바늘이 꽂혀 있음을 촉감으로 발견하고, 혀로 소리를 틀어막으며 울음을 육체적 떨림으로 나누는데, 여기서 상상은 한없이 감상적으로 낭만적이어서, 그나마 시야를 차단하는 어둠이 늙은 육체를 가려준다는 데 다행스럽게 의지해, 젊은 연인들처럼, 제 울음을 막던 혀로 상대의 울음을 막아주기 위해 입술을 부딪쳐 열고, 온몸을 끌어안으나, 더 온전히 하나가 되고 싶어, 서로의 맨살을 헤칠 때, 이번엔 현실이 상상을 가혹하게 휘잡아, 성욕 감퇴 주사까지 맞고 있는 그들의 쭈글쭈글한 메마른 육체의 실체가 드러나, 아무리 비벼도 부드러운 유동체로 섞이지 못한다. 이제, 말이 절실하리라. 사랑한다는 말조차 아무 의미도 가질 수 없는 세계에서, 가진 것이라고는 기억밖에 없어, 기억으로써 미래의 짜임을 벗어나고자 하니, 지극히 고전적이 되어버리는 말. 삼십 년 전이라면, 하는 단서를 달고, 그가, 나는 당신을 사랑한다고 말했을 거요, 한숨 섞어 말한 뒤, 어려운 결단의 시간 같은 긴장감이 물결처럼 흐르고 나면, 이 미래의 고전적이며 낭만적인 대사는, 그녀가, 그에게 처음으로, 그러나 결정적으로 입을 열어, 우리 함께 죽어버려요, 잘 죽을 수 있으면 더할 나위가 없겠어요, 말하는 것으로 완성된다, 오오. 하지만 그들이, 그들 사이로만, 잘 죽는 것이, 어떻게 추문이 안 될 수 있을지는, 거의 희망도 없어 보인다.

　그 옛날 악몽 속에, 추문의 위협이 있었다. 숲 속의 집에서, 끝내 그의 눈이 떠지지 않아, 목소리뿐이었던 그 여자, 육체가 허공을 나는 몽환이 몽환이 아니라 실재였던 자리를, 혼자 눈 떠, 둘러 깨우치고, 혼자 울음 삼키며 떠나갔을까, 끌려갔을까, 방 안의 안개 걷히고, 그녀의 목소리도 뜨게 하지 못했던 그의 눈, 꺼풀을 밀어올린 것은, 그를 호출하며 숲에 메아리치던 확성기 소리였다. 홀로 남아 헐벗고 누워 오들오들 떨던 육체를 그제야 의식하며, 뻑뻑한 옷을 서둘러 입힌 후, 반사적으로 뛰듯이, 그 사이에 더욱 거칠어진 숲길을 되거슬러 가자, 어김없는 현실, 어제의 부원장실이 단숨에 그를 삼켰고, 그를 맞이하는 자, 이번엔 얼굴이 분명한, 매끄러운 역삼각형에 각진 턱을 가진, 날카로운 눈빛이, 눈빛으로 반대편 창문을 가리켜, 굳은 몸을 삐거덕, 그리로 다가갈 수밖에 없었는데, 창틀에는, 눈 아래로 건물과 건물 사이, 햇살이 따사로워 보이는 한쪽 벽에, 웬 남녀가 나란히, 똑같은 작업복 차림이 거슬렸으나, 다정하기는 참 다정하게, 해바라기하고 있는 모습이, 연출된 사진처럼 찍혀 있었다. 하지만 다음 순간, 역삼각형의 얼굴이 눈을 부릅뜨자마자, 건물 뒤편에서, 한 떼의 다른 작업복 차림들이 우르르 몰려들어, 갑자기 삿대질을 하며 들리지 않는 외침을 웩웩 내뱉었고, 그가 움찔할 틈도 주지 않은 채, 그 소리들은 잿빛 돌멩이가 되어, 허공을 물질적으로 날아 그들을 때리며, 그들을 가두며, 그들의 둘레에 무덤의 형상으로 싸여가, 두 손으로 머리를 감싼 모습만 무덤 위로 겨우 드러날 때쯤, 그의 모습도 그 모습을 그대로 닮아버리니, 창문 안의 그를 무덤의 흙처럼 덮어오는 것은, 그의 감각에 아주 시간적으로 가깝게 느껴지는, 부드러우면서도 거친, 두 겹의 숨소리였다. 정사의 후광처럼 허공에 번져 오르는 두 남녀의 교합의 숨소리였다. 그것은, 열에 받쳐져 허공에 떠오른 육체들이 뿜어내는, 숨결의 가장 높은음자리 한계에서 가장 깊은 깊이로 뿜어져 나오는, 끊길 듯 이어지며 서로에게 얽히며 숨의 틈새로 뜻을 넘어선 간투사들이 분수처럼 치솟기도 하는, 그가 혼자 눈을 감고 들었다면, 둘만의 행복에 겨운 신음으로 포근하고 감미롭게 동화될, 그러나 남의 정사를 구멍으로 엿보고 감시하는 역삼각형의 얼굴 옆에서는, 살인하고 싶은 치욕으로 눈 밑 근육에 경련이 일어나는, 안개 소리였다. 당신은 그동안의 평가에서 형편없는 낙제점을 받아, 우리가 충분하다고 판단할 때까지 수료가 유예될 거요, 그 여자도 마찬가지지, 당신들은 불성실하고 부실하게 몸이나 아파하는 퇴폐적인 존재란 말이오, 이게 모두 그 증거들 아니겠소. 숨소리가 소리 안개로, 언뜻 착각처럼 종소리의 여운으로, 흘러나오는 녹음기 옆, 흩어져 있는 몇 장의 사진들, 맨 위에, 작고 아담한 젖가슴의 상체를 길게 늘이고, 목으로 더 길게 늘이고, 고개를 한쪽으로 기울여, 발갛게 달아오른 채 입을 가늘게 벌린, 그녀, 의 초점없이 열린 두 눈으로부터, 투명하게, 존재의 근원적인 슬픔에 황홀히 얹혀져 빚어진 물기가, 사진 밖 막막한 나에게로, 축축하게 배어나왔다.

……여기에 이르러, 더 이상, 문장의 격한 헐떡임은 없다. 미래의 끝마저 가까웠노니, 먼 과거의 아픈 치부를 드러낼 때조차. 어쩌면 그가, 내 악몽 속의, 그 녹음기와 사진의 함정에 빠져, 저 자신을 변호할 어떤 곁의 말도 찾지 못함으로써, 황량한 상상의 벌판에 유폐되어, 긴 침묵의 병을 앓는 대가를 치러냈음을 제 손으로 쓸 수 있었기 때문일지도 모른다. 상상을 돌이켜보면, 십 년 전의 그곳은 이십구 년 후의 그곳에 얼룩져 들어가긴 해도, 아무튼 죽음으로라도 달라짐의 꼬투리가 뽑혀지니, 절망적 다행이라고나 할지, 이제, 나의 감정도 그의 글을 따라 가라앉는다, 담담히. 끝끝내 과거에만 닫혀 있었다면, 그는 여전히 고통

의 단말마를 피할 수 없었겠고, 내부의 팽창이 거죽을 터뜨려, 허파꽈리가 터진 가슴처럼 숨결 하나하나 움직임을 육체적 통증으로 만들겠지만, 한 길의 악몽이 깨지진 않음에도 불구하고, 미래는 미래라는 말 자체가, 숨쉬는 공기가 되는 듯싶다. 그 미래에도, 스스로가 종소리 울림이 되어 파열하고 싶은 그런 순간이, 또는, 종소리 울림으로 나를 깨워주세요, 제발 깨워주세요, 절규하고 싶은 그런 순간이, 없을 수는 없겠으나, 열린 상상으로 가라앉아, 숨은 애틋함은 차라리, 왜 손바닥에 바늘을 꽂고, 늙은 막바지의 삶의 포기를 담보로 삼아야만 이 상상은 가능한가, 왜 상상인데도 아이처럼 순진하게 가깝고 밝은 사랑을 꿈꾸지는 못하겠는가, 그런 단순한 자책의 물음에 있다. 그렇다면 상상은 능동이 아니라 피동이며, 개진이 아니라 수락일 듯도 싶은데, 그래도 피동이고 싶지 않은 욕망이, 수락하지 않으려는 의지가, 그 배면에 덧대어져 있으리라고, 그래서 상상은 두터우리라고, 말로 내기를 건다.

　……말이 나왔으니 말에 대해 말하자면, 말은 언제나 내기일 듯도 하다. 말로 소리를 내거나 쓰는 것은, 먼저는 주어진 말에 의해서이므로, 말로 말을 뚫고 나갈 때라도, 말은 말 자체를 벗어나지는 못해, 문법적이면서 문법적이 아니고자, 말이 말이 되는 그 말몸의 피부 바로 밑에서, 안에서 밖으로, 말의 살의 벽을 온통 긁어, 실핏줄을 터뜨려, 밖을 헐어내고, 상처로 일그러진 조직에 새 살이 돋아 새 말의 체형으로 바뀌도록, 세균처럼 부글댈 수밖에 없으니, 말을 통한 상상이 또한 그러하다. 그러나 때로 죽음이 오기도 한다. 말을 못 견뎌하는 말은 암세포나 에이즈 균처럼 탐욕스럽고 독하다. 소통을 꿈꾸지 않는 언어가 있을까만, 암세포나 에이즈 균이 꿈꾸는 소통이 무엇일까, 산 생명을 송두리째 뭉개며 누구와 무엇을 나누려는 것인지가, 있는 말몸으로는 접촉의 대상도 의미도 헤아려지지 않을 때, 병이 된다고 짐작된다. 언젠가,

그의 침묵으로 그와 말이 단절된 아내가 자신의 말을 모조리 쏟아 부어, 열 살 나이에 조숙해진 딸내미가, 아내가 그 몰래 읽은 내 상상의 이야기를 들려준 탓이라 여겨지지만, 어떤 식으로 들었는지, 달려들어, 아빠, 그렇지 않아요. 우리가 아빠를 저버릴 리 없어요. 아빠는 혼자가 아니에요, 울먹였어도, 만약 말했었다면, 할 수 있었던 말이라곤, 아가, 이건 네가 관여한다고 어떻게 달라지는 상상이 아니란다, 나도 어쩌지 못한단다, 뿐이어서, 위장에서부터 입 안 가득히 밀려올라온 질긴 말들을 꾸역꾸역, 되삼켜 버렸었다. 그렇다면, 그가 그렇게 삼켜 몸속 푸른 곰팡이로 피어난 언어, 이 상상의 글마저 거듭 태워버리는 것도 부재하는 대상과 의미를 향한 몸부림이라면, 그야말로 미래에 만날 마지막 연애처럼, 미래를 향해 열어둘 필요가 있을지 모른다. 아무래도, 나는 그 몰래 이 들쭉날쭉한 상상의 한 기록을 남겨두게 될 것만 같다.

죽음을 의도적으로 선택한다 할지라도, 아니, 오히려, 자연으로 오는 죽음이 아니라 거꾸로 선택해 다가가는 죽음인 까닭에, 죽음을 향해 헤쳐 나가야 하는 긴 과정이 남아, 그 내딛음 길은 지루하고 속 타는, 엄혹한 현실일 것을, 어쩌겠는가, 자신들끼리 잘 죽는 죽음도 현실의 장애물에 무릎을 깨야만 하겠구나, 아으, 과연 어떻게 죽을 건지, 우선 죽음의 자리를 어디서 찾을 것인가, 둘이 누워 가능하다면 눈에 띄지 않고 그대로 썩어 섞여 흙이 될 곳, 밝은 낮에 이리저리 기웃거리며 헤매고, 그러고는 죽음의 시간은 언제로 정할 것인가, 가령 그들의 고전적 사랑이 마지막 죽음의 예식으로, 강제로 금지되어 있기 때문에 기어이 이루고 싶은 성적 결합을 도모한다면, 그들의 늙은 육체에 성욕 감퇴 주사까지 맞힐 거라고 했으니, 그 약효가 가장 떨어지는, 다음 번 주사를 맞기 전날일 수밖에 없는데, 그런 시간의 결정만으로는 부족할 것이 이미 밀회의 경험으로 뻔해, 그렇다면 그 다음, 그들에게 육체적 생기를 잠시 환몽으로나마 되살려줄 어떤 것, 한 예로 먼 기억 속의 그 악몽 속의 숲 속의 방의 자욱한 향기 같은 것을 구하려고, 야생의 대마초라도 떠올리게 되면, 몰래 산책 시간을 산길 밖으로 빠져, 떠돌아 찾아내 뜯어말려 얇은 종이에 말아, 물론 몰래, 보관해야 하는 절차 하며, 또, 서로를 마지막으로 마주볼 어둠 속의 불이라도 얻을라치면, 미래에는 더 이상 쓰지 않을, 그러나 상상의 편의상 있기는 있어, 비상용으로 특수관리자만이 다루게 되어 있을, 양초와 성냥은 어떻게 손에 넣을지 막막하고, 덧붙여, 무엇으로 죽을 것인가, 사랑의 결합에 알맞은 죽음의 매개물을 적당한 치사량으로 모아야 하건만, 그것을 말하자면 훔쳐내야 할 처지에서는, 어떤 돌발적 사건이 발생할 수도 있는지라, 기회를 노리며 두려워 조바심하는 모험을 감행해야 할 것인즉, 어렵고 어려워라, 그러고도 다시 덧붙여, 죽음의 뒤처리는 스스로 해야 하는 것인가 아닌가, 눈에 띄게 발견된다면 은폐될 유서나 그가 은밀히 써온 일기나 시 따위를, 함께 소멸시킬 것인지, 후에 그들과 같을 어떤 존재의 우연에 걸고 도서관의 책 틈에라도 끼워둘 것인지, 결심이 요구되는 등등, 한없고 치밀해야 할 절차가 펼쳐져 있으되, 그것을 하나하나 사실적으로, 애당초 정황 자체가 사실적일 수 있을까 하는 물음은 차치하고라도, 묘사해 나간다는 것은, 이 상상의 틀과 걸맞지 않는다.

그러므로 이 상상은, 그 모든 것을 훌쩍 뛰어넘어, 어떤 공간인지 어떤 시간인지 어떤 방법인지 모호한, 다만 드디어, 라는 느낌만이 선명한, 두 사람의 손바닥에 마지막 바늘이 관통해 있는, 죽음의 장면으로 곧바로 달려간다. 그 장면은 처음, 촛불로 철판의 어둠을 작게 녹여낸 검붉은 공간 속에서, 서로의 눈을 응시하는 어렴풋한 두 사람의 모습으로 시작되는데, 모든 것을 언제나 투명하게 받아들이고 내뿜어, 검붉은 빛 그 자체로 어우러진 그녀의 눈을, 그는 맨눈으로 쳐다보기 위해 돋보기를 내던진 뒤이기에, 저만치 거리를 띄우고서야 분간할 것이나, 자연의 인력에 끌리듯, 너무나 더뎌 움직임은 포착되지 않아도, 어느 순간 다가서 있음이 감지되는, 거리가 그렇듯, 조금씩 좁혀져가면서, 반대로, 그녀의 눈과 함께, 세상 전체가 뿌옇게 변해 가는 듯싶어, 그녀를 놓치지 않으려, 그녀의 깊은 눈 안으로 자신을 밀어 넣으려 할 것이다. 그러면 그들은 저 늙은 육체라도 맞부딪쳐, 육체와 육체 사이의 빈틈을 지우려 하리라, 그 순간 이전에, 그 순간에 이르기 위해, 온갖 수치심을 누르며, 과정으로서의 수단에 생각을 기울여, 늙은 육체의 건조함을 이겨내고자 구한 올리브유를 온몸에 바르고, 그대로 그 기름 부어진 몸에 불을 댕겨 분신하고픈 충동도 한 번 더 누르며, 그들은, 촛불이 사그라질 즈음, 죽음의 약을 한 움큼 먹고 환몽의 연기를 나누어 빤 후, 다시 굳는 어둠 안에, 그들의 현재를 잊으려 버리려 내던지는, 삼십 년 전의 격정적 애무로, 기어이 서로를 피워 올린다. 그리하여 불가능해 보이던 한 몸의 기적을 이룰 때조차, 하지만 마지막까지 고통은 비껴가지 않아, 아득히 풀어져 떠오르는 황홀 대신, 서투른 신혼부부의 첫 경험처럼, 가라앉는 듯한 아픔이 올 것이나, 스스로 원한 아픔의 희열이 또한 스쳐갈 것임을 빠뜨려서도 안 된다. 이제는 무슨 말도 자연스럽게 소통될 수 있다는 믿음이 와, 따라서 자신과 그녀의 고통의 과거 전체를 말로 나눌 수 있다 싶겠지만, 이미 죽음은 목까지 차올라서, 다급히 할 수 있는 말이라곤, 어쨌든 삶의 마침표를 찍는 것이기에 다가오는 큰 두려움의 뒤틀림을 어떻게든 승화시켜 보려고, 그곳의 상투적 인사말을, 다시금 고전적이며 낭만적인 반어법의 어조로 뒤집은, 자, 이제 행복하게 갑시다, 밖에 없을 터, 동시에, 끝내 혼자 간직할 수밖에 없는 침묵 안의 모든 축적은, 단지 역설적인 여운으로, 거기에 담길 것이다. 그러나 그때 과연, 가물가물한 죽음 곁으로, 머나먼 종소리가 일렁일렁, 물결

질는지. 뒤따라, 이미 꺼진 촛불의 빛이 아닌, 인공적으로 칼 가르듯 단절된 낮의 빛도 밤의 빛도 아닌, 자연의 검붉은 빛 어스름, 그때 과연, 그 둘의 헐벗은 육체 위에 번져, 나눔의 경계는 지우고, 섞인 존재의 덩어리는 드러낼는지. 정녕 기이한 이 상상한 마무리를 위해.

운명에 대하여

이 창 동

1954년 대구 출생.
1983년 《동아일보》 신춘문예로 등단.
작품집 《소지》《녹천에는 똥이 많다》 등.

운명에 관하여

제가 선생에게 해드리고 싶은 이야기는 제 기구한 운명에 관한 이야기랍니다. 선생은 소설을 쓰신다니까 지금까지 별의별 인간의 별의별 이야기를 다 들어보셨겠지요. 하지만 모르긴 몰라도 나 같은 인간처럼 기막힌 팔자도 따로 없을 겁니다.

선생은 혹시 사주관상이니 토정비결이니 하는 것을 믿으십니까? 그런 걸 믿는 사람들의 말을 들어보면 인간의 운명이라는 것은 태어날 때부터, 아니 세상에 나기 전부터 마치 치부책에 적혀 있는 것처럼 미리 정해져 있는 것이라고 하더군요. 제아무리 발버둥쳐 봤자 인간이란 결국 제 손바닥에 새겨진 운명의 손금을 따라 살다가 죽는 수밖에 없다는 겁니다. 또 예수 믿는 사람들도 비슷한 이야기를 합니다. 인간의 일에는 어느 것 하나 하나님의 뜻에 따라 이루어지지 않는 것이 없다고 말이지요. 헌데 난 그런 소릴 들을 때마다 도무지 이해할 수가 없더란 말입니다. 그게 사실이라면, 도대체 사람의 운명이란 것이 얼마나 불공평한 것이겠습니까.

가령 재벌의 외동아들로 돈방석에 싸여 태어나는 팔자 좋은 인간이 있는가 하면, 자기를 낳아준 부모가 누군지도 모르고 제 이름 석 자도 알지 못한 채 길바닥에 버려지는 인간도 있지 않습니까. 그런데도 그 불쌍한 고아는 마치 노름판에서 화투패를 집어들 듯이 자신의 운명을 군소리 못 하고 받아들여야 하는 겁니다. 예수를 믿는 사람들은 인간의 타고난 팔자에도 다 하나님의 뜻이 있다고 말하지요. 하지만, 재벌집의 삼대독자야 그 말을 고맙다고 믿겠지만 길거리 거렁뱅이로 태어난 놈으로서는 참으로 억울한 노릇이 아니겠습니까. 안 할 말로 내게 대체 무슨 잘못이 있어서 하나님한테 콱 찍혔느냐는 겁니다.

내가 왜 이런 이야기를 하는고 하면 말씀이죠, 나 자신이 바로 부모 없는 고아출신이기 때문입니다. 물론 하늘에서 떨어진 것이 아닌 다음에야 내게도 틀림없이 부모가 있었겠지만, 내가 길바닥에 버려진 것은 겨우 너덧 살 무렵의 일이라 내 부모가 어떤 사람인지, 어떻게 해서 고아가 되었는지조차도 제대로 기억하는 것이 없답니다. 그저 그때가 육이오 무렵이었으니까, 전쟁 통에 부모를 잃어버린 게 아닌가 짐작할 뿐이었지요. 이름이 김흥남이란 것만이 내가 기억할 수 있는 것인데, 그나마 그 성이니 이름조차도 정확한 것인지 자신이 없었습니다. 나는 사실 내 나이까지도 정확히 모르고 있으니까요.

내가 자라난 곳은 남해안 어느 항구 도시의 바닷가에 있는 작고 초라한 고아원이었습니다. 그 고아원은 전쟁 때 군용 막사로 쓰이던 낡은 바라크 건물을 개조한 것이었는데, 창문에 유리창 하나 제대로 끼워진 것이 없는 아주 형편없는 곳이었습니다. 고아원의 원장 선생은 허구한 날 술이나 마시는, 전쟁 중에 다리 하나를 잃어버렸다는 상이 군인이었지요.

  원장은 밤중에 술에 취하면 느닷없이 "비상, 비상!" 소리를 지르며 자는 아이들을 깨워서 군대식 훈련을 시키는 버릇이 있었어요. 그러다가 잠에 취한 아이들이 비실비실 몸을 제대로 가누지 못하면 짚고 다니던 목발로 무지막지하게 두들겨 패는 것입니다. 하지만 매를 맞는 것은 그곳에서 자라는 아이들에겐 밥을 먹거나 똥을 싸는 것과 다름없는 기본적인 일과였지요. 아이들이 정말로 못 견뎌한 것은 맞는 것이 아니라 배고픔이었습니다.

  학교에 갈 나이가 된 아이들은 바닷가 긴 방죽을 따라 걸어서 근처에 있는 국민학교에 다녔는데, 때때로 방죽 위에 널어놓은 말린 고기를 훔쳐 씹으며 허기를 달래기도 했죠. 고아원 출신이라는 이유로 다른 아이들로부터 꼭 문둥이 자식들처럼 따돌림과 해코지를 당했기 때문에 우리는 언제나 서너 명씩 꼭 붙어서 다니곤 했답니다.

  그런데 국민학교 5학년 때였던가, 그해 겨울 난 학교에서 열리는 학예회에 출연하게 되었습니다. 학예회 무대에 올려질 연극의 제목은 아마도 〈두꺼비가 된 왕자님〉인가 뭐 그런 것이었을 겁니다. 내가 맡은 배역은 바로 그 주인공인 불쌍한 왕자의 역이었지요.

  연극의 줄거리는 선생도 아시겠지만, 어느 못된 마술사의 저주를 받아 흉물스런 두꺼비로 변하고 만 왕자의 이야기였지요. 왕궁의 뒤뜰에서 징그러운 몰골로 꽥꽥 울어대는 두꺼비가 실은 마술에 걸린 이웃 나라의 왕자라는 사실을 아무도 알지 못한다는 겁니다. 불쌍한 왕자는 사람들의 발에 밟혀 죽거나 쫓겨나지 않기 위해서 언제나 사람들의 눈에 띄지 않는 어두운 곳으로 숨어 다니지 않으면 안 되는데, 그 불쌍한 왕자에게 어느 날 아름답고 착한 공주가 동정의 눈물을 흘리며 입맞춤을 해주는 겁니다. 그리고 공주의 입술이 닿는 순간 마술은 풀리고, 두꺼비는 잃었던 왕자의 모습을 되찾게 된다는 그런 이야기였어요.

나는 어린 마음에도 연극 속에서의 그 불쌍한 두꺼비가 어쩐지 나 자신의 운명과 닮았다는 생각을 했던 것 같습니다. 그 불쌍한 두꺼비처럼, 부모를 모르는 사생아로 길바닥에 버려진 내 운명 역시 저주의 껍데기를 덮어쓰고 태어난 것이니까요.

공주의 역할을 맡은 여자 아이는, 여러 척의 배를 가진 그 동네에선 제일 돈 많은 선주의 딸이었습니다. 그 당시 배급품으로 나오는 미제 우유가루처럼 얼굴이 뽀오얀데다 속눈썹이 긴 아이였고, 이름도 성당에서 지어줬다든가 해서 '마리아'라고 불렀어요. 한마디로 고아원 출신인 나로서는 말 한마디 붙여보기 어려운, 하늘의 별 같은 상대였지요. 연습을 하면서 공주가 입맞춤을 할 때가 가까워오면, 난 너무나 긴장해서 오금이 저리고 난데없이 오줌이 마려워 찔끔찔끔 쌀 지경이었지요. 하지만 그 애는 연습 때는 한 번도 진짜로 입맞춤을 하지는 않았고 그저 시늉만 했었어요.

"애, 학예회 날에는 진짜 뽀뽀를 해야 하는 거야. 알았지?"

연습을 시키던 선생님이 그렇게 말하면, 그 애는 한껏 경멸이 담긴 시선으로 날 힐끗 쳐다보곤 했어요. 그러나 난 자존심이 상한다는 생각 같은 건 눈곱만치도 하지 못했습니다.

지금도 나는 그때 그 연극을 지도한 선생님이 왜 하필이면 내게 그 왕자님 역을 맡겼는지 알지 못하겠어요. 어쩌면 징그러운 두꺼비가 된 왕자와 불쌍한 고아인 내가 비슷한 신세라고 생각했는지도 모르겠습니다. 어쨌든 평소에 다른 아이들로부터 늘 따돌림을 당하고 놀림이나 받던 불쌍한 고아원 아이가, 비록 연극 속에서이긴 하지만 예쁜 부잣집 여자 아이로부터 입맞춤을 받을 수 있게 된 것은 정말이지 너무나 과분한 일이었지요. 그것은 단순한 입맞춤이 아니었습니다. 눈을 감고 그 여자 아이의 입술이 다가오기를 기다리는 그 숨 막히도록 긴장된 순간, 나는 어쩌면 나 자신이 부모도 모르는 천하고 불쌍한 고아가 아니라 왕자처럼 고귀한 몸으로 다시 태어날지도 모른다는 황홀한 꿈속으로 빠져들곤 했던 것입니다.

드디어 학예회 날이 되었습니다. 교실 두 개의 칸막이를 떼어내서 강당을 만들고, 무대는 아름다운 왕궁의 정원으로 꾸며졌습니다. 그날따라 발목이 푹푹 빠지게 눈이 내렸습니다. 어깨에 쌓인 눈을 털며 많은 사람들이 자리를 채웠는데, 목발을 짚은 원장 선생도 보이더군요.

나는 장막이 쳐진 무대 뒤의 어둠 속에서 그 모든 것을 숨어 보았습니다. 그것은 한 장의 낡은 군용 모포로 너덧 명이 몸을 붙이고 자야 하는, 또는 한밤중에 배가 고파 잠이 깬 뒤 창문을 무섭게 흔들어대는 밤바다의 파도 소리를 혼자서 들어야만 하는 그 지긋지긋한 현실 세계와는 너무나 다른, 눈부시게 아름다운 세계였습니다. 나는 아마 그때 난생 처음으로 인생의 아름다움이란 무엇인가 하는 것에 대해 어렴풋하게나마 느꼈던 모양입니다.

객석에 불이 꺼지고, 낡은 축음기에서 흘러나오는 음악과 함께 드디어 연극이 시작되었습니다. 나는 등에 얼룩덜룩 흉측한 껍질을 덮어쓴 두꺼비가 되었고, 공주는 잠자리 날개처럼 새하얀 옷을 입었습니다. 두꺼비 모습을 하기 위해 내가 덮어쓴 것은 미국 구호품인 밀가루 부대였습니다. 영어로 커다랗게 '유.에스.에이'라고 찍혀져 있는 그 부대자루를 덮어쓴 모습은 정말 볼 만했을 겁니다.

내가 그 껍질을 뒤집어쓰고 무대에 나가자 모두들 우습다고 난리더군요. 특히 같은 고아원에서 함께 학교를 다니는 성만이란 놈이 있었는데, 그놈의 웃음소리가 제일 크게 들리더군요. 내가 두꺼비처럼 꽥꽥 괴상한 소리를 지르며 무대를 엉금엉금 기어 다닐 때마다 녀석은 시종

낄낄거리며, 죽는다고 바닥에 발을 구르기도 했지요. 하지만 나는 참 열심히 연기를 했습니다. 아무리 사람들이 웃어대도 상관하지 않았습니다. 내게는 이제 곧 왕자님으로 다시 태어날 황홀한 순간이 기다리고 있었으니까요. 그 한 순간을 위해 나는 목이 쉬도록 꽥꽥 소리를 지르며 마룻바닥을 기어 다녔습니다. 얼마나 열심히 기었던지 나중엔 무르팍이 까져서 피가 나올 지경이었는데도, 아픈 줄도 몰랐어요.

마침내 운명의 시간, 공주가 두꺼비의 얼굴에 입을 맞추는 순간이 왔습니다. 나는 공주의 가슴에 안겨서 공주의 두 눈에서 맑은 눈물이 불빛을 받아 보석처럼 반짝이는 것을 보았고, 가슴의 고동이 천둥소리처럼 크게 들리는 것을 들을 수 있었어요. 공주의 입술이 마악 내 눈앞에 다가왔을 때였습니다. 그런데 이게 웬일입니까. 갑자기 세상이 깜깜해지면서 암흑의 천지가 되고 말더군요.

정전이 된 것이었습니다. 무대 위에서도 객석에서도 당연히 일대 소동이 일어났습니다. 그 당시엔 정전이란 무척 흔한 것이었습니다만, 사람들은 참을성 있게 기다려주지 않더군요. 불은 다시 켜지지 않았고, 물론 연극도 더 이상 계속할 수가 없었습니다.

사람들이 걸상을 자빠뜨리고 큰소리로 떠들며 몰려나간 뒤에도, 나는 여전히 무대 위 어둠 속에 혼자 웅크리고 있었답니다. 아무도 불쌍한 아이의 마술을 풀어주지 않은 채 어둠 속에 혼자 남겨두고 떠나가 버렸던 것이었습니다.

그날 밤 나는 쏟아지는 눈발을 맞으며 혼자서 밤길을 걸어 고아원으로 돌아와야만 했습니다. 그것은 너무나 멀고 외롭고 고통스러운 길이었습니다. 온몸을 채찍질하듯 휘감는 눈발을 맞으며 방죽을 물어뜯을 것처럼 달려드는 성난 파도 소리를 들으면서, 나는 이제 영원히 마술의 사슬이 풀리지 않은 채 흉측한 두꺼비로 남아 있어야만 한다는 절망감에 몸을 떨어야 했던 것입니다.

내게 있어서 운명이라는 것은 바로 그런 것이었습니다. 언제나 희망의 빛이 어렴풋이 보일 것 같은 순간이면, 그래서 가슴을 조이며 마악 문턱을 넘으려는 순간이면 어김없이 암흑의 장막이 눈앞을 가로막고 마는 것이었지요.

나는 그 이후로 고아원에서나 학교에서 '두꺼비'라는 별명으로 불렸습니다. 그 별명을 붙여준 것은 바로 그 성만이란 놈이었지요. 특히 먼 발치에서라도 마리아란 계집아이만 보이면 녀석은 큰소리로 내 별명을 부르며 놀리는 것이었습니다. 나는 그 별명이 견딜 수 없이 싫었지만, 그때나 지금이나 난 약골이었고 녀석은 나보다 힘도 세고 덩치도 훨씬 큰 녀석이었기 때문에 체념할 수밖에 없었습니다. 마치 내 운명에 체념하듯이 말이지요.

그런데 그 다음 해이던가요, 내 운명을 시험해 볼 수 있는 기회가 다시 찾아왔습니다. 겨울 햇살이 따스하던 어느 일요일 아침, 우리는 갑자기 손발을 깨끗이 씻고 방 안에 집합하고 있으라는 명령을 받았습니다. 아이들은 모두 긴장하고 흥분했습니다. 갑자기 그런 명령이 떨어질 때면 고아원에 손님이 찾아오는 날이라는 것을 알고 있었기 때문이었지요.

지시대로 얼굴과 손발을 깨끗이 씻고, 흘러내리는 콧물을 연신 들이마시면서 잔뜩 긴장한 얼굴로 앉아서 기다리고 있는 우리들 앞에 나타난 손님은 의외로 허름한 옷차림의 중년 부부였습니다. 우리는 조금 실망했지요. 대개 고아원을 찾아오는 손님들은 좋은 옷을 입고 성경책을 옆구리에 낀 사람들이거나, 아니면 선물을 한 아름 안은 양코배기들이었거든요. 하지만 그날 찾아온 두 사람은 좀 특별한 손님이었습니다.

우리들은 그들이 입양아를 데려가기 위해 온 사람들이라는 것을 금방 알아차렸습니다. 고아들이란 무엇보다 눈치 하나는 비상하게 발달하는 법이지요. 두 사람은 원장 선생과 함께 줄지어 앉은 우리들 앞을 천천히 지나가면서 한 사람씩 꼼꼼히 살펴보기 시작하더군요. 남자는 반질반질한 대머리에다 기름때가 묻은 당꼬바지를 입고 있었는데, 우리를 훑어보는 눈초리가 왠지 사납게 느껴졌어요. 하지만 초라한 행색으로 남편의 뒤에 붙어 있는 아주머니는 마음씨가 좋게 보였답니다. 아주머니는 우리들 한 사람을 볼 때마다 불쌍해 죽겠다는 듯이 그저 "아이고 시상에, 아이고 시상에"하는 말만 되풀이하더군요. 그런데 갑자기 남자의 발걸음이 내 앞에 멈춰졌습니다.

"니 나이가 몇 살이고?"

"여, 열 살입니다……."

나는 너무나 긴장해서 눈물이 다 날 지경이었습니다. 남의 집에 양자로 들어간다는 것은 한편으로는 두려운 일이었지만, 그러나 고아원에서 자라는 아이라면 누구나 품고 있는 꿈이기도 했습니다. 그것은 굶주림과 냉대로 가득 찬 지긋지긋한 고아원 생활을 끝내고 미지의 세계를 향해 떠난다는 뜻이었고, 무엇보다 아버지와 어머니가 새로 생긴다는 뜻이었던 것입니다. 그런데 내게도 바로 그 꿈이 실현될지도 모를 순간이 찾아온 것입니다.

그들이 아이들을 한 사람씩 둘러보고 나간 뒤, 나는 원장실로 불려 갔습니다. 알고 보니 그 사람들은 나와 비슷한 나이 또래의 사내아이를 원하고 있었던 모양이었습니다. 하지만 원장실에서 다시 한 번 꼼꼼하게 나를 뜯어본 그 남자는 내가 그리 마음에 들지 않는 모양이었습니다.

"우째 아자슥 꼬라지가 사흘에 피죽도 한 그릇 못 얻어묵은 거 같노? 저래 가지고는 맨날 병치레나 하고 빌빌거리는 거 아이가?"

그 남자의 마음에 들도록 나는 가능한 한 씩씩하게 보이기 위해 허리를 꼿꼿하게 세우고 어금니를 힘주어 다문 채 내가 할 수 있는 최상의 연기를 했지만, 별로 만족스럽지 못했던 것 같았어요. 그러나 아주머니는 내게 마음이 끌린 눈치였습니다. 그녀는 아주 부드러운 목소리로 내게 이것저것 묻더군요. 이름은 무엇이고 좋아하는 음식은 뭔가. 공부는 잘 하는가.

　나는 그때마다 힘을 다해서 또랑또랑한 목소리로 대답했습니다. 그러자 아주머니가 날 자기 곁으로 와서 앉으라고 하고는 머리를 쓰다듬고 손을 잡아주었습니다. 지금도 난 그때 그 아주머니의 손에서 느껴지던 따스한 체온을 기억할 수 있답니다.

　"너 우리 집에 가서 살고 싶나?"

　아주머니가 다정한 목소리로 물었습니다. 그 말을 듣자, 그때까지 열심히 하고 있던 연기를 나는 그만 순간적으로 잊어버리고 말았습니다. 그 아주머니의 다정한 목소리에서 밤이나 낮이나 내가 늘 그리워하던 얼굴도 모르는 엄마를 느꼈던 것입니다. 대답 대신 나는 그만 입을 실룩거리며 울음을 터뜨리고 말았습니다.

　"벨일이데이. 사나아자슥이 울기는 와 우노?"

　남자는 영 탐탁지 않은 듯이 혀를 찼지만, 오히려 아주머니는 더욱 내게 동정심을 느끼게 된 모양이었습니다.

　"마 이것저것 따지지 말고 이 아를 데리고 가입시더. 나는 야가 좋겠구마."

　"저렇기 약해 빠진 놈을 델꼬 가서 어따 써먹겠노?"

　"그래도 심성은 착한 아같이 보이누마요."

　그 남자는 썩 내키지는 않은 모양이었지만, 마침내 부인의 뜻대로 나를 데리고 가려고 결정을 한 것 같았습니다. 그들이 원장과 입양 수속에 따른 사무적인 이야기를 나누고 있는 동안 나는 허리가 뻐근하도록 꼿꼿이 앉아 있었는데, 숨이 막힐 것 같은 긴장과 불안감으로 가슴은 걷잡을 수 없이 뛰고 있었습니다. 내 마음속에는 어째 모든 것이 너무나 잘 풀려간다는 듯한 생각이 들었고, 이런 행운이 이토록 쉽게 나한테 찾아올 리가 없다는 불길한 예감이 머릿속을 채우고 있었던 것이었습니다.

결국 내 예감은 맞았습니다. 바로 그 순간 운명의 화살은 엉뚱한 곳으로 빗나가버리고 말았던 것이지요. 원장실의 문이 열리더니 성만이란 놈이 들어섰던 것입니다. 성만이는 그때 배가 들어오는 시간이면 부두에 나가 일을 하고 있었지요. 물론 원장이 시킨 일이었어요. 덩치가이미 웬만한 어른만큼 컸으니까 나가서 밥값을 해와야 한다는 이유에서였지요.

성만이가 원장실에 들어서자, 그 남자의 눈빛이 갑자기 달라지더니 성만이의 몸을 아래위로 훑어보는 것이었습니다.

"저눔아도 이 고아원에 있는 놈입니꺼?"

그가 원장에게 묻더군요.

"예, 그렇습니다."

"그런데 아까는 와 쟈를 보여주지 않았능교?"

"일하러 나가고 있지요. 나이가 든 놈들은 차차 지 밥벌이를 하는 법을 가르쳐 줘야 하니까요."

"맞십니더. 내 생각도 똑같구마. 사람이라믄 지 밥벌이는 지가 해야지."

남자는 몇 번이나 고개를 끄덕이더니, 문간에 서 있는 성만이에게 가까이 오라고 손짓을 하는 것이었어요. 그리고 그 애의 손도 만져보고 팔뚝이나 어깨의 뼈마디도 만져보는 것이었습니다. 내가 그때 무엇을 할 수 있었겠어요? 그저 영문도 모른 채 몸을 내맡기고 있는 성만이 녀석을 원망에 가득 찬 눈으로 쳐다보고 있을 수밖에요. 마침내 그 남자가 결론을 내렸습니다.

"이눔아가 좋겠심다. 우리가 필요로 하는 거는 바로 이렇게 건강하고 사나아답게 생긴 놈입니다."

성만이 녀석이 양부모를 따라 고아원을 떠날 때, 원장을 비롯해 고아원 식구들이 모두 문밖까지 따라 나가 작별 인사를 했지만, 나는 컴컴한 바라크 건물의 한구석에 틀어박힌 채 철철 흘러내리는 눈물을 닦으며 소리 없이 울었답니다. 그리고 다음 날 나는 그 고아원을 도망쳐 나와 서울행 밤기차에 올라타고 말았지요.

그 후 내가 얼마나 고생을 했던가를 어찌 말로 다 할 수가 있겠습니까. 서울에 올라온 뒤 한동안은 용산역 앞에서 깡통을 들고 거지짓도 했고, 몇 달 동안은 양아치들의 뒤를 따라다니기도 했습니다. 그 후에도 껌팔이, 구두닦이, 넝마주이, 신문팔이 등등을 전전하면서 때로는 발길에 걷어차이고, 때로는 욕설과 가래침을 얼굴에 덮어쓰면서도 이 거친 세파에 떠밀려가지 않으려고 발버둥쳤습니다. 그때부터 겪은 고생의 이야기만 해도 흔히 하는 말로 책을 써도 몇 권이나 쓸 수 있을 겁니다만, 지금은 대충 생략하겠습니다.

그럭저럭 나는 나이가 들었습니다. 그리고 어떻게 하면 이 낯설고 각박한 세상에서 적어도 내 목숨 하나 부지하고 살아남을 수 있는가 하는 요령도 차츰 터득하게 되었습니다. 하지만 때때로 허기진 배를 안고 밤거리를 헤매고 있을 때, 하늘의 별처럼 반짝이는 무수한 불빛들 중 그 어느 것 하나 훈훈한 온기로 나를 받아주는 곳이 없다는 사실에 얼마나 외롭고 서러웠던지요. 그 외로움과 설움을 이겨내는 길은 하나밖에 없었습니다. 바로 돈을 모으는 일이었습니다.

어디에서 날아왔는지 모를 이름 없는 풀씨처럼 이 땅 위에 내동댕이쳐진 내게는 오로지 돈이야말로 세상에 발붙이고 살 수 있다는 자격증과 같은 것이었습니다. 떨어진 옷 하나로 몇 달을 버티고, 하루 세 끼의 끼니를 삼백 원짜리 가락국수나 라면으로만 때우면서도 나는 악착같이 돈을 모았어요. 그리고 모은 돈은 한 푼도 쓰지 않고 은행에 넣었습니다. 김홍남이라는 내 이름 석자로 된 통장에 한 푼 두 푼 쏠쏠하게 불어나는 그 액수가 참으로 대견스러웠습니다. 그것은 내가 이 땅에 살아 있고, 또 살아갈 수 있다는 증거이고 약속인 것처럼 느껴졌던 것입니다. 밤에 혼자 누워서 남몰래 속주머니 깊은 곳에 넣어둔 저금통장을 손끝으로 몇 번이고 만져보노라면, 나는 더없는 위안과 용기를 얻곤 했었습니다.

내 인생의 새로운 기회가 찾아온 것은 내 나이 스물여덟 살 때였습니다. 나는 그때 서울 퇴계로에 있는 어느 여관 종업원 노릇을 하고 있었는데, 그 여관 이층 구석방에는 나이 지긋하고 점잖게 생긴 신사가 한 사람 장기 투숙을 하고 있었죠. 아침저녁으로 그 양반 방을 드나들며 방청소도 해주고 여러 가지 소소한 심부름도 하다 보니, 어느덧 서로 이야기도 나누게 되고 그 양반이 어떤 사람인가도 알게 되었습니다. 처음에 나는 멀쩡하게 생긴 사람이 어째서 혼자 여관에서 생활하는가 이상하게 생각했는데, 알고 봤더니 그 사람은 미국에서 삼십 년을 살다가 고국에 찾아온 교포라는 것이었습니다. 그래서 그런지 한국말도 약간 어색하고, 담배도 늘 양담배만 피웠습니다.

"아임 쏘리. 양담배를 피워서……."

담배를 꺼내 피울 때마다 그는 내게 싱긋 웃으며 말했습니다.

"미국에서 반평생을 살았지만 아직도 그놈의 미국 음식보다는 된장찌개를 더 좋아하는데, 이 담배만은 양담배에 길들여진 입맛을 영 바꿀 수가 없단 말이야."

　미국에서 온갖 고생을 다 경험한 뒤에 이제 돈도 모을 만큼 모았는데, 왠지 날이 갈수록 사는 맛이 없어지고 미국 생활이 싫어지더라는 것이었습니다. 그래서 가족이고 사업이고 다 팽개치고 훌쩍 서울로 찾아왔다고 하면서, 비록 이렇게 여관방 신세를 지고 있지만 그래도 마음은 그렇게 편할 수가 없다고 했습니다. 사람이 그리웠는지, 그는 밤이면 자주 나를 자기 방으로 불러 함께 이야기를 나누었습니다.

　나는 그 사람에게 지금까지 내가 얼마나 고생을 하면서 살아왔는가 하는 신세타령을 털어놓기도 했습니다. 그 옛날, 고아원을 찾아왔던 아줌마에게 어머니를 느꼈듯이 그때 난 그 사람에게서 얼굴도 모르는 아버지를 연상했는지 모르겠습니다. 그런데 어느 날 밤늦게 그의 방으로 찾아갔더니, 그 양반이 무엇 때문인가 몹시 걱정을 하면서 안절부절못하고 있더군요. 내가 몇 번이고 물어서야 겨우 내게 그 까닭을 이야기해 주었습니다.

　"그동안 서울에서 생활하다 보니까 참으로 내 조국 내 땅이 좋다는 생각이 들더구만. 짐승도 죽을 때면 고향을 찾는다고 했는데, 역시 그 말이 틀린 게 아니야. 그래서 이번에 내 결심을 했지. 미국 생활을 청산하고 고국에서 아주 정착을 하고 살아야겠다고 말이야."

　그래서 그는 한국에서 사업을 하나 시작하기로 했다는 것이었습니다. 자기가 미국에서 팔던 물건을 한국에 들여와 파는 것인데, 없어서 못 파는 물건이라고 했어요. 그런데 그 일을 시작할 사무실까지도 구해 놓았는데, 미국에서 부친 돈이 서류 절차가 늦어져서 찾지를 못하고 있다는 사정이었습니다.

　"한국에서는 관청에서 하는 일이 왜 이렇게 늦어지는지 모르겠구만. 내일 당장 사무실 잔금을 치러야 하는데, 이거 계약금도 못 찾고 사무실도 놓치게 되었으니 큰일이 아닌가. 한국에서 마음먹고 살아보기로 했는데, 시작부터 이런 어려움이 있을지 누가 알았겠는가?"

그 양반은 눈물까지 글썽이며 나를 쳐다보았습니다. 그 딱한 모습을 보자 나는 몹시 마음이 아팠습니다. 그래서 용기를 내어 혹시 내가 도와줄 게 없겠느냐고 물었지요.

"고맙지만 그만두게. 자네가 도와줄 일이 뭐 있겠는가. 돈이 문제지. 이런 일로 고국에서 살려는 내 뜻이 꺾이다니 참 하늘이 야속하네."

술잔을 기울이며 창피한 줄도 모르고 훌쩍훌쩍 울고 있는 그 양반을 한참 동안 바라보다가, 나는 속주머니 깊숙이 지니고 있던 저금통장을 내놓았습니다. 그 사람이 깜짝 놀란 얼굴로 나를 쳐다보았습니다.

"이게 뭔가?"

"별로 큰 돈은 아닙니다만, 제가 그동안 푼푼이 모아온 제 전 재산입니다. 선생님께 빌려드릴 테니 이걸로 잔금을 치르시지요."

그가 잔금을 치르는 데 모자란 돈은 삼백만 원이었고, 마침 내 통장에 예금된 돈도 꼭 맞춘 듯이 그 액수쯤 되는 돈이었습니다. 통장을 들여다본 그 사람은 내 손을 덥석 잡았습니다.

"고마우이. 자네가 내 은인이야. 앞으로 나는 자넬 내 아들로 생각하고 살아야겠어."

그렇게 해서 십 년 동안 단 한 순간도 내 몸을 떠나지 않았던 그 통장이 내 손을 떠나게 된 것입니다. 다음 날 나는 그 양반과 함께 은행에 가서 돈을 찾았고, 그 양반이 사무실을 구해 두었다는 명동에 있는 어느 고층 건물로 함께 갔습니다. 그 사람이 잔금을 치르기 위해 사무실로 들어간 뒤 나는 혼자서 밖에서 기다리고 있었지요. 그런데 아무리 기다려도 그가 나오지 않는 것이었습니다. 기다리다 못해 사무실 안으로 들어가 보았더니, 그 사람의 모습은 눈에 띄지 않았어요. 뒷문을 통해 사라졌던 것입니다. 사람들한테 물어보니까, 그 건물 어느 방도 세를 놓은 적이 없다고 하더군요. 나는 깨끗이 속고 만 것이었습니다.

내가 그 작자를 너무 믿었던 게 탈이었습니다. 하긴 내가 너무 어리석고, 너무 세상 물정을 몰랐던 탓이겠지요. 나중에 알고 봤더니, 그 작자는 아주 전문적인 사기꾼이라는 것이었습니다. 나처럼 그에게 어수룩하게 걸려든 사람이 한둘이 아니더군요. 물론 재미 교포라는 것도 새빨간 거짓말이었구요. 미국은 구경도 못 해봤고, 그저 육이오 때 미군 통역관으로 따라다니며 주워들은 영어 몇 마디 할 줄 아는 게 고작이었던 것입니다.

그래도 그렇지, 어떻게 이런 일이 있을 수 있단 말입니까. 그 돈이 어떤 돈인데, 그 돈을 먹고 달아난단 말입니까. 그때부터 나는 미친 듯이 그 작자를 찾으러 다녔지요. 가방에 미제 라이터니 손톱깎이, 병따개, 만년필 등을 넣어서 팔고 다니며 온 서울 바닥의 여관과 다방을 다 뒤지고 다녔습니다만, 넓은 천지에서 그를 찾아낸다는 것은 쉬운 일이 아니었습니다.

내가 그를 만난 것은 그로부터 이 년이 지난 어느 날 밤, 어느 술집 앞에서였습니다. 취객들로 붐비는 술집 골목을 지나가는데, 어느 집 앞에선가 사람들이 몰려 서 있는 것이었습니다.

"야, 이 빌어먹을 자식아. 돈도 없으면서 왜 술은 처먹니? 응, 거기다 비싼 안주까지 시켜가면서. 이 새끼 멀쩡하게 생겨가지고 순 사기꾼 같은 놈 아냐, 이거?"

한 중년 사내가 술집 작부의 손에 잡혀 이리저리 흔들리고 있는 모습이 눈에 들어왔습니다. 그런데도 그 사내는 혀 꼬부라지는 소리로 "아임 쏘리, 아임 쏘리"만 연발하고 있더군요. 이상스런 예감으로 그를 자세히 보았더니, 바로 그 작자였습니다.

나는 사람들을 헤치고 들어가 그의 앞에 섰습니다. 여전히 양복 차림에 넥타이를 매고 있었지만, 한눈에도 몹시 초라해 보이는 행색이었습니다. 그가 초점 없는 눈으로 나를 쳐다보았습니다. 내 얼굴조차 제대로 알아보지 못하는 것 같더군요. 머리끝까지 피가 거꾸로 솟구치는 걸 느꼈습니다. 나는 당장 그의 멱살을 붙들었습니다.

"이 자식, 드디어 만났구나. 내놔, 어서 내 돈 내놔……."

사실 그건 어리석기 짝이 없는 일이었습니다. 술값도 없어서 술집 작부한테 멱살잡이를 당하고 있는 작자에게 무슨 돈이 있겠습니까. 그는 여전히 초점이 없는 흐릿한 눈으로 쳐다보며 같은 말만을 되풀이했습니다.

"아임 쏘리, 아임 쏘리……."

그 혀 꼬부라지는 소리가 나를 더 이상 참지 못하게 만들었습니다. 마침 그때 내가 팔고 다니는 물건 중에 미제 등산용 칼이 있었고, 나는 그것을 꺼내 그를 찔러버리고 말았습니다. 그 순간 나는 그 작자도 죽이고 나도 죽어버릴 생각을 했지요.

내 칼에 찔린 그 작자는 죽지는 않았습니다만, 그 대가로 나는 경찰에 잡히고 말았습니다. 돈은 찾지도 못하고 교도소 신세를 지게 된 것입니다. 난생 처음 손목에 은팔찌라는 걸 차고 보니 정말 한심한 생각이 들더라구요. 이 넓은 하늘 밑에서 머리 둘 곳 하나 없는 고아의 신세로 서울 바닥에 올라와서 그래도 내 딴에는 성실하게 살아 보려고 온갖 발버둥을 다 쳤는데 결국 이 지경이 되다니, 더 이상 세상을 살아갈 의욕을 잃어버리고 말았던 것입니다.

보기만 해도 섬뜩한 푸른 옷이 내게 입혀졌습니다. 그리고 간수의 손에 떠밀려 감방 안으로 들어섰습니다. 내 뒤쪽에서 철커덕 쇠문이 닫히는 소리가 들리는데, 그 순간 음습하고 퀴퀴한 냄새가 훅 콧구멍을 쑤셔오더군요. 그리고 어두운 공간에서 나를 올려다보고 있는, 꼭 굶주린 짐승처럼 번뜩이는 눈초리들을 볼 수 있었습니다. 나도 모르게 두 다리가 후들후들 떨렸습니다.

그때였습니다. 그 살벌한 눈초리들 중에서 갑자기 누군가의 목소리가 들려오는 것이었습니다.

"어라, 일마 이기 누고? 니 두꺼비 아이가?"

나는 정말이지 내 귀를 의심하지 않을 수 없었습니다. 나를 '두꺼비'라는 별명으로 부를 사람이 이 세상에 단 한 사람을 제외하고 또 누가 있겠습니까? 고개를 들어 보았더니, 얼굴이 새까맣고 역시 푸르죽죽한 죄수복을 입은 녀석이 달려들더군요. 아무리 세월이 지났어도, 그리고 아무리 흉측한 죄수복을 입고 있어도 나는 녀석을 한눈에 알아볼 수가 있었습니다. 지난날 고아원에서 내 행운을 가로채간 바로 그 성만이 녀석이었습니다.

그렇게 해서 우리 둘은 다시 만났습니다. 고아원에서 헤어진 지 십오 년만이었습니다. 녀석은 화물 트럭 기사로 일하다가 교통사고로 사람을 죽이고 감방 신세를 지고 있다고 하더군요.

그동안의 사정 이야기를 들어본즉, 그 역시 나만큼이나 험한 길을 걸어왔더군요. 그때 운 좋게도 나 대신 남의 집 양자로 들어갔지만, 막상 가보니 양자가 아니라 머슴살이 신세였다는 것이었습니다. 성만이를 데리고 간 그 남자는 부산 변두리에 있는 어느 철공소 주인이었는데, 허구한 날 짐승처럼 일만 시키더라는 이야기였습니다.

"말이 좋아서 양자라 캤지, 사실은 돈 안 들이고 일 시킬라꼬 데리고 갔던 모양이더라. 일을 시켜도 지대로 밥이라도 주고 시켜야 될 거 아이가? 밥은 굶기면서도 맨날 농땡이 부린다고 두들겨 패기만 하고…… 오죽하면 고아원시절이 천국이었다는 생각이 들었으이께 말 다 했재."

"그 아줌마는? 그 아줌마도 널 그렇게 구박했었나?"

나는 내게 처음으로 어머니의 따스한 체온을 전해 주던 여자의 기억을 떠올렸습니다.

"그 여자는 그래도 인정이 있었재. 내가 그래도 그 집에서 이태나 버틴 것도 다 그 여자 때문이었는데, 그마 무슨 몹쓸 병이 들어 덜컥 세상을 뜨고 말았는기라. 그라고는 나도 그 집을 뛰쳐나오고 말았다."

성만이 역시 나처럼 팔자가 사나운 인간이었던 것입니다. 그 집을 나온 뒤, 녀석은 나하고 조금도 다를 바 없이 이 사회의 밑바닥에서 어떻게든 살아보려고 발버둥치다가 결국 여기까지 흘러 들어온 것이지요.

어쨌든 그렇게 해서 우리는 감방 생활을 함께하게 되었습니다. 말하자면 '고아원 동기'가, '빵간 동기'가 되어버린 거지요. 감방 고참인 성만이 덕분에 교도소 생활을 조금이라도 수월하게 할 수 있었던 것은 내게는 참으로 다행한 일이었어요. 녀석은 세상 살맛을 잃어버린 나를 달래기도 하고, 용기를 넣어주려고 애를 쓰기도 했습니다.

"야, 우리라꼬 언제까지 이렇게 살란 법이 있겠나? 언젠가 기회가 오면 우리도 크게 한탕 해서 팔자 고칠 날이 있을 끼란 말이다."

녀석은 끊임없이 그 한탕이라는 것을 기다리고 있었습니다. 언젠가는 이 지긋지긋한 밑바닥 생활로부터 날아오를 헛된 꿈을 안고 있는 것이지요. 하지만 나는 그럴 수가 없었습니다. 그런 행운이 나를 찾아올지도 모른다는 꿈 같은 것은 아예 꾸지도 않았습니다.

난 애당초 행운이라는 것과는 거리가 먼 인간이라는 걸 너무도 잘 알고 있었습니다. 물론 내게도 늘 나쁜 일만 있었던 것은 아니었지요. 실패만 거듭해 온 인생이었지만, 그래도 아주 가끔 내게 좋은 일이 찾아오는 때도 있긴 했습니다. 이를테면, 내가 지금의 마누라를 만날 수 있었던 것이 나 같은 놈에게는 둘도 없는 행운일 것입니다.

마누라는 아무 볼품없는 여자지만 그래도 나 같은 처지에 그만하면 과분하다고 생각하고 있습니다. 감옥에 들어가기 직전에 나는 창신동 산 위에 있는 어느 집에 월 이만 원짜리 골방을 얻어놓고 있었는데, 그 여자는 바로 내 옆방에 들어 있었습니다. 보아하니 술집 작부인 모양으로 밤에만 나갔기 때문에 나하곤 말은커녕 얼굴 한 번 마주치기가 어려웠지요. 어느 날 나는 방 앞에 쪼그리고 앉아 저녁밥을 짓고 있는 여자를 보았습니다. 그런데 어떤 냄새가 내 후각을 강렬하게 찔러오는 것이었어요. 십여 년 전 처음 서울에 올라와 용산역 앞에서 며칠을 굶은 채 헤매고 있을 때, 나는 어느 집 담벼락 밑에서 그 냄새를 맡았었지요. 허기진 배를 참을 수 없이 자극하던 그 냄새를 나는 그 이후에도 잊을 수가 없었습니다.

"저어…… 그게 무슨 냄새지요?"

그녀는 그을음이 피어오르는 낡은 석유곤로를 피우느라 눈물이 질금거리는 얼굴을 들어 나를 보았습니다.

"……이거 청국장이에요."

"청국장이오?"

"청국장 모르세요?"

"한 번도 먹어본 적이 없습니다."

그녀는 내 말을 믿지 못하는 눈치였어요. 나는 옛날 내가 겪었던 청국장에 얽힌 이야기를 들려주었는데, 이야기를 듣고 난 그 여자는 우는 것도 웃는 것도 아닌 바보 같은 표정으로 말없이 나를 쳐다보더군요. 그날 나는 그 여자에게 난생 처음 그 음식을 얻어먹었습니다. 그 후로도 그 여자는 가끔씩 청국장을 끓여 내 방문을 두드리곤 했습니다. 그러나 청국장 그릇만 내밀고는 말 한마디 않고 달아나버렸기 때문에 이야기 한 번 제대로 못 해보았지요.

그리고 내가 구속이 되면서 청국장은 못 먹게 되었습니다. 물론 그 여자도 만날 수 없게 되었구요. 그런데 내가 교도소 생활을 시작하고 한 달쯤 되었을 때, 누군가 면회를 왔다는 것이었어요. 처음에 간수가 그렇게 알려왔을 때 난 그 말을 믿지 않았어요. 나 같은 인간에게 면회 올 사람이 누가 있겠습니까. 면회실에 갈 때까지도 난 그게 사무 착오일 것이라고 생각하고 있었지요. 그런데 면회실 안에 들어가 보니, 놀랍게도 바로 그 여자가 나를 기다리고 있는 게 아니겠습니까.

"홍남 씨한테 줄라고 청국장 해왔는데, 음식은 못 넣는다고 하니 어쩌죠?"

그 여자가 예의 그 웃는 것도 우는 것도 아닌, 바보 같은 표정을 지으며 하는 말이었어요.

우리는 내가 감옥에서 풀려난 지 보름 만에 결혼했습니다. 결혼이라고 해봐야 예식장에서 정식으로 식을 올린 것은 아니고, 우리끼리 그저 방을 합한 것뿐이었지요. 비록 월세 오만 원짜리 단칸방이었지만, 그래도 가정이라는 걸 가지면서 나는 다시 살아볼 용기를 가지게 되었습니다. 하지만 사고무친한 고아출신인데다 학력도 없고 가진 돈도 없고, 게다가 교도소 들어갔다 나왔다는 딱지까지 붙은 인간이 일자리를 찾기란 그리 쉬운 일이 아니었습니다. 여기저기 헤매고 다니다가 간신히 자리를 잡은 곳이 어느 아파트 관리사무소였습니다. 정식 직원도 아니고 그저 어느 집에 변기가 막혔다고 하면 뚫어주러 다니는 임시직이었지만, 나는 그래도 감지덕지하고 열심히 일을 했습니다.

나는 세상을 살면서 내가 가진 것 이상의 다른 욕심을 내지 않기로 애를 썼습니다. 나처럼 운이 없는 놈이 내게 주어진 이 초라하고 작은 몫만이라도 잃어버리지 않고 붙들고 있는 게 어디냐고 스스로 위로를 하면서 말입니다. 하지만, 그 후에도 내게는 크고 작은 실패와 불운이 끊임없이 이어졌습니다. 뒤로 자빠져도 코가 깨진다는 것은 나 같은 놈을 두고 하는 말일 것입니다. 괜찮은 일자리가 생길 것 같았는데 결정적인 순간에 일이 틀어져 버리는 것도 한두 번이 아니었고, 임신 오 개월 된 아내가 유산을 해버리기도 했고, 하다못해 다 같은 지하 셋방이라도 옆방은 괜찮은데 꼭 우리가 살고 있는 방만은 연탄가스가 새거나 방바닥에 제대로 불이 들어오지 않는 것이지요. 그런 예는 헤아릴 수 없이 들 수가 있을 겁니다. 물건을 사도 하필이면 불량품만 사게 된다든가, 심지어 아침저녁으로 출퇴근을 할 때 꼭 내가 버스 정류장에 도착하면 눈앞에서 차가 떠나버리는 것까지 말입니다.

언젠가 아내는 내게 점쟁이를 한번 찾아가 보자는 이야기를 했습니다. 미아리 고개에 사람의 신수를 아주 귀신같이 알아맞히는 장님 도사가 있다는 이야기를 누구한테 듣고 온 모양이었습니다. 하긴 나처럼 지지리 재수가 없는 인간을 남편으로 두고 있는 여자라면 그런 생각을 할 법도 한 일이지요.

"장님이 사주를 보고 점친다는 이야기는 들어봤지만, 장님이 손금 보고 관상 본다는 이야기는 처음 듣는군. 제 앞도 못 보는 사람이 어떻게 손금을 보나?"

"그러니까 귀신 같다는 거죠. 우리 반장집 아주머니가 늘 몸이 아파 골골하고 누웠잖아요? 그 도사한테 가보았더니, 전에 병든 시어머니 구박한 적 있지, 하고 대번에 족집게처럼 집어내더란 거예요."

그러면서 마누라가 하는 말이, 내가 이렇게 재수가 없고 무슨 일을 해도 잘 안되는 것은 틀림없이 무슨 곡절이 있다는 것입니다. 이를테면 조상의 묏자리를 잘못 썼다든가, 억울하게 죽은 귀신이 구천을 헤매고 있어서 꼭 그 한을 풀어줘야만 한다든가. 그렇지 않으면 무슨 일을 해도 제대로 풀릴 리가 없다는 것이었습니다. 말하자면 화장실 변기의 파이프가 막혔는데 아무리 물을 들어부은들 제대로 내려가겠는가 하는 것이지요.

"그건 다 헛소리고 미신이야. 설사 조상의 묘를 잘못 썼다는 것을 알게 된다 한들 내 조상이 누군지도 모르는 판국에 모슨 소용이 있어? 조상은커녕 낳아준 부모가 누군지도 모르는 판에."

하지만 나는 결국 마누라 손에 끌려 그 장님을 찾아갔습니다. 버스에서 내려보니, '처녀 점쟁이'니 '솔잎점', '거북점'이니 '운명철학관'이니 하는 간판을 내붙인 점쟁이 집들이 다닥다닥 수도 없이 많더군요. 아무리 세상이 전자시대다 우주시대다 해도 이런 집들이 지금도 날로 번창하는 걸 보면, 참 희한한 일이 아닐 수 없었습니다. 마누라가 들고 있는 쪽지의 약도에 따라 어느 집에 들어가자, 과연 괴상한 복장을 하고 앉은 장님 영감이 도사 행세를 하고 있더군요.

"손 이리 내봐."

도사는 처음부터 내게 반말이었습니다. 난 두말없이 손을 내밀었지요. 눈 멀쩡히 뜬 인간이 앞 못 보는 장님에게 장래 일을 보여달라고 손을 내맡기고 있는 꼴이라니, 그거 기분이 참 묘하더군요. 어쨌든 그 장님 점쟁이는 한참 내 손바닥을 주물럭거리고 나더니,

"지금까지 고생깨나 했구만. 뭐 하나 되는 일이 없었어."

하는 겁니다. 나는 가슴이 뜨끔했지요.

"하지만 걱정 없어. 에…… 봉황이 알을 품으니, 천지에 향기로운 냄새가 가득하도다."

"그게 무슨 말씀이에요?"

아내가 무릎을 당겨 앉았습니다.

"부모를 잘 만나서 큰 부자가 되겠다는 이야기야."

기가 막히더군요. 하늘 아래 돌아볼 곳 하나 없는 천애 고아를 보고

부모 덕분에 부자가 된다니요. 나는 당장 그 돌팔이한테 욕이나 해주고 일어서려 했지요. 그러나 마누라는 달랐어요. 마누라는 점쟁이가 하는 말에 갑자기 눈을 빛내며 좀더 자세히 이야기를 해달라며 복채를 더 얹어 놓기까지 하더군요. 여자들이란 아무리 허황한 이야기라도 당장 듣기 좋은 이야기면 귀가 솔깃해지는 법이니까요. 그러자 그 점쟁이는 몸을 좌우로 흔들고 눈을 껌벅이며 흰자위를 회번덕거리더니, 머잖아 내가 부모로부터 큰 유산을 물려받을 거라는 거였어요. 갈수록 가관이었지요.

"에이, 여보쇼. 엉터리도 유분수지 그 따위 소릴 누가 믿겠소? 부모 얼굴도 모르는 고아더러 유산이라니? 지금 누굴 놀리는 거요, 뭐요? 아무리 책임 없이 지껄이는 소리래도 씨가 먹힐 소리를 해야지. 어이, 그만 가자구."

나는 마침내 그렇게 쏘아주고는 마누라의 팔을 잡아 일으켰습니다. 하지만 마누라는 마지못해 내게 이끌려 그 집을 나오면서도 그 엉터리 점쟁이의 말에 한 가닥 미련을 끝내 버리지 못하는 것 같더군요.

"여보, 누가 알아요? 당신을 낳아준 진짜 부모님이 큰 부자가 되어 나타날지."

"이것 봐, 그런 바보 같은 소리 좀 하지 말어. 누구 복장 지를 일 있어?"

"아니 왜 화를 내고 그래요? 그럴 수도 있다는 건데, 사람이 꿈도 못 꿔요?"

그런데 그 마누라의 허황한 이야기가 얼마 있지 않아 사실로 나타나고 말았습니다. 내가 교도소를 나와 결혼을 하고 산 지 삼 년쯤 지났을 무렵이었을 겁니다. 그러니까 이산가족 찾긴가 뭔가 해서 한창 세상이 시끄럽던 해였지요. 사건의 시작은 어느 날 성만이가 내게 전화를 걸어

오면서부터 비롯되었습니다. 그 친구와는 교도소를 나와서도 가끔씩 만나는 처지였지요.

"어이, 지금 당장 홍남이 니 좀 만나야 되겠다. 아주 중요한 일이 생겼단 말이다. 무슨 일인가는 내 만나서 이야기하꾸마."

어쩐지 성만이의 목소리는 몹시 흥분해 있는 것 같았어요. 나는 녀석을 그동안 오래 만나지 못하기도 했고, 또 녀석이 무슨 일로 이렇게 흥분해 있나 궁금하기도 해서 시간에 맞춰 약속한 다방으로 나갔습니다. 다방 안에는 사람들이 한창 〈이산가족 찾기〉인가 뭔가를 방송하고 있는 텔레비전 앞에 몰려 앉아 있었고, 성만이 녀석 혼자만이 다방 한쪽 어두컴컴한 구석 자리에서 열심히 손을 흔들어대고 있었습니다.

"이게 무슨 난리야? 다방이 아니라 꼭 영화관 같구나."

나는 자리에 앉으면서 그렇게 빈정거렸습니다. 아닌게아니라 다방을 가득 메운 손님들은 마치 극장에라도 온 듯 한쪽 벽에 붙은 대형 텔레비전을 향해 돌아앉아서 눈시울을 벌겋게 붉히고 있었고, 개중에는 손수건을 꺼내 들고 본격적으로 눈물을 흘리는 순정파들도 더러 눈에 띄더군요. 기억나시겠지만, 그 무렵 TV에서는 흔해빠진 연속극이니 스포츠 중계니 하는 것들도 모조리 중단하고 밤이고 낮이고 지겹도록 그 눈물의 대행진을 틀어대고 있었지요.

"야, 저런 걸 우째 시시한 영화 같은 데 비교하겠노? 저거는 우리 민족이 아니면 경험하지 못할 비극이고 상처가 아이겠나?"

나는 녀석이 도대체 웬일로 그런 소릴 다 하는가 싶어 새삼스럽게 그의 얼굴을 쳐다보았습니다.

"민족의 비극? 야, 네가 그런 말을 다 할 때가 있냐? 다시 봐야겠구나."

"무슨 소리고? 나라꼬 모른 척할 수 있나? 나도 한국 사람인데 모름지기 민족의 아픔을 함께 나누어야 되지 않겠나 하는 말씀인 기라.”

성만이 녀석은 나의 빈정거리는 말투에도 아랑곳하지 않고 평소의 그답지 않게 진지한 얼굴을 꾸미고 그렇게 대꾸하더니,

“그런데 전에 니 발등에 있던 흉터 아직도 붙어 있나?”

문득 허리를 굽히며 은근한 목소리로 물어오는 것이었어요. 나는 녀석의 속셈을 점점 더 알 수가 없어졌습니다.

“아니 갑자기 웬 흉터 타령이야?”

“글쎄, 옛날에 니 왼쪽인가 오른쪽 발등에 동전만 한 흉터가 안 있었나. 그거 안즉도 그대로 붙어 있나 말이다.”

“그럼 흉터가 뭐 우표딱진 줄 아나? 뗐다 붙였다 하게?”

“옳지러, 안즉도 그 흉터가 이상 없이 건재하고 있다 이거재.”

남의 발등에 흉터가 있다는 것이 뭐가 그리 신이 나는지 성만이 녀석은 득의의 미소를 짓더니, 갑자기 목소리를 한껏 낮춰 말하는 것이었어요.

“잘만 하면 말이다. 팔자 고치게 생겼는 기라.”

또 시작이구나. 나는 날라 온 엽차를 마시며 얼굴을 찌푸렸지요. 삼년 전 서대문 교도소에서 다시 만난 이후로 나는 녀석에게 벌써 수도 없이 이런 이야기를 들어왔던 것입니다. 잘만 하면 말이다. 팔자 고치게 생겼는 기라……. 그러나 한 번도 끝까지 잘된 일은 없었고, 물론 팔자 고칠 일도 없었지요. 팔자를 고쳤다면야 내가 이때까지 아파트 관리사무소에서 남의 집 화장실 변기나 뚫으러 다니진 않을 것이고, 녀석 또한 남의 자가용이나 모는 신세에 머물러 있진 않을 것이 아니겠습니까.

“저것 좀 봐라, 눈물 없이는 볼 수 없는 장면 아이가?”

때마침 통곡 소리가 터져 나오고 있는 텔레비전 화면에 눈길을 던지

면서 성만이 말을 잇더군요. 삼십 년 만에 극적으로 상봉했다는 가족이 서로 부둥켜안고 "맞다, 맞다"를 연발하며 눈물바다를 만들어내고 있었어요. 그러나 성만이 녀석은 눈물은커녕 무슨 신바람 날 일이 있는지 시종 들뜨고 상기된 얼굴이더군요. 나는 그제야 뭔가 짚이는 것이 있었어요. 아까 민족의 비극에 동참해야 한다느니 어쩌느니 하는 평소의 그답지 않은 말이 그러고 보니 단순한 농담이 아니었던 것입니다.

"니도 알재? 내가 입이 마르도록 이야기한 우리 꼰대 말이야, 그 자린고비 같은 구두쇠."

마침내 녀석이 입을 열었습니다. 녀석이 몰고 다니는 자가용의 임자는 일흔이 다 된 영감이었습니다. 해방 직후에 이북에서 단신 월남한 소위 삼팔 따라지이며, 그동안 피가 나도록 돈을 모아 지금은 수십억을 헤아리는 알부자가 되었다는 영감인데, 지금도 커피 한 잔 값에 발발 떠는 구두쇠라는 이야기를 나는 녀석에게 지겹도록 들었지요. 종로 어디엔가 건물을 몇 채 가지고 있으면서 집세를 받아먹고, 또 여기저기 돈을 빌려주고 이자를 받아먹는 고리대금업자이기도 한 모양이었습니다. 하지만, 녀석이 영감의 욕을 하는 것은 다른 게 아니라 자신의 월급을 제때에 올려주지 않는다는 불만 때문이었지요. 월급뿐만 아니라 식사 시간에 차를 대기시켜 놓고 기다리게 할 때에도 식사 값은 꼭 자장면 한 그릇 값만 주지 백 원도 더 주지 않는다는 것이었습니다.

"야, 말도 마래이. 짜장면 곱빼기도 아이고 꼭 한 그릇 값인 기라. 나 세상에 그렇게 지독한 구두쇠는 소문도 못 들었다꼬."

성만이 녀석은 늘 그런 식으로 불평을 늘어놓았지만, 신기한 것은 그런데도 녀석이 그 구두쇠 밑에서 떠날 생각은 하지 않고 몇 년째 운전대를 붙들고 있다는 사실이었습니다. 언제나 일확천금의 요행수만 꿈꾸고 있는 녀석으로는 참으로 이해할 수 없는 일이었습니다.

"모르는 소리 하지 마라. 이 장성만이도 마 다 생각이 있단 말이다."

언젠가, 왜 일자리를 찾아 떠나지 않고 그 구두쇠 밑에 붙어 있느냐고 내가 물었을 때, 녀석이 대답한 말이었어요.

"그 영감쟁이는 처자식은커녕 일가붙이 하나도 없는 사람인 기라. 부모형제는 이북에서 죽었는지 살았는지 모르고, 이남에 내려온 뒤 여자 하나를 만나서 결혼을 했는데 고마 전쟁 통에 피난을 가다가 죽었다 안 카나. 다섯 살인가 묵었던 아들 하나 있던 것도 피난길에서 잃어버리고 말았고. 그러이 그 영감이 지금 당장 죽는다 캐도 제삿상에 찬물 한 그릇 떠놔줄 사람이 없는 형편이란 말이다. 부인이 죽고 난 뒤에 새로 여자 하날 얻어서 데리고 살았던 적도 있었던 모양인데, 그 여자가 영감 성미가 하도 고약해서 보따리 싸들고 나간 뒤로는 마 재혼은 아예 꿈도 꾸지 않은 모양이라. 이만하면 내가 와 그 자린고비 영감 밑에서 갖은 수모를 참으며 붙어 있는지 알겠나? 이 장성만이도 다 속셈이 있다 이건 기라. 잘만 하면 팔자 고치게 될지도 모른다는 희망이 있단 말이다. 생각해 봐라. 아무리 돈이 많아도 죽을 때 그 돈을 짊어지고 갈 수는 없는 거 아이가?"

그러니까 성만이 녀석은 그 영감이 죽기 전에 혹시나 떡 한 조각이라도 떼어줄지도 모른다는 희망을 품고 있다는 이야기였습니다. 그야말로 감나무 밑에 누워서 감 떨어지기를 기다리는 것과 조금도 다를 바 없는 이야기가 아닐 수 없었습니다. 녀석은 영감에게 조금이라도 잘 보이려 무진 애를 쓰는 모양이었지만, 영감은 녀석의 그러한 속내를 훤히 들여다보고 있었는지, 아니면 녀석의 말대로 '인정머리라곤 쥐새끼 눈곱만큼도 없는' 때문인지 도무지 말 한마디 탐탁하게 하는 적이 없는 모양이었어요. 익지도 않은 풋감이 떨어질 리가 만무하니 아예 싹수가 글렀다고 투덜거리던 녀석이 이제 갑자기 무슨 또 다른 묘수가 떠올랐다고 남의 흉터까지 찾고 있는지 나는 그것이 자못 궁금했어요.

"그런데 말이다, 이 영감이 요새 들어와 가꼬, 저놈의 이산가족 찾긴가 뭔가 바람에 밤마다 잠을 못 잔다 아이가?"

녀석이 눈빛을 빛내며 이야기를 시작했습니다.

"매일 밤 소주잔을 앞에 놓고 테레비를 보며 눈물을 철철 흘리는 기라. 그 찔러도 피 한 방울 안 날 것 같던 영감탕구가 말씀이라."

"그런데 그게 내 발등의 흉터와는 무슨 상관이 있다는 거야?"

"글쎄, 들어 보라꼬. 그 영감쟁이가 피난길에서 마누라 죽고 하나배끼 없는 아들까지 잃어버렸다고 안 했나. 틀림없이 죽어버렸을 끼다고 단념해 왔지만, 요새 넘들이 이산가족 찾기다 뭐다 하고 떠들어 쌓으이께네 혹시나 하고 희망이 생기는 모양이라. 만약에 그 아들이 지금 어딘가에 살아서 나타난다고 해보라꼬. 하루아침에 팔자 고치게 될 거 아이가? 수십억 재산을 고스란히 물려받게 되는 거니까."

"그래서? 그런다고 네가 신이 날 게 뭐가 있나. 내 입에 떨어졌으면 싶은 감이 남의 입으로 들어갈 판인데."

"이야기를 끝까지 잘 들어보란 말이다. 내 말은, 홍남이 니가 바로 그 영감의 아드님이 된다는 기라. 어떠노?"

녀석은 주위를 둘러보며 더욱 목소리를 낮추고 하는 말이었어요. 나는 어이가 없어서 입을 벌린 채 녀석의 얼굴을 멍청하게 바라보기만 했어요.

"다섯 살 때 잃어버렸다니까 그 영감도 아들을 제대로 기억할 리가 없재. 그런데 어저께 나한테 우연히 하는 이야기로 그 아들 왼쪽 발등에 흉터가 있다는 기라. 그 말을 듣는 순간 번개같이, 그 뭐라 카노? 영감이라 카는 기 머리에 탁 떠오르더란 말이다. 옛날에 니 발등에 보았던 흉터가 생각이 나면서, 이거야말로 하늘이 내려준 기회가 아이고 뭐겠노 싶은 기라."

"어이, 그래도 이름이 다르잖아. 난 엄연히 김홍남이라구."

"야, 일마야. 니 와 그래 헷또가 안 돌아가노? 사람이 출세를 할라카
믄 이 헷또를 잘 돌리야 되는 기라."

녀석은 답답해 죽겠다는 듯이 손가락으로 제 머리를 돌리는 시늉을
했어요.

"이름쯤이야 고아원에서 바꿔졌다 카믄 안 되나? 일가친척 하나 없
는 신센데 누가 아이라꼬 나설 끼고? 안 그러나?"

"너 지금 진심으로 하는 이야기야?"

"어떠노, 아파트 관리소에서 궂은 일 하는 것 보다야 낫겠재? 나중에
혹시 아니라고 밝혀지더라도 밑져야 본전이란 말씀이야. 이런 일로 사
기죄라고 고발할 사람은 아무도 없을 테니까."

"그러니까 내 왼쪽 발등의 흉터를 팔아먹자는 말이지? 내 엉덩이엔
그것보다 더 큰 흉터가 있어. 그것도 팔아먹을까?"

"어허, 와 이래 떠들어쌓노? 목소리 좀 낮추그라."

녀석은 누가 들을까 황급히 내 입을 막는 시늉을 했습니다.

"들어보래이. 오죽하면 내가 이런 궁리를 다 냈겠나? 사실은 지금 사
정이 바쁘게 됐단 말이다. 우리 영감한테 마누라가 생기게 된 기라."

"마누라라니? 일흔이 다 되었다는 영감이 이제 와서 새장가라도 들
었다는 건가?"

"그게 우찌 된 사정인고 하면 말이다. 원래 우리 영감이 심장이 좀 약
하거든. 그래서 몇 년 전부터 식모 겸 간호원으로 쓸라고 과부 하나를
데려다 놨단 말이다. 그런데 그 여자가 밤낮으로 마누라같이 영감 곁에
만 붙어 지내더이, 나중엔 영감 대신 건물세니 일숫돈이니 하는 것도
받으러 다니고 완전히 진짜 마누라같이 행세하기 시작한 기라. 내 보기

에도 아주 보통 여자가 아이라. 암매 영감이 여자한테 상투를 잡히도 단단히 잡혔구나 싶두만. 그런데 이 여자가 영감을 우째 구워삶았는지, 내 며칠 전에야 알았는데, 영감 호적에 자기 이름을 턱 올려놓았는 모양이라. 혼인신고를 해놓았다는 이야기란 말이다. 십 년 공부 도로아미 타불이라더니, 내가 그동안 공들인 기 허사가 되게 생겼으이 그래 복장 터질 일이 아이고 뭐꼬?"

"그러니까, 마누라도 새로 만드는 판에 아들 하나 더 만드는 게 어떠냐 이 말이군?"

"농담할 때가 아이다. 니는 내 이야기를 말도 안 되는 수작이라고 생각하는 모양인데, 지금 저 테레비에서 벌어지고 있는 꼴들을 좀 봐라. 어차피 이놈에 땅에 사는 우리네 인생이란 기 말도 안 되게 뒤죽박죽이고 한심한 꼴이 아이고 뭐꼬? 그리고, 그 영감쟁이 머잖아 죽을 목숨인데 그 재산을 누가 묵을 끼고? 그 여우 겉은 여편네한테 몽땅 돌아가고 말 거 아이가? 그걸 우리도 묵어 보자는 기 뭐가 나쁜 일이고?"

나는 아무 대꾸도 할 수 없었습니다. 너무 터무니없는 이야기이기도 했지만, 한편으론 왠지 가슴이 답답해지면서 말로 표현 못 할, 무슨 울분 같기도 하고 슬픔 같기도 한 응어리가 바윗덩어리처럼 무겁게 가슴을 짓누르는 것 같았기 때문이었어요.

사실 이산가족 찾기의 방송이 나간 뒤, 나도 방송에 나가서 부모를 찾아보아야 하지 않느냐고 마누라가 몇 번이나 이야기하더군요. 하지만 나는 전혀 그러고 싶은 마음이 없었습니다. 오히려 나는 방송에서 사람들이 헤어졌던 부모형제를 만나는 장면을 보면 더욱 울분이 치미는 것이었습니다.

아무리 전쟁의 북새통이라고는 하지만 자식을 내버릴 때는 언제고, 또 삼십 년이 넘도록 그냥 있다가 이제 와서 저렇듯 아우성치며 울고불고 하는 것은 또 무엇인가. 제 목숨 건지기도 힘든 전쟁 때문이었다고 는 해도 자기 부모형제와 자식들을 제 목숨만큼 생각했더라면 이렇게 많은 이산가족이 생겨났을 리가 만무하다고 생각했던 겁니다. 그래서 헤어졌던 가족을 확인하자마자 금세 울고불고하는 광경을 보노라면 괜히 속이 뒤틀리는 심정이었던 것입니다. 삼십여 년을 헤어져 생판 남처럼 살아오다가 이제 새삼 무슨 육친의 정이 있어서 눈물이 나오는지 정말 알다가도 모를 일이었습니다. 그리고 흉터 하나 보고 제 자식이라고 대뜸 부둥켜안고 통곡을 하다니, 아니 그 자리에 흉터 있는 사람이 어디 한둘입니까. 그래서 난 아예 방송을 보지 않으려 했고, 낮이고 밤이고 텔레비전 앞에 붙어 앉아서 눈물을 짜고 있는 마누라와 몇 번 싸움을 하기도 했습니다.

마누라는 그런 나를 도대체 이해할 수가 없다는 눈치였습니다. 하긴 나도 나 자신을 잘 알 수가 없었습니다. 내 마음속에 내게는 그런 행운이 결코 오지 않으리라는 생각에 더욱 거부감을 갖고 있었는지도 모르죠. 내 이름이니 나이도 정확한지 모르는 판국인데, 무슨 근거로 부모형제를 찾는단 말입니까.

다음 날 아침 일찍 난 여의도 방송국으로 나갔습니다. 결국 성만이가 시키는 대로 그 해괴한 연극을 하기로 한 것입니다. 지금도 나는 그때 무슨 생각으로 그 연극을 할 마음을 먹었는지 알 수가 없습니다. 어쩌면 내 마음 한구석에 성만이처럼 일확천금을 노리는 허황한 꿈이 숨어 있었는지도 모르겠습니다. 아니면 이산가족 찾기니 뭐니 하는 이 모든 소동을 마음속으로 비웃어주고 싶었는지도 모릅니다. 여하튼 난 방송국에 나간다는 이야기를 마누라한테도 숨겼고, 아파트 관리소에는 몸이 아파서 출근을 못하겠다는 식으로 적당히 핑계를 대었습니다. 나중에 그들이 텔레비전에서 내 얼굴을 보게 될지 모르지만, 그때에는 또 적당히 둘러대면 되리라 생각했습니다.

　이름을 모르는 부모를 찾습니다. 육이오 때 피난길에서 부모를 잃은 것 같음. 아들 김광일. 나이는 37세(?). 특징 : 왼쪽 발등에 흉터 자국이 있음.

　역시 성만이 불러준 대로 나는 커다란 글씨로 그렇게 썼습니다. 마침 나이는 내 나이와 비슷했고, 김광일이란 성만이가 가르쳐준 영감의 진짜 아들 이름이었습니다. 내가 텔레비전에 그 글을 들고 나가는 시간에 영감이 방송을 볼 수 있도록 텔레비전 앞에 앉혀둔다는 것이 성만이 녀석이 짜둔 각본이었습니다.

　그러나 막상 여의도 광장의 그 기나긴 줄 사이에 끼여 차례를 기다리는 동안 차츰 나는 그 수많은 사연들. 그 엄청난 한숨과 눈물을 지켜보면서 가슴속에서 점점 저려오는 두 가지 감정에 시달리고 있었습니다.

　하나는 내가 들고 있는 피켓의 내용이 사기극을 벌이기 위한 거짓말이 아니라 사실이었으면 하는 헛된 소망이었고, 다른 하나는 그럴수록 마음 한구석에서 자리를 넓혀가는 양심의 가책이었습니다. 나는 그 자리에서 피켓에 쓰인 김광일이란 이름을 지우고 김홍남이란 나 자신의 이름을 큼직하게 고쳐 쓰고 싶은 충동을 느껴야 했던 것입니다. 하루 종일 서서 기다린 끝에 마침내 내 차례가 왔을 때, 나는 그 자리에 쭈그리고 앉아 이름을 고쳐 쓰려고 했습니다. 그런데 하필이면 그때 담당자가 내 차례라고 번호를 불러대더군요. 결국 나는 그 가짜 이름으로 가짜 아버지를 찾을 수밖에 없었습니다.

　방송이 나간 다음, 이상하게도 진짜 얼굴도 모르는 친아버지의 연락을 기다리는 것처럼 가슴이 뛰고 입 안이 타는 것 같더군요. 영감에게서 연락이 온 것은 방송이 나간 다음 날이었습니다.

"여보세요, 거기 김광일 씨 댁입니꺼?"

"김광일? 자식, 너 성만이구나."

나는 처음에 성만이 녀석이 장난을 하고 있는 줄 알았지요. 그러나 성만인 시치미를 떼고 계속 천연덕스럽게 말하는 것이었어요.

"예, 테레비 방송에 나왔던 김광일 씨 맞다고요? 전화 바꿔 드릴 테이께 잠깐 기다려 보이소이."

나는 어떻게 된 사정인지 재빨리 눈치를 챘습니다. 뒤이어 수화기를 통해 흘러나온 것은 조심스러우면서도 카랑카랑한 이북 사투리였습니다.

"나 …… 테레비 보구 전화한 사람인데…… 당신 이름이 김광일이라고 하는 게 참말이오?"

"그렇습니다. 제가 바로 김광일입니다."

의외로 걱정했던 것과는 달리 내 입에서 말이 술술 나와서 스스로도 놀랄 정도였습니다.

"그렇다믄 우리 아들하고 이름이 같기는 한데…… 왼쪽 발등에 흉터가 있는 것도 틀림없소?"

"그럼요, 제가 왜 그런 걸 거짓말을 하겠습니까?"

"다른 건 기억나는 게 없구?"

"네, 별로…… 너무 어릴 때가 되어서……."

잠시 말이 끊어졌습니다. 물어보고 싶은 다른 말이 있는데도 망설이는 것 같은 눈치였어요.

"그럼 우리 한번 만나보오다."

"어디에서 만나야 합니까? 방송국에서 기다릴까요?"

"아니, 방송국에서 만나는 거는 좋지가 않아요. 아직 확인이 되지도 않았는데, 괜시리 카메라르 들이대고 소동으 벌이면 곤란하이까……"

그럴 것 없이 내 있는 곳으로 좀 찾아와 주시겠소? 내가 차르 보낼 테이까."

나는 그러겠다고 대답했습니다. 오히려 내게도 그게 더 잘된 일일 테니까요. 물론 영감의 승용차를 타고 나타난 사람은 성만이 녀석이었는데, 녀석은 벌써부터 흥분을 감추지 못하고 있었습니다.

"봐라, 절대로 날 아는 척하면 안 된데이. 이번 일은 니가 얼마나 연기를 잘 하는가에 달려 있는기라. 테레비에서 본 대로 영감을 붙들고 한번 그럴 듯하게 울어보라꼬."

차를 몰고 가면서 성만이 녀석이 열심히 주워섬겼지만, 나는 아무래도 자신이 없었습니다. 어차피 이런 우스꽝스런 사기극은 금방 들통이 나 버릴 것이라는 불안감과 함께, 그러면서도 한편으로는 어쨌든 갈 데까지 가보자는 묘한 심사에 빠져들고 있었을 뿐이었지요.

"특히 내가 전에 말했던 그 여편네를 조심해야 된데이. 문제는 그 여편네인기라. 욕심은 순 놀부마누라 같은데, 눈치는 또 귀신같이 빠르거든. 전에는 오씨 아줌마라고 불렀는데, 요새는 오 여사라고 불러주지 않으면 사람 잡아묵을라 칸다. 하여튼 보통 여편네가 아이라."

성만이가 날 데려간 곳은 종로 뒷골목에 있는 어느 낡고 우중중한 사층 건물이었습니다. 중국 음식점과 다방, 기원 등의 간판들이 지저분하게 걸려 있는 그 건물은 겉보기와는 달리 서울 한복판의 노른자위 땅이라 상당히 값이 나가는 건물이라고 하더군요. 성만이의 말에 의하면 그 영감에게는 그런 건물이 두어 채는 더 있다는 것이었습니다. 하지만 값이야 어찌되었든 그 건물로 올라가는 나무 계단은 금방 내려앉을 듯이 삐걱거렸고, 대낮인데도 굴속처럼 어두컴컴하더군요. 나는 녀석의 뒤를 따라 그 좁은 계단을 올라가 그 건물의 맨 꼭대기 층으로 올라갔습니다. 합판으로 칸막이 쳐진 여러 개의 방 중에서도 창고처럼 허름하게 생긴 구석방이 그 건물의 주인인 영감의 사무실 겸 살림집인 모양이었습니다.

"니 똑똑히 기억하고 있어야 된데이. 니 이름은 김홍남이가 아이고 김광일이란 말이다, 김광일. 알았재?"

사무실 문 앞에서 성만이 낮은 목소리로 내게 다시 한 번 확인을 했습니다. 녀석의 그 초조한 눈빛과 심각한 태도가 왠지 우습게 느껴져서 나는 그만 피식 실소를 흘리고 말았습니다.

"야, 일마야. 웃을 일이 아이다. 니하고 내하고 인생이 걸린 문제란 말이다. 정신 똑바로 차리고 잘해야 된다. 모든 기 니한테 달려 있다는 걸 명심하래이."

녀석이 한 번 더 내게 다짐을 주고는 조심스럽게 문을 두드렸습니다. 문을 열자, 두어 평 정도의 좁은 사무실이 나타났는데, 방은 비어 있었습니다. 거리로 향한 조그만 창문엔 하얗게 먼지가 내려앉아 있었고, 책상 하나와 철제 캐비닛, 때 묻은 가죽 소파, 그리고 벽에는 작은 흑판이 걸려 있을 뿐 초라하고 좁은 사무실이었습니다. 사무실 한쪽에 또 찌그러진 방문이 달려 있는데, 아마도 영감은 그곳에서 거처를 하고 있는 모양이었습니다. 성만이 그쪽에 대고, 사장님 다녀왔습니다 하고 소리치자 방문이 열리면서 키가 자그마하고 안경을 쓴 노인네가 나타났습니다. 첫눈에 보기에 수십억 재산을 가졌다고는 도저히 믿기지 않을 만큼 초라하고 꾀죄죄하게 늙은 영감이었습니다. 마침 책상이라도 닦을 심산이었던지 물에 젖은 걸레를 들고 내 얼굴을 쳐다보던 그 첫 모습이 지금도 생생하게 기억이 나는군요. 머리칼은 거의 희끗희끗했고, 얼굴빛도 그리 건강해 보이지 않았는데, 생쥐같이 작은 눈만은 나이에 어울리지 않게 반짝거리고 있었습니다.

"자네 이름이 김광일이 틀림없나?"

영감은 안경 너머로 도무지 믿기지 않는다는 듯이 작은 눈을 깜박거리며 나를 요리조리 뜯어보았어요. 나는 심호흡을 하며 침착하려 애를 썼습니다.

"네, 다른 건 기억에 없지만 이름만은 기억하고 있습지요."

"그래? 그럼 어디 양마르 좀 벗어보게나."

영감은 조끼 주머니에서 안경을 하나 더 꺼내서 두 개나 걸쳐 쓰고는 내 발등에 있는 흉터를 아주 꼼꼼하게 들여다보더군요. 그리고는 고개를 쳐들고 의심에 가득 찬 눈초리로 묻는 것이었습니다.

"다른 데는 또 흉터가 없나?"

"그…… 글쎄요. 뭐 별로……."

나는 엉겁결에 그렇게 대답했지요. 하지만 나도 모르게 얼굴이 붉어졌습니다. 내 엉덩이에 있는 또 다른 흉터를 숨겨야 될지 어떨지 당황했던 것입니다. 일이 어째 심상찮게 돌아간다는 것을 느꼈는지 영감의 등 뒤에 서 있던 성만이 녀석이 안절부절 못하며 초조해하는 모습이 시선에 잡히더군요. 녀석은 그러면서 손짓으로 내게 뭔가 열심히 신호를 보냈는데, 아마 영감을 부둥켜안고 눈물을 쏟는 연기라도 해보라는 뜻인 것 같았어요. 하지만 그런 짓을 하기에는 난 너무나 몸이 굳어져 있었어요. 고아원 시절 이후 나는 한 번도 연극 따위는 해본 일이 없었으니까요.

"이봅세, 강 기사. 자네는 이따가 부를 테이까 밖에 나가 있게."

영감이 성만이에게 하는 말이었어요.

"분명 광일이라는 이름이 자네가 어릴 때부터 기억하는 이름인가?"

성만이가 불안한 표정으로 방을 나가자, 영감이 허리를 펴며 다시 물었습니다. 안경 너머의 작은 눈은 더욱 의심을 품은 채 깜박거리고 있었어요. 나는 얼른 대답하지 못했습니다. 나를 찌르는 듯이 보고 있는 노인의 시선과 마주치자, 내 마음이 약해지기 시작했던 것입니다. 이 터무니없는 속임수가 성공할 리 만무하다는 생각이 가슴을 파고들었고, 설사 요행히 성공을 한다 하더라도 이런 일로 남을 속인다는 건 용서받지 못할 죄악이리란 생각이 들었습니다. 차라리 노인한테 이 모든 것을 털어놓고 용서를 비는 것이 낫지 않을까. 아니 이대로 아무 소리 하지 않고 달아나버리는 게 좋지 않을까. 내가 어찌할 바를 모르고 있을 때, 다시 영감이 말했습니다.

"광일이란 이름은 내 아들놈의 호적에 올라 있던 이름이야. 자네가 진짜 내 아들이라면 그 이름을 기억할 수는 없을 텐데. 그놈아가 어렸을 때 집에서 부르던 이름은 따로 있었지비. 내 월남으 하기 전에 살던 고향이 저 유명한 흥남부두야. 그래서 그 이름을 따서 불렀지비."

흥남 부두? 그 이름을 따서 불렀다고? 나는 갑자기 머릿속이 휑하게 비워지는 것 같아 영감이 지금 무슨 소리를 하고 있는지 제대로 알아들을 수가 없었어요. 삽시간에 온몸의 힘이란 힘은 모조리 빠져 나가는 것 같더군요. 텅 빈 머릿속으로 영감의 말소리가 가물가물 들려왔어요.

"미안하지만 자네 바지르 좀 벗어 보게나. 내 아들놈이 두 살 때 화덕 위에 엉덩이를 크게 덴 적이 있었지비. 그러이 자네가 내 아들이라면 발등에만 흉터가 있는 게 앙이라, 필시 엉덩이에도 더 큰 흉터가 있을 텐데……."

나는 그저 몸을 부들부들 떨고 있었을 뿐 꼼짝도 하지 못했습니다. 내 태도가 이상했던지 영감이 고개를 쳐들고 묻더군요.

"무슨 일인가? 어데 아픈가?"

"제 이름이…… 제 이름이 바로 흥남입니다."

나는 간신히 그렇게 대답했지요. 목소리가 덜덜 떨려서 말을 제대로 뱉을 수가 없었어요. 그래서 그런지 영감은 내 말을 얼른 알아듣지 못

하더군요.

"무시기? 이름이 어드렇게 되었다구?"

"제 이름이 홍남이라구요. 제 진짜 이름이 김홍남입니다."

영감은 잠깐 동안 입을 쩍 벌리고 멍청하게 내 얼굴을 쳐다보고만 있더군요. 흡사 터무니없는 농담이라도 듣고 있는 듯한 표정이었습니다.

"절대로 거짓말이 아닙니다. 이것 보십시오."

나는 그 자리에서 바지 혁대를 풀기 시작했습니다. 그리고 엉덩이를 영감에게 훌렁 까 보였지요. 나는 그때 이미 제정신이 아니었거든요.

"흉터가 보이지요? 틀림없이 흉터가 있지요? 이거 가짜 흉터가 아니고 진짜 흉터예요. 내가 만들어낸 것이 아니란 말씀입니다. 어릴 때부터 거기 그 자리에 있었어요. 난 그게 어떻게 해서 생긴 흉터인지 몰랐는데, 이제 보니 그게 불에 덴 자리였던 것 같습니다. 맞아요, 틀림없이 그럴 겁니다. 불에 데지 않았다면, 어떻게 그런 흉터가 생겼겠습니까?"

나는 내가 무슨 소리를 하는지도 모르고 그저 정신없이 지껄이고 있었지요. 아마도 난 그때 지나치게 흥분하고 있었던 모양입니다. 하긴 내 잘못만이 아니지요. 그런 경우에 제정신을 차리고 있을 사람이 얼마나 되겠습니까? 정신이 없기는 그 영감님도 마찬가지였어요. 막상 내 엉덩이에 있는 흉터를 확인하자, 영감은 마치 중풍에라도 걸린 것처럼 온몸을 부들부들 떨기 시작하더군요.

"이, 이봅세, 나는 지금 자네 말이 무슨 소린 주르 통 모르겠네. 그러이까 좀 차근차근 이야기해 봅세……"

"제가 바로 김홍남이란 말입니다. 김광일이란 말은 거짓말입니다. 사실 전 김광일이란 이름은 알지도 못해요. 어릴 때부터 내 이름은 김홍남이었지요. 고아원에서 지어준 이름도 아니고 내 진짜 이름이었다구요. 내 말 아시겠습니까, 영감님? 아니, 아버님?"

"그러이까 자네는 지금…… 자네가 내 아들 김홍남이라구 주장하고 있는 것인가?"

"주장이 아니라 사실입니다. 이것 보십시오. 제 주민등록증입니다. 여기 분명히 김홍남이라고 박혀 있는 게 보이지요?"

노인은 내 주민등록증을 받아 들고 뚫어져라 들여다보았습니다. 혹시 가짜 주민등록증이 아닌가 의심스러운 듯 몇 번이고 앞뒤를 뒤집어 가며 살펴보기까지 했어요. 이윽고 영감의 얼굴에서 서서히 핏기가 사라지면서 종잇장처럼 창백하게 변하더군요.

"가, 가만…… 자리에 앉아서 조금 쉬어야겠구만. 내 심장이 약해가 지구서리……."

노인은 갑자기 극심한 현기증에 사로잡힌 듯 비틀비틀 의자로 걸어가 털썩 주저앉고 말았습니다. 그리고 한참 동안 아무 말 없이 뚫어지게 내 얼굴을 쳐다보고 있었어요. 그것은 이상하게도 초점이 맞지 않는 것 같은 시선이었습니다. 나를 보고는 있긴 했지만, 그러나 그 시선은 내 얼굴을 지나 내가 모르는 아득히 먼 어느 곳에 닿아 있는 것 같은 느낌이었습니다. 나는 영감이 별안간 정신이 나가버린 것이 아닌가 하고 와락 불안감이 들기도 하더군요.

그런데 한참 만에 보여준 영감의 행동은 참으로 엉뚱한 것이었습니다. 영감은 중풍이라도 걸린 것처럼 부들부들 떨리는 손으로 서랍을 열더니 시계를 하나 꺼내는 것이었어요. 누리끼리하게 금색깔이 나는, 손때 묻은 낡은 손목 시계였습니다. 영감은 그 시계를 손으로 만지작거리며 더듬더듬 힘들게 입을 열었어요.

"이 시계가 이래봬도 내게는 특별한 시계지비. 35년 전 내 고향 떠나올 때 이 시계 하나만 달랑 들고 나왔지 않았겠습메……."

노인은 마치 넋두리라도 하는 듯한 말투로 느리게 이야기하기 시작했습니다. 나는 그가 왜 느닷없이 시계 이야기를 꺼내는지 알 수가 없었습니다. 아들이냐 아니냐 하는 순간에 그까짓 시계가 무엇이란 말입니까. 나는 어쩌면 영감이 갑자기 얼이 빠져서 자신이 지금 무슨 이야기를 하고 있는지조차 의식을 못하는 것이 아닌가 하는 의심이 들기도 했습니다.

"내 우리 집안에서 삼대독자였지비. 그런데도 아바이한테 씻을 수 없는 죄르 짓고 말았재이켔니. 내 해방되기 전에 서울에 사는 처녀와 서르 요즘 말로 연애라는 거르 했는데, 그만 삼팔선이 딱 막혀 버렸으니 오도가도 못하게 되지 않았겠습메. 집안에서는 다른 여자와 결혼을 하라구 성화를 해대구…… 그래 생각다 못해서르 무작정 서울로 내뺄 생각으 했던 거야. 그런데 내게 무슨 돈이 있었겠습메? 하는 수 없이 눈 딱 감고 우리 아바이 시계를 훔쳐 나온 거야. 그때 당시엔 시계가 흔치 않았으이까는 제법 값이 나가는 재산이었구, 또 늘 아바이가 애지중지 하던 것이었지. 그때 생각으로는 내 서울로 내려와 돈을 벌게 되면 나중에 집에 가서 아바이한테 이 시계를 돌려드리고 용서를 구할 생각이었는데, 전쟁이 터지고 영영 그런 기회가 사라지고 말았어. 아바이 오마니한테 불효를 씻을 기회를 영영 잃어버리고 만 게지비……."

영감은 새하얗게 핏기가 사라진 얼굴로 가쁜 숨을 쉬고 있었습니다.

"처음 월남을 해가지구는 이 시계 덕을 톡톡히 보기도 했지비. 한창 어려울 때 두 번이나 잽혀먹었으이간두루. 하지만 돈을 좀 벌고부터는 이때까지 한 번도 내 손에서 놓지르 않았당이. 언젠가 이 시계를 아바이한테 다시 갖다 드리구 용서를 빌어야 했으이까……."

먼지 낀 더러운 창문으로 희미한 저녁 햇살이 비쳐들고 있었습니다. 노인의 가쁜 숨소리만 들릴 뿐 방 안에는 아무 소리도 들리지 않았습니다. 나는 전혀 입을 열 수가 없었습니다. 도대체 내가 무슨 말을 할 수가 있겠습니까. 난 그때 내가 겪고 있는 것이 그저 무슨 꿈을 꾸는 것처럼 실감이 나지 않았을 뿐이었습니다.

"내가 이날 이때까지 이남에서 혼자 살면서 피눈물 나게 고생한 이야기를 어찌 말로 다할 수 있겠습메? 마누라도 죽고 하나 있던 아들마저도 잃어버리고 나니 세상 살맛을 잃어버리고 말았지비. 허지마는 어찌하겠습메? 산목숨이니 그래도 살아야지비…… 사람들은 나보구 돈벌레니 피도 눈물도 없는 인간이니 하지만두 그건 다 모르는 소리야. 고향도 잃고 가족도 잃은 객지타향에 떨어져 있는 인간이 믿을 게 뭐가 있었겠습메? 돈이 내 가족이구 부모자식과 같았단 이 얘기야. 그런데…… 나이가 들구 공동묘지에 갈 시간이 다가오니께는 차츰 허망한 생각이 들재이겠나…… 이렇게 피눈물 나게 모아놓은 재산이 다 쓸모가 없다는 생각이 들구 말이야……."

노인의 목소리는 어느새 물기에 젖어 있었습니다. 그러나 노인의 이야기는 더 이상 계속되지 못했습니다. 그때 문이 열리더니 어떤 여자가 들어섰던 것입니다. 오십이 다 되어 보이는데, 나이에 어울리지 않는 짙은 화장을 하고 있는 여자였습니다. 나는 성만이가 말한 바로 그 오여사란 여자가 틀림없다는 것을 직감적으로 느낄 수 있었습니다.

"아유, 정말 이 짓도 못해 먹겠어. 도대체 인간들 얼굴을 봐야 돈을 받아먹든지 말든지 하지…… 돈을 쓸 때는 곧 죽을 것 같다가도 가져가 놓고는 아예 갚은 생각은 하지도 않는다니까."

아마도 이잣돈이라도 받으러 나갔다 오는 길인 것 같았습니다. 방 안에 들어서면서부터 큰소리로 떠들어대던 여자는 문득 방 안 분위기가 이상하다고 느꼈던 모양으로 내게 의심스런 시선을 던졌습니다.

"이 사람은 누구예요?"

"아, 아무도 앙이야. 그냥…… 뭐 부탁할 일이 있어 찾아온 모양인데……."

왠지 노인은 몹시 당황하는 것 같은 눈치였습니다. 그리고 내게 서둘러 말했습니다.

"이봅세, 그 일은 아무래도 나 혼자서 곰곰이 생각으 좀 해봐야겠네. 그러이까 내일 아침에 다시 와 주게나. 알겠지비? 내일 아침에……."

나는 노인이 그 여자에게 우리 사이의 이야기를 숨기려고 한다는 것을 눈치 챌 수 있었습니다.

"그렇게 하겠습니다. 꼭 내일 다시 오겠습니다."

아버지, 하고 말하고 싶은 충동을 나는 속으로 억눌렀습니다. 그 여자의 사나운 눈매가 내 시선에 잡혀왔던 것입니다. 나는 노인에게 깊숙이 머리 숙여 인사를 하고는 문간으로 걸어 나왔습니다. 다리가 후들후들 떨리더군요. 내가 문을 열고 나서자 노인은 문밖으로 따라 나와 목소리를 낮춰 말했습니다.

"오늘 있었던 일은 누구한테도 입을 열지 말게. 우리가 다시 만나서 확인을 해보기두 해야 할 거구, 또 잘못 말이 나면 일이 틀어질 수도 있으이까…… 내 말 알겠지비?"

노인의 작은 눈이 불안과 의심, 그리고 말하지 못할 간절한 무엇으로 깜박이는 것을 바라보았어요. 나는 고개를 끄덕였지요. 나는 그를 충분히 이해할 수 있을 것 같았고, 그래서 그 약속을 지키기로 마음먹었습니다. 그래서 계단 입구에 숨어서 기다리고 있던 성만이 녀석이 내 팔을 붙들며 어떻게 되었느냐고 물었지만, 나는 아무 말도 하지 않았던 것입니다.

"야, 우째 됐노 말이다. 그냥 돌리보내는 거 보이께네 제대로 안 된 모양이재? 영감이 뭘 물어보더노? 설마 우리가 사기친 거를 눈치 채지는 않았겠재?"

녀석이 숨 가쁘게 던지는 물음에 나는 한마디도 대답하지 않았습니다. 그러고는 내일 다시 연락하자는 말만 하고 녀석을 뿌리치고 말았습니다. 그 어두컴컴한 계단을 빠져 나오자, 여름 저녁의 기울어진 햇살이 눈을 찌르더군요. 나는 길게 숨을 내쉬었지요. 마치 삼십 년 동안을 갇혀 있었던 길고 긴 어둠 속에서 빠져 나온 듯한 느낌이었습니다.

그날 밤 나는 통 잠을 이룰 수가 없었습니다. 빨리 잠이 들어야 어서 내일이 올 텐데, 아무리 애를 써도 도무지 잠이 들지 않는 것이었습니다. 참 미칠 지경이더군요. 내 곁에는 세상모르게 잠이 든 마누라와 아이의 새근거리는 숨소리가 들려오고 있었어요. 나는 당장 마누라를 깨워 그날 있었던 일을 이야기하고 싶은 충동이 솟구치는 걸 수없이 억눌러야만 했어요.

어둠 속에서 잠을 청하려고 애를 쓰고 있자니까, 왠지 자꾸만 어린 시절의 학예회 생각이 떠오르는 것이었습니다. 난 그 불길한 생각을 머릿속에서 쫓아버리려 애를 썼죠. 이건 분명 연극이 아니라 현실이니까요. 하지만, 영 안심이 되지 않는 것이었습니다. 이런 일이 어떻게 현실에서 실제로 일어날 수 있단 말입니까. 더구나 다른 사람 아닌 나한테 말입니다. 나는 그 전에 복권에 일등으로 당첨되면 어떤 기분일까 하고 자주 상상에 잠겨보곤 했었죠. 그럴 때마나 난 만약 내게 그런 경우가 오면 미쳐버릴 것이라 생각했었습니다. 그런데 지금 내게 찾아온 이 사건은 그까짓 복권에 당첨된 것에 비할 수조차 없는 일이 아니겠습니까. 심지어 나는 혹시 내일 아침엔 해가 뜨지 않는 게 아닌가 하는 의심까지 했답니다. 오늘 밤 갑자기 지구의 종말이 오는 게 아닌가 하고 말입니다.

고아원 시절부터 지금까지의 온갖 고생하던 장면들이 연속적으로 눈앞을 스쳐가더군요. 환상과 현실이 마구 뒤섞이는데, 정말 이러다가 내가 미쳐버리는 것이 아닌가 덜컥 겁이 나기까지 했습니다.

그러다가 아마 잠깐 선잠이 들었던 모양입니다. 꿈속에서 나는 이십여 년 전의 고아원 시절로 되돌아가 있었습니다. 학예회를 하고 있었고, 나는 여전히 흉측한 껍질을 덮어쓴 두꺼비였어요. 그런데 내게 입맞춤을 해주기로 되어 있는 공주가 가만히 보니 공주가 아니라 바로 그 영감, 아니 내 아버지였습니다. 나는 가슴이 조마조마하고 공포에 질려 있었습니다. 왜냐하면 아버지가 내게 입맞춤을 해주기 전에 연극이 끝나게 될까 겁에 질려 있었던 겁니다. 옛날하고 다른 것은 정전이 될 것을 걱정하는 게 아니라, 꿈을 깨게 될 것을 걱정하고 있었다는 것이었어요. 나는 꿈속에서도 그게 꿈이라는 걸 알고 있었고, 내가 왕자가 되기 전에 꿈이 깰까 봐 정말 마음이 급했습니다. 그래서 아버지에게 빨리 마술을 풀어달라고 소리를 질렀지요. 그러나 웬일인지 내 목구멍에서는 제대로 소리가 빠져 나오지 않는 것이었어요. 그러다가 결국 내가 걱정하는 그대로 되었습니다. 아버지가 마악 내게 힘들게 한 발자국씩 다가오는 순간, 갑자기 꿈의 테이프는 잘라져 나가고 만 것입니다.

나는 소스라쳐 잠에서 깨어났습니다. 어둠 속을 전화 벨 소리가 요란하게 울리고 있었습니다. 하지만 선뜻 전화를 받을 수가 없었어요. 그 요란한 전화벨 소리와 함께 불길한 예감이 무섭게 나를 난타질하고 있었습니다. 시계를 보았더니 새벽 2시더군요.

"여보세요? 어이, 흥남이가? 나다."

수화기에서 흘러나온 것은 성만이 녀석의 목소리였어요.

"웬일이야? 이 밤중에."

"내 지금 대학병원 응급실에 와 있데이. 우리 영감쟁이가 갑자기 심장마비를 일으켜뿌는 기라."

가슴속에서 무엇인가 엄청난 무게로 떨어지는 것 같았습니다. 수화기를 든 내 손이 덜덜 떨리기 시작했습니다.

"글쎄 어제 저녁, 그러이끼네 니가 다녀간 뒤부터 왠지 얼굴이 안 좋고 숨이 가쁜 거겉이 보이더만 새벽녘에 갑자기 발작을 일으켰는 기라. 병원에 신고 왔는데, 의사가 이미 틀렸다고 하네. 사람 목숨은 알 수가 없는 거라 캐도 이렇게 허무할 수가 있나. 일이 이렇게 되고 보이까, 우리가 아들이네 어쩌네 하고 쇼를 부린 것이 그 영감한테 너무 심한 충격을 준 게 아닌가 좀 양심이 찔리기도 하구마."

"어이, 성만이, 너 지금 거짓말하고 있지? 날 놀리려고 거짓말하고 있는 거지? 그렇지?"

"야가 무슨 소리 하노? 내가 한밤중에 니한테 전화해 가지고 와 거짓말을 해? 못 믿겠으마 병원으로 와 보마 알 거 아이가?"

전화기를 놓으며 나는 마른 짚단처럼 그 자리에 맥없이 주저앉고 말았습니다.

"여보, 대체 왜 그래요?"

잠이 깬 마누라가 놀라 나를 붙들었습니다. 하지만 내가 무슨 말로 마누라에게 그 모든 것을 설명할 수가 있었겠습니까. 나는 미친 사람처럼 자리에서 일어나 병원으로 달려갔습니다. 노인은 이미 차가운 시신으로 변해서 영안실로 옮겨져 있었어요. 그 영감은, 아니 이제 아버지라 해야겠군요, 아버지는 더 이상 이 세상 사람이 아니었던 것입니다. 나는 성만이에게 영감이 죽기 전에 남긴 말이 없었는가고 물어보았습니다. 혹시 내가 당신의 아들이라는 사실은 단 한 마디라도 했을지도 모른다는 한 가닥 희망을 가지고서 말입니다. 그러나 성만이 녀석의 대답은 절망적이었습니다. 영감은 말 한마디 남기지 못하고 갑자기 발작을 일으켜서 병원으로 옮겨졌는데, 병원에 도착했을 때는 이미 숨을 거두었더라는 것이었습니다.

나는 영안실의 차가운 시멘트 바닥에 엎드려 울음을 터뜨렸습니다. 한 번 눈물을 터뜨리기 시작하니까 무너진 봇물처럼 끝없이 터져 나왔습니다. 삼십 년 만에 단 한 번 만난 아버지에게 무슨 큰 정이 있다고 그렇게 울었겠습니까. 나는 다만 내 팔자가 원통하고 우리 아버지의 인생이 불쌍해서 울었던 것이지요. 생각해 보세요. 세상에 이런 기막힌 일도 있을 수 있단 말입니까.

사람들은 내가 왜 그처럼 서럽게 우는지 이상하게 생각하더군요. 그도 그럴 것이 내가 그의 하나밖에 없는 혈육이었다는 사실은 죽은 사람과 나밖에는 아무도 모르는 비밀이었던 것입니다. 내가 그의 아들이었다는 것을 증명할 수 있는 길은 이제 어디에서도 찾을 수 없었어요. 불은 꺼지고 연극은 갑자기 중단되고 말았습니다. 이십 년 전의 그날 밤과 마찬가지로 나는 아직도 그 저주의 마술이 풀리지 않은 채 어둠 속에 혼자 남아 있는 것입니다. 그 징그럽고 흉측한 두꺼비의 껍질을 덮어쓰고서 말입니다.

하지만 그대로 포기하기에는 너무 억울했습니다. 그래서 사람들에게 내가 바로 그 영감의 아들이노라고 이야기했지요. 발등과 엉덩이의 흉터, 그리고 김흥남이라는 내 이름 석자가 그 증거라고 열심히 설명했습니다. 하지만 사람들의 반응은 냉담했습니다. 우선 성만이 녀석까지 내 말을 믿지 않는 것이었어요. 사람들은 나를, 그 영감의 재산을 탐내서 터무니없는 이야기를 꾸며내고 있는 사기꾼으로 취급할 뿐이었어요. 무엇보다 영감의 호적에 올라 있다는 그 오 여산가 뭔가 하는 여자가 길길이 날뛰는 것이었어요. 나를 사기꾼이라고 경찰에 고발하기도 하고, 갑자기 정체를 알 수 없는 인간들이 수없이 나타났는데, 내가 보기에는 하나같이 깡패들이고 사기꾼 같은 자들이었습니다.

그래도 나는 진실을 밝히기 위해 무진 노력을 했습니다. 생전에 노인과 조금이라도 가까웠다는 사람은 다 찾아다니고 정부의 높은 양반들에게 수없이 진정서를 띄우고, 신문사니 방송국이니 하는 데마다 편지를 써서 도움을 청했습니다. 그러나 내 노력은 번번이 좌절되었습니다. 마치 약속이나 한 듯이 어느 누구도 내 말을 믿지 않는 것이었습니다. 사람들은 하나같이 나를 영감의 재산이나 노리는 놈으로 치부해 버리는 것이었어요.

물론 내가 그렇게까지 아버지의 아들이라는 것을 증명하려고 했던 이유 중의 하나는 재산 때문이기도 했습니다. 법적으로는 그 많은 재산이 모조리 그 여자한테 돌아가게 되어 있었는데, 나로서는 도저히 눈뜨고 볼 수 없는 일이었으니까요. 내가 그 재산을 꼭 차지하겠다는 것보다는 아버지가 평생을 모은 그 재산이 그처럼 허무하게 빼앗겨버리는 것이 견딜 수 없었기 때문이었어요. 만약 그 재산이 무슨 사회단체 같은 데나 기증이 되었다면, 내 마음이 조금은 위안이 되었을지도 모릅니다. 그런데 그것이 어디서 굴러먹던 여자인지 모를 그 못된 여자한테 몽땅 돌아가다니, 말이 되는 소리입니까?

그러나 내가 아들이라고 주장할수록 사람들은 나를 뻔뻔스러운 사기꾼이거나, 정신병자 취급을 하더군요.

"야 일마야, 니 도대체 와 그라노? 인자 지발 그만 좀 하그라아. 니 심정은 내 알만 하지만도, 인자 다 끝난 일 아이가? 사람이 헛된 꿈도 너무 집착하면 진짜같이 여겨지는 수가 있다 카더라. 니 암만 캐도 병원에라도 한번 가 봐야겠다."

원통한 것은 성만이 그 녀석까지 내 말을 전혀 믿으려 하지 않고, 오히려 날 이상한 놈 취급을 하고 있는 것입니다. 그뿐만이 아니었습니다. 난 내 아내에게까지 정신병자 취급을 받게 되고 말았습니다.

"여보, 이제 제발 정신 좀 차리세요, 우리 가족은 어쩌라고 이러는 거예요? 이젠 남들 눈이 창피해서라도 못 견디겠어요. 아무래도 당신 병이 들어도 단단히 든 것 같아요."

그쯤 되자 나 스스로도 내 머리가 어떻게 된 것이 아닌가 하는 의심이 생기기도 하더라구요. 그날 그 영감과 단 둘이 만났을 때, 우리 두 사람 사이에 있었던 일들은 모두 현실이 아니라 환상에 불과한 것이 아닌가 하는 의심이 드는 것이었습니다. 내가 헛것을 보고 듣고는 그것을 실제로 있었던 일이라고 믿고 있는 것이 아닌가 하고요. 그렇게 생각하자 나는 어디서부터 어디까지가 진실이고 거짓인지 정말 알 수가 없어지고 말았습니다.

그리고 시간이 지나면서 나는 차츰 진짜 병을 앓기 시작했습니다. 세상 모든 일에 자신이 없어지고 의욕도 사라지고 만 것입니다. 직장에 나가는 것은 물론이고, 사람들과 만나는 것이나 심지어 밥 먹는 일까지도 싫어졌습니다. 나는 결국 아파트 관리소에서도 쫓겨나고 말았습니다. 하지만 집안 꼴이 어떻게 되든 상관이 없었고, 그저 산다는 것이 지긋지긋하게만 느껴졌을 뿐이었어요. 차츰 나는 말을 잃어갔습니다. 하루 종일 우리에 갇힌 짐승처럼 방 안에 틀어박혀서 허공만 바라보고 있게 된 것이지요.

생각다 못한 마누라가 나를 끌고 정신과로 데려가서 진찰을 받게 했습니다. 의사의 말에 의하면 내가 심한 우울증을 앓고 있다고 하면서 입원을 권유하더군요. 하지만 내게는 입원을 해서 병을 고치고 싶은 생각도 없었고, 또 그럴 형편도 못 되었습니다. 내가 집안에 들어앉게 된 뒤부터 가정을 꾸려 나가느라 그 여자는 파출부니 식당 종업원이니 닥치는 대로 하면서 살림을 꾸려 나가는 눈치였지만, 그날그날 살아가기도 힘이 드는 처지였습니다. 아이들 밥벌이를 해야 하는 아내로서는 하루 종일 방 안에 틀어박혀 입 한 번 열지 않는 채 짐승처럼 먹고 싸기만 하는 내가 참으로 처치 곤란한 존재였을 겁니다. 하루는 세 살 난 딸아이가 배가 고팠던지 누워 있는 내 머리를 흔들며 울더군요. 나는 나도 모르게 아이를 발로 걷어차 버렸습니다. 정신을 차리고 보니, 아이가 방 한쪽에 처박혀서 새파랗게 질린 채 숨을 제대로 쉬지 못하고 있었습니다. 그 순간 나는 나 자신이 참을 수 없을 만치 두려워지더군요.

그 일이 있고 나는 서울에서 멀리 떨어진 어느 기도원이란 데에 옮겨지게 되었습니다. 그러나 그곳에서도 내 마음의 병은 쉽게 고쳐지지 않았습니다. 계절이 바뀌고, 바람이 불고, 꽃이 피어도 나하고는 아무 상관이 없는 일이었습니다. 그런데 그곳에서 일 년쯤 지났을 때였을까요, 어느 날 마누라가 아이를 데리고 왔더군요. 기도원 앞 풀밭에서 아내가 사온 김밥을 멍청하게 집어먹고 있을 때였습니다. 문득 아내가 차고 있는 손목시계가 눈에 들어왔는데 왠지 몹시 낯익은 것이라는 느낌이었습니다. 자세히 보니 누렇고 손때 묻은 그 시계는 바로 아버지가 내게 보여주었던 그 시계가 틀림없었어요. 나는 덥석 그 시계를 잡았습니다.

"이 시계, 이 시계가 웬 거지? 이 시계가 어떻게 당신 손에 들어와 있는 거야?"

"이거 말예요? 당신 친구 성만 씨 있잖아요, 그 양반이 주고 간 거예요. 외국으로 나가기 전에."

성만이는 얼마 전 중동에 사우딘가 하는 데로 취업을 하러 나갔다는 이야기를 나도 들은 기억이 있었습니다.

"이야기를 들어 보니깐요, 그 영감님이 늘 애지중지하던 시계였대요. 그래서 영감이 죽고 난 뒤에 성만 씨가 그 집에서 나올 때 슬쩍 집어 들고 나온 것인가 봐요. 아마 영감님이 아끼던 거니까 제법 값이 나가는 금시계라도 되는 줄 알았던 모양이죠. 그런데 시계방에 가보았더니, 그저 금맥기를 입힌 고물시계라고 하더래요. 그 양반 지난 번 외국 나가면서 그 영감 물건이니까 당신한테나 주라면서 놓고 갔어요. 기분 나빠서 내버릴까 했지만, 마침 시계도 고장이 나고 해서 차고 있던 거예요. 고물 시계지만 시간은 잘 맞더라구요……."

아내가 변명이라도 하듯이 말했습니다. 나는 아내의 손목에서 그 시계를 풀어 내 손에 쥐고 들여다보았습니다. 그 상태로 오랫동안 꼼짝도 않고 앉아 있었습니다. 숱한 생각들이 머릿속을 지나가면서 나도 모르게 눈물이 얼굴을 적시며 흘러 내리고 있었습니다.

"여보, 당신 왜 그래요?"

아내가 겁먹은 목소리로 물었습니다. 그도 그럴 것이, 그 눈물이 몇 달 동안 내가 처음 보여준 감정 표현이었던 것입니다.

자, 이게 바로 그 물건입니다. 이것이 내 아버지가 내게 남긴 유일한 유산인 것입니다. 그런데 참으로 이상한 것은 이 시계가 내 손에 들어오면서 나는 그때까지 그처럼 내 마음을 끓게 만들었던 마음의 병을 차츰 잊어버릴 수 있었다는 것입니다. 지금은 거의 잊어버릴 수 있게 되었습니다.

요즘 신문이고 방송이고 금방 통일이 될 것처럼 떠들어대고 있더군요. 정말 통일이라는 것이 이루어질지 나 같은 놈이 어찌 짐작이나 하겠습니까만, 만약 통일이 된다면 나한테도 한 가지 작은 소망이 있습니다. 아버지의 고향 땅인 그 흥남이라는 곳을 찾아가서 얼굴도 모르는 할아버지의 무덤 앞에 이 시계를 풀어놓고 절이라도 하고 싶습니다. 아버지를 대신해서 말입니다.

하지만 나는 설사 통일이 된다 하더라도 아버지의 인생이, 그리고 나 같은 인간이 겪은 고통이 보상받을 수 있다고는 절대로 생각하지 않는답니다. 무식한 소린지 모르겠지만, 통일이 된다고 사람살이라는 것이 얼마나 달라질까요? 유식한 사람들은 역사니 뭐니 하고 떠들어대는데,

그 역사라는 것이 아버지의 이 고물 시계에 대해서 도대체 무엇을 알겠습니까.

언젠가 만났던 어느 대학생은 내게 그런 말을 하더군요. 운명이라는 것도 다 인간이 만드는 것이라고요. 그 대학생의 말에 의하면 옛날엔 운명을 신이 만들었는지 모르지만, 지금은 나 같은 힘없는 인간의 운명이 돈이니 권력이니를 쥐고 있는 가진 자들의 정치 놀음이나 미국이니 소련이니 하는 외세에 의해서 만들어진다는 겁니다. 하긴 그것도 영 틀린 말은 아니라는 생각이 들더군요. 내가 고아가 된 것도 그놈의 전쟁 때문이었는데, 그 전쟁은 누가 일으킨 것입니까? 바로 인간이 일으킨 것이 아닙니까?

그런데 난 아무래도 그것만으로는 뭔가 미흡하고 허전하다는 생각이 듭니다. 만약에 운명의 신이란 것이 없다면 아버지가 남긴 이 유일한 유산이 내 손에 들어오게 된 것을 어떻게 설명할 수가 있겠습니까. 이 고물 시계가 내 손에 들어온 것이 어쩌면 피할 수 없는 운명이 아니었을까요? 그리고 이게 하느님의 뜻이라면, 과연 그 뜻이 무엇인가를 나는 곰곰이 생각하고 있답니다. 선생은 어떻게 생각하십니까?

속 깊은 서랍

최수철

1958년 춘천 출생.
서울대 불문과, 동 대학원 졸업.
1981년 《조선일보》 신춘문예로 등단.
작품집 《공중 누각》《화두·기록·화석》《말처럼 뛰는 말》,
장편소설 《고래 뱃속에서》《어느 무정부주의자의 사랑 1·2·3·4》《불멸과 소멸》 등.
윤동주문학상 수상.

속 깊은 서랍

1

발행부수가 오천 부 남짓 되는 종합계간지의 편집장인 감태규는 월요일 점심시간에 한 호텔의 뷔페식당으로 들어섰다. 다소 이른 시간인 탓인지 수많은 탁자와 의자가 정연하고 즐비하게 늘어서 있는 실내에는 분주하게 움직이는 남녀 종업원들 이외에는 아무도 눈에 띄지 않았다. 그는 출입구 옆의 창가로 다가가서 까마득하게 멀리 오밀조밀하게 좋아붙어 있는 서울 시내를 내려다보았다. 그러나 그보다 먼저 첫눈에 그의 시야를 가로막은 것은 하늘을 가득 덮고 있는 스모그였다. 오전의 화사하고 온화한 햇살이 쏟아져 내리고 있는 도시의 대기는 안개가 낀 듯, 무수한 먼지의 입자가 날아오른 듯 희뿌옇게 착색되어 있었다. 도심의 납작한 바닥이 그 속에서 어슴푸레하게 가물거리고 있었으며, 그 모습을 보면서 그는 자신이 마치 바닥의 진흙이 마구 헤집어진 개울 물 속에서 허우적거리고 있는 듯한 기분을 느끼지 않을 수 없었다.

그가 먼지 구덩이를 벗어나듯 고개를 돌렸을 때, 실내 한가운데에는 커다란 거북이 그의 쪽으로 꽁무니를 보이며 대리석으로 된 크고 널찍한 대 위에 앉아 있었고, 그 위에 거북과는 반대 방향으로, 그러니까 그의 쪽을 향하여 독수리 한 마리가 마치 지금 막 그 거북의 등에 내려앉은 듯 두 눈을 부릅뜨고 고개를 꼿꼿이 쳐든 채 날개를 활짝 펴 올리고 있었다. 그러나 그 두 마리의 짐승은 더할 나위 없이 투명하였다. 그것들이 스모그에 찌든 서울시의 대기보다 투명한 까닭은 얼음으로 만들어져 있었기 때문이었다. 대형 얼음을 쪼아 만든 그것들은 실내의 자동 온도조절기에 의해 조정되면서 견고하게 모습을 유지하고 있었다. 하지만 분명 그것들은 눈에 띄지 않게 조금씩 녹아내리고 있는 것일 터이며, 그러나 그렇듯 어쩔 수 없이 녹아내리고 있음을 그것들을 바라보는 사람들이나 그것들 자신 또한 안타까워할 필요는 없는 것이었다. 오히려 얼음이 완전히 녹아 물이 되어버릴 때에 비로소 그들은 몸을 풀고서 자신이 녹은 물이 수증기로 증발되듯 하늘로 날아올라 힘차게 날갯짓을 하거나, 혹은 자신이 녹은 물속으로 가라앉아 자유롭게 유영하게 될 터이기 때문이었다.

그를 그 자리로 불러낸 장본인인 모 신문사 정치부장은 실내의 자리가 반쯤 찼을 때에야 나타났다. 그들은 평소에 술자리 같은 곳에서 만나 서로 어느 정도 얼굴을 트고 있는 사이였다. 그는 우선 편안하고 즐거운 마음으로 식사를 한 후에 사업 이야기를 하자고 말했다. 그들은 맥주를 곁들여 음식을 먹기 시작했다. 그러나 당연히 마음이 편할 수가 없었던 감태규로서는 음식보다는 술잔 쪽으로 더욱 자주 손이 가지 않을 수 없었다. 그는 유명 일간지의 부장이 왜 자신을 이런 식으로 대접하는지 전혀 알지 못하고 있었던 것인데, 그러나 잔이 비워질 때마다 상대방은 여유를 주지 않고 다시 술을 부었다. 부장이 전화로 만나자는 요청을 하였을 때, 그는 몇 번에 걸쳐 용건이 무어냐고 물었지만, 그는 한사코 그 질문들에 대해 일단 만나고 나서 이야기하자는 식으로 발뺌을 하였다.

이윽고 포만감과 어느 정도의 취기로 머리와 배가 함께 묵직해졌을 때, 그들 앞에는 커피가 놓여졌고 잠시 후 부장이 담배를 피워 물며 말했다.

"변변치 않으나마 나는 신문사에서 글도 쓰고 편집도 하는 사람이고 감 형은 잡지의 편집장이고 하니, 이를테면 같은 편집장끼리 서로의 입장을 이해하는 맥락에서 이야기를 시작하고 싶군요. 내가 감 형에게 부탁하고 싶은 것은 다름이 아니라 얼마 전에 생명이 위독한 상태까지 갔다가 가까스로 다시 회생해서 사람들의 관심을 일깨웠던 이른바 마지막 아나키스트에 대한 것인데, 단도직입적으로 말해서 감 형이 그분과의 인터뷰를 주선해 주었으면 하는 겁니다. 우리와의 인터뷰가 불가능하다면 감 형 자신이 우리가 작성한 질문지를 읽어보고서 그분을 만나 이야기를 나누거나, 아니면 단순히 그분이 스스로 밝히고 싶은 말들을 받아 적어 와도 좋습니다. 감 형도 알다시피 항간에 공공연히 알려진 소문에 따르면 그분은 지난번 정권으로부터 입각 교섭을 받고 거절을 하였다가 오히려 그게 화가 되어 얼마 후에 옥살이까지 하게 된 것이라고 하는데, 그 전후에 일어난 여러 가지 미심쩍은 사건들의 의혹을 풀어 자신의 명예를 회복한다는 의미에서라도, 죽기 전에 증언 형식으로든, 혹은 다른 어떤 형식으로든 당시의 정확한 정황에 대한 말을 남긴다는 것은 자기 자신뿐만 아니라 우리 모두에게도 무척 중요한 일처럼 여겨지는군요. 물론 본인이 원한다면 나중에 돌아가신 후에 유고나 유언으로 발표할 수도 있겠지요."

감태규는 자기도 모르게 고개를 끄덕이지 않을 수 없었다. 언젠가 신
문에서 마지막 아나키스트에 대한 칼럼을 읽은 기억이 떠올랐기 때문
이었다. 그때는 눈여겨보지 않았지만 아마도 그 글을 쓴 사람이 부장인
모양이었다. 반쯤 피운 담배를 재떨이에 눌러 끄면서 부장이 다시 말을
시작했다.

"사실 우리는 그동안 우리 나름대로 그분과의 접촉을 여러 번 시도한
바 있지요. 하지만 늙으면 고집밖에 남는 것이 없는지, 아니면 원체 그
렇게 옹고집이었는지 알 수 없지만 기자들이 찾아가도 만나는 것조차
막무가내로 거절을 하더군요. 나도 직접 내려갔다가 문전박대를 받고
돌아왔지요. 노인네가 웬 목소리가 그렇게 큰지. 그래서 이렇게 감 형
에게 어렵고 번거로운 부탁을 하는 겁니다. 그분과의 개인적인 관계로
나, 나중에 그 글을 발표할 때 필자로 이름을 내서 다른 사람들의 수긍
을 받기 위해서나, 게다가 원고를 써온 이력으로 보나 감 형보다 적당
한 사람은 없다는 게 우리 데스크의 결론입니다. 감 형이 전적으로 동
의하려는지는 모르지만, 그분이 남기는 말은 현금現今의 상황을 위해서
뿐만 아니라 발전적인 정치사를 위해서도 반드시 필요하다고 생각됩니
다. 물론 까놓고 말해서 우리 신문사의 입장에도 도움을 주긴 하겠죠.
그렇지만 생각해봐요. 그분이 입을 다물고 그냥 타계해 버린다면 여하
튼간에 결국 우리는 중요한 증언 하나를 잃어버리게 되는 것 아니겠습
니까?"

감태규는 부장의 표현대로 이른바 마지막 아나키스트의 병든 얼굴을
눈앞에 떠올렸다. 평소에 감태규는 그를 선생이라는 호칭으로 불러왔
다. 선생은 그와 고향을 같이하고 있었고, 실제로 그가 다니던 고등학
교에 잠시 재직하기도 하였으며, 그 후 우연치 않은 인연 덕분에 간간

이 만날 수 있는 기회를 가지게 된 이후로 감태규는 정기적으로 선생을 찾아뵙고 이야기를 나누곤 했던 터였다.

"저로서는 이해할 수 없군요. 이제 그분 같으면 뭐랄까 정치 고고학의 대상에 불과할 터인데, 이렇듯 새삼스럽게 매스컴에서 관심을 가지다니요. 더욱이 이제 돌아가실 날이 얼마 남지 않았으니 여러 가지로 막판에까지 몰린 셈인데 말입니다. 하기야 막판에 몰렸기 때문에 더욱 세상 사람들로 하여금 신경을 쓰게 만드는 것인지도 모르지만."

"하지만 그렇다고 우리가 평소에 그분의 존재를 무시하거나 했던 것도 아니잖아요? 알다시피 한동안 우리 신문사의 자문위원으로도 있었고……."

"그거야 벌써 예전에 잠시 동안의 일이고, 글쎄요. 이건 그분이 원하는 말이 결코 아니지만, 요즘처럼 매스컴이 온갖 구석을 휘젓고 다니는 판국에 그로부터 소외되어 소홀히 다루어진다는 것은 결국 무시당하는 것과 다를 바가 없는 것이 아닌지 모르겠군요. 그런 처지에 이제 와서 새삼스럽게 건질 것이라도 있을까 하는 것은……."

"또 그런 식으로 공연히 다리를 걸고 넘어갈 작정이오? 감 형이 하려는 일이 무엇이든 간에 지금 같은 사고방식으로는 이런 세상에서 아무 것도 되는 것이 없어요. 내가 보기에도 하도 딱해서 하는 말이오. 자꾸 너무 지엽적인 것에 집착한다니까. 내 말을 기분 나쁘게 듣지 말고, 이번 기회에 우리 일도 거들어주면서 내친 김에 체질개선을 하도록 해봐요."

그 말을 듣는 순간 감태규는 잠시 눈앞이 아찔해지는 것을 느꼈다. 체질개선이라는 말이 얼마 전부터 바로 그가 항상 머릿속에 넣고 다니던 단어였기 때문이었다. 나름대로 온갖 궁리를 하며 이리저리 굴려대던 그 말이 지금 다른 사람에 의해 너무도 쉽게, 그리고 피상적으로 사용되고 있음을 목도하자 그로서는 기습을 당한 듯한 기분을 느끼지 않을 수 없었던 것이었다. 그 혼란스러움 속에서 그는 체질개선이란 정말 이중삼중의 어려움을 겪어야 하는 것이라는 사실을 실감하였다. 단순히 생각을 거듭하는 것만으로는 어림도 없는 일이었다. 곧 그는 그렇다면 대체 어떻게 해야 하는 것일까 하는 질문을 자신에게 던졌고, 그런 생각의 와중에서 스스로 놀랍게도 갑자기 그 체질개선이라는 말에 거부감이 솟구치는 것을 어쩔 수 없었다.

"마치 스스로 체질개선을 하겠다고 마음만 먹으면 손바닥 뒤집듯이 모든 것이 가능해지고 동시에 경우에 따라서는 모든 게 불가능해지기도 한다는 투로 들리는군요. 더구나 이렇듯 삶의 방식을 바꿀 수 있는 가능성이 별로 없는 사회에서 말입니다."

"반드시 그렇지만도 않아요. 체질개선이라는 것이 그렇게 거창한 것이 아니거든요. 내 말은 감 형 자신을 세상에 맞추어보라는 것이 아니라, 때로는 좀더 적극적으로 세상을 바라보기도 해야 하지 않겠느냐는 것이죠. 또 압니까. 이번 일이 잘되어 손발이 조금이라도 맞아 들어가기 시작하면 우리가 서로 가운데에서 만나서 함께 좀더 큰일을 할 수 있게 될지도? 더구나 요즘에는 신문사 자체 내에서도 변화하는 시대의 흐름에 맞추어 체질개선을 해야 한다는 목소리가 터져 나오고 있느니만큼, 우리로서도 감 형같이 재야 기질을 가진 사람들의 존재를 절실히 필요로 하고 있으니까 말입니다. 이것 참, 이야기가 자꾸 엉뚱한 데로 흘러가는군요."

"변화하는 시대에 적응해야 한다는 것도 듣기가 껄끄러운 말입니다. 신문이란 이를테면 여론에 대한 충격효과를 주무기로 삼고 있는 법인데, 이젠 재래의 방법으로는 여의치가 않으니까 다른 출구를 찾아보아야겠다. 내게는 이런 식으로 들리니까요. 그렇지만 적어도 나는 충격효과 같은 것에 그다지 의미를 부여하지 않는 편입니다."

"이봐요. 감 형이야말로 우리 사이에서 그냥 넘어갈 수 있는 부분을 새삼스럽게 물고 늘어지지 마쇼."

그들의 이야기는 그런 식으로 한동안 계속 이어져나갔고, 그러다가 어느 순간에 부장은 감태규의 확답을 받아내려는 노력을 포기하고는, 좀더 신중히 생각해 본 후에 전화를 해달라는 말과 함께 명함 한 장을 남기고서 먼저 자리에서 일어섰다. 아마도 부장의 머릿속에는 마지막 아나키스트가 죽기까지는 아직 시간적 여유가 있다는 계산이 서 있는 것일 터였다. 그가 계산을 치르고 식당을 떠났을 때 감태규는 그가 건네준 명함을 찬찬히 들여다보았다. 그것은 정체불명의 실루엣처럼 그의 눈앞에서 희뿌옇게 어른거리고 있었다. 그 명함은 바로 여운 그 자체였다. 좀더 심사숙고하라는 말도 여운을 좀더 연장시키려는 장치였고, 말하는 중에 은근히 그를 신문사에 영입할 수 있다는 뜻을 비친 것 역시 그의 머릿속에 여운의 함정을 파놓은 것이었다. 그동안 자주 느껴 왔던 대로 부장은 역시 여운을 남기는 데에 탁월한 재주가 있었다. 그리고 그런 여운이야말로 매사에 좀더 심각한 것을 지향하는 인물들, 사소한 것들 속에서도 음모와 비밀의 흔적을 남기기를 즐기는 음침한 성향의 인물들에게서 자주 발견되는 특징이었다. 감태규가 보기에 그들이 가지고 있는 저 도저한 자기 논리의 벽은 여운이라는 교묘한 완충물을 통해 현실과 타협을 이루며 살아가고 있는 것이었다.

그는 그 여운의 덩어리가 그의 눈앞에 내밀고 흔들어대는 희고 네모진 꼬리를 집어 들고서 두 조각으로 찢었다. 그러나 그 순간 찢어진 것은 오히려 엄지와 검지 사이의 살갗이었다. 그 종이는 그 속에서부터 음험한 냄새를 풀풀 풍기고 있었듯이 겉으로도 손으로는 절대 찢어지지 않는 성질을 가지고 있었고, 자기를 압박하는 외부적인 힘에서 교묘하게 벗어나서 순식간에 역공을 취한 것이었다. 그는 피가 흐르는 손바닥을 남들이 보지 않도록 명함을 구겨 쥔 채로 주먹을 쥐고서 자리에서 일어섰다. 종이라고 해야 할지 플라스틱의 일종이라고 해야 할지 판단이 서지 않는 특수물질인 그것은 일단 구겨진 후에도 그의 손 안에서 꿈틀거리며 몸을 펴기 위해 애쓰고 있었다. 그러면서 그 명함은 그의 손 안에 빳빳한 수표의 질감을 남기면서 끊임없이 그를 유혹했고, 수표와 명함 등등이 종이 조각에 대한 그의 콤플렉스를 교묘하게 자극하고 있었다.

그가 몸을 일으킬 때, 실내에는 부드러운 애수가 실린 노래가 흘러나오고 있었다. 귀에 익은 그 가락을 머릿속으로 따라가던 그는 그때 문득 그 남자 가수가 누구인가를 기억하였다. 직접 작곡도 하고 노래도 부르는 그 가수는 상당히 오랫동안 전통적인 정조를 담은 가요를 만들어왔는데, 최근 갑자기 변신을 한 것이었다. 말하자면 그는 놀라운 체질개선을 한 것이었는데, 어느 날 갑자기 반체제적인 노래운동의 기수가 되어 듣기에도 충격적인 노래들을 만들어 부르고 있는 터였다. 곰곰이 생각해 보면 그 가수는 큰 행운을 타고난 셈이었다. 왜냐하면 우선 그는 지난날의 자신을 완전히 부정할 수 있는 기회를 가질 수 있었기 때문이었다. 그리고 또한 그렇듯 자신을 뒤집어 전적으로 자신을 투여할 가치가 이 세상에 남아 있었다는 것 역시 어찌 보면 적어도 그 자신에게는 더할 나위 없는 행복일 수 있었던 것이었다. 들리는 말에 의하면 그 가수는 요즘 과거에 자신이 만든 노래들에 대해 부끄러움을 느낀다고 공공연히 말을 한다고 하며, 다분히 내성적인 그가 최근 들어 그토록 열성적인 활동을 벌이고 있는 것도 아마도 자신을 갈아엎으면서 얻은 힘의 덕분일 것이었다.

감태규는 입 안이 씁쓸해지는 것을 느끼며 호텔을 나서서 매캐한 스모그 속으로 들어섰다. 옆을 지나치는 차들과는 반대방향으로 길을 걸을 때, 그의 생각은 그 가수로부터 병으로 누워 있는 선생에게로 자연스럽게 넘어가고 있었다. 젊은 시절에 대학생의 신분으로 아나키즘 운동에 가담하여 반일 테러에 앞장섰던 그는 해방 후에는 반독재 투쟁으로 삶을 일관하였다. 독재정권들은 그를 사회로부터 격리시키려는 노력을 수행하는 한편으로, 그에게 입각을 제의하는 이중의 전술을 동시에 구사하였다. 그러나 선생은 입각에 응하거나 출마를 하는 것이 스스로 격리되는 것이고, 입각 교섭을 뿌리쳐서 스스로 자신을 격리시키는 것이 사회 속에서 자신의 자리를 찾는 것임을 잘 알고 있었다.

그러나 사거리에 이르렀을 때부터 감태규의 머릿속에서는 오랫동안 그 가수와 선생의 모습이 한데 겹쳐져 있었다. 문득 그는 선생이 그렇듯 일관된 삶을 살 수 있었던 것 역시 다분히 역설적으로 끝없는 체질개선에 의해 가능했음을 깨닫게 되었던 것이었다. 체질개선이란 변화하기 위해서 뿐만 아니라 변화하지 않기 위해서도 필요한 것이었다. 잠시 후 그는 하고 싶고 해야 할 많은 일들을 한 줌의 욕망의 소진과 함께 기꺼이 날려버리고서 조만간 선생을 찾아가보기로 마음을 정하였다. 그러나 그때 이미 그의 머릿속에는 신문사 부장에 대한 기억은 남아 있지 않았다.

2

감태규가 그의 친구이자 지방에서 작은 출판사를 경영하는 강규진을 만나 함께 점심을 먹고 산보 삼아 길을 걷던 중에 우연히 여러 사람들에 의해 살인사건이 재현되고 있는 곳을 지나게 되었다. 한쪽 길을 거의 메우고서 웅성거리는 사람들의 어깨 너머로, 수갑을 찬 젊은 남자와 수사관들, 정복 경찰관들 등등이 한데 뒤섞여서 마치 연극의 리허설을 하는 듯한 장면을 보고는 감태규는 얼마 전에 그곳에서 일어났다고 보도된 바 있는 살인사건의 현장검증이 경찰 측에 의해 이루어지고 있음을 어렵지 않게 알 수 있었다.

검증은 경찰관들과 몇몇 구경꾼들을 포함한 여러 사람들이 내뱉는 분노의 고함과 독촉의 소리에 밀리고, 변호사인 듯한 남자와 용의자의 가족으로 보이는 사람들이 되받아 내지르는 소리에 되밀리면서 간신히 느릿느릿 진행되고 있었다. 그리고 그 극의 주인공은 일을 저지른 후에도 범행도구를 가지고 있었다고는 쉽게 믿어지지 않을 정도로 명민하게 반짝이는 눈초리를 하고서 머뭇거리는 행동들 사이사이에 간간이 사람들의 시선을 하나씩 짚어보고 있었다. 이윽고 그의 손에 들려 있던 칼이 죽은 자의 대역을 하는 경찰관의 가슴을 똑바로 겨누었고, 사람들은 마치 연극의 절정 부분을 지켜보듯 탄성과 신음소리를 발하면서 그렇듯 본의 아니게 실감나고 흥미진진한 연기를 하는 배우들에게 일종의 갈채를 보내기 시작하였다. 실제로 그 순간 칼에 찔린 것으로 되어버린 경찰관은 약간 고통스러워하는 표정을 지어 보이며 바닥으로 넘어졌다. 그로써 용의자는 살인을 저지른 것이고 피해자는 숨이 끊어진 것이며, 순간순간 당장이라도 뒤집어엎어질 듯한 연극은 끝나고 관객들은 흥분 속에서 서서히 맥이 빠지기 시작하는 것이었다. 극의 주인공은 넋이 나간 표정으로 대낮에 길에서 강도를 위한 살인을 저지르는 연기를 무기력한 몸짓으로 해내었으며, 그 덕분에 그 연극은 부조리극의 냄새를 풍기고 있었다.

그 연극이 끝난 자리에 남아 있는 모든 것은 경찰과 법의 몫이었으며, 그 한가운데에 날카로운 흉기에 찔려 살해된 젊은 남자의 변사체가 가로놓여 있었다. 하여 오랫동안 수사를 벌인 끝에 경찰은 드디어 몇몇 혐의자들의 신병을 확보하고는 그들이 숨겨놓고 있었던, 혹은 그들의 것으로 추정되는 칼과 흉기를 가지고서 시체의 가슴에 나 있는 상처의 모양과 깊이에 맞춰보는 작업을 시작하였고, 그 결과로 상황은 다시금 이렇듯 연극의 자리로 되돌아온 것이었다.

그런데 이미 이루어진 상처에 칼을 맞춰본다니! 칼과 상처를 대조해본다는 사실에 생각이 미친 순간, 감태규는 흠칫 몸을 떨었다. 그의 머릿속에서는 날카롭게 벼려진 칼을 마치 칼집에 되꽂듯이 피를 흘리며 벌겋게 벌어져 있는 상처 속에 집어넣는 장면이 선명하게 떠올랐기 때문이었다. 그것은 살인사건을 되살려보는 것이 아니라 그 자체로 이미 또 다른 살인을 저지르는 행위였다. 그런 식으로 칼은 언제나 상처 속으로 파고들게 되어 있었고, 결국 칼은 곧 상처였고 흉터였다.

예전에 감태규는 접을 수 있게 되어 있는 손칼을 하나 몸에 지니고 다닌 적이 있었다. 우연히 그것을 손에 넣게 된 이후로 그는 왠지 모르게 그 칼을 버리고 싶지 않았고, 그러다보니 그것이 실제로 자주 유용하게 사용되곤 하였던 탓에 자연히 그것을 필수적인 소지품의 하나로 여기게 된 것이었다. 그러나 칼과 같은 이른바 흉기라는 것은 인간들의 사회에서는 항상 그것이 가지고 있는 이미지에 합당한 결과를 초래하게 되어 있는 모양이었다. 어느 날 그가 사소한 일로 검색을 당하게 되었을 때 그 칼이 튀어나와 어느 법의 집행자의 손 위에 놓이게 되었고, 그는 그 칼에 얽혀 있는 모든 가능한 혐의 사실들을 그 자리에서 명료하게 풀어내야 했다. 그러나 그의 설명은 이를테면 끈을 푸는 대신 차라리 잘라버리는 쪽을 택한다는 식으로 나아갔고, 당연히 상대방은 그를 이해하려 들지 않았다. 그 낭패감 속에서 비로소 그는 분명히 깨달을 수 있었다. 여하튼 그 칼은 다른 사람들에게는 잠재적인 흉기였고, 그들에게 있어서 그것은 상처든 흉터든 구체적으로 무엇인가와 반드시 맞아떨어져야 하는 것이었다. 그래야만 그는 어떤 식으로든 그들을 안심시킬 수 있는 것이고, 나아가 부정적으로든 긍정적으로든 그들 사이에서 한 자리를 차지할 수 있게 되는 것이었다.

그때 그가 더 이상 해명조의 발언을 할 수 없게 되기에 이르렀을 때, 경찰관은 그를 연행하려 하였고, 그러다가 이내 무슨 이유에선지 마치 선심이라도 쓰는 태도로 칼만을 압수하고는 그를 풀어주었다. 상대방이 갑자기 태도를 바꾼 데에 대해 미심쩍은 기분을 떨칠 수 없었던 그는 돌아서면서 다시 한 번 흘낏 그 경찰관을 훑어보았다. 그리고는 그의 몸에도 또한 권총과 시위 진압봉과 같은 흉기가 당장이라도 절그렁 소리를 낼 듯이 위압적으로 매달려 있는 것을 보았다. 바로 그것들이 그의 작은 손칼의 존재를 무마시키고 무시해 버린 것이었다. 그렇다면 그 흉기들은 대체 다시금 그 어디에 맞아떨어질 것인가. 그리고 그제야 그는 알 수 있었다. 그 흉기들은 항상 언제 어디에서도 그의 정수리와 심장 한복판을 겨냥하고 있는 것이었다. 그리고 이미 그것들은 그의 몸 곳곳의 급소에 바싹 다가서 있는 것이었다.

감태규가 배우들이 돌아갈 차비를 하기 위하여 주변을 정리하는 모습을 바라보며 망연히 서 있자, 강규진이 그의 어깨에 손을 얹으며 말했다. 그의 말은 날카로운 칼처럼 감태규의 생각을 갈랐다.

"나는 방금 그 젊은 사내의 얼굴을 마지막으로 똑똑히 보아두었어. 아마 곧 그 얼굴에는 인면수심이나 하는 말들이 내걸린 채 보도를 통해 사람들에게 공개될 것이야. 그리고 지금 나는 오히려 그 인면수심이라는 상투적인 말에 대해 욕지거리가 튀어나올 것 같은 기분이야. 우리들이 경우에 따라 그야말로 아무렇지도 않게 쓰는 그 말 속에는 사람을 얼어 죽게도 하는 추위가 감돌고 있어서 수시로 그 찬바람의 소리가 들려나오고 있다는 느낌이 들기 때문이야. 인면수심이라는 말의 그 날카로운 칼날, 그 말을 쓰는 사람의 시린 마음 끝, 그 차가운 붓 끝, 그 냉랭함이 언제까지고 모든 칼로 하여금 상처를 만들게 하는 것은 아닐까."

"말하자면 칼을 다루고 대하는 인간들의 마음이 칼끝보다 더 차고 시린 법이지. 사실 우리 주변에는 일상적으로 수없이 많은 살인과 학살의 사진들이 존재하는 것이고, 때로 인간의 역사란 끝없이 교수형과 총살형의 장면들만이 반복되는 영화에 다름 아닌 것일 수 있지. 그것들이 어찌 인간정신에 들이밀어진 흉기가 아니라고 할 수 있을까? 무수히 많은 형사극과 추리극이 난무하고 있는 것도 그것의 증거인 것이 아닐까?"

배우들이 일부는 차를 타고 일부는 차에 실려 그 자리를 떠나고 구경꾼들이 흩어지고 난 후에도, 그들은 그곳에 오랫동안 머물러 있었다.

"그러나 단순히 그뿐만이 아니지. 우리는 때로 남들의 행복을 그로테스크한 정물 바라보듯이 하기 일쑤지. 그럴 때면 남들의 행복, 혹은 아예 행복이라는 개념 그 자체가 칼이 되어 수시로 우리를 찌르고 들어오는 법이지. 흉기라는 구체적인 물건이 존재하는 것도 행복이라는 것이 반작용으로 가지는 고통스러움 때문이 아닐지."

"하지만 그렇게 보자면 사랑이니 우정이니 상호 존중이니 하는 것도 결국은 서로서로 상대방의 몸에 나 있는 상처에 맞아떨어지는 흉기의 역할을 하는 것이 아닐까? 너와 내가 사랑하는 것이 서로의 상처에 서로의 흉기를, 그것도 무수히 반복하여 들이밀어 보는 행위인 것이 아닐까? 그러니 우리는 때로 어떤 흉기들의 날카로움을, 그것들의 첨예함을 사랑해야 하는 것은 아닐까?"

"하기야 우리네 삶에서 서로 합하려들 때 합해지지 않거나 연관되지 않는 것이 어디에 있겠는가, 마치 칼과 창처럼. 그리고 또한 우리네 삶에서 서로 떼어놓으려 할 때 서로에게서 떨어져 나오지 않는 것이 어디에 있겠는가, 이 또한 마찬가지로 칼과 상처처럼. 우리네 삶을 이루는 모든 것들, 우리네 삶 자체의 편린들이 그러하듯이."

거기에서 두 사람의 대화는 나아갈 길을 잃고 말았다. 그들은 자신들이 아무리 담담한 어조를 취한다 하더라도 더 이상의 이야기가 적어도 당분간은 서로에게 흉기가 되거나, 서로에게서 상처를 찾아내는 결과를 초래할 뿐이라는 사실을 예감할 수 있었던 것이다. 하지만 그렇다고 그들로서는 여하튼 말을 계속하지 않을 수 없었다. 결과적으로 비록 자신의 몸속에서 심장을 끄집어내듯 고통스럽게 흉기를 꺼내들지 않을 수 없거나 상대방의 상태에 소금을 뿌리듯 흉기를 들이밀지 않을 수 없게 된다 하더라도. 하여 강규진이 자신의 몸에 난 상처와 똑같이 생긴 칼을 하나 손에 들듯이 감태규에게 물었다.

"혹시 살인이 죄가 된다는 것을 모르는 사람들 앞에서는 너 자신도 살인을 할 수 있을 것 같다는 생각을 해본 적이 있었나?"

그가 짧은 물음을 마치고 얼핏 고개를 돌렸을 때, 그는 친구의 얼굴에 비장한 표정이 어려 있는 것을 보았다. 감태규는 잠시 더 그의 시선이 자신을 힐끔거리도록 내버려두고 있다가 이윽고 아까부터 아랫배를 잔뜩 압박하고 있는 외투의 끈을 풀어 더욱 힘껏 잡아당겨 동여매고는 대답했다.

"고백하자면 나는 벌써 오래전부터 누군가가 죽기를, 죽어버리기를 바라고 있어. 사실 그동안 어떤 이유로든 내 주위의 누군가가 차라리 죽기를, 하다못해 나를 위해서라도 죽어주기를 바란 적이 있었지. 그가 스스로 죽음을 선택할 리는 없으니까, 불의의 사고라도 나서 말이지. 하지만 당연히 나의 그런 바람은 아직까지 단 한 번도 이루어진 적이 없었지. 나는 그동안 그 점에 대해 불만이 컸어. 왜 나의 바람은 단 한 번도 이루어지지 않는 것일까. 물론 내가 죽기를 바랐던 사람들 중에서 실제로 죽은 사람들도 있지. 하지만 그런 경우에도 그들은 내가 그들에 대해 가지고 있던 반감이 다른 무엇에 의해 상쇄되거나, 아니면 자연스럽게 망각되어 가고 있던 중에 대부분 병에 의해 세상을 떠나버린 것이지. 그러니 단 한 번만이라도 내가 바라는 대로 되지 말라는 법이 어디 있는가. 그런 의미에서 나는 지금 누군가가 죽기를 간절히 바라고 있어. 내가 그 자를 다시 만날 확률도 크지 않고 그 자의 죽음이 내게 알려질 가능성도 거의 희박할지도 모르지만, 그럼에도 불구하고 나는 그가 죽기를 원하는 거야. 그리고 그렇듯 그가 죽기를 바라는 와중에서 나는 자주 깨닫게 되지. 내가 살인에 대한 아무런 죄의식 없이 누군가가 죽기를 바람으로 하여, 이미 그 자는 죽은 것이야, 내게 있어서만이 아니라 실제로 이 우주 속에서 그는 사고에 의해서가 아니라 나에 의해, 요행수를 원하는 것 같은 나의 바람에 의해 죽임을 당한 거야. 실제로 죄의식이 없는 한 나는 모든 것을 할 수 있어. 그것이 내가 나의 삶과 우리의 삶을 대할 때 상기하는 기본적인 명제인 셈이지."

물론 강규진으로서는 그렇게 말하는 감태규의 얼굴에서 살의라든가 적대적인 표정 같은 것은 전혀 느낄 수가 없었다. 오히려 강규진은 그의 얼굴에서 가운데가 텅 빈 하나의 둥근 원을 볼 수 있을 뿐이었다. 그 원을 넘겨다보며 그가 중얼거렸다.

"그래, 그렇다면 너는 언젠가는 나를 죽일 수 있겠구나. 그 누군가가 바로 너 자신이기도 하듯이."

3

강규진은 상상한다. 불면의 밤에 수없이 뒤척이면서 강규진은 상상한다. 지금껏 이렇게 저렇게 정신적으로 크게 시달림을 당한 경험이 적지 않았음에도 불구하고 그동안 그는 불면증이라는 것과는 어느 정도의 거리를 유지해 온 셈이다. 그런데 어느 날 갑자기 그는 자신이 불면증이라는 블랙홀의 한가운데에 빠져들어 있음을 깨달았다. 저녁이 되어 방바닥이나 의자 위에 앉아 있으면 깜박깜박 졸음이 찾아든다. 그러면 그는 잠에 들 수 있는 기회를 놓치지 않고자 얼른 자리에 눕지만, 그러나 잠을 자기 위한 그 간단한 예비행위만으로도 어느새 그는 잠으로부터 멀리 밀려나와 있다. 마치 그의 의식이 등이나 배가 맥없이 바닥에 닿는 것을 완강히 거부하는 듯하기까지 하다. 한밤중에 억지로 잠을 청하기 위해 누워 있다가 문득 머릿속으로 숭숭 바람이 드나드는 느낌이 들어 자리에 일어나 앉으면, 그때 그는 정신이 그토록 맑을 수가 없다. 지금까지 한 번이라도 이 정도의 맑은 정신을 가져본 적이 있었던가 하는 자문이 떠오를 정도다. 그 지나치게 맑은 정신으로 강규진은 상상한다.

매일 매일 숨 가쁘게 일어나는 그 수없이 많은 충격적인 사건들이 어느 날 갑자기 더 이상 일어나지 않게 되면 어떻게 하지. 모든 위정자들이 한 사람의 예외도 없이 느닷없이 양심선언을 하고, 경제인들이 약속이나 한 듯이 너도나도 어느 날부터 재산공개와 자선사업과 근로자 복지를 위하여 헌신적인 일을 하기 시작한다면 어떻게 하지? 그렇게 되면 이 세상은 얼마나 즐거운 지옥이 될 것인가. 모든 것이 뒤집어져서 그야말로 역설적인 속살이 알알이 드러나는 세상, 소외의 현실이 지독한 자족의 공간 속으로 꾸역꾸역 밀려들어가는 공간, 완벽한 자유와 평등의 고전적인 개념에서의 소박한 인간주의적인 세상 속에 결코 아무것도 두려워하지 않게 하는 혼돈스러움과 무질서가 자연스럽게 자리잡고 있는 새로운 우주, 그 속에서 우리는 어떤 모습으로, 그리고 어떤식으로 우리 자신들을 믿으며 살아갈 수 있을까. 그리고 그 즐거운 지옥 속에서는 맑은 정신으로 무엇에 대해 상상할 수 있을까.

강규진의 의식은 그의 머릿속에서 펼쳐지는 기묘한 상상의 세계 속으로 기형아처럼 기어 들어가서 몸을 눕히고 잠을 청한다. 그곳에서 그는 피를 흘리듯 잠을 잔다. 그의 피는 응고되어 살갗 위에 딱지를 앉히는 대신 작은 상처를 통해 조금씩 끊임없이 흘러나온다. 그러다가 이윽고 그의 몸 안에 피가 한 방울도 남아 있지 않게 되어 혈관들이 텅 비고 말라붙어 버리게 될 때, 그는 잠에서 깨어나듯 상상을 멈춘다.

4

어느 날 홀로 아침 식탁에 앉은 감태규는 문득 자신의 비망록을 끌어당겨 그 한 귀퉁이에 이렇게 쓴다.

방금 그 누구라고도 할 수 없는 한 인간의 축약된 삶의 한 모습이 내 머리에 떠올랐다. 그 누구라고도 할 수 없는 그는 어느 날 문득 자신의 가족과 자신이 몸담고 있는 사회에 대한 사랑에 대해 돌이켜보았다. 그런데 스스로에게도 놀랍게도 그가 아무리 자신의 마음속을 헤집어보아도 기껏해야 그 사랑에 대한 일종의 기억만이 푸석푸석한 심장의 밑바닥에 겨우 흔적 같은 것으로만 희미하게 남아 있을 뿐이었다. 그는 무척 놀랐지만, 뒤늦게나마 그 사실을 깨닫게 되었음을 다행으로 여기게 되었다.

그러나 그 사랑을 되찾기 위하여 정작 그가 할 수 있는 일이라곤 거의 없었으며, 더욱이 그는 자신을 둘러싸고 있는 일상적인 두께를 뿌리칠 수 없었다. 하는 수 없이 오랜 궁리 끝에 그는 아예 사랑이니 하는 것을 머리에 떠올리지 않기로, 사랑이라는 감정을 심각하게 돌아보지 않기로 할 수밖에 없었던 것인데, 하지만 그 또한 쉬운 일이 아니었다. 그리하여 급기야 그는 자기 자신과 교묘한 타협을 하여 자신이 느끼고 있는 감정 자체를 곧 사랑의 전부로, 그리고 행복의 전부로 여기기로 하였으며, 그런 마음으로 또 다른 사람들을 사랑하고 그런 식으로 부단히 행복하고자 노력하였다.

그러다가 어느 날 그는 그런대로 제 명을 다 채우고 죽었다. 그는 자기 나름대로 사랑을 하면서 행복했던 셈이었다. 그러나 조금만 다른 시각으로 따지고 들자면 그는 자기가 꾸며낸 행복과 사랑의 달무리를 주변에 꾸며놓고는 자기 자신을 다독거리고자 애써온 것일 뿐이며, 그렇다면 어느 시기 이후부턴가 줄곧 그런 식으로 삶을 일관한 그는 결과적으로 그 누구도 제대로 사랑하지 못한 것이고, 그 스스로도 결코 행복해 보지 못했던 것이 아닐 수 없다. 자신도 어쩔 수 없이 결국 다시는 아무도, 그 무엇도 사랑을 할 수 없게 되고 만 것이라니…… 그리고 그것이 그의 축약된 삶의 전부라니…… 이런 밑도 끝도 없는 생각이 가슴을 쓸고 지나간 지금 나는 전율감이 온몸을 감싸는 것을 느낀다. 나는 지금 어떤 삶의 축약된 모습을 나 자신도 모르게 꾸며내고 있는 것일까.

5

감태규는 산등성이에 서서 가파른 비탈에 서 있는 소나무를 비롯한 온갖 잡목들을 바라보고 있었다. 경사진 땅바닥에서 자라 오른 그것들은 그러나 지면의 비스듬함을 무릅쓰고 오기를 부리듯 꼿꼿하게 직립해 있었다. 그러고 보니 좀더 아래쪽으로는 밭이 일구어져 있고 그 밭을 빽빽하게 채우고 있는 옥수수들의 연약한 대궁 또한 거친 바닷바람에 휘둘리면서도 하나같이 지구의 중심을 향해 창처럼 꽂혀 있었다. 그 모습을 오래 바라보고 있자니 비탈의 경사면이 무색해질 지경이었다. 하지만 그뿐만이 아니었다. 그곳에 서 있는 인간들 또한 한쪽 다리를 아래쪽으로 길게 늘어뜨려 몸을 직선으로 유지하고 있었고, 그 모습은 영락없이 소나무와 옥수수를 닮은 것이었다.

비탈이 아래로 흘러내려 끝나는 곳에 둔덕을 하나 넘어서 저 멀리 바다가 구겨진 푸른색 양탄자처럼 펼쳐지고 있었다. 온통 크고 작은 바위로 이루어져 있는 그 둔덕은 이미 깊어져 있는 바닷물을 방파제처럼 가로막고 있었다. 멀리서 보기에도 바다는 유난히 짙푸른 색으로 해안을 감싸고 있었다. 한 어부의 말을 따르면, 해변 가까이의 바다 속에는 해초가 많이 자라고 있고 그것들이 강한 햇살에 녹아 물속에 떠 있어 그토록 물색이 진하다는 것이었다. 물 속에 해초가 많이 녹아 있다면 잔물고기들 또한 많을 것이고, 그렇다면 아마도 앞바다는 풍요로운 어장일 터였다. 날씨가 맑게 개어 있음에도 불구하고 바람에 몸을 실은 파도가 대기를 뒤집어엎을 듯 수시로 몸을 일으켜서 모래와 바위 위에 몸을 던지고 있었다. 그러나 파도는 일단 육지 위에 닿으면 수줍은 처녀의 몸을 가리듯 거품 모양의 레이스가 달린 물색 치마를 모래와 바위 위로 끌며 서둘러 바다 속으로 되돌아갔다.

그때 그와 약간 옆으로 비낀 방향으로 서서 바다를 바라보고 있던 강규진이 바다에 시선을 담근 채 말했다.

"오랜 세월과 바람과 파도에 풍화되고 침식된 저기 저 바위를 보라구. 인간도 죽지 않고 오랫동안 살아남아서 저렇게 물과 바람에 깎일 수 있다면 그때는 어떤 모습이 될까? 지금 보니 내게는 마치 파도와 바위가 자기들 나름대로 서로에게 끊임없이 질문을 하고 대답을 함으로써 서로의 앞에 존재하고 있는 듯이 여겨진다. 평소처럼 바다를 보면서 침묵 속으로 빠져드는 대신. 지금 내가 오히려 너와 무수히 많은 말을 나누고 싶은 충동을 느끼고 있는 것도 그런 때문일까?"

"하지만 나는 그렇지 못해. 그동안 매사에 질문을 일삼고, 언제 어디에서든 거의 항상 심각하고 의미적인 것으로 나아가지 못하면 전전긍

긍하지 않을 수 없어했던 나 자신에 대한 역겨움이 요즘 들어 나를 바꾸어놓고자 충동질하고 있지. 그래서 나는 오히려 사소한 것과 그 사소한 것 속에 내재해 있는 미미한 의미들에 집착하게 되었고, 반대로 거창하게 보이는 것들 속에 들어 있는 거창한 허위의식과의 싸움을 벌일 결심을 하게 된 것이지."

"네 말 속에서는 의외로 전략적이고 전투적인 단어들이 자주 튀어나오는데, 하지만 놀랍게도 그런 네 말은 얼핏 보기에 아무런 구체적인 전망도 가지고 있지 않은 듯이 보이는 건 왤까?"

"글쎄, 내게 있어서 전망이란 철저히 현실주의적인 발상으로 나를 이끌어갈 수 있는 방법에 지나지 않아. 말하자면 내게는 사람들이 이야기하는 바로서의 전망이라는 것은 존재하지 않지. 그리고 오히려 나는 내 사고방식이나 나의 삶에 전망이 결여되어 있음을 이 시대의 한 징후로 파악하고자 한다. 낙관적이고 단순히 당위적인 전망을 가지기보다는, 차라리 전망의 확립의 어려움을 끊임없이 환기시킴으로써 제대로 된 전망의 모색에 작은 몸짓으로나마 가까이 다가가고자 하는 것이지. 말하자면, 가능하다면 나의 이런 생각 자체도 전망이라는 것을 반성할 수 있게 하는 하나의 기제로써 적용할 수 있기를 욕구한다고나 할까."

"그래서 너는 무정부주의자이자, 허무주의자인 셈이겠지."

"무엇이 나로 하여금 나 스스로를 무정부주의자라고 부르고 싶은 욕망을 가지게끔, 혹은 그렇게 되지 않을 수 없다는 느낌을 가지게끔 만들었는지 나로서도 한마디로 단언할 수 없는 것이 사실이지. 하지만 무정부주의자와 허무주의자가 굳이 달라야 할 바도 나는 모르겠어. 단지 나는 무정부주의자와 허무주의가 궁극적인 하나의 가장 윤리적인 입장을 찾아나서는 나름의 노력이라는 점에서 서로 만난다는 생각을 하고 있지."

어린 시절의 감태규는 언젠가 한나절 내내 바닷가에 앉아 파도치는 바다를 바라보며, 언제까지고 바다의 격정을 가슴에 안고서 살아갈 수 있을까 하는 생각을 한 적이 있었다. 하지만 어린 가슴에 담기에도 벅차던 그 생각을 다시금 떠올리는 그는 공연히 마음이 어수선해지는 것을 느끼지 않을 수 없었다. 그리고 그 어수선함이 그로 하여금 다시금 자리에 누워 있는 선생을 머리에 떠올리게 하였다. 강규진과 여행을 떠나면서 강태규는 내내 선생을 만나러 가는 일을 놓고 심리적인 갈등을 느끼고 있었다. 강규진과 여행을 떠나면서 감태규는 내내 선생을 만나러 가는 일을 놓고 심리적인 갈등을 느끼고 있었다. 부장의 말을 달리 해석하자면 이미 선생의 건강이 돌이킬 수 없을 정도로 기울어져버린 것인지도 모르는 일이었다. 그렇다면 너무 늦기 전에 선생을 찾아뵙는 것이 도리일 것이었다. 그러나 사실 그가 여행의 방향을 이렇듯 남쪽의 바닷가로 잡은 것은, 예정된 행선지를 따라 움직이며 곰곰이 생각해 보다가 일단 마음이 결정되면 그곳에서 멀지 않은 선생의 집을 방문하려 한 것이었다. 강규진은 그의 그런 어지러운 속마음을 짐작하려 하는 대신 끊임없이 말을 건네 오고 있었다. 그러나 그의 말은 감태규를 성기시게 하기보다는 오히려 착잡하게 얽혀드는 생각을 정리할 수 있게끔 해주고 있었다.

"네 생각은 항상 촌스러움을 거느리고서 시대의 첨단에 올라서려는 노력을 지향하려는 듯하다는 느낌을 내게 받게 해. 물론 각 시대의 첨단과 촌스러움은 원래 어느 정도 겹쳐지게 되어 있는 법이긴 하지만, 그러다보면 결국 사태의 핵심이 흐려지게 되는 결과를 초래하지 않을까?"

"글쎄, 핵심이라는 건 차라리 때로 흐려지기도 해야 하는 것이 아닐까? 그래야 핵심 자체가 그 흐림이 걷히기를 요구할 것이고, 그렇게 되면 나중에는 더욱 선명해지는 것일 테니까. 더욱이 핵심이란 자명한 것이 아니니까. 핵심이란 각각의 시각과 형편을 다른 모습으로 만들어놓을 뿐만 아니라 바로 그 속에 존재하니까."

"핵심에 대해 모호한 입장을 취하다보면 너도나도 역사에 대해 너그러워지고 스스로에게 관용을 베푸는 오류를 범하게 되는 것은 아닐지?"

"그런 잘못된 관용은 오히려 현실 전체를 포기하거나 아니면 자기만의 현실에 집착하는 자들에게서 더욱 자주 발견되는 것이지. 마찬가지로 현실에 주눅이 든 자들이 가장 관조적인 입장을 취하기도 하는 것이고. 이 말은 듣기 거북할지는 몰라도 정확한 사실이야."

"정확한 사실이라구? 자기 살 파먹기 식의 그런 정확함이 무엇을 보장해 주는 걸까? 서로가 서로를 대상으로 하여 하는 말은 항상 그 자체로 비전, 혹은 전망이라는 것을 가져야 하는 것이지. 기왕에 그 말 속에 자신의 입장을 반영해 놓는 것이 사실이라면, 정확성을 빙자하여 그렇듯 전망 같은 것을 아랑곳하지 않는 것은 언제든 좌절하지 않을 수 없는 것이야."

"굳이 그런 식으로 말한다면, 나의 전망은 일상의 환멸과 실패를 가시화하기라고 할 수 있지. 그리고 그런 의미에서 나의 말과 행동은 요즘 많이 쓰이는 어투를 빌려 말해서 현실이 실패하고 좌절하는 과정 그자체인 것이지."

"하지만 전망이 우리에게 백신으로 작용하기에 앞서 실패하여 쓰러진다 하더라도 반드시 현실이 꼿꼿하게 일어서는 것도 아니고, 그렇지만 이 모든 것을 떠나서 우리는 어린 아이처럼 꿈틀대는 생명으로 살 수는 없는 것일까? 어린 아이의 꿈틀거림은 이를테면 전망 그 자체이고, 실패니 좌절이니 하는 것이 끼어들 자리가 없을 테니까."

그러나 감태규는 그 말에 아무런 대답도 하지 않고서 앞장서서 산을 내려갔다. 잠시 후 그들이 점심을 먹기 위해 포구의 작은 식당 앞에 놓여 있는 간이탁자를 가운데 두고 마주 앉았을 때 한 젊은 남자와 젊은 여자를 실은 오토바이 한 대가 요란한 소리를 내며 달려와서 그들로부터 조금 떨어진 곳에 멈춰 섰다. 옷차림이 예사롭지 않고 진한 화장기로 얼굴을 치장한 젊은 여자는 작은 여행용 가방을 들고는 가볍게 바닥에 내려서서 젊은 남자에게 손을 흔들어 보인 후 길가에 있는 다방 안으로 사라졌다. 바닷가를 따라 작은 마을들이 흩어져 있는 그곳에서는 다방과 술집의 아가씨들이 수시로 교체되는 것이고, 그녀들은 이리저리 옮겨 다니다가 막말로 얼굴이 팔릴 대로 팔려버리면 아예 그곳을 떠나 전혀 다른 곳으로 떠나가는 것이었다. 아가씨들의 이동과 수송을 맡고 있는 듯한 젊은 사내는 오토바이를 길가에 세워두고서 헬멧을 벗어 손에 들고는 식당 안쪽으로 들어갔다.

　포구가 끝나는 곳쯤에, 마을로부터 조금 외따로 떨어져 있는 곳에는 짓다 만 작은 시멘트 건조물 하나가 초라하고도 어설픈 모습으로 서 있었다. 아마도 간이매점이나 임시초소 같은 것을 그곳에 세우려다가 도중에 그만둔 듯한데, 그래도 벽과 천장이 모양을 갖추고 있는데다가 유리창이 끼워진 문짝까지 달려 있었다. 더욱이 그곳은 그냥 버려져 있는 것이 아님이 분명했다. 편편한 지붕 위쪽으로 빨래가 어지럽게 걸려 있고 주변에 간단한 가재도구 같은 것이 놓여 있는 것만으로도 그곳에 사람이, 아마도 한 가족이 살고 있음을 한눈에 알아볼 수 있기 때문이었다.

　잠시 후 식당의 여주인이 매운탕을 담은 냄비를 들고 와 탁자 위의 다른 반찬들 사이에 놓았고, 그때 그 가건물의 문이 열리면서 어린 아이 둘이 무어라고 외치며 뛰어나왔다. 아이들은 차림은 남루했지만 그런대로 원기가 있고 활달해 보였으며 모래를 밟고 달리는 모습에는 제법 힘이 들어가 있었다. 그 모습을 본 여주인은 가볍게 상을 찡그리고는 가엾다는 투와 성가시다는 투가 뒤섞인 표정으로 중얼거렸다. 그녀의 말에 의하면 어느 날 밤에 중년의 부부가 고만고만한 아이들 셋을 데리고 포구에 나타났는데, 다음 날 아침에 앞바다의 섬으로 들어가는 배를 타려 한다면서 아무것도 깔려 있지 않은 그 가건물에서 하룻밤만 묵을 수 있게 해달라고 이장에게 사정을 하였다. 그러나 그들은 며칠이 지나 인근의 포구와 섬들을 도는 배가 몇 번이고 다녀간 이후에도 저렇듯 저 속에 틀어박혀서 자리를 뜨려 하지 않는다는 것이었다. 안주인은 그들이 대체 무얼 먹고 살고 있는지도 모르겠다는 말을 푸념조로 흘려놓고는, 그래도 하기야 산 입에 거미줄이야 치겠느냐고 덧붙이고서 식당 안으로 돌아갔다.

감태규는 무심코 수저를 집어 들었고, 그때 강규진이 몸을 일으키면서 중얼거렸다.

"그렇지만 산 소나무에 거미줄이 잔뜩 엉겨 붙어 있는 건 자주 보았지. 게다가 예전에 우리가 어디 소화가 안 되거나 배탈이 날까 봐 걱정하며 살았나?"

그가 자리에서 일어서자 그의 심중을 짐작한 감태규도 따라 일어섰다. 그들은 똑바로 그 가건물을 향해 걸어갔다. 강규진이 문을 두드리자 안에서 누구냐고 묻는 여자의 목소리가 들렸다. 그가 고개를 숙이고서 문을 반쯤 열고 안을 들여다보자 신문지와 비닐과 담요 등속이 깔려 있는 바닥의 한쪽 구석에 사십대쯤 되어 보이는 바짝 마른 남자가 누워 있다가 상체를 일으켰다. 그의 옆에는 두세 살쯤 되어 보이는 여자 아이가 누워 잠을 자고 있었고, 그 사내의 아내인 듯한 여자는 창문 아래쪽에 놓여 있는 석유 버너 위에 냄비를 얹어놓고 무엇인가를 끓이고 있었다. 그런 탓에 열 평 남짓한 실내에는 구수한 냄새가 섞인 수증기가 가득 차 있었다. 강규진이 안으로 들어서자 일어나 앉아 있던 사내는 요령부득의 말을 늘어놓으며 우선 변명부터 늘어놓기 시작하였다. 그들이 대충 알아들은 바로는 그곳으로 마중 나오기로 한 사람이 나타나지 않고 있는 것이고, 엎친 데 덮친 격으로 자신은 지금 배가 아프고 설사가 나고 열이 심해서 꼼짝하기가 힘들며, 약을 사 먹었는데도 아무 소용이 없다는 것이었다.

  잠시 후 그들은 병든 사내를 부축하여 밖으로 나왔다. 강규진은 감태규에게 병든 사내를 맡기고는 마침 포구의 입구에 서 있는 택시 쪽으로 다가갔다. 차 안에는 아무도 타고 있지 않았지만 운전사를 찾기는 그리 어렵지 않았다. 해장국 집에서 점심을 먹고 있던 운전사가 마지막 남은 국물을 마저 마실 때까지 기다렸다가 그와 함께 밖으로 나왔을 때, 강규진은 조금 전에 보았던 젊은 남자가 오토바이에 엉덩이를 얹으면서 못마땅한 얼굴로 그와 감태규를 쏘아보는 것을 발견했다. 그 사내가 보기에 그들은 팔자 좋게도 한가롭게 여행을 하다가 공연한 일에 참견을 하고 있는 셈인지도 모를 일이었다.

  강규진이 뒷자리에 환자를 눕히고 그의 머리맡 쪽에 앉았으며 감태규는 앞자리에 올랐다. 그들이 가까운 병원으로 향해 달리기 시작할 때 오토바이가 요란한 소리를 내며 뒤를 쫓아오더니 이내 그들을 추월하여 길 저편 끝으로 사라져버렸다. 감태규는 눈을 들어 벌써 나무들 사이로 언뜻언뜻 가려지기 시작하는 바다를 바라보았다. 그 바다는 다도해가 아니었으므로 앞바다에 커다란 섬이 하나 있을 뿐, 보이는 것이라고는 푸른 물과 햇살이 만나 비등하는 수평선뿐이었다. 그러나 시야에서 조금씩 지워져가는 그 수평선을 바라보면서 그는 차츰 수없이 많은 사연을 담은 무수한 섬들의 모습을 눈앞에 볼 수 있게 되었다. 어느덧 그는 땅과 바다의 자리를 바꾸어 수평선에 올라앉아 땅을 바라보면서 그곳에서 삶의 다도해를 볼 수 있었던 것이었다. 지평선 위에는 각기 몇 명의 인간들로 이루어진 섬들이 헤아릴 수 없이 많았다. 그리고 그 섬들은 수시로 지평선 위아래로 부침을 거듭하면서 행복의 탄성을 지르기도 하고 고통의 신음을 삼키기도 하고 있었다. 하지만 지금 그가 달리고 있는 곳이 그 삶의 다도해가 이루고 있는 지평선에 다름 아니었다.

그때 그는 선생을 찾아뵐 결심을 하였다. 그러나 여전히 그것은 부장의 제안을 받아들이는 것이 아니었다. 단지 친구와 동행하는 이 여행의 끝자리에 선생이 누워 있는 것일 뿐이었다. 그렇다고 부장의 제안을 전적으로 무시해 버리는 것 또한 아니었다. 지금으로서는 그의 제안에 대한 모든 판단을 최후의 순간까지 유예하는 것이 가장 신중한 태도일 듯하기 때문이었다. 자동차는 넘실거리는 지평선을 타고서 미끄러지듯 내달리고 있었다. 그리고 그때 감태규와 강규진은 방금 그들이 나누었던 전망에 대한 논쟁을 되새김질하고 있었다.

6

뒤쪽에서 머리채를 잡아 젖히는 힘에 의해 감태규는 간단히 땅바닥에 벌렁 넘어지고 말았다. 곧 이어 힘이 잔뜩 실린 군화의 앞과 뒤꿈치와 바닥이 퍽퍽 소리를 내며 그의 몸에 닿을 때마다 그는 발작을 일으키는 간질병 환자처럼 몸을 뒤채고 사지를 뒤흔들며 통증에 민감하게 반응했다. 하지만 비록 몸은 그렇듯 지옥에 떨어져 있었지만, 그의 정신만은 고통으로 움찔거리는 몸을 저만치쯤에 내버려두고서 오히려 가볍게 공중에 떠오른 듯 더욱 명징한 상태 속으로 접어들고 있었다.

정말 이상한 노릇이었다. 조금 전에 그리 넓지 않은 한길을 떼 지어

내달리며 알아듣기 힘든 구호를 격렬하게 외치는 시위대와 전혀 예상치 못한 상태에서 맞닥뜨려 미처 어느 쪽으로도 마음을 정하지 못한 채 얼떨결에 그들 속으로 휩쓸려 들어갔을 때만 하여도, 그리고 이윽고 짓쳐들어오는 진압대에 밀리다가 급기야 사방팔방으로 흩어지는 사람들에 떠밀려 바닥에 넘어지고 그들에게 손발이 밟힐 때만 하여도, 그러다가 심지어 전투경찰들의 손에 들린 방망이가 등과 어깨 위로 마구 쏟아질 때만 하여도, 그는 그저 수동적으로, 그리고 거의 무의식적으로 그 끔찍한 상황 속에 빠져들어 마치 헤엄도 칠 줄 모르는 상태에서 물에 빠진 듯 헛되이 허우적거리고 있을 뿐이었다. 그러나 어느 순간 견디다 못해 반사적으로 저항의 몸짓을 보이는 그에게 좀더 본격적인 폭력이 가해지기 시작하였을 때, 그때에야 그는 방망이질과 주먹질과 발길질의 와중에서 자신이 처해 있는 정황의 윤곽이 눈앞에 선명하게 떠오르는 것을 느낄 수 있었다. 지금 이 순간 그는 한쪽의 끌어당김과 다른 한쪽의 떠밂 사이에서 뻣뻣함과 굳어 있음으로 남아 있는 것이었다.

그의 몸에 가차 없이 파고들어 통증을 심어놓고 돌아가는 그들의 손과 발, 그리고 몽둥이는 우선적으로 더할 나위 없이 단단하고도 딱딱한 그 무엇으로 그에게 감지되고 있었다. 그가 실제로 만져보면 그다지 단단하지만도 않을, 심지어 어떤 것들은 허약하게 느껴지기조차 할 그것들이 통증을 앞세워서 그의 몸에 강철의 감각을 남겨놓는 것이었다. 그러다가 어느 순간부터 그 강철의 감각이 더 이상 그에게 아픔을 느끼게 하지 못하고 그저 둔탁한 쇳덩어리의 느낌 그 자체로 그쳐버리게 되었을 때 그는 문득 그 단단함의 감각이 정신의 명징함 속에서 심상치 않은 의미의 말로 바꾸어지고 있음을 깨달았다. 하지만 그는 그 말을 몸으로 느낄 뿐 청각을 통해 듣고 있지 못하였으므로 그 웅웅거리는 말에 대해 대답도 할 수 없었고 하다못해 고개를 끄덕이지도 못하고 있었다.

그가 헛되이 명징한 정신의 안타까움과 속수무책으로 아무런 반응도 보이지 않고 있자, 그 목소리는 일방적으로 더욱 성량을 높이고 속도를 빨리 하고 음색의 날카로움을 더하여 그의 몸을 두들겨댔다. 그러다가 급기야 그 말, 혹은 그 목소리는 아예 그의 몸을 종의 추로 만들어 울려대기 시작하였다.

　계속된 구타에 의해 이윽고 그의 몸이 완전히 축 늘어져버렸을 때, 그는 그들의 손아귀에서 놓여났다. 물론 그는 자유로워진 것은 아니고 다른 사람들과 함께 길가에 정렬되었다가 대기 중이던 차에 올랐다. 얼마 후 그는 경찰서 안에서 철제 책상 앞의 작은 의자에 앉아 심문을 받았다. 심문자와의 이야기가 얼마 진행되지 않아서 그는 자신이 정신병자인 것이고, 심문자는 정신과 의사였으며, 따라서 지금 그는 정신병원에 수감되어 버린 것임을 별 어려움 없이 파악할 수 있었다. 의사가 그에게 묻는 것은 어떤 복잡한 의도를 가진 것이 아니라 단순히 그의 정치적 정신 상태를 감정하고자 함이었고, 그렇게 하여 그에게 알맞은 입원 기간과 병실의 종류를 결정하고자 하는 것이었다. 그런 탓에 실제로 그는 자신도 모르게 자주 혀가 허청거리면서 말이 헛나오고 이야기의 조리가 서지 않는다는 것을 느끼고 있었다. 거기에 비해 의사는 의학이 세상을 보는 데에 가장 과학적이고 합리적인 시각을 제공한다는 사실을 믿어 의심치 않고 있었고, 그 점을 수시로 그에게 보이지 않는 주사기를 통해 그의 뇌 속에 주입시키려 하고 있었다. 그는 주사기의 따끔거리는 감각에 깜짝깜짝 놀라면서도 의사가 진단서에 무어라고 쓰기 위해 머리를 숙일 때마다 목을 길게 뽑아서 흰 종이 위의 검은 줄들 사이에 씌어지는 글귀들을 힐끔거렸다.

　그때 의사는 더 이상 그의 미친 소리를 들어줄 수 없다는 듯이 주먹으로 탁자를 내리치며 신경질적으로 무어라고 소리쳤다. 그의 시퍼런 서슬에 놀란 감태규는 이젠 더 이상 정신 나간 소리를 하지 않겠다는 생각으로 자신을 다잡으며 아까 구타를 당하며 몸으로 들었던 그 말, 그 목소리를 책상 위에 천천히 풀어놓았다.

"우리를 포함한 대부분의 사람들은 처음에는 자기가 잘 모르는 사실에 대해 그 앞에서 말랑말랑한 상태를 유지하는 경우가 일반적이지. 그러다가 그 미지의 것, 혹은 낯선 것, 아니면 어색한 것과 어떤 식으로든 조금씩 관계를 이루어나가게 되면, 그런 과정 속에서 이를테면 나름대로 교두보를 확보하게 되고, 그런 후에는 그 교두보의 시각으로 모든 것을 재단하려 들 뿐 아니라 그 속에서 천천히 말랑말랑함을 버리고 단단해지다가 급기야 아주 딱딱해지고 마는 것이지. 그러고는 그 딱딱함으로 아예 원래의 대상을 부수어버리게 되는 것이고. 그런 식으로 이 세상에서는 한쪽이 조금씩 뒤로 물려주면 상대방은 한없이 밀고 들어오게 되어 있는 법인데. 때로 나는 그 속에서 인간 정신의 불결함 혹은 일방적인 역학관계의 불순함을 발견하지 않을 수 없는 것이지. 게다가 말랑말랑함에서 단단함으로 변해 가는 와중에서 그 과정이 짧고 시간이 적게 걸릴수록 그것의 폭력성이 더욱 터지고 나아가 막무가내일 정도로 강한 통증을 가하는 것인데. 심지어 그 변화가 단번에 이루어지는 경우도 있다는 것이 문제지. 지금 내가 받고 있는 폭력이 그 대표적인 예가 될 수 있겠지. 하지만 그와 동시에 어차피 인간의 모든 말랑말랑함은 수시로 부서지고 깨지고 하면서 천천히 굳어져 가게 되어 있다는 사실 또한 결코 잊지 말아야겠지."

그가 반말로 일관하여 말을 마쳤을 때, 그는 의사가 자신을 완전히 미친 사람으로 판정을 내리려 하고 있음을 알 수 있었다. 그때 문득 그는 언젠가 그의 선배격인 이른바 한 운동권 논평자가 심정의 황막함을 이기지 못하여 다분히 자조적인 의도로 사람들에게 했던 말을 기억했다.

"하지만 나 자신이 저지르는 오류, 어처구니없는 실수는 없을 것인가? 나는 언젠가부터 이런저런 식으로 세상을 보기 시작하여 내 노선에 회의를 가지지 않기로 한 이후로 내 손에 들려 있는 그 판단의 칼이 너무도 잘 들다보니 그 칼날에 모든 것을 맡기고 아무것이나 마구 베어 버린 적은 없을까? 우리 입장의 절박함에 내밀려서 나는 너무 딱딱해져 버리고, 그 딱딱함으로 나도 모르게 남들에게, 그리고 나에게 마저 상처를 입히고 있는 것은 아닐까? 더욱이 이런 잘못은 삶에 있어서의 추상적인 구조에 집착하는 사람들에 의해 더욱 빈번히 범해지는 것이고, 차라리 삶 자체에 몸으로 밀접해 있는 사람들은 그런 오류에서 더욱 멀리 떨어져 있는 것은 아닐까?"

그때 감태규에게는 아무런 할 말이 없었다. 그러나 지금의 그로서는 그 선배에게 그때와는 달리 이렇게 대답을 할 수 있을 것 같았다.

"하지만 그와 반대로 말랑말랑함과 유연함 자체만을 가지고 소극적으로나마 세상을 판단하려 드는 것은 단순히 상황에 위배되지 않게 자기를 유지하려는 비겁함의 차원을 넘어서, 그 말랑말랑함을 가지고 모든 것을 집어삼키려 드는 음험한 욕심인 것은 아닐지. 그러니 결국에는 단단한 말랑말랑함과 말랑말랑한 단단함을 가지고자 부단히 노력해야 하는 것은 아닐지."

그의 맞은편에 앉아 있는 의사는 드디어 진단서 작성을 마치고 처방전을 쓰고 있는 중이었다. 그가 다시금 의사가 쓰는 내용을 넘겨다보며 입에서 나오는 대로 몇 마디를 떠벌리자 의사는 다시 한 번 성을 버럭 내며 소리쳤다.

"그러니 대체 하고 싶은 말의 요지가 뭐요?"

그 말을 듣고 나서 감태규는 얼굴에 바보 같은 웃음을 띤 채 방금까지 손짓까지 써가며 말랑말랑함과 단단함에 대해 이야기하던 바로 그 입으로 대답했다.

"요지가 뭐냐구요? 이빨 사이에 낀 게 있어야 요지니 이쑤시개니 하는 게 있고 말고가 문제되는 거 아니오? 이빨로 씹을 게 없는 건 고사하고, 이건 도대체 입을 벌려서 이빨까지 뽑아가는 판국에 웬 뚱딴지 같은 요지 타령이오?"

7

아침에 자리에서 일어났을 때 강규진은 어딘가 자신의 몸에 심상치 않은 변화가 생겼음을 감지했다. 분명 그의 신체 어딘가가 아귀가 맞지 않고 있는 것이었다. 무엇보다도 며칠 전부터 뒷목과 어깻죽지에 걸쳐서 기승을 부리고 있던 담 증세가 더욱 심해져 있었다. 그러나 아직 그로서는 어느 부위가 어떻게 고장이 난 것인지 구체적으로 알 수는 없었다. 그는 불안한 마음을 가라앉히고자 애쓰면서 고개를 이리저리 돌려보다가 결국 비명을 지르고 말았다. 날카로운 통증이 목줄기를 비틀어놓았기 때문이었다. 그러다가 간신히 목을 가누고서 다시 입을 닫으려할 때, 그제야 그는 그 불길하던 예감의 정체를 깨달았다. 입이 제대로 닫히지 않는 것이었다. 더 정확히 말하자면 윗입술과 아랫입술이 제대로 맞물리지 않는 것이었다. 다행히 얼굴 부위에 통증은 없었지만, 그러나 통증이 지각되지 않는다는 사실이 오히려 더욱 그에게 불쾌한 느낌을 불러일으켰다. 그는 황급히 몸을 일으켜 거울 앞으로 달려갔다. 거울 속의 그의 입은 첫눈에 보아도 확연할 정도로 오른쪽으로 기울어져, 아니 찌그러져 있었다. 그가 휘파람을 불어보기 위해 입술을 오므려보자 비스듬하게 기울어진 그의 입술은 길쭉한 틈을 한쪽으로 흘려놓을 뿐이었다. 그는 어처구니없고 기가 막혀서 그만 어안이 벙벙해지고 말았다. 그러나 그가 할 수 있는 일이라고는 아무것도 남아 있지 않앉다. 잠시 후 놀란 마음을 가라앉히기 위해 무심코 물을 컵에 따라 마시려 할 때 입 안으로 들어간 물의 일부가 미처 식도에 이르지 못하고 입술 귀퉁이의 열린 틈을 타고 주르륵 흘러내려 웃옷의 앞섶을 적셨다. 그는 가슴 부위가 서늘해짐을 느끼며 앞으로 한동안 자신이 많은 불편함을 감수해야 함을 절감하였다.

그 며칠 전 강규진은 동료들과 술을 마시는 자리에서 후배뻘 되는 친구와 격한 논쟁을 벌였다. 그때 그는 이미 얼마 전부터 술에 취해 있었으며, 마찬가지로 술에 취한 후배가 공연히 말꼬리를 붙들자 자신을 다스리지 못하고서 흥분된 어조로 그와 말싸움을 벌인 것이었다. 두 사람은 자신의 주장을 상대방의 머릿속으로 강제로 집어넣기 위해 급기야 소리를 지르는 것은 고사하고 험상궂은 표정과 격한 몸짓을 드러내기 시작하였다. 평소에 그다지 자기 고집이 세거나 한 편도 아니었던 그의 후배는 다소 과한 술기운 탓인지 그날따라 유난스러울 정도로 조금도 양보를 하려 하지 않았고, 그의 그런 태도를 마주하고서 그는 몹시 자존심이 상해 있었으며, 그만큼 다른 한편으로는 반드시 이겨야 하는 싸움을 치르는 투사의 의지 같은 것에 젖어 있었다. 그런 탓에 그들은 한동안 주위의 사정을 아랑곳하지 않은 채, 그리고 심지어 분명 자기 자신들조차 망각하고서 논쟁을 넘어선 언쟁에 몰두하고 있었다. 그러다 보니 급기야 그들은 애초의 화제를 멀리 떠나서 상대방의 태도 자체만을 놓고 충돌을 벌이기에까지 이르렀다.

사람은 의도적으로라도 때로 세상을 다른 시각으로 볼 수도 있어야 하는데, 자네는 전혀 그렇지 못하군. 그렇게 말하는 강 선배의 어투는 너무도 고압적이군요. 설마 말하는 스타일이 생각하는 패턴까지도 적나라하게 드러내준다는 사실을 인정 못하시는 건 아니겠지요? 이런, 이제 보니 이 친구는 세상을 다른 시각으로 보지 못하는 것이 아니라,

아예 다른 시각으로는 보지를 않으려 드는구만. 그럼, 그 말이 똑같이 선배님에게도 적용된다는 사실을 모르시지는 않겠지요? 다른 시각을 가지려면 제대로 가져야 하는 것 아닙니까?

그러던 중에 강규진이 다시 상대방의 공격조의 질문에 대답을 하려 할 때에 그의 옆에 앉아 있던 한 친구가 손을 들어 그의 어깨를 잡으면서 조용한 어조로 말했다.

"잠깐 말을 멈추고 주위를 돌아보라구. 모두들 자네 두 사람의 목소리에 질려서 이쪽을 바라보고 있지 않아."

그 말을 듣고 난 그는 깜짝 놀라서 이쪽저쪽으로 고개를 돌려보았다. 과연 무표정하다기보다는 감정을 드러내지 않으려고 애를 쓰고 있음이 역력한 여러 개의 얼굴이 다른 탁자들로부터 그의 쪽을 향하고 있었다. 그들의 시선에 단번에 꼼짝 못하게 사로잡혀 버린 그는 순간 숨이 콱 막히는 느낌을 받았고, 곧 얼굴이 목 부분까지 벌게지면서 뜨거워졌다. 그가 너무도 크게 자신을 압박하는 부끄러움에 내리눌려 황망히 거의 정신을 차리지 못하고 있을 때, 그와 논쟁을 벌이던 상대방이, 그 역시 다른 사람들의 시선을 의식하였음인지, 그러나 여전히 자신의 생각에 대한 집착을 버리지 못하고서, 나름대로 목소리를 한껏 낮추어 그에게 다시 말을 걸어오기 시작하였다. 하지만 이미 그는 상대방의 말을 단 한 마디도 들을 수가 없었다. 그는 스스로 생각하여도 조금은 과도하다 싶을 정도로 엄청난 자괴감에 빠져들어서 거의 질식 상태에 이르러 있었기 때문이었다.

말을 하다보면 단지 자신이 그 말을 하고 있다는 이유 하나만으로 자기도 모르게 자신의 말에 과장을 섞는 사람들이 있는가 하면, 그 말이 자신에 의해 발설된다는 이유로 마음가짐이 조심스러워지는 사람이 있는 법이었다. 뿐만 아니라 말을 하기 전에 항상 잔뜩, 혹은 어느 정도라도 숨을 들이마신 후에야 말을 시작하는 사람이 있는가 하면, 쉬지 않고 빨게 말을 하며 그 와중에서 숨을 들이마시고 뱉으려 하는 사람도 있는 법이었다. 그렇다면 방금 강규진 자신은 어떤 식으로 허파를 벌렁거리며 숨을 쉬면서 몇 마디 말로 자신의 의지를 실현하려 했던 것일까.

그런데 그날 이후로 그는 매일 밤마다 누군가와 격렬한 논쟁을 벌이는 지독한 꿈을 꾸어야 했다. 당연한 말이지만 그는 내심으로 다시는 말싸움이라는 것에 휘말려 들어가지 않겠노라고 단단히 마음을 먹은 바 있었던 탓에, 그 꿈들은 더할 나위 없이 고통스러운 악몽이었다. 그 며칠간 그가 겪었던 심정적인 고통과 어떤 관련이 있는 것인지는 모를 일이었지만, 여하튼 그렇듯 한번 돌아간 입은 그 후로 여간해서 제자리를 찾을 기미를 보이지 않았다. 그렇다고 그는 술 마시는 자리를 피할 수도, 잠정적으로나마 불구가 된 자신의 입을 혹사시키는 일을 멈출 수도 없었으며, 그런 사정은 연이어 며칠 동안 계속되었다. 그가 결국 한의원을 찾아가게 된 것은 그런 식으로라도 스스로 환자임을 못 박고서 휴식의 필요성을 받아들이기 위함이었다.

얼굴이 작고 눈과 코와 입이 오종종한 한의사는 그의 병이 평소에 몸을 차게 했던 데다가 신경성 과로와 심한 담 증세가 겹친 것이라고 가볍게 진단하고는, 예상했던 대로 꼬박 한 달 동안 병원에 들러 침을 맞고 하루에 세 번 약을 먹을 것을 요구했다. 그는 일주일 정도 그의 치료를 받았다. 한의사는 그의 인중과 입술 주변과 관자놀이 등에 침을 잔뜩 꽂아놓고는 끊임없이 떠들어댔다. 그는 꼼짝도 하지 못하는 채 자신의 억눌린 호흡에 따라 길고 가는 침들이 위 아래로 가볍게 떨리는 것을 눈으로 보고 피부로 감지하면서 쉬지 않고 계속되는 의사의 말에 귀를 열어놓아야 했다. 일주일째 되던 날, 이제 의사의 말은 온갖 곳으로 넘나들고 있었다. 그러던 어느 날 의사는 그의 얼굴에서 침을 거두고 살갗에 맺힌 핏방울을 솜으로 찍어내며 조금 목소리를 낮추어 그의 표정을 살피면서 중얼거리듯이 말했다. 어디나 마찬가지지만 한 곳에 오래 있게 되면 그곳 사정에 대해 잘 알게 되는 것이고, 그렇기 때문에 그 자신도 이제 한의사들 사이에서 벌어지는 부정을 속속들이 파악하게 되었으며, 언젠가는 그 사정을 파헤쳐서 일반국민들에게 공개해 볼까 하는 것인데, 혹시 선생이 글을 쓰는 분이면 자신이 그에 관한 소재를 제공할 용의가 있노라는 것이었다.

강규진은 자신이 책 만드는 일을 하는 사람이라는 말을 할까 잠시 망설이다가 말없이 미소를 지으며 자리에서 일어나 치료비와 다음 일주일치의 약값을 포함한 액수를 물었다. 의사는 머쓱한 표정을 짓더니 눈길을 위로 들어올리며 한동안 생각을 하는 듯하다가 고개를 툭 떨구고 약간 끄덕거리면서, 옆에 서 있던 간호사에게 금액을 말했다. 그는 항상 그런 행동을 보여주는 것이었는데, 습관이 되어버린 듯한 그 모습은, 자신은 정직한 사람이고 더욱이 당신에 대해서만은 어떤 식으로나마 배려를 해주고 싶은 마음이 드는 탓에 금액을 많이 부르지 않겠노라는 암시를 강하게 내포하고 있었다. 그는 의사에게 그 배려에 감사하다는 표정을 지었다. 그의 그 표정 역시 이미 다분히 습관적으로 되어버린 것이었다. 그는 접수창구에서 간호사에게 돈을 내고는 매번 그러하듯 영수증 같은 것은 전혀 받지도 못한 채 밖으로 나왔다. 그 후 그는 집에서 쉬면서 약만을 먹었으며 한 달여의 시간이 지난 후에야 그의 입은 당연하고도 자연스럽게 제자리로 돌아왔다.

그리고 나중에 그가 다시 그 후배를 만났을 때, 그는 병색이 완연한 그의 얼굴을 어리둥절해하는 표정으로 바라보는 후배의 눈길을 담담히 마주 바라보며 말했다.

"나는 자네와 말을 하고 있노라면 우리가 마치 돈키호테와 산초 사이의 대화를 재연하고 있다는 느낌이 들 때가 있어. 요즘에는 우리가 나누었던 그런 이야기를 진지하게 늘어놓으면서 많은 시간을 보내는 사람들은 거의 없기 때문이지. 그럴 때면 나는 우리 중에 누가 돈키호테고, 누가 산초인지 가리기 위해 자네와 논쟁을 벌이고 싶어질 뿐만 아니라, 이 순간 왜 희극영화에서처럼 공연히 과장되고 희화화된 가락의 노래가 배경음악으로 흘러나오지 않는 걸까 하는 의아심을 실제로 가지게 되곤 하지. 그런데 그런 생각을 하면서 가만히 귀를 기울여보자면, 오히려 영화에서 긴박한 장면이 벌어지기 직전에 음향효과로 사용하는 리듬, 심장의 박동 소리 같은 것이 흡사 내 관자놀이 속에서부터 들려오듯 너무도 가깝게 쿵쿵쿵 들려오는 것이야. 그때 당연히 나는 긴장하지. 나는 내가 이런 식으로 어떤 핵심에 가까이 다가가 있다는 느낌을 가지게 되기 때문이야. 입이 돌아가 버려 말의 고통에 눈을 뜨듯이, 말에 편승하여 자네를 미워하다가 이렇게 되돌아와 자네를 사랑하게 되듯이 말이야."

8

지금 강규진의 곁에는 한 젊은 여자가 누워서 자고 있다. 그녀는 전문적이지는 않지만 여하튼 대가를 받고서 몸을 여는 여자이므로 창녀라고 부를 수 있다. 그런데 대체 창녀라니? 대관절 어느 인간이 그 말을 입에 담아 다른 한 인간을 지칭할 수 있다는 말인가. 창녀라는 말은 지나칠 정도로 물질적이다. 이 한밤중의 다른 모든 사람들처럼 평화롭게 숨을 쉬며 잠들어 있는 이 여자가 어찌 창녀라는 말로 불릴 수 있다는 말인가. 돈을 받았다는 이유로? 그렇다면 자본주의라는 것이 그 자체로 곧 매춘의 속성을 지니는 것이라고 말한다고 해서 지나친 억지를 부리는 것이라고 할 것인가? 만약 그것이 분명 억지라면 차라리 우리 모두가 곧 창녀라고 해야 할 것이 아닐까?

일례로 무더운 여름날에는 온갖 종류의 예술 장르들, 영화나 연극, 음악과 미술, 소설류, 심지어 시집까지도 더위 쫓기에 동원되거나 많은 경우 스스로 나서기도 하는 법이다. 무리스럽긴 하지만 인간의 예술을 영혼의 나비에 비유할 수 있다면, 날이 몹시 더울 때의 그 나비는 실제로 나비이면서도 나비의 꿈을 꾸지 못하는 나비가 되어버린다. 그리고 사람들은 그런 나비를 다시금 창녀에 비유한다. 요컨대 창녀는 모든 불순한 것들의 비유 대상이다. 그 모든 불순한 것들이 손쉽게도 창녀의 너울을 쓴다. 하지만 과연 매춘부라는 이름으로 불리는 부류의 사람들이 따로 존재하고 있는 것일까. 그것은 인간들이 인간의 이름으로 인간을 향해 침을 뱉는 것이 아닐까.

지금 그녀는 창을 통해 들어오는 희미한 불빛에 얼굴의 윤곽을 드러내고서 잘도 자고 있다. 그런데 대체 그녀가 잠을 잘도 자고 있다니? 어찌 함부로 그런 어투를 구사할 수 있다는 말인가. 그렇다면 그렇게 말하는 강규진 자신이야말로 누구보다도 그녀를 창녀로 생각하고 있다는 것이 아닐 것인가.

강규진은 박명薄明 속에서 흐릿하게 지워져 있는 그녀의 얼굴을 바라보며 그녀의 고른 숨결을 느끼면서 한 늙은 희극배우를 머리에 떠올렸다. 그 늙은 배우는 그동안 시대에 따라 바뀌는 굵직한 정치가들을 흉내 내오다가 이제 갑작스런 정치적 급변기 속에서 새롭게 등장한 독재자의 존재와 맞닥뜨리게 되고 말았다. 그 독재자는 갑작스런 사회적 변화로 정국에 혼란스런 공백이 생긴 틈을 이용하여 폭력을 동원해서 정권을 잡은 것인데, 그 잠깐 동안의 혼란의 시기에 그 늙은 배우는 마치 곧 이어 그 독재자가 모습을 드러낼 것임을 미리 예감이라도 한 듯이,

독재자들의 속성을 전혀 다른 상황 속에 드러내놓는 이른바 정치풍자 일인극을 엮어나가곤 하였다. 그러나 그의 풍자극은 상당히 노골적인 언어와 상황을 채택하고 있어서 차마 방송매체를 통해서는 일반에게 공개할 수 없는 성질의 것이었다. 대신 그는 비교적 소수의 사람들을 상대로 활동을 하였는데, 워낙 노래 솜씨가 뛰어난 그는 그동안 간간이 극장식 나이트클럽에도 출연하고 있었던 것이며, 언젠가부터 노래뿐만 아니라 거기에 풍자극을 덧붙이게 된 것이었다. 그리고 그 극은 사람들의 입과 귀로 소문을 퍼뜨리면서 어느 틈에 전국적으로 유명해지기에 이르렀다. 게다가 그가 어느 재야인사에게 막대한 정치자금을 대고 있으며 조만간에 그를 위해 대대적으로 정치운동을 할 것이라는 풍문도 사람들의 입에 심심치 않게 회자되고 있었다.

그는 자주 마지막 위기에 몰린, 혹은 결국에는 정권을 빼앗기고 만 말년의 독재자의 모습으로 무대에 나타났다. 그때마다 그는 언제나 강아지 한 마리를 끌고 다니고 있었으며, 그 강아지에게 서로 통하지도 않는 말을 건네거나 때로 그 강아지의 아랫배를 발로 걷어차거나 어떤 때에는 그 앞에 엎드려서 사정을 하기도 하였다. 그리고 자주 그는 이런 말을 덧붙였다. 주변에서 맹목적으로 떠받들어주니까 모든 것이 자기 마음대로라고 생각하는 독재자는, 이를테면 하고 싶어하는 대로 요구를 모두 들어주다보면 버릇이 없어지는 어린 아이, 혹은 강아지 새끼와 다를 바가 없다. 그 외에도 언젠가 진한 화장을 한 여자의 모습으로 분장을 하고 나온 그는 텔레비전을 통해 질이 의심스런 상품을 과대하게 광고하는 것과 똑같은 방식으로 한 독재자의 정치관과 인생관을 선전하는 연기를 한 적도 있었다. 그러다가 그는 어느 순간 가발을 휙 집어던지고는 이렇게 중얼거리는 것으로 끝마무리를 하는 것이었다. 정치 대변인이란 정말로 정치적인 똥을 쏟아내는 항문 역할을 하는 존재다. 허구한 날 남의 똥을 받아내다니 이 얼마나 자기희생적인가, 살신성인이 따로 있을까.

　강규진도 친구들과 함께 그의 극을 볼 기회를 한 번 가질 수 있었다. 관람을 마친 후에 그는 어찌 보면 아직 어수선하기 짝이 없는 시기에 그런 연기를 하는 그 노배우의 용기가 가상하기까지 하면서도 어딘가 상업적인 계산이 작용하고 있는 듯하다는 느낌을 떨칠 수 없었고, 하지만 여하튼 세상이 많이 변했다는 사실을 절감할 수 있었다. 그리고 그때 그는, 국민들로부터 신뢰를 받지 못하는 정부의 정치공작이란 이를테면 창녀가 텔레비전에 나와 공개적으로 자신을 광고하는 것에 다름 아니라는 생각을 하게 되었다. 그런데 그런 생각이 든 순간 엉뚱하게도 그는 자신이 그런 생각을 하게 됨으로 갑작스럽게 소위 창녀라는 이름으로 불리는 여인들에 대해 미안한 마음이 드는 것을 어쩔 수 없었다. 그 미안한 마음은 곧 죄책감으로까지 번졌으며, 그는 그 비유를 거두어들였다. 그러자 놀랍게도 비유의 대상을 잃은 떳떳치 못한 정부는 허황되게 공중으로 떠올라 분해되어 버리고 말았다. 늙은 배우가 독재자의 연기를 하면서 관중들을 웃기고자 한 말들 중에는 조금 도가 지나쳐서 사람들로 하여금 어처구니없음과 착잡함을 동시에 느끼지 않을 수 없게 만든 것들도 있었는데, 그중 가장 마지막 것은 이런 말이었다.

　"독재는 아무나 하나? 할 만하니까 하는 거지."

　물론 그 말은 독재자가 터무니없는 논리로 자신의 입장을 변호하기 위해 입에 담은 것이고, 노배우는 그 말을 통해 아마도 의도적으로 관중들의 야유를 불러일으키고자 한 것일 터였다. 하지만 그 속에서는 점점 암울해져 가고 있는 정치 현실의 섬뜩한 편린이 날카롭게 빛을 번득였고, 그 자리에 있었던 사람들 중에서 그 점을 간과한 사람은 아무도 없었다. 그리고 공교롭게도 그 말을 한 날 이후로 그 극장은 아무런 해명 없이 그의 일인극을 도중하차시켜 버렸다. 물론 사람들은 그 노배우의 얼굴 또한 볼 수 없게 되었으며, 그와 아울러 진흙길 같던 정국은 힘을 동원한 한쪽의 일방적인 짓밟음으로 인하여 결국 단단하고도 억압적인 아스팔트길로 다져져 버리고 말았다. 한참 후에야 노배우는 간간이 영화나 텔레비전 드라마에 단역으로 얼굴을 나타내게 되었다. 그러나 사람들은 알 수 있었다. 그는 자신의 얼굴을 잃어버린 것이었다. 그의 얼굴은 죽어 있었으며, 그러나 또한 사람들은 또 다른 한 가지 사실을 절감하지 않을 수 없었다. 얼굴을 빼앗긴 것은 결국 그들 모두였던 것이었다. 그들은 얼굴을 빼앗긴 누군가를 보고 있는 것이 아니라, 얼굴을 잃어버린 자신들이 잿빛으로 죽어가고 있는 다른 사람들의 얼굴을 서로서로 바라보고 있는 것이었다.

어쩔 수 없이 자신들의 몸을 팔 수밖에 없는 처지에 떨어진 여인들은 자주 그들의 얼굴을 빼앗긴다. 사람들은 시시각각 달라지는 얼굴을 가지고 있다. 특히 성행위와 같은 행위의 순간에 사람들은 전혀 다른, 혹은 새로운 얼굴을 드러내게 마련이다. 그런데 돈을 받고 잠자리에 응하여 때로 무표정하게 누워 있거나 아니면 거짓으로 흥분된 표정을 지을 수밖에 없는 처지에 떨어진 여자들, 혹은 남자들은 자신들의 가장 내밀하고 진지할 수 있는 얼굴을 잃어버린 것이다. 그렇다면 잠이 든 그녀들의 얼굴은 진정으로 가장 본래의 얼굴에 가까운 것이니, 그런 그녀들의 얼굴을 지켜보면서 그저 얼씨구 가볍게 코까지 골며 잘도 자고 있구나 하는 생각을 가지는 것은 얼마나 한심스러운가. 그뿐만이 아니다. 인간이 가지고 있는 섣부른 가치개념이 사람을 이중 삼중으로 고문하고 급기야 죽게까지 한다. 그 가장 대표적인 희생자가 바로 이른바 창녀들인 것이며, 그녀들은 물질적인 가치와 도덕적인 가치라는 것으로 말미암아 내상과 외상을 동시에 입게 됨으로 인하여 일상 속에서 가장 철저히 죽임을 당한다.

　결국 우리는 창녀라는 이름으로 우리들 중의 일부인 그녀들에게서 얼굴을 빼앗고 급기야 정신적인 죽음에까지 이르게 하는 것인데, 그렇다면 또한 우리는 어떤 이름으로 우리들 자신에게서 스스로 얼굴을 빼앗을 뿐만 아니라 자진하여 정신의 죽음 속으로 걸어 들어가고 있는 것일까. 실제로 그런 말들, 그런 이름들은 우리 주위에 얼마나 많다는 말인가.

9

　감태규는 책과 원고와 사진 등등의 것들이 잔뜩 든 가방을 어깨에 둘러메고서 아침 일찍 집을 나섰다. 그는 계간지의 다음 호에 일제 시대에 활약한 아나키스트 혹은 테러리스트들에 대한 특집을 마련하기 위하여 벌써 오래전부터 준비를 하는 중이었다. 그러나 작업을 진행시켜 나가다 보니 의외로 자료가 빈곤했고 증언을 하거나 글을 쓸 수 있는 사람이 많지 않았다. 그러던 중에 그는 주변 사람들로부터 얼마 전에 아나키즘에 대한 논문으로 박사 학위를 받은 바 있는 어느 대학 교수를 소개받았고, 지금 그는 사무실로 출근하기 전에 먼저 그의 집을 방문하기 위해 아침부터 서두르고 있는 것이었다. 당연히 교수는 그 방면의 자료를 많이 가지고 있을 것이므로, 감태규는 그를 만나서 편집의 방향 설정에 대해 자문을 받고 잡지에 게재할 원고들에 관계되는 구체적인 문제들을 상의하고자 하는 것이었다. 물론 이야기만 잘되면 그를 필자로 동원할 생각도 없지 않았다. 전날 그들은 전화를 통해 만날 장소를 놓고 잠시 망설이다가, 시끄러운 사무실이나 번잡한 술집 같은 곳보다는 차라리 교수의 자택 서재가 나을 것이라는 데 의견의 일치를 보았던 터였다.

그가 목적지에 이르렀을 때 마침 마당에 나와 있던 교수의 아들인 듯한 소년이 그를 맞아 거실 옆의 방 쪽으로 안내했다. 그곳에서 그는 열린 문으로 막 들어서려다 말고 문지방 앞에 걸음을 멈추었다. 방 안에는 교자상을 펼쳐놓고 앉아 있는 교수의 주위에 네 사람의 젊은 남녀가 둘러앉아 있었고, 감태규로서는 이런 이른 시각에 그에게 방문객이 있으리라고는 전혀 예상 못한 일이었다. 그를 발견한 교수는 자리에서 일어서서 그를 방 안으로 끌어들이며 악수를 청하고는 인사말과 함께 비어 있는 한쪽 자리를 가리키며 앉기를 권했다. 그러나 감태규는 교수가 먼저 자리에 앉은 뒤에도 선 채로 잠시 머뭇거렸다. 아직 가벼운 당황감이 가라앉지 않은 탓이었다.

그때 교수가 그를 올려다보며 손짓을 섞어서 그렇게 서 있지 말고 편히 앉으라고 다시 말했으며, 앉아 있던 다른 사람들이 조금씩 간격을 좁혀 그의 자리를 더욱 넓게 만들어주었다. 그 바람에 그는 무심코 교자상에서 조금 떨어진 곳에 털썩 무릎을 꿇었다. 그의 그런 태도를 보고서 교수는 순간 얼떨떨한 표정을 얼굴에 그렸으며 그의 제자들인 듯한 다른 사람들도 각기 조금은 의아해하는 눈길로 그를 넘겨다보았다. 그들의 예기치 못한 반응에 다시금 어리둥절해하던 감태규는 잠시 후에야 자신이 취한 자세가 그들을 당황하게 만들었음을 의식하고는 스스로 더욱 당황하지 않을 수 없었다. 그리 적지 않은 나이의 그가 방에 들어서자마자 그리 연로하지도 않은 교수 앞에 다짜고짜 무릎을 꿇은 것이기 때문이었다. 그 사실을 깨닫자 그는 갑자기 얼굴이 뜨겁게 달아오르는 것을 느끼지 않을 수 없었다. 그도 그럴 것이 그가 무릎을 꿇은 것은 앉으면서 동시에 청바지의 앞주머니 속에 들어 있는 담뱃갑과 라이터를 꺼내기 위한 것에 다름 아니었다. 그런 탓에 지금 그는 엉덩이를 발꿈치 위에 얹는 대신 무릎만 꿇고 엉덩이를 든 채 손으로 앞주머니를 뒤적이고 있는 것이었다. 그러나 여하튼 다른 사람들이 보기에 그는 무릎을 꿇은 것이고, 이미 그 사실은 돌이킬 수 없는 것이 되고 말았다.

생각이 거기까지 미치게 되자 그는 비록 무의식적이긴 했어도 자기 자신이 벌인 행위로 인하여 스스로 자존심이 몹시 상해 버렸다. 곧 교수가 놀란 어조로 다시금 편히 앉으라는 말을 했고, 하지만 그 말은 그를 진퇴양난의 지경으로 몰아넣는 동시에 그의 자존심에 더욱 큰 상처를 남겼을 뿐이었다. 결단코 그는 무릎을 꿇은 것이 아니었고, 뿐만 아니라 그는 철이 든 이후로 남 앞에서 무릎을 꿇은 기억을 가지고 있지 않았다. 더구나 자신보다 연장자이긴 해도 나이 차가 십 년 안쪽인 사람 앞에 무릎을 꿇고 앉는다는 것은 그에게는 있을 수 없는 일이었다. 그는 난감한 심정을 다스리기 어려워 주머니 속에 들어 있는 손의 움직임을 더욱 서둘렀다. 하지만 그가 서두를수록 담뱃갑은 주머니의 한쪽 구석에 박힌 채 자꾸 손가락을 벗어났다.

잠시 후 그가 마침내 주머니 속의 것들을 꺼내 들게 되었을 때 그는 어떻게 해서든지 산산조각이 나버린 자존심을 조금이나마 복구해 보자는 섣부른 생각에 밀려 자신을 억제하지 못하고서 담뱃갑과 라이터를 거의 던지다시피 하여 상 위에 떨어뜨렸다. 순간 예상했던 것보다 훨씬 크게 딱 소리가 일어났으며, 그 소리에 자기도 모르게 깜짝 놀란 감태규는 이번에는 부끄러움 속으로 휘말려 들어가면서 쓸쓸한 낭패감을 되씹지 않을 수 없었다.

교수는 감태규가 던져놓은 담뱃갑과 라이터를 한동안 말없이 바라보고 있다가, 감태규가 발을 펴고 방바닥에 앉은 후에야 언뜻 정신을 차린 듯이 얼굴을 들어 주위를 돌아보았다. 그리고는, 이제 이렇게 얼굴을 보았으니 다음에 술이나 한잔 하며 오래 이야기하기로 하고 오늘은 그만 일어서 달라고 말했다. 사람들이 순순히 몸을 일으키고 그들을 배웅하기 위해 교수가 방을 나간 후, 감태규는 착잡한 심경이 되어 빈방에 홀로 앉아서 병으로 누워 있는 선생에 대한 생각에 젖어들었다.

그는 강규진과 함께 떠난 여행이 끝나갈 무렵에 그를 먼저 서울로 올려 보내고 혼자서 선생의 집을 찾았다. 그가 사모님의 뒤를 따라 방으로 들어갔을 때 공교롭게도 선생의 앞에도 역시 이미 대여섯 명 가량의 내방객들이 앉아 있었다. 선생은 베개를 높이 하여 그 위에 상체를 비스듬히 기댄 채 보료 위에서 반쯤은 앉고 반쯤은 누운 자세를 취하고 있다가 그를 알아보고는 손으로 어서 오라는 시늉을 해보였다. 그는 사람들 사이를 지나 선생에게 반절을 올리고는 말씀 계속 나누시라고 말한 후에 발치 쪽으로 물러나와 앉았다. 그런데 잠시 후에 보니 책상다리를 하고 앉아 있는 것은 그뿐이었고, 그보다 나이가 훨씬 많은 방문객들이 한 사람도 예외가 없이 모두 무릎을 꿇고 있었던 것이다. 그는 몇몇 사람이 자신을 힐끔거리는 것을 느끼며 잠시 약간의 갈등을 느꼈다. 그러나 앉은 자세를 바꾸고 싶은 마음은 들지 않았다.

그때 선생이 조금 전에 하던 말에 이어 결론을 내리듯 말했다.

"그런 이유만으로도 군사력 경쟁이 곧 전쟁 그 자체라는 사실에 누가 반박할 수 있겠어? 그러니 현대에는 대규모의 전쟁이든 국지전이든 그런 수치의 싸움으로 바뀌어버리고 있다고 해서 다행스러워할 것은 조금도 없는 것이지. 인류는 지금 최대의 도박을 하고 있는 것인데, 그 도박은 한 번 잘못으로 완전히 끝나버리는 것이고, 매번 가진 것을 모두 거는 도박꾼이 한동안 돈을 따고 있다고 해서 과연 그 돈을 그 도박꾼의 것이라고 할 수 있겠냐는 거지, 내 말은."

선생이 말을 마친 뒤 한동안의 침묵이 방 안을 메웠다. 그러다가 누군가에 의해 다시 말이 이어져 화제가 시공을 초월하여 이리저리 옮겨

다녔다. 개중에 어떤 사람들은 선생이 젊은 시절에 뿌리고 다녔다는 무용담에 대한 터무니없는 관심을 숨기려 하지 않았고, 또 어떤 사람들은 선생이 자서전류의 책을 집필하여 생전에 출판하는 계획을 놓고 그다지 선생의 반응을 유발하지도 못하면서도 진지하고도 구체적으로 이야기를 늘어놓기도 하였다. 그 말이 끝났을 때 선생은 이렇게 대답했다.

"글쎄, 그런 것도 의미가 있을 수 있겠지. 하지만 정치가도 투사도 그렇다고 이론가도 아닌 내가 할 말이 무어 있겠나. 내가 만약 한평생 화끈하게 살아온 육체파 여배우였다면 아마도 한번쯤 멋진 자서전을 쓸 생각을 해보았을 게야."

노인네의 주름진 입에서 노인네답지 않은 단어가 나오는 것을 들으며 사람들은 소리 내어 웃었다. 감태규가 보니 자서전 이야기를 꺼낸 사람 자신도 이마를 쓰다듬으면서 허허거리고 있었다.

한참 후에 사람들이 돌아가고 나서 그는 선생 가까이로 옮겨 앉았다. 그는 다시 잠시 무릎을 꿇고 앉을까를 생각했지만 실행에 옮기지는 않았다. 그는 선생이 약관의 나이 때부터 이를테면 우리나라 말의 존칭어 체계 같은 것에 대해 많은 불만을 가져왔음을 잘 알고 있었다. 그 체계가 너무도 관습적인 윤리의식과 결합하여 자주 부정적으로 작용하면서 개인의 자유로움을 압박하고, 젊은 사람들이 개성과 능력을 드높이는 것을 방해한다는 것이 선생의 생각이었다. 하여 선생은 스스로 존경심이 우러나오지 않는 대상들에게는 자주 의도적으로 일반적인 어법에 위배되는 말을 입에 담았고, 그로 인하여 그가 당한 고난은 미루어 짐작할 만한 것이었다. 반대로 아무리 나이가 어리다 하더라도 어딘가 만만치 않은 구석이 있는 대상들에게는 그는 기꺼이 말을 높였고, 그로 인하여 사람들의 웃음거리가 된 적도 적지 않았다. 말을 하는 것이 그러할진대 남들에게 고개를 숙이거나 무릎을 꿇고 앉는 등등의 행위에 대해서는 더 말할 나위가 없는 것이었다.

감태규가 연로하신 선생 앞에서 책상다리를 하고 앉아 있는 것 역시 다분히 그런 전후 사정에서 연유하는 것이었다. 물론 그로서는 선생이 즐겨 쓰는 표현대로 말하여 존경하는 구석이 적지 않은 선생 앞에서 무릎을 꿇고 앉아 그에게 경의를 표할 준비가 항상 되어 있었다. 그러나 그가 그렇게 하는 것을 선생 자신이 금하고 있는 것이었다. 진정한 사제지간이라면 서로 높이는 마음이 있어야 하는 것이고, 그렇다면 서로 무릎을 꿇고 마주앉아야 하는 것인데, 그러기 위해서는 조금 불편하고 어색한 면을 감수해야 하는 것이니, 그럴 바에는 차라리 피차 편하게 앉는 편이 낫다는 것이 엄격함과 온화함을 동시에 지녔던 선생의 생각이었다.

오랜만에 안부의 인사가 오고 간 후에 감태규가 미소를 지으며 말했다.

"외람된 농담을 한마디 드려도 괜찮으시겠습니까? 예전에는 선생님이 거의 댁에 계시질 않아서 찾아뵙기가 쉽지 않았는데, 이렇게 누워 계시니 언제라도 뵐 수 있어서 저로서는 무척 편하군요."

그의 말에 선생은 잠시 미소를 짓더니 길게 한숨을 내쉬는 듯한 어조로 말했다.

"이제는 나도 어느덧 내 삶에 대해 쓸쓸함만을 간직하기 시작하였네. 이미 새로움을 염두에 두고서 살아갈 나이는 지나간 탓일 게야. 그러고 보면 이제야 나는 일찍이 어떤 생활 방식이나 이념에 젖은 사람들이 거기에서 벗어나지 않고 평생을 살아가는 그 이유를 알듯해. 그들은 나보다 먼저 이런 쓸쓸함을 맛본 게지. 내가 자서전을 쓸 엄두를 내지 못하고 있는 것도 아마 이런 심정 탓이 아닐까 하네."

그리고 선생은 이런 말도 하였다.

"그동안 내 속에서는 항상 다른 무엇보다도 밥 짓는 냄새의 여운이 강한 기억으로 살아남아 있었다네. 새벽녘에 강가의 자갈밭 위에서, 무더위로 푹푹 찌는 산골짝의 덤불숲 속에서, 저녁 어스름이 깔리는 무렵에 오두막의 좁은 부엌에서, 가마솥이 걸리고 잔가지들에 불이 붙고 그 경건하기까지 한 냄새가 피어오르면, 쫓고 쫓기던 시절을 벗어나 그런대로 먹고 살 만해졌을 때에도 난 한 번도 그 냄새를 머릿속에서 놓쳐본 적이 없다네. 그런데 저번에 쓰러진 이후로 그 밥 짓는 냄새에 대한 기억이 가물가물해지는 거야. 어떤 때에는 하루 종일 기억을 되살리려 애를 써야 간신히 어렴풋하게 상기되다가도 잠시 방심하면 이내 사라져버리곤 하는 것이라네. 그로 인해 요즘 더욱 나는 공연히 머릿속이 황망하고 손발이 헛헛해지는 것인지도 몰라.”

선생이 말을 쉴 때 감태규는 이런 말을 하였다.

“이념적으로 누구보다도 자유주의적인 사람이 일상적으로는 그 누구보다도 전제적일 수 있고 그 반대도 가능하다는 사실을 저는 나름대로 조금은 알고 있지요. 예전에 중학교를 졸업하고 고등학교에 입학한 후 얼마 지나지 않아서 저는 친구들 몇과 중학교 시절의 은사를 찾아간 적이 있었습니다. 그 은사는 사소한 일에도 걸핏하면 몽둥이를 휘둘러서 그야말로 우리를 개 패듯 두들겨대곤 하였는데, 그래도 담임선생이었고 하여 그런대로 정이 들었던 것입니다. 그가 어찌나 무섭고 사납게 어린 우리를 다루었는지 지금 돌이켜보아도 오싹하는 느낌이 들 정도입니다. 그런데 막상 집을 방문하고 보니 그 은사는 학교에서와는 너무나 딴판이었습니다. 우리가 방문하고 있는 중에도 국민학교에 다니는 두 아들은 도무지 정신을 차릴 수 없을 정도로 집 안팎에서 온갖 난장판을 치고 있었고, 심지어 두 놈이 차를 마시는 은사의 어깨 위로 기어올라가서 머리카락을 쥐어뜯기조차 하는 것이었습니다. 그런데 너무나 놀랍게도 우리에게는 사소한 일에도 신경질을 부리며 사정없이 손과 발과 막대기로 구타를 가하던 그 은사는 그저 시종일관 허허 웃으면서 그런 아들들이 귀여워 못 견디겠다는 태도를 취하더군요. 그를 찾아갔던 우리는 하나같이 너무도 어처구니없어서 어안이 벙벙해지다 못해 심한 낭패감까지 맛보아야 했습니다. 그리고 그때 저는 갑자기 구역질이 솟구쳐서 중간에 그 집을 나와 버려야 했습니다. 저 스스로도 믿기가 어려운 일이었지만, 그럼에도 불구하고 그때 제가 느낀 건 분명 구역질이었습니다. 그 기억을 돌이켜볼 때마다 저는 이제 제가 늦게나마 학교로부터 놓여나 있다는 사실에 대해 공연할 정도의 안도감을 느끼곤 합니다."

선생은 여위고 주름진 얼굴로 회한의 표정을 지으며 그의 말을 받았다.

"하기야 요즘의 교육이란 것이 서로 존중하는 법을 배우기 위해서라기보다는 효과적으로 자신을 방어하고 남을 공격할 수 있기 위해서 이루어지는 법이니까."

선생은 계속하여 말했다.

"우리는 교육을 통해 배운 자유주의적인 사고방식에 입각하여 사람들을 일종의 개별적인 존재들, 이를테면 모래알 같은 존재들로 파악하는 경향이 있는데 그런 탓에 사회적으로 그 모래알들을 담을 그릇이 필요하다고 생각하는 모순된 생각을 가지게 되곤 하지. 왜냐하면 어떤 종류의 것이든 그릇은 그 속에 담겨지는 것들에 대해 전체적으로 작용할 수밖에 없기 때문이니까."

그리고 끝으로 선생은 그에게 이런 당부의 말을 하였다.

"이럴 때일수록 너무 심정적으로 울울해지거나 가라앉지 않도록 주의하게. 반복되는 착잡한 상념은 사람의 심정뿐만 아니라 이성까지도 장악하게 되는 법이니까. 시대의 암울함은 대부분의 경우에 판단의 준거에까지 심각한 영향을 미쳐서 사람들을 더욱 암울하게 만들지. 그런데 그러다보면 사람들은 자신의 개인적인 욕망과 기호에 대해서까지 완장을 차게 되고, 그 완장이 곧 자승자박을 하는 것으로 되어버려서 자발성을 잃어버리는 것은 물론이고 아무런 창조적이고 생산적인 일을 할 수 없게 되어버리는 것이라네. 그러니 지나치게 낙관적이어서는 안 되겠지만, 너무 비관적이어서도 안 되겠지. 이제 내가 자네에게 할 수 있는 말은 이 정도일 뿐일세."

그 말을 듣는 것을 끝으로 하고 그는 선생의 집을 나섰다. 서울로 올라오면서 그는 선생이 원하든 원하지 않든 간에 평소에 그가 하던 말을 단편적으로나마 기록해 두어야겠다고 생각했다. 그러나 그 글은 신문사 부장이 원하는 형식의 것이 아닐 것이었다. 그가 아나키즘에 대한 특집을 꾸며볼 생각을 했던 것은 바로 그 때문이었다.

제자들을 배웅하고 돌아오는 교수는 손에 커피잔과 재떨이를 담은 쟁반을 들고 있었다. 감태규는 말없이 가방을 열어 안에 든 것을 상 위에 꺼내놓기 시작했다. 그러면서 그는 교수가 쓴 논문의 내용을 머릿속으로 정리했다. 교수는 아나키즘이 지향하는 가치가 지나치게 다양하여 현실적으로 실패를 하였다고 쓰고 있지만, 감태규는 역으로 그 가치적 다양성과 그로 인한 실패야말로 아나키즘으로 하여금 인간의 거의 모든 정신적 행위의 저변에 가로놓일 수 있게 한 힘이 아니겠느냐고 묻고 싶은 것이었다.

10

그들은 마당 바로 옆의 한쪽이 트인 비닐하우스 안에 둘러앉아 술을 마셨다. 돌아보면 온통 밭이고 언덕이고 야산이고, 밭 주위로 굵고 가는 아카시아나무들이 유난히 많이 눈에 띄고 있었다. 칠순이 되어 모친의 진갑을 맞은 감태규는 잔칫상을 돌보기 위해 음식물이 든 접시를 들고서 분주히 뛰어다니고 있었고, 조금 늦게 도착한 강규진은 다른 사람들의 만류에도 불구하고 평소에는 경운기의 주차장으로 쓰이는 비닐하우스에 차려진 자리에 합석하여 술을 마시고 있었다. 이 날을 위하여 감태규의 모친 자신이 오래전에 담가 특별히 준비해 두었다는 농주는 역시 시골에서 살기를 고집하는 노친네의 솜씨답게 감칠맛이 넘쳤다.

술잔이 채워지고 비워지면서 바닥에 내려앉을 새도 없이 계속하여 허공에서 떠돌았고, 둥글게 둘러앉아 있는 그들 모두는 자신들이 머지 않아 술에 취할 것임을 예감하면서도 걱정이 되기는커녕 오히려 그 예감으로 인하여 가슴이 설레고 있었다. 비닐을 통과하여 들어오는 햇살은 따갑지만 여기저기 터진 틈으로 들어오는 바람은 쌀쌀하기 그지없었다. 뱃속으로 흘러들어간 술은 그 강한 도수에도 불구하고 부드럽게 흡수되면서 그들의 볼을 붉게 상기시켰고, 그 볼 위로 찬바람이 살랑거리고 있었던 탓에 그들의 얼굴은 한편으로는 붉으락푸르락 화난 듯하기도 하고, 어찌 보면 추운 날씨에 아랑곳하지 않고 놀이에 열중하고 있는 철모르는 어린 아이들같이 보이기도 하였다.

강규진은 가급적 취기가 늦게 찾아오기를 바라는 마음으로 자주 젓가락으로 음식들을 집어 들었다. 그러고 보니 언젠가부터 그에게는 밤에 혼자 술 마시는 습관이 붙어 있었고, 이미 술 자체에보다는 그 습관 자체에 중독이 되어 있는 것이었다. 당연한 일이지만 혼자서 마시는 술은 여럿이 모여서 술잔을 주거니 받거니 하는 경우보다 더욱 심하게 위벽을 깎았고, 다음 날 아침의 숙취도 훨씬 심했다. 그러나 그보다 더욱 심각한 것은 그렇게 혼자 잔을 기울이다 보면 밖으로 뻗어나가지 못하는 상념의 촉수가 공연하고도 헛되게 그의 자의식을 갉아댄다는 점이었다.

하여 그는 언젠가 한 번은 혼자 술을 마시다가 술기운이 어느 정도

올랐을 때 편지지를 꺼내와 한 친구에게 편지를 쓰고는 다음 날 아침 다시 읽어보지도 않고서 우체통에 넣은 적도 있었다. 그는 그 편지지에 이렇게 썼다.

　니힐리즘의 새털같이 가벼운 무게가 천근만근으로 나를 짓누른다. 그러고 보면 내가 이 길지도 짧지도 않은 세월을 살아오면서 내게 있어 가장 직접적이고 현실적이고 구체적인 것은 도처에 만연해 있는 허무감이었다. 얼마 전에 어느 잡지에서 읽자니 나나니벌의 유충은 다른 애벌레의 몸을 먹으면서 성장을 하는데, 본능적으로 결코 그 애벌레의 생명을 빼앗지 않는 방식으로 애벌레의 살을 뜯어먹는다고 하더군. 그러고 보면 내 속에 들어 있는 허무주의는 그 나나니벌의 유충처럼 언제까지고 나를 살아 있는 채로 유지시키려는 노력을 교묘하게 수행하면서 나의 살을 착취하고 있는 것인지도 모르는 셈이지. 나는 여태껏 이렇듯 죽음에까지 이르지는 못하고 있으니까. 그런데 그렇다면 나로 하여금 죽음에 이르지 못하도록 하는 것은 무엇일까. 아직 생존해 있는 노모와 내게 딸려 있는 가족들이 나를 살리는 것일까. 아마도 그렇지는 않을 터이고, 그럼 혹시 정말로 차라리 그 허무주의라는 것이야말로 나를 살아 있게 하는 것이 아닐까. 죽음에 대한 의식이 내게 죽음으로부터 거리를 유지하게끔 하는 것일 수도 있듯이 말이지. 그러고 보면 삶이란 얼마나 남루하고 초라한가. 하지만 그렇기 때문에 오히려 삶이란 그 얼마나 진지한 아름다움을 지니고 있는 것인가. 그러나 그 아름다움은 결코 나의 몫이 아니다. 그렇다면 나의 이런 말들은 그저 독백으로 그쳐버려야 한다. 그런데 독백이란 혼자서 독배를 드는 것인가. 독백이란 대개의 경우에 이른바 정상적인 인간의 정신에 해악을 끼치

는 것이니까. 그러나 나의 말들은 대부분 독백에 지나지 않는 것이
사실이다. 하여 나는 이렇듯 홀로 독배를 든다.

    그 편지를 발송한 날 밤에 다시 알코올도수가 높은 술을 잔에 따르
던 순간 강규진은 문득 한 가지 사실을 깨달았다. 친구에게 그런 편지
를 보낸다는 것은 그런 글귀를 통해 그 친구에게 일종의 절교선언을
하는 것이나 다름없는 일일 것이었다. 친구가 끼어들 틈을 전혀 마련
해 놓지 않은 채로 일방적으로 내뱉는 말들이 어찌 절교선언이 아니라
는 말인가.
    그러나 다행히도 그 편지를 받은 장본인인 감태규는 그를 이 자리로
불러 내린 것이었다. 어쩌면 어머니의 진갑잔치라는 것은 적어도 그들
사이의 문제에 있어서는 구실에 불과한 것일 수도 있었다. 하여 그는
친구의 따뜻한 배려에 마음이 푸근해져서 자신에게 건네지는 술잔을
마다할 수 없는 것이었다. 더욱이 이런 자리에서는 곁에 있는 사람, 옆
을 지나치는 사람 그 누구에게나 술 한잔하라고 하여도 좋았다. 그런다
고 얼굴을 쳐다보고 나서 다시 한 번 힐끗 보는 일은 결코 없어서 좋았
다. 이렇게 술을 마시고 대취하여 쓰러져 잠이 들면 이날 일을 내일 기
억 못할 것이어서 좋았고, 다음 날 아침에 깨어나지 못하고 죽어버려서
스스로 그 끝을 기억도 못하게 된다면 그 죽음은, 혹은 그 끝은 적어도
죽은 당사자에게는 끝이 아니어서 또한 좋았다. 술을 마시는 이유가 가
슴이 아파서든 마음이 즐거워서든 상관없이 다음 날 느끼게 될 두통과
복통은 마찬가지일 것이기 때문에 더욱 좋았다. 그 고통을 삶에의 허무
감이 구체화된 것으로 받아들이든 그렇지 않든 상관없는 일이었다. 게
다가 낯모르는 여럿이 어울려 술을 앞에 놓고서는 함부로 술을 좋아한
다고 떠들지 않는 신중함도 필요할 것이기에 좋았다. 나이가 들어 언젠

가부터 좋은 술을 생각하면 맛있는 음식을 떠올리듯 입에 침이 고이는 것을 다시금 느끼게 되어 좋았다. 알코올의 도수라거나 빈속이라거나 술의 양이라거나 하는 약간의 물질적 여건이 달라짐에 따라 인간의 생리에도 결정적인 차이가 초래된다는 사실이 새삼스럽게 신기하여 좋았다. 하지만 술에 관계되는 그런 모든 것, 평소에는 각기 까다로울 정도로 개념적으로 세분화되어 있는 것들이 얼마 후에는 술의 이름으로 무너져버리기 일쑤여서 좋았다.

술을 마시는 이유를 묻는 질문에 대해서도 무어라고 대답해도, 어떤 식으로 대답해도 상관없으므로 좋았다. 이를테면 세상을 곧바로 펴놓으려 하고 정리된 개념을 가지고 싶어하는데, 그것이 잘 안 되고 불가능하니까 아예 완전히 헝클어버린다. 그 역할을 술이 맡으며, 그렇듯 술이 만들어놓은 무질서 속에서 다시 처음부터 최소한의 질서를 부여하는 과정에 최대한의 삶의 의미를 부여하니 또한 좋았다.

쉽게 생각하면 술은 공격적인 것으로 여겨지지만, 그러나 오히려 지독히 자해적이고 자학적이다. 술은 사람들에게 현실에 저항할 힘을 주는 듯하지만 반대로 그 순간이 지나버리고 나면 그나마 남아 있던 최소한의 힘마저 소진시켜 버린다. 그러나 어떤 사람들은 그 힘의 소진으로 인하여 구원받는다. 그들은 자신들이 고삐가 잡힌 채 죽음이라는 심연 속으로 끌려들어가고 있음을 잊지 못하여 항상 삶의 기화성에 대한 생각에 덜미를 잡혀 있는 것인데, 그때 술은 그들이 가지고 있는 그런 생각의 구심점을 무화시켜 버린다. 술은 삶의 기화성을 그 순간순간 속에 압축시켜 보여주면서, 그들로 하여금 자신들을 확산시켜 버릴 수 있게끔 한다. 줄여 말하여 술은 그리하여 좋았다.

강규진은 시골을 떠나 서울로 향한 시외버스가 터미널에 닿을 때쯤 해서야 잠에서 깨어나며 정신이 들었다. 차갑게 식은 파전 한 조각을 입에 넣었던 기억 이후로는 아무것도 생각나는 것이 없었다. 자고 가라며 취한 채 떠나기를 만류하는 감태규의 말을 물리쳤던 듯한 기억이 잠시 후에 어슴푸레하게 떠올랐다. 자신을 돌아보니 그는 입이 바싹 말라붙고 머릿속이 마구 윙윙거리는 채로 좌석에 처박혀 있었다. 옷에는 농주와 음식물 자국이 얼룩져 있었으며, 내려갈 때 들고 있었던 것이 분명한 가방은 그 어디에도 보이지 않았다.

그는 간신히 몸을 가누며 대합실을 빠져나와 택시를 타고 집으로 돌아왔다. 그리고는 물 한 잔을 옆에 놓고서 책상 앞에 앉아 마개가 뽑힌 맥주병 같은 머릿속을 간신히 가다듬으며 감태규에게 편지를 쓰기 시작했다.

술을 좋아하는 나는 지금 술병이란 물체를 머리에 떠올리며 이 글을 쓰고 있다. 사실 모든 사람들은 몸과 정신의 어딘가에 일종의 마개 같은 것을 가지고 있다고 할 수 있는 것이다. 인간에게 마개가 달려 있다고 한다면, 나아가 인간은 이를테면 유리병에 비유될 수 있고, 그렇다면 그 마개는 말하자면 병마개다. 그런데 인간에게 있어서의 그 마개는 영혼과 육체의 뚜껑과 같은 것이어서 결코 열려서는 안 된다. 그러나 실제로는, 천성적으로 그 병마개가 약간 덜 닫힌 사람들이 있는가 하면 지나치게 꽉 막힌 사람도 존재하는 것이고, 경우에 따라 그 병마개는 약간의 충격에도 들썩거리거나 아니면 여간해서는 꿈쩍도 하지 않으면서 두 경우 모두 그 사람의 존재 자체를 위협하는 법이다. 이를테면 마개의 개폐 정도가 자주 사람의 건강성까지도 좌우하는 것인데, 심지어 그 병마개가 단번에 뽑혀버리거나 부지불식간에 튕겨 나가서 그동안 단단하게 봉하고 있던 그 사람의 모든 것을 자기 자신도 주체할 수 없이 아무 곳에나 오물처럼 꾸역꾸역 쏟아놓게 되는 경우도 없지 않은 것이다. 물론 뚜껑은 다시 닫힐 수 있다. 그러나 그때는 이미 때가 늦은 것이다.

　나 자신의 속에서 처음으로 그 마개의 존재를 의식하게 된 이후로, 나는 자주 숨을 죽이고 호흡을 가다듬으면서 그 마개를 지켜보곤 하였다. 하지만 내가 잠시 방심하기만 하면, 어느새 내 속에서 떠도는 모든 파괴적이고 충동적인 힘들이 우당탕탕 좌충우돌하며 그 마개의 밑둥으로 밀려들어 밖으로 솟구쳐 나오기 위해 안간힘을 쓰는 것이다. 그러면 나는 마개를 움켜쥐고 잔뜩 힘을 주어 내리누르면서 행여 그 마개가 열려버리는 일이 없도록 애를 써야 하는 것이다. 그러나 너무도 당연한 말이지만 언제까지 그런 식으로 버틸 수는 없는 일이다.

　오늘 저녁, 버스에서 내린 후 집으로 돌아오는 동안 다시금 내가 나 자신의 마개를 붙들고 싸움을 벌이고 있었을 때, 나는 짧은 순간 차라리 그 마개를 스스로 완전히 열어버리고 싶은 욕구를 느꼈으며, 그때 얼핏 주위를 돌아보던 나는, 나를 온통 감싼 채 허공에서 떠다니고 흘러 다니던 정체를 알 수 없는 어렴풋한 존재들이 어디론가 스며들 곳을 찾지 못하여 우왕좌왕하다가 바로 나 자신의 마개 위로 천천히 한데 집결하기 시작하고 있음을 발견하였다. 알고 보니 내 속이 바깥을 닮아가고 있는 것이었고, 속과 바깥이 함께 그 사이의 경계를 무너뜨리고 있는 것이었으며, 그리고 그 순간 나는 마침내 그 마개를 열 수 있었다. 그 마개는 생각했던 것보다는 어이없을 정도로 맥없이 비틀려서 바닥에 떨어져 내렸다. 그리고 기왕에 이렇게 되어버린 이상 나는 이제 더 이상 시치미를 뗄 수가 없게 되었다. 나는 마개가 뽑혀버린 존재인 것이다. 아마도 그 마개는 매번 새로이 생겨나서 다시금 나를 틀어막을 것이다. 그러나 나는 그때마다 또다시 그 마개를 기꺼이 뽑아버릴 것이고, 그러니 앞으로 내 속에서 거품이 부글부글 끓어오를 때마다 나는 자네를 위시한 주변 사람들을 얼마나 괴롭힐 것인가. 저번 편지가 자네에게 절교선언으로 읽혔다면, 지금 그 편지에 이어서 내가 자네에게 간절히 하고 싶은 말은 이것뿐이다.

11

이쪽과 저쪽의 세계를 분리하는 담벼락 위에는 찾고자 하는 사람들에게는 어김없이 구멍이 눈에 띄는 법이다. 어느 정도의 거리를 두고서 보면 그것을 그 구멍 뒤의 세계를 짐작할 수 있는 여지라고는 전혀 없는 그저 하나의 둥글게 뚫린 구멍일 뿐이지만, 가까이 다가가서 거기에 눈을 바짝 가져다 대면 그것은 그 너머를 환히 들여다볼 수 있게 하기에 충분한 창구이며, 사람들이 마음먹기에 따라서는 다른 세계로 들어설 수 있는 열린 입구라고까지 할 수 있을 터이다.

물론 사람들은 대개 언제 어디에서든 뚫려진 구멍이 있는 것을 발견할 경우에 그 구멍에 눈을 대고서 안을 들여다보고 싶어한다. 그러나 당연히 그것은 단순히 호기심의 차원에 지나지 않는 것이고, 더욱이 호기심이라는 것은 자기 자신이 저쪽의 대상에 연루될 가능성이 거의 없다거나 저쪽에서 자신의 존재를 눈치 채지 못하거나 할 때만 지속되는 것일 뿐이며, 어찌어찌 하여 조금이라도 그러니까 하다못해 사소하게나마 서로 간에 시각적인 얽힘이 일어나서 저쪽이 이쪽을 의식하게 되면 그 호기심은 차갑게 얼어붙어 버리거나 순간적으로 뜨겁게 달아올라 증발되어 흔적도 남지 않는 속성을 가지고 있다. 그런 탓에 많은 사람들은, 아니 우리들 중의 대부분은 특별한 경우를 제외하고는 처음 보는 생소한 구멍에만 관심을 가지고자 하고, 그 구멍을 통해 조금이라도 저쪽 세계를 자기 나름의 방식으로 엿보고 난 후에는 더 이상의 관심이나 하다못해 가벼운 흥미조차 느끼지 못하게 되기 일쑤다. 그러나 그것은 구멍 자체의 한계가 아니라 들여다보는 자가 가지고 있는 시각의 한계임은 애초에 분명한 일이다.

책을 읽고 있는 감태규는 얼마 전부터 책장을 건성으로 넘기면서 머릿속으로는 자기 자신의 상념 속으로 빠져들고 있다. 이윽고 그는 책을 책상 한쪽으로 밀어놓고 담배를 피워 물며 생각을 정리한다.

무정부주의는 우리 주위를 감싸고 있는 벽 위의 도처에 무수히 뚫려 있는 구멍들이다. 하지만 그 많은 구멍들 각각은 무심하거나 부주의한 시선에 우연히 발견될 수 있는 성질의 것이 결코 아니다. 현금의 시대에 있어 그것은 많은 경우에 하나의 구멍이면서, 스스로 구멍이기를 거부하고 자주 하나의 세계이고자 하고 있거니와, 또한 그것은 그 너머에 뜨겁고 강렬한 빛이 존재함으로 인하여, 그 강한 빛에 대한 고통스러운 기억에 사로잡혀 있는 대부분의 사람들의 시각에서 경원되어 그저 그렇게 방치되어 있는 우리 삶의 한 빈틈, 그러나 중요한 빈틈이라고 할 수 있다. 무정부주의는 그 뚫린 구멍을 통해 나나 너에 대한 예언처럼 행복의 복음을 우리에게 끊임없이 속삭이는 것인데, 하지만 자주 그 속삭임은 그저 스쳐지나가는 불길한 예언으로 사람들의 귓등을 간질일 뿐이다.

12

강규진은 누군가의 손이 건네주는 모종의 유인물을 거의 반사적으로 받아들고 펼치면서 눈앞으로 가져간다. 그럴 때마다 그에게는 매번 새삼스럽게 깨닫게 되는 것이 있었다. 아침에 일어나 저녁에 잠자리에 들 때까지 집과 직장과 음식점과 술집과 심지어 거리에까지도 온갖 종류의 정보를 담은 온갖 종류의 종잇장들이 난무하는 것이었다. 신문과 잡지는 말할 것도 없이 각자 나름대로의 입장들만큼이나 다양한 정치적

성명서들, 각종 캠페인, 상품 판매 및 바겐세일 광고문들, 혹은 사채 쓰기를 부추기는 고리대금업자의 명함들, 신장개업을 하였거나 술값을 내린 나이트클럽의 선정용지들, 그 외에도 이루 헤아릴 수 없이 많은 글귀와 종이의 덩어리들, 그는 얼마 전부터 그것들 모두를 한데 뭉뚱그려서 다소 무리스러우나마 차라리 유인물, 혹은 팸플릿이라는 말로 부르고 있었다. 유인물이라는 단어는 역사적으로 언젠가부터 어딘가 불온한 어감을 거느리게 되어버린 것이며, 바로 그런 점으로 인하여 그는 이 시대를 유인물의 시대라고 명명하면서 스스로 몸가짐을 단속하는 것이었다.

실제로 그의 눈에는, 너무도 수가 많고 노골적이어서 오히려 정체불명이라고 할 수밖에 없는 온갖 유인물들이 현대가 정보화 사회라는 미명하에 세상의 모든 빈틈을 가득 메우다 못해 꾸역꾸역 바깥으로 쏟아져 나와 각종 유언비어와 불순한 소문까지 퍼뜨리며, 거리고 건물이고 집이고 할 것 없이 마구 뒤덮어버리는 것으로 보이고 있었다. 그뿐만이 아니었다. 그가 보기에 인간의 사회를 이루는 모든 정신적이고 문화적인 것들이 그 바람에 함께 유인물의 차원으로 떨어져버리고 있는 것이었다.

하지만 그럼에도 불구하고 그는 행색이 남루한 어린 소년·소녀들이나 중년의 아주머니들이 길가에서, 그리고 실내에서 쭈뼛거리며 다가와 일방적으로 건네주는 그 유인물들을 거절할 수 없었다. 그는 항상 그것들을 하나도 빠짐없이 꼭꼭 챙겨 받으며 길을 걷는 것이었는데, 그것들은 어차피 어떤 식으로든 가급적 빨리 소모되어야 어느 구석에선가 오물처럼 썩어가며 악취를 풍기지 않을 것이며, 또한 그래야만 그 아이들과 아주머니들이 일찍 귀가하여 손발을 닦고 잠자리에 들 수 있을 것이기 때문이었다. 그러고 보면 유인물들은 값싼 노동력을 착취하기도 하는 것이지만, 그러나 아이들이나 늙은 여인들에게는 여간해서 노동의 기회를 주지 않는 냉랭한 사회에서 그런 식으로라도 그들에게 푼돈이나마 벌게 해주는 것, 그것이 유인물이 가지고 있는 최소한의 미덕인 셈이었다. 그런저런 이유로 하여 그의 주머니와 가방 속에는 항상 유인물 잡동사니들로 가득 차 있었다. 하지만 그래도 여전히 그는 지하철의 벤치 위에 쌓여 있거나, 지하도의 계단을 오를 때 주름진 손에 들려 있거나, 문틈과 차창에 끼여 있는 그것들의 존재를 단 한 번도 무시해 버리지 못했다. 그리고 그는 수시로 그것들을 꺼내 들고서 꼼꼼히 읽어나가곤 하였다.

그 유인물들 중에 어떤 것들은 이 시대의 세계적 변화를 증거하는 글귀들로 빽빽이 채워져 있었다. 최근 동구에서는 권좌에서 쫓겨난 당서기장 등등의 독재자들이 재산과 명예를 빼앗긴 채 연금 상태에서 사법 처리만을 기다리고 있다. 그들은 당 지도층 거주지에서 다른 전직 동료들과 함께 연금되어 있으며, 이들의 사냥터 별장에서는 국민의 세금으로 횡령한 것으로 보이는 사치품들이 다량으로 적발되어 앞으로 추가 조사가 있을 예정이다. 지방에서는 공산당 지도자 두 명이 그들의 사퇴를 요구하는 개혁파 동료들의 압력에 견디다 못해 자살한 것으로 전해졌다. 불가리아의 지프코프는 국가의 통제하에 있는 언론에 의해 인민과 시대의 아들로 우상화되어 왔으나 지금은 욕설과 경멸의 대상이 되었으며, 소피아 시민들은 그를 재판에 회부해야 한다고 주장하고 있다.

다른 한 유인물에는 큼지막한 사진 하나가 왼쪽 위에 붙어 있었다. 사진 속에는 아프리카 한 빈민국의 비행장에 최신형 외제 전투기들이 늘어서 있고, 그 앞에 최근에 쿠데타를 일으킨 군복 차림의 이른바 새 대통령이 어깨를 빳빳이 하고 서 있다. 그때 그 모습을 내려다보고 있던 그의 머릿속에서는 이식된 정치 문화, 혹은 이식된 폭력 문화라는 말들이 흑백영화 하단의 자막처럼 느릿느릿 지나가고 있었다.

또 한 장의 유인물에서는, 전부는 아니더라도 요즘의 많은 청소년들이 무엇인가 현실적으로 조금 골치 아픈 일을 겪게 되면 우선 전자오락실 같은 곳으로 가서 오락기를 두들기며 그 일을 어떻게 처리할까, 거기에 어떻게 대처할까를 생각하곤 한다고 충격적인 어조로 이야기하고 있었다. 그들은 그 무엇인가에 직접 맞닥뜨리게 되는 것을 두려워하는 것인데, 그것이 습관이 되다 보니 이제는 하다못해 작은 일 하나를 정리하는 데에도 어떤 자극적인 장치를 필요로 하게 되어버린 것이었다. 하지만 머리와 눈과 손으로 게임을 하면서 한편으로 다른 복잡한 문제를 풀어나가려 한다니, 그 생각이 제대로 이루어지지 않을 것은 물론이고 그 결과가 온당하지 않을 것 또한 너무도 당연한 일이었다.

물론 그들이 전자오락에 몰두하는 것을 놓고서 이를 서구의 영향이라고 말할 수는 없을 것이었다. 컴퓨터 게임이란 이미 전 세계적으로 일반화된 놀이방식의 하나이기 때문이었다. 하지만 결과적으로 볼 때 아프리카의 독재자들이 전자오락의 게임 프로그램 속을 드나들 듯 정권을 좌지우지하려는 것과, 전자오락을 하면서 현실적인 문제를 해결하려 하는 우리의 청소년들 사이의 거리가 얼마나 먼지는 의문으로 남는 것이었다. 그리고 쫓겨난 동구의 독재자들이 그 속에서 차지하는 자리는 과연 어디일까.

하지만 또 한 장의 유인물은 그것들과는 사뭇 달랐다. 그 전면 광고지 속에는 성화 한 장이 지면의 반 이상을 차지하고 있었다. 한 손에는 지팡이를 들고 다른 쪽 팔로는 새끼 양을 안은 거룩한 모습의 목자, 어깨 뒤로 흘러내린 금발의 긴 머리와 발치까지 드리워진 희고 긴 옷자락, 그의 주변에서 한가롭고 평화롭게 풀을 뜯는 양 떼들, 넓고 푸른 들판, 곳곳의 나무들, 그 많은 잎들을 흔드는 바람, 멀리 보이는 산들, 계곡으로부터 발원하여 들판을 가로질러 흐르는 개천, 다리, 그 너머로 솟아 있는 교회의 뾰족탑, 햇살을 받아 금빛으로 빛나는 구름, 상서로운 모습의 구름들로 덮인 하늘, 그리고 그 밑에 박혀 있는 고딕체와 명조체의 글귀들, 성화병풍 판매 공고, 삼십만 원 이상을 가져야만 구입할 수 있었던 성화병풍을 시중 표구값도 안 되는 제작원가에 장기할부 공급함, 특별 공급가격, 드디어 완성, 최고급, 후면에는 시편 23편 수록(석천서), 높이 162cm(5척 4촌)×8폭, 최고급 양면표구, 고급 진주비단 사용, 성화보급 중앙회, 선교사업부 지역별 대표전화, 취급품목⋯⋯.

글귀를 읽다 말고 다시 성화를 유심히 들여다보던 그는 순간적으로 그 병풍 뒤로 숨어 들어가고 싶은 욕구를 느꼈다. 그 뒤에서라면 무슨 짓을 하여도 허용이 될 듯하다는 스스로에게도 가소로운 느낌이 들었기 때문이었다. 그러나 그것은 결코 그의 잘못도, 그렇다고 성화의 잘못도 아니었으며, 잘못이 있다면 그 죄는 그 유인물에게 있는 것이었다.

그 후, 여전히 온갖 유인물들을 그러모으며 돌아다니던 어느 날 그는 길을 걷다가 길가에 면한 어느 화랑에 들른 적이 있었다. 그는 그곳에서 뜻하지 않게 제삼세계 현대작가 사진전을 보게 되었다. 작품들은 소재와 기법의 모든 면에서 매우 다양하여서 오랜만에 그는 편안한 기분으로 사진들을 하나씩 눈으로 훑어나갔다. 그때 그는 삼십대 초반쯤의 한 젊은 여자가 구석 쪽에 걸려 있는 어느 작은 사진 앞에 서서 오랫동안 꼼짝도 않고 벽에 걸린 사진을 뚫어져라 바라보고 있는 것을 발견하였다. 그가 가까이 다가가서 바라보니 그 사진은 아프리카의 어느 난민촌에서 죽어가는 아이들의 모습을 담고 있는 것이었는데, 그녀는 그 앞에서 눈길조차 돌릴 엄두도 내지 못하고서 주먹을 모아 쥐고는 진저리를 치고 있었다. 그녀의 반응은 말 그대로 치를 떨고 있는 것이었는데,

그 장면을 지켜보면서 그때 그는 밑도 끝도 없이 마치 육이오 전쟁 때 압록강까지 내달았다가 퇴로가 끊겼음을 깨달은 병사들의 모습을 눈앞에 떠올리고 있었다. 분명 그녀는 그가 알 수 없는 어떤 이유로 인하여 다시 일상으로 돌아올 퇴로가 끊긴 채 안타까워하고 있는 것이었다.

그때 그의 눈앞에 두 장의 유인물이, 한 장은 벽에 매달리고 다른 한 장은 공중에서 흔들리고 있는 것을 보았다. 하나는 그녀가 들여다보는 사진이었고, 또 하나는 그 사진을 보며 진저리를 치는 그녀의 모습이었다. 그리고 그녀라는 유인물은 그 순간 불에 붙어 있었고, 그 불은 곧 다른 유인물에게도 옮겨 붙었다. 뜨겁게 몸으로 반응을 보이는 그녀는 스스로 한 덩어리의 불이 되어 그 수많은 유인물들의 불붙은 갈피 속으로 끼어들고 있는 것이었다.

13

이 시대 최후의 아나키스트가 죽었다는 짤막한 기사를 신문 한 귀퉁이에서 읽었을 때, 감태규는 그 순간 가까운 곳에서 난데없이 대포가 요란한 소리를 내며 포탄을 발사하는 광경을 실제와 다름없이 듣고 볼 수 있었다. 그러고 나서 그는 방금 왜 하필 대포알이 발사되는 장면이 눈앞에 나타났는가에 대해 오랫동안 곰곰이 생각에 잠겨야 했다. 단순히 자신의 시대를 풍미했던 큰 인물의 부음을 들었던 탓에 그의 머릿속에서 천지를 뒤흔드는 폭음이 울리고 벌겋게 달아오른 포탄이 하늘로 날아오른 것은 결코 아닐 것이기 때문이었다. 그러다가 한참 후 폭음이 스러지고 포탄이 시야에서 사라진 다음에 그는 생각을 정리할 수 있었다.

선생이 세상을 떠났음을 그 삭막한 몇 줄의 글을 통해 우연히 알았을 때 감태규는 포탄이 발사되고 난 직후에 이루어지는 대포 포신의 반동을 온몸으로 느꼈던 것이었다. 포탄이 발사되듯 이제 고인이 된 선생은 자신이 전혀 뜻하지 않았던 시간과 장소에서 죽음을 맞은 것이고, 그 순간 포신이 강하게 반동을 받아 뒤로 밀리듯이 산 사람들은 그의 죽음에 충격을 받아 한동안 거기에서 벗어나지 못하고 허우적거리게 된 것이었다. 죽은 자는 그 반동의 힘으로 어디 멀리로 날아갈 수 있는 동력을 얻은 것이지만, 남겨진 자들은 그 반동의 값을 고인 대신 고통스럽게 치러야 하는 것이고, 때로 점점 더 커지기만 하는 그 값을 치를 능력이 없어 헐떡거리며 근근이 삶을 버텨나가야 하는 것이었다.

감태규는 그 반동의 힘을 여전히 몸으로 느끼면서 다시 한 번 신문 기사를 찬찬히 읽어보았다. 그 몇 줄 안 되는 글귀 속에는 고인의 경력과 그가 생전에 아나키스트라고 불려온 사정에 대한 간략한 기술이 있었다. 그러고 보니 신문지 위의 그곳은 부음을 전하는 곳이었다. 신문지로부터 눈을 들어 허공을 바라보자 그때 다시금 대포소리가 일어났으며, 그 순간 또다시 그는 포신의 반동을 받아 허청허청 뒤로 물러나야 했다. 한참 후 여전히 귓전에 남아 귀청을 얼얼하게 하는 그 포성의 여운 속에서 그는 그렇듯 뒷걸음질치고 있는 자신이 바로 대포에 다름 아님을 깨달을 수 있었다. 그는 선생을 죽음의 공간으로 날려 보낸 것이며, 이제 그로서는 오랫동안 여간해서는 그 빈 포신을 새로운 탄두와 화약으로 다시 채울 수 없을 것이었다.

최후의 아나키스트마저 사라진 마당에, 이제 그 뒷자리에 남은 것은 무정부주의자들일 뿐이었다. 하지만 다시 그 무정부주의자들에게 남겨진 일이 있다면, 그것은 아나키스트라는 말 대신 그들 스스로 무정부주의자라고 부르는 자들의 자리까지 전적으로 부정해야 하는 것일지도 모르는 일이었다.

언젠가 선생은 그에게 이렇게 물은 적이 있었다.

"자네는 아나키즘에 그다지 몰두하지도 않으면서 스스로 무정부주의자라는 말을 입에 담곤 하는데, 그렇다면 아나키스트와 무정부주의자는 다른 것인가, 다르다면 대체 어떻게 다른가?"

"선생님께서 분명히 아시겠지만, 저는 아나키스트는 물론 아니고, 엄밀히 말하자면 무정부주의자 또한 아니라고 말할 수 있습니다. 하지만 저는 기꺼이 저 자신을 무정부주의자라고 자처하고 싶은데, 그 까닭은 과문하나마 제가 알고 있는 무정부주의의 기본 정신을 사랑하기 때문입니다. 물론 그런 다분히 피상적인 사랑만으로 자기를 어떤 이념의 주의자로 내세운다는 것은 무리스러운 일이긴 합니다. 하지만 선생님과 다른 시대에 살고 있는 저는 이념들의 무게를 떨쳐버리기 위해서, 좀더 노골적으로 말하자면 모든 이념들을 비웃기 위해서, 온갖 철학적이고 역사적인 무게를 가지고 있는 무정부주의자라는 말을 스스로 감히 입에 담는 것입니다. 그렇게 하여 저는 도저한 정치적인 이념을 일상화시킵니다. 그것들을 일상의 차원으로 끌어내리는 것입니다. 그런 점에서 아나키스트와 무정부주의가 다른 것이고, 바로 그런 의미에서 저는 무정부주의자입니다."

"자네는 언제나 일상 타령이구만."

"바로 그렇습니다. 제게는 일상이라는 개념이 무척 중요합니다. 자주 저는 우리 주변에서 여전히 개인들은 사라지고 그 폐허 위에 신화들만 살아남아 있는 것을 목도하곤 합니다. 물론 저 자신도 간간이 그런 오류를 범합니다. 내 친구 중의 하나가 소설가가 되어 책을 냈을 때 그 책을 보고 처음 제가 가진 느낌은, 어쭈 이 녀석 봐라 하는 느낌이었습니다. 제가 알고 있는 그 친구와 평소에 제가 소설가라는 존재에 대해 가지고 있던 인상이 맞아떨어지지 않았던 것입니다. 말하자면 저는 소설가라는 말이 지니고 있는 신화적인 분위기에 기울어져 있었던 것인데,

함께 뒹굴던 그 친구가 소설가가 되었다니 머리가 혼란스러웠던 것입니다. 그리고 그 혼란스러움이 조금 가라앉은 후에 찾아든 생각은, 네까짓 게 쓰면 얼마나 쓰겠냐 하는 것이었습니다. 제가 알고 있는 바로서의 소설가는 그 친구 같아서는 안 되기 때문이었습니다. 그러다가 한참 후에야 제가 가지고 있는 그런 생각들이 잘못된 것임을 깨달았습니다. 소설가 또한 인간이고 일상인일 뿐이며 그 일상에서 소설이 나오는 법인데, 저는 암암리에 거기에 신화의 올가미를 걸어놓고는 다른 일상인이 가까이 다가가는 것을 막고 있었던 것입니다. 그때 저는 또 한 가지 사실을 깨달았는데, 인간들은 신화를 통해 교묘하게 자신의 욕망을 실현한다는 것이었습니다. 제가 소설가를 일상에서 떼어놓고 있었던 것 역시 저는 그런 식으로 저의 욕망을 지켜나가려고 했던 것입니다. 만약 그 친구가 유명한 소설가가 된다면 어쩌면 저는 그때부터는 그를 친구로서가 아니라 소설가로만 보게 될지도 모릅니다. 저는 그를 소설가로 보고 싶지 않은데, 다른 사람이 모두 인정을 하므로 어쩔 수 없는 일이고, 기왕에 그렇다면 저는 소설가에 대한 저 자신의 신화를 깨어버리지 않기 위해 그를 신화 속으로 밀어 넣어버리게 될 수 있기 때문입니다. 지금 제가 경계해야 할 것은 바로 그 점일 것입니다. 선생님의 경우만 해도 그렇습니다. 선생님을 찾아뵌 많은 사람들은 선생님의 일상적인 모습을 보고서 실망을 느끼거나, 아니면 지극히 일상적인 사실들을 공연히 과장하고 신비화시켜서 선생님을 드높이고자 합니다. 사람들은 선생님에게서 실망감을 느끼며 자신들의 우월감을 확인하거나, 아니면 아무것도 아닐 수 있는 일로 선생님을 드높이면서 그 점을 발견해낸 자신들의 통찰력을 과시합니다. 요컨대 남을 낮추어서 자신의 신화를 지키거나 남을 높여서 자신의 신화를 드러내는 것입니다. 여기서 일상에 대한 저의 모순 어법이 나옵니다. 방금 말씀드린 잘못을 범하지 않으려면, 신화를 일상화시키고 또한 일상을 신화화시켜야 하지 않을까 하는 것입니다. 마찬가지로 이념의 일상화와 일상의 이념화, 정치의 일상화와 일상의 정치화라는 말도 가능할 것입니다. 그렇게 하여 저는 어떤 욕구나 이념에 대한 집착을 가라앉게 합니다. 그런데 다행하게도 일상이라는 것의 허기와 식욕은 가히 무지막지한 덕분에 저의 그런 시도는 어느 정도 실효를 거두고 있습니다. 말하자면 자주 일상은 강력한 원심분리기처럼 작동하여 그 속에서 개인적인 욕심이 실려 있는 이념들이 한데 뒤섞여 무화되어 버리는 것입니다."

감태규가 긴 말을 마쳤을 때 선생은 얼굴에 온화한 미소를 띠고서 그를 바라보고 있었다. 그 모습을 보면서 그는 자신이 어른 앞에서 재롱을 부리는 어린것 같다고 생각하였다. 하지만 그는 그런 생각으로 인하여 자존심이 상하거나 하지는 않았다. 우선 그는 어떤 일로든 결코 선생 앞에서 자존심이 상할 이유가 없었으며, 또한 선생이 감태규 자신을 재롱떠는 어린것으로 여기고 있지 않음을 잘 알고 있었기 때문이었다.

그런 선생이 죽었다. 시대와 현실 속에 나사처럼 틀어박히기 위해 온몸으로 경련을 일으키며 한평생을 살아오다가 어느 순간 죽어버린 것이었다. 물론 죽음은 결론이 아니다. 하지만 살아남아 그를 추억하는 사람들에게 있어서는 이제 한동안 시간은 죽음 이후의 순간처럼 흐를 것이었다. 언젠가 감태규는 선생이 자신의 큰아들을 야단치는 장면을 본 적이 있었다. 그때 선생의 목소리는 젊은 시절에 선생이 익혔던 태권도 품세 동작시의 메마른 기합 소리처럼 울리고 있었다. 그 목소리를 떠올리는 순간 감태규는 갑자기 걷잡을 수 없이 흘러내리는 눈물을 주체할 수 없었다.

그는 흐느끼면서 자신의 입을 통해 선생 자신의 말을 중얼거렸다. 그 말은 유언일 수도 있었고 아닐 수도 있었으며, 선생의 말일 수도 있었고 감태규 자신만의 말일 수도 있었다. 그리고 또한 그 말은 흐느낌과 메마른 기합 소리와 부드럽기 그지없는 목소리에 동시에 실려 있었다.

"내 비록 지금 명백히 치명적인 병에 의해 죽음을 당한 것이기는 하지만, 나와 가까운 그대만이라도 내가 최근에 처해 있던 복잡한 제반 사항들을 염두에 두고서, 그리고 나를 좀더 이해하고자 노력하는 맥락에서 나의 이 죽음이 사고사임을 믿어 의심치 말아주기를 바란다. 사실 내가 이렇듯 죽음에 이르게 된 것은 어쩌면 나 자신도 미리 대비하지 못했던 어떤 피치 못할 일을 감수해냈기 때문임에 다름 아니다.

돌이켜보면, 나는 내가 태어나기 전부터 살아 있었다. 내가 흔히들 생명이라고 부르는 것을 가지게 된 그 순간에, 오히려 나는 누군가의 기만에 의해 삶이란 이름을 가진, 독극물로 추정되는 약을 먹은 것이었다. 나는 태어난 것이 아니라 오히려 죽은 것이었다. 하여 그 극약을 마신 이후로 나는 내 주변에 있는 모든 것을 내 곁으로 끌어 들이기 위해 안간힘을 써왔다. 나로서는 매순간 찾아드는 죽음의 고비에 누가 내 옆에 있을 것인가에 집착하지 않을 수 없었던 것이다. 물론 죽음을 앞둔 마당에 허무주의를 가리는 모든 것은 거짓이고 허위이다. 그럼에도 불구하고 나는 그 허무감 속에서 발버둥쳤다. 최근 들어 나는 눈물이 영혼의 때, 불순물 같은 것이라는 생각을 자주 하였다. 그렇지 않고서야 죽음에 임박하여 영혼이 꺼져버리려 하는 순간에 이토록 자주 눈물이 눈가에 내비치는 이유를 어찌 설명할 수 있다는 말인가. 하여 나는 최소한 나의 이 가련한 눈물에나마 최소한의 보상을 해주고 싶었다. 그래서 나는 자주 스스로 혼수상태 속으로 빠져들거나 몽유병 속으로 걸어 들어갔다. 그리고 그것도 모자라서 수시로 광태를 부리고 나를 학대하여 나를 잊어가는 다른 사람들의 의식 속에 유령처럼 출몰하고 싶어했다. 그렇게 해야만 나는 태어나기 전에 살아 있음으로 되돌아갈 수 있을 것이 아닌가.

　여러 가지 이유로 인하여 현대인인 우리는 여전히, 아니 오히려 더욱 죽음이라는 것이 그다지 자연스럽지 않은 시대에 살고 있는 셈이다. 언젠가 마을 뒤의 작은 산에 올라가 낮은 능선들을 바라보며 죽음에 대해 생각해 보았다. 죽음이 훨씬 가까이 다가왔음을 절감할 수 있었음에도 불구하고 나는 거기에 전혀 친숙해질 수 없었다. 왜냐하면 세상이 전혀 달라 보이지 않았기 때문이었다. 과학과 종교와 신비술이 여전히 저만치 떨어져서 딴전을 피우고 있었다. 그러다가 나는 생각을 멈추고 다시 걸음을 옮겨놓았다. 그때 문득 눈길을 떨구어 땅바닥을 내려다보았을 때 나는 방금 전에 내가 개미 두 마리와 이제 막 십 센티 가량 자라난 어린 소나무를 밟고 있었음을 깨달았다. 개미들은 숨이 끊어진 듯 납작하게 눌려진 채 움직이지 않았고, 어린 소나무는 가지를 간신히 조금 들어올리고는 머리를 바닥에 떨구고 있었다. 나는 그것들에게서 생명을 거두며 나 자신의 죽음에 대해 생각했던 것이었다. 내게 좀더 기력이 남아 있었다면 나는 그 순간 자신에 대해 구역질을 했을 것이다. 아니, 그 구역질은 나의 이야기를 듣는 그대의 몫이다. 나는 더 이상 그것들의 죽음을 가지고 심정적으로조차도 왈가왈부할 수 없다.

　아, 요컨대 나는 아무것도 남기지 않았다. 그동안 나는 돌발적인 사고에 의해 죽음을 당하기를 바래왔다. 그래야만 나는 나에게 속해 있던 것들을 없애버릴 시간을 가지지 못할 것이기 때문이었다. 하지만 그와 동시에 나는 내가 사고에 의해 죽게 되면 어쩌나 하는 두려움에도 시달리고 있었다. 그렇게 되면 나에게 속해 있던 모든 것들, 메모지들·편지함·일기장·영수증, 그런 것들이 다른 사람들의 손에 들어가지 않게 할 시간적 여유를 얻을 수 없기 때문이었다. 그 이율배반이 나로 하여금 삶을 연장시키게 한 것인지도 모른다. 그러나 명백히 지금 나는 사고사를 당한 것이다. 나는 내게 속해 있던 것들 중의 그 어느 것도 치워버리지 못했다. 만약 내가 죽기 전에 없애버린 것이 있다면, 이제 그것은 애초에 존재하지 않았던 것이 되는 것이며, 결국 나 자신도 애초에 존재하지 않았던 것이 되는 것이다. 그렇다, 나는 결코 한순간도 존재한 적이 없다. 그대의 눈물과 기억 속에서조차도."

14

감태규와 강규진은 김이 무럭무럭 나는 잡탕찌개를 앞에 놓고 마주 앉아 있다. 그야말로 온갖 것이 들어가 있는 찌개는 맵고 짰으며 생강 맛이 유난히 심하다. 주인이 소금과 생강과 고춧가루를 그렇듯 많이 집어넣는 까닭은 찌개의 재료가 워낙 다양하고, 게다가 그 재료들이 조금은 맛이 간 것이기 때문일 터이다. 그러나 찌그러진 냄비에 담긴데다가, 맵고 짜고 입 안이 화하면서도 찌개는 맛이 매우 좋다.

강규진이 찌개에 수저를 담그며 중얼거린다.

"소금이 녹으면 어떻게 되나?"

국물을 뜬 그의 수저가 물러가자 감태규가 수저를 들이밀어 건더기를 건지며 강규진의 말을 받는다.

"생강이 썩으면 어떻게 될까?"

세상에 가득 차 있는 온갖 이데올로기들에서 뿜어 나오는 불경한 습기가 소금의 결정을 녹이고 생강의 냄새와 성분을 역으로 뒤집어 썩게 한다? 그렇다면 녹은 소금을 집어넣고 생강도 빻아 넣어 휘저어서 맛을 전혀 새롭게, 새삼스럽게 시작해야겠지. 소금과 생강은 쉽게 썩지 않는다는 믿음을 가지고서, 소금처럼 녹아도 변하지 않고 남아서 다른 것들 또한 변하지 않게 하고, 생강처럼 여간해서 썩지 않고 다른 것들 또한 썩지 않게 하는, 말하자면 자기 자신의 특성으로 인하여 스스로는 죽을 수 없는 존재들을 우리는 우리들 속에 가지고 있으니까. 그리고 그것은 무조건의 조건이니까.

찌개는 금방 바닥을 드러낸다. 그들은 남은 소주로 각자의 잔을 채우고 한 번에 마셔버린다. 감태규가 강규진에게 이쑤시개를 건네주고, 두 사람은 서로 바라보며 웃으면서 이를 쑤신다. 그러는 그들은 어느 날 우연히 마주친 어린 아이의 새까만 눈동자를 들여다보는 기분에 젖어 있다. 잠시 후 그들은 한가로이 길을 걷는 어조로 언제까지고 반복되는 그 질문을 서로에게 묻는다.

"소금이 녹으면 어떻게 되지?"

"생강이 썩으면 어떻게 될까?"

15

나비의 애벌레나 송충이 같은 것들이 꿈틀거리며 기어가듯 지금 그들 각자는 머리와 발끝에 힘을 주어 몸 전체를 들썩이며 앞으로 나아간다. 그들은 온몸을 하나로 만들어 각 부분을 동시에 비틀듯이 하여 힘들게 움직이며, 실제로 그렇게 움직인 만큼만 조금씩 전진한다. 어찌 보면 그 동작은 힘겹고 고통스럽기까지 할 듯하다. 하지만 막상 그들에게는 그 동작 혹은 그 자체만이 전적으로 문제되어 그들은 그 동작 혹은 행동 속에 오롯이 들어 있는 것이고 기꺼이 그 속에서 존재하는 것이다.

그러다가 순간순간 그들은 하나가 된다. 그들은 서로서로 상대방의 다리와 목덜미를 깨물고 껴안고서 하나로 결합하여 괄태충의 몸통이라거나 하나의 캐터필러를 이루어 서로를 밟고 누르며 구르듯 미끄러지고 미끄러지듯 구른다. 그러면서 그들은 완전히 하나가 된다.

실로 폭 넓고 속 깊은 서랍 같은 사람이라고 불리는 한 남자가 있었다. 모두들 한결같이 그를 그렇게 불렀다. 실제로 그라는 사람은 얼마나 넓고도 깊은지, 이를테면 손님들에게서 손톱이 깨끗한 것을 최대의 미덕으로 삼는 술집의 여급과 타자기를 두드리기 위해 항상 짧은 손톱을 유지하려는 소설가, 언제나 손톱을 이로 물어뜯는 버릇이 있어서 손톱이 자랄 틈이 없는 여고생, 옷감에 쓸려 유난히 두 번째와 세 번째 손가락의 손톱이 심하게 닳아 없어지는 여공, 수시로 손톱이 부러지고 꺾여서 피멍이 들고 죽은피가 맺히는 막노동꾼, 그들 모두가 그 서랍 속에 들어가 한데 뒤섞여 새로운 관계를 일구어나가는 것이었다. 그렇듯 넓고 깊은 서랍의 쓰임새는 무한할 것이었다. 그러면서도 그는 자주 서랍으로서 뿐만 아니라 많은 사람들에게 자리끼 같은 역할도 하고자 애를 썼다. 서랍의 열고 닫음은 기실 그 얼마나 단정적이고 매순간, 이런 표현이 가능할지는 몰라도, 종료적인가. 하여 그는 사람들이 마시든 말든 상관없이 밤마다 언제나 그들의 머리맡에 놓여져 있는 자리끼 같은 것이 되기도 해야 했다.

그러나 아무도 사실은 그 남자가 한 사람이 아닌, 네 사람이 한데 얽혀서 이루어진 인물이라는 것을 알지 못했다. 이를테면 그는 실제로는 네 명의 불구, 즉 장님과 귀머거리와 벙어리와 절름발이가 하나로 합해진 인물이었다. 하여 그는 서로서로 맞물리면서 상대방의 불구를 자신의 불구로 덮어주고, 자신의 불구를 상대의 불구로 기꺼이 대신하곤 하는 것이었다. 그런 의미에서 그는 스스로 그렇게 규정하듯 어줍잖은 무정부주의자였다. 그에게 있어서 무정부주의란 결국 각 개인과 아울러 자기 자신을 스스로 존중함으로써 그 위에서 각 개인간의 진정 바람직한 관계를 모색하고자 하고, 그 관계를 사전에 좌우하려 드는 모든 힘과 싸움을 벌이려는 자발적인 움직임에 다름 아니기 때문이었다.

하지만 그렇다고 그가 고매한 인격의 소유자인 것은 아니었다. 차라리 그는 항상, 나는 내가 하고 싶은 일만 하면서 살고 싶었고, 앞으로도 그러고 싶다는 말을 자주 입에 담고 있었다. 듣기에 따라 이 말은 세상을 대하는 방식에 있어서의 교묘한 자기합리화이고 심지어 어려운 문제를 회피하려는 전술로 파악될 수도 있는 것이었다. 하지만 어차피 인간의 삶에서 자기합리화라는 것은 어떤 식으로든 이루어지게 마련인 것이며, 그는 그런 한에서 기왕이면 가장 적극적이고 자발적으로 자기합리화를 꾀하여, 현실적인 맥락에서 스스로를 도모하려는 것이었다. 그리고 사람들은 그의 그런 일견·모순된 인격에 친근한 안타까움을 느꼈다. 사실 한 인간이 다른 한 인간에게 느낄 수 있는 감정 중에서 안타까움보다 더 인간적이고 따뜻한 것이 있을 수 있을 것인가.

게다가 그는 정상적이고 이른바 건전하다고 하는 시각으로 세상을 대하는 것이 아니었다. 요컨대 그는 상한 신경으로 모든 것을 포착하고 감각하는 것이었다. 소경인 그는 그 먼 눈으로 세상을 보고, 귀머거리인 그는 그 먹은 귀로 소리를 듣고, 또한 벙어리인 그는 막힌 입으로 소리를 내는 것이며, 절름발이인 그는 그 절뚝거리는 발로 세상의 바닥 위를 뛰어다녔다. 그러면서 그는 캄캄한 눈으로 캄캄한 세상을 보고, 들리지 않는 귀로 제대로 된 구석이라곤 거의 없는 소리들을 듣고, 또한 말을 할 수 없는 입으로 재갈이 물린 다른 입들에게 끊임없이 말을 하는 것이며, 뛸 수 없는 발로 꽁꽁 묶인 다른 발들 사이를 뛰어다녔다.

그러고 보면 분명 그는 사회 유전적으로 돌연변이에 다름 아니었다. 하지만 돌연변이였음으로 인하여 그는 그 자체로 병들고 훼손된, 고통에 찬 신경세포를 통하여 또 다른 외부적인 혹은 내부적인 고통을 느끼기에 이르렀던 것이며, 자신이 상해 있음을 의식하면서 다른 상한 것들을 가까이 하고, 그러면서도 결코 감각행위를 멈추려 하지 않았던 것이었다.

폭이 넓고 속이 깊은 사람으로서의 그는 다른 사람으로부터 압박이나 공격을 받게 되면, 그 압박이 실상은 오해나 착각에서 비롯되었음을 상대방 스스로 깨닫거나, 자신이 그런 압박에 대해 무심해질 수 있게 되거나, 혹은 제풀에 지쳐서든, 아니면 다른 어떤 이유에서든 상대방이 스스로 압박을 거두게 되기를 언제까지나 기다리는 것이었다. 그러면서 그는 항상 이런 말을 덧붙이곤 하였다.

"언제나 하는 말이지만, 평소에 무엇인가를 상실하는 데에 익숙하지 못한 사람들이 이른바 수월하게도 열렬한 사랑을 할 수 있는 것이며, 그때의 그 열렬한 사랑이란 자기 자신에게도 거짓이기가 십상이다. 거기에 비하면 무수히 빼앗기면서도 누군가를 사랑할 수 있는 사람이야말로 얼마나 진실된 감정에 가까이 다가서 있는 것이겠는가. 그런 의미에서 말하건대, 너를 사랑하는 나의 이 마음, 이 욕구와 때로 충동적으로 솟구치는 너를 죽이고 싶은 나의 이 심정, 이 욕구와의 사이에는 아무런 간격도, 차이도 없다. 마치 나를 죽이고 싶은 나 자신의 욕망과 다른 한편으로 간절하게 살아남기를 바라는 이 욕망도 전혀 다를 바가 없듯이 말이다.

단지 내가 혐오하는 것이 있다면 현실을 단순화시키는 모든 행위들, 지적인 조작들이다. 우리는 앞뒤를 꿰어 맞추려 하는 와중에서 현실을 단순화시켜 스스로를 속이기 일쑤이며, 나는 그런 우리 자신들을 혐오한다. 그러나 항상 그러하듯 이번에도 나는 이미 그 혐오감의 와중에 떨어져 있다. 언젠가 말한 바가 있듯이, 주먹으로 벽돌을 내리치는 경우에, 그 벽돌이 깨어질 때가 주먹이 덜 아픈 법이다. 손이 벽돌에 가한 힘이 주먹을 떠나서 그것을 갈라놓았기 때문이다. 하지만 반면에 만약 주먹이 벽돌을 격파해 버리지 못하였을 때에는, 그 힘이 벽돌에 퉁겨 주먹으로 되돌아와서 오히려 주먹을 깨어놓고 마는 것이다. 대부분의 남자들은 이 사실을 잘 알고 있을 터이다.

그와 마찬가지로, 내가 누군가를, 혹은 무엇인가를 혐오한다는 것은 그 순간 적어도 내 입장에서는 내 속에 들어 있던 적대적인 감정이 나를 떠나 그 대상에 달려들어 그것을 꺾어놓고 마는 것이다. 하지만 주먹과 돌도 아닌 것이 대체 누가 누구를 꺾어놓고 갈라놓다니? 우리는 그보다는 내 손을 떠났다가 벽돌에 부딪혀 되돌아와 극심한 통증을 유발하는 그 힘 자체를 사랑해야 하는 것이 아닐까? 어차피 우리가 때로 상대방을 의심하기도 할 수밖에 없는 것이 사실이라면, 우리는 그 의심 이후에 우리에게 덤벼드는 그 자기의심, 자기혐의 또한 순순히 받아들여야 하는 것이 아닐까?"

그러나 사람들은 그를 거의 볼 수도, 만날 수도 없었다. 그렇다면 대체 그는 어디에 존재하는 것일까. 오래전부터 텅 비워져 있었던 방, 안으로 들어설 때 사람들로 하여금 썰렁함을 느끼게 하여 그들의 어깨를 움츠러뜨리는 방, 그 방 한구석에 놓여져 있는 빈 의자, 그 의자에 남아 있는 따뜻함, 그는 그 빈 의자의 따뜻함 속에 존재하고 있었다. 사람들이 무심코 그 의자에 앉았다가 엉덩이를 통해 온기가 전해져 오는 것을 느낄 때 그들은 그를 발견한 것이었다.

굴 지나가기

한승원

1939년 전남 장흥 출생.
서라벌예대 문창과 졸업.
1968년 《대한일보》 신춘문예로 등단.
작품집 《앞산도 첩첩하고》《안개바다》,
장편소설 《갯비나리》《폭군과 강아지》《아제아제 바라아제》
《흥부의 칼》《그대 어느 하늘 밑을 헤매는가》 등.
이상문학상, 현대문학상 수상.

굴 지나가기

생각해 보면 이때껏 살아온 세상이 시꺼먼 동굴 속을 꿰어 나온 것 같았다. 오색찬란한 듯하면서도 달콤하고 질척거리고 요철凹凸 투성이이고 어두컴컴한 동굴길 같은 세상살이였다. 꿈이었다.

꿈에서 깨어났느니라 하고 박정민은 살아가고 있었다. 바보같이 입을 호라매우고 살았다. 누구한테든지 무릎을 꿇고 빌었다. 비굴하게 웃으면서 악수를 청했다. 파락호의 길을 걷던 흥선 이하응같이 다음 날 다시 일어날 기회를 만들면서 기다려야 한다고 그는 생각했다. 속으로 이를 갈았다.

그는 표류하고 있었다. 꿈같은 동굴이 그를 표류하게 만든 것이라고 그는 생각했다.

끝이 보이지 않는 아득한 바다였다. 표류하는 배 위에서 이를 갈아본들 무엇하랴. 이미 노도 돛도 삿대도 엔진도 스크루도 다 망가지고 부서져버린 다음인데 악쓰며 발버둥치고 몸부림을 치면 무얼 하랴. 흘러가는 데까지 흘러가보아야 하는 것이다. 배가 뒤집히지만 않으면 된다고 그는 이를 물곤 했다.

폐품으로 버렸으면 마땅할 채취선의 엔진을 그는 바다 한가운데서 손을 보고 있었다. 보링을 하고 부속들을 갈더라도 기껏 한두 해 쓰고는 버려야 할 엔진이었다. 나도 이만큼은 폐품이 되었는지 모른다. 이쯤의 것이라도 내 손에 들어온 것을 고맙게 생각해야 한다. 이만큼 한 나이에 새로 시작을 해보려고 나선 것을 다행스럽게 여겨야 한다.

그의 내부에서 "이미 늦지 않았어?" 하고 빈정거렸다. 그 배반의 소리에 대하여 그는 끙 하고 안간힘을 썼다. 늦었다고 생각하는 때는 결코 늦지 않은 때인 것이라고 혀를 물었다.

초여름의 바다는 삼십대 초반의 알 것 다 알아버린 여자 같았다. 수줍음을 몰랐다. 벗어야 할 때 벗을 줄 알았다. 싱싱한 몸을 잘 굴렸다. 속살이 깊었다. 차갑지도 뜨겁지도 않았다. 물너울이 질펀하고 밋밋했다. 초여름 파도의 굽이는 고왔다.

그는 삼십대 여자 한 사람을 생각하고 있었다. 꿈 같은 그 세월 속에서 남모르게 살을 비비고 살았던 여자였다. 이제는 그 여자를 거느릴 능력도 없었다. 그 여자와의 만남이 마魔였다고, 그 모든 것을 꿈으로 여기고 고개 깊이 처박고 살아야 한다고 생각하려 했다. 그래도 자꾸 생각이 나는 것을 어찌할 수가 없었다. 그것이 어쩌면 그의 살아 있는 이유였다.

그는 파도 끝을 스치는 한 가닥의 바람결에서도 그 여자를 느끼고, 파도 위와 구름 사이를 선회하는 물새에서도 그 여자를 보았다. 뿌리는 비 한 줄기, 자욱한 안개 너울, 소리치며 흐르는 냇물, 질펀한 물너울, 가을바람에 우짖는 으악새숲, 그 숲이 피워 올린 혼령 같은 흰솜털꽃,

기어가는 개미들, 풀뿌리를 물어다가 둥지를 만드는 박새의 반짝거리는 눈망울, 호리호리한 미루나무 꼭대기에 지어놓은 까치집, 짝을 지으려고 서로를 애무하는 개들, 떠오르는 해, 밤하늘에 반짝이는 별떨기들한테서 그 여자의 숨결을 냄새 맡았다. 어떤 대기 속에서든지 그 여자와 교통하고 교감을 했다.

그 젊은 여자는 불행해져 있었다. 그 여자를 생각하기만 하면 문득 살의가 느껴지곤 했다. 자기 옆에 가장 가까이 있는, 깡마른 데다 주름살 깊어진 여자를 감쪽같이 죽여 없애고 그 젊은 여자하고 함께 살고 싶었다. 그는 그러한 내부의 무서운 생각을 향해서도 끙 하고 안간힘을 썼다. 미친놈, 미친놈, 하고 스스로를 꾸짖었다.

나는 마의 동굴을 아직 벗어나지 못하고 있다, 하고 그는 생각했다. 그 동굴을 그 여자가 만들어놓았다. 그는 그것을 운명처럼 뚫고 나아가고 있는 듯싶었다.

남편 박정민의 그러한 의식들을 그의 마흔아홉 살의 아내 옥자는 속속들이 읽고 있었다.

그녀도 지리하고 따분한 표류를 생각하고 있었다. 자기를 그같이 표류하게 한 그를 버리지 않을 생각이었다. 버릴 수도 없었다. 그녀와 그는 저승까지도 함께 가야 하는 운명 공동체였다.

요동치는 뱃전 너머로 비등하면서 달려가는 파도의 굽이 저쪽으로 강도령 묘 끝이 보였다. 그 끝의 키 작은 소나무 밑에 한 젊은 여자가 앉아 있었다. 뱃이물〔船頭〕의 덕판 그늘 밑에 몸을 웅크리고 앉은 옥자는 강 도령 묘 끝의 그 젊은 여자가 김기근 씨의 딸 순실이일 것이라고 생각했다.

하필 강 도령 묘 끝에 그 여자가 앉아 있고, 그것이 빤히 보이는 바다 한복판에서 그들 부부가 고장 나 표류하고 있는 배의 엔진을 손보고 있다는 사실이 그녀를 슬프게 했다.

강 도령 묘는 임자 없는 무덤이었다. 몇백 년 전쯤에 배를 타고 어디인가를 가다가 폭풍우를 만나 난파되어 죽은 앳된 시신 하나를 마을사람들이 저 산줄기 끝에 묻었던 것이다. 상투를 하고 도포를 입은 그 앳된 시신이 묻힌 그 무덤에 누가 어인 연유로 강 도령 묘라고 명명했는지 알려져 있지 않았다.

오래전부터 이 근동의 한 많고 원 많은 사람들은 저 콧등 같은 산줄기 끝의 무덤 앞에 서거나 앉아서 바다를 내다보고 있곤 했다. 자기도 그와 같은 표류의 넋이 되고 싶어 그러는지 몰랐다. 해가 뉘엿뉘엿 져가는 때에 거기 서 있는 사람도 있고, 달밤에 그러고 있는 사람도 있고, 별들밖에 없는 한밤중에 거기 앉아 담배를 태우고 있는 사람도 있었다. 그 무덤 앞에서 남녀가 은밀하게 만나 살을 섞는 수도 있다던 것이었다.

옥자도 그 묘 끝에 앉아 끝없는 바다 물너울을 내려다보고 싶어질 때가 많았다. 남편 박정민도 문득문득 그러고 싶어질 터이었다.

저런 방정맞은 것이 어째서 하필 오늘따라 저 묘 끝에 나와 앉아 있을까. 옥자는 가슴속에서 쓴 물이 넘어오는 것 같았다. 고장 난 엔진을 고치느라고 땀을 뻘뻘 흘리고 있는 남편 박정민에 대한 미운정이 불같이 일어나는 것을 어떻게 주체할 수가 없었다.

"워따어메, 속 뒤집어지는 것, 그냥 미치고 환장을 하겠구만잉."

옥자는 정말로 구역질이 나기라도 하는 것같이 물결을 향해 밭은침을 울구어 뱉었다. 앙가슴을 두 주먹으로 번갈아 콩콩 찍었다.

남편 박정민은 짐짓 모르는 체했다. 아내의 그러한 발광기 같은 행동은 폐품 같은 이 배를 타기 시작하면서부터 가끔씩 발동하곤 한 것이었다. 아내의 그 미친 기는 제풀에 일어났다가 제풀에 가라앉곤 했다. 바람 따라 혼자서 뒤집혔다가 그 바람을 따라서 혼자 가라앉곤 하는 바다하고 똑같았다. 바다가 혼자 들끓는 것을 미천한 사람들이 어떻게 할 것인가. 그는 적어도 그의 아내를 바다와 같은 항렬에 놓았다. 너그러울 때는 아구같이 한없이 너그러운 반면 옹졸할 때는 병어나 가시복어보다 더 옹졸한 여자였다. 입을 꼭 오므리고 왼고개를 틀어버리는 것이었다. 그럴 때는 바늘 끝 하나 들어갈 틈이 없었다.

바람이 불었다. 동남풍이었다. 바다는 청남빛으로 뒤집혔다. 황소떼 같은 파도가 달려왔다. 이놈의 바다가 미쳤다. 그것은 가끔 있는 미친 기였다. 파도 끝에서 하얀 누엣결 같은 거품들이 얹히어 있었다. 갈매기들은 드높은 파도 끝과 깊은 골짜기들을 미끄럽게 비행하고 있었다.

한번 손을 보고 시동을 걸었지만 엔진은 돌아가지를 않았다. 박정민의 손은 기름범벅이 되어 있었다. 그는 엔진을 내려다보면서 고개를 갸웃거렸다.

"밉다! 참말로 꼬집어 뜯어 죽이고 싶게 밉다."

옥자는 박정민을 행해 울분을 터뜨렸다. 박정민은 그 말을 아랑곳하지 않았다. 다시 시동을 걸었다. 엔진은 마찬가지로 부어준 휘발유만을 태워먹고는 푸른 연기를 몇 모금 토하고 맥없이 숨을 거두어버렸다.

그는 아주 닻을 바닷물에 던져 정박시킨 다음 엔진을 손보기 시작했다. 닻이 박히자 배는 머리를 바람이 불어오는 쪽으로 돌린 채 꿈틀거리며 달려온 파도를 타기 시작했다. 파도가 깨어져 날아왔다. 배의 널빤지들을 적셨다. 물보라가 먼 바다를 행해 앉은 옥자의 얼굴과 손등을 적셨다.

그 물보라가 그녀의 끓어난 심통에 불을 붙였다. 그녀는 강 도령 묘 끝을 향해 돌아앉으며 말했다.

"그놈의 애물단지 같은 기계 도치로 팍 뺑개버리고 저기 강 도령 묘

끄트머리 조끔 보시오. 참말로 그림 같소야. 애처롭게 당신을 기다리고 있는 저기 저년 좀 보시란 말이오. 활동사진을 찍어놨으면은 참말로 좋겠소."

박정민은 고개를 들고 보지 않아도 강 도령 묘 끝에 순실이가 앉아 있다는 것을 알 수 있었다. 여느 때 아내 옥자는 순실이만 보면 물쐐기에 쏘인 것같이 몸부림을 쳤다. 그는 끙 하고 안간힘을 썼다.

기름호스를 뽑아 빨기도 하고 점화전으로 연결되는 전선을 떼어 다시 잇기도 하던 그는 스패너를 집어 들었다. 엔진의 머리에 뿔같이 박혀 있는 점화전을 돌려 뽑았다. 엔진이 죽어버리곤 하는 병은 거기에 있는 듯싶었다.

세상살이의 모든 병들도 결국은 남녀 간의 사랑과 맨살 비비기로 말미암는 것이라고 그는 생각했다. 자기가 지금 다 썩어가는 고물 배를 타고 다니면서 눈 곯아진 고기들만 잡아 올려 먹고 사는 신세가 된 것도 결국은 그 음양의 비정상적인 불붙이기에서 비롯한 것이라고 생각했다.

점화전을 뽑아보면서 그는 자기의 실패를 가져다준 병원체를 확인했다. 기름이 너무 많은 것이 병이다. 점화전 끝에는 등유가 엉기어 끈적거렸다.

엔진을 손으로 돌려보았다. 점화전 끝의 불은 간헐적으로 잘 터져주었다. 그것이 엉기어 있는 그 많은 양의 기름을 연소시키지 못하는 것이 병인 것이었다.

먼저 점화전을 건조시키지 않으면 안 된다고 그는 생각했다. 휘발유병을 집어 들었다. 반병쯤 남아 있었다. 그것을 점화전에 부었다. 엔진을 돌렸다. 점화전에 불이 붙었다. 기름찌꺼기가 탔다.

피스톤 안에도 휘발유를 몇 방울 떨어뜨렸다. 종이에 불을 붙여 그 속에 불을 댕겼다. 내부에서 붙은 불이 구멍 밖으로 솟았다. 엔진을 돌려 불을 분출시켰다. 엔진 내부에도 석유가 많이 엉기어 있는 것이었다. 그 석유를 모두 태워 없앴다.

그것은 새롭게 시작하기였다. 엉기어 있던 너무 많은 양의 기름찌꺼기들을 모두 없애고 새 기름을 주입시키고 새 불을 붙여 엔진을 활성화시키자는 것이었다.

박정민과 그의 아내 옥자도 표류하고 있는 그들의 삶을 마감하고 새롭게 방향을 잡아 나아가려 하고 있었다. 빈 손바닥 쳐버리고 고향으로 돌아왔다. 태어날 때도 빈손이지 않았느냐고 그는 말했다.

"꿈이었느니라 하고 다 잊어버리드라고. 돈은 있다가도 없고 없다가도 있는 것이여. 나 자신 있어."

남편 박정민은 옥자의 손을 잡아 흔들면서 통사정을 하듯이 말했다. 그는 술에 취해 있었다. 다 털어버리고 고향으로 가자고 하면서 그는 그녀의 가슴에 얼굴을 묻은 채 말했었다.

"고기 잡고 김 양식을 하기로만 하면은 자신이 있어. 한 번만 기회를 줘, 한 번만 믿어주란 말이여."

박정민은 점화전 말리기와 피스톤 속 말라기를 거듭 세 차례나 계속했다. 이제는 시동을 거는 데 필요한 휘발유가 겨우 서너 방울 남아 있을 뿐이었다. 만일에 그것을 태우는 동안 시동이 제대로 걸리지 않으면 십 리 길은 넉넉히 될 회진 선창까지 노를 저어가야만 하는 것이었다. 이 바람 속을 뚫고 어떻게 노를 저어간단 말인가.

"저기 조끔 보고 시동 거시란 말이오. 어째서 안 보시요? 내가 옆에 있은께 그러시오? 왜 부끄럽소? 꺼끄럽소? 다 알고 있는 일들인께 아주 탁 터놓고 한번 놀아나보시오? 손도 한번 쳐주고, 소리도 질러주고……."

옥자는 땀범벅이 되어 있는 박정민의 얼굴을 건너다보면서 빈정거렸다.

"당신은 입심도 좋구만잉. 어째서 그렇게 잠시도 입을 쉬지 않고 놀려대는 거여?"

"내 소리는 까마귀 소리지라우? 저기 까치 앉아 있은게 한번 건너다보란 말이요."

박정민은 대꾸를 하지 않았다. 옥자는 그의 일그러진 얼굴을 노려보았다.

"이것이 뭔 짓거리요? 뭔 짓거리여? 내 아까운 돈 다 날려 보내고 남의 귀신날 것 같은 배 빌어 타고 눈 곯아빠진 장어새끼들 건져 올려다가 팔아먹고 사는 것, 이것이 시방 고생을 하고 있는 것이요, 지옥살이를 하고 있는 것이요? 노적가리에다가 불 질러놓고 그 밑에서 볶아진 싸라기 줏어 먹는 멍청이들도 있다더니 그 말이 절대로 틀리지 않구만이라우."

옥자는 투후하고 한숨을 쉬었다. 그녀는 뱃바닥을 손바닥으로 치면서 소리쳐 말했다. 뜨거운 흰 햇살이 그들 부부의 머리 위로 쏟아지고 있었다.

"이것이 시방 누구 때문이요? 아, 어째서 말을 못 하요? 입이 없어서 못 하요? 말씀을 하실 기운이 없어서 못 하시요?"

박정민은 옥자의 그러한 투정에 길이 나 있었다. 점화전과 기관 내부를 불 질러 말리고 난 그는 점화전을 잠그고 시동 걸 차비를 서둘렀다. 그의 얼굴에는 우박덩이 같은 땀방울들이 주렁주렁 달려 있었다. 그것들이 목과 가슴으로 흘러내렸다.

"그놈의 엔진인가 뭣인가 놔두고 저기 강 도령 묘 끄트머리 조끔 보시란 말이요. 아까부터 순실이인지, 당신 첩년인지 뭣인지, 저 미친년이 쪼그리고 앉아서 당신하고 눈을 맞출라고 계속해서 우리 배에다가 눈을 주고 있소. 저녁 눈 빠지기 전에 얼른 한번 봐주시오. 손이라도 한 번 흔들어주시오. 오늘 밤에 어디서 만나자고 소리를 질러주든지 어쩌 든지 하시란 말이오."

옥자는 악다구니를 쓰듯이 말을 퍼부어댔다.

박정민은 그 말을 듣지 못한 듯 눈 하나 꿈쩍 않고 점화전을 제자리 에 끼웠다. 휘발유 주입구에 병을 기울여 몇 방울 떨어뜨렸다. 재빠르 게 엔진을 돌렸다. 숨 가쁜 기침 같은 소리를 내면서 엔진이 돌아갔다. 하늘빛 연기를 토해냈다. 엔진의 회전이 어지러울 만큼 빨라졌다. 이제 는 되었다고 생각한 듯 박정민은 석유 밸브를 열어주었다. 엔진은 젖빛 연기 두어 모금쯤을 헛김처럼 뿜어내면서 맥없는 회전을 하는 듯하다 가 기운차게 돌기 시작했다.

"싸게 닻 캐 올려!"

박정민이 옥자에게 소리를 질렀다. 그녀는 짐짓 못 들은 체했다. 박 정민이 더 큰소리로 같은 말을 했다.

그녀는 굼뜨게 몸을 일으켰다. 배의 요동 때문에 비치적거렸다. 한 손으로는 뱃전을 잡고 다른 한 손으로는 닻줄을 캐 올렸다. 엔진의 추 진력으로 배가 세차게 나아가자 뱃머리에 부딪치는 파도들이 깨지면서 덕판 위로 와르르 넘어 들어왔다. 그녀의 바짓가랑이가 젖었다. 닻을 캐 올리고 나자 배는 회진 포구를 향해 달리기 시작했다. 달린다기보다 는 황소만 한 파도의 등성이와 등성이 사이를 숨 가쁘게 건너뛰었다. 곡예를 하는 듯싶었다. 가끔씩 실수를 하여 등성이 사이의 깊은 골짜기 에 뱃머리를 처박고 꿈틀거렸다.

옥자는 덕판 밑 그늘에 쪼그리고 앉으면서 지나가는 강 도령 묘 끝을 다시 보았다.

순실이는 한결같이 그들의 배를 내려다보고 있었다. 흰 치마에 흰 블라우스를 입고 있었다. 머리칼만 새까맸다.

"배를 어느 쪽으로 몰아가시요? 저기 강 도령 묘 끝 옆으로 바싹 붙여서 갑시다. 저 가시내가 당신 얼굴을 한번 볼라고 여기까지 나왔는데, 당신이 손 한번도 안 흔들어주면 얼마나 서운해하겠소?"

박정민은 그녀의 손가락을 따라 강 도령 묘 끝을 보았다. 가슴속에 바늘 한 개가 날아와 박히는 것 같았다. 저 가시내가 오늘 어쩌자고 저기에 나와 있을까. 뜨거우면서도 찬란한 흰 햇살이 그의 눈에 물을 고이게 했다.

그는 고개를 떨어뜨렸다. 옆에 옥자가 타고 있지만 않다면 배를 모래톱에다 대고 싶었다. 순실을 싣고 가고 싶었다. 그동안 어디에서 살다가 왔는지 묻고 싶었다.

마을에는 순실이에 대한 소문이 퍼져 있었다. 향기롭지 못한 소문이었다. 그 소문이 사실인지 확인하고 싶었다. 그게 모두 그의 탓인 듯싶었다. 그가 그녀를 어떻게 도와줄 수는 없는 것인지 물어보고 싶었다. 그는 아직껏 순실이를 한번도 만나보지 못했다. 목자가 그의 옆을 한시도 떠나지 않으려 하는 것이었다. 또한 맥이 풀린 채 빈 손바닥으로 들어온 자기의 처지인 것이었다.

"어째 그냥 고개를 숙여버리시요? 손이라도 한번 흔들어주시요. 어디서 만나자고 소리를 질러주시든지……."

옥자는 그에게 울분을 터뜨렸다.

"뭔 소리를 하는 거여? 저것이 뭔 순실인가? 순실이는 저렇게 생기지도 않았어. 새로 온 국민학교 선생인 것 같구만 그러네."

박정민은 시치미를 떼고 이렇게 우겼다. 자기도 예측 못한 일이었다.

"아까 우리 동네로 가정방문을 나온 모양이등만."

"뭣이 어쩌고 어째라우? 내가 당달봉사인지 아시오? 배를 대고 한번 가서 볼까라우? 우리 눈빼기 내기를 한번 할께라우?"

"쓸데없는 억지소리 하지 말어."

"아이고 어메. 참말로 사람 잡겄네잉!"

하고 나서 옥자는 몸을 일으키더니 강 도령 묘 끝에 앉은 순실이를 향해 소리쳐 말을 했다.

"너 순실이 맞지야? 순실아, 너 기근이 큰딸 순실이 맞지야?"

파도소리 때문에 그 말은 순실이한테까지 날아가지 않을 터였다.

순실이는 그녀가 설치는 것을 아랑곳하지 않았다. 석상같이 앉아 있기만 했다. 바람에 머리칼들이 날리기만 할 뿐이었다.

박정민은 옥자의 설쳐대는 것이 어처구니가 없어 허공을 향해 허허허 하고 웃어댔다. 하늘에는 바람에 찢긴 구름이 깔려 있었다. 갈매기들이 날았다.

"어따어메 이 양반 음흉스러운 것 좀 보소! 저것이 순실이가 아니라고 우기네? 허허허, 사람을 아주 당달봉사로 취급을 하네?"

옥자는 끓어오르는 울분을 어떻게 주체하지를 못했다. 그녀는 뱃바닥을 두들겨댔다.

그들 부부는 김 양식을 하고, 논 3필 있는 것을 알뜰하게 짓고, 틈틈이 삼중망을 놓아 잡고기를 잡고, 주낙질을 하여 쭈꾸미를 잡고, 횟감으로 나가는 장어를 잡으며 아쉬움 없이 살았었다. 부부의 손발이 척척 맞았다. 바늘 가는 데에 실이 가고 실 가는 데에 바늘이 따랐다. 밭에도 같이 가고 논에도 함께 가고 바다에도 나란히 가곤 했다. 부러워하지 않는 사람들이 없었다.

쓸 데 쓰지를 않고 모으자 살림살이가 눈덩이 불어나듯 했다. 논을 3필이나 더 샀다. 농협에다가 일천칠백만 원이나 넣어두고 이자를 받아

썼다.

그 무렵에 사람들은 소를 키우느니, 돼지를 키우느니, 김공장을 하느니 하여 돈을 끌아박곤 했다. 영농자금을 내다가 쓰고, 융자금을 받아다가 쓰고, 사채를 얻어다가 쓰고, 빚에 눌려 허덕거렸다. 그들 부부는 빚에 부대끼는 설움을 모르고 살았다. 원래 부모들한테서 물려받은 빚자루몽둥이 하나도 없었지만 박정민이 꼼꼼하게 살림을 한데다가 옥자가 밑을 잘 받쳐서 그렇게 알부자가 된 것이었다.

알부자가 되면서부터 그들 부부는 마을사람들한테서 우러름을 받았다. 마을사람들은 박정민에게 이장里長을 하라고 권했다.

심심풀이 삼아 한번 해볼까 하는 생각이 들었지만 사람들의 눈치 하나도 제대로 살필 줄 모르는 주제라는 생각에서 선뜻 나서지를 못했다. 그러는 것을 뒤에서 옥자가 부추겼다. 돈 앞서 있고, 이자가 한 달에 이십만 원 가까이 나오고, 살림도 넉넉하므로 이제는 출세를 한번 해보라는 것이었다.

"나도 이장 사모님 말 한번 들어봅시다. 그것 얼마나 어려울랍디여? 면소에서 거두라는 것 거두어다가 주고, 나누어주라는 것 나누어주면 되는 것이제, 안 그렇소?"

"뭔 소리여? 내가 세상 돌아가는 물정을 제대로 아는가, 주판알 하나를 제대로 퉁길 줄을 아는가? 그러다가 뭔 일을 당하면 어떻게 할 것이여?"

"아따아, 병훈이도 하고 소철이도 하고 기식이도 하고 방식이도 하고 달종이도 하고…… 기역자 뒷다리만 그릴 줄 아는 사람이면 다 해내는 그 같은 이장 하나를 그래 당신이 못 한다면 말이나 되는 소리요? 동네사람들이 해보라고 할 때 못 이긴 듯이 한번 해보시요."

박정민은 마을사람들과 옥자의 권유에 따라 억지 춘향이 걸음으로 이장질을 하러 나섰다. 이후 별로 오래지 않아서 옥자는 남편 박정민한테 이장을 하라고 떠민 손을 낫으로 끊어버리고 싶어했다.

박정민은 이장을 하기 시작하면서부터 양복 입고 넥타이 매기를 버릇했다. 그것을 매기 시작하면서부터 그는 어긋나기 시작했다.

고급 담배 피우기, 비싼 술 마시기, 다방에 들어가서 씁쓸한 커피 마시기, 다방 마담이나 아가씨 희롱하기, 장날 나가서 면직원들하고 밥 사먹기, 장터에 나오는 마을 유지들이나 어른들한테 술대접하기, 다른 마을 이장집의 조경사에 부의하러 가기를 익히기 시작했다. 가끔씩 술에 취하여 면사무소 근처의 여인숙이나 여관에서 화투치고 술에 떨어져 자고 들어오는 버릇도 들이기 시작했다.

꽁생원이던 박정민은 이장질을 하기 시작하면서 많은 것을 한꺼번에 알아가기 시작했다. 공금을 기묘하게 유용할 수도 있다는 것을 알았고, 거짓 핑계를 대고 융자금을 내다가 쓰는 길도 있다는 것을 알았다. 세상은 그렇듯 고지식하게 살 필요가 없다는 사실도 알았다. 어떻게 잘만 하면 하늘을 잡고 돼기를 차는 수가 생기기도 한다는 것을 터득했다.

시쳇말로, 세상은 넓고 할 일은 많다는 사실을 알았다. 진즉 도회지로 뛰쳐나갔더라면 그야말로 큰돈을 벌어 떵떵거리고 살아갈 수도 있었는 것을 그랬다고 아쉬워하게도 되었다. 이제도 늦지 않았으니 빌어먹을 것 재주를 한번 부려볼까.

그는 그러저러한 생각들을 아내 옥자한테 귀띔을 했다.

"자식들을 가르치기도 해야 하니까 다 팔아가지고 도회지로 한번 떠볼까? 우리라고 못 살 리 있어?"

"안 돼요. 나는 싫소. 지금까지 지금 우리들이 가진 것이나 잘 지키면서 편히 살고 싶소. 새 자리에 가서 새로 뿌리를 박으려면은 새로이 고생을 해야 된다고 합디다. 이장이나 한두 해 하다가 그냥 눌러 삽시다.

뭣이 아쉬워서 도회지로 나가라우? 우리가 남같이 빚이 있소, 뭐가 있소? 큰놈 광주에다가 하숙시키고 있고, 작은것 중학교 들어가면 그리로 보내서 같이 자취를 시키든지 어쩌든지 하면 될 것이고……."

남편은 아내 옥자의 말대로 눌러 살겠다고 했다.

"당신 말이 맞아. 괜한 헛욕심을 부리고 있었어."

한데 두 해 동안 이장을 하고 나자 사람들이 그에게 농협의 상무를 하라고 권했다. 그동안 박정민은 마을의 공금을 한 푼도 축내지 않았던 것이다. 다음 이장한테 빚도 떠넘기지를 않았다. 오래 할 것도 아니니까 깨끗이 끝내라고 옥자가 들쑤셔댄 보람이었다. 사람들이 농협의 상무를 맡아 하라고 한 것이 그 때문이었다.

"이틀이나 사흘 만에 한 번씩 나가서 도장만 꾹꾹 찌르면 되는 자리라네. 해보소. 일종의 명예직이라. 다들 자네가 믿을 만하니께 자네한테 맡기려 드는 것 아닌가. 자네가 그 자리에 앉아 있으면 동네사람들이 두루 좋을 것이네. 융자받기도 수월하고 영농자금 얻어 쓰기도 편하고…… 좋은 일 한번 하소."

그는 옥자한테 동네사람들의 그 말을 전했다.

옥자는 하룻밤 내내 생각을 하더니 고개를 끄덕거렸다.

"나선 걸음이니께 그것까지만 한번 해보시요. 그것도 벼슬이요. 남편 벼슬하는 것을 안에서 도리질하고 나서서 되겠소? 한사코 깨끗하게만 하시요. 대장부는 여자 뒷하고 돈뒷하고는 깨끗해야 하는 것이라고, 우리 친정아부지는 늘 오빠네들을 단속하고 그러십디다. 육이오 때도 돈뒷 구린 사람들은 다 죽었다고……."

농협의 상무를 맡아 한 지 한 해째가 되면서부터 박정민은 비뚤어지기 시작했다.

은밀하게 농협돈을 오천만 원이나 내다가 사채를 깔았다. 삼산면 매부를 통해서 꾸어주고, 가학리의 처남과 연동의 동서를 통해서 불렀다. 율지의 고숙을 통해 튀기고, 상발리의 외숙을 통해서 놓았다.

산을 개간하여 농장을 만든다고 꾸며서 돈을 빼냈다고 했다. 8리의 싼 이자로 뺀 돈을 2부 5리의 이자를 받기로 하고 풀었으니, 거기서 차액 떨어지는 것만 해도 한 달에 팔십만 원이었다.

거저 생기는 돈이 그쯤에 이르자 박정민은 돈을 물 쓰듯이 했다. 전혀 예상하지 않았던 데에다가 돈을 쑤셔 넣었다.

회진 선창 마당에다가 김기근의 딸 순실이가 양품점을 열고 있었다. 광주에서 학교를 다니는 둥 마는 둥하다 온 순실은 남의 3부 이자 빚을 얻어다 그것을 차린 것이었다. 물건은 팔리지를 않고, 이자는 다달이 물어야 하고, 먹고 살아가기는 해야 하고…… 순실이는 날이 갈수록 말라가고 있었다. 얼굴색이 창백해지고, 입술이 부르트고, 눈이 퀭하게 커졌다.

빚쟁이가 가게문을 지키고 있다는 소문이 마을에 돌았다. 그 소문의 꼬리에 또 다른 소문이 붙어 다녔다. 빚쟁이 남자가 빚대에 아주 순실이를 데리고 살아보려고 수작을 붙이는 중이라는 것이었다.

"빚을 받으러 와서 아주 빚대에 그 가시내를 품어버릴라고 하다가 몇 차례 혼이 난 모양이더라."

"예끼, 못 이긴 체하고 한번 당해 주지. 그럼 그 빚을 탕감해 줄지도 모르는 것인디……."

"탕감은 무슨 탕감? 그 남자가 아주 첩을 삼을라고 그런다더라."

"워따어메, 요즘 세상에도 그런 법이 있단가?"

"순실이가 결국에는 그 남자한테 넘어가게 될 것이라고 다들 그러더라."

"그럴 리 있는가? 그 가시내가 어떤 가시내라고?"

"아따, 원래 순실이 즈희 어메가 그런 내림 아니었는가?"

"맞네 맞어, 순실네가 원래 목포 청루방 출입을 하던 여자였더라네."

"자락치마 옆으로 살짝 여미고 쪽찐 머리에 기름 바르고 얼굴에 분칠을 하고 나서면은 색기가 잘잘 흘렀네."

"지나가던 남자들이 돌아보고 침 안 흘린 사람이 없었더라네."

"말도 말어. 알게 모르게 동네 남자들이 한번씩 다 보듬어보고 그랬네."

"아이고 그것이 참말이란가?"

죽고 없는 순실의 어머니에 대하여 사람들은 이렇게 입질을 하여댔다. 그것은 순실의 오래전에 죽은 언니 순자한테까지 미치고 있었다.

"순자도 무지하게 이뻤네."

"그 가시내도 옥자 서방하고 연애를 걸었다는 소문이 나고 그랬네."

"순실이는 즈그 언니를 쏙 빼닮았어. 키가 조끔 작아서 그렇지, 걷는 것, 말하는 것, 목소리에 콧소리가 살짝 섞인 것, 눈을 감고 웃는 모습이 영락없는 순자여."

"그러나저러나 순실이 참말로 안되었네. 뭔 팔자가 그 모양이란가? 사실은 광주서 어떤 남자한테 뭔 일인가를 당하고 와서 그 가게를 차린 모양이든디 말이여 쯔쯔쯧……."

사람들을 안타깝게 하는 그 소문이 나돈 지 얼마 있지 않아서 그보다 밝고 기운찬 소문이 돌았다. 그것은 또 마을 아낙들의 시기와 질투를 끓어나게 하였다.

"순실이 장사가 잘된다고 하더라. 이제는 서울에서 때깔 있는 물건만 들여오고, 얼굴도 팽팽해지고 다시 처녀가 된 것 같더란다."

"어떤 남자가 순실이 빚을 싹 갚아주었다고 하더라."

"그것이 누구란가?"

"순실이가 그 사람한테 오빠오빠 하면서 꼬리를 친다고 하더라."

"아이고매 그 백여수 같은 것잉!"

옥자는 하늘이 노래지는 것 같았다. 순실이의 빚을 모두 갚아준 것이, 다른 사람 아닌 자기의 남편 박정민이라는 것이었다. 빚뿐만이 아니고, 장사밑천으로 칠백만 원이나 더 대주었다는 것이었다. 순실이는 그 돈으로 점포를 넓히고, 이불과 비단까지 들여놓았다는 것이었다.

"아니 그것이 뭔 일이라요? 당신 뭔 돈으로 그년을 그렇게 먹여 살려요?"

옥자는 남편에게 따졌다. 남편은 솔직하게 털어놓았다.

"융자금을 어떻게 좀 돌려주었어. 하두 보기에 안됐길래 말이여. 장사 잘될 테니께 곧 갚을 것이여. 걱정 말어. 근동 혼수감은 다 맡아서 한다니께. 그리고 그 융자금을 그 아이한테 돌려주었다는 말 함부로 하고 다니지 말어. 큰일날 것인께."

박정민은 입단속을 하고 나서 그 가게의 이익금을 서로 반분하기로 했다고 말했다.

옥자는 베개를 집어 던지고 화장대 위의 화장품들을 내던지면서 싫다고 했다. 당신이 뭔데 남의 젊은 여자 장삿돈을 대주느냐고 따졌다. 당신이 그 돈대에 그 가시내를 품어볼 요량이 아니냐고 대들었다.

남편은 옥자의 목소리가 더 커지지 않도록 달랬다. 절대로 그런 일은 없을 것이라고 다짐을 했다.

"쓸데없는 걱정일랑은 말어. 순실이네하고 우리하고는 형제간같이 지냈어. 순실이네 삼대 고모할머니가 우리 삼대 작은할머니가 되었단 말이여. 그래서 그 전래 때문에 우리 아부지 어무니하고 순실이네 아부지 어무니하고는 형아 동생아 하고 살았단 말이여. 우리도 그랬어. 순실이가 나보고 오빠라고 하는 것도 그 때문이여."

옥자는 그 전래가 얼마나 허망한 전래인가를 잘 알고 있었다. 박정민의 삼대 작은할아버지라는 사람은 박정민의 삼대 할아버지와 배가 다른 형제였고, 순실의 삼대 고모할머니라는 사람은 데리고 온 가봉녀에 지나지 않았다던 것이다.

"사돈네 팔촌보다 더 먼 전래 그것이 코 달렸고 눈 달렸다요? 그것이 말한다요? 그것이 서로 젊으나 젊은 몸뚱이들 붙지 말라고 말린다요?"

"뭔 소리를 하고 있어? 다른 사람들은 그러는지 몰라도 우리 집하고 순실이네 집하고는 안 그런다니께?"

"그것을 어떻게 믿어? 상피보기를 밥 먹듯이 하는 세상인데, 사돈네 팔촌보다 몇십 배 먼 그 같은 전래를 어떻게 믿어? 그렇게 그 전래가 대단했은께 당신은 그래, 그 가시내 즈희 죽은 언니 순자하고 연애편지를 주고받고 그 난리였었소?"

"죽어버린 사람은 왜 들먹거리고 그래?"

박정민은 이렇게 퉁명스럽게 말을 하고 나서

"그것이야 소갈머리 없을 때 일 아닌가? 당신은 코흘리개 때 각시놀이도 안 하고 컸어? 각시놀이는 친누님 친동생 간에도 하는 것 아닌가?"

하고 짜증스럽게 뱉었다.

남편이 하도 결백을 주장하므로 그녀는 일단 믿기로 했다. 오빠라고 하고 동생이라고 부르며 사는 처지들인데다가 나이도 열몇 살이나 차이가 나는 사이인데, 설마 무슨 일이야 벌어지겠느냐고 생각했다. 꼼꼼하고 착실한 남편이 차마 부뚜막에 오르기야 하겠느냐고 생각했다.

그런 지 두 달도 채 안 되어서 더욱 험한 소문이 나돌았다. 남편 박정민이 회진에서 순실이하고 살림을 차렸다는 것이었다. 큰사람인 옥자도 묵인을 했다더라는 말까지, 그 소문의 꼬리에 붙어 다녔다.

그녀는 한동안 멍청해져 있었다. 새파랗고 맑은 하늘에서 그녀의 머리 위로 불벼락이 떨어졌어도 그렇게 놀라지는 않았을 터였다. 그녀는 몸을 부들부들 떨면서 회진엘 간 남편이 돌아오기를 기다렸다.

"사실대로 말을 해보시오."

남편이 돌아왔을 때 옥자는 방문을 닫아걸고 남편을 다그쳤다. 남편은 겉저고리를 팽개치면서 소리쳐 말했다.

"당신은 어째서 당신 남편을 시궁창에 처넣으려고 하는 사람들이 퍼뜨린 소문만 믿고 그 야단이여?"

남편은 그녀를 간단히 말 한두 마디로 회도리를 쳐버리려고 들었다. 그녀는 두 눈에 쌍심지 불을 켰다. 입에 거품을 물고 대들었다.

"뭣이 어째라우? 장에 가느라고 새벽밥 먹고 간 사람들이 다들 봤다고 합디다. 당신이 순실이 그 화냥년의 가게문을 열고 나오는 것을 두 눈으로 똑똑히 봤다고들 그럽디다. 그 말이 온 동네 다 퍼지고, 이 대덕 안통에 다 돌아다녔는디 나 혼자만 모르고 있었습디다. 순실이 그년이 두 번이나 낙태수술을 했다면서라우? 그 말이 대덕 은혜의원 간호원 말에서 흘러나왔다고 그럽디다. 그래도 발을 뺄랩라요?"

남편은 턱을 허공으로 쳐들고 허허허 하고 웃었다. 그리고 얼굴을 일그러뜨리면서 쏘아붙였다.

"제발, 홍어 썩은 속같이 되어버린 가슴 뒤집지 말어. 미치고 환장하겄은게 말이여."

"그렇게 말을 하면은 내가 발딱 넘어갈 줄 아시오? 이제 생각을 하니께 다 거짓말이여. 장산리 조문 가서 밤샘하느라고 새벽에 온 것, 연동 우체국장집 조문 갔다가 이튿날 온 것, 면직원들하고 여관에서 화투 쳤다는 것…… 다 거짓말이여. 그년을 보듬고 뒹구느라고 그런 것이란 말이여. 아이고, 아이고 나 미치고 못 살어."

남편 박정민은 방바닥으로 벌렁 누워버렸다. 눈을 감고 한숨을 몇 차례 쉬고 맥 풀린 소리로 말을 했다.

"내가 농협돈 빼내서 빚돈 놓은 뒷구멍을 미주알고주알 캐내가지고 상부에다가 쑤셔댄 놈들이 모두 꾸며낸 말들인디, 당신까지 그걸 곧이 듣고 이렇게 윽잡아대면은 나는 어디다가 마음을 붙이고 살 것이여?"

그 말을 듣고 보니 남편을 다그쳐댄 것이 후회되었다. 순실이에 대한 미움증이 저근덧 가시었다.

남편이 등골 빠지게 일을 하지 않고 한 달에 이잣돈 얼마씩을 은밀하게 챙기곤 하는 것을 시기하고 헐뜯어대는 사람들의 말만 듣고 착하기만 한 남편을 의심했는지도 모른다는 자책감이 가슴을 아프게 했다. 그녀는 곧 마음을 돌려, 남편을 시기 질투한다는 사람들한테 화살을 돌려 남편과 함께 욕을 하고 저주를 퍼부어댔다.

그런 지 며칠이 지나지 않아서 더 큰일이 터지고 말았다. 새로 이장을 맡은 성근이가 찾아와서 남편에게 얼른 농협돈을 갚아버리라고 귀띔을 했다.

이틀 뒤에 섬 안의 다섯 개 마을의 이장들이 집으로 몰려들었다.

남편은 그들에게 두 손이 발이 되도록 빌어댔다. 자기가 저지른 일이 조용하게 수습이 될 수 있도록 얼마 동안만 참아달라고 통사정을 했다. 이장들은 열흘 동안의 말미를 주고 돌아갔다.

남편은 삼산과 연동과 상발리와 가학리와 율지와 신리에 깔았던 사채를 받아들이려고 나섰다. 그 돈이 쉽사리 회수되지 않았다. 농협과 읍내의 은행에서 돈을 꺼내 수습을 해보려고 발버둥을 쳤다. 가뜩이나 처남과 고숙을 통해 놓은 빚 일천만 원을 떼일 것 같았다. 김 가공 처리 공장을 하려고 돈을 꾸어간 사람들이 날 죽여주십사 하고 손을 들어버렸다고 했다. 그들의 공장을 차압한다고 해보아야 기껏 고물값밖엔 받을 수가 없을 것이라는 것이었다. 뿐만 아니었다. 이숙과 동서들한테 깐 사채 일천오백만 원도 회수가 불가능하다고 했다. 송아지를 사다가 키우던 사람들이 소값이 폭락하는 바람에 밤봇짐을 쌌다는 것이었다. 빚돈을 가져다가 쌀장사를 하던 사람도 종적을 감추었다는 것이었다.

박정민은 농장을 하겠다고 꾸며서 융자를 받은 것이 아니었다. 섬 안의 주민들한테 나갈 융자금을 은밀하게 돌려다가 빚돈을 놓은 것이었다.

박정민이 그렇게 몰리고 있던 어느 날 순실이마저 장사를 채엎고 어디론가 자취를 감추었다. 박정민은 밤봇짐을 싼 순실이한테 삼백만 원이나 잡혀 내보낸 것이었다.

이듬해 겨울까지 박정민은 농협빚을 겨우 한 일천오백만 원쯤 갚았을 뿐이었다. 나머지 빚돈은 논과 밭을 팔아 정리하지 않으면 안 되었다.

남은 것은 기껏 자갈 많은 밭 한 뙈기와 집 한 채뿐이었다.

남부끄러워 마을에 엎드려 살아갈 수가 없었다. 낯 뜨거워서 골목길엘 나설 수가 없었다. 회진 선창마당은 물론 장 한번 보아먹기도 힘이 들었다. 대면을 하는 사람들이면 모두 그와 그녀를 돌려세워 놓고 욕을 하고 비쭉거리는 듯싶었다.

집과 채취선을 팔아가지고 광주로 떴다.

셋방을 얻어들면서 택시 한 대를 사서 굴렸다. 박정민이 운전을 할 줄 몰랐으므로 택시 운전기사 한 사람을 썼다. 벌어들인 돈보다 들어가는 돈이 더 많았다. 택시를 팔아가지고 그해 겨울부터 김 장사를 했다. 밑천 적은 돈으로 하는 장사라 몇 푼씩이 남는다고 남은 것이 모두 길에 깔리고 술값 밥값 여관비로 다 흘러나갔다.

이듬해 고추 장사를 하다가 밑천까지 다 들어먹었다. 수입고추 때문에 서울에다가 실어다 놓은 고추를 개들도 물어가려 하지 않았다. 운임비를 줄 수도 없어서 간신히 몸만 도망쳐 왔다. 지방에 몇 백 깔아놓은 것도 다 잃었다.

　마침내 월세집에 들어 있는 보증금 이백만 원만 남았다. 그것마저 빼다가 쓸 수는 없었다. 고등학교 3학년에 다니는 아들 하나와 2학년에 다니는 딸 하나와 중학교 3학년에 다니는 아들을 길바닥으로 나앉게 할 수는 없었다. 학업을 중도 폐지하게 할 수도 없었다.

　손수레에다가 철 따라서 딸기 참외 수박 포도를 싣고 다니며 팔기도 하고, 사과 귤 바나나를 싣고 다니며 팔아보기도 했다.

　과일 손수레 앞에 선 그는 사람들을 향해 얼굴을 들지 못했다. "사시오" 하고 말을 뱉지 못했다. 부끄러움을 타지 않기 위해서 소주만 거듭 마셔댔다. 얼큰하게 취하면 그는 사람들에게 딸기 참외 수박 포도를 거저 주다시피 했다.

　"나 이런 장사 안 해도 살아갈 수 있는 사람이요."

　술 냄새와 함께 이 말을 뱉어댔다.

　어느 날 그는 그나마도 옥자한테 떠넘기고는 어디론가 가버렸다. 열흘 만에 나타났다. 어디로 어떻게 떠돌다가 왔는지 말하려 들지 않았다. 그는 방 안에 틀어박혀 담배만 빨아댔다.

　"가드라고, 고향으로 가."

　방 안에 오소리 잡는 연기같이 담배연기를 가득 채워놓고 며칠 동안 죽치고 앉아 있던 그가 말했다.

　"무슨 낯으로 고향으로 갈 것이요?"

　"무슨 낯으로 가? 여기 이 거죽 낯으로 가는 것이여. 내가 살인을 했어? 도둑질을 했어? 내다 쓴 돈 논밭 팔아서 다 갚았잖어?"

　"나는 못 가요. 당신이나 가시요."

　"그럼 우리 편편갈림할 것인가?"

　"그럽시다."

"그래, 그렇게 하드라고. 빌어먹을 것."

정말 편편갈림하기로 그들 부부는 단단히 다짐을 했다. 그들 부부는 그날 밤 서로의 등과 등을 대고 모로 누워 새우잠들을 잤다. 그는 차라리 잘 되었다고 생각했다. 순실이를 찾아서 함께 살아야겠다고 생각했다.

그랬는데 그들 부부는 과일장사 손수레를 팽개치고 함께 고향으로 내려왔다. 순실이를 찾아 나서려는 그의 팔을 그녀가 붙들었고 그 팔을 고향 쪽으로 이끌었던 것이다.

물론 자식들은 그대로 놔둔 채였다. 대학에 들어간 큰아들과 다음 해에 또 대학생이 될 딸을 위해서 돈을 만들어내지 않으면 안 되었다.

"배운 도둑질이나 해먹드라고."

박정민은 옥자에게 말했다.

"일장춘몽이라고 생각을 하고, 새로 시작을 하는 거여. 송충이는 솔잎 먹고 살아야지 갈잎을 먹으면 죽는 것이라고. 이제부터라도 고기 잡고 김 양식을 하기로 하면, 나 자신이 있어. 몇 년 안에 기어이 잃어버린 돈 다 복구해 놓을 것인께 두고 봐."

박정민은 옥자를 자기의 사촌형인 박정수의 집에 앉혀놓고 마을어른들한테 통사정을 하러 다녔다. 정신 차리고 새 마음을 먹고 살러 들어왔으니 받아달라고 했다. 친구들한테도 빌고 새까맣게 어린 사람들한테도 빌었다.

사람들은 냉혹했다. 다들 고개를 저었다. 더구나 김씨 문중에서 맹렬히 반대를 했다. 김기근의 딸 순실이를 망쳐놓았다는 것이었다.

"박정민이한테 방 내주는 놈은 죽는 줄 알아라."

김씨 문중의 입 달린 사람이면 누구든지 다른 성씨 가진 사람들한테 이렇게 으름장을 놓았다.

그래도 박정민은 절망을 하지 않았다. 다들 태어날 때부터 얼굴을 대하고 살아온 사람들인데 설마 가슴팍을 밀어내지는 않을 것이라고 생각했다. 마을을 돌면서 모든 사람들한테 빌고 양해를 얻었다.

"농협돈은 내 유용을 해서 썼지만, 우리 동네 돈은 한 푼도 축내지 않았네. 앞으로 두고봐보소. 동네사람들 못할 일은 죽어도 안할 것이네."

간신히 신동수의 사랑방 한 칸을 얻어 들었다. 여름철에 놀고 있는 사촌형네 배를 빌어 손에 익은 장어 낚시질부터 하기 시작한 것이었다. 그것을 두 해째 하고 있었다. 물머수는 있었다. 다른 사람들보다 고기가 잘 잡혔다. 근근이 아이들의 학비와 생활비를 대고, 다음 해에 김발 몇 척을 막을 수 있는 여유 자금이 생겼다.

그 사이에 허리가 휘도록 날품을 들었던 것이다. 모내기, 김매기, 논갈이, 타작하기, 논둑 붙이기, 농약하기, 객토하기, 면소의 창고에서 비료 실어 나르기…… 고개 쿡 처박고 일을 했다. 아내 옥자도 마찬가지였다.

옥자는 몸살을 앓을 때면 소리 없이 눈물을 줄줄 흘렸다. 그러한 아내를 그는 힘껏 끌어안아주곤 했다.

옥자는 그의 가슴에 얼굴을 묻은 채 얼른 세월이 가주었으면 좋겠다고 말하곤 했다.

한데 어느 날, 김기근의 딸 순실이가 마을에 나타난 것이었다.

순실은 예전의 순실이가 아니었다. 백치가 되어 있었다.

그렇듯 상냥스럽고 똑똑하고 야무지고 늘 생글거리던 순실이가 그렇게 변해 버리다니 믿어지지 않았다. 순실이는 사람들을 그저 멀거니 건너다보고 있곤 했다. 그녀의 눈에는 흰자위가 크게 확대되어 있었다. 얼굴은 창백했다. 몸은 비쩍 말라 있었다.

골목길을 걸어가거나 들길을 가거나 앞산 잔등을 넘어 바다로 나가

거나 모래밭을 거닐거나 하다가 그녀는 발을 멈추고 어디인가를 멀거니 바라보고 있곤 했다. 발을 멈추고 선 자리에서 한 시간이고 두 시간이고 서 있었다.

아무 논둑이나 밭둑에 자리를 잡고 앉으면 해가 뉘엿뉘엿 질 때까지도 일어나 집으로 들어갈 줄을 몰랐다. 그녀의 작은어머니 연동댁이 달려와서 손목을 잡아끌어야만 몸을 일으키곤 했다.

"어따어따, 느그 어메 혼백은 뭣을 하고 있다냐, 너를 안 데려가고……"

그녀의 작은 어머니 연동댁은 혀를 끌끌 차면서 그녀를 끌고 집으로 가곤 했다.

"밥솥에 불 하나도 이적스럽게 때주지를 못요. 불을 때다가는 아궁이 속을 멀거니 들여다보고만 있어라우. 불이 타고 있는지, 불이 꺼져 있는지도 모르고, 솥에 안친 것이 국인지 밥인지를 몰라라우. 어떤 때는 계속 불을 지피기만 해가지고 밥을 새까맣게 타지게 만들어놓기도 하고, 또 어떤 때는 불이 기어 나와서 제 치마에 붙는 것도 모르고 넋을 빼고 있어라우. 나무청에 불이 날 뻔한 적도 한두 번이 아니요."

연동댁은 마을사람들한테 이렇게 넋두리를 하곤 했다.

소문은 그랬다. 술집에서 일을 하다가 누군가의 첩으로 들어가서 아기를 낳고는 산후가 나빠 간경이 설들린 것이라고 하기도 하고, 공장엘 다니다가 독한 가스를 맡아 그리 되었다고 하기도 했다. 또 연탄가스중독이 되어 병원의 고압 산소통 속에 들어갔다가 나온 뒤로 그리 되었다고 하기도 했다. 어쩌면 신이 들렸는지도 모른다고 하기도 했다.

박정민의 아내 옥자는 그러한 것들을 다 곧이곧대로 믿을 수가 없었다.

순실이 그년이 어떤 년인가. 사람 간을 내먹는 백여우 같은 년 아닌가. 그년은 지금 연극을 하고 있는 것이 분명하다. 사실은 정신이 멀쩡해 있는데, 내 남편 박정민을 홀리려고 저 수작을 떨고 있는 것이다. 다속여도 내 눈은 속이지 못한다.

옥자는 푸른 물굽이 속에 순실이가 들어 있기라도 한 듯 쏘아보고 있었다.

강 도령 묘 끝이 하릇머리 산모퉁이 저쪽으로 멀어져 갔다. 강 도령묘 끝에는 순실이가 아직도 꼼짝을 않고 앉아 있었다. 그들 부부가 탄배는 기승을 부리는 파도의 등과 골짜기를 곡예하듯이 헤치고 나아갔다. 배의 널빤지 속의 물칸에서 횟감으로 나갈 장어들이 물을 차며 날뛰고들 있었다. 남편의 얼굴은 쥐어짜 놓은 한줌의 시래기처럼 일그러진 채 굳어져 있었다.

점박이 갈매기가 그들 부부의 머리 위를 선회하고 있었다.

"저런 빌어먹을 놈의 갈매기를 그냥 콱 때려잡아 먹어버렸으면 좋겠어."

옥자는 갈매기를 향해 지껄였다.

문득 갈매기에 대한 노랫말들이 생각났다. 그것이 눈앞을 아찔하게 했다. 갈매기는 시누이의 넋이 된 새였다.

……오빠·올케·시누이, 이렇게 셋이 썰물 진 갯벌길을 가다가 급한 밀물에 쫓기었다. 밀물은 홍수로 범람한 강물 같았다. 셋이 물에 휩쓸렸다. 헤엄을 칠 줄 아는 사람은 오빠뿐이었다. 오빠는 두 여자를 한꺼번에 끌고 헤엄을 칠 수가 없었다. 하나를 버리고 하나를 선택하지 않으면 안 되었다. 여동생을 버리고 아내를 선택했다. 여동생은 밀물에 휩쓸려 고기밥이 되었다. 여동생이 오빠를 원망하는 말을 누군가가 노래로 만들었다. 갯마을 사람들은 누구나 다 알고 있는 노랫말이었다.

갈매기의 날갯짓을 보면서 박정민도 마찬가지로 그 노랫말을 떠올리고 있었다.

무정함도 무정하네

우리 오빠 무정하네

앞에 가는 나를 두고

뒤에 가는 처를 잡네

처는 얻으면 또 처이고

나는 다시 못 얻는데

동산에 뜬 달 같은 나

고기밥이 되어가고

석 자 세 치 고운 머리

물결 따라 흘러가네

무정함도 무정하네

우리 오빠 무정하네

바다에라 나는 갈미

죽은 난 줄 알아주소

원통한 시누이의 넋이 환생한 갈매기는 이 세상의 모든 오라버니들의 고기잡이배들을 따라다니며 고기 창자를 얻어먹기도 하고, 조개나 굴을 까는 세상의 모든 올케들의 머리 위를 날며 슬픈 목소리로 끼룩끼루우 하고 울어댄다는 것이었다.

순실이는 어디선가 죽었는지도 모른다. 강 도령 묘 끝에 앉아 있는 것은 순실이의 등신뿐인 듯싶었다. 넋은 그녀의 몸 밖으로 나가서 어디론가 뿔뿔이 흩어졌을 것 같았다. 이 세상이 모두 순실의 넋으로 가득 차 있는 것 같았다.

사실은 저것이 순실의 죽은 언니 순자의 넋인지도 모른다.

고향의 땅과 바다와 하늘이 우중충한 굴로 변해 있는 듯싶었다. 순실과 순자의 넋이 그러한 굴을 만들고 있었다. 그는 날이면 날마다 그 굴을 꿰어 다니고 있었다. 그는 그 굴을 찾아왔는지도 몰랐다. 안타깝기는 해도 이제 그는 본 길로 들어섰다 싶었다. 오늘 밤에는 옥자 몰래 순실이를 한번 만나봐야겠다고 생각했다. 그녀가 어쩌면 그를 가까이 불러들이기 위해 그의 눈앞에 모습을 나타내 보이곤 하는지 모른다고 그는 생각했다.

"또 뭔 생각을 하고 있소? 또 그 가시내 생각하고 있었지라우? 가고 싶으면은 헤엄을 쳐서라도 그년한테 가보시오. 당신 헤엄 잘 치잖아요. 아주 나를 물로 떠밀어버리고 가든지…… 아무도 보는 사람 없고 잘되었소. 나 죽이고 나서 그년하고 백년해로하시오."

옥자는 남편 박정민을 향해 악다구니를 썼다. 그녀는 울화가 끓어 견딜 수가 없었다. 이 바다 위에 흩어져 있는 순실의 넋으로부터 남편을 감추어둘 재간이 없었다. 그녀는 미친 듯이 뱃바닥을 손바닥으로 두들겨댔다.

그들 부부가 탄 배는 검푸른 물굽이를 헤치면서 내달리고 있었다. 스크루는 구름 같은 거품을 내뿜었다. 박정민은 담배 한 개비를 입에 물었다. 라이터를 그었다. 라이터불은 자꾸 꺼졌다. 바람을 등지고 계속해서 라이터를 그었다.

각 심사위원들의 중점적 심사평

각 심사위원들의 중점적 심사평

'씨' 자형字型 소설과 우화성의 도입

김윤식(金允植, 문학평론가)

근자 우리 소설계의 흐름이랄까 편향성이 제15회 이상문학상 후보작에서도 드러났는데, 작가의 역사·사회적 관심의 표명이 일층 간접화된 현상으로 처리되었음이 그것이다. 소설을 오락의 일종으로 치부한다든가 사회개혁의 무기랄까 그런 의지표명의 일종으로 생각한다든가 수수께끼투성이의 불가해한 인간탐구라 믿는 종래의 경우와 위에서 말한 흐름이 근본적으로 대립하거나 상치되는 것이 아님은 새삼 말할 것도 없지만, 다만 그 표현방식에 문제점이 깃들고 있는 것처럼 보였다. 자본주의 사회의 간접화현상으로 소설을 설명하는 골드만의 개념과는 달리, 다만 나는 그것을 90년대, 그러니까 오늘날 우리 사회의 간접화현상이라는 시각에서 설명하고 싶었다.

이러한 시각의 독법에서 내가 관심을 가진 것이 이창동 씨의 〈운명에 관하여〉, 이인성 씨의 〈마지막 연애의 상상〉, 조성기 씨의 〈우리 시대의 소설가〉 등 3편이다.

종래의 독법으로 읽는다면, 〈운명에 관하여〉는 분단문학의 범주에 드는 것. 우리 사회에 있어 이산가족 문제란 한때의 과제가 아니며 따라서 언제든지 분출해 올라와 우리 삶을 휘저을 수 있는 잠재적 악성종양과 흡사하다. 그것이 통일문제와 연결될 때 간접화현상이 뚜렷해지는데, 숨은 아비 찾기에 해당되기 때문이다. 이산가족 문제란, 그 이념의 궁극이란 형제자매 찾기가 아니라 아비 찾기에 수렴되는 것. 아비상이란, 국가 또는 하늘의 개념 또는 공적인 것의 최고이념화인 까닭이다. 그러니까 내가 이 작품에 주목하는 것은 이러한 이념의 간접화현상에 있었다. '습니다체體'를 통한 고백적 장치도 그런 현상의 하나가 아닐까. 대체 습니다체란 무엇이며, 무엇이 작가로 하여금 이런 쪽으로 몰고 갔는가. 습니다체란 최소한 '나'와 독자 사이에 제3자를 가운데 둔 말하기방식의 일종인 것. 어째서 이러한 방식이 선택되었을까. 작가가 이 문제에 절망한 때문인데, 그만큼 작가가 이 주제를 감당하지 못한 증거로 볼 수 없을까.

〈마지막 연애의 상상〉만큼 투명한 작품은 아직 우리에겐 없다. 이 진술은 이 작가의 독창성을 가리킴이라기보다는 글쓰기의 본질에 관련된다. 작가 이씨가 그동안 실험해 온 것이 소설의 해체작업의 보여줌에 있었는데, 소설을 통한 소설비판이었던 까닭이다. 소설에 대한 이 범람하는 자의식에 그가 익사하지 않기 위한 필사적인 탈출이 요망되었는데, 이번 작품으로 그 가능성이 드러난 셈이다. 곧 글쓰기 자체의 탐구가 그것. 소설도 글쓰기 행위의 일종인 것. 소설을 해체해 버렸을 때에도 남는 것은 글쓰기이다. 글쓰기의 기원을 소급하는 일, 이는 곧바로 의미생산론에로 치닫는다. 곧 언어 탐구와 인간 탐구와의 등가현상이 벌어지는 장면을 보여주는 일이 아득히 펼쳐진다. 야콥슨의 고명한 논문 〈언어의 두 측면과 실어증의 두 유형〉의 소설화 장면을 우리 소설계도 머지않아 대면할 수 있겠거니와 잘하면, 물리적 실어증 탐구가 아니라 심리적 실어증의 신경지도 열릴지 모를 일이다. 그렇지만 이 작가의 실험이 너무 투명한데 이는 이 작가의 실험의 외로움과 관련된다. 어둠도 너무 어두우면 어둠일 수 없듯, 이 외로움에는 그림자가 없거나 너무 옅다(물리적 실어증 탐구도 없는 마당에 심리적 실어증 탐구란 속도위반이 아니겠는가).

〈우리 시대의 소설가〉란 종래의 독법으로 읽는다면 '씨' 자형字型 소설 범주에 드는 것. 풍자 쪽으로 흐르거나 자조적인 쪽으로 흐르는 것(서술자의 지나친 우위성 확보)이 이런 유형의 정석이다. 필력이랄까 입심 좋은 작가들이 항용 이 방식을 책하며, 필력이나 입심이 흡사 그 작가의 자질인 듯한 착각을 일으키기에 안성맞춤의 형식이다. 작가 조성기 씨가 이 한계점을 유려하게 뛰어넘었고 또 나아가 새로운 경지를 창출해내었는가를 알아보는 일이 이 작품이 지닌 흥미의 주된 근거이다.

씨자형 소설의 정석을 밟으면서도 이 형식을 변형, 새로운 경지를 열어 보이는 일이 이 작품이 안고 있는 소설적 의의라면, 어떤 방식으로 그것이 가능했을까. 우화성 도입이 그것. 비록 그 치열성이 모자라고 방법론적 자각이 뚜렷하지 않다 하더라도 이 방식은 일종의 놀라움이다. 로댕의 〈생각하는 사람〉이 서울에 왔고, 덕수궁에서 전시된 일, 이는 사실의 영역이다. 칼럼니스트 이규태란 이름이 등신대로 등장한다. 기타 작중인물인 소설가 강만우가 겪는 이런저런 일상적 경험이란 지나치게 현실 그대로이다. 이를 무화無化 내지 역전시키는 장치가 우화성의 도입이다. 정작 사실적 묘사영역으로 노출되어야 할 주인공의 결정적인 행위 장면이 우화성으로 처리되었을 때, 일상적 삶의 사실적인 일이란 무엇이겠는가.

〈염소의 노래〉가 〈염소의 배꼽〉으로 환치되는 이 우화성의 장면에 그 일이 엄밀히 대응되는 것이 아니겠는가. 이 점에서 이 작품은 우리 시대의 작가(인간)가 직면한 고통의 간접화가 아니겠는가. 아무도 이 시대에서는 본래적 가치(Gebrauchswert)를 순수히 찾을 수 없다. 어느 틈에 그것이 "염소의 배꼽"으로 변질되기 때문이다. 이 우화성이 실제로,

현실로 일어나고 있음을 체험할 때, 본래적 가치탐구란 무의미하다고
는 할 수 없으나, 적어도 재고되어야 하는 것. 본래적 가치를 찾는 행위
(환불 불가능의 세계)가 소설이지만 이 소설을 불가능케 하는 행위(환
불 불가능의 세계) 역시 소설일 터이다. 이 두 소설개념(소설성)의 그
앞뒤나 높낮이에 대한 결정불가능성이야말로 이 작품이 지닌 매력이
자 가능성이다.

이 시대 인간관계의 상징성 묘파

최일남(崔一男, 소설가)

"무당이 제 굿 못 한다"고 소설가는 소설가 이야기를 잘 안 하는 내력이 있다. 하나 이제는 그런 금기 아닌 금기의 허물을 자연스레 벗고, 선선히 독자와 섞이는 마당이 되었다. 그리고 생소하지 않다. 박태원이 〈소설가 구보씨의 일일〉을 쓴 이래, 동일 제목을 차용한 작품도 벌써 두엇이나 나왔다. 물론 내용 전개는 각각이지만, 소설가도 드디어 자수삭발自手削髮을 시작했다는 전후 사정을 헤아리면 매우 흥미 있는 일이다. 좀처럼 자기 공방工房을 드러내지 않고 남이 사는 모습만을 그리던 사람이, 나 여기 있소, 하고 익명성을 포기하는 대목은, 무대가 암전하는 사이 배역이 뒤바뀌는 양상과 비슷하다 할지, 독자의 허를 찌른다고 할지.

그렇다고 작가의 능청스런 이야기 구조 자체가 달라지는 건 아니다. 여전히 자작의 객관성을 떠나지 않는 안목이야 어디 가랴만, 주인공이 소설가이기 때문에 일부러 떠맡는 부담이 다소 주체스럽기는 할 것이다. 그런데 〈우리 시대의 소설가〉는 이런 부담을 극대화시켰다. 책값을 환불하라커니 못 하겠다커니 대거리하면서, 독자와 소설가가 쫓고 쫓기는 과정은 많은 상징성을 내포하고 있다.

희한한 요구와 간단하기 짝이 없는 응답을 끝끝내 거절하는 소설가의 자세는, 무한궤도와 같은 미해결의 형식으로 이 시대의 어지간한 인간관계에 그대로 대입할 수 있다. 이를테면 '우리 시대의 법률가' 나 '우리 시대의 교육자' 와 자리바꿈을 해도 무방하며, 명분상 진리를 먹고 사는 지식인 그룹에 다 같이 해당된다고 해도 과언이 아니다. 이와는 전혀 다른 역전의 위치 또한 상정하지 말란 법이 없다. 가둔 자가 요구하는 몇 줄의 전향서 쓰기를 거부하여, 본래의 형기보다 더 많은 세월을 그 속에서 보내야 하는 갇힌 자의 '거부의 윤리' 까지 떠올리게 만든다.

〈우리 시대의 소설가〉에서는 그러나 설정된 주제의 다급함과는 다소 거리를 두고 있다. 맞바로 대결하는 대신 주인공은 자잘한 일상을 흩트러짐 없이 꺼나가면서, 끈질기게 다가서는 독자를 성가신 표정으로 따돌린다. 이때 양자의 논리는 처음부터 마지막까지 별다른 진전을 보이지 않는다. 이 점을 두고 선자 간에 논란이 있었으나, 나는 작자가 쓰고 있는 작중 소설의 설명에 빗대어, 자신의 고민과 해답을 웬만큼 표현했다고 믿는다. 법관은 판결을 통해 말한다는 법언法諺이 있듯이, 소설가는 소설을 통해서만 말하는 것이 제격이라는 이치의 확인을 넘겨짚는 것이다. 함께 지향하기를 바라는, 철저한 프로페셔널리즘의 원리도 여기 있을 터이다.

〈운명에 관하여〉는 개인사個人史 차원의 운명적 어긋남이 마침내 통일 인식의 순간까지 치닫다가 좌초하는 데에서 절정에 달한다. 현상 탈출을 겨냥한 주인공의 기막힌 몸부림은 항상 가능성의 직전 단계에서 마치 텔레비전의 정지 화면처럼 동결凍結되거니와, 현대사의 가장자리와 진하게 맞닿아 있어 개인의 운명을 초월한다. 실화의 창의성, 소설의 인위성은, 때문에 뒤로 물러서거나 가려져 그다지 잘 보이지 않는다. 어쩌면 사람의 운명을 "희롱"하는 소설이 역으로 그걸 묻는 방식

앞에서 소설가는 당황할밖에 없다. 하지만 소설 같은 인생을 참인생 같은 소설로 끌어올렸을 때, 소설은 재미와 진실성을 아울러 갖춘다는 걸 일깨워준 작품이다.

〈마지막 연애의 상상〉을 정독하면서 전에는 몰랐던 쉼표의 의미를 차츰 알게 되었다. 쉼표의 가시밭길을 헤치고 나가다 보면, 쉼표도 말을 하는 새로운 경험과 조우한달까, 기기묘묘한 말의 숲에 둘러싸여 있음을 느낀다. 고진감래의 독법을 요구하는데, 점차 언어의 삼림욕森林浴에 취하게 만들고, 천천히 걸어가노라면 길 또한 정연히 나 있음을 짐작하게 한다. 실례의 비유일지 모르나 김창렬의 물방울화를 연상시킨다. 하나하나의 물방울을 따로 떼어놓으면 그냥 물방울이로되, 일정한 규격으로 모아보면 독창성이 빛나는 그림을 형성하듯이……. 문학 동네의 희귀한 존재, 다양성의 이름으로 저만치 떨어져 있는 독특한 풍취가 당당하다.

우리 시대 소설가들의 노작을 모처럼 꼼꼼히 읽고 공부하는 활자여행 한번 잘했다.

양극성으로부터의 전회의 비전

이재선(李在銑, 문학평론가)

열두 편의 후보작들 가운데서 내가 특별히 주목한 것은 윤정선의 〈기차와 별〉, 조성기의 〈우리 시대의 소설가〉 두 편이다. 이는 오늘의 우리 소설의 현상적 양상이 매우 두드러지게 갖고 있는 두 극단인 표현의 유희적 실험성과 묘사성, 그리고 거의 강박화되어 있는 듯한 목적성과 사변성 등의 담화들과 덜 관계되면서 소설의 제자리를 지키고 있기 때문일는지도 모른다.

우선 〈기차와 별〉은 시적으로 유려한 감각 문체에 근거하면서 관계의 가장 기초단위인 젊은 부부 사이에 개재하는 미묘한 일상적 애증의 내면적 교차 단면을 독특하게 제시함으로써, 여성의 존재 위상을 형상화하는 데 성공하고 있다. 이렇듯 더불어 함께 살아간다는 삶의 의미와 욕망을 섬세하게 포착하고 있음으로써 페미니즘의 투사체로서의 의의를 충분하게 발휘하고 있다. 그러면서도 이런 감각적인 섬세함이 오히려 지나치게 강조되거나 별과 같은 동화 만들기는 그것이 설사 잉태한 새로운 생성과 생명에 대한 신비로운 외경과 연계된 상징적 의미가 있다 할지라도 삶에의 탯줄을 여리게 할 수도 있다는 것을 유의할 필요가 있겠다.

〈우리 시대의 소설가〉는 중세의 세르베투스의 인유引喩의 병렬적 효과 가치에 적절히 근거하여, 삼각파도와 같이 밀어닥치는 시대적인 상황의 위협적인 도전에 대응하는 동시에 작가로서의 본령과 신념을 견지해 가려는 고집스런 한 작가의 곤혹된 삶을 제시함으로써 진정한 문화적인 가치가 궁핍한 시대에 있어서의 문학 또는 소설(소설가)의 존재의미에 대한 항의의 질문을 던지고 있다. 변화의 세태에 안주의 주거 공간을 잠식당하고 있는 주인공 소설가인 강만우는 적어도 세 개의 삼각파도에 직면해 있다. 에로티시즘의 발산과 관계된 상업미학에의 강요, '정신적 달거리' 같은 문화적 장식주의와 루카치적 망집에의 강요가 그것이다. 이 가운데 가장 드센 것은 세 번째의 경우이다. 〈염소의 노래〉라는 작품을 쓴 바 있는 강만우는 어느 날 구입한 책값을 환불해 달라는 독자의 협박전화를 받고 계속 그로부터, 괴롭힘에 시달린다. 이에 강요와 심문에 맞서는 작가는 자신의 신념을 지키려다 화형당하는 세르베투스 이야기를 병렬화하여 쓰며 맞선다. 이처럼 〈우리 시대의 소설가〉는 이야기 제공의 소설가가 바로 주인공으로서 당면하고 있는 시대적인 고뇌의 양상을 드러냄으로써 글쓰기의 고통을 환기한다. 이를 통하여 양극성의 문화적 증후로부터의 전회를 암시하고 있는 점은 돋보인다.

90년대 초의 중요한 문학적 성과

이문열(李文烈, 소설가)

　문학상 수상작 선정에서 심사위원 전원의 합의가 선뜻 이루어지지 않을 때는 묘한 안타까움과 함께 마뜩찮은 뒷맛이 남게 된다. 더구나 금년처럼 상금의 대폭적인 인상을 골격으로 하는 시상제도의 변화가 있는 때는 그런 뉴스의 무게와 작품의 성과가 연계되기 때문에 더욱 그렇다.

　이번에 조성기의 〈우리 시대의 소설가〉는 틀림없이 그의 여러 중단편 중에서 가장 뛰어난 것이고, 90년대 초의 문학적 성과 중에서도 빼놓을 수 없는 역작力作일 듯하다. 그럼에도 불구하고 심사위원 전원의 합의에 이르기 위해서 꽤나 긴 시간이 소요됐던 것은 그 작품이 가진 빛나는 장점들을 무색케 하는 두어 가지 난점 때문이었을 것이다. 주제의 무거움에 비해 얘기 방식이 가벼움의 인상을 준 것과 결말의 석연찮음이다. 그러나 어쨌든 그와 그의 작품은 심사위원들에게는 최선의 선택이었고, 그것은 또한 보편적인 평가와도 이어지리라 믿는다.

　조성기 다음으로 진지하게 고려되었던 작가로는 이창동과 최수철, 이인성이 있다. 이창동의 〈운명에 관하여〉는 여러 가지로 볼 만한 데가 많았으나 어떤 분에게는 전개의 지나친 작위성이, 또 다른 분에게는 주제의 애매함, 또는 결구의 허술함이 지적되어 심사위원 모두의 동의를 이끌어내는 데는 실패하였다.

최수철, 이인성(왜 두 사람의 이름이 이렇게 자연스럽게 묶일 수 있는지 모르겠다)의 경우는 좀 색다른 이유로 지지를 받았다. 한마디로 해당 추천작에 대한 평가보다는 작가로서의 중요성에 바탕한 것인데, 역시 심사위원 전원의 동의를 이끌어내기에는 설득력이 부족했다.

그밖에 이런저런 이유로 본격적인 논의 대상에 오르지는 못했으나 인상적인 추천 작품은 두엇 더 있다. 김지원의 〈물이 물속으로 흐르듯〉이 특히 그랬다. 비록 수상작이 되지는 못했지만 기대를 보낸 심사위원이 많았다는 점에서는 위로를 삼아도 좋으리라 여겨진다.

상황인식의 풍자적 형상화

권영민(權寧珉, 문학평론가)

1991년도 제15회 이상문학상의 최종심사에 우수작으로 선정되어 올라온 작품들을 보면 두 가지 특징이 두드러지게 드러난다. 그 하나는 작가층이 훨씬 젊어지고 있으며, 다른 하나는 이들의 새로운 실험적인 작품들이 대개 우수 작품으로 선정되고 있다는 점이다.

이인성, 이창동, 이승우, 최수철, 김지원, 윤정선, 조성기 등의 면면을 보면 한두 작가를 제외하고는 모두가 등단 십 년 내외의 경력을 지니고 있다. 90년대 문학을 이끌어갈 문단의 새로운 세대가 두텁게 자리 잡고 있음을 실감할 수가 있다. 6·25 전쟁의 미체험 세대로 특징지어질 수 있는 이들의 소설적 감각과 현실 인식의 태도가 우리 소설의 폭과 깊이에 어떻게 작용하게 될 것인지가 관심거리가 된다고 할 것이다. 이 젊은 작가들의 소설적 경향은 소설 미학의 새로운 도전을 기법의 차원에서 지속해 오고 있는 점이라고 규정해 볼 수 있다.

리얼리즘의 전통을 이어오면서 이념적 경향을 두드러지게 드러내고 있는 우리 소설의 전반적 경향을 생각한다면, 이들의 작업은 어떤 면에서 반리얼리즘적인 요소가 많다. 개별화의 경향과 이야기의 해체, 시간의 새로운 인식과 공간적 구성 등을 통해 이들의 작품이 보여주고 있는 것은 완성된 삶의 이야기가 아니라, 창조의 과정 속에 있는 삶의 모습이다.

최종심사에서 이인성의 〈마지막 연애의 상상〉, 이창동의 〈운명에 관하여〉, 최수철의 〈속 깊은 서랍〉, 조성기의 〈우리 시대의 소설가〉를 꼽았다. 〈마지막 연애의 상상〉은 이야기를 넘어서 언어 속으로 인식의 눈을 돌리고 있는 작가의 노력이 잘 드러나고 있다. 언어적인 연상의 원리를 독특하게 조립하고 있는 이 작품에서 언어 자체의 힘에 주목하지 않는 독자는 이야기의 독법에 실패할 가능성이 많다. 〈운명에 관하여〉는 구조적 점층성의 효과를 바탕으로 개인의 운명을 역사적으로 확대시켜 보고자 하는 의욕을 담고 있다. 그러나 구성의 작위성이 눈에 거슬린다. 중견작가들의 중·단편 창작활동이 부진하다는 것은 우리 소설 문단을 위해 아쉬운 일이 아닐 수 없다.

최수철의 〈속 깊은 서랍〉과 조성기의 〈우리 시대의 소설가〉는 모두 연작의 기법을 통한 소설 장르의 확대를 꾀하고 있는 작품들이다. 전자가 개인의 존재를 내면적으로 확장시키는 소설적 작업으로서 성과를 거두고 있다면, 후자는 상황의 인식을 풍자적으로 형상화하고 있는 일련의 연작 속에 이어지는 작품이라는 점에서 각각 성공을 거두고 있다. 최종 추천에서 이 두 작품을 다시 지목하면서, 두 작품 중에 어느 작품이 수상작품으로 결정되어도 좋다는 생각을 갖고 있었던 것이 사실이다.

조성기의 〈우리 시대의 소설가〉가 1991년도의 이상문학상 수상작품으로 결정된 것은, 극심한 가치의 혼란을 겪고 있는 우리 시대의 상황을 풍자적으로 포착하고 있는 작가 정신에 대한 신뢰와 직결된다. 이 작품은 신화적 공간과 현실적 상황을 병치시키면서 '말의 진실'을 지키고자 하는 인간의 고뇌를 그리고 있다. 개인적인 것과 집단적인 것의 갈등, 순수한 가치와 세속적인 욕망의 대립 속에서 인간은 '말의 자유'

와 '말의 진실'을 지키기 위해 어떻게 살아야 하는가? 이것은 전환기적 현실을 향해 던지는 우리 시대 소설가의 절규라는 점에서 우리 모두가 귀담아 들어야 할 대목이기도 하다.

대상 수상자 조성기의
수상 소감과 자전적 에세이

수상 소감 _ 양수羊水 같은 바다, 그 바다 같은 문학
"앞으로 더욱 노력하여 수상에 값하는 작가로서, 생애의 마지막에
대표작을 남긴 《독일어 시간》의 작가 지그프리트 렌츠처럼
꾸준히 성장하는 소설가가 되기로 마음을 다잡아본다."

자전적 에세이 _ 위대하지 않으면 죽는다
"화가 김순남처럼, 서양화풍으로 논리적인 계산과 특이한 재료의
조합 · 치밀한 구성으로 오랫동안 갈고 다듬으며 작업을 하지만,
그 결과는 막힘없이 단 한 번 힘차고 자유롭게 휘갈긴 듯한 한국화풍으로
나타나는, 그러한 소설을, 나는 요즈음 쓰려고 하고 있는 것입니다."

양수羊水 같은 바다, 그 바다 같은 문학

제15회 이상문학상 수상자가 결정될 무렵, 공교롭게도 나는 백두산 천지에 올라가 있었다. 천지를 목도하게 된 과정과 감격은 여기서 다 말할 수 없어 다른 지면을 통하여 작품으로 형상화할 계획이지만, 그 우연의 일치가 나에게는 묘한 심정으로 다가왔다. 천지는 백두산의 정 상이면서, 발을 잘못 디디면 낭떠러지로 굴러 떨어지기 쉬운 위험한 장소이기도 했다. 그와 같이 이상문학상은 나를 기쁨의 정상에 서게 하면서, 한편 구체적으로 표현하기 힘든 어떤 위험성을 예고하고 있기 도 했다.

어릴 적 우리 집은 부산 바다가 훤히 내려다보이는 산 중턱쯤에 자리 잡고 있었는데, 나는 아침저녁으로 대문간에서 그 바다를 바라보며 상 상의 나래를 펴기를 좋아했다. 국민학교 5, 6학년 때 이미 한 소녀를 깊이 사랑했고, 그 소녀와 함께 바다를 항해하며 세계 구석구석을 돌아 다니는 내용의 장편을 밤낮으로 구상하였다. 이상하게도 나는 바다를 바라보고 있어야 그 장편을 구상해 나갈 수 있었다. 바다를 바라보고 있는 동안은 적어도 어린 소설가인 셈이었다. 그 변화무쌍한 바다가 나 의 문학이 있게 한 원초적인 기반이라 하여도 과언이 아니었다. 아무리 이리저리 자위떠도 다치지 않도록 보호해 주는 양수羊水 같은 바다.

하지만 고등학교 때 서울로 올라오는 바람에 바다를 잃어버리고 입시공부에 시달리면서 나의 상상력은 고갈되는 것 같았다. 그러다가 카뮈를 비롯한 기라성 같은 작가들의 작품을 통하여 새로운 바다를 만날 수 있었고, 나는 드디어 어릴 적 꿈꾸었던 소설 작업을 실천에 옮겼다.

지금도 나는 창작 작업을 하려고 책상머리에 앉으면 아침 바다나 저녁 바다를 하염없이 바라보고 서 있는 소년의 뒷모습이 어른거린다. 이상문학상 수상 소식을 들었을 때, 뇌리에 맨 먼저 떠올랐던 영상도 바다를 바라보고 있는 소년의 뒷모습이었다. 나는 이상문학상을 그 소년에게 돌려주고 싶을 정도였다.

이렇게 다소 감상적인 연상을 하게 된 것은 아마 중국 여행 중에 수상 소식을 들었기 때문인지도 몰랐다. 중국 여행의 종착지인 돈황에 이르러 나는 중국돈 1원 50전을 주고 들어가는 노천 무회장으로 들어가 콧수염을 하고 있는 돈황 청년과 손을 맞잡고 춤을 추면서 남몰래 수상을 자축하기도 했는데, 너무나도 진지하고 경건하게 춤추는 돈황의 남녀들 속에서 나는 이유를 알 수 없는 부끄러움을 느껴야만 했다. 그 부끄러움의 정체는 두고두고 분석해 보아야 할 사안으로, 어쩌면 앞으로 내 작품의 중요한 주제 중 하나가 될지도 모르겠다. 그 부끄러움은 수상 소감을 쓰는 지금 이 순간에도 여전히 내 의식을, 돈황의 모래 바람처럼 뒤덮고 있는 것만 같아 자꾸만 어디론가로 숨어버리고 싶을 뿐이다.

아, 우리는 얼마나 오염되어 있는가, 우리의 춤과 예술은 얼마나 더러워져 있는가.

결국 수상 소감은 기쁨과 두려움, 부끄러움이라는 세 가지 감정으로 요약된 셈인데, 이 땅의 문학상이 복합적인 출판 구조 속에서 제대로 그 기능을 다하고 있는지 의심되는 바 없잖아 있지만, 그대로 여전히 창작의욕을 돋워주는 계기가 되는 것만은 부인할 수 없고, 그중에서도 李箱문학상은 李箱이라는 작가의 특이함 때문인지 많은 문학인들의 선망의 대상이 되기도 하는 터라, 앞으로 더욱 노력하여 수상에 값하는 작가로서, 생애의 마지막에 대표작을 남긴《독일어 시간》의 작가 지그프리트 렌츠처럼 꾸준히 성장하는 소설가가 되기로 마음을 다잡아본다. 부족한 작품을 수상작으로 점수 매겨준 심사위원들에게 송구스런 마음과 함께 감사드리며, 이상문학상을 주관하는 문학사상사의 대승적 大乘的인 발전을 기원한다.

조 성 기

위대하지 않으면 죽는다
― 이상문학상을 받기까지

　이 글의 성격은 글로써 일종의 자화상을 그리는 것일 겁니다. 이 시간 여러 화가들이 자신의 얼굴을 그린 자화상들을 떠올려봅니다. 웬일인지 고흐의 자화상이 맨 먼저 떠오르는군요. 그 퀭한 눈하며 잘려진 귀를 거칠게 감싸고 있는 하얀 붕대, 그 자화상은 거울에 비치는 자기 얼굴을 그렸다기보다 자신의 내면 풍경을 그렸다고 보는 것이 더욱 적절하겠지요. 그것은 마티스 자화상의 경우도 마찬가지겠지요. 화가 루오의 선을 연상시키는 굵은 선으로 얼굴 윤곽과 눈·코·입·턱수염들을 박력 있게 그려나간 자화상이지요. 그 마티스 자화상 해설을 번역해 보니, 유난히 공격적인 모습의 자화상으로 마치 자신을 한 마리 들짐승이라고 주장하는 것 같은 그림이라 하였군요. 밀레의 자화상 역시 농촌 화가답지 않게 날카로운 눈매가 번득이고 있군요. 그러고 보면 자화상이라 하는 것도 물리적인 복사가 아니라, 자기 얼굴에 대한 화가 나름의 특유한 해석이라 할 수 있겠지요.

　그러니까 이 글은 나 자신의 문학적 자전을 객관적인 사실의 복사로 전달하는 것이 아니라, 내 나름대로 해석하여 내어놓게 된다는 말입니다. 아마 거의 허구에 가까울 정도로 변형될지도 모릅니다.

　내 생애에 있어 최초로 가장 충격적인 체험은 국민학교 1학년 때 산

등성이에서 미끄러져 계곡과도 같은 골짜기의 큰 바위에 머리를 부딪힌 사건일 것입니다. 그날은 따뜻한 봄날이었던 것으로 기억되며, 나는 동네 아이들과 함께 삘기풀이라는 풀(가난한 우리 어린 시절의 중요한 간식)을 찾아다니고 있었던 것으로 회상됩니다. 이런 추락의 체험은 나에게 있어 일생을 두고 일종의 곡두로 작용하였습니다. 무수한 날들을 굴러 떨어지는 악몽 속에서 보내고, 눈을 뜨고 있을 때도 나는 자꾸만 굴러 떨어지고 있었습니다. 삼십삼 년이 지난 지금도 가끔 산등성이를 구른다든지 낭떠러지에서 떨어지는 꿈을 꾸곤 합니다. 오랫동안 나는, 나와 함께 구른 나의 신발은 어떻게 되었는가 하는 것을 화두話頭처럼 끈질기게 붙잡고 있기도 하였습니다.

이 추락의 경험은 나의 자전적 소설《슬픈 듯이 조금 빠르게》(원래 제목은《유년 광시곡》인데 부제가 제목처럼 잘못 부각되어 버려, 앞으로 개작할 때는《유년 광시곡》이라는 제목을 살릴 예정임)에서 명길이라는 주인공의 경험으로 묘사한 바 있습니다.

어떻게 된 일인지 명길은 산비탈을 따라 곤두박질을 치고 있었다. 디디고 설 한 뼘의 땅도 없고 붙잡을 풀포기 하나 없었다. 공간은 순식간에 텅 비어버렸고 시간은 너무도 빠른 속도로 흘러 멈추어버리기라도 한 것 같았다. 명길의 곤두박질은 처절하게 고독한 몸짓이었다.

잠시 후, 몸뚱어리가 딱딱한 물체에 부딪치는 둔탁한 소리와 함께 곤두박질은 끝이 났다. 명길이가 굴러 떨어진 깊이만큼 정적靜寂이 쌓이고 있었다. 그 정적은 바로 절망의 그림자가 흔들리는 소리였다. 일생을 다해도 기어오를 수 없는 높이로 절망의 그림자는 한 겹 한 겹 쌓여 명길의 몸을 짓눌렀다.

나는 그때 한없이 부드럽게 보이던 자연으로부터 여지없이 이유離乳
당하는 충격을 받은 셈이었고, '일생을 다해도 기어오를 수 없는' 절망
의 높이 혹은 깊이를 예감하였던 것입니다. 나는 그 이후로 입이 상현
달처럼 비뚤어진 아이가 되었고, 특히 웃을 때는 그 정도가 심하여 아
이들의 놀림감이 되었습니다. 가장 즐거워야 할 웃음의 순간이 동시에
조롱받는 낭패의 순간이 되고 마는 이 아이러니를 나는 중학교를 졸업
할 때까지 감내해야만 했습니다. 남에게 놀림 받지 않으면서 웃을 수
있는 비결은 없는가 하는 것이 내 어릴 적의 과제였습니다. 그래서 끊
임없이 웃음을 연습하는 광대가 되었습니다. 그때의 장면들 역시 《슬
픈 듯이 조금 빠르게》에서 묘사한 바 있습니다.

　　식구들이 다 잠든 깊은 밤, 명길은 어머니 화장대에서 면경面鏡을
　　몰래 꺼내 들고 바깥 평상으로 올라갔다. 면경에는 달빛에 반사된
　　푸른 얼굴이 비쳤다. 그 푸른 얼굴은 웃음을 연습했다. 입이 덜 비
　　뚤어지는 웃음을 자꾸만 연기하였다. 면경에는 어느새 슬픈 꼭두각
　　시가 울고 있었다.

이 경험은 너무도 나의 무의식과 의식에 짙게 깔려 있어서 내 작품을
주의 깊게 따라 읽은 독자는 여기저기서 이 경험의 파편들을 발견하게
될 것입니다. 그래서 나의 문학은 이 추락의 경험에서부터 시작되고 있
다고 하여도 과언이 아닙니다. 어린 시절 내가 산등성이에서 굴러 떨어
지지만 않았더라면, 다시 말해서 웃음이 곧 울음이 될 수도 있다는 기
묘한 체험을 하지 않았더라면, 나는 그저 명랑하게 자라나 공부 잘하는
학생으로 성장하여 문학과는 거리가 먼 삶을 살았을지도 모릅니다.
　그리고 어린 시절 내 의식을 짓눌렀던 것은 아버지의 폭음暴飮이었습

니다. 술만 잡수시지 않는다면 그렇게 선량할 수 없고 그렇게 지성적일 수 없는 아버지가 술의 세력에 휘말리기만 하면 전혀 다른 인격으로 변하는 것을 목격하면서, 인간 내면에 도사린 흉흉한 어두움과 이중성을 일찌감치 감지할 수 있었습니다. 내 일상의 작은 평화는 아버지가 술을 마시고 들어오느냐 그렇지 않느냐에 달려 있는 셈이었습니다. 추락의 경험을 통하여 자연의 냉엄한 위력을 맛보았던 나는, 이제 아버지를 통하여 인간성의 불합리한 측면을 느끼게 되었던 것입니다.

어느 날 밤, 만취해 들어온 아버지 앞에서 꾸지람을 듣다가 내가 기절하여 쓰러진 사건이 발생하였습니다. 얼마 전부터 먹은 음식에 체하여 얼굴이 부어오르던 나는 그날 밤 혼수상태로 빠져들었고, 이틀 만에 병실에서 깨어났을 때 나는 죽음의 깊은 강을 지나왔음을 알았습니다. 그때가 중학교 2학년 때로 기억되는데, 눈동자가 돌아가 흰자위가 다 드러난 눈으로 나는 죽음의 빛깔을 생생히 목도하였습니다. 그것은 무수한 까만 점들의 집합이었는데, 그래서 그런지 나는 지금도 죽음이라는 것은, 아름답고 아기자기하고 파란만장한 우리의 일생을 순식간에 무수한 까만 점들로 분해해 버리는 효소 같은 것이라고 여기는 버릇이 있습니다. 술을 빚어낸 효소와 죽음의 효소는 내가 볼 때는 그대로 닮아 있는 듯했습니다.

나는 술이라는 난폭한 세력을 피하여 서울로 혼자 올라와 고등학교에 진학하였고, 비로소 나만의 작은 평화들을 토끼풀처럼 엮으며 사춘기를 보낼 수 있었습니다. 아버지로부터의 해방이라기보다 술로부터의 해방이 나의 꿈이었으며, 그 꿈이 실현된 고교 이후의 생활은 그래서 무척 고독하기도 했습니다. 이런 사춘기의 문학 수업이라고 할까 문학 여정의 갈등, 방황 같은 것은 얼마 전에 도서출판 窓에서 출간된《열한 권의 창작 노트》중에 제법 상세하게 기록하였기에 여기서 또 되풀이

하지는 않겠습니다.

다만 내가 30세가 넘어 내 청춘 시절을 되돌아보는 〈자유의 종〉(《야훼의 밤》에 묶일 때는 〈갈대바다 저편〉이라는 제목으로 바뀌었는데, 다시 《야훼의 밤》을 해체할 때는 〈갈대바다 저편〉으로 확정할 예정임)이라는 작품을 쓸 때의 미묘한 갈등을 고백하고 넘어가고자 합니다. 거기에 보면 주인공이 고등학교 시절에는 소설도 쓰고 문학적인 경향을 띤 것처럼 되어 있는데, 대학에 들어와서는 소설을 조금 읽기만 할 뿐 특별히 창작 작업을 한다든지 문학적인 면모를 드러내지는 않습니다. 소녀와 여대생과 연애 행각을 벌이고 종교에 빠져들면서 고시공부를 해야 하느냐 하는 문제 등으로 고민하는 모습이 담겨 있습니다. 부모의 기대·고시로 대표되는 세속적인 가치관과 종교로 대표되는 초월적인 가치관 사이에서 방황하는 주인공의 행적이 그려져 있는 것입니다.

그런데 사실은 그 당시 나의 중요한 갈등 중의 하나는 내 인생에 있어 문학을 어떻게 처리할 것인가 하는 것이었습니다. 세속적인 출세와 문학·종교, 이 세 가지가 갈등의 축을 이루는 것이 진실에 가까운 것인데, 나는 문학이라는 항목을 그 작품에서 일부러 제외하였습니다. 왜냐하면 그 부분은 내가 아끼고 싶었기 때문입니다. 제임스 조이스의 《젊은 예술가의 초상》 같은 작품을 본격적으로 쓰게 될 때 그 부분을 써먹고 싶었던 것입니다. 그러니까 내 젊은 날의 갈등은 먼저 고시냐 문학이냐로 집약되고, 그 다음 종교가 끼어듦으로써 좀더 복잡한 양상을 띠게 되는 것입니다. 어쩌면 고시냐 문학이냐로 갈등하는 그 틈새로 종교가 슬그머니 들어왔다고 할 수 있습니다. 두 가지 사이에서 갈등하다가 두 가지를 다 버리는 방향으로 제삼의 해결책을 받아들인 셈입니다. 이것을 두고 변증법적인 해결이라고 해야 할지 어떨지는 잘 모르겠습니다.

그렇게 고시도 삼켜버리고 문학도 삼켜버린 종교의 그물 속에서 15년 가까이 유예기간(청춘 시절의 유예기간에 대한 심리학적인 분석은 에릭 에릭슨이 《청년 루터》라는 책에서 절묘하게 다룬 바 있음)을 보내다가 그 그물을 비집고 나와 문학의 길로 다시 들어섰을 때 내 눈앞에는 아득한 현기증밖에 없었습니다. 어두운 데 있다가 갑자기 밝은 데로 나왔다든지, 밝은 데 있다가 갑자기 어두운 데로 들어갔다든지 할 때 생기는 동공 수축 현상으로 나는 사물을 잘 볼 수 없는 지경에 이르렀습니다. 나는 다시 더듬더듬 문학 이론서와 작품들을 읽기 시작했고, 유예기간에 내가 습득하였던 그 지식과 자료들을 문학에 담을 수 있는 길은 없는가 모색하기도 하였습니다.

  그러다가 나는, 종교를 문학이라는 용기에 담을 수 없다는 사실을 뒤늦게 깨달았다는 엔도 슈사쿠의 발언에 충격을 받았습니다. 나도 그러한 점들을 작품을 쓸 적마다 느끼고 있던 터라, 그 이후로 나는 종교 문제를 배제하는 방향으로 작품을 쓰기 시작했습니다. 그러자 나의 붓끝은 방만할 정도로 자유함을 느끼기 시작했습니다. 나에게서 어떤 쓸 만한 종교 문학이 나오기를 기대했던 사람들은 우려의 시선을 보내고, 어떤 광신자는 〈우리 시대의 소설가〉에 나오는 독자처럼 끈질기게 우리 집을 방문하여 나를 괴롭히면서 내 문학 행위에 항의하였지만, 내 붓끝이 풀려가는 현상에 대해 많은 문학 동호인들이 관심을 나타내기 시작했습니다. 특히 나의 변신을 재빠르게 눈치 챈 이남호 형의 격려가 크게 힘이 되었고, 내 글에 대한 격려와 경계·질책을 성실하게 월평 또는 평론으로 감당해 준 김윤식 선생을 비롯한 여러 평론가들의 배려가 도움이 되기도 하였습니다. 어떤 때는 심한 말로 질책을 당하는 것 같아 슬쩍 반론 내지는 변명을 늘어놓기도 하면서, 사실은 나 자신을 돌아보고 있었습니다.

흔히 그림을 그리는 데 한국화풍이 있고 서양화풍이 있다고 합니다. 서양화는 먼저 스케치를 하고 그 위에 바탕색을 칠하고 또 덧칠을 수없이 하고, 어떤 때는 칠해 놓은 색을 긁어내기도 하면서 하나의 작품을 완성해 갑니다. 그러나 한국화는 붓끝으로 먹을 찍어 화선지에다가 거의 단 한 번의 붓놀림으로 그림을 그려야 합니다. 먹과 화선지의 성격상 덧칠을 한다든지 수정을 하는 일이 불가능합니다. 단 한 번 일회적인 작업으로 작품의 성패가 판가름 나는 것입니다.

그런데 김순남이라는 여류 화가는 캔버스에 한지를 입히고 그 위에 아교가루를 섞은 유화물감을 사용하여 특이한 기법으로 작업을 함으로써, 수 시간 동안 작업을 했는데도 순식간에 그린 듯한 효과를 자아냅니다. 말하자면 그 작업의 내용은 서양화풍인데, 그 결과는 단 한 번 붓을 놀려 그린 것 같은 한국화풍이라는 것입니다. 그래서 그 화가의 그림에는 자유로움이 충일되어 있습니다. 어떤 이론에 매인 고루함·엉거주춤 같은 것이 없으며, 마치 그림에 통달한 듯이 자신만만하게 그려 놓고 있습니다. 이것은 어디까지나 작업의 결과로서 그렇게 보인다는 것이지, 작업의 과정이 그렇다는 것은 아닙니다. 작업의 과정에서야 얼마나 많은 망설임과 시행착오·답답함들이 있었겠습니까. 그 화가는 자신의 전시회를 마무리하는 자리에서, 완전성에 대한 회의·반발로 부조화 속의 조화를 추구한다는 말을 하였습니다.

나는 그 화가의 그림에서 언뜻 '찌그러짐의 미학'이라는 문구를 떠올렸습니다. 누가 이러한 문구를 사용한 것 같지는 않고 내가 지어낸 말인 듯합니다. 우리가 어떤 옹기나 항아리 또는 도자기를 볼 때 그것이 분명 찌그러져 있는데도 희한하게 아름답게 느껴지는 경험을 한 적이 있을 것입니다. 대칭미학의 관점에서는 분명 실패작인데 묘한 미적 감흥을 자아내는 이유는 무엇일까요. 여러 가지 이유가 있겠지만, 아마 그 자연성에 가까운 자유로움이 중요한 몫을 차지할 것입니다. 그것은 규격화된 서양 미학이라기보다 동양 미학이요, 한국 미학이라 할 만도 합니다. 시골 장터에 찌그러져 있는 옹기, 찌그러졌다고 아무도 사가지 않지만 사실은 다른 어떤 옹기보다 아름다운 옹기.

화가 김순남처럼, 서양화풍으로 논리적인 계산과 특이한 재료의 조합·치밀한 구성으로 오랫동안 갈고 다듬으며 작업을 하지만, 그 결과는 막힘없이 단 한 번 힘차고 자유롭게 휘갈긴 듯한 한국화풍으로 나타나는, 그러한 소설을, 나는 요즈음 쓰려고 하고 있는 것입니다. 그리하여 내 소설에 있어 찌그러진 부분이 전혀 문제가 되지 않고 오히려 미적인 감흥을 자아내는 데 도움이 되는 경지에까지 이르고 싶은 것입니다. 무릇 위대한 작품은 무 토막 잘라놓듯이 얄미울 정도로 규격화된 교과서적인 작품이 아니라, 어딘지 모르게 찌그러져 있지만 훈훈한 인간의 냄새가 배어 이는 그런 작품일 것입니다. 성경이나 불경, 논어·맹자, 삼국유사·열하일기 같은 고전들도 따지고 보면 다 찌그러져 있는 책들입니다. 헤겔의 걸작인 《정신현상학》도 형편없이, 그러나 아름답게 찌그러져 있는 책이라는 사실은 주지의 사실입니다. 하물며 아인슈타인의 상대성이론도 우리가 곧고 바르다고 여기는 시공時空이 사실은 찌그러져 있다고 밝히고 있음에랴.

얼마 전에 요즈음 보기 드문 수작 영화인 〈늑대와 춤을〉을 보다가 인디언들이 회의를 하면서 나누는 속담 한 구절에 깊은 인상을 받았습니다.

"위대하지 않으면 죽는다."

슈족의 언어인 라코타 말로 뭐라 뭐라 한 것을 자막이 그렇게 번역하였는데, 그 라코타 말까지 외워두고 싶었습니다. 참으로 예술의 세계, 특히 문학의 세계는, 어릴 적 나를 굴러 떨어지게 한 그 산처럼 냉엄하기 때문에 위대하지 않으면 죽고 마는 것이 아니겠습니까.

논어에서 공자가 하신 말씀도 이 시점에서 나에게 경계가 되는 구절이 되겠습니다.

"군자는 날마다 향상하고 소인은 날마다 퇴보한다(君子上達, 小人下達)."

민족 전체가 통일을 바라보고 있는 이 막중하고 숨 가쁜 시대에, 날마다 향상하여 원숙한 위대함으로 나아가, 죽지 않는 작가가 되어야겠다고 다시금 다짐해 봅니다.

이번에 내가 이상문학상 수상작이 되기를 은근히 바랐던 작품에는 상이 주어지지 않고, 우리 시대 소설가의 여러 유형을 다룰 예정으로 있는 연작소설의 첫 번째 작품에 상이 주어져 의외의 반가움과 함께 아쉬움이 있기도 하지만, 우리시대 연작 작업 전체에 대한 격려와 채찍으로 받아들이고, 내가 수상작이 되었으면 했던 작품은 수상작가 자선작自選作으로 수록함으로써 독자들에게 독서의 괴로움과 즐거움을 더해드리고자 합니다.

나는 즐거워야 할 웃음의 순간이 아이들로부터 조롱을 받는 낭패의 순간이 되는 경험을 어릴 적부터 해온 자로서, 이상문학상을 받았다고 하여 크게 웃지는 않겠습니다. 다만 웃음을 은밀히 연습해 온 대로, 웃어도 입이 비뚤어지지 않게만 웃겠습니다.

1991. 8

조 성 기

'이상문학상'의 취지와 선정 방법
―알기 쉽게 풀이한 이상문학상 제도

　1. **취지와 목적** : 〈문학사상사〉(이하 주관사라고 약칭)가 제정한 '이상문학상(李箱文學賞)'(이하 '본상'이라고 한다)은 요절한 천재 작가 이상(李箱)이 남긴 문학적 업적을 기리며, 매년 가장 탁월한 소설 작품을 발표한 작가들을 표창하고, 《이상문학상 작품집》(이하 '작품집'이라고 한다)을 발행하여 널리 보급함으로써, 순수문학의 독자층을 확장케 하여 한국문학의 발전에 기여할 것을 목적으로 한다.

　《이상문학상 작품집》에 대한 독자의 관심이 고조됨에 따라 순문학 독자층이 광범위하게 형성됨으로써, 일찍이 한국은 물론 다른 나라에서도 유례를 찾아보기 어려운 순문학 중·단편집의 초장기 베스트셀러시대가 실현되었다는 것이 문단의 정평이다.

　2. **수상 대상 작품** : 전년도 심사 대상(對象) 작품의 마감 이후인 당해년도 1월부터 12월 말 사이에 발표된 작품은 모두 심사 대상에 포함된다. 문예지(월간지의 경우 당해년도 1월 초부터 12월 말일 이전에 발행된 '2월호'에서 다음 해의 '1월호'까지 포함된다)를 중심으로 해서, 각종 정기간행물 등에 발표된 작품성이 뛰어난 중·단편소설을 망라하여, 1년 내내 독특한 방법으로 예비심사를 거쳐 본심에 회부한다. 예비심사 과정에서는 물망에 오른 작품의 작가에 대하여, 대상 또는 우수작상으로 선정될 경우, 본상의 규정에 따른 수락 의사 유무를 직접 또는 간접적으로 타진한다. 중·단편소설을 시상 대상으로 하는 까닭은 문학의 중심이 장편소설에서 점차 중·단편소설로 이행하는 추세를 감안하고, 작품 구성과 표현에 있어서의 치밀성과 농축성으로, 짙고 강렬한 소설 미학의 향기와 감동을 자아내게 한다고 믿기 때문이다.

　3. **상의 종류** : 본상은 대상(大賞) 1명과, 10명 이내의 대상에 버금하는 작품에 대한 우수상을 선정하되 경우에 따라 복수의 대상 수상자를 선정할 수 있다. 그리고 기수상작

가를 포함하여 중견 및 원로작가의 문학적 공로도 감안해 당해년도의 뛰어난 작품에 수여하는 '이상문학상 특별상' 1명을 선정한다.

4. **포상의 방법** : 본상의 포상은 제3항에 명시된 각 상의 매절고료가 포함된 현상금을 일시불로 수여하는 방법과, 판매 실적을 감안하여 추가적인 상여금을 지급하는 두 가지 방법 중 수상자로 하여금 수상 수락 전에 서면으로 그중 한 방법을 자유롭게 선택게 한다.

5. **'본상'의 현상고료** : 위 제3항의 '본상'의 대상(大賞) 중 일시불 방식은 발행부수와 관련없이 3,500만 원을 지급하고, 우수상은 각각 300만 원을 지급한다.

위 항의 일시불 방식이 아닌, 발행 2년이 경과한 이후부터의 판매부수에 따른 추가적인 상여금을 원하는 수상자에게는, 2003년부터 1차로 시상 당시 대상(大賞) 수상자는 2,000만 원, 우수상 수상자는 200만 원을 지급하고, 작품집 발행 후 2년이 경과한 이후부터, 매년 말에 당해년도의 '작품집' 발행부수에 따라, 1부당 정가의 10%를 각 수상자별로 균분하여 10년간 지급토록 한다.

6. **특별상(현상고료)** : 특별상은, 기수상작가를 포함하여 한국문학 발전에 공로가 현저한 문단의 원로작가 또는 '본상'의 우수상을 3회 이상 수상한 작가로서, 당해년도에 우수 작품을 발표한 작가에게 '본상'의 대상(大賞) 작품과는 별도로 수여하며, 현상매절고료는 500만 원으로 정한다.

7. **예심 방법** : 예심은 월간 《문학사상》 편집진이 매 연도의 1년 동안 각 매체에 발표된 작품을 수집하여, 주관사의 편집위원과 편집주간 및 편집진으로 구성된 이상문학상 운영위원회에서 대학교수 · 문학평론가 · 작가 · 각 문예지 편집장 · 일간지 문학담당 기자 등 약 100명에게 수시로 광범위하게 추천을 의뢰하여 비밀리에 예비심사를 진행한다. 3회 이상 우수상을 받은 작가는 당해년도에 발표된 작품 중 뛰어난 1편을 선정하여 본심에 회부할 수 있다.

그 모든 자료를 일괄하여 주관사 편집주간이 중심이 되어 편집위원들과 예심위원들의 의견을 수렴하여, 연간 2분기로 나누어 본심에 회부할 작품을 선별한다.

이와 같은 독특한 예심 방법은 소수의 예심 및 본심의 심사위원이, 짧은 시일 내에 수많은 작품 속에서 본심에 회부할 작품을 선정하고 본심 심사위원이 단시간에 여러 작품을 심사하고 수상 작품을 선정하는 일반적인 문학상 심사제도의 단점을 보완하고, 되도록 문학 발전에 관심이 깊고, 전문 지식을 지닌 다수의 전문가에 의해 장기간에 걸쳐 많은 작품을 수시로 검토하여 심사 대상에 망라함으로써, 신중하고 세심한 예심 과정을 밟기 위한 것이다.

8. **본심 방법** : 예심을 거쳐 본심에 회부된 작품은, 권위 있는 평론가와 작가로 구성된 5인 이상 7인 이내의 심사위원회에 넘겨져, 수일간 개별적인 검토를 거친 후 본심 회의에서 최종 결정을 한다. 본심 회의는 대체토론을 통해 본심에 회부된 작품 가운데 10편 내외의 작품을 먼저 선정한다. 이 작품 속에서 1편(예외적인 경우 2편)의 대상(大賞) 작품을 선정하고, 나머지 작품 중에서 우수상 작품을 선정한다. 수상 작품 결정에 있어 심사위원의 의견이 일치하지 않을 경우에는, 무기명 비밀 투표로써 다수결 원칙에 의하여 최종 결정을 한다.

그러므로 이상문학상의 대상과 우수상은 모두 거의 동일 수준의 작품이라고 볼 수 있으며, 전문 문학인이나 독자의 주관적인 판단에 따라 그 평가는 달라질 수 있을 뿐이다. 그 때문에 한 번 우수상을 받은 작가는 대부분 자주 우수상을 받게 되며, 3~4회 내지 5~6회 만에 대상을 받게 되는 경우가 대부분이다.

9. **저작권** : 대상(大賞) 수상 작품(이하 '대상 작품'이라고 약칭)의 저작권은 본상의 수상 규정에 따라 주관사가 보유한다. 단, 2차 저작권(번역 출판권, 영화화·연극화 등의 저작권)은 저자에게 있고, 《이상문학상 작품집》 발행 후 3년이 경과하면 동 대상 작품을 저자의 작품집 또는 저자의 전집에 한해서 수록할 수 있다. 다만, 어떤 경우에도 《이상문학상 작품집》의 표제(대상 작품명)와 중복되거나, 혼동의 우려가 없도록 하기 위하여 대상 작품명을 대상 수상작가 작품집의 서명(書名, 표제작)으로는 쓰지 않기로 한다.

10. **이상문학상 작품집 발행** : 〈이상문학상 운영 규정〉에 따라 대상(大賞) 작품과 주관사가 본상의 규정에 따라 저작자의 승낙을 받은 저작권법상의 편집저작권을 보유한 우수상 작품 및 특별상 작품을 모아, 염가 대량 보급을 목적으로 《이상문학상 작품집》을 발행한다.

이 작품집은 이상문학상의 공정성과 권위를 독자에게 다시 묻고, 수록된 작품과 그 작가들에 대한 표창과 홍보의 뜻도 담고 있다. 한편 이 작품집은 해마다 문단의 작품 경향과 흐름을 알 수 있는 앤솔러지적인 성격을 띠고 있다. 또한 이 작품집은 아무리 세월이 흘러가도 한 사람이라도 독자가 있는 한 이윤을 초월해서 제한 없이 영구히 보급함으로써, 이상문학상과 그 수상작가에 대한 영원성과 영예를 오래도록 선양하고 세계에 그 유례를 찾아볼 수 없는 문학상 작품의 영원성을 유지케 한다.

그런 뜻에서 《이상문학상 작품집》은, 그 영예로운 작가와 작품을 일과성(一過性)이 아닌 영구적으로 널리 독자에게 보급하여 읽히게 하고, 그 작가에 대해 더욱 탁월한 작품을 창조하기 위한 끊임없는 격려와 기대의 뜻을 담고 지속적인 홍보와 보급에 힘쓰고 있다. 때문에 30여 년 전의 작품도, 계속해서 한결같이 널리 알리고 홍보를 계속하여, 독자의 관심권에서 벗어나지 않도록 하는 매우 독특한 작품집으로 정착되었다. 그러한 노력은 작품의 우수성과 더불어, 이 작품집이 매년 수많은 독자들에게 애독서로 선택되어, 20여 년 전의 《이상문학상 작품집》도 계속 새로운 독자가 끊이지 않고 있다. 그처럼 여러 작가의 작품을 보아 매년 한 권의 책으로 묶은 중·단편 창작 소설집이 장기간에 걸쳐 다량으로 발간되고 있는 것은 세계적으로도 매우 희귀한 예로 알려지고 있으며, 그것은 우리의 문학과 독자의 성장도와 함께 성숙도를 가늠케 하는 한국문학의 상징적 발전의 척도이기도 하다. 그 같은 예는 세계 제일의 출판대국이며, 인구만도 우리의 9배 내지 3배에 가까운 미국이나 일본에서도 찾아보기 어려운 순수문학 중·단편집의 대량 보급 현상과 아울러 순수문학 애호 인구의 엄청난 증가 현상을 말해 주고 있다.

11. 이상문학상 운영위원회 : 주관사의 발행인을 위원장으로 하고 월간 《문학사상》의 편집인과 편집주간 및 문학사상사 이사회가 선임한 3인의 위원으로 구성되며, 본상의 제도와 운영에 관한 모든 업무를 관장한다.

12. 이상문학상 심사위원회 : 이상문학상 운영위원회는 매 연도마다 5~7인의 이상문학상 심사위원을 위촉하여 이상문학상 심사위원회를 구성한다.

동 심사위원회는 주관사의 편집주간의 주재로, 이상문학상의 대상(大賞)과 우수상 그리고 특별상을 수여할 작품을 심의 결정한다. 수상자를 결정함에 있어 의견의 일치를 보지 못할 경우는 무기명 비밀 투표로써 결정한다.

13. 규정의 수정 : 본 규정은 이상문학상 운영위원회에서 3분의 2 이상의 찬성으로 수정할 수 있다.

2002. 12. 20. 개정

문학사상사

이상문학상 운영위원회

제15회 이상문학상 작품집

1판 1쇄　　1991년 9월 10일
2판 5쇄　　2024년 10월 2일

지은이　　조성기 외

펴낸이　　임지현
펴낸곳　　(주)문학사상
주소　　　경기도 파주시 회동길 363-8, 201호(10881)
등록　　　1973년 3월 21일 제1-137호

전화　　　031) 946-8503
팩스　　　031) 955-9912
홈페이지　www.munsa.co.kr
이메일　　munsa@munsa.co.kr

ISBN　978-89-7012-662-3 (03810)